MINETTE WALTERS

Anglaise, Minette Walters a été élevée à Salisbury. Au terme de ses études de français à l'université de Durham, elle travaille pour un magazine féminin dont elle devient rédactrice en chef, puis écrit dans divers journaux. Après avoir interrompu pendant sept ans son activité professionnelle pour se consacrer à l'éducation de ses deux fils, elle se lance dans l'écriture et choisit d'inscrire son premier livre dans la plus pure tradition du roman noir britannique : *Chambre froide* (1993) est immédiatement salué par la critique. *Cuisine sanglante* (1994), lauréat du Edgar Allan Poe Award aux États-Unis, et *La muselière* (1995), qui obtient le Gold Dagger Award, connaissent un très large succès. Dans son œuvre, qui se poursuit notamment avec *Lame de fond* (1999), *Un serpent dans l'ombre* (2001), *Intime pulsion* (2002), *Le sang du renard* (2004), *La disparue de Colliton Park* (2005), Minette Walters fait reposer l'énigme sur un réseau enchevêtré de relations humaines, tout en levant le rideau sur les multiples facettes de la société anglaise. Projetant ainsi une lumière contrastée et insolite sur ses contemporains, elle apporte une contribution magistrale au genre du roman policier.

LA DISPARUE DE COLLITON PARK

DU MÊME AUTEUR
CHEZ POCKET

CHAMBRE FROIDE
CUISINE SANGLANTE
LA MUSELIÈRE
LUMIÈRE NOIRE
RÉSONANCES...
LAME DE FOND
NI CHAUD NI FROID
UN SERPENT DANS L'OMBRE
LE SANG DU RENARD
INTIME PULSION

MINETTE WALTERS

LA DISPARUE DE COLLITON PARK

Traduit de l'anglais
par Odile Demange

ROBERT LAFFONT

Titre original :
Disordered minds

ISBN : 2-266-16127-X

Il n'est pas d'homme assez bon pour être affranchi de tout mal, ni assez mauvais pour être sans valeur.

Michael Crichton

1

Colliton Park, Highdown, Bournemouth
Lundi 4 mai 1970, 13 h 30

Ce n'était pas vraiment un parc, plutôt une étendue d'herbe sèche à côté de Colliton Way, où les gens du coin venaient promener leur chien matin et soir. Dans la journée, l'endroit était presque désert. Seuls quelques collégiens qui séchaient traînaient près des rangées d'arbres, le long des clôtures. La police y mettait rarement les pieds. Du reste, une bonne centaine de mètres séparaient l'unique entrée du lieu où se retrouvaient généralement les jeunes cancres. Le temps que deux flics corpulents parcourent cette distance, les gamins avaient pris le large, franchissant d'un bond les barrières qui séparaient le parc des jardins limitrophes. Et, chaque fois, les plaintes des propriétaires affluaient si rapidement et si massivement que la police, peu soucieuse de se compliquer l'existence, préférait ne pas intervenir.

Au moins, tant qu'ils étaient dans le parc, les jeunes ne commettaient pas de vols. Autant fermer les yeux et concentrer les efforts officiels de la maréchaussée sur le centre-ville. L'absentéisme scolaire était loin d'arriver en tête de liste des comportements délictueux.

Situé dans le quartier pauvre de Highdown, Colliton Way était singulièrement dépourvu d'atouts. Le chômage y était élevé, la fréquentation scolaire médiocre, et les nouvelles constructions prévues sur le terrain vague, prometteuses d'emplois et de logements nouveaux, ne semblaient pas près de se concrétiser. Le seul chantier en cours était celui de l'usine de machines-outils Brackham & Wright, qui devait remplacer le bâtiment actuel, vétuste, de Glazeborough Road. Cette perspective n'avait rien de réconfortant pour les ouvriers, dont beaucoup habitaient Colliton Way. En effet, les progrès technologiques se traduisaient toujours par des compressions de personnel.

Parmi les plus assidus à sécher les cours, il y avait trois garçons. Ils ne manquaient pas de charisme ni de grandeur d'âme tant que l'on ne contestait pas leur autorité ; le cas échéant, leur violence pouvait être incontrôlable. Ils attiraient comme un aimant d'autres enfants à la dérive, qui confondaient magnanimité et tendresse, cruauté et attention. Aucun ne comprenait à quel point ces adolescents étaient perturbés. Comment l'auraient-ils pu alors que les intéressés eux-mêmes n'en avaient pas conscience ? Sachant à peine lire et écrire, ne recherchant que leur plaisir immédiat et incapables de brider leurs pulsions agressives, ils croyaient être maîtres de leur vie.

Ce lundi désœuvré de mai ressemblait à beaucoup d'autres. Les garçons avaient tellement l'habitude de manquer l'école que leurs mères ne prenaient même plus la peine de les tirer du lit. Ne réveillons pas le chat qui dort, se disaient-elles, craignant les réactions brutales de leurs grands fils. Ils ne rentraient jamais avant le petit jour – quand ils rentraient – et étaient tellement soûls qu'ils sombraient dans un sommeil de plomb. Les trois mères avaient bien fait appel aux services sociaux, un jour ou l'autre, pour demander leur placement en foyer, mais leur résolution n'avait jamais duré. Chaque fois, elles avaient fini par revenir sur leur décision par crainte de représailles, ou par tendresse fourvoyée pour leurs premiers-nés si souvent absents. Peut-être la situation aurait-elle été différente s'il y avait eu des hommes à la maison. Mais il n'y en avait pas, et les mères courbaient l'échine.

Les garçons avaient ramassé en ville deux filles de treize ans. La plus maigre, qui remorquait son petit frère de dix ans, ne les intéressait pas ; l'autre, une adolescente bien développée aux yeux caressants, était plus tentante. Elles étaient assises face à face sur un banc, les genoux remontés sous le menton, leurs orteils se touchant. Les quatre garçons, affalés dans l'herbe à leurs pieds, avaient les yeux fixés sur leur petite culotte. Vêtues de bottes montantes, de minijupes et de hauts crochetés à large maille sur des soutiens-gorge noirs, les filles savaient parfaitement où siégeait leur pouvoir, et elles s'en amusaient. Elles parlaient sexe, ignorant ostensiblement les garçons.

La réaction de leur public était plutôt décevante. Ils se passaient une bouteille de vodka volée sans manifester le moindre intérêt pour le flirt grossier des petites allumeuses. En l'absence de partenaires, tous les jeux, même les plus excitants, finissent par lasser. Agacée par l'indifférence des garçons, la maigrichonne commença à les asticoter, les traitant de puceaux, mais la plus grande, Cill, reposa les pieds par terre d'un balancement de jambes et tira sa jupe sur ses fesses. « C'est trop con, dit-elle. Viens, Lou. On retourne en ville. »

Son amie, une sorte de petit clone mal nourri aux yeux charbonneux et aux lèvres rose pâle, accomplit à son tour son numéro de tortillage de jupe et se leva. Elles cherchaient à imiter Cathy McGowan, la vedette de leur émission préférée, *Ready, Steady, Go !*, avec ceinturon sur les hanches et lourde frange lissée au fer. Cette coiffure allait bien à Cill, dont les traits étaient assez marqués pour la supporter, mais Lou, une gamine menue comme Twiggy, aurait préféré une coupe à la gavroche. Cill n'était pas d'accord. Leur pacte d'amitié les obligeait à se ressembler – autant qu'il était possible à une gamine au soutien-gorge rembourré de Kleenex et à une adolescente bien en chair.

« Tu viens ou quoi ? demanda Cill au petit frère de Lou, le poussant du bout du pied. Si les flics te chopent, Billy, ton père va te massacrer. Tu vas voir.

– Fiche-moi la paix », marmonna le petit, la voix pâteuse.

« Putain ! » L'alcool la rendait agressive. Elle jeta un regard méprisant sur les corps étendus. « Ces mecs, c'est des vraies lopettes. On a bu autant que vous, Lou et moi, et on n'est pas complètement pétées.

– Vas-y mollo », dit un des garçons. Ce n'était pas le plus grand, mais comme il avait les cheveux et les yeux foncés, l'adolescente immature lui trouvait une ressemblance frappante avec Paul McCartney.

Un autre, un rouquin au visage constellé de taches de son, leva la main vers la jambe de Lou. « Salope », railla-t-il en lui pinçant la cuisse.

Elle poussa un cri et s'écarta, faisant mine de le gifler. « Puceau, puceau, puceau ! scanda-t-elle. T'y arriveras jamais, t'es trop moche. » Il lui agrippa le pied et elle pleurnicha pour provoquer l'intervention de Cill. « Il va me faire tomber. »

La plus grande posa le pied sur la poitrine du garçon. « Tu vas la laisser, oui ? »

Il lâcha prise en ricanant. « Qu'est-ce que tu t'imagines ? Vous êtes que des gouines. »

Elle appuya un talon aiguille sur son téton. « Tu veux répéter ? »

Il était manifestement en pleine puberté, avec un soupçon de moustache et de l'acné plein le cou, et bien trop soûl pour se laisser intimider. « T'es qu'une grosse gouine, bredouilla-t-il paresseusement, et y a tellement de types qui te sont passés dessus qu'on pourrait garer une bagnole dans ton con. Tu veux que j'essaye ? »

Ses deux copains roulèrent sur le ventre et observèrent la scène avec une lueur dans les yeux. Une fille plus avertie y aurait pris garde, mais Cill manquait d'expérience. Elle appuya de tout son poids sur son talon en passant sur lui, esquissant un petit pas de danse pour s'éloigner avant qu'il ait pu l'attraper. « Ne me traite plus jamais de grosse. Sinon je t'écrase la bite. »

Le rouquin se prit la poitrine à deux mains. « T'es cinglée, ça fait vachement mal !

– C'était le but, tête de nœud. » Elle fit un geste du menton à sa camarade et s'éloigna.

Mais Lou ne pouvait pas s'esquiver aussi facilement. Elle était coincée contre le banc et perdit l'équilibre quand le brun se jeta sur elle. Elle tomba. Il lui attrapa les bras et la maintint dans l'herbe, écartelée. En entendant ses gémissements affolés, Cill revint en courant. Leurs mères auraient dû les prévenir des risques liés à l'hypersécrétion de testostérone, mais elles ne leur avaient donné qu'un conseil : si tu te fringues comme une pute, tu te feras violer, et tu ne l'auras pas volé.

Croyant n'avoir plus rien à apprendre, Cill était la plus naïve. Avec un instinct animal, Lou se figea immédiatement et les adolescents excités se désintéressèrent d'elle. Ripostant énergiquement, Cill attira contre elle toute leur agressivité. Elle cria à Billy de courir chercher du secours. Mais il n'avait que dix ans, il avait trop bu et ne sut que se cacher la tête entre ses bras.

Ce fut quand ils la traînèrent par les cheveux sous le couvert des arbres que Cill renonça. La douleur était insupportable et des larmes ruisselaient sur ses joues maquillées. Cette souffrance était pire que tout ce qu'elle avait pu connaître. Ils la voulaient tous les trois – c'était la meneuse – et ils la prirent à tour de rôle. Le noiraud la viola deux fois. Elle était trop jeune pour comprendre le terme de traumatisme psychologique, mais ses vêtements déchirés – ces vêtements qu'elle aimait tant, dont elle avait eu tellement envie –, la sueur, la chaleur et la souillure d'un viol collectif prolongé, leurs visages lubriques et triomphants alors qu'ils se succédaient sur elle la détruisirent bien plus sûrement que leurs pénétrations surexcitées et fugaces.

« C'est la dernière fois que quelqu'un me traite de puceau », lança le rouquin, se redressant de toute sa taille au-dessus d'elle et remontant sa braguette d'un grand geste.

Le brun lui flanqua un coup de pied. « Salope ! Si tu préviens les flics, on remet ça. T'as compris ? »

Avec un instinct d'autoprotection un peu tardif, Cill ferma les yeux, l'excluant de son champ de vision. Elle connaissait leur nom à tous, mais elle ne les dénoncerait pas. Son père la tuerait s'il apprenait qu'elle s'était fait violer et, de toute façon, la police ne la croirait pas. *Ça s'était passé en plein jour dans un parc de Bournemouth, personne n'avait bougé le petit doigt pour l'aider.* Elle se demanda si la rue était trop éloignée pour que des passants aient pu être témoins de la scène, tout en se reprochant ses tenues provocantes. Sa mère avait raison – elle ne l'avait pas volé. Pourtant, tout ce que Cill voulait, c'était qu'on la trouve jolie.

Lou rampa dans l'herbe pour s'allonger à côté d'elle. « Ils sont partis, chuchota-t-elle, glissant sa petite main dans celle de Cill. Ça va ? »

No-oo-oon ! Ce cri allait résonner dans sa tête pendant des jours. « Ouais. Et toi ? »

La petite se roula en boule comme un fœtus, la tête sur la poitrine de Cill. « Ton père va te botter le cul quand il saura ça.

– J'ai pas l'intention de lui dire.

– Et si t'es en cloque ?

– Je m'en débarrasserai.

– Billy va le dire à ta mère.

– S'il fait ça, je le tue, tu peux être tranquille. » Elle repoussa Lou et se redressa. « Où est-ce qu'il est ?

– Par là. » Elle fit un geste de tête en direction du banc. « T'aurais pas dû lui marcher dessus, Cill. M'man, elle dit toujours que c'est la faute des filles si les types s'énervent. »

Cill tira son haut déchiré sur ses seins dénudés et regarda fixement le sang qui coulait sur ses cuisses. Elle ne voulait pas qu'on lui fasse la leçon, elle voulait rentrer chez elle le plus discrètement possible. Méchamment, elle attrapa les cheveux de Lou et les enroula autour de son poignet. « J'aurais pas eu à le faire si tu l'avais pas traité de puceau. Et maintenant, t'as l'intention de m'aider ou de me laisser tomber encore une fois ? »

Les larmes montèrent aux yeux de l'autre. « Tu me fais mal, supplia-t-elle.

– Et alors ? fit Cill, impassible.

– C'est quand même pas ma faute ce qui t'est arrivé.

– Bien sûr que si. C'est toi qui les as traités de puceaux. T'es vraiment qu'une sale conne, Lou. T'as même rien fait pour les en empêcher.

– J'avais la trouille.

– Moi aussi... Je suis revenue quand même. »

Lou remua les épaules, mal à l'aise. « Ça servait à rien qu'on se fasse avoir toutes les deux.

– Non, fit Cill, avec une nouvelle torsion du poignet, les jointures de ses doigts enfoncés dans le crâne de la plus petite. Mais tu vas voir ce qui va t'arriver si toi ou Billy vous me caftez. » Elle regarda Lou droit dans les yeux. Les siens étaient pleins de larmes. « T'as pigé ? Parce que si mon vieux m'en colle encore une, je fous le camp... Et tu ne me reverras plus. »

La brouille entre les deux filles ne passa pas inaperçue de leur famille ni de leurs professeurs. Une ou deux fois, le père de Louise Burton essaya d'en connaître la cause mais Lou, qui harcelait ses parents pour se faire enfin couper les cheveux à la gavroche, haussa les épaules et prétendit que Cill s'était fait une nouvelle amie. Billy s'esquivait chaque fois que le sujet revenait sur le tapis ; aucun de ses parents n'imagina qu'il pouvait savoir quelque chose. D'ailleurs, l'affaire ne les intéressait pas suffisamment pour qu'ils insistent. Libérée de l'influence de Cill, Louise revint à des tenues plus normales pour une collégienne de treize ans, et le bref épisode d'absentéisme scolaire qui lui avait valu l'attention importune de la directrice cessa du jour au lendemain.

Les parents de Priscilla Trevelyan ne furent pas mécontents non plus de cette rupture. Leur fille était devenue impossible depuis sa puberté, et la soumission inconditionnelle de Louise Burton n'avait fait qu'exacerber son insolence. Déçu par l'indiscipline de Cill et troublé par sa maturité précoce, M. Trevelyan avait essayé de la mater. Il remarqua avec soulagement l'éloignement soudain des deux adolescentes mais n'en parla jamais. Il craignait de provoquer une réconciliation et interdit à sa femme de témoigner la moindre compassion à leur fille. Il imputa la morosité de Cill à cette amitié brisée, et ferma les yeux, trop content qu'elle ait promis de ne plus manquer l'école.

L'optimisme des professeurs fut douché par une bagarre qui opposa Cill et Louise pendant un cours d'éducation physique, le vendredi 29 mai. Il y avait eu trois semaines de silence hostile, puis une phrase de Louise avait fait réagir Priscilla. Ce fut un crêpage de chignon en règle, toutes dents et griffes dehors, la plus petite encaissant le plus de coups, avant qu'un professeur de sport furieux ne finisse par les traîner chez la directrice. Priscilla resta silencieuse, le visage buté, refusant de parler, tandis que Louise pleurnichait. Cill lui avait tiré les cheveux, disait-elle, et avait essayé de la convaincre de recommencer à sécher. La directrice ne la crut pas mais, en l'absence d'excuses et d'explication sérieuse, elle décida d'infliger à Priscilla huit jours d'exclusion. Louise n'écopa que d'un avertissement.

Furieux, le père de Cill lui flanqua une raclée. Comme elle avait menacé de le faire, elle quitta la maison, le samedi 30 mai à l'aube. Quand la police lui demanda s'il savait pourquoi sa fille avait fugué, M. Trevelyan admit lui avoir donné « une paire de gifles ». Tout de même, il estimait que ce comportement ne lui ressemblait pas. Elle n'avait jamais fugué, elle vivait dans un foyer uni et était bonne élève. Bien sûr, il y avait eu quelques problèmes d'absentéisme, mais c'était la faute du système scolaire moderne. Priscilla s'ennuyait pendant les cours, conçus pour les élèves les plus médiocres.

Interrogée par une policière bienveillante, Louise commença par répondre que Cill la tuerait si elle disait la vérité, puis elle finit par avouer le viol. Elle ne connaissait pas le nom des garçons, mais, grâce à leur signalement, on les identifia aisément. On perquisitionna à leur domicile dans l'espoir de trouver quelque chose qui pourrait mettre la police sur la piste de la jeune fugueuse. Ils nièrent tout en bloc, affirmèrent n'avoir jamais entendu parler de Priscilla Trevelyan ni de Louise Burton et on ne trouva rien qui permît de conclure à une agression, ni même à un lien avec les deux adolescentes. L'absence de noms, le signalement assez vague donné par Louise qui ne savait même pas comment ils étaient habillés, le fait que le haut crocheté, la minijupe et la culotte de Cill aient été jetés à la poubelle ne facilitèrent pas les choses. Et quand Louise, en larmes, affirma à qui voulait l'entendre que Cill l'avait bien cherché à force de s'enivrer et de tenir des propos provocants, la police rejeta la thèse du viol. Une séance de pelotage un peu poussé, peut-être, mais de là à parler de viol collectif caractérisé...

Le problème majeur étant l'absence de la prétendue victime, les garçons furent relâchés après un interrogatoire de pure forme, le lundi 1er juin à 13 h 23. On était en 1970 et on ne prenait pas encore les affaires de viol très au sérieux.

Les pages qui suivent reproduisent
un chapitre de l'ouvrage du Dr Jonathan Hughes,
Détraqués

DR JONATHAN HUGHES

DÉT
RAQ
UÉS

DÉTRAQUÉS

« Une étude magistrale sur l'erreur judiciaire »
Jeremy Crossley

Jonathan Hughes, trente-quatre ans, est né à Londres, où il réside actuellement. Il a passé son doctorat à l'université d'Oxford en 1992 avec mention très honorable et s'est spécialisé dans l'étude du Proche-Orient. Il enseigne les religions comparées et s'intéresse tout particulièrement aux conflits sociaux. Ses deux premiers ouvrages, *Stéréotypes raciaux* (1995) et *Bannissement* (1997), explorent le problème de la ghettoïsation et de l'exclusion. Dans *Détraqués*, il revient sur plusieurs erreurs judiciaires notoires du XXe siècle. Il dénonce un système qui exploite la vulnérabilité de certains accusés et bafoue leurs droits les plus fondamentaux. Il se montre extrêmement critique à l'égard des démocraties occidentales persuadées de leur moralité et de leur vertu intrinsèques.
Le Dr Hughes est chargé de recherches en anthropologie européenne à l'université de Londres.

12
Howard Stamp – victime ou assassin ?

Bien des gens verront dans l'assassinat brutal de Grace Jefferies, cinquante-sept ans, en juin 1970 à Bournemouth, Dorset, un nouvel exemple de l'influence de l'opinion publique sur le déroulement d'une enquête policière. L'indignation de la presse devant les sévices infligés à Grace, une femme introvertie et handicapée, lacérée de multiples coups de couteau, a mis la population en ébullition et incité la police à lui présenter rapidement un coupable. Les manchettes des quotidiens du samedi 6 juin 1970 établissaient des parallèles avec le massacre de Sharon Tate par la famille Manson, survenu moins d'un an auparavant [1].

« À l'approche du procès Manson, la police craint que ce crime ne fasse des émules », « Une grand-mère torturée et saignée à la californienne », « Orgie sanguinaire », « Des murs barbouillés de sang ». Force est de supposer que ces rapprochements émanaient de la police ; en effet, l'unisson est trop frappant pour qu'ils puissent être imputés aux journalistes. Si tel est bien le cas, ces titres étaient plus que tendancieux. Grace était seule au moment du crime, contrairement à Sharon Tate, dont les cinq invités furent massacrés en même temps qu'elle. Quant au qualificatif « barbouillés »,

1. Le procès de Charles Manson, Susan Atkins, Leslie Van Houten et Patricia Krenwinkel s'ouvrit six semaines plus tard, le 24 juillet 1970.

on ne peut qu'y voir une description délibérément déformée des éclaboussures de sang relevées sur le mur de Grace, dues à la rupture d'une artère. Ce mot donne en effet l'impression que la police de Bournemouth avait découvert des traces comparables au « PIG » tracé en lettres de sang sur la porte d'entrée de Sharon Tate.

On comprendra que la population ait été terrifiée. Les « crimes de Tate » à Los Angeles, le 8 août 1969, suivis, vingt-quatre heures plus tard, des « assassinats du couple La Bianca » avaient bouleversé l'opinion publique mondiale. Lorsque les détails des massacres filtrèrent, les journaux se répandirent en commentaires sur « l'horreur érigée en culte sous l'emprise de la drogue ». On incrimina tout à la fois les Beatles, à cause de leur chanson *Helter Skelter*, la guerre du Viêtnam, le *flower power* californien, Woodstock, les cheveux longs, la marijuana et l'amour libre. L'idée que ces maladies typiquement américaines aient pu franchir l'Atlantique pour faire irruption dans la respectable localité de Bournemouth sous l'aspect d'un meurtre barbare était si choquante que tout le monde poussa un soupir de soulagement lorsque, le dimanche 7 juin, Howard Stamp passa aux aveux.

Ce n'était pas l'œuvre d'une bande. C'était un crime « familial ». Stamp, un attardé mental de vingt ans, affligé d'un bec-de-lièvre, était le petit-fils de Grace. Il avait des antécédents d'absentéisme scolaire et de comportement étrange, il refusait de travailler, s'était pris de passion pour le groupe rock Cream, et plus particulièrement pour son batteur, Ginger Baker. Après trente-six heures de garde à vue et d'interrogatoire, il passa aux aveux, le dimanche matin à quatre heures. Aucun avocat n'était présent et comme le jeune homme était illettré, il fallut rédiger la déposition à sa place. Sa culpabilité crevait les yeux. L'accusé fut jugé et condamné en août 1971.

Des parallèles troublants

Des affaires apparemment tout aussi limpides avaient abouti à la condamnation de Timothy Evans et de Derek Bentley dans les années 1950, ainsi que, une bonne vingtaine d'années plus tard, à celles de Stephen Downing pour l'assassinat de Wendy Sewell en 1973 et de Stefan Kiszko pour le meurtre de Lesley Molseed en 1975. Comme Stamp, les quatre accusés étaient plus ou moins analphabètes, et affligés de handicaps physiques ou mentaux. Ils étaient par ailleurs extrêmement réceptifs aux suggestions policières.

Timothy Evans, vingt-six ans lors de sa condamnation, était retardé et analphabète ; Derek Bentley, dix-neuf ans, était handicapé mental ; Downing, un garçon de dix-sept ans physiquement immature, lisait comme un enfant de sept ans ; quant à Kiszko, vingt-quatre ans, il souffrait du syndrome du double Y, d'hypogonadisme, de cryptorchidie et était décrit comme « un enfant dans un corps d'homme ». Trois de ces hommes ne bénéficièrent pas de l'assistance d'un avocat et passèrent aux aveux. Ils se rétractèrent ensuite, affirmant que les dépositions leur avaient été arrachées sous la contrainte, sinon rédigées par les policiers eux-mêmes ; le quatrième, Derek Bentley, avait été interpellé en même temps qu'un certain Christopher Craig, seize ans, accusé d'avoir tué l'agent Sydney Miles. Les policiers mentaient, répétait-il, lorsqu'ils prétendaient qu'il avait crié à Craig de tirer et était donc coresponsable du crime.

La conviction sans faille de la police et du parquet touchant la culpabilité de ces divers accusés eut pour conséquences des enquêtes bâclées et des suppressions de preuves. On reconnut, certes, que les quatre hommes souffraient d'immaturité affective et de difficultés d'apprentissage, mais ces éléments ne furent pris en compte ni lors de leur interrogatoire ni au cours du procès. Au contraire même, diront certains : leur vulnérabilité fut exploitée pour obtenir une condamnation rapide. Il fallut des années pour les innocenter – près d'un demi-siècle dans le cas de Bentley. Mais on s'accorde aujourd'hui à voir en eux les victimes de quatre des plus célèbres erreurs judiciaires du xxe siècle.

Réformes du système

La PACE (Police and Criminal Evidence Act, loi sur les preuves policières et criminelles) de 1984 et la CPIA (Criminal Procedure and Investigations Act, loi sur la procédure et les enquêtes criminelles) de 1996, ont répondu – tardivement – à un certain nombre de problèmes posés par les interrogatoires de Downing et de Kiszko. Pourtant, lors de l'adoption de la loi de 1984, aucun des deux procès n'avait encore été révisé. Le motif premier de cette réforme fut très certainement l'opération « Countryman », une enquête interne de la police engagée dans les années 1970, qui révéla un incroyable niveau de corruption au sein de la Metropolitan Police. À la suite de quoi, le commissaire divisionnaire Ken Drury de la brigade volante fut incarcéré en même temps que douze autres membres de Scotland Yard. Ils étaient coupables d'avoir touché des pots-de-vin en échange de la falsification de preuves.

La confiance de l'opinion publique dans la police en fut irrémédiablement ébranlée. Les critiques contre l'ensemble du système criminel et judiciaire se multiplièrent, et l'on se prit à douter de la validité de certaines condamnations. Des campagnes très médiatisées, dénonçant des erreurs judiciaires, se concentrèrent sur les quatre de Guilford – libérés en 1989 –, les six de Birmingham – relaxés en 1991 – et les quatre de Bridgwater – élargis en 1997. On peut également mentionner la libération des trois de Cardiff et des trois de la M25. En 1999, trente condamnations furent cassées lorsqu'on apprit que la brigade criminelle des West Midlands avait fabriqué des preuves, torturé des suspects et rédigé de faux aveux. À l'heure où j'écris, plusieurs dizaines de pourvois sont encore en cours.

Stephen Downing

Stephen Downing passa vingt-huit ans sous les barreaux avant que la cour d'appel le remette en liberté, en 2002. Ce petit adolescent timide de dix-sept ans, souffrant de difficultés d'apprentissage, avait subi neuf heures d'interrogatoire. Épuisé, il avait fini par signer une déposition dans laquelle il reconnaissait avoir frappé une jeune femme avec un manche de pioche dans le cimetière de Bakewell, Derbyshire, où il travaillait. Le jeune homme n'avait pas d'avocat, et son père ne fut pas autorisé à le voir. Au moment où il signa sa déposition, la victime, Wendy Sewell, était inconsciente mais vivante, et les policiers assurèrent au jeune homme que, s'il était innocent, Wendy le disculperait dès qu'elle reprendrait connaissance. Elle mourut deux jours plus tard, et Downing fut accusé de meurtre.

Il revint immédiatement sur ses déclarations. Mais ses aveux furent la pierre angulaire de la plaidoirie de l'accusation devant la cour d'assises de Nottingham l'année suivante. Déclaré coupable, il fut condamné à la prison à perpétuité, avec une peine incompressible de dix-sept ans. Il aurait donc pu bénéficier d'une libération anticipée en 1989, mais comme il n'avait cessé de clamer son innocence, toutes ses demandes furent rejetées. Un des principes de base du système pénal britannique fait en effet du remords la condition préalable à toute mise en liberté conditionnelle. Un détenu qui nie sa culpabilité ne peut donc en bénéficier. Cette règle plonge dans une situation inextricable des innocents qui ne sont pas disposés à sacrifier leur réputation pour éviter de passer leur vie en prison.

Près de trente ans après le meurtre de Wendy Sewell, le président de la cour d'appel, le juge Pill, reconnut que certaines erreurs avaient été commises lors de l'interrogatoire de Downing. Le tribunal ne pouvait être sûr, déclara-t-il, du sérieux des aveux initiaux de M. Downing à la police. Aussi sa condamnation était-elle « douteuse ». Downing fut remis en liberté et son honneur fut lavé. Mais des avertissements furent lancés à la cour d'appel. Don Hale, un journaliste militant qui avait cherché sept ans durant à attirer l'attention du public sur la douloureuse situation de Downing, déclara : « Ce qui m'inquiète, c'est le nombre de gens dans le même cas qui croupissent au fond des prisons. »

Stefan Kiszko

Parmi ceux-ci figurait Stefan Kiszko, interrogé en 1975 pour l'assassinat d'une fillette de onze ans, Lesley Molseed, à Rochdale. Convaincue de la culpabilité de Kiszko, la police ignora l'immaturité et l'incompétence sociale qui avaient toujours fait de lui un souffre-douleur, ne prit pas la peine de lui expliquer qu'il pouvait se faire assister d'un avocat, lui refusa l'autorisation de voir sa mère – sa seule amie – et ne l'avertit pas des conséquences que pouvaient avoir ses propos, avant d'avoir décidé qu'il était le suspect numéro un. Il finit par avouer parce que les policiers lui avaient déclaré qu'il pourrait rentrer chez lui dès qu'il leur aurait dit ce qu'ils voulaient entendre.

Comme Downing, il se rétracta immédiatement, mais, cette fois encore, ses aveux furent le principal argument de l'accusation. Dans sa déposition, Kiszko avait notamment reconnu, à tort, s'être exhibé devant deux adolescentes qui l'avaient nommé et identifié. Seize ans plus tard, quand Kiszko fut libéré par la cour d'appel, les deux filles, adultes désormais, avouèrent avoir inventé cette histoire de toutes pièces après avoir vu un chauffeur de taxi uriner derrière un buisson. Bien pis, la police avait délibérément omis de présenter au tribunal un échantillon de sperme susceptible d'innocenter Kiszko.

En effet, souffrant du syndrome du double Y, Kiszko était stérile. La police le savait en 1975 parce qu'un échantillon du sperme de Kiszko prélevé au cours de l'enquête ne contenait pas de spermatozoïdes. Or le médecin légiste qui avait examiné les vêtements de Lesley Molseed avait trouvé des spermatozoïdes dans les taches qui maculaient ses sous-vêtements. La police n'en informa ni la défense ni le tribunal, une lacune que l'on ne découvrit qu'en 1990, lorsqu'une nouvelle enquête fut ouverte. Deux ans plus tard, lorsque la cour d'appel entendit une demande déposée au nom de Kiszko, le juge Lane déclara : « Il a été prouvé que cet homme est incapable de produire des spermatozoïdes. Cet homme ne peut avoir été responsable du... [sperme trouvé sur]... la culotte et la jupe de la jeune fille. Il ne peut donc être son assassin. »

Kiszko fut immédiatement libéré. Mais les mauvais traitements que lui avaient infligés ses codétenus l'avaient rendu paranoïaque. Il voyait des complots partout. Il était convaincu que sa mère – seule personne extérieure à clamer obstinément son innocence – était responsable de sa condamnation et il lui fallut neuf mois de réadaptation avant de pouvoir retourner chez lui. Il mourut dix-huit mois plus tard, détruit physiquement et mentalement. Mme Kiszko le suivit dans la tombe six mois plus tard.

L'indignation de l'opinion publique fut sans bornes, mais bien peu de gens furent disposés à admettre qu'en criant vengeance après l'assassinat de la fillette ils avaient incité la police à faire des pieds et des mains pour dénicher un coupable.

Howard Stamp

Souffre-douleur de ses camarades de classe à cause de son bec-de-lièvre et de son élocution défectueuse, Stamp n'avait pas brillé par son assiduité scolaire. Présenté comme « fainéant » lors de son procès, il s'était imposé une réclusion volontaire, dont il n'avait pas le courage de sortir. « Il se faisait taquiner chaque fois qu'il mettait les pieds dehors, avait expliqué sa mère. Il n'était pas comme les autres, et il ne savait ni lire ni écrire. »

Aujourd'hui, on aurait diagnostiqué chez lui des pulsions autodestructrices. Il souffrait de toute évidence de troubles alimentaires – il était d'une maigreur effrayante, assortie d'une immaturité physique flagrante. De surcroît, il avait pris l'habitude de se taillader les bras avec des lames de rasoir. Sa mère, incapable d'analyser des troubles du comportement à peine identifiés dans les années 1960, avait supplié son généraliste de le faire interner avant qu'il ne « se serve de son rasoir contre quelqu'un d'autre ».

Ce fut cette requête qui persuada la police qu'il était coupable de l'assassinat atroce de sa grand-mère de cinquante-sept ans, Grace Jefferies, perpétré le mercredi 3 juin 1970. Découverte dans un « bain de sang » à son domicile de Mullin Street, Highdown, à la limite entre Bournemouth et Pool, Grace avait été poignardée et lacérée – on releva trente-trois coups de couteau sur son corps. La presse parla de « crime aux mille plaies », parce que la victime portait de très nombreuses blessures superficielles aux bras et aux jambes, ce qui donnait à penser qu'elle avait été longuement torturée avant d'être égorgée. La conclusion irréfutable, selon le médecin légiste, était qu'elle avait cherché à se réfugier tant bien que mal dans sa chambre, à l'étage, pendant que son bourreau lui tailladait les bras et les jambes avec un couteau à découper.

Les soupçons se portèrent sur Stamp quand des témoins affirmèrent l'avoir vu sortir en courant de la maison de Grace le mercredi 3 juin, deux jours avant la découverte du corps, le vendredi 5 juin. Des croûtes de sang relevées sur ses vêtements semblaient confirmer sa culpabilité, et il passa aux aveux au terme de trente-six heures d'interrogatoire. Comme dans le cas de Downing et de Kiszko, il n'avait pas d'avocat et se rétracta. Il reconnut être sorti en courant de la maison de Grace, mais affirma que sa grand-mère était déjà morte lorsqu'il était entré chez elle avec son double de la clé. Horrifié par ce spectacle macabre, il s'était enfui, avait filé jusque chez lui et s'était enfermé dans sa chambre, trop bouleversé pour raconter ce qu'il avait vu. Ce n'est que quarante-huit heures plus tard qu'un facteur signala que Grace n'avait pas ouvert ses rideaux depuis plusieurs jours.

L'affaire paraissait limpide. Pourtant, certaines contradictions sautaient aux yeux. La première estimation du médecin légiste suggérait que Grace était morte depuis quatre jours au moment où son corps avait été découvert. Cette appréciation fut réduite ensuite à quarante-huit heures pour cadrer avec les déclarations des témoins. Au procès, le médecin légiste justifia ce revirement : sa première déclaration, affirma-t-il, était un simple « lapsus » ; la défense ne prit pas la peine de creuser la question. Dans une volte-face comparable, le facteur qui avait attiré l'attention de la police sur les rideaux fermés de Grace déclara au tribunal que son expression « plusieurs jours », signifiait « deux tout au plus ». Là encore, la défense ne releva pas.

Les traces de sang séché prélevées sur les genoux du pantalon de Stamp semblent confirmer sa seconde déposition : il s'était agenouillé à côté du corps de sa grand-mère – deux jours après le crime, si la première estimation du médecin légiste était correcte – pour vérifier si elle était morte. Elles concordent moins bien avec la version de la police et de l'accusation : il aurait pris un bain pour se débarrasser du sang de Grace puis, ayant enfilé des vêtements propres, se serait frotté contre un mur éclaboussé de sang au moment où il partait. Dans ce cas de figure, une partie du sang aurait encore été assez visqueuse pour être absorbée par les fibres du tissu, et les points de contact auraient été le dos, les fesses et les épaules de Stamp et certainement pas ses genoux et ses poignets.

La défense entreprit de contester les indices d'ordre médico-légal, c'est-à-dire, pour l'essentiel, des cheveux et de la mousse séchée prélevés sur les parois et sur la bonde de la baignoire. L'accusation prétendait que Stamp avait pris un bain après le meurtre. Les deux parties étaient d'accord pour reconnaître que l'assassin de Grace, quel qu'il fût, devait être couvert de sang. L'accusation suggérait que Stamp était nu au moment du crime, ou qu'il avait emporté ses vêtements ensanglantés pour s'en débarrasser. Cette dernière hypothèse gagna en crédibilité lorsqu'un témoin déclara que Stamp, au moment où il était sorti précipitamment de chez sa grand-mère, portait un sachet en plastique noir. Ce sac n'a jamais été retrouvé, malgré les recherches intensives de la police.

L'écume présentait des traces de sang du groupe de Grace et les cheveux furent identifiés comme appartenant à Stamp. On releva également ses empreintes digitales sur la porte de la salle de bains et sur le siège des toilettes. Adam Fanshaw, avocat de la Couronne chargé de la défense, réussit à réfuter l'indice des empreintes en rappelant que Stamp se rendait régulièrement chez sa grand-mère. Mais alors qu'il cherchait à justifier la présence de cheveux en usant du même argument, Stamp lui coupa l'herbe sous le pied en affirmant obstinément n'avoir jamais pris de bain chez Grace.

Le médecin légiste appelé par la défense, le Dr John Foyle, fit remarquer que les cheveux n'étaient pas forcément ceux de Stamp ; il cita le commentaire que le Pr Keith Simpson, célèbre médecin légiste du Home Office, avait fait lors du procès de Leckey en 1943 [1].

« Le mot "identique" ne signifie pas que les cheveux appartiennent forcément à la même personne, mais seulement que cela est *possible*. En matière d'analyse capillaire, il est impossible de prétendre à davantage de précision. Des cheveux identiques ne constituent pas une preuve irréfutable à l'image des empreintes digitales, car les détails dont ils sont porteurs sont beaucoup moins nombreux. »

1. Gunner Dennis Leckey fut jugé pour le meurtre de Caroline Traylor en 1943. Bien qu'il eût été déclaré coupable et condamné à mort, le jugement fut annulé par la cour d'appel pour vice de forme et Leckey remis en liberté. Bien que les commentaires du Pr Simpson aient concerné une affaire remontant à 1943, ils étaient encore valables trente-cinq ans plus tard, quand il les reprit dans *Professeur Keith Simpson : une autobiographie*, édité par Harrap Limited en 1978.

Malheureusement, le Dr Foyle perdit contenance lors du contre-interrogatoire. Fanshaw ne put en effet le préserver des railleries de l'accusation, qui lui reprochait de manquer d'expérience et de rechercher la publicité. Opérant une volte-face préjudiciable à l'accusé, il affirma qu'il était parfaitement possible que « ces cheveux aient été déposés dans la baignoire en une précédente occasion », ce qui sous-entendait que les cheveux étaient bien ceux de Stamp.

La mère de Stamp, Wynne, ne fut pas un témoin très utile à son fils. Elle n'aurait jamais dû être appelée à la barre. Timide et d'une intelligence inférieure à la moyenne, elle bredouilla tout au long de sa déposition, interprétant de travers un grand nombre de questions. Elle profita de sa comparution pour attirer l'attention sur ses difficultés personnelles – « J'en ai vu des vertes et des pas mûres à cause des problèmes physiques et mentaux d'Howard... personne ne peut imaginer ce que j'ai enduré... il devrait y avoir des aides pour les gens comme moi... » Sa seule explication à la présence d'Howard chez Grace le mercredi, jour où il aurait dû commencer à travailler chez Jannerway & Co (une laiterie), était que c'était un « fainéant ». Mais elle était persuadée, et n'en démordit pas, qu'Howard était incapable de faire du mal à sa grand-mère. « Il allait toujours la voir quand il n'avait pas le moral. Elle le comprenait parce qu'elle avait une fissure du palais, elle aussi. C'est de famille. »

L'infirmité de Grace – une malformation du palais non opérée, cause d'un grave défaut d'élocution – l'avait rendue aussi solitaire que son petit-fils. Placée comme domestique à quinze ans, elle avait donné naissance à Wynne un an plus tard. On ne savait rien du père, mais le fait qu'elle ait conservé sa place et ait été autorisée à garder son enfant permet de soupçonner un viol commis par un membre de la famille. Dix ans plus tard, à vingt-six ans, elle épousa Arthur Jefferies, quarante-trois ans, qui travaillait dans la marine marchande. Il adopta Wynne et acheta la maison de Highdown, Bournemouth, où Grace passa le restant de ses jours.

Malheureusement pour Grace, Arthur trouva la mort en 1942, lors de l'attaque d'un convoi en mer du Nord. Elle n'avait pas trente ans lorsqu'elle devint veuve. Trois ans plus tard, alors qu'elle avait tout juste seize ans, Wynne rencontra puis épousa Fred Stamp, un ouvrier agricole de Bere Regis dans le Dorset. Le mariage fut de courte durée – Wynne imputait leur rupture à la « laideur » de leur bébé. Mère et fils retournèrent alors à Bournemouth, dans un logement social de Colliton Way, à moins d'un kilomètre de chez Grace. Si rien n'indique la moindre mésentente entre Grace et Wynne, les deux femmes, semble-t-il, ne se fréquentaient pas beaucoup.

Les voisins de Grace la décrivirent respectivement comme « bizarre », « excentrique », « un peu solitaire », « timide » ou « pas très aimable ». Elle était probablement tout cela à la fois parce que, comme pour son petit-fils, les relations sociales n'étaient pas son fort. Elle recevait très peu de visites, c'est un fait, mais une raison probable du peu d'empressement de Wynne à venir la voir était qu'elle n'avait pas de voiture et travaillait à plein temps comme emballeuse chez Brackham & Wright, l'usine de machines-outils de Glazebo-rough Road.

Apparemment, Stamp se réfugiait chez sa grand-mère chaque fois qu'il faisait l'école buissonnière. Des voisins affirmèrent avoir vu un enfant jouer dans le jardin pendant l'été dans les années 1950. Si cela est vrai, Grace ne le signala jamais ni à sa fille ni aux autorités scolaires, ce qui dut persuader Howard que sa grand-mère lui offrait un abri sûr contre les petites brutes qui le persécutaient. De toute évidence, ses visites se firent plus fréquentes quand il fut plus grand, ce qui explique qu'il ait été identifié aussi facilement par les témoins qui le virent s'enfuir. « C'était son petit-fils, le maigrichon, déclara l'un d'eux. Il avait l'habitude de se cacher chez Grace au lieu d'aller pointer [à l'agence pour l'emploi]. »

Au procès, l'accusation affirma que l'instabilité et les pulsions autodestructrices de Stamp s'étaient aggravées au point d'effrayer Grace. Ils en donnèrent pour preuve une lettre adressée à Wynne dans laquelle elle disait : « Howard a recommencé à crier alors qu'il sait bien que ça me fait peur. Je lui ai dit que s'il continue, je préviendrai la police. » Plus loin dans la même lettre, figuraient quelques lignes que l'accusation ne cita pas : « Je lui ai dit que si seulement il pouvait se trouver une gentille fille il se sentirait mieux, mais il m'a dit de la fermer. Tu aurais dû aller parler aux flics quand ils se sont moqués de lui à propos des garçons qui le terrorisent. C'est ça qui l'a foutu en l'air. Il dit que c'est une perte de temps, mais j'ai bien trouvé Arthur, non ? »

La défense n'a pas exploité ce passage. Elle aurait pourtant dû le faire pour deux raisons au moins. Pour commencer, Grace voulait certainement dire ceci : Howard s'est remis à crier et cela m'effraie parce que je ne sais pas comment l'aider. Je l'ai persuadé d'arrêter en le menaçant d'appeler la police. Tu sais aussi bien que moi combien il en a peur. Les flics se sont moqués de lui quand il est venu les voir parce que d'autres garçons le brutalisaient et il ne leur fait plus confiance. D'autre part, si Stamp se laissait intimider par la police, on ne pouvait ajouter foi à aucun élément de son interrogatoire. Peut-être même avait-il préféré impressionner les policiers en reconnaissant avoir commis un meurtre brutal plutôt que de passer pour un poltron parce qu'il s'était enfermé dans sa chambre, terrifié.

L'affaire Stamp n'a jamais été réexaminée, car le jeune homme s'est pendu en 1973. Pourtant, la comparaison la plus superficielle entre le témoignage de Wynne Stamp et les arguments de l'accusation suffit à révéler d'alarmantes contradictions. Wynne affirma que son fils « n'était pas intéressé par l'argent parce qu'il détestait faire les magasins ». L'accusation déclara : « Tous les tiroirs de la maison de Grace avaient été ouverts, probablement à la recherche d'argent et d'objets précieux. On peut aussi penser que Grace a surpris un cambrioleur en flagrant délit. » Wynne reconnut qu'elle n'était pas bonne ménagère et que son fils passait son temps « à ranger » derrière elle. Or la maison de Grace avait été « mise sens dessus dessous », expliqua l'accusation. Wynne avait raconté que son fils avait honte de ses bras lacérés et les dissimulait sous des pulls et des chemises à manches longues. L'accusation fit valoir qu'« un homme qui éprouve une certaine jouissance à se mutiler au rasoir prend certainement *plaisir* à taillader une femme qui a peur de lui ».

Stamp fut lamentablement lâché, c'est le mot, par son équipe de défenseurs ; on ne peut qu'en conclure que sa culpabilité ne faisait pas plus de doute pour eux que pour la police et l'accusation. On a du mal à comprendre pourquoi. Malgré des compétences sociales médiocres et un physique ingrat, c'était de toute évidence un jeune homme vulnérable souffrant d'une mauvaise image de lui-même et de graves problèmes affectifs. La seule hypothèse en cohérence avec les arguments de l'accusation est celle d'une schizophrénie paranoïde susceptible de provoquer une explosion de violence hallucinatoire même contre une femme qui l'aimait.

Aucun indice ne vient étayer cette thèse. Stamp a été examiné par deux experts psychiatres chargés d'établir sa responsabilité, et aucun n'a diagnostiqué de schizophrénie. Le verdict du psychiatre de l'accusation fut que Stamp était « égocentrique et introverti, mais globalement normal ». Le psychiatre de la défense le trouva « déprimé et suicidaire » :

« Howard est illettré et a un QI très bas, ce qui explique qu'il ait du mal à comprendre des questions simples... Il est extrêmement réservé, surtout lorsqu'il parle de lui-même, refuse de regarder son interlocuteur en face et se couvre le bas du visage de ses mains. Cette gêne, qui va jusqu'à l'obsession, est attribuable à un bec-de-lièvre mal opéré... Howard présente des symptômes d'agoraphobie et est persuadé d'être d'une nullité absolue... Sa détention provisoire ne fait rien pour remédier à ces difficultés affectives ; en effet, il a peur de nouer des relations avec les policiers et avec les autres détenus... cette inadaptation socio-affective le rend déprimé et suicidaire.

« Je m'inquiète de son peu de confiance en lui-même et dans ses relations avec autrui. Il n'a aucune estime pour lui et semble croire qu'il mérite d'être puni. C'est pour cette raison qu'il a pris l'habitude de se lacérer les bras pendant son adolescence et sa postadolescence et qu'il refuse de s'alimenter depuis qu'il est en prison. Je suis sûr qu'il souffre, depuis un certain temps, d'anorexie mentale, un trouble du comportement alimentaire qui, pour être rare chez les garçons, n'en est pas pour autant inconnu. Cette pathologie se rencontre chez des personnes persuadées de manquer de toute séduction... Dans le cas d'Howard, la déformation de sa lèvre est, de toute évidence, une des causes majeures de ce comportement.

« ... Je ne le considère pas comme apte à être traduit en justice ; en effet, il ne possède pas la vision objective nécessaire pour savoir s'il convient de récuser les accusations portées contre lui. En outre, sa simple comparution publique devant le tribunal le bouleversera au point qu'il sera incapable de jouer son rôle comme il convient [1]. »

Les recommandations du psychiatre de la défense furent ignorées et l'on décréta que Stamp était en état d'être jugé.

Les connaissances actuelles sur les troubles du comportement alimentaire nous permettent de supposer que ce jeune homme souffrait de dysmorphophobie. Cette pathologie relève d'un trouble obsessionnel compulsif. Il ne s'agit donc pas d'une variante d'anorexie mentale ni de boulimie, bien que l'automutilation et le refus de s'alimenter soient des symptômes typiques de l'aggravation de cet état. Dans la plupart des cas, le patient est littéralement obsédé par certains de ses traits physionomiques – des défauts qui peuvent être réels, imaginaires ou exagérés – et il craint d'être ridicule en société. Ce trouble se manifeste généralement à l'adolescence, tend à devenir chronique et, s'il

1. Extrait d'Andrew Lawson, *Clinical Studies* (Random House, États-Unis, 1975).

n'est pas traité, peut conduire à la réclusion volontaire, à l'isolement, à la dépression grave, et même au suicide.

Si Stamp souffrait effectivement de cette affection, on a peine à croire qu'il ait pu tuer sa grand-mère. Elle était la seule personne avec qui il pouvait se sentir à l'aise, car elle souffrait du même handicap que lui. Elle n'avait pas de bec-de-lièvre, mais ses difficultés d'élocution étaient plus graves que celles de Stamp, elle avait aussi peu d'amis et n'aimait pas plus que lui sortir de chez elle. Ils étaient de la même espèce, elle et lui, préférant la solitude au ridicule, et l'on a peine à croire que la personnalité de Stamp ait pu subir une transformation assez radicale pour le faire sortir de son introversion automutilatrice, égocentrique et nourrie de haine de soi, et le conduire à lacérer et à poignarder la seule personne qui le protégeait.

En admettant même que Grace ait cherché à le secouer pour le sortir de sa dépression, en lui suggérant de se trouver « une gentille fille » – elle se rappelait que sa propre situation s'était améliorée quand elle avait « eu Arthur » – et que Stamp se soit fâché, il s'était contenté manifestement de crier. Peut-être Wynne lui avait-elle déjà fait la même suggestion avec le même résultat. Elle déclara au procès : « Il aimait mieux les femmes que les hommes, mais elles ne l'aimaient pas. Ça le fâchait. »

L'accusation y vit « de la colère contre les femmes – contre une femme, sa grand-mère, Grace Jefferies, qui avait fini par avoir peur de lui ». Mais on pourrait tout aussi bien penser que Stamp exprime sa frustration quand sa mère et sa grand-mère l'exhortèrent à se trouver une petite amie, sachant que cette entreprise serait aussi pénible que vaine. Son suicide trois ans plus tard prouve certainement qu'il avait du mal à se faire des amis, d'un sexe ou de l'autre. Un employé de la prison déclara lors de l'enquête : « Il était très timide. Les autres détenus lui menaient la vie dure à cause de ça. Il refusait de sortir de sa cellule si on ne lui en donnait pas l'ordre. »

On ne peut qu'imaginer la solitude et le désespoir de Stamp lorsqu'il constata que sa mère elle-même le croyait coupable. « J'ai cessé de lui rendre visite quand ils l'ont transféré à Dartmoor, expliqua Wynne lors de l'enquête. Nous n'avions rien à nous dire, et ce n'était pas la porte à côté. » Voulant sans doute exclure toute hypothèse d'assassinat par ses codétenus, le coroner demanda à Wynne si Howard était du genre à attenter à ses jours. Elle répondit : « Il avait beaucoup de choses sur la conscience. »

Vraiment ?

La police prétend être toute disposée à rouvrir des dossiers, mais les contraintes budgétaires et le manque de temps dû à l'augmentation du taux de criminalité rendent vain tout espoir d'aboutir à la mise en examen d'un nouveau suspect. Le dossier est trop mince et les indices matériels trop peu nombreux pour que l'on puisse incriminer une autre personne un quart de siècle après les faits. Chacun sait – d'où les réformes du PACE et du CPIA – que, lorsque la police est persuadée de tenir le coupable, elle ne perd pas de temps à rechercher des indices susceptibles de l'innocenter. En outre, et cet élément est capital en cas de procès, les souvenirs de témoins qui ne se sont pas présentés trente ans plus tôt ou n'ont jamais été pleinement exploités seront forcément jugés « peu fiables ».

Néanmoins, depuis 1987, date depuis laquelle l'analyse des empreintes génétiques a force de preuve en Angleterre [1], le vent a commencé à tourner, au grand dam des assassins qui « s'en sont tirés ». Si cette technique a été jusqu'ici incapable de redresser des erreurs judiciaires notoires, on a pu obtenir des condamnations tardives dans un certain nombre d'affaires d'homicides irrésolues.

En 1970, les empreintes génétiques n'étaient qu'un rêve lointain. Néanmoins, la couverture journalistique du procès qui s'est tenu en avril 1971 donne à penser que la police avait prélevé, dans la maison de Grace, certaines pièces à conviction qui pourraient, aujourd'hui encore, disculper Stamp :

« L'accusation affirme qu'un T-shirt trouvé dans la maison appartient à Stamp. La défense récuse ce fait, bien que Wynne Stamp ait admis par la suite que son fils en avait possédé un "pareil" » (*The Times*, mardi 13 avril 1971). « Des gants jetés après une orgie sanglante » (titre du *Sun*, mercredi 14 avril 1971). « Une paire de gants tachés de sang qui appartenaient probablement à la victime a été retrouvée dans une poubelle près du domicile de Grace Jefferies. La police pense que le meurtrier les a portés et s'en est débarrassé une fois son forfait accompli » (*Daily Telegraph*, mercredi 14 avril 1971). « L'accusation dispose d'une carte maîtresse : les cheveux trouvés dans la baignoire de Grace Jefferies, que l'on a identifiés comme ceux de l'accusé. Le Dr James Studeley (médecin légiste du Home Office) affirme que ces cheveux sont identiques à ceux de Stamp » (*The Times*, mercredi 14 avril 1971).

1. Robert Melias en Grande-Bretagne a été le premier criminel de l'histoire condamné sur la foi de l'ADN.

« Adam Fanshaw, avocat de la défense, a nié que les cheveux prélevés dans la baignoire de Grace aient pu appartenir à Stamp. “L'accusé n'a jamais pris de bain chez sa grand-mère, a-t-il déclaré. Aussi toute similitude relevée par le Dr Studeley (médecin légiste du Home Office) entre les cheveux de l'accusé et ceux qui ont été trouvés dans la baignoire relève-t-elle d'une simple coïncidence” » (*Daily Telegraph*, jeudi 15 avril 1971). « Dans sa récapitulation, Me Adam Fanshaw a déclaré : “Le docteur Foyle (médecin légiste de la défense) a montré que les cheveux de l'accusé sont comparables par leur nature, leur couleur et leur forme à ceux de sa mère. Pourtant, personne ne suggère que Wynne Stamp ait pu commettre ce crime. L'accusation n'a pas su apporter la preuve que les cheveux trouvés dans la baignoire sont bien ceux de l'accusé. Elle a seulement pu établir qu'ils sont similaires. Ce crime a pu être commis par n'importe quel roux... Néanmoins, il est tout aussi probable que des cheveux de l'accusé aient pu tomber dans la baignoire lors d'une précédente visite” » (*The Times*, 16 avril 1971).

Cette ambiguïté fut préjudiciable à la cause de Stamp. Le système de défense de Fanshaw – promis à un avenir de juge de la Cour suprême – fut pour le moins incohérent. Enfermé dans un dilemme parce que son client affirmait obstinément n'avoir jamais pris de bain chez sa grand-mère, il proposa au jury plusieurs explications. Les cheveux n'étaient pas ceux de Stamp mais, si le jury tranchait en sens contraire, cela voulait dire qu'ils étaient tombés par hasard dans la baignoire. Or Wynne Stamp témoigna que son fils ne s'était pas rendu chez sa grand-mère entre le jeudi 28 mai et le mercredi 3 juin. Elle souligna également que sa mère était trop bonne ménagère pour laisser sa baignoire sale. Le seul jour où des cheveux d'Howard auraient pu tomber « par hasard » dans la baignoire était donc le mercredi. Non sans raison, le jury préféra suivre l'accusation, laquelle affirmait que les cheveux étaient trop nombreux pour que l'on pût ajouter foi à cette version. Pour qu'on en retrouve autant, il fallait que quelqu'un se soit plongé la tête dans l'eau et se soit fait un shampooing.

À en croire la seconde estimation du médecin légiste, le crime a eu lieu le mercredi 3 juin 1970 entre 12 et 14 heures. Les traces de sang relevées dans l'escalier, sur les murs et le sol donnaient à penser que Grace avait mis une à deux heures à mourir, ce qui coïncidait avec les différents moments où Stamp avait été aperçu. On savait qu'il était parti de chez sa mère à midi moins le quart, heure à laquelle une voisine l'avait vu. Elle affirma qu'il avait « l'air normal », mais fut incapable de préciser comment il était habillé. Tous les témoins qui le virent sortir de chez sa grand-mère situent son départ entre 14 heures et 14 h 30 ; leurs descriptions des vêtements qu'il portait se recoupent : « chemise blanche, sortie du pantalon, blue jean », « chemise et pantalon », « T-shirt blanc et Levi's ». Ils sont tous d'accord pour estimer que son comportement était « bizarre ». L'un dit qu'il « courait comme un dératé ». Un autre : « Il ne regardait pas où il allait, et il s'est cogné à l'arrière d'une voiture en stationnement. » Un troisième : « Il cherchait à dissimuler son visage, mais je l'ai reconnu avant qu'il se détourne. Il avait le regard fixe, les yeux fous. »

Aucun n'a mentionné que ses cheveux étaient mouillés ou présentaient un aspect inhabituel. Or cela aurait dû être le cas si les hypothèses de l'accusation étaient exactes. Stamp, on le sait, cherchait à ressembler à son héros, Ginger Baker, le légendaire batteur du groupe rock Cream des années 1960. Une photographie du jeune homme prise par sa mère trois mois avant le crime révèle des traits pâles et tirés, une moustache et une barbe en bataille. Ses cheveux rêches et emmêlés pendaient jusqu'aux épaules – lui masquant le visage. Wynne déclara qu'il les lavait rarement, parce qu'ils « frisaient quand ils séchaient et se dressaient tout autour de sa tête ». Elle affirma aussi qu'il les enduisait de vaseline pour les alourdir. Dans sa récapitulation, Adam Fanshaw attira l'attention sur ces contradictions – « Si l'accusé s'était lavé les cheveux, ils auraient été mouillés ou hirsutes, quand il a quitté la maison... il n'y avait pas de résidus de vaseline sur les cheveux trouvés dans la baignoire. » Mais ces détails n'impressionnèrent guère les jurés.

Peut-être se dirent-ils qu'entre des cheveux frisés et des cheveux emmêlés, la différence n'était pas grande. Peut-être l'aspect soigné de Stamp au procès – il s'était laissé convaincre de se raser et de se faire couper les cheveux pour avoir l'air d'un jeune homme respectable – leur sembla-t-il incompatible avec les descriptions de sa mère – il « rabattait toujours ses cheveux sur sa figure, disait-elle, pour cacher sa lèvre ». Probablement jugèrent-ils recevable l'argument de l'accusation selon lequel le shampooing, un détergent, est capable de dissoudre la vaseline, un produit à base de pétrole.

Dernier rebondissement, la photo d'identité judiciaire de Stamp, prise quatre jours après son prétendu bain, ressemble trait pour trait à celle qui a été prise trois mois plus tôt. Des traits pâles, tirés, une moustache et une barbe en bataille, et des cheveux *vaselinés* lui tombant jusqu'aux épaules.

Des indices incompatibles

Stamp n'a pas pu arriver chez Grace avant midi, et n'a pas pu en repartir après 14 h 30. Il disposait donc de deux heures et demie pour se mettre en colère, lacérer et poignarder sa grand-mère avant de l'égorger, prendre un bain, effacer ses empreintes digitales des robinets de la baignoire – ils étaient propres –, saccager sa maison afin de faire croire à un cambriolage qui aurait mal tourné, tirer les rideaux et refermer soigneusement les fenêtres.

À supposer même qu'il ait pu faire tout cela dans ce laps de temps relativement court, il aurait également dû penser à jeter une paire de gants à la poubelle après son départ. Or les témoins ont affirmé qu'il se conduisait bizarrement, qu'il courait comme un dératé, qu'il s'était heurté à une voiture. Ils remarquèrent son regard fixe et ses yeux fous. Autrement dit, c'était un homme paniqué.

On a peine à concevoir comment cette fuite insensée en plein après-midi d'été peut cadrer avec le comportement prudent et réfléchi qui aurait dû être le sien à la suite du meurtre. Pourquoi attirer l'attention après avoir quitté les lieux s'il avait cherché – fût-ce maladroitement – à dissimuler ses traces ? D'ailleurs, pourquoi cette fuite précipitée ? Wynne affirma qu'il rentrait rarement de chez sa grand-mère avant le petit jour – « ils regardaient la télé ensemble ». Dans ce cas, pourquoi ne pas l'avoir fait ce jour-là ? Ce délai lui laissait tout le temps nécessaire pour préparer une mise en scène convaincante et, surtout, lui permettait de se glisser dehors à la faveur de la nuit.

L'explication la plus plausible est que la deuxième version des faits exposée par Stamp était exacte. Il s'est introduit chez sa grand-mère, l'a trouvée morte et, bouleversé, il a couru jusque chez lui pour s'enfermer dans sa chambre.

Quel jour Grace Jefferies a-t-elle été tuée ?

La première estimation du médecin légiste, son fameux « lapsus », suggérait que Grace était morte le lundi 1er juin 1970. La déclaration du facteur, rectifiée lors du procès, donnait à penser que ses rideaux étaient restés fermés *plusieurs* jours avant qu'il se décide à avertir la police, le vendredi 5 juin. La description des traces de sang relevées sur les vêtements de Stamp faisait état de « croûtes », ce qui semble désigner du sang *séché*. Dans sa seconde déposition, le jeune homme déclara : « J'ai su que grand-maman était morte dès que j'ai repoussé sa main. Elle était froide et ses doigts se sont ouverts. Quand je lui ai touché l'épaule, elle était raide. »

Ces détails nous offrent une amorce de cadre chronologique. La rigidité cadavérique intervient au bout de trois ou quatre heures au niveau des petits muscles de la face, des mains et des pieds, avant d'affecter les muscles plus importants. Sa disparition se fait selon le même schéma. La description de Stamp semble indiquer qu'elle était encore présente au niveau du gros muscle de l'épaule, mais avait diminué dans les petits muscles de la main.

Processus chimique, la rigidité cadavérique peut être affectée par un certain nombre de variables :

la température ambiante, celle du corps, un éventuel état pathologique, l'activité avant le décès, les conditions physiques dans lesquelles le corps a été laissé. En règle générale, un corps que l'on décrit comme froid et raide est mort depuis douze à trente-six heures, alors qu'un corps froid mais *pas* raide peut être mort depuis soixante-douze heures. La fraîcheur ambiante et l'obésité retardent le déclenchement, élargissant ainsi le cadre chronologique général. Un milieu plus chaud et une importante activité métabolique avant la mort l'avancent au contraire, en le réduisant.

En raison de ces variables, la rigidité cadavérique n'offre qu'une indication médiocre de l'heure de la mort. Dans le cas de Grace, on relève des éléments conflictuels. C'était une femme corpulente, mais son métabolisme de base a probablement été élevé dans l'heure qui a précédé sa mort puisqu'elle a désespérément cherché à échapper à son bourreau. Le crime a eu lieu en été, et la température ambiante extérieure était élevée ; toutefois, elle avait tiré les rideaux pour se protéger du soleil, et, selon les policiers, la maison était « glaciale ». L'hémorragie aura abaissé la pression sanguine, alors même que la peur augmentait l'activité métabolique.

Les seuls documents dont nous disposions aujourd'hui sur les constatations du Dr Studeley proviennent de la presse :

« Le médecin légiste a exposé dans le détail les résultats de l'autopsie et affirmé qu'ils étaient compatibles avec l'hypothèse selon laquelle Mrs Jefferies serait décédée environ quarante-huit heures avant l'examen du corps... Pendant le contre-interrogatoire, l'avocat de la défense a contesté certaines de ses conclusions. "N'est-il pas exact, a-t-il demandé, que les taches relevées sur l'abdomen suggèrent que la décomposition a duré plus de deux jours ?" Le Dr Studeley l'a nié. "Le processus est plus rapide quand le corps est exposé à l'air." Fanshaw a demandé ensuite pourquoi il n'avait relevé aucune trace de rigidité cadavérique. "Grace Jefferies était une forte femme. Ne vous attendriez-vous pas à relever une rigidité persistante au niveau des gros muscles ?" "En aucun cas, a répondu le Dr Studeley. Il faisait chaud et Mrs Jefferies a souffert atrocement avant de mourir. Dans ces conditions, le déclenchement et la disparition de la rigidité cadavérique auront été relativement rapides" » (*The Times*, mardi 13 avril 1971).

Le témoignage du Dr Foyle au nom de la défense situait la mort vingt-quatre ou trente-six heures plus tôt. Mais il se montra hésitant lors du contre-interrogatoire.

« Le médecin légiste appelé par la défense a affirmé que la putréfaction était trop avancée pour que l'on puisse situer le décès quarante-huit heures plus tôt. "Des taches verdâtres apparaissent sur la partie droite de l'abdomen au cours des deux premiers jours. Puis la décoloration s'étend et l'abdomen commence à gonfler sous l'effet du gaz." Il souligna que les notes d'autopsie du Dr Studeley mentionnaient "des taches envahissantes et un certain gonflement". "Ces observations sont plus compatibles avec un délai de trois ou quatre jours", conclut-il. Quand l'avocat de l'accusation lui demanda s'il avait personnellement examiné le corps, le Dr Foyle reconnut que non » (*Daily Telegraph*, mercredi 14 avril 1971). « Le Dr Foyle a déclaré que, selon lui, la déposition de l'accusé "sonnait juste". "La description de Mr Stamp suggère que le processus de rigidité cadavérique n'était pas achevé au moment où il a découvert le corps. Cela correspondrait à mon estimation selon laquelle Mrs Jefferies est morte pendant la nuit du 1er juin ou, au plus tard, dans la soirée du 2." Lorsque, au cours du contre-interrogatoire, on lui demanda s'il avait vu le corps, il a répondu que non. "C'est une question d'interprétation, a-t-il expliqué. Si l'on part du principe que le Dr Studeley a noté ses observations avec exactitude, je suis dans l'impossibilité d'appuyer ses conclusions. Dans des cas pareils, l'heure de la mort est toujours difficile à établir, mais il ne fait aucun doute pour moi que Mrs Jefferies a été tuée bien plus tôt qu'on ne le prétend." Cependant, acculé par l'avocat de l'accusation, le Dr Foyle a admis que les conclusions du Dr Studeley n'étaient "pas hors des limites du possible" » (*The Times*, mercredi 14 avril 1971).

On relèvera avec intérêt que c'est l'avocat de l'accusation, Me Robert Tring, qui a fait allusion au « lapsus » du Dr Studeley :

« Me Tring a demandé au témoin pour quelle raison il avait mentionné quatre jours dans ses notes d'autopsie alors qu'il affirmait désormais que Mrs Jefferies n'était morte que depuis deux jours. Le Dr Studeley a expliqué qu'il s'agissait d'un "lapsus" qu'il avait rectifié dans son rapport officiel » (*The Times*, 14 avril 1971).

On comprend mal qu'Adam Fanshaw n'ait pas contesté cette erreur, sachant que son propre médecin légiste penchait en faveur d'un délai de trois ou quatre jours. Peut-être prévoyait-il de rappeler Studeley lorsque son propre médecin légiste aurait réussi à établir que le crime avait pu avoir lieu dans la nuit du 1er juin ou dans la journée du 2, et/ou de faire de cette erreur l'argument majeur de sa récapitulation. Il n'est pas exclu non plus qu'il ait craint d'indisposer le jury en reprochant à un médecin âgé son manque de concentration ; peut-être avait-il l'intention de suggérer que Studeley avait changé d'avis sous la pression de la police. Quoi qu'il en soit, le Dr Foyle lui coupa l'herbe sous le pied en admettant que les conclusions de Studeley n'étaient « pas hors des limites du possible ».

Foyle n'avait aucune raison d'examiner le corps. La cause du décès était parfaitement connue ; l'ambiguïté portait sur l'*heure* de celui-ci. Stamp avait un alibi pour le 1er et le 2 juin – Wynne avait en effet pris quarante-huit heures de « congé maladie » pour « l'obliger à chercher du travail » ; le 3 juin était le premier jour où il avait pu rendre visite à Grace. Néanmoins, même si la défense avait exigé de faire procéder, elle aussi, à une autopsie, ce qui était son droit, cela n'aurait pas servi à grand-chose.

Les facteurs essentiels permettant d'établir l'heure du décès – température ambiante, rigidité cadavérique, *algor mortis* (refroidissement du corps), *livor mortis* (lividité cadavérique due à la coagulation du sang), autolyse et putréfaction (indicateurs de décomposition) – ne sont exploitables qu'au moment de l'examen initial du corps, pas après une semaine de réfrigération. Et rien ne permettait de supposer que les données de Studeley étaient erronées. Un des éléments majeurs évoqués au procès était l'allusion à des « taches envahissantes » et au « gonflement » de l'abdomen. Si, comme l'affirmait Foyle, cette observation était plus fréquente après trois ou quatre jours de décomposition, les chiffres relatifs à l'*algor mortis* étaient de première importance [1] et

1. Après la mort, la température du corps s'abaisse jusqu'à rejoindre celle du milieu environnant. Ce processus prend entre huit et douze heures au niveau de la peau, et vingt-quatre à trente-six heures au centre du corps. Une fois la putréfaction amorcée (environ deux jours après la mort), la température s'élève à nouveau sous l'effet de l'activité métabolique des bactéries.

pouvaient expliquer pourquoi il était certain que Grace était morte « bien plus tôt » que Studeley ne l'affirmait. Pour dire les choses simplement, si les relevés horaires révélaient une augmentation de la température du corps, cela voulait dire qu'elle s'était déjà abaissée jusqu'à la température ambiante et recommençait à augmenter.

En l'absence de plus amples informations, nous ne pouvons qu'essayer de deviner les éléments du débat ; mais le simple fait qu'il y ait eu débat donne à penser que les données se prêtaient à des interprétations divergentes.

Qui a tué Grace Jefferies ? Et pourquoi ?

L'accusation affirmait que Stamp avait dévalisé les tiroirs de sa grand-mère pour chercher de l'argent ou faire croire à un cambriolage. Pourtant, il ne semble pas que Grace ait possédé le moindre objet de valeur. Wynne pensait qu'elle « avait un peu de liquide dans une boîte à chaussures » ; à part cela, elle ne voyait rien qui aurait pu être volé. Il aurait évidemment fallu interroger Stamp lui-même, car c'était lui qui connaissait le mieux la maison de Grace, mais comme il était le suspect numéro un, on n'envisagea même pas de lui poser la question.

La maison avait été « mise sens dessus dessous ». Le policier qui força la porte d'entrée en donna une brève description :

« J'ai compris que quelque chose clochait dès que j'ai vu les pièces du rez-de-chaussée. C'était un foutoir inimaginable. Tout était cassé : les chaises, les miroirs, même les plantes avaient été arrachées de leurs pots. On aurait dit qu'un gosse avait piqué une colère. Je me suis inquiété en voyant du sang dans l'escalier... » (*The Times*, lundi 12 avril 1971).

Selon l'accusation, Stamp avait réagi aux remontrances de sa grand-mère par la colère, puis, après avoir tout cassé, il avait poursuivi la vieille dame dans l'escalier avec un couteau à découper trouvé dans la cuisine. Mais si Stamp était innocent, que signifie cet acte de vandalisme ? Quelqu'un peut-il agir de la sorte pour s'amuser ? Par frustration ? Sous l'emprise de la fureur ? Quel genre d'individu saccage ainsi les biens d'autrui ?

Le portrait qu'en donnent les études spécialisées est celui-ci : de sexe masculin, il a un passé d'absentéisme scolaire et appartient à une bande ; il vient d'une famille à problèmes, où la discipline est relâchée, sinon absente, et où personne ne prend la peine de le surveiller ; il est agressif, impulsif, incapable de comprendre le point de vue d'autrui ni de voir au-delà de l'instant présent – autant de traits de caractère qui l'empêchent de prendre conscience des conséquences de ses actes.

C'est ce qu'exprime bien la réflexion du policier : « On aurait dit qu'un gosse avait piqué une colère. » Indéniablement, Stamp répondait à certains points de la description qui précède. Il manquait fréquemment l'école, mais sa psychologie était à l'opposé de celle d'un délinquant. Il avait peur de sortir, était trop sensible au regard d'autrui pour oublier son infirmité, trop conscient des conséquences de ses actes pour chercher à fréquenter des filles. En fait, son vandalisme se dirigeait contre lui-même. S'il avait tué sa grand-mère, la police aurait vraisemblablement trouvé deux cadavres en entrant dans la maison :

celui de Grace, la gorge tranchée, et celui d'Howard les bras couverts de lacérations, et la veine du poignet coupée par le dernier coup de rasoir, libérateur.

L'accusation comme la défense admettaient qu'un individu aux cheveux roux, frisés ou frisottés, avait pris un bain après le meurtre. La défense avait relevé les points communs entre les cheveux de Wynne et ceux de son fils, non pour suggérer que Wynne avait assassiné Grace, mais pour prouver que l'analyse capillaire n'était pas une méthode d'identification irréfutable, du moins en 1970[1].

Si Grace ou Wynne avait eu des frères et sœurs, on serait tenté de chercher dans cette direction, mais Wynne était fille unique et il semble bien que Grace aussi. Le gène frisé venait peut-être du père inconnu de Wynne, mais toutes relations avec lui avaient apparemment été rompues, et l'on voit mal pourquoi lui-même ou des enfants qu'il aurait eus ultérieurement auraient recherché Grace pour l'assassiner.

Il semble plutôt que Stamp ait été victime d'une malheureuse coïncidence. Les cheveux roux ne sont pas rares en Grande-Bretagne, et ceux-ci sont fréquemment frisés ou ondulés – c'est, semble-t-il, une de leurs propriétés. Parmi les célébrités passées et présentes dotées de ce trait physique, on peut citer Henry VIII, la reine Elizabeth Ire, Vincent Van Gogh, Ginger Baker, Art Garfunkel, Bette Midler, Mick Hucknall. Une telle coïncidence n'est pas impossible, comme en témoignent les propos du Pr Simpson : « Des cheveux identiques ne consti-

1. Depuis l'introduction de l'analyse de l'ADN en 1987, elle est devenue au contraire une des méthodes les *plus* fiables.

tuent pas une preuve irréfutable à l'image des empreintes digitales, car ils sont porteurs de beaucoup moins de détails. »

Finalement, les preuves les plus convaincantes de l'innocence de Stamp dans cette affaire sont les robinets immaculés de la salle de bains et les gants souillés de sang retrouvés dans une poubelle. Ces éléments révèlent sans l'ombre d'un doute la présence d'un tiers dans la maison de Grace. Cet individu aura enfilé les gants pour fouiller ses tiroirs, saccager sa maison et prendre le couteau dont il s'est servi pour la poignarder. L'assassin avait pris la précaution de nettoyer les robinets et avait retiré les gants en entrant dans la baignoire.

L'accusation a décrit Howard Stamp comme un jeune homme impulsif, d'une intelligence médiocre, qui avait cédé à un accès de violence dirigé contre la grand-mère aimante et protectrice. Il avait enfilé des gants pour commettre son crime, pris un bain ensuite, essuyé ses empreintes sur les robinets, mais négligé cette précaution dans tout le reste de la maison. Pourquoi ? On avait relevé ses empreintes dans d'autres endroits de la salle de bains, et même sur le siège des toilettes. Et s'il s'était rendu compte, après le crime, qu'il était préférable de nettoyer les robinets de la baignoire, pourquoi s'entêter à affirmer qu'il ne s'était jamais servi de celle-ci ?

Ses détracteurs y verront la preuve de sa stupidité. Ayant commencé par tout avouer, il s'était immédiatement rétracté. En fait, l'accusation a interprété ses dénégations à propos de la baignoire comme une reconnaissance tacite de culpabilité :

« Dans sa récapitulation, Me Robert Tring... a attiré l'attention du jury sur l'indice de la baignoire. "L'accusé prétend ne s'en être jamais servi, déclara-t-il, or nous avons démontré que si. Vous devez vous demander pourquoi il a menti, alors que seul un coupable aurait hésité à admettre avoir pris un bain chez Grace Jefferies" » (*Daily Telegraph*, vendredi 16 avril 1971).

Malheureusement pour Stamp, le jury prit cette déclaration pour argent comptant sans se demander pourquoi, si Howard était prêt à crier aux aveux forcés, il refusait obstinément de « se rappeler » qu'il avait récemment pris un bain chez Grace. Sans pouvoir évidemment le lui suggérer, son avocat aura certainement attiré l'attention de son client sur l'incompatibilité entre son témoignage et les déductions que l'on pouvait tirer des pièces à conviction. « Tu me faciliterais grandement la tâche si tu t'étais servi de la baignoire de ta grand-mère, Howard. Es-tu bien *sûr* que ça ne t'est jamais arrivé ? » Un coupable n'aurait-il pas sauté sur cette issue possible ?

À la lumière des erreurs judiciaires commises dans les affaires Evans, Bentley, Kiszko et Downing, il est impossible d'examiner le cas de Stamp sans être pris de doute. Howard Stamp était un jeune homme immature souffrant de difficultés d'apprentissage, qui a été condamné après des aveux sur lesquels il était revenu et sur la foi de preuves contestables. On peut se demander s'il a véritablement compris ce qu'on lui reprochait, et il n'avait certainement pas les idées assez claires pour présenter une défense solide.

Moins de trois ans après son procès, Howard Stamp était mort, poussé au suicide par la solitude et le désespoir. Au cours de sa brève existence, il avait été taquiné et persécuté à cause de son bec-de-lièvre, persiflé pour sa stupidité, accusé d'avoir assassiné le seul être au monde qui le protégeait, condamné puis abandonné, livré à lui-même dans l'environnement hostile de la prison. Beaucoup diront que c'était un châtiment bien mérité s'il avait assassiné sa grand-mère. Mais les mêmes ne seraient-ils pas scandalisés si, demain, l'analyse des empreintes génétiques apportait la preuve de son innocence[1] ?

1. Toutes les personnes qui disposeraient d'informations concernant l'assassinat de Grace Jefferies et/ou la condamnation d'Howard Stamp sont invitées à se mettre en relation avec le Dr Jonathan Hughes, aux bons soins de Spicer & Hardy, agents littéraires, 25 Blundell St., Londres W4 9 TP.

Appendice

Quand j'ai consulté Michael Williams, professeur de sciences du comportement à l'université de Durham, il m'a proposé un profil de l'assassin de Grace Jefferies : « Je suis arrivé à quelques conclusions générales, fondées sur des faits limités. En temps ordinaire, je me rends sur les lieux du crime et j'examine de près tous les indices disponibles. C'est évidemment impossible s'agissant d'un événement qui remonte à trente ans ; aussi le profil criminel décrit plus bas relève-t-il davantage d'une hypothèse fondée sur la connaissance des faits. Le profilage des victimes a pris de l'importance au cours des dix dernières années ; on a en effet établi que le schéma de comportement d'une victime peut livrer des indices sur son assassin. En l'absence de plus d'informations sur le caractère et le mode de vie de Grace Jefferies, mes déductions sont, là encore, pures hypothèses. »

« Ce meurtre est un événement isolé qui ne s'inscrit pas dans une série de crimes. En l'absence de signes d'effraction, et dans la mesure où Grace nous est décrite comme une personne "solitaire", il est raisonnable de supposer qu'elle connaissait son agresseur. Elle avait suffisamment confiance pour lui ouvrir sa porte. Son attitude protectrice à l'égard de son petit-fils nous permet de supposer qu'elle faisait preuve de la même prudence à titre personnel, ce qui donnerait à penser que son visiteur était un familier ou quelqu'un du voisinage, qu'elle aura reconnu. Peut-être l'assassin n'avait-il pas l'intention de la tuer à son arrivée. Une fois sur place, il a perdu la tête. Il a tout détruit par frustration, peut-être en se rendant compte qu'il n'y avait rien à voler. Le défaut d'élocution de Grace peut avoir été la cause directe des tortures qui lui ont été infligées. Il l'aura lacérée pour la faire "parler" (soit parce que ça l'amusait, soit parce qu'il voulait lui faire dire où elle avait caché son argent). Inconscient du temps qui passait et du risque d'être surpris sur les lieux du crime, il a pris un bain pour se débarrasser des traces de sang.

« Si nous disculpons Howard Stamp [1], il faut admettre que le crime a eu lieu avant le 3 juin à midi. Cela élargirait le laps de temps au cours duquel le criminel a pu opérer. Les rideaux fermés sont un élément significatif, qui suggère que l'assassin s'est trouvé dans la maison pendant qu'il faisait nuit et craignait d'être vu. Cela explique également qu'il ait pu arriver et repartir sans se faire voir. Néanmoins, Grace n'était pas femme à ouvrir sa porte à la nuit tombée à moins d'estimer que son visiteur était quelqu'un de "sûr". Cela pourrait indiquer la présence d'un complice, très certainement une fille que Grace connaissait et qui avait une bonne raison de se trouver là. Si cette fille a assisté au crime, il ne fait pas de doute qu'elle a éprouvé la même terreur que Grace ; si elle est repartie après avoir introduit son petit ami dans la place, elle s'est aisément laissé convaincre de son innocence et/ou aura eu trop peur pour parler. Dans un cas comme dans l'autre, elle n'aura pas averti la police.

1. Le professeur Williams a ajouté un *nota bene* : « La police n'a pas eu tort de se fixer sur Stamp comme suspect numéro un. Il était le seul visiteur régulier de Grace, elle le considérait comme quelqu'un de sûr, il était mal dans sa peau et dans sa vie, et connu pour son irascibilité. Sa culpabilité reste assortie d'un point d'interrogation, bien que je sois d'accord avec Jonathan Hughes pour relever que le cadre chronologique semble avoir été déformé et que Stamp aurait réagi différemment s'il avait commis ce crime. »

« Les traits significatifs de ce crime sont les suivants : l'espoir de trouver quelque chose à voler ; une connaissance limitée des techniques d'investigation médico-légale (l'assassin a laissé des traces de son passage) ; une colère soudaine et incontrôlable (il s'en est pris au mobilier) ; la cruauté (il a torturé sa victime) ; l'incapacité de se projeter dans l'avenir (il l'a tuée sans tenir compte des conséquences) ; l'inexpérience (il ne s'attendait pas à être couvert de sang) ; l'insouciance à l'idée de se faire prendre une fois le crime commis (il n'a pas hésité à prendre un bain sur place).

« Le tueur était un individu immature et perturbé, sujet à des accès de colère et souffrant de problèmes affectifs. Peut-être était-il sous l'emprise de la drogue ou de l'alcool. Il pensait que Grace serait une cible facile et était remarquablement sûr de passer à travers les mailles du filet. Il était habitué à brandir des menaces – "si tu me mets dans le pétrin, je te tue" – et s'attendait à être obéi. Cela suggère un mépris des êtres humains en général, de la police en particulier, ainsi que des antécédents de comportement délictueux. Il n'a pas suivi de plan préétabli – il avait entendu dire que Grace avait du liquide chez elle, mais n'avait pas pris la peine de vérifier. Il avait l'habitude d'agir à sa guise et devenait violent à la moindre contrariété.

« Il doit aujourd'hui approcher de la cinquantaine ; il est peut-être alcoolique ou drogué. Il a, ou avait, les cheveux roux et aura certainement fait un peu de prison. Quand il était adolescent, il a habité Mullin Street ou aux environs, à Highdown, Bournemouth. Il faisait partie d'une famille de parasites, le genre de gens que les voisins n'aiment pas. Il brillait par son absentéisme scolaire et avait régulièrement des ennuis avec la police. Il avait assez de charisme pour se trouver une petite amie (sans doute parce qu'il traînait avec une bande populaire). Il était la personnalité dominante de cette relation, mais la jeune fille était probablement plus intelligente que lui. En raison de son illettrisme ou de son quasi-illettrisme, il doit être au chômage ou travailler comme ouvrier non qualifié. Il se met facilement en colère. Il vit avec une compagne et des enfants qu'il terrorise sans doute ; sinon, il y a certainement quelque part des femmes et des enfants qui le connaissent. »

Extraits de la centaine de lettres reçues par Jonathan Hughes

Tithe Cottage
West Staington
Dorset DT2 UVY

Dimanche, 12 août 2001

Cher Dr Hughes,

Je viens d'achever la lecture de *Détraqués*. J'ai été particulièrement intéressé par le chapitre consacré à Grace Jefferies, car mon épouse et moi-même habitions Bournemouth à l'époque. Comme vous le savez, cette affaire a fait grand bruit et a rempli les colonnes de la presse nationale. Cette ville n'avait pas connu pareille tragédie depuis l'assassinat atroce de Doreen Marshall, commis par Neville Heath en 1946.

Malgré toute l'estime que j'ai pour vous, je ne peux admettre l'hypothèse de l'innocence d'Howard Stamp. Nous connaissions personnellement, mon épouse et moi-même, une de ses institutrices de l'école primaire St. David. Selon elle, il y avait chez lui quelque chose qui « clochait » dès l'âge de six ans. J'admets que cela ne suffit pas à prouver sa culpabilité, mais j'ai assez tendance à me fier à l'intuition des instituteurs dans ce domaine.

Je crains que vous ne soyez tombé dans le panneau, comme cela est si fréquent de nos jours, qui consiste à essayer d'excuser le péché, soit en rejetant la responsabilité sur autrui, soit en décrivant le pécheur comme la victime des circonstances.

Avec mes sentiments les meilleurs,

Brendan McConnell

Répondu le 15.09.01 en demandant le nom de l'institutrice. Réécrit le 3.10.01 puis le 14.11.01.

Pas de réponse.

L'homme que vous cherchez est Barry Morton.

Il est roux et habite 3 Springhill Close,

Christchurch, près de Bournemouth.

Il bat souvent sa femme et ses gosses.

Reçu le 15.09.01. Ni adresse ni signature. Vérifié Barry Morton – trop jeune (deux ans en 1970).

Bournemouth

Cher Dr Hughes,

J'étais en classe avec Howard Stamp. Il se faisait persécuter tout le temps. Mais il n'était pas là très souvent. Des fois, sa mère le traînait à l'école par l'oreille quand les inspecteurs scolaires intervenaient. Elle n'était pas gentille, elle le frappait tout le temps. Je n'aimais pas la manière dont tout le monde le traitait. Il se faisait insulter. Même les maîtresses étaient méchantes avec lui. Je n'ai jamais cru qu'il avait tué sa mamie, mais je ne sais pas qui l'a fait.

Cordialement

Impossible de répondre en l'absence de nom de famille et d'adresse.

G. GARDENER, CONSEILLER MUNICIPAL

25 Mullin Street, Highdown, Bournemouth,
Dorset BH15 6 VX

Dr Jonathan Hughes
c/o Spicer & Hardy, agents littéraires
25 Blundell Street
Londres W4 9TP

17 décembre 2002

Monsieur,
J'ai acheté votre livre *Détraqués* à la suite de la passionnante interview que vous avez accordée à Radio 4 il y a quelques semaines. Vous aurez certainement noté que j'habite la rue où Grace Jefferies s'est fait assassiner. Mais vous savez sans doute que sa maison ainsi que les deux pavillons qui se trouvaient de part et d'autre ont été démolis en 1972 pour laisser place à un immeuble. J'ai quitté Londres pour m'installer ici en 1985. À cette date, cette affaire était oubliée. J'en ai eu vent après une recrudescence de cambriolages dans le quartier ; une voisine m'a fait remarquer qu'on n'avait pas vu autant de policiers dans le coin depuis la découverte du cadavre de Grace. Cette réflexion a évidemment éveillé ma curiosité et elle m'a raconté tout ce qu'elle savait.

Pendant plus d'un siècle, Bournemouth a été considéré comme une petite ville tranquille, caractérisée par de grosses villas, de superbes plages et des tendances conservatrices (au sens large et au sens étroit : celui du parti), un lieu de retraite idéal pour les classes moyennes aisées. Cela n'a pas tellement changé à certains égards, mais un afflux d'industries tertiaires – finance, assurances, tourisme –, auxquelles se sont ajoutés l'ouverture de l'université en 1992 et le succès de l'aéroport international, a considérablement augmenté le potentiel d'emplois de la ville. Elle fait aujourd'hui partie des agglomérations en pleine expansion de la côte sud.

Quand on sait cela, on a peine à imaginer le « ghetto » qu'était Highdown dans les années 1960. Coincé entre les limites de Poole et de Bournemouth, c'était un véritable dépotoir de familles en difficulté dans lesquelles deux, et parfois, trois générations vivaient des allocations de chômage. La plupart d'entre elles habitaient des logements sociaux. Quant aux 35 % de propriétaires, il s'agissait de veuves ou de couples de retraités aux pensions tout juste suffisantes pour survivre. Le taux de délinquance était nettement supérieur à celui de quartiers plus aisés, mais il s'agissait de petits vols à la tire et d'actes de vandalisme gratuit plus que d'agressions et de vols de voitures comme on en observe actuellement dans d'autres villes.

Cela explique peut-être en partie le choc éprouvé par la population locale à l'annonce de l'assassinat de Grace. La minorité de propriétaires s'était toujours inquiétée de la présence, à deux pas de chez eux, de familles de « parasites », mais ils avaient appris à fermer leur porte à clé et à protéger leurs biens. Un assassinat « à la californienne » était une autre affaire, d'autant plus que la victime était une veuve extrêmement discrète sans beaucoup d'amis. Vous faites allusion dans votre livre à l'émoi de la population, mais vous restez largement en deçà de la réalité. On a peine à imaginer la panique provoquée par les titres des journaux le samedi qui a suivi la découverte du corps.

D'un bout à l'autre de Bournemouth, la police a été littéralement assiégée par des femmes terrifiées, convaincues qu'elles seraient les prochaines victimes. On a observé un exode massif. De nombreuses veuves de Highdown sont allées habiter chez leurs fils ou leurs filles de crainte de croiser la route du tueur fou. La plupart se souvenaient du meurtre de Doreen Marshall par Neville Heath, un des premiers tueurs en série. La condamnation de Ian Brady et de Myra Hindley pour les crimes des Moors, en avril 1966, était encore présente dans toutes les mémoires. En Amérique, Charles Manson et sa « famille » étaient sur le point d'être jugés. On aurait dit que les meurtres en série se répandaient à travers le monde.

Vous évoquez le « soupir de soulagement collectif » suscité par l'arrestation et la mise en examen d'Howard Stamp, mais, en fait, ce ne fut que lorsque les pièces à conviction furent présentées au tribunal que la population locale a véritablement commencé à respirer. Ma voisine m'a confié qu'au moment de l'interpellation de Stamp tout le monde était persuadé que ce n'était pas le vrai coupable. Selon elle, Stamp « n'aurait pas fait de mal à une mouche. Il était impensable qu'il ait pu assassiner quelqu'un ». En fait, l'opinion courante était que la police lui avait extorqué des aveux par des manœuvres d'intimidation. Au demeurant, aucun des témoins qui avaient assisté à sa fuite n'avait vu la moindre trace de sang sur ses vêtements. Il y avait donc tout lieu de craindre que le véritable assassin coure toujours.

Comme vous le montrez clairement dans votre ouvrage, ce sont les éléments de preuve réunis lors de l'expertise médico-légale qui ont retourné le jury contre Stamp, tout en persuadant la population locale de sa culpabilité. Vous avez oublié de rappeler que le Dr James Studeley, médecin légiste de l'accusation, avait été l'élève de sir Bernard Spilsbury – le « père » de la médecine légale – dans les années 1930. L'accusation en a fait grand cas lors du contre-interrogatoire du Dr Foyle, dont les références ne faisaient pas le poids. Il avait, en effet, fait ses études en Australie auprès d'un professeur « inconnu ». Au cours du procès, Me Robert Tring lui a demandé de citer un médecin légiste avec lequel il avait travaillé et dont le jury pourrait connaître le nom. Il en a été incapable. Il s'est contenté d'affirmer avoir lu les travaux des plus grands professeurs. La même question ayant été posée auparavant à Studeley, celui-ci avait nommé, outre Spilsbury, sir Sydney Smith, le Pr Keith Simpson, le Dr Francis Camps et le Dr Donald Teare, cofondateurs de l'Association de médecine légale à la fin des années 1940. Foyle faisait pâle figure en comparaison.

Sa référence aux commentaires de Keith sur les « cheveux identiques », notamment, perdit de sa crédibilité quand Studeley lui opposa des remarques faites par Simpson lors d'un autre procès. « Des cheveux identiques peuvent apporter un élément de confirmation fort utile quand tout le reste va dans le même sens. » Dans le cas de Stamp, évidemment, ce « tout le reste » était ses aveux.

Je ne peux qu'approuver vos efforts pour attirer l'attention de l'opinion publique sur l'affaire Stamp bien qu'à en croire votre interview à Radio 4 vous n'ayez pas remporté grand succès à ce jour. Les recherches que j'ai menées personnellement sur cette affaire m'incitent à soutenir votre point de vue. J'estime, comme vous, que Stamp a été condamné sur la foi d'aveux forcés et d'indices contestables. Néanmoins, en l'absence d'autre suspect, il sera difficile de faire la preuve de son innocence. Malheureusement, mon unique voisine présente en 1970 est décédée il y a cinq ans. Je n'ai pas pu retrouver la trace de Wynne Stamp qui, à ma connaissance, devrait pourtant être encore en vie. La rumeur prétend qu'elle a changé de nom pour éviter toute publicité, mais je n'en ai aucune preuve.

Si je puis vous être utile, n'hésitez pas à m'écrire.

Avec mes sentiments les meilleurs

George Gardener

George Gardener

Répondu le 05.01.03. Engagé une correspondance qui a débouché sur un rendez-vous pris pour le 13.02.03 au pub À la Couronne de Highdown.

2

Aéroport d'Heathrow, Londres
Mercredi 12 février 2003, 23 heures

Les nouvelles du soir étaient angoissantes. Le gouvernement avait fait boucler l'aéroport d'Heathrow. Des Scimitar, des chars légers de reconnaissance, étaient en position, menaçants, autour des murs d'enceinte, des soldats et des policiers en armes patrouillaient dans les terminaux. Londres vivait dans l'inquiétude, ne sachant à quel saint se vouer. La perspective d'une guerre imminente avec l'Irak – un conflit que personne ne pouvait plus empêcher, à en croire la BBC et les journaux les plus sérieux – déprimait et alarmait ses habitants. Les arguments en faveur d'une frappe préventive contre un pays paralysé et un dictateur à bout de souffle ne persuadaient pas grand monde, et l'on comprenait mal la nécessité de ces bruits de bottes à l'adresse de Saddam Hussein alors que, depuis quinze mois, l'ennemi s'appelait al-Qaïda.

On parlait de scissions au sein du cabinet et la cote de popularité du Premier ministre était au plus bas. Le gouvernement avait donné la preuve de sa faiblesse depuis que des négociations maladroites avaient conduit les pompiers à se mettre en grève, obligeant les autorités à retirer des soldats du front pour équiper les pompes à incendies d'Angleterre. On commençait à voir planer le spectre d'une recrudescence de la « maladie britannique » des années 1970, cette période de grèves à répétition. Les pompiers, disaient certains, auraient dû rester à leur poste par simple patriotisme. Le climat était lourd de rancœurs et le pays divisé en deux camps hostiles.

Tous les voyageurs qui débarquèrent à Heathrow ce soir-là purent en prendre la mesure. On les avait prévenus qu'ils trouveraient des chars et des troupes à leur arrivée, mais le spectacle de soldats et de policiers arme au poing, le visage fermé, était choquant. Il en émanait un relent de dictature militaire, le régime même contre lequel on les exhortait à se mobiliser. Même les plus sceptiques se demandaient s'il n'était pas politiquement avantageux de brandir des menaces terroristes, aussi vagues fussent-elles, à la veille d'une guerre. Ne fallait-il pas y voir une manœuvre de propagande destinée à effrayer une population réticente et à la convaincre de la nécessité de frappes préventives ?

Tel était, sans nul doute, le point de vue du Dr Jonathan Hughes lorsque, à 23 heures, il sortit du terminal 4, fatigué et irrité. Il franchit la porte de sortie et alluma une cigarette bien méritée. C'était un homme de haute taille, plutôt séduisant, aux cheveux noirs coupés court et aux lunettes à monture dorée. Mais ce soir-là, il avait l'air malade, épuisé. Il avait eu des difficultés aux deux extrémités du voyage : quatre heures d'enregistrement à JFK et un véritable embouteillage au contrôle des passeports à Heathrow. La dépression l'accabla à la vue des chars. Il songea à la facilité avec laquelle les démagogues attisent les haines raciales et religieuses.

Son séjour à New York n'avait pas été une partie de plaisir, mais ici, c'était encore pire. Il regarda une femme en hidjab traverser le trottoir dans sa direction, la tête basse, les épaules rentrées, la peur inscrite dans son attitude. Les aéroports étaient des lieux de tension depuis le 11 septembre, et les fonctionnaires des services de police et d'immigration n'étaient pas les seuls à dévisager d'un air soupçonneux tout passager à la physionomie arabe ou vêtu d'un costume islamique.

La femme sentit peut-être le regard de Jonathan car elle leva les yeux à son approche. Le hidjab, une écharpe vert pâle entourant son front, ses joues et son cou comme une guimpe de religieuse, remplissait parfaitement sa mission en la privant de toute séduction. Ce n'était pas la première fois que Jonathan se demandait pourquoi tant de femmes acceptaient de se voiler au lieu d'exiger des hommes une conduite décente. En des périodes comme celles-ci, le port du hidjab représentait une affirmation de foi si ostensible qu'elle en était dangereuse. Il éprouva, une fois de plus, un profond mépris pour les hommes qui l'imposaient à leurs femmes. Non contents d'obliger celles-ci à assumer leur propre chasteté – *une femme doit rester cachée, car si elle sort, le diable la regarde* –, ils étaient trop lâches pour manifester publiquement leur foi. Où était l'équivalent masculin du voile ?

La femme hâta le pas, baissant les yeux en croisant son regard exaspéré. Si elle espérait quelque sympathie, elle était mal tombée. Jonathan était spécialiste de religions comparées, mais son intérêt était purement universitaire. Il n'en admirait et n'en approuvait aucune. Pour lui, le monde était un désert sans Dieu, où les systèmes de croyance s'opposaient parce que l'agressivité de l'homme était indomptable. Dieu n'était que prétexte à conflit, à l'instar du capitalisme ou du communisme, et les chefs d'État qui se retranchaient derrière la moralité pour justifier leurs actions étaient risibles. Tuer n'avait jamais rien de moral – les gènes d'un paysan étaient aussi précieux pour l'espèce humaine que ceux d'un président –, ce n'était qu'une question d'opportunité.

Il laissa tomber sa cigarette et l'écrasa sous son talon, suivant des yeux la femme avec une irritation flagrante. Ce qu'insinuait le hidjab – tout homme était un violeur en puissance – l'indignait. Le décalage horaire et une semaine de vaines discussions sur la Palestine et l'intégrisme le rendaient amer. Jonathan trouvait ce retour au pays profondément accablant. Hiram Johnson avait peut-être dit que la première victime de la guerre était la vérité ; pour le regard aigri de Jonathan, il s'agissait bien plutôt de la tolérance. En ce qui le concernait, le monde était devenu fou depuis les attaques contre le World Trade Center et le Pentagone.

3

Highdown, Bournemouth
Jeudi 13 février 2003

Le matin suivant ne le trouva pas dans de meilleures dispositions. Une nouvelle nuit d'insomnie avait plutôt aggravé sa dépression. Il aurait dû profiter de cette journée pour se reposer au lieu d'aller voir George Gardener. Il allait se crever pour rien. Son intérêt pour Howard Stamp était strictement intellectuel – un système judiciaire négligent était la marque d'une démocratie à bout de souffle –, mais il n'avait pas la moindre envie de partir en croisade. C'était un homme de lettres, pas un homme d'action. Il jeta un regard impassible par la fenêtre du train, regrettant de n'avoir pas annulé l'entrevue.

De la neige fondue, poussée par un vent d'est glacial, griffait les vitres chaque fois que le train ralentissait. Las de croiser le regard rébarbatif de Jonathan, les autres passagers lisaient ostensiblement leur journal. C'était un homme austère, que ses lunettes faisaient paraître plus âgé que ses trente-quatre ans. Elles avaient du reste une fonction purement sociale, car sa vision était excellente. Il craignait de ne pas être pris au sérieux dans son rôle d'universitaire. Il n'avait que mépris pour la médiocrité de l'enseignement et pour la paresse de la pensée, et se complaisait à provoquer des querelles avec ses collègues. Cette agressivité ne lui avait valu que peu d'amis, mais son autorité intellectuelle était incontestée. De toute évidence, ses compagnons de voyage étaient intimidés par son regard maussade, introspectif.

Pour l'amour du ciel, Jon, tout le monde te prend au sérieux... personne n'oserait te considérer comme quantité négligeable...

Dans les jardins et les parcs de la périphérie de la ville, les lacs et les étangs étaient couverts de glace mais, quand Jonathan sortit enfin de la gare de Branksome, après une correspondance à la gare centrale de Bournemouth, la neige fondait sur les trottoirs. Les commerçants, déjà frappés de plein fouet par les perspectives de guerre et par une Bourse en chute libre, regardaient à travers leurs vitrines, désespérés par ce vent glacé qui dissuadait les clients de sortir de chez eux. La météo allait faire les gros titres de la presse locale ce soir-là, alors que l'Association d'aide au troisième âge réclamait qu'on aidât les retraités à payer leurs factures de chauffage. Il était rare que la température descende au-dessous de zéro dans le Dorset, raison pour laquelle tant de personnes âgées choisissaient de s'y installer.

« Blair fait venir les chars », annonçait une affiche placardée devant un magasin de journaux, à mi-chemin de Highdown Road. C'était une boutique isolée, un minuscule comptoir au milieu d'une rangée de maisons minables. Jonathan jeta un coup d'œil à la une des quotidiens disposés sur les présentoirs métalliques, de l'autre côté de la porte. Toujours les mêmes commentaires sur les chars d'Heathrow. Cette guerre n'était encore que comédie. Il traversa une rue latérale et s'abrita contre une façade pour consulter son plan, se maudissant d'être venu. Son organisme épuisé par le décalage horaire ne dégageait plus la moindre chaleur et son manteau léger était à peu près aussi imperméable qu'un morceau de gaze. Pour couronner le tout, il avait des crampes d'estomac – il n'avait rien mangé depuis huit heures la veille au soir.

Il plissa les yeux pour se protéger du vent et de la neige fondue, cherchant à déchiffrer le nom de la rue. Si seulement il avait eu l'intelligence de regarder un bulletin météo ! Il fut pris d'un frémissement de colère contre George Gardener. Dans sa dernière lettre, le conseiller expliquait que La Couronne était à quelques minutes à pied de la gare de Branksome. Ce type devait faire partie de l'Association des joyeux randonneurs et se coltiner trente kilomètres tous les week-ends par plaisir. Pour Jonathan, quelques minutes voulaient dire deux ou trois pâtés de maisons, pas une excursion en pleine tempête de neige. Il avait les doigts gourds et ses chaussures prenaient l'eau. Cette course insensée ne mènerait à rien, il en était sûr. La dépression courait sur ses talons comme un chien noir.

Il sortit une cigarette et protégea d'une main la flamme de son briquet. Le vent l'éteignit immédiatement. Normal. À quoi bon suivre la piste d'Howard Stamp trente ans après sa mort pour aller discuter avec quelqu'un qui ne l'avait même pas connu ? C'était ridicule. Il ralluma son briquet avec le même résultat et se reprocha d'avoir accepté qu'Andrew Spicer indique une adresse à la fin de son livre. « Si tu crois à ce que tu écris, fais quelque chose, lui avait dit son agent. Sinon, arrête de nous bassiner avec tes histoires d'injustice. » Jonathan jeta la cigarette dans le caniveau et bâillonna sa rage.

Andrew était mal placé pour parler d'injustice. Jonathan aurait dû l'emmener à New York et lui présenter certains de ses amis noirs et arabes terrifiés à l'idée de sortir dans la rue. Les crimes haineux augmentaient au fur et à mesure du départ des troupes pour le Golfe. Si la guerre n'inquiétait pas les Blancs, leurs investissements les préoccupaient. Il ne faisait pas bon être arabe ou musulman américain ces derniers temps. Les juifs, quant à eux, se voyaient reprocher l'intransigeance d'Israël à l'égard de la création d'un État palestinien. Mais les plus mal lotis étaient les Nord-Africains venus avec une bourse d'études. Jonathan était bien placé pour le savoir. Il s'était rendu aux États-Unis pour assister à l'enterrement de Jean-Baptiste Kamil, un de ses étudiants âgé de vingt-trois ans, qui avait eu la fâcheuse idée de demander son chemin à la mauvaise personne.

Andrew Spicer, divorcé, ancien élève d'Eton, né avec une cuillère d'argent dans la bouche, ne subirait jamais ce genre de discrimination. Ce qui ne l'empêchait pas d'asticoter Jonathan. « Il est grand temps que tu descendes de ta tour d'ivoire et que tu ailles au charbon, lui avait-il dit après avoir lu la lettre de Gardener. Ça ferait une suite formidable pour ton bouquin si tu pouvais prouver la justesse de ta théorie, et je n'aurais aucun mal à t'obtenir une avance. »

Jonathan s'était montré réticent. « Ça va prendre un temps fou.

– Tu as besoin de fric, non ? »

C'était vrai... « Pas à ce point. » Certainement pas au point, en effet, d'accepter de voir un autre de ses ouvrages « assaisonnés » par les interventions éditoriales d'Andrew. Elles avaient transformé un essai tout à fait sérieux sur l'injustice en un best-seller commercial. « Tu m'as bousillé le dernier.

– Il ne se serait jamais vendu si je t'avais laissé faire. En attendant, tu t'es ramassé un joli paquet. Une campagne en faveur d'Howard devrait te rapporter encore plus gros. Pense à *L'Étrangleur de Rillington Place* de Ludovic Kennedy. On en a fait un film. » Andrew avait joint ses petites mains dodues, posées sur son bureau. « Tu as besoin d'argent, Jon. Ce n'est pas avec ton salaire de prof que tu peux t'acheter des costumes Paul Smith et aller à l'Opéra tous les soirs. »

De l'argent. Avec de l'argent, on pouvait enfermer ses ressentiments dans un tiroir, être celui qu'on aurait voulu être. Sans argent, on n'était rien. Jonathan consulta son plan, constata avec soulagement que Friar Road était la suivante à gauche et repartit au combat, tête baissée. Il ne remarqua pas la BMW qui s'arrêta silencieusement le long du trottoir, derrière lui.

La Couronne était à l'angle, une sombre bâtisse victorienne aux murs couverts de crépi grossier, avec des affichettes aux fenêtres annonçant un orchestre le samedi et des réductions pour les seniors les lundis, mercredis et vendredis. La détresse de Jonathan ne connut plus de bornes. Il avait horreur des divertissements bon marché. Le pub servait certainement d'étape aux cars de retraités qui passaient une journée sur la côte. Ou pis, c'était le lieu de rendez-vous des habitants du coin. On devait y entendre la voix flûtée de Vera Lynn susurrer *Les Falaises blanches de Douvres* et *Ce n'est qu'un au revoir*, la nourriture serait immangeable et le vin, en admettant qu'il y en eût, du vinaigre. Il aurait dû camper sur ses positions, insister pour déjeuner en ville. Il est vrai que, dans ce cas, il en aurait probablement été de sa poche. Avec un soupir, il poussa de l'épaule la porte qui donnait sur le bar et découvrit avec étonnement une salle presque déserte.

Un vieil homme était assis sur un tabouret de bar, avalant sa bière à petites gorgées, le regard dans le vide. Un couple d'âge moyen était caché dans un coin, têtes rapprochées, échangeant des secrets. Trois paires d'yeux se tournèrent vers Jonathan, mais leur absence de réaction lui apprit qu'aucun des hommes présents n'était George Gardener. Il n'y avait personne pour faire le service. Il jeta un coup d'œil à travers une embrasure de porte surmontée de l'inscription « Salle » ; la pièce ne contenait qu'une table de billard. Apparemment, la seule nourriture proposée était des sandwiches dont la liste était punaisée sur un poteau de bois ; le vin se limitait à quelques bouteilles rebouchées, posées à côté de la caisse. C'était le genre d'endroit où la bière est bon marché et le service réduit au minimum. Il se demanda quel type d'homme pouvait bien donner rendez-vous dans une gargote pareille. Un vétéran du Parti travailliste qui n'avait pas renoncé à la lutte des classes, trancha Jonathan, morose.

Gelé et trempé, il se débarrassa de son imperméable et s'installa près du bar. Réflexion faite, il retira ses lunettes et les fourra dans la poche de poitrine de sa veste. Son allure d'universitaire était un moindre mal. Le costume et la chemise griffés passaient plus mal. Il avait l'air d'un paon dans un poulailler, aussi déplacé à La Couronne que le vieux buveur de bière à côté de lui l'eût été à Covent Garden. Il sentit le vieil homme se laisser glisser de son tabouret et s'approcher de lui. Il évita soigneusement son regard. Il n'était jamais d'humeur loquace – il détestait parler pour ne rien dire – et n'avait pas la moindre intention d'engager la conversation avec un étranger dont la bière était manifestement le régime de base. Ses mains marbrées tremblaient si fort que ce Mathusalem décrépit avait besoin des deux pour tenir son verre.

« On n'en voit pas beaucoup des comme vous par ici. »

Jonathan l'ignora. Point n'était besoin d'une intelligence redoutable pour deviner ce qu'il voulait dire par « des comme vous », et il se demanda pourquoi c'étaient toujours des vieux qui se permettaient ce genre de commentaires.

Un doigt osseux s'enfonça dans son bras. « Hé, vous, j'vous cause. »

Jonathan posa sa serviette de cuir par terre et ressortit son paquet de cigarettes de la poche de son imperméable. « Que voulez-vous dire par là ? demanda-t-il, inclinant la tête vers son briquet. Des hommes en costume ? » Il déplaça son regard pour le poser ostensiblement sur le doigt du vieux. « Ou des hommes *extrêmement* susceptibles ? » Il serra son poing droit et le posa sur le bar.

Le vieil homme, prenant peut-être la chevalière pour un coup de poing américain, mit un peu d'espace entre eux. « Le patron est au fond, dit-il. J'lui dis tout le temps qu'il perd des clients, mais il s'en fout. Y en a plusieurs qui sont entrés et sortis avant vous.

– Hmmm.

– Vous avez qu'à vous servir. Roy dira rien... tant que vous payez, bien sûr.

– Hmmm.

– Peut-être que vous voulez pas de bière ? C'est pas trop votre truc ?

– Hmmm.

– Vous êtes pas bien causant, dites donc. Vous avez perdu votre langue ou quoi ? »

Jonathan fit un effort. Ce n'était pas la faute du vieux s'il portait des vêtements trop élégants pour ce boui-boui. Il aurait dû se ménager un moment pour rentrer et se changer avant d'aller entendre du Verdi au Royal Opera. « Je ne suis pas pressé. J'ai rendez-vous avec un certain George Gardener. Vous le connaissez ? Il est conseiller municipal. »

Une lueur amusée traversa les yeux chassieux : un dinosaure travailliste et un paon ne feraient sans doute pas bon ménage. « Possible.

– C'est un habitué ?

– Lui arrive de passer, deux, trois fois par semaine pour écouter les râleurs. S'installe là-bas. » Il pointa le menton vers une table proche de la fenêtre. « Permanence, que dit George, un truc comme ça. Une foutue perte de temps, voilà ce que je dis, moi. Comment vous voulez qu'un conseil municipal augmente les allocs ? C'est le boulot du gouvernement. »

Jonathan hocha la tête d'un air vague.

« Feraient mieux de bouger leur cul et de se chercher du boulot, grommela le vieux. Ça sert à rien de rouspéter avec quelqu'un qui peut rien faire.

– En effet.

– Qu'est-ce que vous lui voulez à George, hein ? Vous cherchez un coin où crécher ?

– Non.

– Ben tant mieux. Ceux qui ont les moyens, ils achètent le conseil... ceux comme moi, qu'ont pas deux ronds devant eux, il leur reste qu'à se mettre à genoux et à prier qu'on les foute pas dehors. » Il plongea le regard dans sa bière. « C'est pas juste.

– Non. »

L'agressivité du vieux explosa soudain, comme si les monosyllabes réitérés de Jonathan l'exaspéraient. Ou peut-être était-ce cette atmosphère glaciale – il n'y avait apparemment pas de chauffage dans la pièce. « Qu'est-ce que vous en savez, vous ? aboya-t-il. D'où vous venez, d'abord ?

– De Londres. »

Le vieux émit un grognement moqueur. « Plutôt de Tombouctou, on dirait.

– Ce n'est qu'à deux heures de train, fit observer Jonathan d'une voix douce. J'ai fait le voyage ce matin. Ce n'était pas bien compliqué. »

Un regard soupçonneux lui répondit. « Vous vous fichez de moi ?

– Non.

– J'aime mieux ça. J'ai fait la guerre, moi, pour que des types comme vous puissent devenir quelque chose. J'ai même des médailles. »

Jonathan tira pensivement sur sa cigarette. Il aurait été plus raisonnable d'aller s'installer à une des tables, mais il n'avait pas l'intention de donner cette satisfaction à ce vieux débris. Il avait horreur de la sénilité. Les vieux étaient grossiers, égocentriques et inutiles. Ils représentaient une force destructrice, dans les familles comme dans la société, en raison des revendications insatiables qu'ils imposaient à la génération suivante.

Le doigt s'enfonça à nouveau dans son bras. « Vous m'écoutez, ou quoi ? »

Jonathan inspira profondément par le nez avant de lever brusquement la main et d'attraper le poignet fragile. « Ne faites pas ça, je vous le conseille, dit-il, posant la main sur le comptoir. J'ai froid, je suis mouillé, fatigué et d'assez mauvaise humeur. » Il relâcha son étreinte. « Je suis désolé que vous ayez des problèmes de logement, mais je n'y suis pour rien. Vous devriez en parler à votre député, mais il vous dira probablement que si vous avez vécu d'allocations toute votre vie, vous feriez mieux de remercier les contribuables comme moi.

– Vous avez pas de leçon à me donner, glapit le vieux. J'ai des droits. Plus que vous n'en aurez jamais. Je suis chrétien, moi, monsieur, et l'Angleterre est un pays chrétien... enfin, elle le serait si on passait pas notre temps à ouvrir la porte aux païens.

– Il y a un problème ? » Un homme brun, costaud, apparut dans l'embrasure de la porte.

Jonathan fit un signe de dénégation.

« C'est pas à vous que je cause, c'est à mon client. J'aime pas qu'on s'en prenne aux vieux. Et ce que je déteste le plus, c'est les bougnoules prétentieux, fringués comme des bourges. »

La phrase lui fit l'effet d'un coup de poing dans le ventre. Cela faisait des années que Jonathan ne s'était pas fait traiter de bougnoule.

« Tu y vas un peu fort, dit le vieux. Il va te coller un procès si tu fais pas gaffe, Roy.

– Pourquoi est-ce qu'il vous tenait la main, Jim ? Il vous a fait mal ?

– Non, reconnut franchement le vieux. Je l'ai un peu bousculé et ça lui a pas plu.

– Toutes mes excuses, dans ce cas. Je ne voulais pas vous insulter, » dit Roy en soulevant un abattant découpé dans le comptoir et en passant derrière le bar. « J'aurais dû dire Noir. » Il croisa les bras, rétrécissant les yeux agressivement, comme si l'idée de tirer une pinte pour ce client lui répugnait. « Qu'est-ce que je vous sers ?

– Rien. » Jonathan écrasa sa cigarette dans le cendrier d'une main tremblante et attrapa son imperméable. « Je vais tenter ma chance en ville. » Il sortit une carte de visite de sa poche et la laissa tomber sur le bar. « Si George Gardener passe, dites-lui de me joindre sur mon portable. Je lui accorde le temps qu'il me faudra pour déjeuner. Je repartirai ensuite. »

L'expression du patron changea. « Bon sang ! Vous êtes Jonathan Hughes ? Je suis désolé, mon pote. Vous auriez dû le dire plus tôt.

– Dire quoi ?

– Qui vous étiez, bon sang ! Je m'attendais à voir un Blanc. George sait que vous êtes... bronzé ? »

Jonathan essaya de se calmer en respirant profondément. « Ne vous en faites pas pour ça, dit-il, enfilant avec un frisson son manteau trempé et ramassant sa serviette. Il n'y a pas de quoi en faire une maladie. » Il reprit sa carte et la fourra dans sa poche. « À la réflexion, dites à votre ami que j'ai changé d'avis à propos de notre rendez-vous. Je n'apprécie pas beaucoup ses fréquentations. » Il se dirigea vers la sortie.

Le patron le rappela. « Attendez... » Mais Jonathan ouvrit toute grande la porte et ses paroles se perdirent dans le vent.

Au bout de deux cents mètres, sa colère commença à s'apaiser. Il ralentit l'allure. Il fallait relativiser, se dit-il, suivre son propre conseil et ne pas en faire une maladie. Ce n'était pas la première fois que cela lui arrivait, ce ne serait pas la dernière. Chaque fois qu'il débarquait en Angleterre, les fonctionnaires des services d'immigration épluchaient scrupuleusement son passeport. Il avait appris à tenir sa langue, surtout depuis les événements du 11 septembre, mais cette méfiance continuait à le rendre fou. Quand il était enfant, la moindre offense lui inspirait une bouffée de haine – *racistes ignorants... racaille de bas étage... analphabètes mal embouchés* – des mots qu'il n'avait jamais prononcés à voix haute.

À en croire Andrew, il aurait dû le faire. Toutes ces colères rentrées pendant son adolescence étaient à l'origine d'un refoulement caractérisé.

« Tu n'as jamais tenu tête à tes persécuteurs, mon vieux. Tu es prêt à défendre ton point de vue pied à pied dans un article ou une lettre, mais tu es paralysé dès que tu as quelqu'un en face de toi. Je me demande bien pourquoi. Tu ne manques pourtant pas de pugnacité... par écrit, du moins.

– J'affronte mes collègues et mes étudiants tous les jours.

– Tu ne crains rien. Tes étudiants ne sont pas du genre à te frapper, si ? Il y a deux hommes en toi, Jon. Un rottweiller quand tu es à la fac, un whippet docile à l'extérieur.

– Ce sont des chiens.

– Ne pinaille pas. Tu n'hésites pas à éreinter tes collègues dans tes comptes rendus – ce qui a fait de toi un héros aux yeux de tes étudiants –, mais tu évites tout affrontement dans la rue. Tu cherches à te faire remarquer en dépensant une fortune en costumes, et tu rentres les épaules et enfiles des lunettes de vieux pour passer inaperçu. Tu vas à l'Opéra, mais toujours seul, parce que tu crains qu'inviter quelqu'un ne t'oblige à entretenir des relations suivies. Quel dommage que tu n'aies pas cassé la gueule à un skinhead quand tu avais quinze ans ! Ça fait si longtemps que tu refoules tes sentiments que tu n'en as même plus.

– Qu'est-ce qui te fait croire que le problème ne venait que des Blancs ? Les Jamaïcains et les Chinois ne valaient pas mieux, et je t'assure qu'ils formaient de sacrées bandes, et pas commodes avec ça. » Le visage de Jonathan s'était durci en évoquant ces souvenirs lointains. « Des types illettrés et stupides, qui parlaient si mal l'anglais qu'on ne comprenait même pas ce qu'ils disaient. » Il avait haussé les épaules avec cynisme. « Si tu crois que c'est une partie de plaisir d'être mi-Iranien, mi-Libyen dans un milieu pareil... le teint mat, le faciès d'un Blanc, affublé d'un nom typiquement britannique qui te fait soupçonner d'imposture. Crois-moi, tu fais profil bas et tu bosses comme un malade pour t'en sortir. Tu te gardes bien de balancer un coup de poing à qui que ce soit.

– Pour un anthropologue, le genre humain t'inspire une curieuse aversion, Jon.

– Ça n'a rien à voir avec l'anthropologie. La science abstraite n'engendre pas la haine.

– Qu'est-ce qui l'engendre, alors ? »

La guerre, pensa Jonathan. Sa colère et son agressivité n'avaient cessé de grandir depuis qu'on avait commencé à examiner ses papiers à la loupe. Tout au fond de son esprit était tapie une peur constante : celle de perdre son passeport, et de tout perdre avec lui. Il tapota sa poche de poitrine pour vérifier qu'il était bien là. Le geste était tellement automatique que c'était devenu un tic.

Une voiture s'arrêta au bord du trottoir, à côté de lui. Une Mini Cooper délabrée, dont la banquette arrière croulait sous les livres et les dossiers. « Excusez-moi... excusez-moi ! cria une femme d'une voix stridente tout en baissant sa vitre. Êtes-vous Jonathan Hughes ? » La voix s'éleva à un niveau d'aigus insupportable, étranglant les voyelles : « *Excusez*-moi... *excusez*-moi ! »

Jonathan l'ignora.

Il entendit la boîte de vitesses grincer alors qu'elle repartait à sa poursuite du mauvais côté de la rue. « Arrêtez-vous, *je vous en prie !* » cria-t-elle, doublant une voiture en stationnement pour passer devant lui. « Oh, *mon Dieu !* » Une camionnette surgissait dans la neige, juste devant elle. Elle freina brutalement.

Jonathan plissa les yeux avec une incrédulité chagrine, dans l'attente de l'inévitable. La conductrice eut de la chance. Les réactions du chauffeur de la camionnette furent aussi rapides que les siennes, et les véhicules s'arrêtèrent à un mètre l'un de l'autre. L'opinion de l'homme sur les femmes au volant, exprimée à travers le pare-brise par un doigt pointé vers le ciel, était inaudible mais intelligible, et sans rien d'élogieux. Quant aux *grosses* au volant, elles étaient encore pires que les autres. Tout en brandissant le poing, il manœuvra et repartit.

Jonathan se baissa pour regarder par la vitre. « Vous feriez mieux d'aller vous garer avant que quelqu'un ne vous emboutisse pour de bon, dit-il. Je vous attends. »

Écarlate et tremblante, elle eut néanmoins la présence d'esprit de suivre son conseil. « Je suis vraiment idiote, dit-elle en ouvrant sa portière et en sortant. Je suis navrée. Que devez-vous penser de moi ? » Elle était engoncée dans une doudoune rouge à fermeture Éclair, chaussée de bottes en caoutchouc, et portait un bonnet de laine jaune citron enfoncé sur la tête comme un casque romain. Rien de tout cela n'était particulièrement flatteur ni pour sa silhouette ni pour son teint. On aurait dit un nain de jardin trapu et Jonathan se demanda s'il lui arrivait de se regarder dans la glace. Il lui donnait la soixantaine.

« Que voulez-vous ? demanda-t-il.

– Je suis George Gardener. » En guise d'excuses, elle lui tendit une main qu'il serra à contrecœur. « Je suis atterrée par ce qui s'est passé. Roy et Jim ont été odieux. Je pourrais les tuer. Je n'ai pas l'intention de justifier l'attitude de Jim, il est désagréable avec tout le monde, mais, si j'ai bien compris, Roy vous a pris pour un dealer de crack. » Elle fit une grimace ironique. « La police ne cesse de nous mettre en garde contre les bandes de Londres qui viennent s'installer par ici, et il a cru que vous en faisiez partie.

– C'est censé me mettre du baume au cœur ? »

Ses joues couperosées s'empourprèrent encore davantage. « Je cherche simplement à vous expliquer pourquoi il vous a parlé sur ce ton.

– Je croyais que c'étaient les gangs jamaïcains qui vendaient du crack. J'ai l'air d'un Jamaïcain ?

– Non, non, bien sûr, mais... c'est que... vous avez un nom très anglais, et vous n'avez pas vraiment le type britannique », dit-elle précipitamment.

Jonathan demeura imperturbable. « Vous avez un nom très masculin, Mrs Gardener. Je ne m'en prends pas pour autant aux femmes, sous prétexte que j'attendais un homme. » Sa bouche se tordit dans une moue cynique. « Votre ami soupçonne-t-il tous les *Blancs* qui entrent dans son pub d'être des dealers ? »

Elle hésita, se demandant s'il était bien raisonnable de répondre. « Si vous acceptez que je le cite, oui, certainement... si ce sont des frimeurs fringués comme des bourges – et si la police lui avait dit que les gangs étaient formés de Blancs. Les gens de ce genre ne fréquentent pas son pub. » Elle se tordit les mains. « *Je vous en prie*, ne vous vexez pas. Roy n'est pas raciste, il a simplement essayé de m'expliquer pourquoi il ne vous avait pas reconnu. Il se donne beaucoup de mal pour éviter les trafics de drogue dans son pub. C'est pour ça que la plupart de ses clients sont des personnes âgées et qu'il ne gagne pas grand-chose. Ce n'est pas un endroit à la mode. Les jeunes préféreraient mourir que d'y mettre les pieds. »

Jonathan la croyait volontiers. Lui-même ne fréquenterait pas La Couronne pour un empire. Mais il s'étonnait de la naïveté de son interlocutrice et mourait d'envie de lui relater sa version personnelle des événements. Roy était un raciste invétéré, cela ne faisait aucun doute, mais il ne servait à rien de s'étendre sur la question. « Parfait, dit-il avec un bref signe de tête. Mettons que je ne suis pas vexé.

– Alors vous voulez bien revenir avec moi ?

– Certainement pas. Je suis complètement gelé et je n'apprécie guère la bière et les sandwiches, Mrs Gardener. Je vais essayer de trouver un endroit qui propose un menu plus substantiel. »

Elle soupira. « Ce n'est pas Mrs, c'est Miss. Mais je préférerais que vous m'appeliez George. »

Célibataire, évidemment. Il aurait dû s'en douter. Aucun homme sain d'esprit n'aurait voulu de ce petit boudin sinistre, fagoté comme l'as de pique.

« Roy a préparé une potée tout spécialement pour l'occasion, poursuivit-elle. C'est un excellent cuistot – *franchement* – et il nous a réservé un de ses salons particuliers. Il a fait du *feu*. La seule raison pour laquelle j'ai choisi La Couronne, c'est que Roy a connu Howard Stamp. » Elle posa une petite main suppliante sur son bras. « J'ai eu des problèmes de voiture. Elle n'a pas démarré, c'est pour ça que j'étais en retard. C'est le froid. J'aurais dû mettre du journal sous le capot hier soir, mais je ne m'attendais pas à ce qu'il gèle. Vous allez voir : d'après les statistiques, deux de mes électeurs se seront cassé le col du fémur d'ici à ce soir et cinquante pour cent des autres grelotteront sous leurs couvertures de peur de gonfler leurs factures de chauffage. Ce sont des retraités, comme Jim. »

Jonathan faillit répondre que, décidément, Bournemouth lui semblait de moins en moins attrayant, mais elle avait mentionné Howard Stamp ; du coup, il hésitait. Elle remarqua une lueur d'intérêt sur son visage.

« Oh, *parfait* ! dit-elle en frappant dans ses mains comme une évangéliste. Montez, je vous emmène. »

Il fut à deux doigts de renoncer. « Je préfère marcher, merci.

– Oh, allons ! protesta-t-elle en le pilotant de l'autre côté du capot. Il faut que Roy recharge ma batterie, alors ça ne sert à rien de laisser la voiture ici. Ne faites pas attention à ce qu'a dit le chauffeur de la camionnette. J'y vois parfaitement bien et ça fait des années que j'ai mon permis. Vous savez, ça ne m'arrive pas souvent de rouler à contresens. »

Elle ignorait manifestement le sens du mot « non ». Résigné, il plia sa grande carcasse sur le siège exigu du passager. Elle s'excusa de ne pas pouvoir le reculer, mais la Mini lui servait d'espace de rangement et il n'y avait pas la place. Les genoux sous le menton, Jonathan lui adressa un sourire acide. Par bonheur, aucun de ses étudiants ne risquait de le voir. Le Dr Hughes n'était pas du genre à s'encanailler. George babilla pendant tout le trajet, se gara dans une cour située à l'arrière du pub, puis l'aida avec sollicitude à se déplier avant de l'escorter au premier étage, dans le salon privé, où il fut obligé d'accepter les excuses du patron.

Les choses ne se passèrent pas aussi bien qu'elle l'avait espéré. Roy Trent n'était pas homme à faire amende honorable et Jonathan, qui se débattait avec son propre racisme d'une manière qui ne pouvait qu'échapper aux Blancs, se sentit insulté de plus belle en s'entendant traiter de Noir. Malgré sa peau sombre, il ne se considérait pas comme un Noir mais comme un Arabe. Son exaspération s'accrut quand George, pressée d'avancer, lui heurta le dos avec un grand sac en plastique qu'elle avait extrait de sa voiture. Elle avait vraiment l'air d'une clodo. Quant au patron – le *chef* –, cela devait faire des semaines qu'il ne s'était pas lavé les mains et le naturel délicat de Jonathan regimbait à l'idée de rompre le pain avec ses hôtes.

Je pourrais sans doute admettre le racisme... Je ne suis pas d'accord, mais je pense en comprendre l'origine. Ce que je déteste, c'est le snobisme. Tu te fais une si haute idée de ton intelligence, Jon. Tu crois qu'elle te rend supérieur à tout le monde... Les gens vraiment intelligents ne traitent pas tous ceux qu'ils rencontrent avec condescendance.

4

À l'intérieur, les deux hommes se mesurèrent du regard comme deux gorilles à dos argenté sur le point de se battre pour une femelle en rut. Roy Trent, en position d'infériorité parce qu'il était à genoux en train d'essayer de faire prendre le feu ou par égards pour le petit gnome dodu qui se tenait derrière Jonathan, capitula le premier. « Je suis désolé, mon pote, dit-il en versant une pelletée de charbon dans l'âtre. Tu comprends, George, j'ai vu ce grand type noir attraper la main du vieux Jim et lui jeter le mauvais œil, alors j'me suis dit, merde, il est sapé comme un pingouin et il cause comme Laurence Olivier. C'est pas normal, que j'me suis dit. Tout le monde sait que Jim est un vieux con, mais on préfère la boucler et lui laisser le dernier mot. En fait, tout ça, c'est la faute à George, mon pote. Tout ce qu'elle m'a dit, c'est qu'un écrivain allait se pointer – un type qu'a écrit sur ce pauvre vieux Howard. Moi, je m'attendais à un petit maigrichon en anorak. Enfin quoi, on peut pas dire que l'histoire d'Howard attire les foules, si ? » Il jaugea Jonathan du coin de l'œil. « Le vrai problème, c'est que vous avez pas un nom étranger. Jonathan Hughes – difficile de faire plus anglais. Vous vous seriez appelé Mohammed ou Ali, y aurait pas eu de problème. » Il se redressa, essuyant ses paumes noires de charbon sur son pantalon. « Excuses acceptées ? » demanda-t-il en tendant la main droite.

Parfaitement conscient d'avoir été délibérément injurié une nouvelle fois, Jonathan s'en empara fermement et écrasa de toutes ses forces les métacarpes de l'homme. « À condition que vous acceptiez les miennes. »

Une ombre d'irritation passa dans les yeux de Roy, mais il répondit d'un ton relativement aimable. « D'accord. Vous voulez vous excuser de quoi ?

– De nourrir certains préjugés sur les Blancs. C'est un de mes travers. Vous comprenez, je trouve que vous vous ressemblez tous tellement.

– Allez-y. J'ai le dos large. Vous voulez dire quoi, au juste ?

– Les Allemands sont bien élevés, les Français savent s'habiller, les Irlandais ont du talent et les Américains sont polis. » Il haussa les épaules. « Comme les Anglais ne possèdent aucune de ces qualités, je commets souvent des erreurs quand j'ai affaire à eux. » Il retira son manteau et l'accrocha à une patère à côté de la porte avant de lisser sa veste en espérant que personne ne remarquerait ses coudes lustrés. « Je suis désolé d'être venu en costume. J'y voyais une marque de courtoisie à l'égard de la personne avec qui j'avais rendez-vous... » Il sentit George s'agiter, mal à l'aise, derrière lui. « J'aurais dû savoir que cette tenue serait déplacée. Évidemment, si votre bistrot s'était appelé À l'Auge à Cochons, les choses auraient été plus faciles pour moi – je me serais fait une idée de ce qui m'attendait –, mais j'avouerai que La Couronne m'a induit en erreur. J'imaginais un établissement plus chic. »

Il y eut un long silence que Roy mit à profit pour se masser pensivement le poignet. « Notez bien, mon pote, pour éviter de vous faire avoir une deuxième fois, qu'on ne peut pas juger un pub sur son nom. L'Auge à Cochons pourrait être le meilleur restau que vous avez jamais vu de votre vie. »

Jonathan esquissa un petit sourire. « Merci d'éclairer ma lanterne, murmura-t-il. Il n'est pas facile de comprendre toutes les subtilités des traditions anglaises qui président à la dénomination des pubs quand on est noir et étranger. »

Roy avança le menton agressivement. « Des qualités, on en a pourtant un paquet. On ne prend pas la vie aussi au sérieux que les Allemands... on ne râle pas tout le temps comme les Français... on n'émigre pas pour un oui ou pour un non comme les Irlandais... et on n'a pas le culte du fric comme les Américains. » Il tira son pull sur sa bedaine de buveur de bière. « Je reconnais qu'on ne se fringue pas très bien, quand même. Et vous alors, vous êtes de quelle nationalité ?

– Aussi britannique que vous, Mr Trent.

– Sauf que moi, j'suis anglais. »

La pièce exiguë contenait une table dressée pour deux et une paire de fauteuils de cuir disposés de part et d'autre de la cheminée. Jonathan se dirigea vers un fauteuil, invitant George à s'asseoir. « Puis-je vous prendre votre manteau ? »

Elle serra ses bras autour de sa poitrine. « Non, non, ça va. »

Il se demanda ce qu'elle portait dessous. Un *pyjama* ? Il n'en aurait pas été autrement surpris. Plus rien ne pouvait l'étonner.

« Verriez-vous un inconvénient à ce que je m'asseye ?

– Je vous en prie. »

Il croisa ses jambes avec élégance et ajusta ses lunettes sur son nez. « Si ce sont mes racines ethniques qui vous intéressent, Mr Trent, sachez que ma famille paternelle est iranienne et ma famille maternelle originaire d'Afrique du Nord. Je dois mon nom typiquement anglais à mon arrière-grand-père paternel, qui s'appelait Robert Hughes et, si je suis de nationalité britannique, c'est parce que je suis né dans ce pays et que je suis un sujet de Sa Majesté. J'ai fréquenté un lycée d'enseignement général à Londres, ai été admis à Oxford et suis actuellement chercheur en anthropologie européenne à l'université de Londres. Je parle couramment anglais, français et farsi, et je ne me débrouille pas trop mal en allemand et en espagnol. » Il joignit ses mains sous son menton. « Et si nous parlions un peu de vos racines ethniques ? Vous devez avoir du sang gallois, me semble-t-il.

– Pas du tout, rétorqua l'autre, soupçonneux. Mes parents sont du Dorset, tous les deux.

– Très intéressant. Pourtant, l'influence des gènes celtes est indéniable.

– À quoi vous voyez ça ?

– La conformation générale du corps, la stature, la couleur des yeux, le faciès. Un Anglais pure souche présenterait des caractéristiques anglo-saxonnes. Il serait plus grand, plus clair de cheveux et de peau, avec des yeux bleus ou gris et une structure osseuse plus délicate. Vous avez des traits celtes très marqués – des cheveux foncés et rêches, les yeux bruns – et une stature endomorphe. Voilà pourquoi les Scandinaves traitaient les Gallois de trolls : c'étaient des petits hommes sombres et poilus, ventrus aussi. » Il jeta un coup d'œil à George, qui émettait de petits bruits apaisants. « Je dirais que vous êtes gallois au moins à soixante-quinze pour cent, Mr Trent.

– Foutaises, répliqua l'autre, en colère. Personne peut reconnaître un Anglais juste en le regardant. Si je suis gros, c'est parce que je bouffe trop. C'est pas pour ça que je suis gallois. »

Jonathan posa ses mains sur son front d'un air désolé. « Pardonnez-moi. Je n'avais pas compris que l'idée d'être gallois pouvait vous déplaire à ce point. C'est là une autre facette de la psyché anglaise que j'ai encore du mal à appréhender. Je croyais que c'étaient les Écossais et les Irlandais que vous n'aimiez pas.

– J'suis pas gallois, j'vous dis. »

George fit un petit geste nerveux de la main. « Il te fait marcher, Roy. Les Angles et les Saxons étaient des peuples germaniques qui ont envahi l'Angleterre au IVe siècle... à la même époque que les Jutes et les Vikings. Les Jutes étaient danois, les Vikings norvégiens. Avant cela, nous avons été conquis par les Romains – qui étaient des *Italiens* – et sept siècles plus tard, ça a été le tour des Normands qui étaient *français*. » Elle plissa les yeux en direction de Jonathan avec une expression de supplication douloureuse. « Le Dr Hughes plaisantait à propos des endomorphes – *je* le suis, *tu* l'es – un *Iranien* pourrait très bien l'être, lui aussi. Ça n'a rien à voir avec la nationalité, pas plus que la couleur de peau. Pour la plupart d'entre nous, la nationalité est un *choix*, Roy... pas un droit de naissance.

– Pas pour moi, s'entêta-t-il. Je suis né ici. Ceux qui choisissent, c'est les demandeurs d'asile qui veulent trouver quelque chose de mieux. »

George haussa les épaules, découragée, comme si la xénophobie de son interlocuteur n'avait rien de nouveau pour elle. « Reconnais au moins que ce sont les Blancs qui ont inventé l'émigration économique, Roy. Tous ceux qui sont partis en Amérique comptaient bien y trouver une vie meilleure. »

Jonathan regarda les lèvres de l'homme se serrer d'obstination. Il faillit lui dire qu'ils appartenaient tous les deux au même groupe racial, les Caucasiques – les peuples non négroïdes d'Europe, du Proche-Orient, d'Afrique du Nord et d'Asie occidentale – Gallois compris –, mais cela n'aurait fait que le vexer davantage. Le visage empourpré de George lui fit pitié et il préféra ne pas jeter d'huile sur le feu. « Repartons de zéro, voulez-vous ? Je suis de très mauvaise humeur depuis hier soir, j'en conviens. Je suis arrivé de New York et les services d'immigration m'ont fait passer un mauvais quart d'heure. Ils m'ont demandé ce que je pensais d'Oussama ben Laden. J'ai refusé de répondre, alors ils m'ont fait attendre une bonne heure sous prétexte de vérifier si mon passeport n'était pas un faux. »

Roy accepta la main tendue. « Pourquoi avez-vous refusé de répondre ?

– Parce qu'il n'y avait qu'une réponse possible. Même les partisans les plus fanatiques de ben Laden ne vont certainement pas l'avouer à un fonctionnaire des services d'immigration. »

Roy apprécia l'argument. « Ils posaient la même question aux passagers blancs ?

– À votre avis ?

– Non. »

Jon fit un signe de tête approbateur. « On s'y fait, Mr Trent. En des périodes comme celle-ci, quand les gens ont peur, une présomption de culpabilité pèse toujours sur vous pour peu que votre physionomie déplaise. C'est démoralisant. C'est arrivé aux Irlandais établis en Angleterre chaque fois qu'une bombe de l'IRA a explosé. C'est arrivé à Howard Stamp quand la population de Highdown a cru qu'un tueur à la Manson rôdait dans les parages. »

L'évocation d'Howard Stamp jeta immédiatement un froid. Roy regarda sa montre. « Il vaudrait mieux que j'aille voir ce qui se passe en bas. Je peux vous apporter quelque chose à boire ? Vous buvez de l'alcool ? George avait suggéré un gevrey-chambertin pour aller avec la potée, mais vous préférez peut-être autre chose ? Je ne voudrais pas offenser votre religion ou je ne sais quoi.

– Je suis athée, fit Jonathan sans le quitter des yeux, et le gevrey-chambertin me convient parfaitement. Merci.

– Je reviens tout de suite. » Il donna une petite tape sur le bras de George en passant. « Si tu retires pas ton manteau, ma vieille, murmura-t-il, assez fort pour qu'on l'entende, tu vas cramer... crois-moi, ce galurin ne t'avantage pas franchement non plus. Si t'as peur d'être jugée sur ton physique, autant t'en débarrasser tout de suite. »

Trent referma la porte derrière lui, mais resta aux aguets pendant une ou deux minutes. Il avait parfaitement jugé Hughes : « Un bougnoule prétentieux, fringué comme un bourge. » Pas le genre de types que George appréciait. Pour couronner le tout, il insistait pour l'appeler Miss Gardener. Avec un sourire amusé, il descendit l'escalier et poussa la porte de la cuisine. Mais sa gaieté se mua en colère quand il aperçut son ex-femme dans un coin, les yeux fixés sur l'écran de vidéosurveillance.

« Bordel, qu'est-ce que tu fous là ? demanda-t-il, furieux. Je t'avais dit de ne pas venir. »

Elle le regarda. « Je mourais d'envie de voir le célèbre écrivain.

– Pourquoi ça ?

– Pour le reconnaître s'il m'arrive de le croiser un jour. Je n'ai pas confiance en toi, Roy, je ne t'ai jamais fait confiance. Pourquoi tu ne m'as pas dit qu'il était noir ?

– Je n'en savais rien moi-même. » Il la dévisagea un moment avant de prendre deux verres à vin dans un placard et de les poser sur un plateau. Le temps avait été clément avec elle, alors que George faisait largement son âge. La différence, c'était le caractère. George était moche, sans prétention et gentille. Son ex avait de l'allure, mais c'était une salope.

Elle effleura les franges de son écharpe en cachemire. « Un petit maigrichon en anorak, voilà ce que tu m'as dit, un type qui ne sait rien de rien à part ce qu'il a lu dans de vieux journaux. Et c'est Denzel Washington qui se pointe.

– Il paraît qu'il est iranien.

– Et alors ? Il est assez foncé pour être nègre. » Les yeux pâles de la femme se plissèrent agressivement. « De toute façon, ta copine va se mettre en quatre pour l'aider. C'est une bonne âme, ne l'oublie pas, et c'est politiquement correct d'être sympa avec les métèques.

– Ouais, eh bien je peux te dire que celui-là, c'est une sacrée grande gueule. Ça m'étonnerait que George l'apprécie beaucoup. » Il sourit soudain. « Tu peux me remercier. Je l'ai foutu en pétard avant même qu'elle se pointe. Elle va ramer maintenant, je te le promets. »

La femme prit l'air intéressé. « Tu l'as fait exprès ? »

Il désigna l'écran du menton. « Je me suis dit que ça valait le coup d'essayer. J'ai regardé ce vieux con de Jim Longhurst l'asticoter pendant dix minutes, puis je suis sorti et j'en ai rajouté une couche. Il prend la mouche facilement... mais ça ne l'empêche pas de regarder les prolos de haut. Il traite cette pauvre vieille George comme de la merde.

– Je l'ai regardée le suivre. Elle lui aurait léché le cul, tout noir qu'il est. »

Roy s'étrangla de mépris. « Parle pour toi... c'est pas son genre.

– Il n'est pas si mal.

– Il a l'air d'une tapette, si tu veux mon avis, dit Roy en s'essuyant la main sur son pantalon comme si elle avait été contaminée. Pas le genre à impressionner George. Tout ce qui l'intéresse, elle, c'est ce qu'il peut faire pour Howard.

– Tu es sûr qu'elle ne sait rien ? »

Roy haussa les épaules en tendant la main vers la bouteille de gevrey-chambertin. « Qu'est-ce qu'il y a à savoir ? Si c'est pas Howard qui a tué Grace, c'est un autre rouquin. Tout ce qu'ils peuvent faire, c'est disculper ce petit con. » Il posa la bouteille sur le plateau à côté d'un tire-bouchon. « Comment veux-tu qu'ils collent ça sur le dos de quelqu'un d'autre ? – il lui jeta un petit coup d'œil inquisiteur – à moins que tu saches plus de choses que moi, Cill. »

– M'appelle pas comme ça, lança-t-elle d'une voix hargneuse. Et l'ADN ? Il en parle dans son bouquin. »

Il sentait son exaspération monter. « On ne peut plus faire d'analyse, expliqua-t-il calmement. Toutes les pièces à conviction ont été détruites à la mort d'Howard. George a emmerdé les flics pendant des années avant qu'ils lui disent que toutes les archives avaient été envoyées à l'incinérateur. » Il souleva le plateau et passa devant elle. « Maintenant, casse-toi avant que quelqu'un te voie. »

« J'imagine que vous avez entendu », soupira George quand la porte se referma derrière Roy.

Jonathan acquiesça.

« Bon, voilà. » Elle arracha son bonnet et ses cheveux gris se dressèrent tout droit vers le ciel sous l'effet de l'électricité statique. « Je me suis disputée avec mon coiffeur », dit-elle en guise d'excuse avant de se débarrasser de son manteau, révélant un vieux pull-over jaune dont le devant était maculé de graisse de voiture et un caleçon gris tout aussi crasseux enfoncé dans ses bottes. « Je travaille de nuit en ce moment, et je ne me suis réveillée qu'à onze heures. Je voulais vérifier la voiture avant d'enfiler une tenue un peu plus décente, et comme elle n'a pas démarré... » Elle haussa les épaules d'un air navré. « Je suis d'accord avec vous, docteur Hughes, il est courtois de s'habiller correctement pour aller à un rendez-vous, mais je n'ai pas eu le temps de me changer. J'espérais que vous seriez un vieux professeur un peu myope... que vous ne remarqueriez rien. »

Ses cheveux évoquaient les effets secondaires d'une chimiothérapie et il se demanda si la tenue décente qu'elle avait prévu d'enfiler comprenait une perruque. Il se leva et tira le second fauteuil en avant. « La seule raison pour laquelle je suis en costume, Miss Gardener, est que je vais à l'Opéra ce soir. On donne *Falstaff.* » Il sourit en se rasseyant, mais c'était une politesse de façade plus qu'une expression de sympathie. « Admettons que la première impression n'est pas toujours la bonne... et tenons-nous-en à cela. »

Elle retrouva immédiatement tout son enthousiasme. « Oh, Dieu merci ! dit-elle avec chaleur, se laissant tomber dans le fauteuil. Je commençais à me demander comment nous allions arriver au bout de ce déjeuner si je devais passer mon temps à me surveiller. Je ne suis pas du genre à faire des manières, vous avez dû le remarquer. » Sa voix était dépourvue d'accent tant qu'elle restait dans le registre grave ; dans les aigus, les voyelles trahissaient des racines londoniennes. « Ma pauvre mère était au désespoir. Elle qui aurait tant voulu une fille raffinée et bien élevée ! Elle s'est retrouvée avec un éléphant dans un magasin de porcelaine.

– Vit-elle encore ?

– Non. Elle est morte d'un cancer du sein quand j'avais quatorze ans. » Elle fit une nouvelle grimace, plissant les yeux et les lèvres à la manière d'une gargouille. C'était une véritable manie, et Jonathan songea qu'elle était réellement d'une laideur étonnante. « Elle a été malade très longtemps et c'est mon père qui m'a élevée. Il n'était pas du genre à apprécier les minauderies, et j'ai retenu la leçon.

– Que faisait-il ? »

Elle sourit affectueusement, avançant son derrière jusqu'au bord de son fauteuil. « Il était facteur. »

Jonathan étendit ses pieds vers le feu et se recula contre son dossier pour mettre un peu de distance entre eux. « Il est encore vivant ? »

Elle secoua la tête. « Une crise cardiaque il y a quinze ans. C'est à ce moment-là que j'ai levé l'ancre pour venir à Bournemouth. Je crains que mes parents ne m'aient pas transmis des gènes bien solides. Si je fais de vieux os, ce sera un miracle, mais à vrai dire, je ne suis pas sûre d'y tenir tellement, ajouta-t-elle d'un ton prosaïque. Ce n'est pas toujours marrant d'être vieux.

– Jim en étant l'exemple parfait », commenta froidement Jonathan.

Elle cligna malicieusement des yeux. « La vieillesse n'a rien à voir avec ça. D'après Roy, il a toujours été atroce. Il vous a parlé de ses médailles ? »

Jonathan hocha la tête.

« C'est à pleurer. Il a les pieds plats, alors il a passé la guerre à vider des poubelles. Il a raconté cette histoire de médailles si souvent que je suis sûre qu'il est persuadé qu'elle est vraie. C'est quand même triste de devoir inventer des trucs pareils parce qu'on a mené une vie décevante. » Les yeux, d'un bleu vif, l'examinèrent attentivement. « Mon père disait toujours que la croix la plus lourde que l'on puisse avoir à porter est une offense non digérée. Plus la contrariété est grande, plus elle pèse. »

Il se demanda si elle le visait personnellement. « Qu'est-ce que c'est que cette histoire de travail de nuit ? Que faites-vous ?

– Rien de bien remarquable. Je travaille dans une maison de retraite.

– Comme infirmière ?

– Auxiliaire de vie. J'étais inspectrice des impôts quand j'habitais Londres. » L'expression de Jonathan la fit sourire. « Nous ne sommes pas tous des monstres, vous savez. Certains de mes collègues étaient tout à fait charmants.

– Pourquoi avez-vous changé de métier ? Vous n'auriez pas pu vous faire muter ici ?

– Je me suis dit que c'était un bon moment pour réviser mes priorités. Quoi qu'il en soit, la démence sénile est un domaine qui m'intéresse. Mes patients ont une imagination débordante, coupée de toute logique et de toute réalité. Je m'occupe en ce moment d'une vieille dame qui est persuadée que son mari s'est fait assassiner. Elle raconte à qui veut l'entendre que des voisins furieux l'ont assommé et qu'il en est mort. »

Jonathan eut l'air sceptique. « Ça ne la tracasse pas ?

– Seulement quand on lui dit que ce n'est pas vrai. C'est son quart d'heure de gloire : elle adore jeter un froid quand une jeune infirmière naïve essaie de la faire manger. Si on lui dit que sa mémoire la trahit, elle se met à bouder. C'est comme si on disait à Michael Jackson qu'il est noir. » Elle plissa les yeux. « Oh, mon Dieu ! Quelle gaffeuse ! Loin de moi l'intention de...

– Je sais, je sais, dit Jonathan, dissimulant son irritation. Vous auriez pu faire pire.

– Comment cela ?

– Vous auriez pu me traiter de Gallois. »

Elle poussa un petit glapissement amusé. « Oh ! C'était tellement drôle ! Mais qu'y a-t-il de si affreux à être gallois ?

– Au VIIIe siècle, le roi Offa a construit une digue pour les empêcher de sortir de chez eux, dit-il ironiquement. Il devait avoir ses raisons. »

Un nouveau gloussement lui répondit. « Comment saviez-vous que Roy allait réagir comme ça ?

– Parce qu'il tient à ce qu'on le prenne pour un Anglais. Si je l'avais accusé d'être écossais ou irlandais, il aurait été tout aussi furieux. Il n'aime probablement pas non plus les gens du Lancashire ou du Yorkshire. Son anglicité est fondamentalement ancrée dans le sud-ouest de l'Angleterre. » Il leva un sourcil. « Si vous creusiez un peu, vous découvririez sans doute qu'il préférerait que son passeport porte la mention “Dorset”. C'est la seule tribu dont il se réclame. »

Elle le dévisagea un moment. « Et vous, docteur Hughes ? De quelle tribu vous réclamez-vous ? »

C'était une question à laquelle il ne pouvait pas répondre. Il aurait eu moins de mal à dresser la liste des tribus auxquelles il refusait d'appartenir – Noirs, Blancs, Jaunes, Bruns, Mulâtres. Son père voulait qu'il reconnaisse ses racines à lui, sa mère les siennes. Il ne lui restait qu'à essayer de s'accommoder d'être britannique. Ce n'était pas facile. Toujours en bisbille, ses parents auraient mieux fait de ne jamais quitter leur pays d'origine respectif, au lieu d'émigrer en Angleterre, d'engendrer un fils unique et d'attendre dix-huit ans pour se déclarer leur haine réciproque. Si Jonathan était né dans la patrie de l'un ou de l'autre, il se serait peut-être senti chez lui. Au lieu de quoi, ils l'avaient laissé à la dérive, avec pour tout viatique un passeport peu convaincant pour prouver qui il était et ce qu'il était.

Il tendit le bras vers son porte-documents. « Et si nous parlions d'Howard Stamp ? J'ai apporté quelques lettres qui pourraient vous intéresser.

– Si vous voulez.

– Après tout, c'est la raison pour laquelle nous sommes ici, lui rappela Jonathan.

– Vous croyez ? Je ne vois pas une seule occasion où je n'aie eu qu'une raison de faire quelque chose. Et vous ? »

Il fit claquer les attaches de sa serviette. Il n'avait pas la moindre envie de se lancer dans un débat philosophique avec elle. « Il y a une dame qui était en classe avec lui – Jan –, mais elle ne m'a donné ni adresse ni nom de famille. Roy pourra peut-être l'identifier. Une autre lettre mentionne une institutrice. Il ne serait pas inutile de la retrouver si elle est encore en vie. » Il sortit les lettres et les lui tendit.

George ne les lut pas immédiatement. « Avez-vous jamais songé que la seule finalité d'Howard dans l'existence était de servir de bouc émissaire ? C'est plutôt triste, vous ne trouvez pas ? »

Jonathan feuilleta le reste de la correspondance. Elle n'allait pas tarder à lui dire que les voies de Dieu sont impénétrables. « Je m'intéresse davantage aux failles du système policier et judiciaire, dit-il d'un ton condescendant, surtout en présence de personnalités inadaptées ou de prévenus issus de cultures différentes, qui ont du mal à s'exprimer.

– Je vois », se borna-t-elle à répondre avant de pencher la tête sur la première lettre.

5

Le visage de George était devenu encore plus rubicond sous l'effet du gevrey-chambertin, ce que ne manqua pas de remarquer Roy quand il réapparut avec leur repas. « Fais gaffe, l'avertit-il. L'alcootest ne pardonne pas. »

Il faisait preuve d'une sollicitude grossière à son égard, et Jonathan s'interrogea sur la nature de leurs relations. Elle ne s'offusquait pas de réflexions qui l'auraient ulcéré, mais il est vrai que, pour lui, l'amitié passait par le respect mutuel. Sans lui, il n'était pas d'amitié digne de ce nom. Andrew l'avait mis en garde un jour : « Tu mourras dans la solitude. La loyauté est plus précieuse que le respect.

– C'est du pareil au même.

– Pas vraiment. Tes sycophantes d'amis n'auraient jamais l'audace de te faire remarquer tes défauts.

– Pourquoi crois-tu que ce soient des sycophantes ?

– Parce que tu les choisis soigneusement. Tu as besoin d'être admiré, Jon. C'est gros comme une maison.

– Et toi, tu te définis comment ?

– Moi ? Je suis un loyal ami du temps d'Oxford – ton *seul* ami d'Oxford. Tu devrais y réfléchir. Je suis particulièrement facile à vivre, je te l'accorde, mais je soupçonne que le fait que j'aie vingt centimètres de moins que toi, que j'aie repris l'entreprise familiale et trompé ma femme compte davantage pour toi.

– Qu'est-ce que tu veux dire au juste ?

– Que tu peux me regarder de haut, au sens propre et au figuré, et que je n'ai donc jamais mis ton amour-propre en péril. Mes succès professionnels, aussi indéniables soient-ils, sont de toute évidence un héritage familial, et l'échec de mon mariage veut dire que je ne sais pas mieux que toi garder une femme. C'est un paradoxe intéressant de ton caractère. Tu réclames le respect, mais tu es incapable d'en accorder aux autres. Dès que tu as l'impression d'être éclipsé, tu te tires. J'imagine que c'est par peur de laisser entrapercevoir une éventuelle défaillance, et non par jalousie devant la bonne fortune d'autrui, mais franchement, c'est une curieuse attitude. »

Jonathan regarda George s'éventer le visage avec une lettre et réprima une soudaine bouffée de mépris. Il détourna les yeux pour la dissimuler, se demandant sérieusement ce qui lui prenait. Il se sentait curieusement extérieur au décor, aux personnes qui se trouvaient dans cette pièce, à lui-même – une impression de détachement qui ne faisait pas partie des symptômes habituels du décalage horaire. Fallait-il incriminer le vin ? se demanda-t-il. Chaque fois qu'il approchait son verre de ses lèvres, de curieux tremblements lui élançaient le bras, violents comme des secousses électriques, mais, apparemment, personne d'autre ne les remarquait.

Tu ne peux pas continuer comme ça... tu devrais consulter un médecin.

Il faisait trop chaud. Il sortit un mouchoir et essuya une perle de sueur sur sa lèvre supérieure. « Il paraît que vous avez connu Howard Stamp ?, dit-il à Roy qui dressait le couvert.

– Connu, connu, ouais, si on veut. Il passait de temps en temps faire des courses pour sa grand-mère au magasin de mon père. Mais vous savez, il n'était pas du genre causant, alors j'irais pas dire qu'on se connaissait bien.

– Où se trouvait ce magasin ?

– Vous avez dû passer devant en venant ici. Le marchand de journaux de Highdown Road. »

Jonathan s'en souvenait. « Il était un peu plus âgé que vous, c'est bien ça ? Il devrait frôler les cinquante-cinq ans s'il était encore en vie.

– Ouais, acquiesça Roy sans grand enthousiasme, tout en sortant une salière et un poivrier d'un placard. On ne l'aurait jamais cru. Il avait bien trois poils de moustache et une petite barbiche miteuse, mais il n'a jamais fait son âge. C'était une vraie mauviette... même sa voix avait pas mué. Mon père lui disait qu'il avait des pectoraux de moineau. Il lui avait conseillé de s'acheter des haltères... ça m'étonnerait qu'il l'ait fait. » Il s'arrêta, se plongeant dans ses souvenirs. « Il aurait mieux fait de l'écouter. Il aurait été plus sûr de lui s'il avait été un peu plus costaud.

– Je vous ai entendu dire "ce pauvre vieux Howard" tout à l'heure. J'en ai conclu qu'il vous inspirait une certaine compassion.

– Aujourd'hui, oui – on lui en faisait voir de toutes les couleurs, c'est sûr – mais à l'époque... » Il s'interrompit en secouant la tête. « Un vrai mec n'aurait jamais eu pitié de lui. Les mômes d'aujourd'hui, ils croient qu'on n'était pas comme eux. Mais c'était pareil. On tenait à notre image. Être pote avec Howard, c'était bon pour les nuls.

– Tactique classique de torture, murmura doucement Jonathan. Le Charybde de l'isolement et le Scylla de la peur. »

Roy interrompit son activité. « Scylla ? » – *Cill ?* – avait touché une corde sensible. « Si vous causiez anglais, dit-il prudemment, je comprendrais peut-être ce que vous baragouinez.

– Charybde et Scylla étaient des monstres à six têtes qui vivaient sur des rochers, dans la Méditerranée, intervint George. Ulysse a dû faire passer son bateau entre eux, en les évitant tous les deux. C'est dans l'*Odyssée* d'Homère. »

Roy se détendit ostensiblement. « Peut-être, fit-il d'un ton traînant. Mais c'est quand même pas de l'anglais.

– Howard était pris entre le marteau et l'enclume, expliqua Jonathan, persécuté parce qu'il n'avait pas d'amis, et sans amis parce qu'il était persécuté. Il était bien obligé de se replier sur lui-même. Et il exprimait sa détresse en se lacérant les bras. »

Roy haussa les épaules. « J'y suis pour rien, mon pote. Vous pouvez quand même pas nous en vouloir parce que Howard n'avait pas le cran de se défendre. On se faisait tous houspiller, mais en général on apprenait à se faire respecter. » Il retira la cocotte d'un chauffe-plat posé sur la desserte et la posa sur un dessous-de-plat, au milieu de la table. « Bon appétit », lança-t-il avant de disparaître.

« Faisait-il partie des bourreaux d'Howard ? » demanda Jonathan, serrant involontairement le poing sur le bras de son fauteuil.

George remarqua son geste et la tension de sa voix. « C'est probable, répondit-elle franchement, comme tous les enfants, du reste. Roy n'en a certainement pas fait plus que les autres. Il avait cinq ou six ans de moins qu'Howard, il n'allait donc pas en classe avec lui. Or c'est surtout à l'école qu'il en bavait. » Elle souleva laborieusement son postérieur de son fauteuil pour prendre place à table. « Le terme de bouc émissaire est peut-être mal choisi. Souffre-douleur serait plus juste. Le premier se voyait chargé de tous les péchés des juifs avant d'être chassé dans le désert, alors que le second trinque pour les autres. Dans un cas comme dans l'autre, les vrais coupables échappent au châtiment. C'est un concept tordu.

– Mais qui ne date pas d'aujourd'hui. » Jonathan s'extirpa de son fauteuil. « Jésus est mort sur la croix pour racheter les péchés du monde. Je me trompe ? »

Elle esquissa un petit sourire. « Vous savez bien que non, dit-elle en dépliant sa serviette, mais il y a une différence entre le Fils de Dieu qui vient absoudre le monde et un pauvre bouc à qui on demande d'en faire autant. » Elle prit son assiette et se servit de potée d'agneau. « Un autre sacrifice animal, plaisanta-t-elle en lui tendant le plat. Prenez donc des légumes. À ma connaissance, on ne leur a jamais demandé d'expier les péchés de qui que ce soit. »

Le repas se poursuivit sur ce ton. Des réflexions sérieuses entrecoupées de piques. Elle avait l'air de tenir à lui prouver sa culture générale et il la laissa faire les frais de la conversation tandis qu'il se débattait avec sa potée. Il manquait d'appétit, comme toujours et, au bout de quelques minutes, il repoussa son assiette à moitié pleine pour allumer une cigarette, sans demander l'autorisation de peur qu'elle ne lui soit refusée. Il mourait d'envie de retirer sa veste, mais craignait qu'elle ne remarque ses poignets de chemise effilochés.

De temps en temps, il essayait d'endiguer le torrent de paroles en l'interrogeant sur des détails concrets. L'école primaire que fréquentait Howard existait-elle toujours ? Pouvait-on espérer y trouver des archives ? Quelle école secondaire avait-il fréquentée ? Existait-elle toujours ? Y avait-il des archives ? Elle répondait de bonne grâce, ce qui ne l'empêchait pas de se lancer immédiatement dans une nouvelle digression. L'exaspération de Jonathan grandissait. Ils avaient décidé, à son initiative à elle, de se voir pour échanger des informations, mais il ne savait pas comment le lui rappeler. Il n'avait pas grande habitude des femmes d'âge mûr loquaces, qui grimaçaient et gloussaient sous l'effet de la boisson.

Une demi-heure plus tard, elle écarta son assiette et posa ses coudes potelés sur la table. « Verriez-vous un inconvénient à ce que ce soit *moi* qui vous pose quelques questions maintenant ?

– À quel sujet ?

– À votre sujet. » Elle secoua la tête en voyant son visage se fermer immédiatement. « Pas de questions personnelles, docteur Hughes, rassurez-vous. Je voudrais simplement savoir ce qui vous a conduit à vous intéresser à l'affaire d'Howard. Comment vous êtes tombé dessus et où vous avez fait vos recherches, par exemple. Les affaires Downing et Kiszko étaient relativement connues, avant même que leurs condamnations ne soient cassées. Ce n'est pas la même chose pour Howard. Depuis sa mort, personne ne s'est intéressé à lui. Aucun livre ne parle de lui, il n'y a rien non plus sur le Net et, comme je vous le disais dans ma première lettre, toute cette histoire était oubliée bien avant que je vienne m'installer dans Mullin Street. Comment l'avez-vous découverte ?

– Par un *livre*, répondit Jonathan avec une emphase inutile, mais il n'est disponible, je vous l'accorde, que dans les bibliothèques universitaires. Il s'agit d'*Études cliniques* du Dr Andrew Lawson. Il a été publié en 1975 et cela fait des années qu'il est épuisé. C'est un recueil d'expertises psychiatriques, parmi lesquelles figurait celle de Stamp. Je cite cet ouvrage dans *Détraqués*... la source figure en note. » Son visage s'éclaira d'un nouveau sourire mécanique. « J'imagine toujours que les lecteurs partagent mon intérêt pour les références bibliographiques, mais apparemment je me trompe. »

Les joues de George prirent une nuance cramoisi foncé. « Je n'avais pas compris que c'était ce livre qui avait attiré votre attention. Puis-je vous demander pourquoi ? »

Il haussa les épaules. « Je pensais l'avoir clairement exposé dans mon ouvrage. J'ai relevé certains parallèles entre le cas de Stamp et les autres affaires que j'analyse. Il m'a paru évident que sa condamnation aurait été annulée s'il n'était pas mort prématurément. »

Elle hocha la tête. « Vous avez essentiellement exploité les articles de presse. Vous n'avez pas fait d'autres recherches ? »

Il y vit immédiatement une critique. « C'est une source d'information relativement courante, Miss Gardener... toutefois, j'ai également engagé une correspondance avec Adam Fanshaw, qui m'a mis en relation avec l'avocat de Stamp. Ils sont tous les deux à la retraite aujourd'hui, mais ils ont été en mesure de combler certaines lacunes, concernant notamment l'histoire de Grace. L'avocat m'a envoyé la copie d'une lettre dont un extrait a été cité à l'audience. Elle contenait d'autres informations plus intéressantes, dont je me suis servi. J'ai également consulté un profileur. »

Elle jouait avec le bord de son assiette. « Avez-vous déjà songé aux avantages que vous confère votre couleur de peau ? » demanda-t-elle brusquement.

Il fronça les sourcils. « Pardon ?

– La plupart des gens bien détestent qu'on les prenne pour des racistes. Cela doit jouer en votre faveur dans certains cas, non ? »

C'était une nouvelle digression, mais il ne comprenait pas où elle voulait en venir. « Je ne vous suis pas. »

Elle soutint son regard un instant. « On peut penser que, lorsqu'ils font votre connaissance, la plupart des Blancs dotés d'un minimum d'éducation se font un devoir de manifester de l'intérêt pour ce que vous dites... même s'ils s'ennuient à périr. N'est-ce pas un des avantages de votre situation ? Ils ne manifesteraient certainement pas la même courtoisie à l'égard d'une Blanche d'âge mûr affligée d'une indéniable surcharge pondérale. » Elle lui adressa un petit sourire. « Mais après tout l'embonpoint est un choix de vie – contrairement à la couleur de peau.

– Je ne sais que vous répondre, Miss Gardener. Personne ne m'a jamais accusé d'être ennuyeux. Et je ne vois pas bien le lien qu'il peut y avoir avec Howard.

– Je me demandais dans quelle mesure il était pour quelque chose dans les persécutions qu'il a subies, poursuivit-elle, songeuse. Une victime n'est-elle pas toujours un peu responsable de ce qui lui arrive ?

– Vous vous trompez. Howard est devenu la cible de ces voyous à cause de son bec-de-lièvre. Il n'y pouvait rien, pas plus que les Noirs et les Asiatiques ne sont responsables de la couleur de leur peau. C'est une forme de terrorisme – et les terroristes choisissent toujours les cibles les plus faciles. »

Elle revint à leur sujet de recherche. « Si je comprends bien, vos recherches ont été purement documentaires. Vous n'avez jamais envisagé de vous rendre à Bournemouth pour essayer de retrouver des gens qui avaient connu Howard ? »

C'était un nouveau reproche. « Pas avant aujourd'hui, non. Mais je ne suis pas non plus allé à Rochdale pour enquêter sur l'affaire Kiszko, ni à Bakewell pour l'affaire Downing.

– Cela ne vous a pas paru utile ?

– Mes compétences résident dans l'étude et l'analyse de documents ; je n'ai pas l'habitude d'aller faire du porte-à-porte à la recherche de témoins disparus de longue date. L'affaire Stamp ne constitue qu'un chapitre d'un gros ouvrage que j'ai mis plus d'un an à écrire. Il m'a semblé que mes sources documentaires étaient suffisantes pour que l'on puisse envisager une erreur judiciaire, et vous m'avez manifestement donné raison. Autrement, vous ne m'auriez pas écrit. Reste maintenant à essayer d'aller plus loin.

– Je ne voulais pas vous vexer. Je me demandais simplement comment un universitaire aborde un sujet pareil. J'ai toujours regretté de n'avoir pas fréquenté une grande université, mais ce n'était pas facile pour une fille de facteur à la fin des années 1960. »

Pitié ! Parce qu'elle se figurait qu'un métis venu d'une cité pourrie était accueilli à bras ouverts à Oxford à la fin des années 1980 ? « C'est précisément parce qu'il m'a paru important de trouver des gens qui avaient connu Howard que j'ai indiqué une adresse où me joindre à la fin du livre, dit-il avec patience. C'est également pour cette raison que je suis ici aujourd'hui – il sortit une nouvelle cigarette –, bien que je n'aie pas l'impression d'avancer beaucoup.

– C'est simplement parce que vous êtes convaincu que votre temps est plus précieux que le mien. »

Il approcha l'extrémité de sa cigarette de son briquet. « Qu'est-ce qui vous fait dire ça ?

– Langage corporel. »

Pour l'amour du ciel, ne sois donc pas aussi collet monté ! On dirait que tu as avalé un manche à balai.

Il s'arracha un sourire forcé. « Verriez-vous un inconvénient à ce que je retire ma veste ? »

Elle remarqua qu'il transpirait. « Je vous en prie. » Elle le regarda se lever et vider soigneusement ses poches avant de draper méticuleusement le délicat lainage autour du dossier de sa chaise. Il rangea son portefeuille, son passeport et plusieurs stylos dans sa serviette, puis déboutonna ses manches de chemise et les retourna. Une routine intéressante, songea-t-elle – très pavlovienne. « Si je vous pose toutes ces questions, poursuivit-elle tandis qu'il se rasseyait, c'est parce que, contrairement à vous, j'ai fait ce travail de démarchage... par intermittence, depuis que j'ai entendu parler de l'histoire d'Howard. » Elle sortit une chemise en carton du sac en plastique qu'elle avait apporté. « Voici mes notes. »

Le dossier faisait cinq bons centimètres d'épaisseur. « Puis-je les voir ?

– Pas encore, répondit-elle avec une surprenante fermeté. Je tiens d'abord à savoir ce que vous avez l'intention d'en faire.

– À supposer qu'elles complètent ce que je sais déjà – et avec votre autorisation, cela va sans dire –, je souhaiterais les inclure dans un nouvel ouvrage.

– Sur quel sujet ? Howard... ou les injustices du système judiciaire ?

– Les deux, mais surtout Howard.

– Qu'est-ce qui vous a donné l'idée de ce projet ? »

Jonathan ne vit aucune raison de ne pas être franc. « Mon agent a été impressionné par le nombre de lettres de lecteurs que j'ai reçues – pas toutes favorables à mon point de vue, sans doute, mais, de toute évidence, l'affaire d'Howard a suscité un très vif intérêt.

– Et il pense qu'un second bouquin devrait se vendre ? »

Il acquiesça d'un signe de tête.

« Parfait. » Elle posa son menton dans ses mains. « Maintenant, je vais vous dire pourquoi, moi, je m'intéresse à cette affaire. Comme je vous l'ai dit dans ma première lettre, j'en ai entendu parler par une de mes voisines qui connaissait Grace de vue.

Elles se saluaient quand elles se croisaient, mais elles n'étaient pas amies et ne se fréquentaient pas. Chaque fois que ma voisine évoquait cette histoire, elle se répandait en commentaires sur l'horreur de ce crime et sur les répercussions qu'il avait eues pour les habitants de la rue. Elle m'a confié qu'elle avait mis des mois à oser remettre le nez dehors et que, pendant des années, elle n'avait pas ouvert sa porte une seule fois sans se demander si elle n'allait pas se trouver en face d'un assassin... bien après la condamnation d'Howard, donc. » Elle se tut un instant, rassemblant ses idées.

« Je lui ai demandé si elle pensait qu'on avait arrêté le coupable, poursuivit-elle enfin, et elle m'a répondu que non. » Elle posa la main sur son dossier. « Elle faisait partie des témoins qui étaient venus dire qu'ils avaient vu Howard le jour du crime, mais elle n'a pas été convoquée au procès. Sur le coup, elle en a été plutôt soulagée, parce qu'elle n'avait jamais mis les pieds dans un tribunal et que l'interrogatoire de police l'avait déjà pas mal secouée. *Par la suite*, elle s'est demandé pourquoi son témoignage n'avait pas été retenu. Elle a même écrit à son député à ce sujet, qui ne lui a pas répondu. » Elle fit la grimace. « Ça n'a rien d'exceptionnel, mais la nature de sa déposition aurait dû inciter les autorités judiciaires à en tenir compte. » Elle retomba dans le silence.

« C'est-à-dire ?

– Elle a vu Howard *arriver*, mais pas repartir. Elle nettoyait les vitres de son salon quand elle l'a vu s'introduire chez sa grand-mère avec sa clé. Elle avait la radio allumée et écoutait les informations de la mi-journée sur Home Service. Le présentateur a terminé son émission au moment précis où

Howard refermait la porte. » George sourit avec quelque impatience, remarquant qu'il ne comprenait pas. « En 1970, Radio 4 s'appelait Home Service, et les informations de la mi-journée se terminaient à 14 heures. Elles étaient suivies par *The Archers*, un feuilleton que mon père écoutait tous les jours. » Elle frappa le bord de la table de ses doigts. « Il est tout bonnement *impossible* qu'Howard ait accompli tout ce dont on l'a accusé en une demi-heure. »

Un frisson d'excitation parcourut Jonathan. « Cette dame a-t-elle fait une déposition ?

– Oui. J'ai profité de mes bonnes relations avec la commission de la police pour essayer d'en obtenir l'original, mais nous avons fait chou blanc. Si le dossier existe encore, personne ne sait où il est – et tout donne à penser qu'il a été détruit à la mort d'Howard. Malgré tout, je possède une copie de cette déposition que ma voisine m'a dictée de mémoire en 1997. Les termes ne sont probablement pas exactement les mêmes, bien sûr, mais elle l'a signée et nous l'avons fait authentifier officiellement. » Elle poussa un profond soupir. « Pauvre femme ! Elle est morte peu après, rongée de remords à l'idée qu'elle aurait dû se démener davantage pour lui éviter la prison. »

Il laissa tomber de la cendre sur son assiette. « Et pourquoi ne l'avait-elle pas fait ?

– Parce que c'était une petite personne modeste qui faisait confiance à la police. Avant le procès, elle s'est dit que son témoignage n'était pas assez important pour qu'on l'appelle à la barre ; ensuite, elle a commencé à se tracasser. Elle m'a dit qu'elle en avait parlé à l'agent du coin, et qu'il lui avait dit que l'affaire était close. Elle a essayé de joindre Wynne, mais elle avait déjà été relogée ailleurs à cause du scandale... et ensuite, Howard s'est pendu.

– Et elle a renoncé.

– Oui.

– À quel moment a-t-elle écrit au député ?

– Trois jours avant la mort d'Howard. Elle s'est dit que c'était pour ça qu'il ne lui avait pas répondu. Et puis, je suis arrivée et j'ai remué tous ces souvenirs. » Elle s'interrompit. « Je me demande encore si j'ai bien fait. Elle était arrivée à se persuader qu'il n'aurait pas avoué s'il n'était pas coupable, et elle aurait eu la conscience plus légère si elle avait continué à le croire.

– Vous n'avez aucun reproche à vous faire. »

Elle émit un petit rire. « Si vous saviez tous les reproches que je me fais, docteur Hughes ! Pour le moment, je m'en veux parce que ma voiture n'a pas démarré. On dit qu'un bon début est gage de bonne fin, et je suppose que l'inverse est également vrai... si les choses s'emmanchent de travers, elles sont condamnées à aller de mal en pis. »

Jonathan ignora ce commentaire. De son point de vue, la situation s'était considérablement améliorée depuis qu'elle avait commencé à prendre leur entretien au sérieux, et il se demanda combien de temps elle comptait se répandre ainsi en excuses. Les Anglais avaient la curieuse manie de passer leur temps à inspecter leur vomi. Il sortit de sa serviette un carnet et un stylo. « Comment s'appelait votre voisine ? »

Ses yeux bleus cherchèrent un instant ses yeux noirs. Puis, manifestement à regret, elle plissa son visage d'un air navré. « C'est là que les Athéniens s'atteignirent. Je n'ai pas l'intention de vous donner son nom, docteur Hughes, pas plus que de vous autoriser à lire mes notes. Je vous ai livré une information qui plaide en faveur de l'innocence d'Howard parce que je suis désolée de vous avoir fait faire tout ce chemin et de vous laisser repartir bredouille. Mais si vous avez l'intention d'écrire ce livre, il faudra que vous fassiez le boulot vous-même – comme je l'ai fait. »

Il la dévisagea avec mépris, sans un mot, et elle secoua ses épaules, mal à l'aise. « Vous allez évidemment croire que c'est du racisme, mais vous aurez tort. J'ai passé quinze ans à enquêter sur l'histoire d'Howard, dont dix à essayer d'attirer l'attention de l'opinion publique. J'étais vraiment optimiste quand j'ai entendu votre interview sur Radio 4 et que j'ai lu votre livre, mais maintenant... » Elle s'interrompit avec un hochement de tête.

Un rire cynique lui répondit. « Mais maintenant que vous savez que *Détraqués* a suscité un certain intérêt commercial, acheva-t-il pour elle, vous préférez écrire ce livre vous-même. Avez-vous déjà écrit quelque chose, Miss Gardener ? Ce n'est pas si facile, vous savez. »

Elle rangea la chemise dans son sac en plastique et se leva, attrapant son manteau. « Vous ne m'avez pas comprise. Si je ne souhaite pas partager mes informations avec vous, docteur Hughes, c'est parce que vous m'êtes antipathique. » Elle haussa les épaules. « Vous profitez de votre couleur pour intimider les gens, et je considère ça comme une forme de tyrannie. Peut-être ne m'auriez-vous pas traitée comme de la merde si j'avais été mieux habillée ou si je n'étais pas arrivée en retard, mais j'en doute. Comme le disait mon père, peut-on attendre d'un porc autre chose qu'un grognement ? »

6

Quand, cinq minutes plus tard, Jonathan dévala l'escalier à son tour, George s'était volatilisée. Mais sa Mini était toujours rangée dans la cour, là où elle l'avait laissée. Un câble reliait un chargeur de batterie installé sous le capot à une prise, à l'intérieur de la cuisine. La neige s'était transformée en pluie et il hésita un instant, près de la porte de derrière, ne sachant que faire. Partir ? Essayer de la retrouver pour lui présenter ses excuses ? Et pour quel motif ? Il ne comprenait absolument pas pourquoi elle lui en voulait. Il avait toléré les insultes de Roy, et même accepté ses excuses de la meilleure grâce possible. Que pouvait-il faire de plus ? Il n'avait certainement pas insisté lourdement sur sa couleur de peau pendant le déjeuner.

Il avait dû dire quelque chose qui l'avait irritée. Mais quoi ? Cela ne pouvait pas être son allusion à son désir à elle d'écrire ce livre : elle l'avait déjà pris en grippe avant. Il n'avait contesté aucune de ses théories – raison pour laquelle ses collègues prenaient généralement la mouche. Peut-être avait-elle été vexée que les douleurs lancinantes qui lui déchiraient les entrailles l'aient empêché de faire honneur à la potée au saindoux de Trent ? S'il s'était écouté, il l'aurait obligée à discuter de la logique de sa position. Si elle voulait attirer l'attention du public sur Howard et si elle estimait que Jonathan pouvait lui être utile, sa sympathie ou son antipathie à son égard ne devait pas entrer en ligne de compte. Mais elle avait réagi de manière affective et risquait de ne pas apprécier un cours de logique.

Un bruit de voix lui parvint de la cuisine. « ... doucement, ma vieille. Mets la sourdine, disait Roy fermement. Sinon Jim répétera tout à qui veut l'entendre.

– Et alors ?

– Tu vas te retrouver avec une plainte en diffamation sur le dos.

– Ça m'est bien égal. Il n'est pas si intelligent que ça. Roy, tu sais, ce n'est qu'un minus, un plouc qui se donne un mal de chien pour bien parler. Je ne crois pas un mot de ce qu'il dit. Je suis prête à parier tout ce que tu veux qu'il n'a jamais mis les pieds à Oxford – il sort tout au plus d'un IUT. Dieu sait comment il a décroché son doctorat.

– Bordel ! Calme-toi un peu !

– Et pourquoi ? Il ne m'a pas demandé une seule fois quelles études j'ai faites. La fille d'un facteur, voilà tout ce que je suis pour lui. Tu aurais dû voir sa tête quand je lui ai dit ce que faisait papa ! S'il avait pu, il serait allé s'asseoir à l'autre bout de la pièce.

– Pourquoi est-ce que tu dis que c'est un plouc ? Il a tout l'air d'un pédé, non ?

– Tu n'as jamais vécu à Londres, c'est pour ça. Tu peux sortir l'homme de sa ville, Roy, mais pas l'inverse. J'en sais quelque chose, j'y suis née et j'y ai grandi. Son accent le trahit. Tout ça, c'est du flan. C'est un sale petit arnaqueur qui exploite les autres au lieu de faire le boulot lui-même. Il s'en fout pas mal de la justice, tout ce qui l'intéresse, c'est le fric. Je suis folle de rage, Roy.

– Dis plutôt que tu es déçue. » Il entendit un raclement de chaises. « Courage, ma vieille. Tu trouveras quelqu'un d'autre. Il a bien fallu cinquante ans à Derek Bentley pour obtenir sa grâce. C'est toi-même qui me l'as dit.

– Le problème, c'est que je n'ai pas cinquante ans devant moi, Roy.

– Tu n'as qu'à prouver aux toubibs qu'ils se gourent, ma poule. Attends-moi là. Je me débarrasse de lui, puis je jette un coup d'œil à ta batterie. Elle est en charge depuis une heure, ça devrait aller. »

Avec un petit bruit sec, la porte s'ouvrit tout grand et Jonathan se retourna, ses traits exprimant une appréhension dont il n'était pas coutumier. Il sentait comme une brûlure acide qui dévorait la paroi de son estomac et regretta de ne pas avoir apporté ses comprimés digestifs. Il avala de la bile, imputant ses douleurs gastriques à la potée. Roy grimaça un sourire, ne lisant sur son visage qu'une confusion bien naturelle après la volée de bois vert qu'il venait d'essuyer.

« Ça va, mon pote, dit-il en refermant la porte de la cuisine derrière lui. Je ne vais pas vous mordre. Il pleut comme vache qui pisse, alors je suis venu voir si vous vouliez un taxi pour aller à la gare. Si je téléphone tout de suite, il sera là dans une dizaine de minutes. Vous pouvez attendre au bar ou remonter à l'étage. » Son sourire s'élargit.

« Vous ne risquez rien tant que je garde George enfermée à la cuisine. »

Jonathan chercha faiblement à reprendre l'avantage. « Je me demande bien ce que j'ai fait pour la mettre dans un état pareil.

– Vous aurez tout le temps d'y réfléchir dans le train. Alors... j'appelle un taxi ou vous allez à pied ?

– Pourquoi m'a-t-elle écrit si elle n'avait pas envie que nous partagions nos informations ?

– Parce que ça fait des années qu'elle essaye d'intéresser quelqu'un à cette histoire. Elle était aux anges quand elle vous a entendu à la radio. Elle a cru que vous alliez faire avancer les choses.

– C'est bien mon intention.

– George n'en est pas convaincue. Elle pense que vous ne cherchez qu'à vous faire mousser. Vous vous en foutez pas mal d'Howard, tout ce que vous voulez, c'est faire du fric. Ce n'est pas le genre de George. Ça ne l'a jamais été.

– Je ne demande qu'à reconnaître son rôle dans ce travail. Si ses informations me sont utiles, je veux bien lui verser un pourcentage sur mes droits d'auteur. »

Roy secoua la tête. « Vous êtes complètement bouché. Elle passe une demi-heure à essayer de vous faire oublier ce que j'avais pu vous dire de désagréable, puis elle se rend compte que vous êtes encore plus intolérant que moi... Pour votre gouverne, sachez qu'elle a une double licence, préparée par correspondance – une en psychologie, l'autre en criminologie. Ainsi qu'un doctorat de l'université du Sussex en sciences du comportement, obtenu en candidate libre. » Sa voix reprit un ton ironique. « Vous ne devriez pas juger les gens trop vite, mon pote. George est beaucoup trop modeste pour se faire appeler docteur – pas comme vous –, mais c'est un titre auquel elle a droit, tout autant que vous. À cette différence près qu'elle a dû trimer comme une malade pour y arriver : elle bossait à temps plein, alors elle n'avait que le soir pour étudier. Vous vous en êtes sorti à bon compte – *à l'œil* – financé par des gens comme George. Voilà ce que ça rapporte d'être le Noir de service.

– Vous vous trompez, répliqua Jonathan, catégorique.

– Ce n'est pas l'avis de George. Vous ne devriez pas prendre les gens de haut, mon pote, surtout si vous avez besoin d'eux. C'est une chic fille, elle se mettrait en quatre pour les autres, mais elle a horreur des brutes, horreur des exploiteurs et horreur des snobs. » Il pointa le pouce vers le sol. « Il se trouve que vous êtes les trois à la fois. *Alors*... vous voulez un taxi ou vous y allez à pied ? »

Ce fut la première accusation qui donna le plus matière à réflexion à Jonathan pendant qu'il empruntait Highdown Road en sens inverse. La colère avait toujours frémi derrière son insécurité. Elle explosait parfois en rages incontrôlables contre sa mère et son grand-père sénile, mais il ne s'était jamais considéré comme une brute. C'était un terme qu'il réservait à son père, dont les frustrations débouchaient sur la violence avec une promptitude terrifiante. La vie de Clarence Hughes avait été dépourvue de toute joie. Elle n'était qu'une succession de corvées quotidiennes, des petits boulots pour le conseil municipal, qui l'abrutissaient et lui inspiraient une exaspération sans nom contre les seuls êtres qui ne le mettaient pas en péril – sa famille.

Dès sa plus tendre enfance, Jonathan avait compris ce qui nourrissait les rancœurs de son père. Ce qui ne l'empêchait pas de le détester. Clarence ne manquait pas d'ambition. Or l'immigration en Angleterre, loin de lui donner la chance de se réaliser, lui avait détruit l'âme. Il était loin d'être idiot, mais son accent prononcé et son absence de qualifications reconnues lui avaient fermé les portes. Il se contentait donc de tâches subalternes, dissimulant le mépris que lui inspiraient ses employeurs. Il déversait ensuite cette hargne rentrée sur sa famille, et plus particulièrement sur son fils unique, qui incarnait tous ses espoirs d'un avenir meilleur.

Ses attentes pesantes avaient appris à Jonathan à compartimenter sa vie, à cacher ses secrets avec autant de soin qu'un voleur. Aux yeux de sa mère, il était un jeune garçon populaire qui rentrait tard de l'école parce qu'il allait voir des copains. Pour son père, il était un élève intelligent et studieux, qui s'attardait après les cours à la bibliothèque de l'école. Ses professeurs voyaient en lui le fils d'une juriste indienne et d'un médecin ougandais, chassés et spoliés par Idi Amin Dada dans les années 1970. Pour ses persécuteurs, il était invisible.

La vérité – il se planquait dans les toilettes de l'école parce qu'il avait trop peur de rentrer chez lui, il avait inventé de fausses origines à ses parents parce qu'il avait honte d'eux – finit par s'estomper jusque dans son propre esprit. Il était plus facile d'affabuler auprès des uns sur sa popularité et sur l'exil forcé de sa famille auprès des autres que de s'interroger sur sa timidité, sur son aspiration au respect. Il avait même fini par se complaire dans le rôle de la victime, puisant une certaine force dans chaque nouvel affront ajouté à la longue liste des revanches à prendre.

Il ne savait même plus quand il avait décidé de transformer la fable en fait. Lors de son admission à Oxford ? Lorsqu'il avait commencé à singer les voyelles allongées et la diction claire de la haute bourgeoisie ? Quand il avait compris que l'apparence de la richesse était presque aussi précieuse que la richesse elle-même ? Ou qu'il y avait un moyen très simple d'asseoir le mythe de sa bonne éducation : rayer sa famille de sa vie ? Peut-être n'y avait-il pas eu de moment décisif, peut-être l'évolution vers le mensonge pathologique s'était-elle faite si progressivement qu'aucune supercherie n'avait jamais paru impudente au point de l'inciter à y mettre un terme.

Pourquoi repousses-tu les gens ? As-tu peur qu'ils ne voient tes failles ? Quelle importance, après tout ? Nul n'est parfait...

En passant devant le marchand de journaux, il déchiffra une nouvelle affiche : « Les États-Unis accusés de mener une diplomatie de brute. » Son esprit pédant releva la curieuse juxtaposition de l'idée de diplomatie et de celle de brutalité. Deux notions incompatibles... ou qui devraient l'être. L'une suggérait une ignorance crasse, l'autre l'intelligence rusée. Mais, dans une drôle de guerre, les bruits de bottes étaient un outil de propagande efficace, tant à l'adresse des amis qu'à celle des ennemis.

Combien de fois son père avait-il pleuré sur celui qu'il était devenu ? Il n'avait pas changé d'attitude pour autant. La crainte des coups – une arme plus puissante encore que les coups eux-mêmes – avait été le régime de base de son couple aussi bien que de l'éducation de son fils unique. Comble d'injustice, le grand-père de Jonathan, complètement sénile, prenait son petit-fils adolescent pour son gendre abhorré. Avec un courage qu'il n'avait jamais possédé, même dans sa jeunesse, le vieillard reprochait inlassablement au fils les péchés de son père, tandis que sa mère posait son index sur ses lèvres, le suppliant du regard de laisser son Abba décharger sa bile. « Ça lui fait du bien, disait-elle. Il va dormir maintenant. »

Tandis qu'il marchait, le mépris qu'il éprouvait pour sa mère se lovait comme un serpent autour du cœur de Jonathan. C'était une paysanne sans éducation, qui avait léché les bottes de son crétin de père et n'avait jamais assumé ses responsabilités à l'égard de son fils. Que veux-tu que je fasse ? Je ne suis qu'une femme. Clarence ne voudra pas... Clarence sera fâché... Clarence a des problèmes... Clarence me battra... Clarence... Clarence... Clarence...

Les femmes t'exaspèrent tellement, Jon... un jour, tu iras trop loin et quand tu t'en rendras compte il sera trop tard.

Les trains entraient et sortaient de la gare de Branksome, mais Jonathan ne les voyait pas. Il se sentait affreusement mal. Il s'était mis à l'abri, adossé contre un mur, les jambes flageolantes, serrant contre lui son porte-documents, le regard dans le vide. Plusieurs passagers signalèrent un individu de type arabe qui transpirait abondamment et dont le comportement était pour le moins bizarre. Le chef de gare intérimaire l'observa longuement à travers une vitre, perplexe. Il imaginait mal qu'un kamikaze prenne pour cible la gare de Branksome, mais, après tout, il y avait bien des Palestiniens qui se faisaient sauter dans des bus. Pourquoi pas dans un train ? Il allait appeler la police des transports quand une passagère s'approcha du suspect et lui serra la main.

« Ça va ? » demanda gentiment la femme brune à Jonathan en lui prenant la main droite et en la serrant avec chaleur. Elle portait un manteau de luxe au col remonté et une écharpe en cachemire nouée autour du cou, masquant le bas de son visage. « On dirait que vous avez du mal à vous tenir debout. Je peux vous aider ? »

Il lui jeta un rapide coup d'œil puis reporta toute son attention sur les rails. Il était pris de nausée chaque fois qu'il bougeait les yeux. Il se persuada que c'était l'effet de plusieurs semaines d'insomnie aggravées par le décalage horaire. Ça va passer, se disait-il depuis près d'une heure. Tout finit par passer. Mais la douleur lancinante qui lui tenaillait le ventre trahissait un problème plus grave.

La femme passa devant lui. « Parlez-moi, dit-elle d'un ton encourageant. Il y a deux policiers qui vous observent. » Elle était jolie, d'une beauté artificielle – une bonne couche de peinture –, mais son inquiétude paraissait sincère. Jonathan, qui avait remarqué que tous les autres passagers l'évitaient, se demanda ce qui l'avait attirée vers lui.

Des policiers... ? Il s'adossa plus fermement au mur. « Je vais tout à fait bien », bredouilla-t-il.

Elle rit et posa une main gantée sur son bras, comme si elle rencontrait un vieil ami. « Souriez, allez, un peu de comédie, reprit-elle. Ils se méfient. » Elle fit un signe de tête en direction de l'entrée du quai. « Ils sont derrière le mur, là-bas. Ils croient que vous avez une bombe dans votre cartable. »

Une bombe... ? L'absurdité de l'idée le frappa avec force, alors même qu'il sentait quelque chose céder au plus profond de lui-même – la première des digues qui retenaient ses émotions. Son porte-documents ne contenait que son portefeuille, des lettres sur Howard Stamp, son billet pour le Royal Opera House et son passeport. *Il suffirait qu'un mensonge soit révélé...* « Pourquoi iraient-ils penser une chose pareille ?

– Vous êtes noir, dit-elle sans ménagement, vous suez comme un porc et vous avez l'air mort de trouille. Il n'en faut pas beaucoup plus que ça en ce moment pour exciter les flics. »

Une autre digue s'effondra. *Pourquoi tout le monde le traitait-il de noir ? Pourquoi tout le monde le comparait-il à un porc ?* L'hystérie se noua autour de ses tripes, cherchant une issue, avant de faire monter des larmes douloureuses derrière ses paupières. Il avait peur et il transpirait parce qu'il ne comprenait pas ce qui lui arrivait. Il essaya de se convaincre que tout cela n'était que de la fatigue. Personne de normalement constitué ne pouvait encaisser successivement les obsèques d'un jeune homme assassiné, l'intolérance antiarabe, l'hostilité des services d'immigration, la présence de chars, de soldats, les critiques d'une vieille fille aigrie, les insultes de patrons de bistrot crasseux... *la guerre...* sans que ses nerfs lâchent. Mais il savait qu'il se mentait à lui-même. La vérité était que sa façade soigneusement élaborée se lézardait devant une parfaite inconnue parce que, enfin, quelqu'un lui manifestait un peu de gentillesse.

La femme se rapprocha et une bouffée de parfum lui effleura les narines. « Je suppose que vous avez trop bu, mais si vous ne voulez pas que les flics viennent voir de quoi il retourne, parlez-moi, faites comme si on se connaissait... mieux encore, passez-moi votre cartable. » Elle tendit la main. « C'est ça qui les inquiète. Il suffira que je l'ouvre pour qu'ils vous fichent la paix. »

Il le lui tendit, soudain pris de vertige. « Je n'ai pas bu.

– Vous en avez pourtant l'air. » Elle posa la serviette en équilibre sur son genou et défit les attaches, ouvrant tout grand le rabat de cuir pour que tout le monde puisse voir à l'intérieur. Ses doigts agiles fourragèrent au milieu des lettres. Elle sortit l'ensemble de la liasse et la lui tendit. « Regardez-moi. Faites comme si notre rencontre était prévue. Choisissez un de ces papiers et donnez-le moi. »

Il se força à baisser les yeux, réprimant la nausée qui lui montait à la gorge. « Qui êtes-vous ?

– Peu importe. Donnez-moi une feuille. C'est bien. » Elle prit la page et la parcourut du regard. « Parlez-moi. Dites bla-bla-bla si vous voulez, mais donnez l'impression que nous bavardons. »

Comment savait-elle ce que la police croyait ou pas ? « Blabla ?

– Encore.

– Blabla... blabla... blabla. »

Elle montra un passage de la lettre et lui adressa un sourire.

« Riez, maintenant. Les gens qui rient ne font pas sauter les trains.

– Je n'ai pas l'intention de faire sauter un train. Je suis professeur d'université et je suis anglais. J'ai mon passeport dans mon porte-documents. Je n'ai qu'à le leur montrer.

– Ça ne les empêchera pas de vous interroger. Tout le monde a signalé la présence sur le quai d'un Arabe qui avait l'air à côté de ses pompes. Je me suis faufilée par-derrière ; autrement, ils ne m'auraient pas laissée passer.

– Vous n'avez pas eu peur ? Pourquoi ?

– Je sais qui vous êtes. Je vous ai vu à La Couronne. »

Jonathan fouilla dans ses souvenirs. Il avait aperçu un couple au bar, se rappela-t-il, mais ce n'était pas cette femme, lui semblait-il. « Je ne me souviens pas de vous. »

Elle remit les lettres dans la serviette et la glissa sous son bras. « C'est une grande maison, dit-elle d'un air énigmatique, en jetant un coup d'œil vers l'extrémité du quai. Tout va bien. Je crois qu'ils sont partis. Venez, il y a des sièges par là. » Elle lui prit le coude de son autre main et le conduisit un peu plus loin sur le quai. « Vous vous sentirez mieux si vous vous asseyez un moment. Vous êtes déjà trempé, tant pis si vous avez les fesses mouillées. » Elle l'aida à s'asseoir sur le banc métallique et prit place à côté de lui. « Roy vous a dit quelque chose de désagréable, c'est ça ? Il peut être franchement pénible quand il s'y met. »

Jonathan se laissa aller contre le dossier, levant les yeux vers le ciel. La nausée commençait à refluer. La pluie s'était calmée et un faible rayon de soleil perçait les nuages. Pourtant, le froid restait vif. Le parfum agréable de sa voisine lui emplissait les narines et, pour la première fois depuis des mois, il trouva la proximité d'une femme réconfortante. Il n'aurait pas su l'expliquer et ne chercha pas à le faire, mais il appréciait cette présence humaine. « C'est un de vos amis ?

– Pas vraiment. Je connais son ex-femme, ce qui fait que je n'ignore pas grand-chose de ses défauts. Il a l'habitude d'ouvrir son clapet sans attendre que son cerveau soit branché. Il vous a insulté ? »

Voilà ce que ça rapporte d'être le Noir de service... La vérité était-elle une insulte ? Non sans perversité, Jonathan se surprit à défendre cet homme. « S'il l'a fait, ce n'était pas intentionnel.

– Je n'en suis pas si sûre, dit-elle avec un rire insouciant. Il n'a peut-être pas inventé la poudre, mais il est assez fort pour asticoter les gens. Il ne faut pas relever, c'est tout. Il prend son pied quand il sent qu'une de ses vannes a fait mouche. »

Malgré ses vêtements coûteux, elle n'était certainement pas issue d'un milieu fortuné. Il y avait dans sa voix un grasseyement typique du Dorset qui lui rappelait les inflexions de Roy. « Il s'en est déjà pris à vous aussi ?

– Il s'en prend à tout le monde. C'est pour ça qu'il a si peu de clients. »

L'explication contredisait celle de George, mais elle convenait plutôt mieux à Jonathan. « Connaissez-vous le conseiller Gardener ?

– La petite amie de Roy ? De vue seulement. » Elle se tourna vers lui. « Ne me dites pas que c'est *elle* qui vous a mis dans un état pareil ! Depuis son cancer, elle s'est tournée vers la religion – elle veut que le monde entier accueille Jésus et toutes ces c... » Elle s'interrompit. « Je suis une salope. Oubliez ce que je viens de dire. Elle est très bien intentionnée... se bat pour les pauvres. Je ne peux pas croire qu'elle vous ait dit quelque chose de désagréable. »

Un instant, Jonathan se demanda pourquoi elle tenait tant à rejeter sur autrui la responsabilité de ses problèmes à lui. « Ce n'est que de l'épuisement, expliqua-t-il. Je suis rentré des États-Unis hier soir et je n'ai pas dormi. J'aurais mieux fait de rester chez moi.

– Votre voyage n'a pas été utile ?

– Aux États-Unis ?

– Non... celui d'aujourd'hui... ici. »

Il secoua la tête. La question n'était pas vraiment indiscrète, mais l'insistance de la femme éveilla une certaine méfiance dans le tréfonds de son esprit. « C'est Roy qui vous envoie ?

– Pas vraiment, dit-elle avec un petit rire. À mon avis, il vous a déjà complètement oublié. » Elle enfonça son menton dans son écharpe. « Pour être franche, j'ai été surprise de vous trouver ici. Vous avez quitté le pub bien avant moi. Alors... ça va mieux ?

– Oui, merci. » Il en était le premier étonné. La nausée s'était dissipée et les tremblements de son bras s'étaient calmés. « Vous avez été très gentille.

– C'est mon jour de bonté. » Elle tourna les yeux vers la voie. « Votre train arrive. Je vous aide à vous installer et il ne vous restera qu'à prendre la correspondance à Bournemouth Central. Vous y arriverez ? »

Il s'avança vers le bord du banc. « Et vous ?

– Je vais dans l'autre sens », dit-elle en se levant et en lui tendant sa serviette alors que le train entrait en gare. Elle l'avait refermée sans qu'il le remarque et il la prit avec reconnaissance.

« Mais alors, que faites-vous sur ce quai ?

– J'ai bien vu que vous n'étiez pas dans votre assiette. »

Il secoua la tête. « Je ne sais même pas qui vous êtes.

– Une bonne Samaritaine », murmura-t-elle, en ouvrant la porte d'une voiture et en l'invitant à monter.

La dernière vision qu'il eut d'elle fut un visage emmitouflé dans une écharpe et une main gantée qui s'agitait pour lui dire au revoir. En lui rendant son salut, il songea qu'il serait incapable de la reconnaître. Il n'avait vu que deux yeux maquillés sous une frange brune. Il n'y attacha pas d'importance jusqu'au moment où il ouvrit sa serviette à Bournemouth Central et découvrit qu'elle lui avait volé tout ce à quoi il tenait. Elle avait pris son portefeuille, son billet de train, son billet d'opéra et, surtout, la preuve de son identité. Son passeport avait disparu.

Il perdit la tête. Il se mit à courir comme un forcené d'un bout à l'autre de la gare, bousculant les gens, poussant des hurlements. Certains le prirent pour un dément. D'autres le crurent dangereux. Quand deux agents de la police des transports le maîtrisèrent, il les traita de salauds de fascistes et les frappa avec son porte-documents, jusqu'à ce que l'un d'eux le lui arrache des mains et lui balance un coup de genou dans le bas-ventre.

7

Commissariat central, Bournemouth
Jeudi 13 février 2003, 20 h 30

Andrew Spicer ne trouva pas très drôle de se voir arracher à son bureau londonien à cinq heures du soir et de devoir se rendre à Bournemouth pour se porter garant de son ami. Une rapide vérification de l'identité de Jonathan avait révélé que le passeport d'un individu du même nom avait éveillé des soupçons la veille au soir, à son arrivée des États-Unis, et la police, désagréablement impressionnée par sa crise de folie furieuse à la gare centrale de Bournemouth, exigea qu'il prouve son identité avant d'envisager de le remettre en liberté.

Le médecin appelé en consultation pour s'assurer que Jonathan n'était pas sous l'emprise de stupéfiants ou de l'alcool – test négatif dans les deux cas – recommanda d'autres analyses. Cet homme était malade, c'était évident. On fit savoir à Jonathan qu'il avait le droit de demander son hospitalisation, mais il se réfugia dans le silence, refusant aussi bien l'assistance d'un médecin que celle d'un avocat. Il ne restait donc d'autre solution que de s'adresser à Andrew Spicer, agent littéraire, dont le nom et l'adresse figuraient sur plusieurs lettres contenues dans le porte-documents de Jonathan.

On chercha également à joindre le conseiller George Gardener, dont la correspondance suggérait un déjeuner commun à La Couronne, mais tous les appels furent dirigés vers un répondeur. Un coup de téléphone au pub ne fut pas plus fructueux : l'établissement était fermé jusqu'à 17 h 30.

Était-il gravement malade ? En danger de mort ? Le problème était plus mental que physique, affirma le médecin, il n'y avait donc aucune urgence. Dès qu'Andrew eut accepté de faire le voyage, les policiers se désintéressèrent de l'affaire. Ils avaient d'autres chats à fouetter, et un Arabe larmoyant, manifestement hors d'état de nuire, présentait un risque moindre que des conducteurs impatients sur des routes verglacées.

Quand Andrew arriva enfin, à 8 heures et demie, fatigué et affamé après avoir été coincé dans un bouchon sur la M3, on lui montra Jonathan à travers un miroir sans tain. « Connaissez-vous cet individu ? lui demanda un inspecteur en uniforme qui se présenta sous le nom de Fred Lovatt.

– Oui.

– Qui est-ce ?

– Jonathan Hughes.

– Quelles sont vos relations avec lui ?

– Je suis son agent littéraire.

– Depuis combien de temps le connaissez-vous ? »

Andrew déboutonna sa veste et désigna un siège de la main. « Puis-je m'asseoir ? Je n'ai pas mangé depuis le petit déjeuner et je ne tiens plus debout. » Sur un signe de tête de l'inspecteur, il se laissa tomber dans le fauteuil. « Qu'a-t-il fait ?

– Répondez à ma question, s'il vous plaît, Mr Spicer.

– Douze, treize ans. Nous étions à Oxford ensemble, mais je ne le connaissais pas très bien jusqu'à ce qu'il m'apporte son premier manuscrit en 1992. Notre amitié date de cette époque.

– Quelle est sa profession ?

– Enseignant. Il est maître de conférences et chargé de recherches en anthropologie européenne à l'université de Londres. Il est plutôt bon dans sa spécialité, en fait... et très apprécié de ses étudiants parce qu'il prend la peine de rendre son sujet intéressant. »

L'inspecteur avança un autre fauteuil. « Savez-vous pourquoi il a refusé de nous donner toutes ces informations ? Y aurait-il eu un problème si nous nous étions adressés à son université pour vérification ? »

Andrew scruta le visage de son ami à travers la vitre. « De quoi est-il accusé ?

– De rien, pour le moment.

– Dans ce cas, pourquoi le retenez-vous ?

– Parce qu'il a commis une infraction et refuse de répondre à nos questions. Nous ne le remettrons en liberté que lorsque nous estimerons qu'il n'y a pas de risque.

– De quelle infraction s'agit-il ? »

L'inspecteur Lovatt consulta une feuille de papier. « Il a été pris d'une crise de folie à la gare centrale de Bournemouth. Il a bousculé les passagers en hurlant qu'il était... » Il leva un sourcil. « Je n'y comprends rien... *pas le staff* ? En tout cas, il refuse de s'expliquer. Vous voyez ce qu'il peut vouloir dire, vous, monsieur ? »

Andrew fronça les sourcils. « *Falstaff*. C'est un opéra de Verdi. On le donne ce soir à Covent Garden. *Falstaff*... Sir John Falstaff. Un personnage comique des *Joyeuses Commères de Windsor* de Shakespeare. On le retrouve dans *Henry IV* actes I et II et dans *Henry V*. C'est un très gros type, doté d'appétits insatiables. »

L'inspecteur jeta un regard dubitatif en direction de Jonathan, dont la chemise pendait sur sa carcasse efflanquée. « Pour quelle raison Mr Hughes prétendrait-il être cet homme-là ?

– Il n'a certainement pas dit qu'il *était* Falstaff, mais sans doute qu'il y *allait*. C'est un passionné d'opéra. Il m'a effectivement dit qu'il avait un billet pour ce soir... Voilà pourquoi il est rentré de New York hier soir. Autrement, il aurait annulé son rendez-vous d'aujourd'hui et attendu un vol moins cher. »

Lovatt relut son papier. « Selon les témoins, il aurait dit : “Je suis Falstaff.” L'un d'eux prétend même qu'il a crié : “Le diable est une femme.” Il est marié ? Il a des problèmes chez lui ? »

Andrew secoua la tête. « Il a eu une liaison pendant quelque temps, mais ils ont rompu après Noël. Je n'ai pas l'impression que ça l'ait beaucoup affecté ; ce n'était probablement pas très sérieux.

– Il est musulman ?

– Non. » Le petit homme replet esquissa un léger sourire. « Je ne vois pas très bien le lien entre cette question et cette phrase sur le diable, inspecteur. À ma connaissance, la doctrine islamique n'imagine pas Satan en robe. Ce serait plutôt le contraire : le diable qui est dans l'homme – le phallus –, voilà le danger. C'est pour ça que leurs femmes doivent être voilées. »

L'explication ne sembla pas passionner l'inspecteur. « Et ce personnage, ce Falstaff, il a des problèmes avec les femmes ? »

Andrew eut soudain l'air intéressé. « Dans l'opéra, indéniablement. Verdi a emprunté l'intrigue aux *Joyeuses Commères* de Shakespeare, où Falstaff apparaît comme un personnage plutôt ridicule. Il perd tout son argent et fait le projet de redresser ses finances en séduisant les riches épouses de Windsor. Quand celles-ci s'en rendent compte, elles inventent des châtiments humiliants pour se venger de lui.

– De quel genre ?

– De la grosse farce. Ça fait un moment que je ne l'ai pas vu, mais si je m'en souviens bien, elles le jettent dans une rivière et le font défiler sous un déguisement ridicule. C'est une attaque contre la phallocratie. Les femmes le font marcher en feignant de ne pas être insensibles à son charme – elles l'allument, si vous voulez – et, quand il se croit à deux doigts d'arriver à ses fins, elles l'envoient bouler. C'est l'histoire de femmes agressives qui se moquent du mâle. La morale étant que les femmes sont intellectuellement et moralement supérieures aux hommes. »

L'inspecteur émit un grognement de désapprobation, comme si cette conclusion ne lui plaisait guère. « C'est tout à fait d'actualité, alors. On ne voit que ça en ce moment. »

Andrew était assez d'accord avec lui. « Ça a toujours été comme ça. La guerre des sexes... les hommes viennent de Mars, les femmes de Vénus. La nature humaine est immuable. Nous pouvons faire des analyses d'ADN, envoyer des e-mails à l'autre bout du monde, procéder à des transplantations cardiaques... les principes de base restent identiques. Les hommes vont à la chasse, les femmes veillent sur leur famille. Ce n'est pas plus compliqué que ça. L'analyse de Shakespeare reste aussi valable aujourd'hui que lorsqu'il l'a faite, il y a quatre siècles. C'était un béhavioriste avant l'heure... » Il leva le doigt en l'air. « Un génie de la psychologie, qui comprenait parfaitement la dynamique des relations humaines – et plus particulièrement des relations hommes-femmes.

– Hmm.

– Excusez-moi. C'est un sujet qui me passionne... j'ai tendance à m'emballer.

– La seule pièce que j'aie vue, c'est *Hamlet*. Quelqu'un m'a dit qu'on pouvait la réduire à ce discours sur le suicide : "Être ou ne pas être." C'est vrai ?

– Hamlet est indéniablement quelqu'un qui explore sa propre identité tourmentée. En ce sens, cette pièce annonce le théâtre moderne. »

L'inspecteur Lovatt examina Jonathan à travers la fenêtre. « Mr Hughes a-t-il une identité tourmentée ? »

Andrew suivit son regard : « N'est-ce pas notre lot à tous ?

– À certains plus qu'à d'autres, sans doute, dit l'autre prosaïquement. A-t-il déjà, à votre connaissance, manifesté des signes de troubles mentaux ? »

On n'en finirait pas de les compter, songea Andrew. *Envie... ressentiment... insécurité... dégoût de soi... exactement comme son agent et tous les pauvres couillons qui vivent sur cette planète et n'ont pas été à la hauteur de leurs ambitions*. « Non, répondit-il. Pourquoi ?

– Votre ami s'est opposé de force à son arrestation et refuse de s'expliquer. Nous aimerions comprendre pourquoi.

– Sans doute estime-t-il n'avoir rien fait de mal. Il écrit des bouquins sur les dangers des catégorisations sociales et sur les dysfonctionnements du système judiciaire, qui a tendance à se focaliser sur le stéréotype et à ignorer l'individu. Il part probablement du principe que, si vous ne l'avez pas mis en examen, c'est qu'il n'aurait pas dû être arrêté. »

L'inspecteur secoua la tête. « Son arrestation est parfaitement légale, monsieur. Mr Hughes a été interpellé pour une simple vérification d'identité alors qu'il troublait l'ordre public. Il a essayé de frapper un agent de police avec son porte-documents.

– Il lui a fait mal ?

– Non. C'est une vraie mauviette. Heureusement pour lui, parce que, autrement, il se serait rendu coupable d'agression sur la personne d'un représentant des forces de l'ordre, et ça, ça va chercher loin. » Un muscle frémit à la commissure de ses lèvres. « Il ne fait pas le poids, votre copain. L'agent de la police des transports qui l'a maîtrisé a dit qu'il avait eu l'impression d'essayer de chasser un faucheux.

– Et les passagers qu'il a bousculés ?

– Ils sont prêts à laisser tomber.

– Dans ce cas, quelle charge retenez-vous contre lui, à part son refus de répondre à vos questions ? Il me semblait que c'était un droit, pas un délit.

– À moins que ça ne devienne une habitude. Lorsqu'il est rentré d'Amérique hier soir, il a été retenu pendant une heure par les services d'immigration exactement pour la même raison.

– Et merde ! lança Andrew exaspéré. C'est toujours comme ça. Si ce n'est pas ses idées sur ben Laden qui ne leur plaisent pas, c'est l'équipe de cricket dont il est supporter. Moi, on ne me pose jamais ce genre de questions. Sinon, je déclarerais qu'Oussama est un type super, rien que pour voir comment ils réagiraient. » Il se pencha en avant. « Si personne ne porte plainte, vous n'avez aucune raison de ne pas le relâcher.

– Il nous doit toujours des explications, Mr Spicer. Heathrow est en alerte rouge à cause des menaces terroristes et la règle s'applique à toutes les grandes agglomérations. Les comportements insolites sont pris très au sérieux.

– Surtout quand le suspect a le type arabe, c'est ça ? »

Le policier ne répondit pas.

« Si vous avez son passeport, vous savez qu'il est britannique. Ça voulait dire quelque chose, il fut un temps.

– Il n'a sur lui aucun papier qui permette de l'identifier, monsieur. C'est pour cela que nous vous avons demandé de venir jusqu'ici. »

Andrew eut l'air surpris. « Il a certainement son passeport. Il fait une fixation sur ce machin... il a tellement peur de le perdre qu'il passe son temps à se tapoter la poche. »

L'inspecteur secoua la tête. « Pas de passeport.

– Et son portefeuille ?

– Pas de portefeuille. Pas d'argent. Pas de carte de crédit. Pas de billet de train. Et pas non plus de billet d'opéra pour *Falstaff* de Verdi. Il est quand même un peu étrange, votre ami. Tout ce qu'il a dans son porte-documents, c'est un téléphone mobile à carte – dont la batterie est à plat – et quelques lettres qui lui sont adressées chez Spicer & Hardy – il regarda Andrew songeusement –, ce qui rend son refus de coopérer plutôt surprenant. En toute logique, il devrait se donner un mal de chien pour prouver qui il est.

– À moins que ça ne l'explique au contraire, rétorqua Andrew. Vous est-il déjà arrivé de voir votre identité contestée deux fois au cours d'une seule et même journée ? Vous n'avez pas remis la mienne en question. Comment se fait-il que je sois au-dessus de tout soupçon sans mon passeport, et pas Jonathan ? Vous ne croyez pas qu'il a un peu raison ? Vous trouvez normal d'être considéré comme un moins que rien dans ce pays, pour peu que vous n'ayez pas vos papiers et que vous soyez un peu bronzé ?

– Vous êtes venu de votre plein gré, monsieur, ce qui n'est pas le cas de Mr Hughes. Il a été interpellé en toute légalité et on lui a demandé de s'expliquer. Devant son refus, il a été arrêté et conduit ici. S'il avait accepté de répondre à quelques questions très simples, il aurait été libéré dès confirmation de la véracité de ses réponses.

– Quel genre de questions ?

– Adresse, profession, nom et prénom des plus proches parents, raisons du séjour en Amérique. Rien de bien compliqué... des questions que nous poserions à un Blanc dans les mêmes circonstances.

– Je vous ai indiqué sa profession, si bien que, pour être tout à fait précis, il convient de l'appeler *Dr* Hughes, au lieu de Mr Hughes. Il habite un appartement à West Kensington – de mémoire, je dirais que c'est le 2b Columbia Street ou Road. Quant à sa famille la plus proche, il s'agit de ses parents, mais il ne les a pas vus depuis des années. Ils ont divorcé peu avant qu'il entre à Oxford et je crois que sa mère est retournée dans son pays d'origine. Il ne sait pas ce qu'est devenu son père – ou bien il s'en fiche. Quant à son voyage en Amérique, il est allé assister aux obsèques d'un de ses étudiants qui s'est fait tuer dans une rue de New York. Une agression raciste. » Il jeta un nouveau coup d'œil en direction de la vitre. « Jon avait fait des pieds et des mains pour lui obtenir une bourse universitaire, et je suppose que l'assassinat de ce jeune homme ne doit pas le ravir.

– Comment fait-il pour s'en sortir avec un salaire de prof ?

– Comment cela ?

– Des voyages en Amérique, des costumes Paul Smith, des chemises Versace, des billets d'opéra, des lunettes Armani. Quel genre de livres est-ce qu'il écrit ? Des best-sellers ? »

Andrew hésita un instant. « Pas vraiment, non. Il est célibataire et n'a personne à sa charge.

– C'est tout de même un mode de vie onéreux, Mr Spicer. Est-il propriétaire de son appartement ?

– Aucune idée.

– Dispose-t-il d'une autre source de revenus, à votre connaissance ?

– Non. » Il observa pendant quelques instants le visage de marbre de l'inspecteur. « Que voulez-vous insinuer ?

– Nous vivons une époque agitée, Mr Spicer. »

Andrew rit. « Si vous imaginez que c'est une sorte de terroriste, vous êtes complètement à côté de la plaque. Il a horreur de la violence. »

L'inspecteur s'autorisa un petit sourire. « Vit-il seul ?

– Il me semble, oui.

– Les loyers ne sont pas bon marché à Kensington, Mr Spicer. Les emprunts immobiliers non plus. »

C'était un policier remarquablement bien informé, se dit Andrew, en regardant Jonathan retirer ses lunettes griffées et les nettoyer avec l'extrémité de sa cravate, révélant des yeux rougis. Au repos, et sous l'éclairage un peu cru, son visage était hâve, alors que ses épaules crispées présentaient la rigidité gracile d'un cintre. Les sentiments d'Andrew à l'égard de Jon avaient toujours été ambivalents. Leur amitié reposait sur une sympathie réciproque et un intérêt commun pour la littérature et le bon vin. Ce qui n'empêchait pas Andrew de mépriser l'accent factice de Jonathan ; il avait horreur du snobisme et plus encore des mensonges. Jusqu'à ce jour, il n'avait jamais eu de raison d'y voir autre chose qu'une tentative pour masquer un sentiment d'insécurité, mais il commençait à s'interroger. De toute évidence, le masque était devenu de plus en plus transparent au cours des derniers mois.

Il se retourna vers le policier. « Ce costume a été porté tant de fois que les coudes sont assez brillants pour servir de miroir. Quant aux lunettes, c'est de la frime, rien d'autre. Je ne suis pas son banquier et je ne sais pas comment il gère ses finances, mais je ne serais pas surpris d'apprendre qu'il est endetté jusqu'au cou. L'argent vous pose un homme et pour quelqu'un comme Jon, un appartement à Kensington et des billets d'opéra valent certainement la peine de se ruiner en intérêts.

– Que voulez-vous dire ?

– Il y a des gens qui ont absolument besoin de préserver une certaine image d'eux-mêmes. On peut frimer en allant voir *Falstaff* de Verdi, quitte à avoir un frigo vide. » Il lut du scepticisme dans le regard du policier, mais il n'aurait su dire si c'était la stupidité avec laquelle Jonathan gaspillait son argent en allant à l'Opéra ou l'analyse d'Andrew qui le laissaient incrédule. « Je ne sais pas bien comment les terroristes travaillent, mais je suppose que la règle première est de ne pas attirer l'attention. Sont-ils habituellement sujets aux accès de folie sur la voie publique ? »

L'inspecteur haussa les épaules. « Nous avons demandé à un médecin de vérifier s'il était ivre ou s'il avait consommé des stupéfiants. Il juge que Mr Hughes est à deux doigts de la dépression nerveuse. Je ne suis pas non plus spécialiste du terrorisme, Mr Spicer, mais je suppose que cela doit faire des dégâts mentaux... surtout si votre propre mort est au programme. »

Andrew ne pouvait que lui donner raison. « J'ai plutôt l'impression que tout son bel échafaudage est en train de s'effondrer. Peut-être la rupture avec son amie y est-elle pour quelque chose... après tout, cette liaison était peut-être plus sérieuse que je ne l'ai cru. » Il s'interrompit, se rappelant une remarque qu'avait faite Jon à la suite du départ d'Emma. *Je ne pouvais pas l'aimer comme elle le voulait...* « Ce n'est pas un type très facile à cerner. Il n'a pas tendance à livrer grand-chose de ses pensées ni de ses sentiments.

– C'est-à-dire ?

– Ça a dû commencer à Oxford. Je ne le connaissais pas tellement à l'époque, il évoluait dans un milieu plus chic que moi. C'est un endroit un peu artificiel... ça peut l'être, du moins, rectifia-t-il. Le mythe de la cité aux flèches de rêve et à la jeunesse dorée. Pour un cynique comme moi, tout cela n'est qu'absurdité prétentieuse – et même corruptrice –, mais un jeune homme issu d'un milieu défavorisé peut avoir du mal à résister.

– Il ne m'a pas fait l'effet de venir d'un milieu si défavorisé que ça.

– Ça fait partie du mythe. Il s'est persuadé que l'image fait tout – que si vous arrivez à vous faire passer pour un membre de l'élite, l'avenir est à vous. Le problème étant qu'il faut financer le mode de vie adéquat, faute de quoi, on perd ses amis. » Andrew haussa les épaules. « Je crois qu'il a peur qu'on ne découvre que tout ça n'est que du toc. Ce qui répond probablement à votre question sur les raisons pour lesquelles il a refusé de demander à un de ses collègues de la fac de confirmer son identité. »

L'inspecteur prit l'air songeur. « Donner de faux renseignements lorsqu'on postule à un emploi est un délit. »

Andrew secoua la tête. « Ses diplômes sont en béton, fit-il avec un sourire narquois. Ce sont ses origines qui l'inquiètent. Il est anthropologue, ne l'oubliez pas. Il n'admettra pas facilement qu'il est le fruit inattendu de l'union entre un balayeur jamaïcain et une femme de ménage de Hong Kong, alors qu'il a pris l'habitude de se faire passer pour un Blanc au teint mat. »

Ne s'étant vu accorder qu'une demi-heure pour persuader son ami de s'expliquer, Andrew renonça à la compassion au profit d'une franchise brutale. Il lui exposa clairement l'alternative. En admettant que Jonathan n'ait rien d'illicite à se reprocher, il avait le choix entre répondre aux policiers et rentrer chez lui en voiture avec Andrew le soir même, ou continuer à se taire et passer la nuit dans une cellule en attendant que la police ait interrogé ses amis et collègues de Londres. S'il choisissait la seconde solution, sa détention serait portée à la connaissance du public et il devrait se débrouiller pour rentrer à Londres par ses propres moyens une fois libéré. La police n'ayant trouvé ni carte de crédit, ni liquide, ni billet de retour dans ses poches ou dans sa serviette, cela risquait d'être difficile.

Si Jonathan n'avait pas de quoi se payer un avocat, une stagiaire commise d'office faisait déjà le pied de grue dans la salle d'attente. Cependant, à moins qu'il n'ait envie de prolonger son supplice en expliquant ses agissements à une étrangère – compte tenu du fait que les chefs d'inculpation potentiels étaient insignifiants –, il serait idiot de perdre son temps avec une jeune femme morose qui n'avait même pas encore passé ses examens. Le médecin de la police qui avait procédé à l'analyse d'urine avait évoqué un éventuel état dépressif ; si Jon s'obstinait à ne pas desserrer les dents, sa prochaine étape serait probablement le service psychiatrique de l'hôpital du coin. Lorsque l'université apprendrait le motif de son absence, les répercussions risquaient d'être nettement plus graves que s'il allait tranquillement consulter un généraliste à Londres.

Enfin, son agent, qui en savait plus long sur son auteur que ce dernier ne le pensait, avait déjà révélé à la police la situation financière de Jonathan, ses problèmes d'estime de soi et son incapacité à nouer des relations durables... il était donc inutile de continuer à essayer de sauver la face.

« Tu pourrais me prêter de l'argent pour rentrer chez moi, marmonna Jonathan, les yeux fixés au sol.

– Je pourrais, mais je ne le ferai pas. Qu'as-tu fait de ton portefeuille ?

– Je me le suis fait voler.
– Pourquoi ne l'as-tu pas dit aux policiers ?
– Parce que ce sont des fascistes, et qu'ils ne m'ont arrêté que parce que je suis noir. »

Ce n'était pas faux, songea Andrew, mais ce n'était pas le moment de le reconnaître. « Arrête un peu, Jon ! dit-il sèchement. Des hooligans se font arrêter tous les jours parce qu'ils pètent les plombs, et ils sont blancs à quatre-vingt-dix-neuf virgule neuf pour cent. Ta couleur n'y est pour rien. De toute façon, les choses sont comme ça. Tu peux continuer à lécher tes plaies, ou essayer d'être un peu raisonnable. À tort ou à raison, tu t'es fait boucler dans un commissariat de province et ton comportement suscite quelques interrogations. Dieu sait ce qui s'est passé, mais tu pourrais me le raconter... à moi ou à l'inspecteur. De toute façon, il va bien falloir que tu le dises à quelqu'un. »

Jonathan se prit la tête entre les mains et ne répondit pas.

« Comment ça a marché avec le conseiller Gardener ? Qu'est-ce qui s'est passé ?
– Elle m'a traité de porc.
– Elle ? Je croyais que c'était un type.
– C'est une femme. Petite, grosse. Un vrai gendarme. Elle te ressemble un peu sauf que c'est une vieille fille d'une laideur atroce, qui passe le plus clair de son temps à faire des grimaces. »

Andrew rapprocha une chaise de la sienne et s'assit. « Pourquoi est-ce qu'elle t'a traité de porc ? »

Jonathan se frotta les yeux avec les jointures des doigts. « Elle me trouve antipathique. Elle m'a accusé d'être une brute et a dit : “Peut-on attendre d'un porc autre chose qu'un grognement ?”

– Qu'est-ce que tu as fait ?
– Je suis parti.
– Non, je veux dire, pourquoi est-ce qu'elle t'a traité de brute ?
– Je ne lui ai pas demandé quels diplômes elle avait. »

L'explication n'était pas très convaincante, mais Andrew crut comprendre ce qui s'était passé. « Autrement dit, tu l'as traitée de haut, c'est ça ? Et elle n'a pas apprécié. »

Jonathan haussa les épaules d'un air indifférent, ce qu'Andrew interpréta comme un acquiescement.

« Qui t'a volé ton portefeuille ? »

Nouvelles frictions oculaires. « Je pense que c'est la femme de la gare, mais ça pourrait être n'importe lequel d'entre eux.
– Quelle femme ?
– Celle qui m'a aidé.
– Comment s'appelle-t-elle ?
– Je n'en sais rien, elle ne me l'a pas dit.
– C'était avant ou après que tu piques ta crise ?
– Avant.
– Pourquoi avais-tu besoin d'aide ?
– La police croyait que j'avais une bombe dans ma serviette, alors cette femme l'a ouverte pour montrer à tout le monde que j'étais inoffensif. » Jonathan émit un rire étouffé. « Elle m'a dit que c'était son jour de bonté... et je l'ai crue. Quel crétin ! Ça serait bien la première femme à faire quelque chose pour rien. »

Tout en se demandant si c'était une allusion détournée à Emma, Andrew ne releva pas. Les minutes passaient et ce n'était pas le moment de se lancer dans des digressions. « L'inspecteur ne m'a pas parlé de bombe. Il m'a dit que tu avais bousculé d'autres passagers en hurlant que tu étais Falstaff.

– C'était dans une autre gare. Ils me surveillaient depuis le hall d'entrée parce que j'étais en nage.

– Quelle gare ?

– Branksome.

– Il a fait un froid de canard toute la journée. Et tu transpirais ?

– Je ne me sentais pas bien. On ne peut même pas être malade dans ce pays si on est noir. Ça fait peur aux autochtones.

– Arrête tes conneries, Jon ! Nous avons des défauts, sans doute, mais, en général, nous sommes plutôt pacifiques.

– Alors pourquoi est-ce que nous faisons la guerre ? »

Andrew se tourna vers lui. « C'est ça le problème ? Tu as eu des ennuis aux États-Unis ? »

Son ami émit un rire creux. « Tout le monde en veut aux Arabes. Nous sommes tous des terroristes potentiels. »

Andrew secoua la tête. « Sauf que tu n'es pas arabe. Tu es mi-jamaïcain, mi-chinois, et les mystères de la génétique font que tu as la gueule d'un Bédouin. »

La mâchoire de Jonathan se crispa. « Qui t'a dit ça ?

– La semaine qui a suivi le départ d'Emma, tu t'es bourré. Je n'ai pas tout suivi, mais j'en ai eu plus que ma dose du conflit antillais-asiatique. » Une vague répulsion à l'égard de ses parents doublée d'une haine contre tous les individus d'origine afro-antillaise ou chinoise, à cause des bandes de brutes qui l'avaient terrorisé quand il était petit.

« Pourquoi ne me l'as-tu jamais dit ? Pourquoi me laisser continuer à faire semblant ?

– Ça ne me regardait pas. Si tu veux être arabe ou iranien, je m'en fiche ! Ça ne me paraît pas d'une importance majeure, à moins que ça ne te crée des problèmes. C'est le cas ? »

La nationalité est un choix, pas un droit de naissance... « Non, pas du tout.

– Alors pourquoi es-tu ici ? Pourquoi est-ce que tu t'es senti mal à la gare ?

– Le décalage horaire. Il fallait que je souffle un peu, alors je me suis adossé contre un mur.

– Combien de temps ?

– Je ne sais plus.

– Et puis cette femme est arrivée et elle s'est mise à fouiller dans ta serviette ?

– Oui.

– Tu n'as pas trouvé ça bizarre ? »

Jonathan le regarda, révélant des yeux injectés de sang, épuisés. « Je ne sais pas, murmura-t-il. Sur le coup, je l'ai crue. Je l'ai même remerciée pour sa gentillesse. Je suis vraiment le roi des cons... une femme se paye ma tête et je lui dis merci. »

Voilà qui expliquait l'allusion à Falstaff, songea Andrew. « Allons, mon vieux, tu t'es fait avoir, c'est tout. C'est du boulot de pro, à mon avis... repérer des gens dans le pétrin, puis les détrousser en faisant semblant de les aider. Tu aurais dû le dire aux flics. Ils la connaissent certainement. »

Jonathan ne répondit rien.

« Très bien, c'est moi qui vais les prévenir. De quoi avait-elle l'air ? Approximativement quel âge ?

– Je ne sais pas.

– Tu as bien une idée. »

Il recommença à fixer les yeux à terre. « J'avais la nausée chaque fois que je bougeais les yeux. Je l'ai à peine regardée. »

Andrew secoua la tête. Toute cette histoire devenait de plus en plus rocambolesque et il commençait à être d'accord avec l'inspecteur : Jon souffrait certainement de troubles mentaux. « Tu n'as pas inventé ça de toutes pièces, au moins ? demanda-t-il sans ménagement. Tu es bien sûr que cette femme existe ?

– Pourquoi est-ce que je serais allé imaginer un truc pareil ?

– Parce que tu es dans la merde jusqu'au cou, mon vieux. Tu as perdu ton passeport, ton argent et ton billet de retour. Tu t'es mis à dos le seul contact utile pour ton bouquin sur Howard Stamp et tu t'es fait arrêter parce que tu t'es conduit comme un cinglé. Mais *bordel*, qu'est-ce que tu as ? »

Pas de réponse.

Andrew se leva. « C'est complètement dingue. Je vais leur demander d'appeler George Gardener. Elle pourra au moins nous dire ce qui s'est passé au pub.

– Elle m'a dit qu'elle connaissait Roy Trent et qu'elle m'avait vu à La Couronne.

– George Gardener ?

– La femme. Elle avait une frange brune et elle parle avec l'accent du Dorset.

– Qui est Roy Trent ?

– Le patron du pub. » Un long silence. « C'est lui le salaud, Andrew. Il fait semblant de l'aider, mais, en fait, il est dégueulasse avec elle. Il m'a traité de nègre, de bougnoule et m'a dit que si j'avais été admis à Oxford, c'est uniquement parce que j'étais le Noir de service.

– D'a-a-accord. » Andrew l'observa un instant avant de tourner la poignée de la porte. « À quand remonte ta dernière vraie nuit de sommeil, Jon ? »

Son ami réprima un petit rire. « Le problème, c'est que je pense trop », répondit-il d'un air énigmatique.

8

L'inspecteur accepta de téléphoner à La Couronne mais, loin de faire la lumière sur le récit de Jonathan, Roy Trent déclara que son pub était presque vide à l'heure du déjeuner, et qu'il n'avait aucun souvenir d'une personne répondant au signalement donné. Il connaissait évidemment un certain nombre de femmes brunes ou auburn ; sans nom, il lui était cependant impossible de les renseigner. Toutefois, il avait trouvé le portefeuille et le passeport de Jonathan par terre, dans la salle de l'étage, quand il était venu débarrasser. Il pensait que Jonathan téléphonerait dès qu'il aurait constaté cette disparition. Comme il ne l'avait pas fait, il comptait demander à George Gardener de les lui faire parvenir puisqu'elle avait son adresse. « Qu'est-ce que c'est que cette histoire de femme ? demanda-t-il enfin avec curiosité.

– Cette personne a prêté assistance au Dr Hughes à la gare de Branksome. Elle a prétendu vous connaître.

– Ah bon ?

– Le Dr Hughes affirme qu'elle a fouillé dans sa serviette.

– Il a cru qu'elle lui avait volé son portefeuille, c'est ça ?

– Oui.

– Pourquoi est-ce que vous avez mis si longtemps à m'appeler ? Ça fait des heures qu'il est parti.

– Cela ne fait que quelques minutes qu'il nous a signalé la perte de ses papiers.

– Il n'est vraiment pas net, ce type, observa Roy avec un petit rire surpris. Pourquoi est-ce qu'il ne m'a pas appelé ? La première chose à faire, c'est de vérifier là où on a retiré sa veste pour la dernière fois. J'aurais pu le rassurer tout de suite. »

L'inspecteur croisa le regard d'Andrew et se détourna. « Que voulez-vous dire par "pas net" ?

– Il a l'air de croire que le monde entier lui en veut. Exactement le genre de type à se persuader qu'on lui a piqué ses affaires au lieu de se demander si ce n'est pas lui qui les a perdues. S'il m'avait laissé appeler un taxi, il se serait rendu compte de cette perte bien plus tôt. Mais il n'a rien voulu savoir. Il a préféré aller à la gare à pied, alors qu'il pleuvait des seaux. Pourquoi est-ce qu'il a eu besoin d'aide ?

– Ce n'est pas très clair. Était-il ivre quand il a quitté votre établissement ?

– Ça m'étonnerait, avec ce qu'il a bu... un ou deux verres de vin, grand maximum. Évidemment, il avait peut-être picolé avant de venir, mais je n'en ai pas eu l'impression. Il suait à grosses gouttes quand il est parti, sans doute parce qu'il s'était ramassé avec George et qu'elle lui était tombée dessus à bras raccourcis en le traitant de branleur. Il a pris ses jambes à son cou. C'est sans doute pour ça qu'il n'a pas vérifié que son portefeuille était bien dans sa poche.

– Vous avez le numéro de George Gardener ?

– Bien sûr. Elle est de nuit cette semaine, il faudra que vous l'appeliez à son travail. Ne quittez pas, je vais vous donner ça. » Il revint quelques secondes plus tard avec le numéro d'une maison de retraite. « Les Bouleaux, précisa-t-il.

– Les Bouleaux, répéta le policier, notant le numéro dans son calepin. C'est ce grand machin, sur Hathaway Avenue ?

– Ouais.

– On peut joindre Miss Gardener facilement ?

– Pas de problème. Elle a un bip.

– Parfait. Merci, Mr Trent.

– Attendez ! Qu'est-ce que je fais de ce foutu portefeuille, et puis du passeport ? Hughes vient les chercher ou bien est-ce que je dois les mettre à la boîte ?

– Je vous envoie une voiture. »

Une nuance de prudence s'insinua dans la voix de Roy. « Ce n'est pas une arnaque à l'assurance, j'espère ? Il n'y a pas grand-chose dans le portefeuille, vous savez... quelques biftons de vingt, un billet de train, des trucs comme ça. Comme il n'est pas revenu le chercher, je me suis dit qu'il devait ranger ses cartes de crédit ailleurs. Il n'a pas intérêt à m'accuser de lui avoir volé quelque chose.

– Il n'accuse personne de quoi que ce soit pour le moment.

– Alors quoi ? Toute cette affaire me paraît franchement bizarre. »

Et à moi donc, se dit l'inspecteur, éludant la question en remerciant encore le patron avant de raccrocher. Il tapota son stylo sur son bureau puis demanda à Andrew d'interroger Jonathan sur le contenu du portefeuille. « C'est très important,

Mr Spicer. Si vous avez l'impression qu'il ment, dites-le-moi, je vous en prie. »

Une fois Andrew sorti, l'inspecteur s'entretint brièvement avec la police des transports, puis vérifia si la gare de Branksome avait téléphoné au commissariat pour demander des hommes dans l'après-midi. Le résultat fut négatif dans les deux cas. La gare de Branksome ne répondit pas – elle était fermée pour la nuit –, mais un employé de Bournemouth Central lui communiqua que la seule information consignée à propos d'un Arabe au comportement suspect était l'épisode de la « crise de folie » qui avait valu à Jonathan de se faire interpeller.

À son retour, Andrew surprit la fin de la conversation. « Vous pensez qu'il a imaginé cette histoire de femme ? »

L'inspecteur haussa les épaules. « Pas forcément, mais il a peut-être brodé un peu en découvrant qu'il n'avait plus son portefeuille. J'ai l'impression qu'il aime bien jouer les martyrs.

– C'est ce que vous a dit le patron ? »

L'autre ignora la question. « Ne croyez pas que je manque de compréhension, Mr Spicer. La vie n'est certainement pas facile pour une personne de couleur avec la phobie anti-islamique que l'on observe un peu partout en ce moment. Eh bien, que vous a-t-il dit ? Qu'y avait-il dans son portefeuille ?

– Rien de très précieux... sauf pour lui : un billet de retour dont il avait besoin pour rentrer à temps pour la représentation d'opéra, sa place pour *Falstaff* et quarante livres. On ne lui a pas demandé de présenter son billet à Branksome. Voilà pourquoi il n'a pas découvert sa disparition avant d'arriver à

Bournemouth Central. Il dit qu'il aurait mieux fait de monter dans le train et de se débrouiller pour arriver jusqu'à Londres quand même, mais qu'il n'y a même pas pensé tellement il était épuisé.

– Et ses cartes de crédit ? »

Andrew haussa les épaules. « Il n'a pas voulu me dire où elles étaient, mais il ne prétend pas qu'elles se trouvaient dans son portefeuille. »

George Gardener fut aussi surprise que Roy d'être interrogée par la police à propos du Dr Hughes six heures après l'avoir, pensait-elle, vu pour la dernière fois de sa vie. Elle ne savait strictement rien à propos du portefeuille et du passeport perdus, elle avait quitté le pub peu après Jonathan. Comme Roy, elle ne se rappelait pas y avoir aperçu de femme brune. « Le pub était presque vide, confirma-t-elle à l'inspecteur. La seule personne que j'aie vue était Jim Longhurst. Des clients ont pu arriver pendant que nous étions à l'étage, le Dr Hughes et moi, mais il est sorti par la porte de derrière, et on ne la voit pas depuis le bar.

– Mr Trent m'a dit que vous vous étiez disputée avec le Dr Hughes. Puis-je vous demander à quel sujet ?

– Nous ne nous sommes pas disputés. Roy veut sans doute parler des commentaires que je lui ai faits sur le Dr Hughes à la cuisine. Je crois que le Dr Hughes m'a entendue, raison pour laquelle il a refusé d'attendre un taxi.

– Est-ce qu'il était venu en taxi ? »

Elle hésita. « Je ne sais pas... non, je ne pense pas. Son imperméable était trempé quand il est monté dans ma voiture, il n'aurait pas pu se faire mouiller à ce point pendant les quelques minutes où il est resté dehors avant que je le rattrape.

– Était-ce avant ou après vos fameux commentaires ?

– Avant. J'étais en retard à notre rendez-vous, et il s'est un peu accroché avec Roy. Il est parti et je l'ai rattrapé en voiture.

– Quel genre d'accrochage ? »

Elle soupira. « Roy a fait une remarque que le Dr Hughes a jugée raciste. Nous nous attendions, lui comme moi, à rencontrer un Blanc – son nom n'a rien d'étranger, vous comprenez. Il y a eu un malentendu. » Elle s'interrompit. « A-t-il porté plainte contre Roy ?

– Pas à ma connaissance.

– Alors où est le problème ?

– C'est ce que je voudrais bien comprendre, Miss Gardener. Je vous serais reconnaissant de bien vouloir me faire un résumé – *bref*, si possible – de cette réunion. Quel en était l'objet ? Que s'est-il passé qui vous ait conduite à faire des commentaires désobligeants sur le Dr Hughes ?

– Oh, mon Dieu ! Tout cela paraît tellement ridicule maintenant.

– S'il vous plaît. »

L'inspecteur Lovatt qui s'attendait à un récit sans queue ni tête fut étonné par sa concision. George lui fit part de leur intérêt commun pour Howard Stamp et imputa le différend qui l'avait opposée à Jonathan à une « incompatibilité d'humeur ». L'antipathie avait été réciproque et elle s'était rapidement rendu compte que toute collaboration était vouée à l'échec. Leurs conceptions de la vie étaient diamétralement opposées – peut-être parce qu'elle était d'une autre génération et que le Dr Hughes aspirait à un niveau de raffinement plus élevé qu'elle n'en était capable ou qu'elle ne désirait – quoi qu'il en soit, elle avait jugé qu'il ne servait à rien de prolonger cette entrevue.

« Je suis navrée qu'il l'ait mal pris, conclut-elle, mais je lui ai expliqué que ma position n'avait rien de raciste. On a des atomes crochus ou on n'en a pas. Malheureusement, ça n'a pas été le cas cette fois-ci... et je n'avais pas du tout envie de confier mes notes à quelqu'un dont les motifs me paraissaient suspects.

– Hmm...

– Vous y voyez plus clair, inspecteur ? »

Pas vraiment... « Vous a-t-il confié qu'il se sentait mal au cours du déjeuner, Miss Gardener ?

– Non.

– Avait-il *l'air* malade ? »

Une nouvelle hésitation. « Si vous voulez bien pardonner une remarque qui pourrait sembler raciste... il a la peau trop sombre pour que je puisse en juger. Je suis capable de me rendre compte qu'un Blanc – même s'il est étranger – est malade, mais je ne suis pas assez familiarisée avec les visages de couleur pour reconnaître les symptômes. Il lui est arrivé à plusieurs reprises de s'essuyer le front et il n'a pas mangé grand-chose – il y avait du feu dans la salle et je me suis dit qu'il n'appréciait pas la nourriture de Roy. » Sa voix trahit de l'inquiétude. « Je m'en veux terriblement. Est-il malade ? Est-ce pour cela que vous appelez ?

– Apparemment, il a oublié son portefeuille et son passeport à La Couronne, Miss Gardener. Ça l'a mis dans tous ses états. Sans son billet de retour, il lui était impossible d'arriver à Londres à temps pour assister à un spectacle qui lui tenait à cœur.

– Je vois, dit-elle sans grande conviction. Pourquoi n'a-t-il pas appelé Roy ? »

L'inspecteur jeta un coup d'œil à Andrew, assis en face de son bureau. « Il était peut-être gêné. Si j'ai bien compris, ce rendez-vous a été marqué par quelques réflexions déplaisantes. Je vous remercie de votre aide. »

Il reposa le combiné. « Je souhaiterais avoir des coordonnées que nous puissions vérifier avant de le laisser partir, Mr Spicer. Mais je ne vois aucune raison de le retenir plus longtemps ce soir. Je pense que vous avez raison – votre ami a des difficultés financières et la perte de son portefeuille l'a déstabilisé. Vous pouvez le récupérer à La Couronne, là où il l'a laissé. Je vous indiquerai comment vous y rendre, mais je vous conseille de demander au Dr Hughes de rester dans la voiture et d'aller le demander vous-même à Mr Trent. Si votre ami fait encore parler de lui ce soir, il ne rentrera pas à Londres. Compris ? »

Andrew hocha la tête. « L'affaire est close ? »

L'expression de Lovatt était indéchiffrable. « Je n'en ai pas la moindre idée, Mr Spicer. Je vais rédiger un rapport, mais je ne peux pas vous dire si des poursuites seront engagées. » Il se leva. « Si vous avez raison à propos de votre ami, vous devriez l'encourager à consulter un médecin. Comme je vous l'ai dit, on ne plaisante pas en ce moment avec les comportements étranges... quelles qu'en soient les raisons. »

Andrew regarda sa montre en refermant sur Jonathan la portière du côté passager. Il était plus de vingt-deux heures et il mourait de faim. Il envisagea un instant d'aller grignoter quelque chose avant de se rendre à Highdown, mais il risquait de ne pas arriver à La Couronne avant la fermeture.

Cette simple idée l'irrita. Il claqua sa portière avec une brutalité superflue en prenant place derrière le volant.

« Je suis désolé, dit Jonathan calmement. J'aurais jeté ces lettres à la poubelle si j'avais su qu'ils chercheraient à te joindre. »

Andrew démarra et sortit en marche arrière du parking de la police. « Ce n'est pas ta faute, dit-il avec une maîtrise de soi méritoire. Mieux vaut quelqu'un qui te connaît que quelqu'un qui ne te connaît pas. »

Jonathan serra ses mains entre ses genoux. « Mieux vaut personne du tout. J'aurais dû prendre le premier train. »

Andrew n'avait jamais été rancunier. « Tu étais au bord de la crise de toute façon, mon vieux. Tu n'aurais fait que la retarder. » Dans une rare manifestation d'affection, il donna une petite tape sur l'épaule de Jonathan. « Sois content que ça ne te soit pas arrivé à l'Opéra. Tu aurais craqué en regardant ce pauvre vieux Falstaff se faire clouer au pilori – ça aurait manqué de discrétion.

– Difficile de faire moins discret que la gare centrale de Bournemouth.

– Si tu es jamaïcain, c'est sûr. Apparemment, les gangs n'ont pas encore découvert le Dorset. »

Jonathan se détourna pour regarder par la fenêtre.

« Tu es noir, Jon, et ça te fout en l'air. Tu as beau ne pas vouloir l'admettre, il va bien falloir que tu voies les choses en face un jour ou l'autre.

– Qu'est-ce que tu veux que je te dise ? Que je suis noir et fier de l'être ?

– Et pourquoi pas ? C'est la méthode Coué. Je suis petit, blanc, gros et moche, alors je passe mon temps à me dire : “Je suis noir et fier de l’être” et je sors frimer. Tant pis si les autres ne voient qu’un petit type blanc, gros et moche, moi, ça me donne la pêche. On fait l’échange quand tu veux.

– Tu rigoles. Être noir, c’est l’enfer.

– Tu échangerais ta peau contre la mienne, toi ?

– Oui. »

Andrew rit. « Tu parles ! Ce n’est pas marrant de mesurer un mètre soixante. Je n’atteins même pas les pédales de cette foutue bagnole sans coincer le siège contre le volant. Il faut une sacrée personnalité pour être un nabot.

– Toi au moins, tu *as* une voiture. »

Andrew préféra ne pas relever et le silence se fit. Il aurait souhaité plus d’explications que Jonathan ne lui en avait donné, mais ne voulait surtout pas l’inciter à s’apitoyer davantage sur lui-même. Que Jon fût réellement dépressif ou simplement accablé par un concours de circonstances, il n’était pas en état d’analyser objectivement sa situation. On ne pouvait que le regretter car c’était l’occasion ou jamais d’apprendre à le faire. De l’objectivité, Andrew en avait à revendre et ce n’était pas la première fois qu’il se demandait comment Jonathan réagirait s’il savait la vérité à son sujet.

Jonathan attendit qu’Andrew ait obliqué deux fois en direction de Highdown avant de reprendre la parole. « Où allons-nous ?

– Tu as perdu ton portefeuille et ton passeport à La Couronne. On y fait un saut pour les récupérer.

– Qui t’a dit ça ?

– L’inspecteur a téléphoné au patron. Il les a trouvés par terre après ton départ. »

Jonathan appuya sa tête contre le dossier et ferma les yeux. « Ce n’est pas possible, murmura-t-il. J'ai tout sorti de ma poche et tout rangé dans ma serviette quand j'ai retiré ma veste. George Gardener m'a vu faire. J'ai mis le passeport dans le portefeuille et le portefeuille dans la poche à rabat.

– Il a dû tomber, dit Andrew d'un ton raisonnable.

– Non. J'ai vérifié en remettant la correspondance dans ma serviette. C'est une habitude. On m'a volé mon portefeuille précédent à une réception. J'avais laissé traîner ma veste. Maintenant, je le mets toujours en lieu sûr. Et je ne fais pas un pas sans mon passeport.

– D'accord. »

Les commissures des lèvres de Jonathan se relevèrent dans un petit sourire. « Tu ne me crois pas ?

– Je suis tellement crevé que ça ne me fait ni chaud ni froid, rétorqua Andrew en se rangeant derrière une BMW noire. De toute façon, ça n'y change rien. L'inspecteur m'a dit de passer à La Couronne récupérer tes papiers et c'est ce que *je* vais faire... J'ai bien dit *je,* Jon. Tu m'attendras dans la voiture. »

Il y avait un peu plus de clients que lorsque Jonathan était venu, mais l'établissement ne fit pas meilleure impression à Andrew qu'à son ami. Il s'approcha d'une jeune femme qui se trouvait derrière le bar.

« Est-ce que Roy Trent est dans les parages ?

– Il est derrière. Qu'est-ce que je peux faire pour vous ?

– Un de mes amis a oublié son portefeuille ici en début d'après-midi. Je crois que Roy attend qu'on vienne le chercher.

– Ah, oui. » Elle prit l'air sceptique. « Il m'avait dit que c'était un policier qui devait venir.

– L'inspecteur Lovatt l'a appelé. Il lui a dit qu'il enverrait une voiture... mais il n'a pas précisé qui se trouverait à l'intérieur. Je me suis porté volontaire. » Il sortit sa carte. « Je m'appelle Andrew Spicer, je suis agent littéraire. Le portefeuille appartient à un de mes auteurs, Jonathan Hughes. Pourriez-vous demander à Roy de me l'apporter ?

– Je suppose que c'est bon. » Elle releva l'abattant du comptoir. « Vous voyez la porte ? Vous traversez la salle et vous arrivez à la cuisine. C'est une porte blanche. Vous le trouverez là-bas. »

Andrew s'interrogea sur la rentabilité de l'établissement en se glissant derrière le comptoir pour rejoindre la salle sombre et déserte. Les frais généraux à eux seuls devaient être un gouffre, et laisser inoccupée une salle de cette dimension relevait du suicide financier. Ça n'avait aucun sens. Le gérant n'avait qu'à engager un cuisinier correct. On saurait vite qu'on mangeait bien chez lui et la clientèle suivrait. Il traversa le couloir, d'où Jonathan avait surpris le réquisitoire de George, frappa à la porte blanche qui se trouvait en face de lui et l'ouvrit.

Un homme était assis à une table, les yeux fixés sur deux moniteurs installés dans un angle de la pièce. Il en éteignit un à l'arrivée d'Andrew et se leva d'un air agressif. « Vous vous êtes trompé d'endroit. C'est un local privé.

– La serveuse m'a dit de venir ici. Vous êtes Roy Trent ?

– Oui. »

Andrew lui tendit sa carte. « Andrew Spicer. Je suis l'agent littéraire de Jonathan Hughes. L'inspecteur Lovatt m'a demandé de venir récupérer son portefeuille et son passeport chez vous. »

Trent jeta un coup d'œil à la carte avant d'entreprendre de refouler Andrew de la pièce en utilisant toute sa masse. « Quelle conne ! lança-t-il, exaspéré. Je les ai laissés derrière la caisse au bar et je lui ai dit de vous les remettre. Si vous voulez bien rebrousser chemin et lui dire que je suis d'accord pour que vous les preniez, c'est bon. » Il leva les yeux en entendant des pas sur le palier.

Andrew suivit son regard. « Elle n'y est pour rien. Elle attendait un policier. »

Une femme surgit en haut de l'escalier et commença à descendre. Elle s'arrêta brusquement en voyant que Roy n'était pas seul. La lumière était faible, mais Andrew aperçut un visage pâle sous une frange sombre, avant que le patron se jette contre lui, l'obligeant à reculer. « Je vous accompagne, dit-il aimablement. Tracey risque encore de ne pas les trouver. Elle en tient une couche, la pauvre. Un joli châssis – elle est plutôt décorative au bar –, mais ça ne va pas plus loin. »

Agacé de se faire bousculer, Andrew comprit que l'autre cherchait à gagner du temps et prit le taureau par les cornes. « Est-ce la dame qui a aidé Jonathan à la gare ? demanda-t-il, pivotant brusquement sur ses talons. Dans ce cas, j'aimerais la remercier de sa part. »

Trent secoua la tête. « Non.

– Non quoi ? Non, ce n'est pas elle... ou non, je ne peux pas la remercier ?

– Ce n'est pas elle. »

Andrew prit l'air étonné. « Comment pouvez-vous le savoir sans le lui avoir demandé ? Elle répond parfaitement à la description de Jon, et cette dame a prétendu vous connaître. »

Trent esquissa un sourire contraint. « Il y a beaucoup de gens qui me connaissent, mon pote, mais il se trouve que ce n'est pas la dame qui a aidé votre ami. Celle-ci vient d'arriver. » D'un geste impatient, il fit signe à Andrew d'avancer. « Alors... vous le voulez ce portefeuille, oui ou non ? »

Andrew le précéda jusqu'au bar et regarda Trent sortir un mince étui de cuir noir rangé derrière la caisse. Un passeport se trouvait à l'intérieur. « Vérifiez, je vous en prie, dit-il, mais comme je l'ai dit au flic qui a appelé, il n'y a pas grand-chose dedans. S'il manque quelque chose, ça manquait avant que le Dr Hughes mette les pieds ici. »

Andrew l'ouvrit et en vérifia rapidement le contenu. « Il ne manque rien, reconnut-il. La seule chose que je ne m'explique pas, c'est comment il a pu tomber de sa serviette. Vous savez, c'est un de ces cartables droits, un peu démodés, qui ne se renversent pas facilement. Et, quand bien même, je ne vois pas comment quelque chose pourrait en tomber. »

De l'autre côté du bar, les conversations s'interrompirent. Les clients curieux dressaient l'oreille. Trent sembla soudain avoir tout son temps. « Vous savez, mon pote, je l'ai trouvé par terre, moi, c'est tout, fit-il d'un ton jovial. S'il n'était pas dans sa serviette, il devait être dans sa poche de veste. Qu'est-ce que ça peut faire ? L'essentiel, c'est que votre ami l'ait retrouvé. Tout est bien qui finit bien. »

Andrew sourit. « Miss Gardener a vu qu'il le sortait de sa veste pour le ranger dans son porte-documents... et le Dr Hughes a vérifié qu'il s'y trouvait bien avant de quitter le pub. »

Trent haussa les épaules. « Il a dû se tromper. Et alors ? Vous venez de dire vous-même qu'il ne manque rien. » Il croisa le regard d'un de ses clients et lui adressa une grimace comique. « Dans quel monde on vit, pas vrai, Tom ? Tu retrouves le portefeuille d'un type, tu le mets soigneusement de côté et tu te fais engueuler. Moi qui m'attendais à des remerciements... peau de balle ! Pour la reconnaissance, tu repasseras. » Il reporta son attention sur Andrew. « De nos jours, tout ce que les gens veulent, c'est faire cracher leur assurance. »

Andrew gloussa en fourrant le portefeuille dans sa propre poche de poitrine. « Vous pourriez au moins être honnête – euh – *mon pote*. La police vous a déjà dit qu'il n'était pas question de réclamer la moindre indemnité. » Il plissa les yeux d'un air de défi. « Je suis sûr que vous savez mieux que personne à quel point les détails sont essentiels quand on cherche la vérité... et je fais partie de ces emmerdeurs qui se passionnent pour les détails. » Il tendit sa paume ouverte vers le tenancier. « Merci. Jon sera enchanté de récupérer son bien. » Il saisit la main de Trent, comme Jonathan l'avait fait auparavant, lui écrasant les métacarpiens avec une poigne étonnamment vigoureuse pour un aussi petit homme. « J'ai été tout à fait intéressé par la manière dont vous gérez votre établissement. »

9

Andrew se contorsionna pour se glisser derrière le volant et se pencha par-dessus Jonathan pour attraper son portable dans la boîte à gants. Il composa le numéro des renseignements. « Oui, s'il vous plaît, Bournemouth. Les Bouleaux, Hathaway Avenue... c'est une maison de retraite. » L'inspecteur n'était pas le seul à avoir bonne mémoire, songea-t-il en tapant le numéro indiqué. « Oui, bonsoir, je suis désolé de vous déranger à une heure aussi tardive, mais j'aurais aimé parler à George Gardener. Je n'en ai pas pour longtemps... Non, cela n'a rien de personnel. C'est à propos de l'appel de l'inspecteur Lovatt qu'elle a reçu tout à l'heure. » Il prit note de l'irritation que sa requête suscitait. « Je vous prie de m'excuser. Je vous le promets. Je n'en ai que pour une minute ou deux. Oui, j'attends... merci. »

Il reposa le portable sur son socle, sortit le portefeuille de Jonathan de sa poche et le lui tendit. « Trent est un salaud, dit-il d'un ton enjoué, et je crois bien que j'ai aperçu ta brune détrousseuse. »

Jonathan le regarda, surpris. « Tu ne sais même pas à quoi elle ressemble.

– Non, reconnut Andrew, mais elle avait une frange brune et Trent m'a empêché de m'approcher d'elle. Il m'a même carrément bousculé. »

Une voix essoufflée se fit entendre dans les haut-parleurs de la voiture. « Allô. Ici George Gardener.

– Andrew Spicer, Miss Gardener. L'agent littéraire de Jonathan. Vous l'avez contacté par l'intermédiaire de mon bureau, vous vous en souvenez sans doute.

– On m'a dit que c'était de nouveau la police.

– C'est pour la même affaire. J'étais avec l'inspecteur Lovatt quand vous lui avez parlé tout à l'heure. Je me demandais si vous auriez l'amabilité de me confirmer un petit détail. Jon me dit que vous l'avez vu retirer sa veste et ranger son portefeuille et son passeport dans sa serviette. Est-ce exact ?

– Oui, répondit-elle sans hésitation. Il a fait cela avec beaucoup de soin.

– Les a-t-il ressortis ensuite, à un moment ou à un autre ?

– Non... Enfin, pas en ma présence en tout cas. Il a pu le faire après mon départ. » Il y eut un instant de silence. « Je ne comprends pas de quoi il retourne. À quoi riment toutes ces questions ? Qu'est-il arrivé au Dr Hughes ? »

Andrew regarda à travers le pare-brise. *Qu'est-ce que ça pouvait bien faire... ?* Le journal local en parlerait certainement le lendemain. « Il a été très affecté par le vol de son portefeuille, répondit-il sèchement, et malheureusement – vu la situation actuelle –, un Arabe au teint mat qui fait preuve d'une agitation manifeste est considéré comme suspect. Il a passé six heures en garde à vue et n'a été libéré que parce que je suis venu de Londres me porter garant de lui. »

Elle eut l'air désarçonnée. « Mais je croyais que Roy avait trouvé le portefeuille au pub.

– Mettons qu'il était en sa possession, Miss Gardener. Je suis passé le récupérer il y a dix minutes. Quant à savoir si le Dr Hughes l'a vraiment perdu là-bas, c'est une autre question.

– Je ne comprends toujours pas.

– Vous n'êtes pas la seule. Je vous suggère donc de demander des explications à Mr Trent. De plus, ce portefeuille ne contenait rien de bien précieux.

– Il manque quelque chose ?

– Non.

– Le Dr Hughes prétend-il que Roy l'a volé ?

– Non. Il pense que ce vol a été commis par une femme brune qu'il a rencontrée à la gare de Branksome et qui s'est portée à son secours alors qu'il était pris d'un malaise. »

Il lui fallut un moment pour assimiler l'information. « Je suis désolée d'apprendre qu'il est souffrant, mais je ne comprends toujours pas ce que Roy a à voir avec tout cela.

– Cette femme a prétendu être une amie de Mr Trent... et c'est probablement vrai, Miss Gardener. Autrement, il n'aurait pas pu me restituer le portefeuille.

– Elle a prétendu être une amie de son ex-femme, rectifia Jonathan à mi-voix.

– Avez-vous entendu, Miss Gardener ?

– C'est le Dr Hughes qui vient de parler ?

– Oui.

– Oh, mon Dieu, je suis vraiment désolée ! C'est un peu ma faute. Rien de tout cela ne serait arrivé si je n'avais pas été en retard. »

Jonathan secoua la tête mais ne dit rien.

« Selon lui, cette femme serait une amie de l'ancienne épouse de Mr Trent, insista Andrew. Une brune, avec une frange. Elle a l'accent du Dorset. Voyez-vous qui cela pourrait être ?

– Je crains bien que non. Je n'ai jamais vu sa femme, et encore moins les amies de celle-ci. Mais êtes-vous sûre qu'elle n'a pas menti ?

– Dans ce cas, comment Mr Trent s'est-il trouvé en possession de ce portefeuille ? »

Un nouveau silence se fit pendant qu'elle essayait de résoudre l'énigme. « Le Dr Hughes se trompe peut-être, reprit-elle sans grande conviction. Peut-être l'a-t-il ressorti après mon départ. Nous étions passablement énervés, l'un comme l'autre. » Elle attendit une réaction d'Andrew et, n'en obtenant pas, elle conclut piteusement : « Tout cela est franchement bizarre.

– Je suis bien de votre avis. Si Mr Trent était en mesure de vous fournir des explications, je serais heureux de les connaître. »

Elle ne répondit pas immédiatement. « S'il ne manque rien, il va me dire que c'est une tempête dans un verre d'eau.

– Il y a des chances, admit Andrew. Manifestement, il est plus habitué à mentir qu'à dire la vérité. »

Elle protesta avec indignation. « Vous accusez bien à la légère quelqu'un que vous ne connaissez pas.

– Vous croyez ? demanda Andrew ironiquement. Ne dit-on pas : peut-on attendre d'un porc autre chose qu'un grognement ? »

Cill alluma une cigarette et souffla la fumée au visage de Roy. Il l'avait acculée dans un angle de la cuisine pour lui passer un interminable savon. Cela lui rappelait leur mariage tumultueux, avant qu'elle le quitte pour Nick. « Lâche un peu, protesta-t-elle, boudeuse. Qu'est-ce que ça peut foutre ? Je t'ai rapporté ce putain de truc à temps, non ? Comment est-ce que je pouvais savoir qu'il allait courir chez les flics au lieu de te passer un coup de fil ?

– C'est un bougnoule, espèce de conne. Ces mecs-là, ça va toujours chez les flics. Pourquoi est-ce que tu as fait ça, merde ?

– Sur le moment, j'ai pensé que c'était une bonne idée. » Elle lui envoya un nouveau nuage de fumée dans la figure pour l'obliger à reculer. « Je voulais son adresse et, sur les lettres, il n'y avait que celle de son agent.

– Qu'est-ce que tu voulais en faire ?

– Des fois que tu m'aurais menti. »

Ses yeux se rétrécirent. « À quel sujet ?

– Sur ce que tu as raconté au petit boudin. Tu es bien trop copain avec elle. Je me suis dit qu'elle t'avait peut-être filé des remords. Nick trouve que tu ramollis, Roy – avant, tout ce que tu avais à répondre à des bonnes âmes dans son genre, c'est un coup pied au cul. »

Un rire agacé lui répondit. « *Nick* trouve ! » Il se tourna vers l'écran vidéo. « Tu t'es mariée avec une bête, Cill. Il n'a que deux idées en tête : la bouffe et la baise. Mauvaise affaire, ma poule. »

Elle l'ignora. « D'accord, c'est *moi* qui trouve que tu ramollis. Qu'est-ce que ça change ? Nick est toujours d'accord avec moi pourvu que je lui donne ce qu'il veut.

– Je rêve ! Qu'est-ce que tu peux être conne ! Et tu pensais faire quoi, quand tu aurais son adresse ?

Le flinguer ? Je n'avais eu aucun mal à m'en débarrasser. George ne voulait plus entendre parler de lui. » Il agita son index devant son visage. « C'est une lavette. Il n'a pas de couilles. Dès que je l'ai vu, j'ai su qu'il se dégonflerait. Je l'ai foutu en pétard, et il était tellement énervé qu'il s'est mis George à dos... C'est le b.a. ba. Et il faut que toi, tu viennes fourrer ton nez là-dedans et m'envoyer cet enculé d'agent. »

Elle écarta son doigt d'une pichenette. « Qu'est-ce que ça peut bien faire ? demanda-t-elle, furieuse. Le bougnoule a récupéré son portefeuille. Si tu t'en tiens à ta version des faits, l'affaire est close.

– Je connais les types comme Spicer. Quand ils ont un os entre les dents, ils ne sont pas près de le lâcher. Il sait qu'Hughes n'a pas perdu son portefeuille ici.

– C'est un nabot, dit-elle, dédaigneuse. Depuis quand est-ce que tu as la trouille des nabots ?

– Depuis que certains se sont chargés de me fourrer un minimum de bon sens dans le crâne. Dommage que t'aies séché ce cours-là, ma poule. Les petits types se servent de leur cerveau... les balaises comme ton lobotomisé de mari ont besoin de toute leur énergie pour monter la première pute qui passe à leur portée.

– Mais qu'est-ce que tu veux qu'il foute ? répéta-t-elle, maussade.

– Aller discuter avec George, répondit Roy sévèrement. Je te parie ce que tu veux.

– Et alors ?

– Elle va recommencer à me poser des questions. » Il leva le poing et l'appuya sous le menton de la femme. « Si tu t'étais mêlée de tes oignons,

Cill, elle aurait continué ses recherches et elle ne serait arrivée à rien, parce que la seule source d'informations qu'elle a, c'est Bibi. » Il déplaça la jointure de ses doigts sur sa peau tendre, la caressant doucement avant de l'enfoncer sur sa pommette. « Maintenant, elle va te chercher, et si tu me fous dedans encore une fois... – ses lèvres s'étirèrent en un sourire mauvais – tu te prendras une dégelée, au point que même ta brute de mari ne te reconnaîtra plus. »

Cill l'ignora une fois de plus. Les menaces de Roy n'étaient que fanfaronnades. « Nick va de plus en plus mal, tu sais. Il commence à laisser tomber des trucs, mais il ne veut pas aller voir le médecin. J'ai l'impression que la paralysie gagne du terrain. »

Roy abaissa son poing et se détourna. « Ça ne va pas te faire chialer, si ? Il te sera plus utile mort que vivant.

– Parce que tu crois que je n'ai pas de sentiments pour lui ?

– Dis pas de conneries, lâcha Roy, méprisant. Les seuls sentiments que tu as, c'est pour son fric. Tu prends goût à la grande vie, on dirait.

– Il fallait bien que quelqu'un s'occupe de lui. »

Un rire agressif lui répondit. « Me fais pas marrer, ma poule. T'as cru tomber sur un gentil minou... et tu te retrouves avec sur les bras un crétin baveux qui se fout en rogne pour un oui ou pour un non. »

Une lueur de malveillance traversa les yeux pâles de la femme. « Il m'adore. Il m'a toujours adorée. Être avec moi, ça lui remonte le moral.

– C'est parce qu'il ne sait même pas qui tu es. »

C'était vrai, mais elle ne l'aurait pas reconnu pour un empire. Nick avait eu la moitié du cerveau gravement endommagée sept ans plus tôt, quand deux flics de la Metropolitan Police l'avaient expédié, tête la première, contre un réverbère avant de le finir à coups de botte. Ils l'avaient pris pour un gros magnat de la drogue dont on savait qu'il était toujours armé. Comme on n'avait pas trouvé sur lui l'ombre d'une arme, que les seuls produits en sa possession étaient des calmants de catégorie C et qu'on l'avait maintenu en cellule pendant trois heures avant d'appeler un médecin, il s'était vu accorder une indemnité de deux cent mille livres pour lésions cérébrales, arrestation et détention injustifiées. Ses avocats avaient mis cinq ans à obtenir gain de cause, mais Cill s'était dit que ça valait sans doute la peine de lâcher Roy pour jouer les Florence Nightingale au chevet d'un infirme.

« Tu ne vas pas me dire que sa mort te ferait pleurer, toi, dit-elle en passant doucement la main entre les omoplates de Roy. J'ai toujours dit que je partagerais, et je tiendrai parole. » Elle lui enfonça les ongles dans la nuque. « D'ailleurs, c'est toi qui m'as conseillé de faire ça. »

Il appuya ses doigts sur ses orbites. « Je te ferai la peau, Cill, un de ces quatre. »

Elle lui effleura la joue de ses lèvres. « Sois pas con, chéri. Tu sais bien que tu n'as jamais aimé que moi. »

Ce ne fut qu'au moment où Andrew bifurqua sur la A 31 et appuya sur l'accélérateur que Jonathan eut la force de desserrer les lèvres. « Merci.

– Je t'en prie. On s'arrête à la première station-service pour acheter de quoi manger. Il y en a une sur la M 27.

– Ça va, ne t'en fais pas pour moi.

– C'est pour moi que je m'en fais, pas pour toi. Je n'ai rien avalé depuis le petit déjeuner. » Il jeta un coup d'œil sur le visage fatigué de Jonathan. « Et il faut que tu manges, toi aussi, mon vieux, que tu le veuilles ou non. Tu ne vas pas continuer à te laisser mourir de faim comme ça... il en va de ta santé mentale, sinon physique.

– Je ne me laisse pas mourir de faim.

– Arrête. Tu flottes dans tes vêtements, tu n'as pas remarqué ? » Il mit son clignotant et se déporta sur la file rapide de la route à quatre voies. « Je te propose de passer la nuit chez moi et demain, je t'emmène chez mon médecin.

– Impossible. J'ai des travaux dirigés à onze heures.

– J'appellerai la fac et je préviendrai que tu seras absent jusqu'à lundi.

– Franchement, je...

– Ça suffit, coupa Andrew. Je me suis farci de traverser la moitié du pays pour venir te sortir du trou. Tu pourrais quand même te montrer un peu conciliant, tu ne crois pas ? Le toubib te filera au moins de quoi dormir, ça sera toujours ça. »

Jonathan se voûta. « Toutes ces drogues ne marchent pas, j'ai déjà essayé... Quand ton cerveau refuse de déconnecter, rien ne marche.

– C'est à cause d'Emma ? »

Son ami émit un rire sans joie. « Non.

– Alors où est le problème ?

– La même chose que d'habitude », fit-il avec une résignation soudaine, comme s'il estimait qu'Andrew méritait une réponse en échange de toute la peine qu'il s'était donnée. « Je maudis le jour où je suis né dans ce pays de merde... je regrette de ne pas être blanc et riche. C'est comme l'apartheid. Tu es du bon côté ou du mauvais. »

Il y avait tant d'amertume dans sa voix qu'Andrew ne douta pas un instant de sa sincérité. C'était peut-être vrai. « Qui t'a dit que tu étais du mauvais côté ? »

Un nouveau rire désabusé. « Tu veux dire à part les fonctionnaires des services d'immigration, les policiers, les tenanciers du Dorset et tous ceux qui ont envie de me casser la figure ?

– À part tous ceux-là, admit Andrew calmement.

– Tout le monde est bourré de préjugés – et c'est pire que jamais depuis l'attentat du 11 septembre.

– Attends. Cette affaire-là remonte à dix-huit mois, et c'est seulement depuis le départ d'Emma que tu es dans cet état. »

Un éclair de colère brilla dans les yeux de Jonathan. « Arrête avec ça. Et puis après tout, si ça peut te faire du bien, vas-y, mets tous mes problèmes sur le dos d'un échec sentimental – ça doit être comme ça que tu justifies les tiens.

– Je ne me rappelle pas avoir jamais discuté de mes problèmes avec toi, Jon. En général, c'est sur les tiens que nous nous répandons pendant des heures.

– Peut-être, mais ce n'est pas la peine de t'en prendre à Emma. La vérité, c'est ce qui s'est passé aujourd'hui. Les gens ne me voient pas tel que je suis. Tout ce qu'ils voient, c'est quelqu'un qui ne fait pas partie de leur petit monde étriqué. Affronte ça jour après jour et tu viendras me dire si tu dors bien la nuit.

– On est tous dans le même bateau, tu sais. Quand les gens me regardent, ils voient un minus chauve et bas du cul. Si tu crois que c'est drôle...

surtout quand ce sont des femmes. Je vois leur regard glisser au-dessus de ma tête à la recherche d'un grand type séduisant avec une belle tignasse... » Il laissa échapper un gloussement amusé. « Ça me serait bien égal si je n'avais pas un faible pour les grandes femmes. C'est la vie. Il faut savoir que les choses vont se passer comme ça et accepter quelques compromis.

– De quel genre ?

– Pour commencer, évite d'exhiber tes sentiments comme ça. Quand les gens voient que ça t'affecte, ils réagissent mal. Ils en profitent pour t'enfoncer ou ils se tirent en quatrième vitesse. » Il ralentit à l'approche d'un rond-point. « Ce n'était peut-être pas une excellente idée de traiter les flics de fascistes. »

Jonathan jeta un regard lugubre à travers le pare-brise. « Tu sais combien de fois je me suis fait arrêter et fouiller au cours des six derniers mois ? Quatre, hier soir compris. Combien de fois est-ce que ça t'est arrivé, à toi ?

– Au cours des six derniers mois ? Pas une seule. Dans ma vie ? Une fois, un jour une bagarre a éclaté au moment où je sortais d'un pub.

– Tu vois ? Quand j'étais gosse, je me faisais interpeller par les flics une semaine sur deux.

– C'est parce que tu t'y attendais. Il suffit que tu sois sûr qu'une chose va se produire pour qu'elle se réalise. Je ne dis pas que c'est juste, je dis que le soupçon engendre le soupçon.

– Et qui a soupçonné qui en premier ? grommela Jonathan. La police, ou moi ? Essaie d'appliquer tes règles simplistes à cette petite devinette. J'attendais de toi un peu de compassion, pas une nouvelle leçon sur les dangers de l'aliénation. Je pourrais encore l'admettre si j'avais l'impression que tu sais de quoi tu parles, mais c'est loin d'être le cas. Un divorce ne compte pas vraiment, encore moins quand votre femme continue à vous inviter à dîner régulièrement et que vos filles viennent passer le week-end à la maison.

– Tu vas bientôt me dire que j'ai un bol d'enfer, répondit Andrew doucement. Toutes les joies de la famille, sans les contraintes exaspérantes de la vie commune. Malgré leur âge, mes parents sont en bonne santé et indépendants – grâce aux profits d'une petite agence littéraire prospère –, ma femme et mes gamines sont en sécurité avec un homme qui les apprécie – grâce à un jugement de divorce généreux –, et je peux me consacrer à ce qui me plaît le plus au monde : bosser pour les entretenir tous.

– Dans la mesure où le divorce a été prononcé à tes torts, tu peux t'estimer heureux que Jenny n'ait pas coupé les ponts.

– Hmm... à cela près qu'elle avait une liaison, elle aussi. Il est plus facile de rester bons amis quand les deux parties ont des choses à se reprocher. »

Jonathan se tourna vers lui.

« Première nouvelle. Je croyais que tu étais seul en cause.

– Je sais.

– Tu aurais dû me le dire.

– Pourquoi ?

– J'ai toujours pensé que tu étais con d'avoir plaqué Jenny pour une femme qui t'a laissé tomber au bout de quelques mois. Je ne me souviens même plus de son nom. C'était quoi, Claire ? Carol ?

– Claire, répondit Andrew. Une fille canon, blonde aux yeux bleus, le portrait craché de Jenny. Il paraît que les hommes sont toujours attirés par le même type de femmes, mais l'inverse n'a pas l'air vrai. Greg, le mec de Jenny, mesure trois mètres et il ressemble à Brad Pitt. Je ne comprends pas comment il a pu la séduire. Les filles aussi en sont gagas, d'ailleurs. »

Quelque chose dans son ton attira l'attention de Jonathan. « Si Jenny était dans son tort, elle aussi, pourquoi est-ce que tu lui as accordé un divorce aussi avantageux ? »

Andrew lui jeta un coup d'œil. « Mettons que je lui ai facilité les choses.

– Mais tu es vraiment débile. Elle a eu la maison, le mec et les filles... » Il esquissa un geste de dédain. « Et toi, tu te retrouves dans une cage à lapins de Peckham. Qu'est-ce que c'est que ce marché de dupes, bon sang ? Je ne m'étonne plus que Claire se soit tirée. »

Andrew laissa échapper un petit rire. « Je prends ça comme un compliment. En fait, j'ai dû me tromper de métier.

– Comment ça ?

– Il semblerait que je sois meilleur comédien que Greg. »

Il y eut un bref instant de silence.

« Je ne comprends pas.

– Claire n'a jamais existé. Les seules blondes aux yeux bleus vraiment canons que j'aie jamais fréquentées sont Jenny et les filles. Tu n'as pas le monopole de l'orgueil, Jon. Qu'est-ce que tu voulais que je fasse ? Me mettre à genoux et la supplier de rester ? J'étais heureux comme un roi – une jolie femme, des gamines superbes, une maison, un bon boulot, une vie sociale agréable – et puis, *vlan*, ma femme me flanque un coup entre les deux yeux avec l'acteur à gros biceps du palier d'en face qui se l'envoie depuis des mois. Le pire, c'est que je le trouvais vraiment sympa... je le trouve toujours sympa, en fait.

– Tu es complètement cinglé, murmura Jonathan, incrédule. Pourquoi est-ce que tu es allé raconter des trucs pareils ? Ça t'a coûté une fortune en indemnités.

– C'est une question de priorités, c'est tout. Tant que ma boîte n'est pas menacée, je préfère qu'on me prenne pour un salaud que de peser sur la conscience de ma femme. Tu crois que Jenny m'appellerait à tout bout de champ ou que Greg m'inviterait à dîner s'ils ne voyaient en moi qu'un pauvre vieux con solitaire qui rêve encore de son ex ? Tu crois que les filles seraient contentes de venir passer la nuit chez moi si je passais mon temps à débiner leur mère parce qu'elle m'a fait cocu ? » Il parlait d'un ton prosaïque, qui n'appelait aucune compassion. « Et surtout, mes parents voient leurs petites-filles aussi souvent qu'ils le veulent. Ils me passent régulièrement un savon à cause de cette rupture, mais continuent à traiter Jenny comme leur bru. Tout bien considéré, je dirais que ce n'était pas cher payé. »

La perplexité de Jonathan était sans bornes. Qu'est-ce qu'un homme avait à gagner à se laisser délibérément étriller par une femme infidèle et des parents critiques ? *Et ils furent fustigés pour les péchés d'autrui... quelle idée tordue...* « Je ne comprends pas que tu aies laissé Jenny s'en tirer à aussi bon compte. Elle ne s'est pas privée de te dénigrer à l'époque. Je me souviens très bien qu'elle m'a dit que tu étais un vrai fumier.

– J'espère que tu as renchéri. Je me suis toujours demandé si elle croyait vraiment à l'existence de Claire.

– C'est ce que j'ai fait, oui. Je lui ai dit que vous vous étiez mariés trop jeunes et que votre couple ne pouvait pas durer. » Il fit un effort de mémoire. « Ça ne lui a pas fait très plaisir.

– Son amour-propre en a pris un coup. Elle était convaincue d'être la seule femme dans ma vie.

– Et ton amour-propre à toi ?

– En miettes, jusqu'à ce que j'aie l'idée géniale d'inventer le personnage de Claire. Elle m'a complètement remis d'aplomb.

– À ta place, j'aurais eu envie de me venger. »

Andrew haussa les épaules. « À quoi bon déclarer la guerre pour quelque chose que je ne pouvais pas empêcher ? Tu ne peux pas forcer quelqu'un à t'aimer... pas plus qu'à être loyal. Tout ce que tu peux faire, c'est conserver son affection et espérer que tout se passera pour le mieux. »

Il planait complètement, se dit Jonathan. « Tu t'attends à ce que Jenny revienne ?

– Non.

– Alors, excuse-moi, mais ça m'échappe. À quoi bon te conduire de manière aussi estimable si personne n'en sait rien ?

– Tu préférerais que je me promène avec "loser" écrit sur mon front en lettres clignotantes ? »

Jonathan sentit un nœud de colère familier se serrer dans sa mâchoire. « Parce que c'est ce que je fais, selon toi ?

– Ça m'en a tout l'air. Tu es une cible rêvée pour des types comme Roy Trent. »

G. GARDENER, CONSEILLER MUNICIPAL

25 Mullin Street, Highdown, Bournemouth,
Dorset BH15 6 VX

Andrew Spicer
Spicer & Hardy, agents littéraires
25 Blundell Street
Londres W4 9 TP

2 avril 2003

Cher Mr Spicer,

J'hésite à écrire au Dr Hughes, craignant qu'il ne désire pas correspondre avec moi, mais je vous serais extrêmement reconnaissante de bien vouloir lui transmettre mes excuses et tous mes vœux de rétablissement. J'ai eu une longue conversation avec l'inspecteur Lovatt qui, sans entrer dans les détails, m'a appris que le Dr Hughes avait été souffrant.

Les circonstances de notre rencontre ont été franchement malheureuses, ce dont je suis largement responsable. J'ai quelque expérience de la maladie et j'aurais dû me rendre compte que la réserve du Dr Hughes était due à des causes physiologiques. Il était manifestement épuisé, mais je n'ai pas pris en considération son état de santé, le décalage horaire ni même le temps épouvantable qu'il faisait ce jour-là. Je n'ai qu'une excuse : ma volonté acharnée d'innocenter Howard Stamp et toutes les déceptions que j'ai déjà essuyées à cet égard. Je m'attends tellement à un échec que je suis incapable d'imaginer autre chose.

Concernant notre bref entretien téléphonique du 13 février au soir. Roy Trent ne démord pas de sa version des faits. Il prétend toujours que le Dr Hughes a oublié son portefeuille au pub. Néanmoins, après avoir obtenu de l'inspecteur Lovatt quelques détails sur l'arrestation du Dr Hughes, j'ai mené une petite enquête à la gare de Branksome. L'employé du guichet se souvient très bien du Dr Hughes, dont le comportement a inquiété plusieurs passagers. Voici l'essentiel du récit qu'il m'a fait :

Il a cru que le Dr Hughes était ivre, parce qu'il titubait et concentrait son regard sur l'autre quai pour garder l'équilibre. Il avait le visage mouillé – l'employé a cru que c'était à cause de la pluie avant de se rendre compte que le Dr Hughes transpirait abondamment – et il serrait son porte-documents contre lui. Plusieurs trains sont passés, mais il n'est pas monté dedans. Deux passagers au moins ont cru que c'était un kamikaze qui essayait de trouver le courage de passer à l'action. L'employé était très inquiet et a envisagé d'avertir la police. Mais une femme s'est approchée du Dr Hughes. Elle avait apparemment rendez-vous avec lui. Ils se sont souri, ont bavardé, et le Dr Hughes lui a tendu son porte-documents – dont elle a sorti plusieurs feuilles. L'employé s'est rappelé qu'il avait déjà vu cette femme dans la salle des guichets. Il s'est dit que le Dr Hughes avait dû se tromper de lieu de rendez-vous. Il a reconnu qu'il ne se serait pas inquiété si le Dr Hughes n'avait pas été arabe – il aurait pensé que c'était un ivrogne. Il a été soulagé quand la femme l'a aidé à monter dans un train, ce qui lui a évité d'avoir à régler le problème. Elle était brune et tenait une écharpe devant sa bouche. Il ne se souvient de rien d'autre à son sujet, si ce n'est qu'elle est partie dans une BMW noire qui était restée garée pendant quarante-cinq minutes dans la zone réservée à la dépose des passagers.

Comme cela semblait confirmer la version du Dr Hughes, je me suis renseignée discrètement sur l'ex-femme de Roy Trent. Elle s'appelle Priscilla Fletcher, mais on la connaissait auparavant sous le nom de Cill Trent. J'ignore son nom de jeune fille, mais on me l'a décrite comme une jolie femme de quarante-cinq ans environ, de taille moyenne, mince, les cheveux bruns avec une frange raide, des yeux clairs (peut-être bleus). Son mari actuel, Nicholas Fletcher, est « dans les affaires » – un certain mystère entoure ses activités précises – et ils habitent Sandbanks, un quartier chic de Poole. Elle a eu un fils de Roy – qui a déjà une trentaine d'années (!) – mais n'a pas d'enfant de Fletcher. Elle est restée en bons termes avec Roy à cause de leur fils. Rien ne prouve qu'il s'agit bien de la femme qui a abordé le Dr Hughes, mais la description semble correspondre.

Un détail pourtant a continué à m'intriguer. Pourquoi Priscilla Fletcher, une femme qui n'a apparemment pas de problèmes financiers (ou une de ses amies, comme elle l'a prétendu), aurait-elle dérobé ce portefeuille ? J'ai donc rapporté à Roy Trent le récit de l'employé, en brodant un peu pour que le portrait de la femme corresponde encore mieux à celui de Priscilla Fletcher, et je lui ai demandé ce qu'il en pensait, sachant que le Dr Hughes était certain qu'elle lui avait volé son portefeuille. La réaction de Roy a été intéressante. Il l'a pris à la blague et m'a répondu que si le Dr Hughes avait raison, la femme avait dû revenir au pub après la fermeture de l'après-midi pour déposer le portefeuille par terre, dans la salle où nous avions déjeuné, le Dr Hughes et moi. Ce qui n'était évidemment pas le cas. J'ai admis que cette solution était absurde, soulignant qu'elle aurait également dû savoir où avait eu lieu le déjeuner, ce qui donnerait à penser qu'elle connaissait très bien le pub. Donc, à moins que Roy ne reconnaisse cette femme d'après sa description, le Dr Hughes avait dû se tromper. Roy a approuvé : il ne la reconnaissait *pas*.

Je tiens à souligner que je n'ai jamais eu aucune raison de mettre en doute ce que Roy a pu me dire par le passé. Nous entretenons des relations plutôt amicales depuis deux ans, c'est-à-dire depuis qu'il m'a autorisée à utiliser son pub comme « permanence ». Je ne prétends pas bien le connaître – ce n'est pas quelqu'un de très expansif –, mais je l'ai toujours trouvé agréable, et d'un grand soutien. Il m'a été notamment d'un précieux secours pour dénicher des informations sur Howard Stamp. Ce mensonge m'a évidemment intriguée, d'autant que je n'en comprenais pas le motif. Il aurait parfaitement pu me dire : « Je connais plusieurs femmes qui correspondent à cette description, dont mon ex-femme, mais aucune n'est venue au pub ce jour-là. » Après tout, j'étais d'accord avec lui pour penser que le Dr Hughes avait dû faire erreur.

Tout cela m'a suffisamment préoccupée pour me donner envie d'en savoir davantage. J'ai dressé la liste d'un certain nombre d'hypothèses, qui sont peut-être toutes fausses mais qu'il peut être utile d'examiner de plus près. Les voici :

1. L'ex-femme de Roy a volé le portefeuille.
2. Elle l'a fait parce que : (a) elle est

kleptomane ; (b) on lui a demandé de le faire ; (c) elle s'intéressait au Dr Hughes ; (d) les trois à la fois.

3. Si elle est kleptomane, comment a-t-elle su : (a) qu'il fallait rapporter le portefeuille à Roy ; (b) qu'il la couvrirait ?
4. Puisqu'elle l'a rapporté, elle devait savoir : (a) que le Dr Hughes s'était rendu au pub un peu plus tôt ; (b) à quoi il ressemblait.
5. Elle savait tout cela parce que : (a) elle s'était rendue elle-même au pub ; (b) quelqu'un d'autre le lui avait dit.
6. À part moi, Roy Trent était le seul à savoir quand, où et pourquoi j'avais rendez-vous avec le Dr Hughes.
7. Pour que Priscilla Fletcher ait été informée de ces détails, il faut que Roy les lui ait confiés.
8. Si la cupidité n'était pas la motivation du vol, c'est qu'elle souhaitait en savoir plus long sur le Dr Hughes.
9. Elle n'a pas demandé ces détails à Roy parce que : (a) elle ne pensait pas qu'il les lui confierait ; (b) il n'aurait pas pu lui répondre ; (c) c'est lui qui lui a demandé de commettre ce vol.
10. Si (b) ou (c) sont vrais, Roy n'a pas voulu manifester trop d'intérêt pour le Dr Hughes en me pressant de questions à son sujet.
11. La seule raison qui ait poussé le Dr Hughes à se rendre à Bournemouth est l'intérêt que lui inspire Howard Stamp.

Je savais déjà que Roy Trent avait connu Howard Stamp, « de vue » seulement (selon Roy), mais il paraissait raisonnable d'en déduire que Priscilla Fletcher aurait pu le côtoyer, elle aussi, d'une manière ou d'une autre. Par curiosité, je me suis replongée dans la presse de l'époque de l'assassinat de Grace Jefferies pour m'assurer que rien ne m'avait échappé. Je suis tombée sur un autre article, qui n'avait rien à voir avec ce crime. Il y était question d'une certaine Priscilla « Cill » Trevelyan, une fille de treize ans. Elle a disparu de son domicile de Highdown une semaine avant la découverte du corps de Grace. Je ne suis pas encore arrivée à établir si Cill Trevelyan et Priscilla Fletcher ne sont qu'une seule et même personne. J'ai tout de même relevé quelques similitudes entre le portrait de la jeune disparue et une photo de Priscilla Fletcher-Trent, prise il y a cinq ans à un barbecue qui a eu lieu à La Couronne. J'ai pu la dénicher grâce à Jim Longhurst. J'espère que le Dr Hughes appréciera (copies jointes) !

Si j'hésite évidemment à en tirer des conclusions, qui ne peuvent être que prématurées, il semblerait que Cill ait été victime d'un viol collectif peu avant sa fugue, ce qui coïnciderait avec l'existence du fils d'une trentaine d'années de Priscilla Fletcher (qui a elle-même environ quarante-cinq ans). Je vous joins des photocopies des coupures de presse. Elles intéresseront peut-être le Dr Hughes quand il sera suffisamment rétabli pour les lire. Il remarquera sans doute immédiatement que Cill Trevelyan était brune et que ses cheveux lui tombaient aux épaules. Il notera aussi le signalement de ses agresseurs – dont aucun n'était nommément cité, et qui n'ont pas été inculpés, faute de preuves. Chose intéressante, la disparition de cette fille de treize ans n'a jamais été mentionnée par la presse nationale, sans doute parce qu'elle a été immédiatement classée comme fugue.
Rien ne permet d'établir de lien entre l'affaire de Cill et celle d'Howard, sinon les coïncidences de temps et de lieu et certaines descriptions qui donnent à réfléchir. Néanmoins, la simultanéité des événements, associée au

vol inutile d'un portefeuille trente ans plus tard, incite à se poser quelques questions. Pour le moment, je ne vois absolument pas quel peut être le lien, mais j'ai la vague impression que Priscilla Fletcher se sent menacée par le regain d'intérêt que suscite l'affaire d'Howard. Je suis prête à vous transmettre toutes les informations sur lesquelles je pourrai mettre la main, si vous estimez que cela peut intéresser le Dr Hughes. Mais je comprendrais fort bien qu'il préfère ne plus s'occuper de tout cela.

Pour finir, Roy Trent ignore tout, et j'ai l'intention de conserver de bons rapports avec lui pour le moment. Je vous serais très reconnaissante, au Dr Hughes et à vous-même, de ne rien faire qui puisse compromettre ces relations. En vous remerciant d'avance, je vous prie d'agréer mes salutations les plus cordiales.

George Gardener

P.J.

Bournemouth Evening News – *Samedi 30 mai 1970*

MYSTÈRE AUTOUR DE LA DISPARITION D'UNE JEUNE FILLE

La police de Bournemouth a lancé aujourd'hui un appel à témoins à la suite de la disparition de Priscilla Trevelyan, treize ans, domiciliée à Highdown, qui lui a été signalée ce matin. La jeune fille mesure 1,67 mètre et pèse environ 50 kilos. Elle a des cheveux bruns mi-longs, et porte probablement un jean et un T-shirt blanc à manches longues. On pense que la jeune Cill a fugué à la suite d'une dispute qui l'a opposée à son père.

Mrs Jean Trevelyan, trente-cinq ans, en rejette la responsabilité sur l'établissement scolaire de sa fille. « Son père était furieux parce qu'elle a été exclue pour une semaine à la suite d'une bagarre. Mais il faut être deux pour se battre, et l'autre élève n'a même pas été punie. Cill est intelligente et a bien compris que ce n'était pas juste. » Mrs Trevelyan s'est effondrée en suppliant sa fille de rentrer. « Nous l'aimons, nous voulons qu'elle rentre. Personne ne la grondera. »

La police examine différentes pistes. « Elle est très mûre pour son âge, a remarqué son porte-parole, et, il y a trois semaines, on l'a vue en compagnie de garçons plus âgés. Il n'est pas impossible qu'elle se soit réfugiée chez l'un d'eux. D'après le signalement qu'on nous a donné, deux d'entre eux étaient bruns, de taille moyenne, le troisième grand et mince, avec des cheveux roux. Nous demandons à ces garçons de bien vouloir se présenter au commissariat. Ils n'ont rien à craindre s'ils savent où est Cill. Tout ce que nous voulons, c'est la retrouver saine et sauve. »

La police n'a pas entièrement exclu la thèse de l'enlèvement. « Les fugueuses de cet âge sont vulnérables. Elles peuvent accepter de l'aide de gens qui ne cherchent qu'à abuser d'elles. » La Metropolitan Police a été avertie. « Londres est un véritable aimant pour les enfants malheureux », a déclaré le porte-parole de la police.

Bournemouth Evening News – *Lundi 1er juin 1970*

LES RECHERCHES SE POURSUIVENT POUR RETROUVER LA JEUNE DISPARUE

Trois adolescents ont été relâchés, sans mise en examen, après avoir été interrogés par la police à propos de la disparition de Priscilla Trevelyan. Ils correspondaient au signalement donné par une camarade de classe de la jeune disparue, mais ils ont tous nié connaître Priscilla ou détenir la moindre information concernant sa disparition. Un porte-parole de la police affirme que rien ne permet d'établir de lien entre la jeune fille et eux.

Le père de Priscilla, David Trevelyan, trente-sept ans, a lui aussi été interrogé, des voisins ayant signalé de fréquentes querelles avec sa fille. « Ils ne s'entendaient pas, a déclaré l'un d'eux. Il ne supportait pas qu'elle sèche les cours. »

La police a tenu à faire savoir que Trevelyan n'est pas considéré comme suspect. « On interroge toujours les parents dans ce genre d'affaire, mais nous sommes convaincus que Mr et Mrs Trevelyan ne savent rien à propos de la disparition de leur fille. »

Il a reconnu que les autorités ne disposaient d'aucune piste sérieuse. « Plusieurs personnes ont aperçu des jeunes filles correspondant au signalement de Cill, mais cela n'a rien donné et l'enquête piétine. La jeune fille semble s'être évanouie dans la nature après avoir quitté son domicile. » Un nouvel appel à témoins a été lancé, avec publication d'une série de photographies de la jeune fille. On espère que cette démarche aboutira à quelque chose.

Bournemouth Evening News
– Samedi 25 juillet 1970

L'INQUIÉTUDE D'UNE MÈRE

Cela fait exactement deux mois que Priscilla Trevelyan, treize ans, s'est enfuie de chez elle après une dispute avec son père. Mais le dossier a été classé et l'équipe chargée de l'enquête affectée à d'autres tâches. Il est vrai que la police s'intéresse moins à une fugue qu'à un enlèvement, et Priscilla est venue grossir les statistiques effarantes des 75 000 enfants de moins de seize ans qui, chaque année dans ce pays, disparaissent de leur foyer ou des établissements où ils ont été placés.

Alors que la plupart d'entre eux regagnent leur domicile en moins de vingt-quatre heures, mille restent portés disparus au bout de plusieurs mois. Ils risquent des agressions physiques et sexuelles et certains d'entre eux sombrent dans la délinquance et la prostitution pour survivre. « Ce genre d'affaires n'est pas simple, nous a déclaré l'agent Gary Prentice chargé du dossier de Priscilla. Si un fugueur ne veut pas être retrouvé, la police est presque impuissante. Nous avons transmis la photographie de la jeune fille aux forces de police de tout le pays, dans l'espoir que quelqu'un la reconnaîtra. Beaucoup d'enfants rentrent chez eux pour Noël, un moment où les souvenirs familiaux sont particulièrement forts. Nous espérons que Cill en fera autant. »

La mère de Priscilla, Jean Trevelyan, a le cœur brisé. Elle reconnaît que les tensions familiales n'ont peut-être pas été étrangères à la fugue de sa fille, mais déclare avec insistance que telle qu'elle la connaît, elle aurait certainement téléphoné. « La police dit qu'il n'y a aucun indice d'enlèvement, mais les petites filles ne se volatilisent pas comme ça. Je n'aurais jamais dû parler de la dispute avec son père. Il n'a fait que prendre le parti de l'école qui avait jugé bon de la sanctionner, mais la police y a vu un prétexte pour arrêter les recherches. »

L'agent Prentice le nie. « Nous avons suivi toutes les pistes existantes. Malheureusement, Cill était une adolescente perturbée, qui souffrait de difficultés familiales et scolaires. Avant de fuguer, elle avait déjà un lourd passé d'absentéisme scolaire. La disparition d'une jeune fille de treize ans est toujours préoccupante, mais nous restons optimistes. Cill est assez intelligente pour s'en tirer. Ses amies la décrivent comme une fille dégourdie. »
Jean Trevelyan voit les choses d'un autre œil. « Cill s'attirait tout le temps des ennuis. Les gens s'attendaient à ce qu'elle soit particulièrement mûre parce qu'elle était très développée pour son âge mais, dans le fond, c'était une gamine de treize ans comme toutes les autres. Une de ses camarades a déclaré aux policiers qu'elle avait été victime d'un viol collectif avant de fuguer, mais ça les a laissés froids. En tout cas, ça les a beaucoup moins intéressés que la dispute qui l'a opposée à son père. »
L'agent Prentice reconnaît qu'on leur a signalé un viol, mais précise que cette accusation n'est étayée par aucun indice. « S'il a vraiment eu lieu, on ne peut que regretter que Cill n'ait pas eu le courage d'en parler à qui que ce soit. » Il reconnaît que les victimes de viols ont souvent trop honte pour porter plainte. « Les forces de police cherchent à trouver le moyen d'encourager les femmes et les jeunes filles à signaler ces cas, a-t-il dit, mais il y a encore beaucoup de chemin à faire. »
Maigre réconfort pour Jean Trevelyan qui, assise à sa fenêtre, prie pour le retour de Priscilla. « Nous avons perdu plus que notre fille, sanglote-t-elle, nous avons perdu notre réputation. Les gens nous accusent de n'avoir pas été gentils avec elle, mais c'était notre seul enfant et nous voulions ce qu'il y avait de mieux pour elle. La police prétend faire preuve de compréhension ; pourtant, elle ne nous a jamais décrits comme des parents attentionnés. »
Les photographies de Priscilla qui tapissent la pièce semblent confirmer l'amour de Jean pour sa fille, mais

elle reconnaît qu'elle ne les a affichées que depuis sa disparition. Comme tant de mères, elle a eu du mal à trouver un juste équilibre entre son amour maternel et la nécessité de tenir en bride une adolescente difficile. « Nous étions sévères parce que nous nous faisions du souci pour elle, mais nous ne savions pas ce que ça voulait dire avant son départ. David est effondré. C'est affreux d'apprendre de cette manière que c'est au moment où on est le plus en colère contre son enfant qu'il faudrait en fait lui manifester le plus d'affection. Nous la punissions parce que nous l'aimions, mais elle a dû croire que nous la détestions. Autrement, elle n'aurait pas fugué. »

Son plus grand chagrin est de penser que Priscilla n'a pas eu le courage de lui avouer qu'elle s'était fait violer. « D'après sa camarade, elle avait peur qu'on lui dise que c'était sa faute parce qu'elle portait une minijupe. Dans quel monde vivons-nous pour qu'une fille de treize ans s'imagine qu'on va lui reprocher une chose pareille ? La police doute de la réalité du viol, mais moi, je suis sûre que c'est vrai parce que Cill a jeté cette jupe. Elle avait économisé pour se l'acheter et c'était sa préférée. Elle n'aurait jamais fait ça si elle n'avait pas eu honte de quelque chose. »

On a le sentiment d'une affreuse tragédie. Une mère en pleurs, qui ne sort plus de chez elle de crainte que sa fille ne revienne et ne trouve personne à la maison. Une maison sans rires. Une enfant disparue parce qu'elle ne pouvait demander d'aide à personne.

Bronwen Scherrard

S P I C E R & H A R D Y

AGENTS LITTÉRAIRES 25 BLUNDELL STREET LONDRES W4 9TP

Conseiller George Gardener
25 Mullin Street
Highdown
Bournemouth
DORSET BH15 6 VX

Lundi, 7 avril 2003

Chère George Gardener,

Merci pour votre lettre du 2 avril et pour votre sollicitude à l'égard de Jonathan. Avant votre rendez-vous, cela faisait déjà un certain temps qu'il souffrait de douloureuses crampes d'estomac et de nausées qu'il a sottement mises sur le compte du stress et du surmenage, alors qu'elles étaient dues à un ulcère perforé. Son voyage aux États-Unis n'a fait qu'aggraver son état et les complications se sont déclarées le jour où il vous a rendu visite.

Heureusement, les choses ont été prises juste à temps et il est en voie de guérison. Mais il l'a échappé belle ! Si je vous explique tout cela, c'est parce qu'il refusera de vous en parler, estimant que son comportement est inexcusable. À mon avis, car si j'ai bien compris ce que m'a dit l'inspecteur Lovatt, vous avez, vous aussi, des ennuis de santé, il s'est agi d'un conflit de maladies et il vaut mieux oublier tout cela. Puis-je vous renvoyer la politesse et *vous* présenter tous mes vœux de prompt rétablissement ?

Ci-joint, une lettre de Jonathan à propos de Priscilla Fletcher/Cill Trevelyan. Je tiens à souligner : (a) sa volonté de participer à votre enquête ; (b) les compétences qu'il peut y apporter.

Jon ne manque pas de qualités, mais on ne peut pas dire qu'il ait le don de se mettre en valeur. Quand il essaie, il a l'air condescendant. Quand il s'en abstient, il passe pour un bêcheur. Ces deux traits de caractère sont parfaitement exaspérants, mais il est plus facile de passer outre si on les considère comme une infirmité.

Très cordialement

Andrew Spicer

Andrew Spicer
P.J.

Dr JONATHAN HUGHES
Apmt 2b Columbia Road
West Kensington
Londres W 14 2DD
Email : jon.hughes@london.ac.uk

Samedi, 5 avril

Chère George,

Ma conduite de l'autre jour me fait rougir de honte. Vous n'avez à vous excuser de rien. Mon voyage à Bournemouth m'aura donné une bonne leçon et m'a fait prendre conscience de ma stupidité. On dit qu'à quelque chose malheur est bon, et cette mésaventure le prouve. Je ne vais pas vous importuner en vous parlant de la conversion de Damas – vous détestez sans doute les clichés autant que moi. Je me bornerai à dire que j'ai suivi les conseils d'Andrew et que j'essaie de vivre en paix avec moi-même.

Votre lettre et les documents que vous y avez joints m'ont passionné. Peut-être avez-vous à présent confirmé ou infirmé vos hypothèses. Quoi qu'il en soit, je souhaite appeler votre attention sur les points suivants :

- Ayant examiné la photographie de Priscilla Fletcher, il ne me paraît pas exclu que ce soit la femme qui m'a abordé à la gare de Branksome.
- S'il existe une certaine similitude entre les photographies de Priscilla Fletcher et de Cill Trevelyan, je ne la trouve pas probante. Peut-être est-ce dû à la disparition des rondeurs enfantines, ou au fait que la photo de la jeune fille est en noir et blanc, mais, à mes yeux, l'ossature du visage est très différente. Cill a une mâchoire plus lourde et des

pommettes plus saillantes que Priscilla, dont les traits sont plus délicats. Les yeux de Cill ont l'air plus foncé –, là encore, c'est peut-être l'effet du noir et blanc.

- Priscilla a la peau très claire, ce qui lui donne un petit côté « Blanche Neige » – cheveux foncés, teint pâle. Si cette association n'est pas rare, une peau claire va plus souvent de pair avec des cheveux roux ou blonds, sauf chez les Irlandais et les Gallois (!!). Chose intéressante, l'apparence de la femme de la gare de Branksome m'a paru très artificielle. La photographie donne la même impression (yeux maquillés, sourcils redessinés, cheveux teints [?]).
- S'il s'agit vraiment d'une seule et même personne, on relève certaines divergences intéressantes.
- S'il s'agit de deux personnes différentes, la ressemblance est frappante, d'autant plus qu'elles s'appellent toutes les deux Priscilla, et que Cill Trevelyan aurait aujourd'hui à peu près quarante-cinq ans.

Je suppose que vous avez déjà dépouillé les archives du journal pour vérifier s'il était question du retour de Cill Trevelyan. Peut-être savez-vous même où vivent ses parents, en admettant qu'ils soient restés dans les parages de Bournemouth. Mais si, comme je l'imagine, vous n'avez trouvé aucun indice de son retour (sans doute aviez-vous déjà fait ces recherches avant d'écrire à Andrew), la question qui se pose est celle-ci : si Priscilla n'est *pas* Cill, pour quelle raison cette femme aurait-elle décidé de prendre le nom et l'apparence de quelqu'un qui a disparu il y a plus de trente ans ?

Voici d'autres détails qui m'ont frappé à la lecture des coupures de presse :

- Comparez : « Trois adolescents... correspondaient au signalement donné par une camarade de classe... » avec la déclaration de Jean Trevelyan : « Une camarade a déclaré aux policiers qu'elle avait été victime d'un viol collectif. » Ces deux phrases inspirent différentes conclusions : soit la camarade en question a assisté à la scène, soit elle en a été informée par la suite. Elle n'a révélé les faits qu'après la disparition de Cill.
- Comparez : « On pense que la jeune fille a fugué à la suite d'une dispute avec son père... » ; « des voisins ayant signalé de fréquentes querelles avec sa fille... » ; « [son père] ne supportait pas qu'elle sèche les cours... » ; « Cill s'attirait tout le temps des ennuis... » ; le « plus grand chagrin [de Jean Trevelyan] est de penser que Priscilla n'a pas eu le courage de lui avouer qu'elle s'était fait violer... [Cill] avait peur qu'on lui dise que c'était sa faute. » Difficile de ne pas supposer, à la lecture de ces déclarations, que David Trevelyan n'aurait *pas* fait preuve d'une grande compréhension si Cill avait mentionné ce viol.
- « Il faut être deux pour se battre, et l'autre élève n'a même pas été punie. » Là encore, plusieurs déductions s'imposent. Les brouilles d'enfants sont généralement dues à des menaces de dénonciation : « Je vais le dire à tes parents. » Si « la camarade » était également « l'autre élève », le viol était leur secret et elles se sont peut-être battues parce que l'autre menaçait de tout raconter. S'il s'agissait d'une autre fille, Cill a pu se fâcher pour n'importe quel motif, *ou alors* cela veut dire que son secret était déjà éventé. Le fait que Cill ait été punie et pas l'autre élève donne à penser que c'est Cill qui a commencé et/ou qu'elle a été la plus violente et/ou a refusé de justifier son attitude.
- Tous les éléments précédents tendent à corroborer l'analyse de l'agent Prentice : « Cill était une adolescente perturbée, qui souffrait de difficultés

familiales et scolaires » (l'agressivité était apparemment une constante de sa vie – le fait qu'elle ait distribué des coups à l'école suggère qu'il lui arrivait d'en recevoir chez elle). Il n'est pas franchement surprenant qu'une fille de ce genre s'enfuie de chez elle – différentes études indiquent que la plupart des fugueurs ont été victimes de maltraitance ou d'abus sexuels. Mais, dans ce cas, elle n'aura certainement pas gardé son nom. Du reste, si elle était toujours introuvable deux mois après sa fugue – en admettant qu'elle ait été en vie –, elle aura *forcément* pris un autre nom. À mon avis – *même si elle était rentrée chez elle* –, elle aurait conservé ce nom d'emprunt pour bien faire comprendre à son père que les règles avaient changé et que c'était dorénavant elle, sous sa nouvelle identité, qui les dictait.

Je ne prétends pas savoir mieux que vous quelles hypothèses sont les meilleures. Mais il me paraît indispensable d'essayer de mettre un nom sur la fameuse camarade de classe de Cill Trevelyan.
Elle devait avoir le même âge qu'elle, et une fille de treize ans ne peut qu'avoir été profondément traumatisée par ce viol (surtout si elle y a assisté et n'a rien fait pour porter secours à son amie). Son sentiment de culpabilité n'aura pu qu'être aggravé par son silence d'abord, par ses menaces de « le dire » ensuite, et enfin par la disparition de Cill.

Je ne suis pas psychologue, et je compte sur vous pour écarter cette idée si elle vous semble tirée par les cheveux : *Priscilla Fletcher a plus de chances d'être la camarade de classe que Cill Trevelyan.* Réaction de transfert ? Soulagement de sa mauvaise conscience par la « résurrection » de la victime ? Envie/culte du héros – Cill est partie et pas elle ? L'une ou l'autre de ces hypothèses vous paraît-elle vraisemblable ? Un traumatisme de l'enfance peut-il peser sur le comportement jusqu'à l'âge adulte ?

J'ai lamentablement échoué à établir le moindre lien entre l'affaire de Cill et celle d'Howard, bien que j'aie pris bonne note de la présence du « violeur » maigre et roux (et aussi du duo de taille moyenne à cheveux bruns : un de ces garçons aurait pu être Roy [?] Est-ce à cela que vous pensiez ?). Tout ce que je peux dire à leur propos est qu'il faudrait un sacré culot pour sortir d'un commissariat où l'on vient de se faire interroger à propos d'une affaire de viol pour s'introduire quelques heures plus tard chez une femme vulnérable et la torturer à mort. Là encore, je m'en remets à votre connaissance du comportement juvénile.

Enfin – à moins que vous n'ayez la preuve de la réapparition de Cill –, la lecture des articles de presse me fait soupçonner qu'il ne s'agissait pas d'une fugue et que c'est son père qui l'a tuée. À en croire un des articles, David Trevelyan aurait été mis hors de cause après avoir été interrogé par la police, mais il me faudrait des preuves très solides pour y ajouter foi. Les statistiques ne mentent pas. Les enfants qui se « volatilisent » sont généralement morts, et ils sont le plus souvent victimes de leurs parents. David Trevelyan était un homme violent, et peut-être Cill a-t-elle commis l'erreur d'essayer de justifier la « bagarre » en avouant le viol.

J'espère avoir bientôt de vos nouvelles.

Cordialement

De : George Gardener [geo.gar@mullinst.co.uk]
Date : mardi 08/04/03 19 :20.
A : jon.hughes@london.ac.uk
Objet : Cill Trevelyan

Cher Jonathan, Vous avez absolument raison. Je n'ai trouvé aucune trace d'une éventuelle réapparition de Cill Trevelyan. David & Jean Trevelyan ont quitté Highdown dans les années 1980, mais je n'ai pas encore pu me procurer leur nouvelle adresse. Mon nouvel ami (!), l'inspecteur Lovatt, va essayer de me la dénicher et de trouver où est passé le dossier d'Howard. Apparemment, les archives de toutes les divisions ont été regroupées il y a + de vingt ans dans un service central. Mais, comme on détruit généralement les fichiers qui ne servent plus à rien, il n'a pas grand espoir. Je croise les doigts.

Concernant : la camarade de classe et le transfert. Le transfert est d'ordinaire une réaction émotionnelle – fréquemment observée au cours d'une psychothérapie – qui conduit les gens à attribuer certains traits de la personnalité de parents/partenaires/amis à quelqu'un d'autre. C'est une réaction immature, dans laquelle des modèles de comportement névrotiques, souvent élaborés durant l'enfance, déteignent sur les relations ultérieures – par ex. et pour présenter les choses simplement, un enfant qui redoute un père autoritaire redoutera à l'âge adulte tous les hommes qui exercent une autorité quelconque. C'est évidemment plus compliqué que cela mais, en général, le transfert est lié à un déséquilibre, ou à une impression de déséquilibre, du rapport de forces au sein d'une relation, déséquilibre qui s'applique ensuite à d'autres relations et *persistera certainement jusqu'à l'âge mûr.* [NB : il ne s'agit pas forcément d'une réaction négative. Si un enfant admire un père très autoritaire, il admirera tous les hommes qui occupent une position d'autorité.]

Si, comme vous le pensez, Priscilla Fletcher est effectivement la fameuse camarade de classe, on peut penser que le traumatisme subi à treize ans aura laissé des traces à l'âge adulte. Mais, à mon sens, il s'agit plus probablement de Cill elle-même ; c'est tout de même elle qui a le plus souffert ! À certains égards, je dirais que les phénomènes d'idolâtrie ou de culte du héros sont plus proches de ce que vous recherchez.

Notez qu'Howard a donné un exemple parfait de culte du héros. Vous l'avez vous-même souligné en rappelant qu'il imitait son idole, Ginger Baker. Il aurait voulu lui ressembler, avoir le courage de se révolter comme lui, être admiré comme Baker l'était. Une forme de déplacement d'un Moi qu'il abhorrait sur un substitut plus acceptable. Il va falloir que je poursuive les recherches, mais il n'est pas inconcevable que Cill soit devenue une image « totémique » pour une enfant traumatisée, surtout si sa disparition lui a fait perdre sa meilleure amie. Je me demande combien de temps ces sentiments auraient pu persister.

Je vais suivre votre conseil et essayer de retrouver la piste de l'amie en question. Elle devrait au moins pouvoir nous donner une bonne description de Highdown en 1970. Fred Lovatt pense qu'une des raisons pour lesquelles la disparition de Cill a quitté aussi rapidement la une des journaux est l'assassinat de Grace, survenu quelques jours plus tard, puis l'arrestation d'Howard. Ces deux événements ont évidemment monopolisé l'attention. N'empêche que les coïncidences de temps et de lieu continuent à m'intriguer. Peut-on imaginer que deux drames se produisent en un laps de temps aussi court et dans le même quartier sans qu'il y ait le moindre lien entre eux ? J'admets la justesse de votre commentaire sur les garçons et sur le culot qu'ils auraient dû avoir. Encore que cela existe, bien sûr. Jack l'Éventreur a tué deux femmes à une demi-heure d'intervalle, alors même qu'il avait été dérangé au cours du premier assassinat et qu'il avait toute la police à ses trousses. L'adrénaline produit d'étranges effets sur l'esprit et sur le corps.

Cordialement

George

10

9 Galway Road, Boscombe, Bournemouth
Vendredi 11 avril 2003, 18 h 30

George se rangea devant une jolie maison accolée à sa voisine et laissa tourner le moteur en écoutant la fin d'une dépêche en provenance de Bagdad. La chute de la capitale irakienne était encore en première place dans les informations, mais les récits de pillages commençaient à prendre le pas sur l'étonnement des journalistes et des hommes politiques devant l'absence d'opposition rencontrée par l'armée américaine. Pour George, pacifiste de longue date, ces trois semaines de reportages ininterrompus sur la guerre avaient été déprimantes. Les massacres financés par l'État se transformaient en étalage de technologies nouvelles – bombes intelligentes, missiles guidés par laser, journalistes retranchés munis de visiophones –, alors que la réalité sur le terrain était le chaos et la mort.

Elle soupira en coupant le contact. On s'employait à déformer les idées et les mots pour épargner la sensibilité des Occidentaux et les empêcher d'avoir conscience de ce que l'on commettait en leur nom. La mort de civils irakiens n'était qu'un « dommage collatéral » ; celle de soldats britanniques abattus par des membres de leur propre camp se transformait en « tir ami » ou en « bleu sur bleu » ; les interrogations sur l'absence manifeste d'armes de destruction massive – motif de la guerre – son *seul* motif – étaient balayées d'un « nous savons qu'elles existent ». Comment ? De la même manière que la police avait « su » qu'Howard Stamp était un meurtrier ?

La justice exigeait de l'honnêteté, et il n'était pas honnête de prétendre prouver le bien-fondé de la guerre par des euphémismes et de vagues soupçons. George supportait moins que tout l'objectif allégué de cette invasion, apporter la démocratie au peuple irakien. Vous n'avez pas le droit de vote – martelait-on. Faites ce qu'on vous dit, parce que nous savons ce qui est bon pour vous. C'était ce même pharisaïsme moralisateur qui avait provoqué toutes les erreurs judiciaires dans toutes les démocraties du monde.

Je t'accuse parce que je ne t'aime pas... Je t'accuse parce que je suis en position de le faire...

J'accuse.

Il avait été plus facile d'obtenir le nom de la camarade de classe de Priscilla Trevelyan que George ne l'avait craint. Une demande de renseignement adressée au *Bournemouth Evening News* pour savoir si Bronwen Sherrard, qui avait signé l'article intitulé « L'inquiétude d'une mère », faisait encore partie de la rédaction du journal lui était revenue avec une réponse négative. Mais le nom était assez peu fréquent pour inciter George, en désespoir de cause, à ouvrir l'annuaire local. Elle avait effectivement trouvé une adresse et composé le numéro, sans grand espoir. Sans doute n'était-ce pas la bonne personne. Le cas échéant, pouvait-on espérer qu'elle se rappelle les moindres détails d'un article écrit en 1970 ?

En fait, il s'agissait bien de l'ancienne journaliste. Elle était à la retraite, et, si cette information ne lui revenait pas à l'esprit d'emblée, elle l'avait sûrement conservée dans ses fichiers. Pour justifier son intérêt, George prétendit faire des recherches sur Highdown dans les années 1960 et 1970. Bronwen la rappela le lendemain pour lui indiquer le nom de la jeune fille – Louise Burton –, avec, en prime, la nouvelle adresse où la famille avait été relogée : Galway Road, à Boscombe. « Je ne lui ai jamais parlé, pas plus qu'à sa famille, reconnut-elle, quand je suis allée chez eux, sa mère a appelé la police.

– Pourquoi ?

– Je suppose qu'ils en avaient assez de voir tous ces journalistes sur le pas de leur porte, répondit la femme en riant. Je vous souhaite d'avoir plus de chance que moi.

– Savez-vous où ils habitaient à Highdown ? »

Elle entendit un bruissement de papier. « 18 Mullin Street », répondit complaisamment Bronwen, inconsciente de l'incroyable grimace que fit George Gardener à l'autre bout du fil.

La consultation des listes électorales lui avait appris qu'un certain William Burton, époux de Mrs Rachel Burton, habitait toujours au 9 Galway Road. George sonna, convaincue qu'elle allait se trouver nez à nez avec les parents de Louise. Ce fut un homme d'une quarantaine d'années qui lui ouvrit : « Mr Burton ?

– Oui. » C'était un grand type baraqué, aux manches de chemise retroussées sur des bras musclés et tatoués. Derrière lui, au fond du couloir, un téléviseur faisait un vacarme de tous les diables, couvert par moments par les hurlements de gamines qui se disputaient. Il s'essuya les mains sur un torchon et poursuivit, avec un sourire interrogateur : « Désolé pour le boucan. Que puis-je pour vous ? »

George fit une de ses grimaces habituelles. « Si elles sont en train de s'entretuer, je ferais peut-être mieux de revenir plus tard. »

Il tendit l'oreille un instant. « Nn-nnon... Elles y vont plutôt mollo ce soir. Ça ne barde vraiment que si l'une se rend compte que l'autre lui a piqué ses fringues.

– Ce sont vos filles ? »

Il acquiesça d'un signe de tête. « Des jumelles, avec des tignasses de feu et un tempérament de feu. » Il sourit aimablement. « Si vous les voulez, elles sont à vous. On est prêts à payer un bon paquet pour s'en débarrasser... ma femme va finir par les étrangler. »

George rit. « Elles ont quel âge ?

– Seize ans. Je passe mon temps à leur dire qu'il est grand temps qu'elles se marient, mais elles ne veulent rien savoir. » Il envoya le torchon sur son épaule et commença à dérouler ses manches. « Pour être franc, je ne suis pas sûr qu'elles trouveraient preneurs. Les types les entendraient arriver à un kilomètre et prendraient leurs jambes à leur cou. » Il s'étrangla de rire. « Je peux vous être utile ? »

Il était trop sympathique pour être de la même famille que Priscilla Fletcher, se dit George, brandissant une tablette sur laquelle elle avait fixé une page photocopiée du registre électoral. « Vous êtes bien William Burton ?

– En personne. »

Elle lui tendit la main. « George Gardener. Je suis conseiller municipal. Je fais du démarchage électoral pour les élections du 1er mai. » Elle avait pensé que ce prétexte lui permettrait de le retenir assez longtemps pour lui poser quelques questions – les élections étaient bien réelles –, mais elle comprit son erreur en voyant le visage de son interlocuteur se refermer.

Il lui lâcha la main et fit mine de repousser la porte. « Désolé, ça ne m'intéresse pas. Nous ne voterons pas.

– Puis-je vous demander pourquoi ?

– Je suis pompier, dit-il avec un signe de tête en direction d'un casque et d'une veste d'uniforme suspendus à un crochet dans le couloir, et j'en ai franchement ma claque de tous ces hommes politiques à la noix qui viennent me reprocher de ne pas être patriote parce qu'ils ont décidé de déclarer la guerre au moment où, moi, je voulais faire grève pour obtenir un salaire décent. Qu'est-ce que ça a à voir avec le patriotisme ?

– Oh, mon Dieu ! » s'exclama George en faisant la grimace. Cette grève avait divisé les esprits. « Tout ce que je peux vous dire, c'est que je suis à la fois contre la guerre et contre les grèves. J'ai toujours pensé que les problèmes ne se réglaient que par la négociation.

– Peut-être, mais en attendant, la guerre a été déclarée en notre nom sans que personne nous ait demandé l'autorisation de le faire. » Manifestement, le sujet lui tenait assez à cœur pour qu'il érige George en Premier ministre : il la fusillait du regard comme si elle était responsable de l'envoi des troupes en Irak. « Plus d'un million de gens ont hurlé qu'ils n'étaient pas d'accord, et ce n'était que la partie émergée de l'iceberg. Pour chaque personne qui est allée jusqu'à Londres pour participer à la manifestation pour la paix, il y en a eu dix autres qui n'ont pas pu faire le déplacement.

– Vous y étiez, Mr Burton ?

– Ouais. Vous voyez à quoi ça a servi...

– Moi aussi, j'y étais. » Elle posa la main sur la porte pour l'empêcher de la refermer. « Vous aviez emmené vos filles ?

– Oui.

– Alors, c'est à cela que ça a servi, Mr Burton, dit-elle avec ferveur. Les jeunes étaient passifs depuis si longtemps ! Ils ont enfin repris la parole. Ça fait trente ans que je me bats pour le désarmement nucléaire, mais je ne n'ai jamais rien vu d'aussi impressionnant que cette marche. » Elle baissa sa tablette, tout en laissant son autre main sur la porte. « Vous ne pouvez pas voter pour moi, parce que je ne me présente pas dans cette circonscription. De toute façon, je suis indépendante. Je n'ai donc aucun poids à Westminster. Je considère l'abstention comme une tradition parfaitement honorable. Je ne vous ferai donc pas perdre votre temps en essayant de vous convaincre de voter. »

Il exerça une légère pression contre sa main et rencontra une résistance. « Mais ?

– En fait, c'est à Louise Burton que j'aurais voulu parler. Je pensais que Mr et Mrs Burton étaient ses parents, ce n'est manifestement pas le cas. Vous devez être son frère, à moins que ce ne soit qu'une coïncidence si des Burton ont été recensés ici depuis les années 1970. »

Ce n'était visiblement pas la première fois qu'on lui posait la question, car elle ne parut pas le déconcerter. « Ça fera bientôt près de trente ans que Lou est partie. Mes parents ont racheté cette maison à la municipalité à la fin des années 1980 et je m'y suis installé il y a sept ans, quand ils ont pris leur retraite. Ils sont partis en Cornouailles. Je ne crois pas que Lou ait remis les pieds ici une seule fois durant tout ce temps.

– Savez-vous où je peux la joindre ? »

Il secoua la tête. « Nous avons rompu toute relation après son mariage.

– Comment s'appelle-t-elle actuellement ? »

Billy ne répondit pas tout de suite. « Vous travaillez pour une agence de détectives ?

– Non, s'étonna-t-elle. Je suis ce que je vous ai dit : conseiller municipal... de la circonscription de Highdown. Et auxiliaire de vie aux Bouleaux, la maison de retraite d'Hathaway Avenue. J'habite Mullin Street, là où votre famille vivait avant d'être relogée ici. » Elle s'interrompit. « Il y a beaucoup de détectives privés qui cherchent votre sœur ?

– Je suppose qu'en fait c'est Cill Trevelyan qui vous intéresse – cette affaire aura été la seule heure de gloire de Lou. » Elle acquiesça. « En fait, les Trevelyan mettent la main au portefeuille une fois de temps en temps et demandent à une agence de détectives d'essayer de retrouver sa trace. Le dernier en date est venu il y a près de trois ans. Ils finissent toujours par dénicher Lou – notre adresse du moins –, mais ça ne les mène pas bien loin. Pour commencer, nous ne savons même pas où elle vit. En plus, elle ne savait pas plus que nous ce qui a bien pu arriver à Cill. » Il haussa les épaules en s'excusant. « Désolé.

– Et vos parents ? Sont-ils restés en contact avec elle ?

– Non. Ce n'est pas leur faute, expliqua-t-il, en prenant leur défense. Ils ont fait ce qu'ils pouvaient, mais, que voulez-vous, elle a toujours trouvé l'herbe plus verte ailleurs. Elle a quitté l'école à seize ans, elle a travaillé comme coiffeuse et s'est mariée presque tout de suite... Nous avons perdu sa trace ensuite. On nous a dit qu'elle était partie en Australie. Mais ce n'est qu'une rumeur, et je n'ai aucun moyen de savoir si c'est vrai. »

George eut l'air consternée. « Oh, flûte de zut ! J'espérais tellement pouvoir lui parler quand j'ai découvert que des Burton habitaient encore ici.

– Désolé », répéta-t-il, reculant pour mettre fin à la conversation.

Elle laissa la main sur la porte. « Comment s'appelait son mari ?

– Je n'en sais rien, répondit-il avec un sourire cynique. Elle ne nous a pas invités au mariage. Si je me souviens bien, elle m'a dit qu'il s'appelait Mick au moment où je suis arrivé à retrouver sa trace – les parents voulaient absolument savoir ce qu'elle devenait –, mais il était en tôle, ce qui fait que je ne l'ai pas vu. » Il secoua la tête en voyant sa mine déconfite. « Ce sont des choses qui arrivent, reprit-il. J'ai eu plus de chance qu'elle. J'ai épousé une fille du tonnerre. »

George hocha la tête. « Je sais que c'est une question tout à fait indiscrète, mais est-ce qu'elle n'aurait pas eu un bébé vers quatorze, quinze ans ? »

Il hésita. « Pas que je sache. »

La réponse était étrangement évasive. « Vous l'auriez sûrement remarqué, fit George avec un sourire.

– J'étais bien plus jeune qu'elle et je n'aurais probablement pas compris ce qui se passait.

Mettons que je ne me souviens pas de l'arrivée soudaine d'un bébé dans la famille.

– A-t-elle été mariée, à un moment ou à un autre, à un certain Roy Trent ? Il tient un pub à Highdown – La Couronne. »

Il soutint son regard un instant et elle crut distinguer une lueur d'indécision. « Pas que je sache, répéta-t-il, mais comme je vous l'ai dit, on a perdu sa trace. »

Ses hésitations peut-être, ou l'absence de réponse franchement négative, incitèrent George à poser la question suivante. « Est-ce que Louise s'est fait violer en même temps que Cill ? demanda-t-elle de but en blanc. Est-ce pour cette raison que votre famille a été relogée ?

– Non. » Il se retrouvait en terrain sûr. « Elle était présente quand ça s'est passé, mais elle n'y a pas été directement mêlée. Écoutez-moi bien, il n'y a aucun mystère dans cette histoire. On a déménagé parce que Lou était complètement paniquée – d'abord le viol, puis la fugue de Cill, ensuite l'interrogatoire de la police. Elle était à bout. Mes parents l'ont changée d'école pour qu'elle arrête un peu de penser à tout ça.

– Si elle s'était fait violer, vous croyez qu'elle l'aurait dit à vos parents ? Cill n'a rien dit aux siens.

– Les temps ont changé. Aujourd'hui, les gamines de douze ans exhibent leur nombril, à l'époque elles se seraient fait traiter de putes. Le père de Cill piquait une crise chaque fois qu'il la voyait en minijupe.

– Et *vos* parents ?

– Pareil. » Un nouveau haussement d'épaules. « Moi aussi, si vous voulez tout savoir. Je suis un père tyrannique. Je déteste voir mes gamines se promener presque à poil... c'est une invitation à tous les prédateurs.

– Dans ce cas, objecta George raisonnablement, Louise aurait très bien pu se faire violer, elle aussi, et ne jamais l'avouer.

– Elle ne s'est pas fait violer, affirma-t-il clairement, et elle ne s'est pas retrouvée enceinte... si c'est à ça que vous voulez en venir. » Ses yeux se durcirent brusquement. « Écoutez, il y a eu assez de ragots à l'époque. À quoi bon ressortir tout ça ? »

George laissa retomber sa main. « Je suis navrée. Je ne voulais pas vous importuner. C'est simplement que... » Elle s'interrompit sur un soupir. « Est-ce que le nom de Priscilla Fletcher vous dit quelque chose ?

– Non. »

Elle s'attendait à ce qu'il lui claque la porte au nez, mais il ne le fit pas. Il attendait manifestement la suite. « Priscilla habite Sandbanks, dit-elle. Elle a environ quarante-cinq ans et ressemble un peu à Cill Trevelyan, avec trente ans de plus, bien sûr. Elle a été mariée à Roy Trent et ils ont eu un fils quand elle avait une quinzaine d'années. À ce moment-là, elle se faisait appeler Cill. Savez-vous si votre sœur a cité le nom de Roy Trent à la police parmi ceux des violeurs ? »

Billy éluda la question. « Il y a trente secondes, vous aviez l'air de dire que cette femme pouvait être Lou, maintenant vous prétendez que c'est Cill Trevelyan. Qui est-ce ?

– Je ne sais pas, Mr Burton. C'est ce que j'essaie de comprendre. »

Elle souleva le premier feuillet de sa tablette et la tourna vers lui. « Cette photo a été prise il y a cinq ans. Vous la reconnaissez ? »

Son expression était indéchiffrable. « Non.

– Est-ce qu'elle vous rappelle Cill Trevelyan ? »

Il secoua la tête. « Je me souviens à peine d'elle. J'avais dix ans quand elle est partie. »

George passa à la page suivante. « Ça, c'est le portrait d'elle qu'a diffusé la presse. »

Billy l'examina quelques instants. Une expression consternée envahit son visage. « Bon sang ! Qu'est-ce qu'elle est *jeune* !

– Elle n'avait que treize ans, Mr Burton. C'était encore une enfant.

– Oui, mais... je ne sais pas pourquoi, j'ai toujours eu en tête qu'elle était presque adulte. Bon sang ! répéta-t-il, lui prenant la tablette des mains pour mieux voir. Elle a encore ses bonnes joues de gamine. Les deux miennes avaient l'air plus mûres que ça au même âge. » D'un geste brusque, il revint à la photo de Priscilla Fletcher. « Vous devriez prévenir les Trevelyan... qu'ils puissent voir cette femme. À ma connaissance, toutes leurs recherches n'ont jamais abouti à rien.

– Vous avez une adresse ou un numéro de téléphone où je pourrais les joindre ? »

Il secoua la tête. « Non, mais j'ai dû garder la carte de la dernière agence qui est passée. Ils ont certainement leurs coordonnées. » Il regarda sa montre. « Je n'ai pas le temps de la chercher maintenant – je suis de service dans une heure –, mais si vous me laissez votre numéro de téléphone, je tâcherai de vous appeler demain. »

George reprit la tablette et nota son nom et son numéro de téléphone au dos de la photocopie de la liste électorale. « Je me demande pourquoi vous avez gardé l'image d'une fille presque adulte, ajouta-t-elle avec curiosité en lui tendant la feuille.

– Cill était sacrément délurée... elle disait des trucs pour allumer les garçons. C'est pour ça qu'elle s'est fait violer.

– Comment le savez-vous ? »

L'expression de Billy se ferma immédiatement. « Simple supposition », dit-il avant de prendre congé d'un bref signe de tête et de refermer la porte.

George aurait parié qu'elle n'entendrait plus parler de lui. D'où sa surprise lorsqu'il l'appela dès le lendemain matin. D'un ton bref et prosaïque, il lui communiqua les coordonnées d'une agence de détectives installée à Bristol. « Allez-y doucement, tout de même, conseilla-t-il. J'en ai parlé à ma femme hier soir. Elle dit que ce serait cruel de donner de faux espoirs aux Trevelyan. »

En son for intérieur, George l'approuvait. Elle était à nouveau de garde de nuit et avait profité des pauses de son service pour retourner le problème dans sa tête. Ne s'attendant pas à ce que William Burton lui transmette le nom de l'agence, elle avait envisagé d'engager elle-même un détective pour établir la véritable identité de Priscilla Fletcher. Une brève navigation sur le Net à son retour chez elle lui avait permis d'obtenir des promesses de « confidentialité », de « discrétion » et de « prudence » moyennant des tarifs horaires ou forfaitaires plus ou moins à la portée de son compte en banque.

Malgré tout, les dilemmes éthiques étaient trop nombreux pour une personne aussi scrupuleuse que George. Priscilla Fletcher, quel que fût son état civil, avait droit au respect de sa vie privée au même titre que n'importe qui – à moins qu'elle n'eût commis un délit – et, en toute honnêteté, George ne pouvait se convaincre que le vol d'un portefeuille constituait un motif valable pour la débusquer. S'il s'agissait vraiment de Cill Trevelyan ou de Louise Burton, le terrain était moralement miné. Les deux femmes avaient décidé de couper les ponts avec leurs familles, et rien n'autorisait George à les trahir. Ce qui ne manquerait pas d'arriver si une agence de détectives établissait un lien. George doutait que les longues recherches que les Trevelyan avaient menées pour retrouver leur fille ne suscitent pas une démarche bienveillante – mais *discrète* – de cette agence moyennant des honoraires substantiels.

D'ailleurs, très égoïstement, George ne voyait pas en quoi cette information pouvait lui être utile. S'il était établi que cette femme était effectivement Cill ou Louise, George aurait encore à la convaincre de lui raconter son histoire ; quel autre moyen de pression aurait-elle que le chantage à la dénonciation ? *Dites-moi ce que je veux savoir ou je préviens vos parents.* Outre la nature ridiculement puérile de la menace, George était tout à fait incapable de la mettre à exécution. Cela allait à l'encontre de tous ses principes – et notamment du droit inaliénable de tout être humain à la vie, à la liberté et à la recherche du bonheur.

Aux petites heures du jour, elle s'était dit qu'il serait plus facile de s'adresser à l'agence de détectives des Trevelyan en se présentant comme une citoyenne consciente de ses devoirs, qui avait relevé une curieuse ressemblance entre Cill et une femme demeurant à Sandbanks. Quel que fût le résultat, ils se sentiraient obligés de lui dire quelque chose, ne serait-ce que pour l'empêcher de poursuivre les recherches de son côté. Néanmoins, dès que William Burton lui eut donné les coordonnées de l'agence, elle comprit qu'une piste venait de se fermer. Il ne l'aurait pas fait s'il pensait que Priscilla Fletcher pouvait être sa sœur. *Ou bien?* Était-ce un double bluff ? « Je ferais peut-être mieux de laisser tomber, soupira-t-elle non sans hypocrisie. S'il s'agit de Cill Trevelyan, elle ne tient visiblement pas à ce qu'on la retrouve. »

Il mit un certain temps à répondre. « C'est ce que je me suis dit jusqu'à ce que ma femme me demande ce que j'éprouverais si une des jumelles disparaissait. On ne s'en remet jamais, surtout si on apprend qu'elle s'est fait violer et ne vous en a jamais rien dit. J'y ai réfléchi toute la nuit et il me semble que les parents ont des droits, eux aussi, ne serait-ce que celui de savoir si elle est encore en vie. » Il s'interrompit. « Si ça peut vous être utile, j'ai fait remarquer à cette agence de Bristol que Cill ne voulait peut-être pas qu'on la retrouve, et ils m'ont garanti que personne ne pouvait la forcer à voir ses parents si elle n'en a pas envie.

– Qu'est-ce qui vous a fait changer d'avis, Mr Burton ? demanda George, curieuse.

– À quel sujet ?

– Ça fait trente ans que vous vivez avec ça et, d'un coup, vous prenez l'affaire très à cœur. Pourquoi ?

– Personne ne m'avait montré de photo de Cill. C'est Lou qu'ils cherchaient, alors il n'y avait évidemment pas de raison... mais ça m'a fait prendre conscience de la jeunesse de Cill. Mon père disait toujours que c'était une coureuse, une effrontée qui jouait avec le feu. Quand on a une idée en tête, il n'est pas facile d'en changer. Mes parents n'ont pas fait preuve de beaucoup de compassion à son égard, surtout quand Lou n'a plus voulu mettre le nez dehors. Ils ont tout mis sur le dos de Cill. "Si seulement Louise n'avait jamais rencontré cette satanée gamine..." – ils n'ont rien eu d'autre à la bouche pendant des mois. » Il se tut. « Apparemment, Cill a été victime d'un certain nombre de brutalités, reprit George sans émotion. À lire entre les lignes des journaux, j'ai eu l'impression que son père n'hésitait pas à la corriger.

– Elle se prenait de sacrées raclées, c'est sûr. Ce qui ne l'empêchait pas de continuer à faire des bêtises. Tout ce qu'il a obtenu, c'est qu'elle a fugué pour éviter de se faire cogner encore une fois.

– À cause de la bagarre avec Louise ?

– Oui. »

George dessina une petite marque dans un carnet posé devant elle. « Je ne comprends pas pourquoi l'école n'a puni que Cill, dit-elle doucement. Il aurait paru logique de les exclure toutes les deux.

– Lou a dit que Cill avait refusé de donner des explications, alors la dirlo l'a fichue dehors. Ça se passait comme ça, à l'époque.

– Et quelle explication Lou a-t-elle donnée ?

– Sans doute la même qu'aux parents – que Cill avait essayé de la convaincre de recommencer à sécher.

– Vous trouvez ça vraisemblable, vous ? J'aurais plutôt tendance à penser qu'elle s'était mise à asticoter Cill à propos du viol... elle l'a peut-être même menacée. Du genre : "Fais ce que je veux ou je le dis à tout le monde." » Elle attendit quelques instants avant de reprendre. « Il n'est pas facile de comprendre à quel point un viol peut être destructeur – surtout un viol collectif. C'est une violence psychique autant que physique. La pauvre gosse devait probablement se récurer de la tête aux pieds tous les jours, pour essayer de se débarrasser de cette souillure. Pensez-vous que Louise ait compris à quel point son amie avait été traumatisée ?

– Ça m'étonnerait.

– Est-ce pour cette raison qu'elle n'a rien fait pour lui porter secours ?

– Elle avait bien trop peur. Ils ont traîné Cill par les cheveux, ils lui ont balancé des coups de pied. Elle avait du sang plein les jambes... c'est pour ça que Lou est allée lui chercher un pantalon. » Sa voix prit soudain un ton insistant. « On ne pense pas à tous ces trucs psychologiques quand on est môme... on ne *peut* pas... pour commencer, on passe le plus clair de son temps à essayer de comprendre pourquoi les parents n'arrêtent pas de se disputer. Les choses ne se seraient peut-être pas passées comme ça si Cill ne s'en était pas pris à nous. Elle n'arrêtait pas de dire qu'elle nous tuerait si on ouvrait la bouche... » Il s'interrompit brutalement.

George ne releva pas l'aveu. « Elle devait avoir très peur de son père. Vous ne vous êtes jamais demandé pourquoi elle tenait des propos aussi provocants ? D'où les tenait-elle ? Il n'est pas rare que les enfants battus soient aussi victimes d'abus sexuels. »

Un long silence lui répondit. « Dans ce cas, pourquoi est-ce qu'il continue à la chercher ? demanda-t-il enfin.

– Pour toutes sortes de raisons. Je ne sais pas, moi. Culpabilité... amour... obsession. Un de mes amis est persuadé que le père de Cill est allé trop loin et qu'il l'a tuée. Il fait peut-être comme si elle était encore vivante.

– C'est ce que mes parents ont pensé, à l'époque – comme tout un tas de gens, en fait. Mais je me souviens que mon père disait qu'il avait été interrogé et que les flics l'avaient relâché parce qu'ils n'avaient rien trouvé dans la maison qui puisse laisser penser que Cill était morte. En plus, on n'a jamais découvert de corps.

– Et quand on en a trouvé un, on s'est empressé d'oublier Cill, lança George avec une désinvolture délibérée.

– Je ne vous suis pas.

– Grace Jefferies. Elle a été assassinée dans Mullin Street quelques jours après la disparition de Cill. Je me suis demandé si les deux événements n'étaient pas liés. »

L'étonnement transparaissait dans sa voix. « C'est Howard Stamp qui a fait le coup. Mon père disait que c'était vraiment un sale petit branleur. »

George prit une profonde inspiration pour calmer son irritation. « Si on avait pu faire des tests d'ADN en 1970, Mr Burton, Howard n'aurait jamais été accusé, et encore moins jugé. Grace a été tuée par quelqu'un d'autre mais, à l'époque, tout le monde se fichait bien qu'un *sale petit branleur* soit coffré pour un crime qu'il n'avait pas commis. Il fallait s'y attendre.

– Qu'est-ce qui vous fait penser que la disparition de Cill puisse être liée à ce crime ?

– Les statistiques, répondit George prosaïquement. La foudre ne tombe jamais deux fois au même endroit... ou alors, c'est qu'elle a de bonnes raisons de le faire. Louise a dit à la police qu'un des violeurs était un rouquin. Vous savez comment il s'appelait ?

– Qu'est-ce que la couleur de cheveux vient faire là-dedans ?

– L'assassin de Grace était roux. »

Cette fois, le silence fut interminable, comme si son interlocuteur cherchait à assembler les pièces d'un puzzle. « Je les connaissais de vue, dit-il enfin, mais le seul nom dont je me souvienne est Roy. C'est lui qui n'arrêtait pas de balancer des coups de pied à Cill. »

11

West London
Dimanche 13 avril 2003, midi

Les bureaux de Spicer & Hardy étaient situés au troisième étage d'une maison restaurée, dans une jolie rue de l'ouest de Londres. Les murs sombres et les lourds meubles d'acajou laissés par Mr Spicer et Mr Hardy (décédé sans descendance) n'avaient pas fait long feu entre les mains de l'ex-épouse d'Andrew, décoratrice d'intérieur de son métier. Andrew, lui, adorait ce décor vieillot. Il lui rappelait les jours heureux de son enfance où, pelotonné dans un fauteuil du bureau de son père, il lisait tout ce qui lui tombait sous la main. Il n'avait jamais pu s'habituer à l'impression d'espace infini que Jenny était parvenue à créer à grand renfort de verre, de couleurs claires et d'éclairage artificiel. Mais personne ne partageait ses sentiments. De l'avis général, ces bureaux, fréquemment photographiés pour des revues de décoration, étaient une réussite absolue.

George Gardener ne fit pas exception. « Seigneur ! » s'exclama-t-elle, admirative, lorsque, escortée par Andrew, elle arriva au sommet d'un escalier assez ordinaire. Dans l'espace réservé à l'accueil des visiteurs, un reflet en trompe l'œil transformait un quart de cercle de verre et de chrome en un immense bureau demi-circulaire. « C'est gigantesque !

– Illusion d'optique, observa Andrew en ouvrant une autre porte. Faites attention à ne pas vous cogner dans une vitre par mégarde. »

Elle aperçut son reflet dans un miroir et reboutonna hâtivement sa veste. « Vous devez avoir une réceptionniste très sûre d'elle. Je ne crois pas que j'apprécierais beaucoup de contempler mon image à longueur de journée. »

Andrew étouffa un rire. « Nous ne sommes pas assez importants pour en avoir une, les téléphones sont tous en ligne directe. Cette réception était l'idée la moins heureuse de ma femme. Sans doute prévoyait-elle un avenir plus prospère, qui n'a aucune chance de se réaliser, ou alors elle s'était mis en tête que les bureaux des agences littéraires doivent ressembler à la salle d'attente d'un médecin et que les gens qui passent dans la rue montent nous voir, leurs manuscrits serrés contre leur poitrine. » Il s'effaça pour la laisser passer. « Ça nous fait une pièce remarquablement tranquille pour lire ou avoir des entretiens en tête à tête, si bien que ce ne n'est pas tout à fait de la place perdue. »

La pièce suivante était conçue selon un plan ouvert divisé en trois bureaux isolés les uns des autres par des écrans de verre, des plantes vertes et des ronds de lumière artificielle. Les plateaux en L, d'un noir d'ébène, sur lesquels n'étaient posés que des ordinateurs et des téléphones, ne possédaient pas de tiroirs. « Seigneur ! répéta George, interdite devant un ordre aussi méticuleux. Vous ne vous servez pas non plus de cette pièce ?

– Au contraire. C'est notre PC. C'est ici que se fait toute la paperasse... correspondance, contrats, paiements, retours de manuscrits. » Il pointa le menton vers le premier bureau. « Le bureau de la responsable des droits. Elle abat une sacrée pile de dossiers par jour.

– Où sont-ils ? »

Il s'arrêta pour soulever un loquet disposé sous le bureau. Un panneau recouvert d'un miroir pivota pour révéler des étagères croulant sous les papiers. « Les portes sont légèrement inclinées pour refléter la moquette, mais l'illusion s'évanouit dès qu'on les ouvre. Personnellement, je trouve ça atroce, mais je suis un type barbant et vieux jeu. Le personnel est enchanté. L'objectif est de créer de l'espace, fût-il imaginaire. Il paraît que ça diminue le stress.

– Ce n'est pas idiot, dit George en songeant à la pagaille lassante de sa Mini, mais je ne pourrais jamais travailler ici. Je suis beaucoup trop désordonnée. Je ne prendrais jamais la peine de ranger à la fin de la journée, et ça gâcherait l'effet général.

– Je suis comme vous, reconnut Andrew, la faisant passer par un petit couloir conduisant à une pièce isolée. Vous vous sentirez sans doute plus à l'aise ici. C'est mon antre et j'ai interdit qu'on y touche. »

La pièce n'était pas exactement telle que son père l'avait laissée, mais elle en était assez proche pour être douillette. Le fauteuil de cuir, le bureau ministre et les étagères d'acajou étaient toujours là. Cependant, le local était plus clair et mieux tenu. Du moins par rapport au temps où Mr Spicer senior laissait tomber sa cendre de cigarette sur un sol jonché de piles de manuscrits, entre des bibliothèques couvertes d'une pellicule de nicotine. Andrew rêvait encore en secret de l'excentricité du vieil homme, mais Jenny l'avait convaincu que l'image faisait tout. Aux yeux des visiteurs, l'environnement d'un homme était le reflet de son professionnalisme.

Il n'avait vraiment compris combien c'était vrai que le jour où elle l'avait quitté pour un acteur. Ironie tragique, il lui avait donné plus ou moins carte blanche pour aménager ses bureaux, sans comprendre que « l'image fait tout » était un message codé à son adresse. Il lui arrivait, dans ses moments de nombrilisme cafardeux, de se demander si elle serait restée avec lui s'il avait perdu du poids, mis des talonnettes dans ses chaussures et acheté un postiche. Il était incontestable que les affaires avaient pris de l'essor depuis les travaux de réaménagement, ce qui prouvait qu'efficacité et apparence étaient indissolublement liées.

Comme pour confirmer ce point, George parcourut la pièce d'un regard approbateur. « Si vous avez mis le holà, ça veut dire que votre femme n'a pas eu son mot à dire dans ce qui a été fait ici ?

– Pas tout à fait, mais, au moins, j'ai pu garder les vieilleries et éviter les miroirs. » Il lui fit signe de s'asseoir et prit place dans son fauteuil pivotant ergonomique. « Pour être tout à fait exact, il s'agit de mon ex-femme, mais que cela ne vous tracasse pas. Nous nous sommes séparés à l'amiable. » Il la regarda s'installer dans le fauteuil usé et se demanda pour quelle raison Jon et elle avaient bien pu en venir aux mains. Elle était élégamment vêtue d'un tailleur bleu marine, une ombre de maquillage avait atténué sa couperose et ses cheveux gris léger retombaient sur son front en boucles mousseuses. Elle rappelait à Andrew une de ses tantes – une de celles qu'il préférait – et il était tout disposé à la trouver sympathique. « Je vous aurais bien invitée chez moi, mais c'est au sud de Londres et ce n'est pas très facile à trouver. J'ai pensé que ce serait plus simple ici pour nous deux.

– Jonathan doit venir ? »

Andrew acquiesça d'un signe de tête. « Je lui ai demandé de passer à midi et demi pour que nous puissions bavarder un moment avant son arrivée. » Il posa les coudes sur son bureau et se pencha en avant. « Nous sommes en pleine phase d'abnégation, George – il n'arrête pas de me dire que c'est votre histoire, pas la sienne. Il est tout prêt à vous donner un coup de main, mais il veut que ce soit vous qui fassiez ce bouquin et que tout le mérite vous en revienne. » Il leva un sourcil. « Qu'est-ce que vous en pensez ? Si vous avez la plume facile, vous pourrez vous faire un peu d'argent tout en dénonçant l'injustice dont Howard a été victime. Jon tient à ce que je sois votre agent. Si vous êtes prête à essayer, je suis d'accord. »

Elle l'observa attentivement. « Ne devriez-vous pas vous opposer à cette idée puisque vous êtes son agent à lui ?

– Pas s'il me donne des instructions contraires. De toute façon, je vous avouerais qu'il n'est pas très commode de discuter avec lui.

– J'attends le "mais"... »

Andrew sourit. « Le livre se vendra bien mieux si c'est Jon qui le signe. C'est lui qui a attiré l'attention sur Howard et son éditeur ne demandera pas mieux que d'acheter la suite, à condition qu'il ait de bonnes raisons de croire à l'innocence d'Howard. »

George haussa les épaules. « C'est bien ce que je pensais. De toute façon, tout ce que je sais écrire, ce sont des thèses. » Elle souleva le rabat de la petite mallette qu'elle avait apportée avec elle et en sortit une pile de notes. « Je serais enchantée que Jonathan tire ce qu'il peut de ces papiers... mais je commence à me demander s'ils présentent le moindre intérêt. J'ai l'impression qu'on m'a délibérément détournée de tout ce qui pouvait être vraiment important. C'est pour ça que j'ai souhaité vous rencontrer. J'espérais que nous pourrions mettre nos idées en commun et voir si nous arrivons à dénicher quelques pistes exploitables.

– Hmm. » Andrew posa son menton sur ses mains jointes. « Le problème est que Jon joue les martyrs, en ce moment. C'est un trait de caractère franchement assommant. Il bat sa coulpe chaque fois qu'il n'arrive pas à atteindre l'objectif inaccessible qu'il s'est fixé. S'il n'était pas athée, je l'expédierais dans un couvent pour avoir la paix. » Il regarda son visage se plisser dans une grimace de compassion. « Ce que je peux vous proposer, c'est une forme d'association. Le nom de Jon figurera en tête parce que c'est lui qui rédigera le bouquin, et votre nom apparaîtra au-dessous, parce que c'est vous qui effectuerez le plus gros des recherches. Vous pouvez vous mettre d'accord entre vous sur la part de chacun. Si vous n'y arrivez pas, je vous donnerai le nom d'un médiateur. De toute façon, vous devriez être correctement payée pour ce travail. Ça vous tente ?

– Pas le moins du monde, protesta-t-elle. Quand j'ai pris contact avec Jonathan, je ne m'attendais pas à en tirer un sou, et je n'aurais certainement pas proposé une nouvelle réunion si je m'étais doutée que ce serait pour parler finances et droits d'auteur. Ce que je voulais faire, c'est ce que nous aurions dû faire la première fois – mettre nos informations en commun et voir où ça nous mène.

– Gé-nial ! fit Andrew avec un soupçon d'ironie. Me voilà avec deux martyrs sur les bras. Nous avons la matière d'un bouquin qui pourrait laver l'honneur d'un homme... et personne pour l'écrire. Que me proposez-vous ? D'ajourner cet entretien jusqu'à ce que j'aie trouvé un nègre qui y assiste et prenne des notes ? De proposer l'idée à un autre agent ? »

George était une femme raisonnable dont le seul travers était une fâcheuse tendance à grimacer et à glousser. « J'ai dû mal vous comprendre, dit-elle. En fait, cette association n'était pas une proposition mais un ordre, c'est bien ça ? Faut-il que j'exige que mon nom figure sur la couverture pour que votre ami soit à l'aise ? »

Andrew pointa l'index vers elle. « En ce qui me concerne, plus vous insisterez, plus je serai heureux. L'altruisme ne lui vaut rien. C'est un emmerdeur fini quand il se transforme en carpette. Il est un peu plus facile à vivre quand il se bat pour faire respecter ses droits. »

Elle prit l'air amusé. « Et sa tension ? Il est peut-être préférable pour sa santé qu'il joue les paillassons.

– Pensez-vous ! Je vous assure qu'elle monte en flèche quand il se tourne les pouces.

– Je suis très mauvaise comédienne, l'avertit George. Ne comptez pas sur moi pour me mettre en colère. Je suis une négociatrice, pas quelqu'un qui tape du poing sur la table.

– Ça veut dire que vous êtes d'accord ? »

Elle haussa les épaules. « Il faut croire... à condition que vous lui demandiez en ma présence s'il refuse toujours de mener ce projet à bien tout seul. J'aimerais l'entendre dire non.

– Entendu. S'il le fait, acceptez-vous que je vous serve d'agent à tous les deux ?

– J'ai le choix ?

– Bien sûr. Je suis persuadé que n'importe quel collègue serait prêt à vous représenter – je peux même vous recommander les meilleurs. Mais je crains que Jon ne préfère rester avec moi.

– Dans ce cas, l'affaire est entendue.

– Parfait ! » Il se leva et se pencha au-dessus de la table pour lui serrer la main chaleureusement. « Je vais faire rédiger un contrat pour demain. En attendant, vous m'avez donné pouvoir de défendre vos intérêts... ce qui veut dire que je préférerais que vous n'ouvriez pas la bouche jusqu'à ce que je vous demande si le marché vous convient. Vous en êtes capable ?

– Tant que vous ne déformez pas mes propos.

– Il n'y a rien à déformer. Le seul point sur lequel il faut insister, c'est que vous exigez une association. En tant que membre de l'écurie Spicer et Hardy, vous êtes désormais aussi précieuse que Jon à mes yeux. »

Rétrospectivement, George ne put qu'admirer l'adresse avec laquelle Andrew avait manipulé son ami. Comme il l'avait prédit, Jonathan arriva métaphoriquement (*et* littéralement) en robe de bure, ayant pris soin de choisir une tenue décontractée, alors que George s'était mise sur son trente et un ; mais il eut la délicatesse de faire celui qui ne remarquait rien. Il se borna à féliciter George pour le travail qu'elle avait abattu sur l'affaire de Cill Trevelyan et refusa catégoriquement de prendre la responsabilité de ce projet quand Andrew lui posa la question. Ses arguments étaient convaincants.

Il était tombé par hasard sur l'histoire d'Howard en lisant *Clinical Studies* et la plupart de ses théories étaient pures conjectures. Préparer une réfutation en bonne et due forme exigerait des recherches plus solides, et notamment des entretiens et du travail sur le terrain. Or il ne pouvait y consacrer ni le temps ni l'énergie nécessaires. Andrew avait déjà travaillé avec des débutants et était parfaitement capable de retravailler le manuscrit d'un amateur pour le rendre publiable. Au pire, il pouvait toujours payer quelqu'un pour aider George à le fignoler. Si Jonathan s'intéressait aux erreurs judiciaires, son véritable cheval de bataille était les irrégularités commises dans le domaine des demandes d'asile et des migrations économiques. Au contraire, George s'était engagée corps et âme dans la défense d'Howard Stamp, dont la cause serait mieux servie par quelqu'un pour qui son innocence ne faisait aucun doute – ce qui n'était pas le cas de Jonathan.

Andrew manifesta son impatience. « J'ai déjà expliqué tout ça à George avant ton arrivée, mon vieux, intervint-il, et ça ne résiste pas à l'épreuve du "et alors ?". Je commence à me demander si ce bouquin vaut la peine qu'on perde du temps dessus – et quand je dis on, je pense également à moi. » Il tendit un index accusateur vers Jonathan. « Toi, tu commences à douter de l'innocence d'Howard et *George*... – il tourna son doigt vers elle – craint de s'être fourvoyée dans ses recherches. Je veux bien représenter l'un ou l'autre d'entre vous, si vous avez quelque chose de sérieux à m'apporter, mais le flou artistique ne m'intéresse pas. N'importe quel éditeur digne de ce nom m'enverra paître si l'erreur judiciaire n'est pas prouvée. »

Jonathan tourna un visage étonné vers George. « Qu'est-ce que c'est que cette histoire de recherches fourvoyées ? »

Elle jeta un coup d'œil à Andrew.

« Si le projet ne t'intéresse pas, ça ne te regarde pas, répondit Andrew à sa place. George était d'accord pour faire moitié-moitié avec toi, mais puisque l'affaire ne te tente pas, j'ai suggéré que nous nous adressions à Jeremy Crossley. »

Les yeux de Jonathan s'étrécirent immédiatement. « Pourquoi lui ?

– Il est historien, c'est un projet qui devrait lui plaire. » Il fit un geste d'apaisement. « Je sais, je sais... il a éreinté ton dernier bouquin, mais cela ne peut qu'être utile à George, surtout quand je lui aurai dit que tu as changé d'avis à propos de l'innocence d'Howard. » Il sourit. « Il se donnera un mal de chien pour prouver que tu as tort.

– Tu le fais exprès, lança Jonathan d'un ton cassant.

– Quoi donc ?

– De me mettre en rogne. Tu sais parfaitement ce que je pense de Jeremy Crossley. Je ne le conseillerais pas à mon pire ennemi et encore moins à quelqu'un comme George. Il va lui piquer toutes les informations qu'elle pourra lui donner, et ensuite, il la dégommera. C'est comme ça qu'il bosse.

– Ne sois pas idiot, répliqua Andrew d'un air méprisant. Je représente George, et personne n'aura accès à sa documentation tant qu'un contrat n'aura pas été signé. Elle n'obtiendra peut-être pas *fifty-fifty* avec Crossley, mais elle en tirera quelque chose, pourvu qu'elle puisse prouver l'intérêt de ses recherches. » Il tapota son bureau du bout de l'index. « Mais c'est bien là le hic, me semble-t-il. Si j'ai bien compris, il y a de grosses failles dans vos analyses... et votre bateau prend l'eau avant même d'avoir quitté le quai.

– Je constate que tu as appris la critique de Crossley par cœur, fit Jonathan, sarcastique.

– Je ne m'en souviens même pas, répondit Andrew avec indifférence.

– Tu parles ! Une phrase sur deux faisait allusion aux "failles de l'analyse" des données. Une entreprise de démolissage de la part d'un universitaire de second rang qui se prend pour un écrivain, voilà ce que c'est. » Il se tourna vivement vers George. « Ne laissez pas Andrew vous forcer la main. C'est une idée exécrable. Écrivez-le vous même... vous en êtes parfaitement capable.

– Tu sais bien que ce n'est pas vrai », rétorqua Andrew fermement. Il désigna de la tête une pile de manuscrits, à côté de son bureau. « Ce sont des manuscrits refusés, expliqua-t-il à George. Vous auriez du mal à trouver là-dedans un seul texte à moitié correct. Écrire est un métier – il ne faut pas croire qu'il suffit de poser une plume sur du papier pour y arriver. Jon le sait aussi bien que moi.

– Il y a d'autres auteurs, objecta ce dernier. Personne ne t'oblige à prendre Crossley.

– C'est vrai. Que dirais-tu de ce type avec qui tu bosses... il publie chez Hodder, non ? Henry Carr. Ça le tenterait peut-être. Je discutais avec son éditrice l'autre jour. Il paraît qu'il est vert de jalousie... il veut absolument trouver une idée encore plus forte que la tienne. »

Jonathan montra les dents. « Tu ne ferais pas ça, pas toi.

– Tu te trompes, avertit Andrew. Je recherche le contrat le plus avantageux pour George. Evans acceptera certainement un marché à soixante-quarante s'il pense que ça lui permettra de te damer le pion.

– C'est ridicule. Tu connais plein de jeunes écrivains qui seraient prêts à sauter sur une aubaine pareille. Pourquoi ne proposes-tu pas ce bouquin à l'un d'eux ?

– Parce que l'avance sera plus importante si je peux proposer un nom connu, et George n'en sera certainement pas mécontente, surtout si elle peut empocher l'argent avant même qu'un seul mot ait été écrit. »

Jonathan réfléchit un moment, puis reporta son attention sur George. « Vous êtes sûre de vouloir procéder comme cela ? Je suis tout prêt à vous donner des conseils si vous estimez pouvoir l'écrire vous-même. »

Elle ouvrit la bouche pour lui répondre.

« Jon n'est pas le mieux placé pour vous conseiller, coupa Andrew. Il vaut mieux que vous trouviez quelqu'un qui soit convaincu de l'innocence d'Howard.

– Arrête de parler à ma place, tu veux ? protesta Jonathan, irrité. J'ai dit que je n'en étais pas "absolument convaincu". Il est essentiel de conserver une certaine objectivité quand on aborde ce genre de problèmes. On ne peut pas ignorer les indices qui vont en sens contraire simplement parce qu'ils ne coïncident pas avec votre théorie. Il faut les examiner avec encore plus de rigueur.

– Ce qui est exactement l'inverse de ce que tu disais tout à l'heure. Te voilà en train de réclamer un sain scepticisme de la part du coauteur de George. Il faudrait savoir ce que tu veux. » Il regarda sa montre. « Pour être franc, je ne vois pas l'intérêt de cette conversation... nous tournons en rond. Si l'affaire ne t'intéresse pas, je préférerais que tu nous quittes pour laisser George me convaincre qu'elle a vraiment quelque chose à me vendre. À quoi bon passer en revue des coauteurs possibles si nous n'avons même pas de quoi les appâter ?

– Y a-t-il un lien avec l'histoire de Cill Trevelyan ? » demanda Jonathan.

George coupa la parole à Andrew qui s'apprêtait à répondre. « Je n'en suis pas sûre. C'est pour cela que je voulais vous voir. Vous aviez raison à propos de la camarade de classe – elle s'appelait Louise Burton. Je suis arrivée à retrouver son frère et il... »

Andrew intervint. « Je vous avais demandé de ne pas faire cela, George. Vous n'avez pas à transmettre la moindre information à Jon si vous n'avez pas passé de contrat avec lui. »

Elle poussa un soupir coupable. « Je suis désolée, mais de toute évidence, il n'en veut pas... et nous tournons *effectivement* en rond. Je vous ai dit il y a une heure que je serais enchantée de travailler avec le Dr Hughes, mais, évidemment, rien ne l'oblige à me rendre la pareille. Je ne suis pas écrivain... – elle adressa un sourire navré à Jonathan – et je ne suis pas vraiment une universitaire non plus... Je comprends parfaitement vos réticences. Le problème est que si William Burton a dit vrai, Roy Trent faisait partie des violeurs. En fait, j'espérais... » Sa voix se perdit dans un silence accablé.

Jonathan se voûta. « D'accord pour moitié-moitié. »

Petite futée, se dit Andrew en contemplant ses mains.

« Je sais qu'il est difficile de ne pas relier les deux affaires en raison de cette coïncidence chronologique, intervint Jonathan, mais c'est extrêmement risqué. Le hasard existe. C'est pour cela qu'on a mis en place le PACE et le CPIA, et que l'ADN est devenu un élément incontournable des enquêtes de police. Tout le monde cherche à éliminer les hasards fâcheux.

– Si Howard était innocent, c'est précisément un fâcheux hasard qui l'a fait condamner, protesta George. Ce sont les cheveux qui se trouvaient dans la baignoire qui ont eu raison des hésitations du jury, mais l'accusation a prouvé que c'étaient forcément ceux de l'assassin. Or Howard n'était pas l'assassin.

– Raison de plus pour ne pas se focaliser sur un autre suspect roux. Ce gène est présent chez un fort pourcentage de la population. » Il sourit pour adoucir ses propos. « Ce qui ne veut pas dire que nous allons ignorer votre violeur – il correspond certainement au profil –, mais il faut être prudent. Quel dommage que le seul nom dont William Burton se souvienne soit Roy... C'était un nom populaire dans les années 1950 et 1960. Il doit y en avoir un sacré paquet.

– Pas *si* populaire que ça, objecta George. Il s'agit certainement de Roy Trent, vous ne croyez pas ?

– Roy Rogers... Roy Orbison... Roy of the Rovers... Roy Castle...

– Arrête, il y a au moins un personnage de BD là-dedans, objecta Andrew.

– Et alors ? Bill Clinton et David Beckham ont bien donné des noms de lieux à leurs enfants. Tout ce que je veux dire, c'est que ce nom ne suffit pas à mettre Roy Trent en cause.

– C'est pourtant une supposition raisonnable, reprit Andrew. Ce type est une sale brute.

– Mais pas forcément un violeur. Disons les choses autrement – l'un de vous est-il prêt à aller le voir et à lui poser la question en face, sans la moindre preuve ? À votre avis, quelle sera sa réponse ? » Il les dévisagea tour à tour. « Et voilà ! Il faut absolument retrouver Louise ou, mieux encore, les parents Burton. Ils devraient pouvoir nous indiquer un nom de famille.

– En admettant qu'ils acceptent de nous parler, intervint George, sceptique. À écouter William, j'ai eu l'impression qu'ils n'ont pas la moindre envie d'être mêlés à cette affaire. »

Jon parcourut les feuillets jusqu'au dernier. « Vous avez reconstitué ce texte *a posteriori*, ou bien vous avez pris des notes ?

– J'ai pris des notes dans la voiture après le premier entretien et j'ai pris le coup de fil en sténo. Je les ai tapés immédiatement après, je suis donc sûre de leur exactitude. »

Il lut la description de William Burton qu'elle avait ajoutée à la fin. « La quarantaine, approximativement ; 1,80 mètre environ, costaud, tatouages aux bras, cheveux blond cendré un peu clairsemés, yeux gris, visage souriant et agréable, pompier. Marié, deux jumelles. » « Vous l'avez trouvé sympathique », dit-il. C'était une affirmation plus qu'une question.

« Oui. Au début, il s'est montré très franc et tout à fait cordial. Nous avons parlé de ses filles qui étaient en train de se chamailler dans la maison. Il a beaucoup d'humour. Il ne s'est raidi qu'au moment où j'ai évoqué sa sœur. Il a répété qu'il n'avait pas eu de ses nouvelles depuis des années, mais j'ai eu un peu de mal à le croire.

– Vous remarquez ici qu'il a eu "l'air troublé" quand vous lui avez demandé si Louise avait eu un enfant à quatorze ans, observa Andrew en tapotant une page de la copie qu'elle lui avait donnée. Il a répondu : "Pas que je sache." Vous avez noté "évasif" avec un point d'interrogation. C'est l'impression que vous avez eue sur le moment ? »

George hocha la tête. « Il m'a expliqué qu'il était bien plus jeune qu'elle et qu'il n'aurait probablement pas compris ce qui se passait – ça doit être quelques lignes plus bas. J'ai trouvé que c'était une curieuse réponse – comme s'il s'était effectivement passé quelque chose et qu'il n'ait pas eu envie de mentir à ce propos. J'ai aussi mis un point d'interrogation à côté du "bien plus jeune". Louise aurait quarante-cinq ou quarante-six ans aujourd'hui, et William avait l'air d'avoir la quarantaine bien sonnée. »

Jonathan se plongea dans les quelques notes qui suivaient la description de William Burton. « (1) Il n'aurait pas téléphoné s'il avait reconnu Louise sur la photo de Priscilla Fletcher. [Double bluff?] (2) A-t-il reconnu Cill Trevelyan ? (3) Pourquoi se sent-il soudain aussi "concerné" ? [à cause de la photo de Cill ? À cause de ses filles ? Parce que Priscilla F. est Cill et qu'il le sait ?] »

« Qu'est-ce que ses filles viennent faire là-dedans ? demanda-t-il.

– C'est au tout début de notre entretien téléphonique. Il m'a dit que sa femme lui avait demandé ce qu'il éprouverait si une de ses filles avait disparu à treize ans. Et il a été très frappé par la jeunesse de Cill. Il avait le souvenir d'une fille presque adulte et a été franchement ému de découvrir une gamine. » Elle s'interrompit. « On aurait dit qu'il la voyait comme une personne pour la première fois... je me demande si c'est parce qu'il a reconnu Priscilla Fletcher.

– Je pencherais plutôt en faveur de votre première affirmation. Trente ans après les faits, il a vu Cill telle qu'elle était vraiment – une enfant vulnérable – et ça l'a bouleversé.

– Il dit que ses parents à lui mettaient tout sur le dos de Cill. Ils l'appelaient "cette satanée gamine" et la faisaient passer pour une pute.

– Que lui reprochaient-ils exactement ? »

Elle haussa les épaules. « Le viol... l'agoraphobie de Louise après la disparition de Cill... l'interrogatoire de la police. Ce sont les éléments qu'il a mentionnés, mais il dit que ça a duré des mois.

– L'agoraphobie ?

– Sans doute.

– Intéressant, dit lentement Jonathan. De quoi avait-elle peur ? Des garçons ? De se faire violer, elle aussi ?

– Il ne me l'a pas dit. Il a fait vaguement allusion à ses parents qui l'ont changée d'école pour lui faire oublier la disparition de Cill, mais c'est tout. »

Andrew claqua des doigts. « Reviens au premier paragraphe, celui où George a résumé la conversation à propos des filles, dit-il à Jonathan. Deuxième ligne : "Mr Burton a plaisanté à propos de la tignasse et du tempérament de feu de ses filles... il a dit qu'il paierait pour en être débarrassé."

– Et alors ?

– Les cheveux roux sont héréditaires, mais le gène doit être présent chez les deux parents pour obtenir un roux carotte. »

Jonathan se caressa la mâchoire d'un doigt pensif. « Continue.

– Vous avez sauté sur cette histoire de violeur roux, mais Louise avait les cheveux de quelle couleur ? »

De : George Gardener [geo.gar@mullinst.co.uk]
Date : Jeudi 17/04/03 15 : 07
A : jon.hughes@london.ac.uk
Cc : Andrew Spicer
Objet : Louise Burton

Chers Jonathan et Andrew,

L'agence de Bristol n'a pas été très coopérative. Ils n'ont pas voulu me confier le moindre détail sur leur enquête ni me donner l'adresse des Trevelyan : secret professionnel. Ils n'ont même pas pris la peine d'appeler les Trevelyan pour leur demander ce qu'ils en pensaient. Ils ont dû me prendre pour une journaliste. Dans ces conditions, j'ai décidé de leur offrir Priscilla Fletcher sur un plateau sans rien demander en échange. Pour ce qui est de Louise, ils se sont contentés de me renvoyer à William Burton.

Notre ami Fred Lovatt a fait chou blanc aux archives, et n'a trouvé aucun collègue qui ait participé aux enquêtes sur Howard ou sur Cill. L'agent Prentice, dont le nom figurait dans les coupures de presse, a pris sa retraite en 1982. Il serait mort d'une attaque dans les années 1990.

J'hésite à « effaroucher » William Burton et j'ai donc décidé d'aborder les choses sous un angle différent. L'établissement scolaire que les filles fréquentaient avant la disparition de Cill était très probablement le collège moderne de Highdown, situé Wellingborough Road. Il a été rebaptisé collège municipal de Highdown dans les années 1970 et a déménagé de Glazeborough Road vers de nouveaux locaux, plus vastes (figurez-vous qu'ils ont été construits sur le terrain de l'ancienne usine Brackham & Wright aujourd'hui démolie, où travaillait Wynne Stamp. Quelle coïncidence !). Les seuls dossiers qu'ils conservent sont ceux du personnel et des membres de l'Amicale des anciens élèves de Highdown. J'ai tout de même pu me procurer le nom et l'adresse de la directrice en poste de 1968 à 1973. Il s'agit de Miss Hilda Brett, 12 Hardy Mansions, Poundbury, Dorchester, Dorset. J'ai fait quelques recherches et il semblerait que Hardy Mansions soit un foyer pour retraités « actifs » – autrement dit des gens qui ont encore toute leur tête. Voilà une bonne nouvelle car Miss Brett est forcément la directrice qui a exclu Cill. Elle se souvient certainement des deux filles. Je veux bien aller lui parler toute seule, mais je préférerais que Jonathan m'accompagne : son statut de chercheur et d'écrivain prêtera à nos questions une autorité universitaire – et persuadera peut-être Miss Brett d'être un peu plus bavarde. J'avoue aussi que je ne sais pas très bien comment conduire cet interrogatoire.

Faut-il lui dire que nous cherchons à retrouver Cill Trevelyan ? Louise ? Faut-il mentionner Howard ? Ou ne rien dire de tout cela... et prétendre simplement que nous faisons des recherches sur Highdown dans les années 1970 et que son ancien collège nous a donné ses coordonnées ? Aidez-moi, s'il vous plaît !

Cordialement, George

P-S : Si Jonathan est d'accord pour m'accompagner, peut-il me faire savoir à quelles dates il est libre ? Tout bien pesé, je crois que nous devrions simplement aller sur place, sans chercher à prendre rendez-vous. En effet, si elle refuse de nous recevoir, nous serons coincés.

12

Dorchester, Dorset
Mercredi 23 avril 2003 au matin

Cette fois, Jonathan avait opté pour l'élégance, et il fut soulagé de constater que George en avait fait autant, quand elle le retrouva à la gare du sud de Dorchester. « Qu'est-il arrivé à votre classeur itinérant ? demanda-t-il en montant dans la voiture. J'espère que vous ne l'avez pas déménagé à cause de moi.

– J'ai fait un grand nettoyage de printemps, répondit-elle en démarrant. Tout est rangé à sa place, chez moi. » Elle lui décocha un sourire. « J'ai décrété que l'ex-épouse d'Andrew avait raison : "Un beau plumage fait un bel oiseau."

– Le problème étant qu'Andrew ne souscrit pas à cette devise, ironisa Jonathan. Il préfère : "Ne jugez pas un livre sur sa couverture."

– Moi aussi, dit-elle gaiement, en s'écartant du trottoir, mais nous sommes minoritaires, si bien que j'ai décidé d'essayer les formules binaires – voiture nickel... maison nickel... vêtements nickel... esprit nickel. »

Jonathan éclata de rire : « Et ça va durer combien de temps ?

– Tout dépendra de ma détermination. » Elle bifurqua à droite dans Weymouth Avenue, avant de prendre la voie de gauche pour se diriger vers les faubourgs ouest de Dorchester. Elle conduisait penchée sur le volant comme si elle ne voyait pas bien où elle allait, et Jonathan ferma les yeux pour s'empêcher de tressaillir à chaque fausse manœuvre.

« À quoi ?

– À faire bonne impression d'emblée. J'ai compris que c'est ma faute si on ne me prend pas au sérieux. »

Jonathan s'attendait à ce que ce sujet vienne sur le tapis un jour ou l'autre. Les problèmes en suspens ne se réglaient pas tout seuls. « Si ça peut vous consoler, dit-il sans grande conviction, j'ai dit des choses bien pires à l'inspecteur Lovatt. Andrew prétend que je l'ai traité de fasciste... mais je dois avouer que, très franchement, je ne m'en souviens pas.

– Oh, mais non ! Je ne parlais pas pour vous !

– Pour qui alors ?

– Roy. Il me mène en bateau parce qu'il me prend pour une vieille fille à moitié gâteuse. » Il y eut une pause pendant qu'elle se faufilait entre les voitures qui arrivaient en sens inverse et celles qui étaient rangées sur sa gauche. « J'ai glissé un plan de Poundbury sous votre pare-soleil, lui dit-elle en traversant un carrefour à cinq voies. Nous cherchons Bridport Road, puis Western Crescent. Je devrais connaître le chemin, mais ça fait deux ans que je ne suis pas venue dans le coin et, avec toutes ces nouvelles constructions, la disposition des rues a peut-être changé. »

Il sortit le plan et l'étala sur ses genoux. « Que voulez-vous dire à propos de Roy ? Pourquoi est-ce qu'il vous mène en bateau ? »

Elle soupira et quitta la route des yeux pour se tourner vers lui. « Je n'ai pas analysé les informations qu'il m'a données avec assez de rigueur. Et j'ai perdu deux ans à discuter avec des gens qui en savaient encore moins que moi sur Howard.

– Des gens dont Roy vous avait donné le nom ?

– Hmm. Mrs Trucmuche, qui travaillait chez Brackham & Wright dans les années 1960 et aurait pu savoir ce qu'était devenue Wynne. Mr Machin qui achetait son journal chez le père de Roy et qui avait peut-être connu Grace. Mrs Bidule qui était à l'école primaire St. David vers la même époque qu'Howard. J'ai dû parler à une bonne vingtaine de personnes toutes plus ou moins liées à cette affaire... en fait, aucune ne *savait* quoi que ce soit. »

Jonathan enfonça instinctivement son pied dans le plancher alors qu'ils s'arrêtaient à dix centimètres de l'arrière d'un gros poids lourd. « Plutôt agaçant !

– Et même franchement retors », renchérit George en montant sur le trottoir pour dépasser le camion. Elle tourna à gauche dans Bridport Road, tandis que Jonathan regardait stoïquement droit devant lui. Elle fit un signe de tête en direction d'un bâtiment crème qui se dressait devant eux, surmonté d'une flèche en tuiles rouges de style germanique. « Nous arrivons à Poundbury. Vous êtes déjà venu ici ? Vous savez ce que c'est ?

– Non, pas du tout.

– Alors vous êtes bon pour une petite visite. C'est la réponse cinglante du prince Charles aux architectes et aux promoteurs modernes qui construisent des lotissements bon marché remplis de petites boîtes de brique rouge identiques, et qui ne comprennent pas que les gens ne soient pas béats de reconnaissance. Vous connaissez quelqu'un, vous, qui aurait envie de vivre dans quelque chose de *barbant* ? »

Son enthousiasme pour les conceptions urbanistiques du prince de Galles lui fit rapidement oublier Roy Trent. Elle voulut absolument faire un détour par la première tranche de Poundbury qui avait moins de dix ans mais qui, par son architecture et son plan – des rues irrégulières, une grande diversité de styles de bâtiments, l'utilisation de matériaux locaux et des logements disposés en venelles, en ruelles, en petites places et en cours –, donnait une impression d'ancienneté et de permanence.

Jonathan fut plus impressionné qu'il ne l'aurait cru, mais doutait qu'un projet de ce genre fût transposable à Londres. « Il serait difficile d'appliquer ces principes à une grande ville, observa-t-il alors qu'elle reprenait la rue principale.

– Je ne vois pas pourquoi, rétorqua George. On peut tout aussi bien respecter les traditions et recourir à des matériaux locaux à Harlesden que dans le Dorset. C'est l'uniformité de la brique bon marché et du béton armé que les gens détestent. Une maison devrait être l'expression de l'individualité de son propriétaire, pas l'exacte reproduction de celle du voisin.

– Et les rangées de maisons victoriennes accolées ? murmura-t-il avec ironie. Elles suivent des plans parfaitement standardisés et il est difficile d'imaginer plus uniforme que cette architecture-là.

Dans un siècle, les gens adoreront peut-être les petites boîtes en brique rouge comme nous adorons leurs équivalents XIXe. »

George gloussa. « En admettant que ces boîtes soient encore debout dans cent ans. Les maisons victoriennes étaient faites pour durer... de nos jours, tout est dépassé en moins d'un an. » Elle ralentit pour déchiffrer un panneau indicateur. « Poundbury Close », annonça-t-elle.

Jonathan suivit l'itinéraire du doigt sur la carte. « Western Crescent devrait être la deuxième à droite, lui dit-il, par là. » Elle mit son clignotant et se dirigea vers le milieu de la chaussée. « Parlez-moi un peu de ce côté retors de Roy, suggéra-t-il.

– Que voulez-vous que je vous dise ? dit-elle sans émotion. Il m'a systématiquement envoyée sur de fausses pistes, parce qu'il ne veut pas que je découvre qu'il a été mêlé à tout ça.

– Vous n'en savez rien, objecta Jonathan. Il est peut-être parfaitement innocent, mais se tient informé parce qu'il a compris que cette affaire vous tient à cœur. S'il ne vous a jamais rien confié d'intéressant, cela prouve peut-être qu'il n'en sait pas plus long que nous. »

George s'étrangla. « Vous n'y croyez pas plus que moi. Il m'a fait tourner en bourrique. Il n'avait jamais été particulièrement sympa avec moi jusqu'au jour où j'ai manifesté de l'intérêt pour Howard Stamp. Et, tout d'un coup, nous sommes devenus copains comme cochons. J'aurais dû me douter qu'il y avait anguille sous roche. » Elle remontait la rue lentement, en regardant le nom des immeubles. Elle s'arrêta à côté d'un grand bâtiment en pierre de Purbeck. « Nous y voilà... Hardy Mansions. »

Ils furent aussi surpris l'un que l'autre par la facilité avec laquelle ils réussirent à s'introduire chez la vieille dame. Ils s'attendaient à devoir s'adresser à un gardien mais ils n'eurent qu'à appuyer sur une sonnette portant le nom de Hilda Brett, et à mentionner dans l'interphone le nom du collège moderne de Highdown pour que la porte s'ouvre immédiatement et qu'une voix leur indique l'appartement 12. « Elle est beaucoup trop confiante, remarqua George d'un ton désapprobateur alors qu'ils suivaient un couloir fléché 5 à 12. Elle ne devrait pas ouvrir à n'importe qui.

– Elle aime peut-être vivre dangereusement.

– Je suis surprise que ce soit autorisé.

– Ou alors, elle ne supporte pas l'idée de vivre en prison », murmura-t-il.

George fit la grimace. « Ce genre d'établissement prétend être le contraire – une garantie contre tout souci et toute inquiétude.

– Hmm. Mais est-ce que ce sont les indésirables que l'on maintient à l'extérieur ou les habitants que l'on enferme à l'intérieur ? L'absence de souci se paye quelquefois trop cher – la peur du crime vous isole davantage que le crime lui-même. »

George dut ravaler ses protestations contre cette critique des foyers de personnes âgées, car la porte du numéro 12 s'ouvrit. Une femme squelettique leur fit signe d'entrer. « Bonjour, bonjour ! dit-elle joyeusement. Entrez donc ! » S'appuyant sur une canne, elle s'effaça pour les laisser passer. « Au salon, sur votre droite... Je me réserve le fauteuil droit avec les coussins. » Elle referma la porte et les suivit, dévisageant ses visiteurs avec une expression joviale, tout en s'installant dans son siège de prédilection. « Asseyez-vous... asseyez-vous... Mettez-vous à l'aise. »

Jonathan plia sa longue carcasse sur le canapé alors que George choisissait un fauteuil. « C'est très aimable à vous, Miss Brett, dit-elle. Nous avons obtenu votre adresse par l'intermédiaire de l'école, mais comme on ne nous a pas donné votre numéro de téléphone, nous avons pris la liberté de passer en espérant vous trouver chez vous. »

La femme était frêle et semblait avoir largement dépassé les quatre-vingts ans, mais ses yeux fanés pétillaient d'intelligence. « Il va falloir que vous m'aidiez, remarqua-t-elle. J'ai bien peur de ne pas vous reconnaître. De toute évidence, ce jeune homme était là bien après mon départ, mais à quelle date y étiez-vous, ma chère ? »

Le visage de George se contorsionna immédiatement en une grimace navrée. « Oh ! mon Dieu, vous nous avez pris pour d'anciens élèves. Ce n'est pas cela du tout. » Elle vit la déception voiler le regard de la vieille dame. « Permettez-moi de faire les présentations. Je m'appelle Georgina Gardener et je suis conseiller municipal de la circonscription de Highdown où se trouve encore votre collège, et voici le Dr Jonathan Hughes... » Elle fit un geste en direction du canapé. « Il est écrivain et chercheur en anthropologie européenne à l'université de Londres. »

Jonathan se leva et s'inclina pour lui serrer la main. « C'est un immense privilège, Miss Brett. Cela fait longtemps que je souhaite faire la connaissance d'une directrice responsable d'un établissement d'enseignement secondaire. Je suppose que cette période de votre vie n'a pas dû être de tout repos... mais elle a sûrement été bigrement intéressante. »

Elle fronça légèrement les sourcils, comme si elle doutait de l'objet de leur visite. « Tout cela à la fois, admit-elle, mais il est vrai qu'à l'époque nous étions convaincus d'avoir une mission à remplir. Cela nous aidait à tenir le coup. Mes collègues et moi avions vu trop d'enfants condamnés à une éducation au rabais parce qu'ils avaient raté l'examen d'entrée en sixième.

– Ce qui leur retirait à peu près toute chance d'entrer un jour à l'université, reprit Jonathan en se rasseyant.

– Effectivement. La voie royale de l'enseignement supérieur était celle des lycées et des établissements privés. Comment admettre que l'avenir d'un enfant se décide à onze ans ? C'est vraiment scandaleux. » Elle s'interrompit, posant sur l'un puis sur l'autre un regard sceptique. « Est-ce vraiment pour me parler de cela que vous êtes venus ? J'ai peine à croire que l'avis d'une directrice gâteuse – qui a *largement* fait son temps – ait quoi que ce soit d'utile à ajouter au débat actuel sur l'éducation. »

George prit l'air coupable. « Eh bien...

– En un sens si, dit Jonathan en se penchant en avant pour s'adresser à elle plus directement. Nous faisons une étude de cas sur les enfants en difficulté dans les décennies qui ont suivi la Seconde Guerre mondiale. Il se trouve que nous avons relevé deux affaires intéressantes à Highdown. Celle d'Howard Stamp, condamné pour le meurtre de sa grand-mère, et celle de Priscilla Trevelyan qui a disparu en 1970. Vous n'étiez probablement pas encore directrice à l'époque où Howard Stamp était au collège, mais ai-je raison de penser que Priscilla a été l'une de vos élèves ? »

Elle poussa un léger soupir de déception. « Si vous êtes détectives, vous perdez votre temps.

Comme je l'ai dit à vos prédécesseurs, je n'ai aucune idée de ce qui a pu arriver à cette pauvre fille. »

Jonathan sortit une carte de visite et un laissez-passer de l'université et les lui tendit. « Vous avez là ma photo, mon nom et mon titre... et, au bas de ma carte, le numéro de téléphone de mon institut. Je comprendrais parfaitement que vous souhaitiez vérifier mon identité. Vous pouvez en faire autant pour Miss Gardener en appelant son bureau ou l'une de ses collègues de la maison de retraite Les Bouleaux à Highwood. »

George sortit prestement de sa serviette une de ses propres cartes et la tendit. « Nous ne sommes pas détectives, assura-t-elle, mais le frère de Louise Burton a réagi exactement comme vous. Si j'ai bien compris, cela fait des années que les Trevelyan essaient de retrouver leur fille. »

Miss Brett jeta un coup d'œil aux cartes avant de se glisser sur le bord de son fauteuil, s'apprêtant à se lever. « Je suis navrée, mais je ne peux rien pour vous. Ça a été une affreuse tragédie... Si j'avais su quoi que ce soit d'utile, j'en aurais informé la police. »

Le congé était clair, mais Jonathan fit comme si de rien n'était. « Nous abordons cette affaire sous un angle tout à fait différent, Georgina et moi. Nous cherchons à comprendre pourquoi Priscilla est devenue une simple donnée statistique bien plus qu'à savoir où elle peut bien être aujourd'hui. Si j'en crois la presse de l'époque, ses parents imputaient l'essentiel de ses problèmes au fait qu'elle était plus intelligente que ses condisciples... ce n'est pas une hypothèse absurde. Les liens entre l'absentéisme scolaire et la délinquance ont fait l'objet de nombreuses publications, et l'ennui apparaît comme un puissant moteur de ces deux comportements. Êtes-vous d'accord – ou l'étiez-vous au moment des faits – avec le jugement de Mr et Mrs Trevelyan à propos de leur fille ? Priscilla aurait-elle eu moins de problèmes si elle avait été admise au lycée ? »

La question s'adressait à la pédagogue, et la ruse réussit. La vieille dame resta assise. « L'absentéisme est le plus souvent un symptôme d'*échec* scolaire, Dr... – elle consulta la carte de Jonathan – ... Hughes, alors qu'un comportement perturbateur en classe peut être le symptôme d'un QI supérieur à la normale qui n'a pas été décelé à temps. Priscilla entrait de toute évidence dans cette seconde catégorie... si bien qu'en un sens je partageais effectivement l'avis de Mr et Mrs Trevelyan. Mais, si son intelligence faisait d'elle une enfant difficile et turbulente, je ne crois pas qu'elle ait été la cause de son absentéisme... ni, ce qui est plus important, de sa disparition.

– Dans ce cas, à quoi les attribuez-vous ? »

Miss Brett se tapota les index l'un contre l'autre. « C'est une question qu'il faudrait poser à son père. »

Jonathan jeta un coup d'œil à George, qui intervint en douceur dans la conversation. « William Burton m'a dit que la sexualité n'avait plus guère de secrets pour elle, dit-elle prosaïquement. Je sais bien que c'est un sujet dont on ne parlait pas beaucoup à l'époque mais, rétrospectivement, pensez-vous qu'elle ait pu être victime d'abus sexuels ?

– Oui.

– De la part de son père ?

– Oui. »

George s'empara d'un carnet et d'un crayon. « En avez-vous parlé à la police ? »

Il y eut un bref instant de silence. « Non, reprit enfin la vieille directrice. C'est une conclusion à laquelle je suis arrivée au cours des dix dernières années. Je me suis fait des reproches pendant longtemps – c'est affreux pour une enseignante de se croire responsable de la disparition d'un enfant. J'avais l'impression que les élèves pouvaient venir me parler – j'aurais *dû* être plus disponible... » Elle s'interrompit brutalement.

George faillit tendre une main compatissante, mais Jonathan prit la parole sans lui laisser le temps de terminer son geste. « Un de mes étudiants s'est récemment fait assassiner à New York. Je l'avais aidé à obtenir une bourse d'études pour se rendre là-bas, dit-il d'une voix égale, et il ne me reste que des "si seulement" : si seulement il n'avait pas été noir... si seulement l'Amérique et l'Angleterre n'avaient pas attisé l'hystérie contre le terrorisme mondial... si seulement l'homme de la rue était capable de comprendre que musulman et terroriste ne sont pas synonymes... » Il sourit. « Je suppose que votre "si seulement" est lié au viol ? Si seulement Priscilla vous en avait parlé, vous ne l'auriez pas punie pour s'être battue avec Louise, son père n'aurait pas eu d'excuse pour la corriger... ou *pire*... et elle n'aurait pas fugué. »

Miss Brett hocha la tête. « C'est exactement cela, mais ce n'est pas tout. Elle avait un vocabulaire qui n'était pas de son âge, plein de connotations sexuelles, et elle n'hésitait pas à s'en servir, surtout en présence de ses professeurs masculins. Mais aucun de nous n'a jamais soupçonné qu'il pouvait s'agir d'un symptôme d'abus sexuel. » Elle poussa un nouveau soupir. « Ça n'a fait que lui mettre tous ses professeurs à dos, et nous n'avons pas hésité à la sanctionner sévèrement. Si vous saviez comme je le regrette ! On se demande où cette pauvre gosse allait chercher la tendresse qui lui manquait chez elle.

– On ignorait encore tant de choses à l'époque, assura George. Quand on songe qu'il a fallu attendre l'enquête de Maria Colwell en 1974 pour qu'on aborde franchement la question de la maltraitance des enfants. » Elle croisa le regard de Jonathan. « Ce n'est qu'au moment où cette pauvre petite Maria a été déposée à l'hôpital par son beau-père que les autorités ont commencé à se dire qu'elles auraient dû la protéger. C'est lui qui l'avait *assassinée*, bon sang ! Il avait battu à mort une pauvre gosse de sept ans qui crevait de faim, et il ne voyait pas ce qu'il avait à se reprocher.

– Les progrès n'ont pas été considérables, remarqua Jonathan en songeant à sa propre éducation. Le problème est que la frontière entre protection de l'enfance et expérimentation eugénique est mince. Nous protestons quand on retire de force leurs enfants à de mauvais parents, mais nous poussons les hauts cris quand les mêmes gosses meurent de négligence et de mauvais traitements. Comment voulez-vous que les autorités s'en sortent ? »

Miss Brett eut l'air intéressé. « Il faudrait commencer par définir ce qu'on entend par mauvais parents, dit-elle flegmatiquement. J'ai rencontré dans ma carrière un certain nombre de parents qui répondraient mieux que les Trevelyan à ce que cette expression recouvre généralement. Qui peut dire que tel ou tel père fait du mal à son enfant ?

– Ou comment ? ajouta George pensivement. Des indices donnent à penser que David Trevelyan battait Priscilla – sa mère elle-même a évoqué sa sévérité –, mais j'ai peine à croire à des abus sexuels. Ce que m'a raconté William Burton à propos du viol semble indiquer que Cill était encore vierge. Il prétend qu'elle avait les jambes couvertes de sang au point que Louise a dû rentrer chez elle pour lui chercher un pantalon. Elle avait peut-être ses règles, évidemment, mais j'aurais plutôt tendance à penser que son hymen a été déchiré – elle n'aurait donc pas été pénétrée avant le viol.

– Ce qui ne veut pas dire qu'elle n'ait pas été victime d'attouchements, objecta Jonathan.

– C'est vrai. Et si son père en était responsable, cela expliquerait qu'elle n'ait pas voulu lui parler de l'agression. Il lui aurait certainement reproché de l'avoir cherché. Les pervers et les violeurs se justifient toujours comme ça – ce n'est pas leur faute, c'est celle de la victime qui les a excités. » Elle tapota son stylo sur son carnet. « Les mêmes arguments s'appliquent à sa mère. J'ai lu récemment une étude de cas qui montre que près de vingt-cinq pour cent des abus sexuels sont commis par des femmes. On peut imaginer toutes sortes de dynamiques au sein de la famille.

– Ou à l'extérieur, précisa Jonathan. Un voisin ou un parent aurait très bien pu l'initier – son père était peut-être aussi inquiet que ses profs de sa précocité sexuelle et ne savait pas comment la gérer. Il n'est pas exclu que son seul tort ait été d'exercer une autorité un peu brutale. » Il jeta un regard interrogateur à la directrice. « Quel genre d'homme était-ce ? Vous le connaissiez bien ?

– Pas vraiment. Je lui ai parlé une fois à propos de l'absentéisme de Priscilla et une autre, après sa disparition. Il s'est mis en colère à chacune de nos rencontres. Nous n'étions pas sur la même longueur d'onde. La première fois, il m'a dit que c'était à l'école de faire en sorte que sa fille ne sèche pas et, la deuxième, il m'a reproché d'avoir exclu Priscilla et pas Louise. S'il avait su que c'était Louise qui était mêlée à cette bagarre, il n'aurait pas approuvé cette sanction.

– Pourquoi a-t-il dit une chose pareille ? »

Elle réfléchit un instant. « Les parents ont toujours tendance à reprocher aux camarades de leur enfant la mauvaise conduite de celui-ci, mais j'ai eu l'impression – je l'ai toujours aujourd'hui – que Mr Trevelyan cherchait à me faire assumer cette responsabilité. S'il pouvait faire inscrire au procès-verbal qu'il n'avait fait qu'approuver une sanction prise par l'école, il n'était pour rien dans la fugue de Priscilla.

– Vous ne l'avez pas trouvé sympathique, observa George.

– C'est le moins qu'on puisse dire, reconnut franchement la vieille dame. C'était une brute obèse qui est venue me brandir son poing sous le nez en s'attendant que je lui donne raison. Je lui ai fait clairement comprendre les deux fois que je n'étais pas responsable de Priscilla en dehors de l'établissement – mon seul devoir était de signaler son absence à ses parents et aux autorités compétentes. Sur quoi, il s'est empressé d'accuser l'école de tous les maux. » Elle secoua la tête. « Nous freinions ses progrès... elle s'ennuyait... il n'y avait pas assez d'émulation... elle était trop intelligente pour être à Highdown. C'était à pleurer.

– Et il a raconté tout cela à la presse ?

– Bien sûr. » Nouveau soupir. « Comment vouliez-vous que nous nous défendions ? Ç'aurait été moche de contester l'image qu'ils donnaient de Priscilla – et encore plus moche de suggérer que les Trevelyan étaient... – elle inclina la tête vers Jonathan – *de mauvais parents*. Vous savez bien : *de mortuis nil nisi bonum*. Des morts, on ne dit que du bien. On en était là. »

Jonathan la dévisagea avec curiosité. « Est-ce une figure de rhétorique ou pensiez-vous vraiment qu'elle était morte ?

– Les deux. La disparition d'un enfant inspire une profonde émotion... nous avions tous beaucoup de peine. Tout le monde s'attendait à ce qu'on trouve de la terre fraîchement retournée quelque part, et comme ça n'a pas été le cas... » Elle s'interrompit en haussant les épaules, désolée. « Ses parents ont continué à espérer, mais ils étaient bien les seuls à penser qu'elle pouvait s'en sortir toute seule. »

Il hocha la tête. « Alors pourquoi la police a-t-elle bouclé le dossier ?

– Je ne crois pas qu'elle l'ait fait. Le dossier est resté ouvert pendant des années, essentiellement dans l'attente de la découverte d'un squelette. Comme l'a dit un des inspecteurs, elle s'est volatilisée après avoir quitté la maison de ses parents, probablement enlevée par un de ces monstres qui s'en prennent aux enfants. Elle a pu être enterrée n'importe où.

– Son père a été interrogé et mis hors de cause, intervint George. Savez-vous pourquoi ? C'était un suspect idéal.

– Il travaillait de nuit cette semaine-là et, d'après sa mère, Priscilla était encore à la maison quand il est parti à l'usine. Il a signalé sa disparition quand, à son retour, à six heures du matin, il a découvert qu'elle n'avait pas dormi dans son lit. Ses collègues ont affirmé qu'il n'avait pas quitté l'usine de la nuit.

– Qu'est-ce qu'il faisait ?

– Il était contremaître à l'usine de machines-outils Brackham & Wright. Elle a fermé quelques années plus tard. Ils ont construit le nouveau collège sur son emplacement. »

Un long silence se fit, gros de réflexions.

« Que disiez-vous à propos des coïncidences chronologiques ? demanda George, pointant son stylo vers Jonathan. Qu'il ne faut pas s'emballer... que le hasard existe. Tout de même, j'ai bien envie d'établir certains liens. » Elle reporta son attention vers Miss Brett. « Vous souvenez-vous du meurtre de Grace Jefferies ? Son corps a été découvert une semaine après la disparition de Priscilla. »

La vieille dame acquiesça. « Une affaire effroyable. Vous avez cité le nom de son assassin tout à l'heure.

– Howard Stamp, dit George. Sa mère, Wynne – la fille de Grace – travaillait aussi chez Brackham & Wright. J'ai peine à croire que les salariés d'une même usine puissent être frappés par deux tragédies, un enlèvement et un meurtre, en l'espace d'une semaine. Il y a forcément un lien entre ces deux événements. La police ne vous a jamais fait de suggestion en ce sens ?

– Non, mais je me rappelle qu'au cours du procès j'ai été frappée d'apprendre que Mrs Stamp travaillait là... il faut bien voir tout de même qu'il s'est tenu un an après la disparition de Priscilla. » Miss Brett s'abîma dans une brève rêverie, les yeux tournés vers la fenêtre tandis qu'elle parcourait ses souvenirs. « *A posteriori*, le lien paraît évident, dit-elle, mais il ne l'était pas sur le moment. Brackham & Wright était l'un des plus gros employeurs de Highdown dans les années 1960 – à vue de nez, cette usine employait deux mille personnes – et les parents de mes élèves étaient nombreux à y travailler. Il me semble que le père de Louise Burton était contremaître, lui aussi, et plusieurs de nos élèves suivaient leurs programmes de formation.

– Quel genre de gens étaient les Burton ? demanda Jonathan sans laisser le temps à George de prendre la parole.

– Je ne crois pas avoir jamais rencontré le mari – il n'y avait pas tellement de contacts avec les parents à l'époque, cependant, j'avais signalé les absences de Louise à Mrs Burton. Elle était un peu plus souple que Mr Trevelyan ; elle était prête à reconnaître qu'elle était en partie responsable du comportement de sa fille, mais elle en voulait beaucoup à Priscilla. Elle m'a demandé de les séparer ; comme je le lui ai fait remarquer, cela n'aurait servi à rien tant qu'elles continuaient à habiter aussi près l'une de l'autre.

– Elles habitaient vraiment très près ? Nous savons que les Burton habitaient Mullin Street, mais nous n'avons pas pu trouver l'adresse des Trevelyan.

– Si j'ai bonne mémoire, ils habitaient Lacey Street.

– Magnifique, fit George, en écrivant sur son carnet. Savez-vous à quel numéro ? » demanda-t-elle à Miss Brett.

Celle-ci secoua la tête à regret. « C'était il y a si longtemps.

– Mrs Burton avait-elle raison ? suggéra Jonathan. Priscilla était vraiment la meneuse ?

– Indéniablement ! Elle avait la personnalité la plus forte, et de loin. D'ailleurs, c'est elle qui a commencé à sécher – l'après-midi d'abord, puis des journées entières.

– Tous les jours ? Combien de temps cela a-t-il duré ? »

Miss Brett réfléchit un moment. « J'aurais du mal à vous le dire précisément... peut-être une ou deux fois par semaine pendant le deuxième trimestre. J'ai envoyé des avertissements aux deux familles avant les vacances de Pâques, mais je me souviens que les filles ont manqué l'essentiel des deux premières semaines du troisième trimestre. Leur absentéisme a pris fin brutalement après le viol. Évidemment, nous n'en avons compris la raison que plus tard. J'ai attribué ces progrès soudains à une lettre que j'avais adressée à leur père, menaçant les petites de renvoi immédiat si ce comportement persistait.

– Quand ces lettres ont-elles été envoyées ?

– D'après ce que m'a dit la police, elles ont dû partir le jour même du viol. Louise et Priscilla n'avaient pas été notées dans le livre des présences ce matin-là, et j'ai décidé d'intervenir.

– Louise se contentait de suivre Priscilla aveuglément ? Elle ne prenait aucune initiative ? »

Une nouvelle pause de réflexion. « C'était une curieuse enfant... pas très franche. J'ai eu l'impression qu'elle noircissait Priscilla auprès de la police. Elle en a tracé un portrait accablant. Une adolescente violente, coureuse, complètement incontrôlable, qui détestait ses parents, séchait les cours pour coucher avec des garçons et menaçait ses camarades pour arriver à ses fins. Il y avait peut-être du vrai – Priscilla était grande pour son âge et savait se défendre quand on l'importunait –, mais ce n'était pas une brute, enfin, pas dans le sens que je donne à ce mot. Elle exerçait une forte attirance sur les enfants plus petits et plus timides ; je ne l'ai jamais vue se montrer méchante avec eux... au contraire, même ; elle avait tendance à les protéger.

– William Burton prétend que l'interrogatoire de police a terrifié Louise. Peut-être essayait-elle d'inspirer un peu de compassion ?

– C'est très possible, dit Miss Brett avec une petite note acerbe dans la voix. C'était tout à fait son genre. Elle pleurait facilement, s'évanouissait et ne vous regardait jamais dans les yeux quand elle vous parlait – l'inverse de Priscilla qui réglait ses comptes et essayait de résoudre ses problèmes elle-même. Je ne veux pas dire que Louise n'était pour rien dans leurs bêtises. Simplement, c'était toujours son amie qui payait les pots cassés.

– Comme dans le cas du viol ?

– Peut-être bien.

– Et dans la bagarre qui a provoqué l'exclusion de Priscilla ?

– Oui. C'était du Louise craché. Son professeur m'a dit qu'elle avait passé la matinée à chuchoter à l'oreille de Priscilla, mais Louise a soutenu mordicus que c'était le contraire – que Priscilla avait cherché à la persuader de recommencer à sécher et l'avait brutalisée quand elle avait refusé.

– Et qu'a dit Priscilla ?

– Rien, reconnut l'ancienne directrice à regret. Je l'ai avertie qu'elle serait exclue si elle ne me donnait pas d'explication, j'ai même laissé entendre que c'était Louise qui l'avait provoquée... – elle poussa un nouveau soupir – mais elle n'était pas du genre à mentir.

– Contrairement à Louise.
– Hmm.
– Rétrospectivement, pensez-vous que Louise a asticoté Priscilla à propos du viol ? intervint George.
– Très certainement.
– Ce qui suggérerait une certaine cruauté... ou une absence totale d'imagination. »
Miss Brett réfléchit un instant. « Pour la cruauté... ma foi, ce n'est pas impossible. Elle a certainement été ravie de voir Priscilla punie. Mais je n'ai jamais rencontré d'enfant sournois qui soit dépourvu d'imagination, conclut-elle avec un petit sourire. Il en faut un minimum pour raconter des histoires sur ses petits camarades, vous ne croyez pas ? »

13

Péninsule de Sandbanks, Bournemouth
Mercredi 23 avril 2003 au matin

Billy Burton était assis depuis plus d'une heure dans son vieux break Renault, les yeux fixés sur la maison des Fletcher, espérant apercevoir quelque signe de vie. Il avait transmis l'adresse de l'agence de détectives de Bristol à Georgina Gardener depuis presque deux semaines déjà. Manifestement, elle n'en avait rien fait. Son crâne légèrement dégarni était coiffé d'une casquette de base-ball et il avait dissimulé une partie de son visage derrière des lunettes de lecture bon marché, à monture noire, de chez Boots. Il avait posé sur le volant, devant lui, un classeur ouvert dont il feignait d'étudier le contenu, mais il commençait à s'inquiéter. Les voisins allaient finir par le prendre pour un voleur et par prévenir la police.

La maison était située dans une rue latérale, derrière Panorama Road, où l'immobilier atteignait des prix exorbitants en raison de la superbe perspective qui s'ouvrait sur Poole Harbour et Brownsea Island. Malgré l'absence de vue, Billy estimait que la villa à balcon dans le style espagnol qu'il observait devait valoir un bon million de livres. Il avait lu quelque part que le prix du mètre carré dans la péninsule de Sandbanks était le quatrième du monde par ordre d'importance ; seuls Tokyo, Hong Kong et Belgravia à Londres étaient plus chers. Il ne comprenait vraiment pas pourquoi. S'il avait eu le choix, il aurait préféré une propriété sur la plage de Malibu, en Californie. Au moins, il y faisait beau toute l'année.

Une voiture passa et il s'enfonça dans son siège, le cœur battant. C'était de la folie. Des célébrités achetaient des résidences secondaires ici – et la moitié des maisons étaient vides pendant des mois d'affilée. Tous ses mouvements étaient certainement enregistrés par un système de vidéosurveillance. Mais bon sang, qui pouvait bien être ce Fletcher ? Comment pouvait-il se permettre de vivre dans ce quartier de pop stars et de footballeurs ? Ça n'avait aucun sens. Toutes les recherches que Billy avait faites étaient demeurées vaines. « Jamais entendu parler de lui... Désolé... » « S'il habite Sandbanks, je ne fais pas le poids, mon gars... » « Qu'est-ce qu'il fait dans la vie, ce type-là ? »

Billy avait envisagé d'aller à La Couronne poser deux ou trois questions à Roy Trent, mais il avait préféré s'en abstenir. Il connaissait un certain nombre de proverbes déconseillant les initiatives intempestives contre des fauves comme Trent, et « ne réveillons pas le chat qui dort » lui semblait tout à fait pertinent. Cela faisait plus de trente ans que Billy avait enfoui le souvenir de Trent au fond de sa mémoire, et il maudissait Georgina Gardener de l'avoir réveillé.

Il n'avait dormi que deux heures depuis la veille et fonctionnait au radar. Il avait rendu ses filles folles en ne les quittant pas des yeux un instant. Il avait revécu chaque instant du viol de Cill, mais du point de vue d'un adulte, et non de celui d'un gamin de dix ans naïf, pompette et incapable de comprendre ce qui se passait. Il savait même de quoi il souffrait – stress post-traumatique. Il avait été pompier assez longtemps pour en connaître les symptômes. C'était une maladie professionnelle – le traumatisme renouvelé provoqué par le spectacle d'accidents mortels et de grands brûlés ne laissait pas indemne –, mais il avait du mal à expliquer que ce sentiment de culpabilité taraudant ait mis trente ans à se déclencher.

Pourquoi maintenant ? Il avait affronté sans ciller les détectives qui recherchaient Cill, mais il avait suffi qu'une petite boulotte qu'il n'avait jamais vue de sa vie lui mette une photo sous le nez pour qu'il s'effondre. Elle lui avait raconté trop de choses, c'était pour ça. *J'aurais plutôt tendance à penser qu'elle asticotait Cill à propos du viol... Il n'est pas facile de comprendre à quel point un viol peut être destructeur – surtout un viol collectif... La pauvre gosse devait probablement se récurer de la tête aux pieds tous les jours, pour essayer de se débarrasser de cette souillure....*

À présent, il savait ce qu'était le sang qui maculait les jambes de Cill et, rien que d'y penser, il en était malade. La nuit, c'étaient ses jumelles qui entraient et sortaient de ses cauchemars, du sang hyménal ruisselant le long de leurs cuisses, leurs petits seins encore gonflés de rondeurs enfantines. Louise avait-elle compris ? Certainement. Il se rappelait son petit sourire satisfait quand elle était revenue avec un pantalon et l'avait laissé tomber par terre. « Les mecs le remarquent toujours, avait-elle dit. Tu ne pourras jamais te marier après un truc pareil. » Et il se rappelait la réponse mouillée de larmes de Cill. « Au moins, j'suis pas une trouillarde. »

Il n'avait plus jamais parlé à Cill. Son amitié avec Louise avait pris fin brutalement, et, un mois plus tard, Cill n'était plus là. Il y avait eu quelques semaines agitées avant que toute la famille ne déménage à Boscombe, puis Cill était sortie de leur vie. Billy n'avait jamais demandé à sa sœur pourquoi elle n'avait pas avoué à la police qu'il avait assisté au viol. À dix ans, il avait cru qu'elle voulait lui éviter des ennuis et il ne l'en avait aimée que davantage. À plus de quarante ans, il se posait des questions

L'assassin de Grace était roux...

Il se rappelait le jour où la police était venue Mullin Street. Il avait cru que c'était à cause de Cill, mais l'inspecteur en uniforme qui avait sonné chez eux leur avait appris que Mrs Jefferies était morte. Dissimulée derrière un rideau, sa mère avait observé avec inquiétude les policiers qui passaient de maison en maison. Avant de leur ouvrir, elle avait ordonné à Billy de monter dans la chambre de Louise. Billy se souvenait qu'elle avait les mains qui tremblaient et qu'il s'était demandé pourquoi elle avait peur comme ça.

Il était resté tout près de la porte de la chambre, pour entendre ce qui se disait au rez-de-chaussée. Les yeux de Louise étaient écarquillés dans son visage blême. La voix de sa mère s'était faite plus aiguë que d'habitude quand elle avait affirmé n'avoir jamais adressé la parole à Mrs Jefferies et ne même pas savoir quelle maison elle habitait. Le policier la lui avait montrée – le numéro 11 – et lui avait demandé si elle avait vu quelqu'un entrer ou sortir au cours de la semaine. Non, avait répondu sa mère, mais elle n'avait pas beaucoup mis le nez dehors. Elle s'était occupée de sa fille, qui était la meilleure amie de Cill Trevelyan. L'homme s'était montré compatissant. Il avait des filles, lui aussi.

On ne les avait plus jamais importunés. Moins de deux jours après la découverte du corps de Grace, Howard Stamp avait été arrêté et mis en examen et, par la suite, les Burton n'avaient pas plus parlé du « crime de Mullin Street » que de la disparition de Cill. « N'embête pas ta sœur » avait été le leitmotiv familial pendant des mois. Tout ce que Billy avait su, il l'avait glané auprès de camarades dont les parents se montraient un peu plus bavards que les siens. La version courante de l'affaire de Cill était qu'elle avait fugué et était partie pour Londres. La version courante de l'affaire de Grace était qu'Howard avait perdu les pédales quand elle lui avait reproché d'être un bon à rien.

Cette conclusion avait intrigué Billy quand il avait dix ans : Howard ne lui paraissait pas capable de massacrer qui que ce fût. Il avait peur de tout, même de Billy et de Louise, et essayait de se fondre dans le décor chaque fois qu'il les croisait parce que Louise le traitait de débile. Un jour, elle avait même essayé de lui faire un croche-pied et Howard avait été complètement terrifié. Mrs Jefferies était venue chez eux pour demander à sa mère qu'ils arrêtent de s'en prendre à lui. C'était une femme grassouillette, aux cheveux gris, qui se tordait nerveusement les mains et avait du mal à s'exprimer. Billy se rappelait qu'elle disait tout le temps s'il vous plaît, comme si c'était elle qui était en faute.

Leur mère ne s'était pas fâchée – *Tout le monde sait que ce gamin ne tourne pas rond* – mais elle leur avait conseillé de laisser Howard tranquille. *D'après sa grand-mère, il a des tendances suicidaires. S'il fait une bêtise, je ne veux pas qu'on puisse dire que c'est à cause de vous.* Par la suite, Billy avait pensé que la « bêtise » en question était le meurtre, et que sa mère avait menti à la police en disant qu'elle n'avait jamais parlé à Mrs Jefferies – elle ne voulait pas que leur famille soit de nouveau mise en cause. Leur père était déjà assez furieux que la police ait interrogé Louise à propos de la disparition de Cill. Il n'arrêtait pas de dire qu'il y avait un climat épouvantable au boulot, où les rumeurs allaient bon train : si Louise savait que Cill s'était fait violer, ses parents devaient être au courant, eux aussi.

Ils avaient passé quelques mois bizarres avant de déménager. À cause de ses évanouissements, Louise restait à la maison alors que Bill était censé aller en classe. Les relations entre sa mère et sa sœur lui inspiraient soupçons et jalousie. Quant à son père, il était de mauvaise humeur et le rembarrait chaque fois qu'il lui posait des questions. Les Trevelyan occupaient une place importante dans les invectives de ses parents. Quand ce n'était pas « cette petite pute de Cill » qui avait gâché la vie de Louise, c'était « ce salaud de David » qui faisait tout pour obliger son père à quitter l'usine. Grace Jefferies n'était jamais évoquée, sinon accessoirement. *Toute la rue veut déménager depuis l'assassinat de cette foutue bonne femme...*

Quand ils s'étaient installés à Boscombe, la vie avait repris son cours ordinaire. Leur père avait changé d'emploi, Louise s'était fait appeler Daisy et avait adopté une nouvelle coiffure, Billy s'était fait de nouveaux amis. Leur mère était la seule à avoir du mal à se débarrasser du poids du passé ; elle continuait à épier derrière les rideaux chaque fois que quelqu'un sonnait à la porte. De temps à autre, Billy crut reconnaître un visage au milieu de la foule mais au bout de quelques années il cessa de se tracasser. La terre n'avait pas cessé de tourner et les événements qui avaient bouleversé la vie d'un petit garçon de dix ans pendant trois brèves semaines – des événements qu'il n'avait pas compris et sur lesquels il n'avait aucun pouvoir – s'estompaient doucement. Ce n'était pas sa faute si Cill avait disparu et si Mrs Jefferies s'était fait assassiner.

Si on avait pu faire des tests d'ADN en 1970, Mr Burton, Howard n'aurait jamais été accusé, et encore moins jugé. Grace a été tuée par quelqu'un d'autre...

L'assassin de Grace était roux...

George sortit les photographies de Priscilla Fletcher et de Cill Trevelyan de son porte-documents et tendit celle de Priscilla à Miss Brett. « Pensez-vous qu'il pourrait s'agir de Cill Trevelyan ? Avez-vous conservé un souvenir d'elle assez précis ? »

La vieille dame examina longuement la photo avant de secouer la tête. Ce visage lui disait vaguement quelque chose, mais tout cela remontait à plus de trente ans et elle ne se rappelait guère qu'une longue chevelure brune et un corps un peu trop développé pour son âge. George lui remit alors la photo de Cill découpée dans le journal. La réaction de Miss Brett fut la même que celle de William Burton. « Oh, mon Dieu, mon Dieu, mon Dieu ! J'avais oublié qu'elle était si jeune. Quelle *affreuse* tragédie !

– Pensez-vous qu'il s'agisse de la même personne ? »

Elle compara les portraits. « Je ne saurais vous le dire. Certains de mes anciens élèves n'ont presque pas changé à l'âge adulte, d'autres n'ont rien à voir avec ce qu'ils étaient. Il y a de nombreux points communs, c'est vrai... » Elle s'interrompit sur un nouveau hochement de tête.

« Nous nous sommes demandé si ce n'était pas Louise Burton, dit George.

– Certainement pas ! répondit Miss Brett avec un rire surpris. Louise avait quelque chose d'une belette, une petite figure chafouine et un nez pointu. C'est pour cela qu'elle s'est accrochée aux basques de Priscilla – elle devait espérer qu'un peu de sa séduction déteindrait sur elle. » Elle étudia le visage souriant de Cill. « C'était assez pathétique, à vrai dire. Pendant un moment, elle a essayé d'imiter Priscilla. Elle allait jusqu'à singer ses petites manies. Elle n'a fait que se rendre ridicule, évidemment. C'était une amitié déséquilibrée, c'est un fait. Louise était très jalouse de Priscilla.

– Elle avait les cheveux de quelle couleur ? demanda Jonathan doucement.

– Carotte, dit Miss Brett, en se penchant une nouvelle fois sur la photo de Priscilla Fletcher. Non, vraiment, ça ne peut pas être elle. »

Une BMW noire ralentit en arrivant derrière la Renault de Bill. Il aperçut brièvement dans son rétroviseur l'image d'une femme brune, avant que la voiture tourne dans l'allée, devant la maison des Fletcher. Il laissa tomber les lunettes sur ses genoux et approcha de ses yeux une paire de petites jumelles, qu'il dissimula derrière sa main.

Il vit la portière de la voiture s'ouvrir et la conductrice sortir. Elle était mince, elle portait un élégant pantalon bleu marine et un pull ras du cou en cachemire rose. Ses cheveux bruns lui tombaient sur les épaules. Il ne pouvait pas distinguer ses traits car elle lui tournait le dos et, quand elle pénétra dans la maison, il se dit qu'il s'était donné bien du mal pour rien. Mais elle ressortit presque immédiatement, face à lui. Elle se dirigea vers l'arrière de la voiture et ouvrit le coffre. Elle fit plusieurs trajets pour rentrer ses courses et, même si Bill ne l'avait pas reconnue immédiatement, sa démarche ne lui aurait laissé aucun doute. Des petits pas rapides, qui trahissaient une nature impatiente.

« Les Burton ont déménagé après la disparition de Priscilla et Louise a changé d'école, reprit George. Savez-vous ce qu'elle est devenue ensuite ?

– Non. Elle a fréquenté l'équivalent de Highdown à Boscombe. Quant à ce qu'elle a fait ensuite... » Miss Brett secoua la tête. « Je n'entretenais pas de relations suivies avec son nouveau directeur, mais je peux vous dire qu'il n'était pas flatteur. "Réfractaire à tout enseignement", il me semble bien que c'est la formule qu'il a employée. Ses parents lui ont fait changer de prénom et l'ont encouragée à tirer un trait sur le passé, mais le directeur estimait que c'était une erreur.

– Pourquoi ?

– Ce n'était pas très constructif, j'imagine. Changer de prénom est une manière un peu facile d'éluder les problèmes, vous ne croyez pas ? » Elle regardait Jonathan en parlant, comme si elle le soupçonnait d'en avoir fait autant, et il sentit son visage s'empourprer.

« Quel prénom a-t-elle pris ? demanda-t-il.

– Daisy, je crois.

– Mais elle a gardé son nom de famille ? »

Miss Brett acquiesça. « Il était assez courant pour que ça ne pose pas de difficulté. » Elle s'interrompit. « Pour être franche, je trouve que les Burton ont réagi de manière exagérée. Bien sûr, ses camarades avaient un peu bousculé Louise quand elle était revenue à l'école la semaine suivante, mais ça n'avait pas duré. Elles lui reprochaient d'être responsable de la sanction infligée à Priscilla – et donc, indirectement, de sa fugue –, ce qui fait qu'elle a passé deux jours un peu difficiles. J'ai conseillé à sa mère d'être plus ferme, mais je crois que la pauvre femme était dépassée. Pour finir, la solution du déménagement a paru raisonnable.

– Vous ne pensez pas que c'est la réaction de Louise qui était disproportionnée ?

– Certainement, approuva la vieille dame froidement, mais comme je n'étais pas dans la confidence de ce qui s'était passé entre les deux filles, il m'était difficile de juger de sa sincérité. D'après sa mère, elle était terrifiée à l'idée de croiser les Trevelyan. Elle éprouvait sûrement une certaine culpabilité. » Elle haussa les épaules d'un air désolé. « Quelle triste histoire ! Elle nous a tous bouleversés. Nous nous sentions tous plus ou moins responsables. »

Son timbre nostalgique semblait révéler que ses remords ne s'étaient jamais tout à fait dissipés et George se demanda si c'était une des raisons qui l'avaient poussée à accuser David Trevelyan de sévices. « Je suis certaine que vous avez raison de penser que Cill a fugué à cause des problèmes qu'elle avait avec ses parents, dit-elle gentiment. En entendant son histoire, il est impossible de ne pas la considérer comme une victime. Savez-vous si elle avait déjà fugué ? C'est un schéma comportemental qui tend en effet à se reproduire jusqu'au jour où l'enfant décide de s'en aller définitivement. »

Miss Brett la dévisagea un instant avant de se caler contre le dossier de son fauteuil pour regarder pensivement par la fenêtre une nouvelle fois. « Savez-vous que c'est une chose à laquelle je n'ai jamais pensé ? C'est tout à fait intéressant. Pour moi, ses absences étaient de l'école buissonnière, c'est tout. » Elle resta silencieuse quelques instants. « Mais cela me paraît peu probable. La seule fois où elle ait manqué trois jours d'affilée, Louise était absente elle aussi, et les parents n'ont pas signalé la disparition de leur fille. Il faut croire qu'elles rentraient chez elles le soir.

– Est-ce que les mères travaillaient ? demanda George. Les filles restaient peut-être chez elles toute la journée.

– Oh, non, aucune de ces femmes ne l'aurait accepté ! Je crois que Mrs Burton faisait des ménages dans des bureaux. Mais elle rentrait déjeuner. Mr Trevelyan travaillait de nuit, comme vous le savez. Il dormait probablement une bonne partie de la journée. » Les lèvres de Miss Brett se pincèrent dans une moue d'irritation. « Nous avons eu plusieurs absentéistes patentés, surtout parmi les garçons. C'était un problème insoluble, que le prolongement de la scolarité obligatoire jusqu'à seize ans n'a fait qu'aggraver. À moins de les ligoter à leurs pupitres, nous ne pouvions pas faire grand-chose sans la coopération des parents.

– De toute façon, quatre-vingt-dix pour cent des professeurs préfèrent fermer les yeux. Ils sont sûrement ravis d'être débarrassés d'éléments perturbateurs, lança Jonathan avec désinvolture. C'est un métier assez difficile sans qu'on ait à s'occuper de néandertaliens illettrés qui marchent en traînant les poings par terre. »

La vieille dame émit un petit grognement amusé. « Faites-vous allusion aux élèves ou à leurs parents, docteur Hughes ? Plus un enfant est indiscipliné, plus ses parents se révèlent ignorants et réfractaires à toute règle. C'est ce que j'ai observé du moins. De sorte qu'un grand nombre de mauvais élèves étaient irrécupérables avant même de mettre les pieds au collège. La seule solution était de se décharger de cette responsabilité auprès de la police et des foyers de délinquants.

– Roy Trent faisait-il partie de ces cas irrécupérables ? »

Elle l'observa un moment, une petite ride creusant son front. « Ce nom me dit quelque chose, mais...

– Cheveux foncés, taille moyenne... son père tenait un magasin de journaux dans Highdown Road. D'après ce que nous savons, le signalement d'un des agresseurs de Priscilla décrits par Louise pourrait correspondre. »

Ses yeux s'écarquillèrent alors que la mémoire lui revenait. « Dites-moi, vous êtes sacrément bien informés. Roy Trent, Micky Hopkinson et Colley Hurst. » Elle regarda George griffonner quelques mots. « En fait, Louise a prétendu mordicus qu'elle ne savait pas qui étaient les violeurs et ne pouvait en donner qu'une vague description. C'est la police qui s'est concentrée sur ces trois garçons à cause de leurs antécédents. Ils ont nié en bloc, vous vous en doutez.

– Est-ce qu'ils fréquentaient votre école ?

– Pas à cette époque. Ils avaient déjà été renvoyés de plusieurs établissements et transférés ailleurs, je ne sais pas où ils étaient inscrits en 1970... ni même s'ils l'étaient, pour être honnête. Je crois que les services sociaux sont intervenus plusieurs fois, mais le problème était insoluble. Il aurait fallu les envoyer dans des internats spécialisés pour les couper de leur environnement familial – or avec les suppressions de crédits décidées par le gouvernement, il n'y avait plus suffisamment d'institutions de ce genre. » Elle se tut un instant, rassemblant ses idées. « Je ne sais plus ce qui était arrivé à Micky ni à Colley, mais je me souviens que le père de Roy s'était remarié et ne voulait plus entendre parler de son fils. Comment peut-on traiter un enfant comme ça ? Ça ne lui a certainement pas fait de bien.

– On nous a dit qu'un de ces garçons était roux, intervint George.

– Oui. Colley Hurst.

– Où habitait-il ? »

Miss Brett ferma brièvement les yeux comme si elle cherchait à remonter le temps en esprit. « Je crois qu'ils habitaient tous les trois Colliton Way. C'était un vrai dépotoir pour des familles en difficulté. La plupart de nos élèves en échec scolaire venaient de là. »

George jeta un coup d'œil à Jonathan. « Je suppose que ça vous dit quelque chose. »

Il secoua la tête d'un air dubitatif. « Ça devrait ?

– C'est dans votre livre, dit-elle malicieusement, et c'est une nouvelle coïncidence. Wynne et Howard habitaient au 48 Colliton Way. »

Miss Brett se montra aussi intéressée que George par ces correspondances. « On se demande pourquoi la police s'est focalisée aussi rapidement sur Howard Stamp. Si j'ai bonne mémoire, on l'a embarqué pour l'interroger presque immédiatement.

– Plusieurs témoins l'avaient vu sortir en courant de chez Grace, expliqua George. Comme il venait la voir souvent, tout le monde le connaissait, et, une fois qu'il a eu avoué, la police n'a pas eu à chercher d'autre coupable.

– Mais vous ne croyez pas à ces aveux ?

– Non. Nous sommes convaincus, le Dr Hughes et moi, qu'ils lui ont été extorqués et que la version des faits qu'il a exposée dans sa défense est plus proche de la réalité. Vous en souvenez-vous ?

– Je me rappelle seulement qu'il a prétendu que sa grand-mère était déjà morte quand il l'a trouvée. »

George sortit de son porte-documents un exemplaire de *Détraqués*. « Voici le livre du Dr Hughes. L'affaire d'Howard y est traitée au chapitre 12. Cela vous intéresserait-il d'y jeter un coup d'œil ? C'est une réfutation solidement argumentée de la présentation de l'accusation. » Elle lui tendit le volume. « Il remet en question l'heure du meurtre établie par le médecin légiste, le profil psychologique du ou des assassins et la pertinence de ce profil s'agissant d'Howard, ainsi que la valeur de preuve des cheveux retrouvés dans la baignoire, un élément qui a achevé de convaincre le jury de la culpabilité d'Howard.

– Puis-je le garder ?

– Je vous en prie. Vous avez nos cartes et nos numéros de téléphone. Si d'autres idées vous reviennent, n'hésitez pas à nous appeler. »

Miss Brett tendit la main vers ses lunettes. « Je me souviens qu'Howard était roux, dit-elle en examinant la couverture. Si des cheveux figuraient parmi les pièces à conviction, cela explique sans doute que vous vous intéressiez à Louise et à Colley Hurst. Pensez-vous que l'un d'eux puisse avoir commis ce meurtre ?

– Ce n'est pas exclu. Colley correspond au profil psychologique, et Louise habitait la même rue que Grace.

– Hmm. » Elle posa le livre sur ses genoux et joignit ses mains dessus.

« L'idée ne vous paraît pas séduisante ? » demanda Jonathan en souriant.

La vieille dame le dévisagea au-dessus de la monture d'écaille de ses lunettes demi-lune. « Je ne pourrai vous le dire que lorsque j'aurai lu votre livre, répondit-elle, mais j'ai bien peur que vous ne vous accrochiez à des fétus de paille... en ce qui concerne Louise, en tout cas. Elle n'aurait jamais eu le cran de faire une chose pareille toute seule et, si elle avait su quelque chose, elle se serait empressée de vendre la mèche. Elle était comme ça. C'était une petite rapporteuse.

– On ne lui a peut-être pas posé la question ? »

Miss Brett secoua la tête. « Elle aurait bien trouvé le moyen de tout raconter. Elle était du genre à harceler ceux qui l'embêtaient jusqu'à ce qu'ils perdent patience, puis à jouer les saintes-nitouches. Elle faisait ça tout le temps, avec Priscilla comme avec les autres. Je suppose que son objectif était de mettre leur brouille sur le dos de Priscilla... mais je n'ai jamais douté que la disparition de cette pauvre enfant l'ait vraiment perturbée. » Elle haussa les épaules. « Il faut bien comprendre la personnalité de Louise. C'était une petite fille odieuse, qui n'avait qu'un objectif dans la vie : monopoliser l'attention. Dire du mal des autres était le seul moyen qu'elle connaissait pour y parvenir. »

Priscilla Fletcher referma son coffre et se retourna. Elle sursauta en découvrant derrière elle un grand costaud coiffé d'une casquette de baseball. « Bon sang ! lança-t-elle, furieuse. Qu'est-ce que tu fous ici ? »

Billy retira sa casquette et passa la main dans ses cheveux clairsemés. « Salut, frangine dit-il. Figure-toi que j'allais justement te poser la même question. »

14

De près, Billy distingua l'extrémité d'une ecchymose sous l'œil gauche de Louise, un croissant jaune, à demi masqué par le maquillage. Prenant son menton dans sa main, il leva son visage vers lui. « Qui t'a cognée ? » demanda-t-il.

Elle lui repoussa le bras et abaissa une paire de lunettes de soleil qui retenaient ses cheveux. « Personne, répondit-elle d'un ton brusque.

– Je croyais que tu en avais fini avec tout ça, Lou. Plus jamais, voilà ce que tu m'as dit la dernière fois que je t'ai vue. »

Elle tourna les talons et se dirigea d'un pas décidé vers la porte d'entrée. « Vous vous trompez de personne, cria-t-elle par-dessus son épaule. Je m'appelle Priscilla Fletcher et je n'ai pas de frère. Veuillez partir je vous prie. »

Bill la suivit. « Sinon ?

– J'appelle la police. »

Il l'empêcha de refermer la porte. « Ne fais pas l'idiote, frangine. Qu'est-ce que tu leur dirais ? Que tu ne m'as jamais vu de ta vie ? Il suffit que j'appelle les parents et que je les fasse venir. Maman te reconnaîtra tout de suite. Ça m'étonnerait bien que tu n'aies plus ton grain de beauté sur la cuisse et la marque de la brûlure que tu t'es faite en te renversant du thé brûlant sur le ventre. » Il vit ses épaules se tasser de résignation. « Bon sang, ça fait vingt ans qu'ils se font de la bile pour toi. On nous avait dit que tu étais en Australie. »

Elle se tenait, indécise, sur le seuil, la tête penchée comme si elle écoutait quelque chose, tout au fond de la maison. « Écoute, tu ne peux pas entrer, dit-elle, en posant une main menue sur son bras. Nick est dans son bureau et, franchement, je préférerais éviter qu'il fasse du grabuge. On pourrait se voir ailleurs. Quand est-ce que tu es libre ?

– Maintenant. Je t'emmène faire un tour.

– Je ne peux pas. Il sait que je suis rentrée. » Ils entendirent tous deux le bruit d'une porte qui s'ouvrait. « Et merde ! siffla-t-elle. Je te retrouve devant chez Dingles à quatre heures, cet aprèm. Maintenant, barre-toi et vite, ou je vais encore me faire amocher. »

Il tendit la main instinctivement pour l'empêcher de refermer la porte. « C'est complètement dingue. Tu n'as qu'à lui dire que je suis ton frère. »

Mais elle fut trop rapide pour lui. « Il ne me croira pas », chuchota-t-elle alors que le pêne retombait.

« Je ne supporte pas de voir des femmes comme ça, remarqua George à propos de Miss Brett en ouvrant la portière de sa voiture.

– Vraiment ? demanda Jonathan, surpris. Je l'ai trouvée incroyable. Un esprit acéré comme un rayon laser... une mémoire d'ordinateur. Si je pouvais être comme elle à quatre-vingts ans, je ne me plaindrais pas.

– Précisément, dit George en jetant sa serviette sur la banquette arrière. La vie est *tellement* injuste. »

Il attendit qu'elle tende le bras pour déverrouiller la portière du côté passager puis se baissa pour la regarder en face, de l'autre côté du siège. « Il y a des tas de gens qui ont un cancer et qui s'en sortent, George. Il n'y a aucune raison pour que vous ne fêtiez pas vos quatre-vingts ans si vous faites ce que les médecins vous disent. Il ne faut pas vous accrocher à ces histoires de génétique – c'est le fléau des temps modernes. Ce n'est pas parce que votre mère en est morte que vous êtes condamnée à subir le même sort. »

Elle s'installa sur son siège. « Ce n'est pas à cause de ça que je n'aime pas voir des femmes comme Miss Brett. Elle est *formidable*, Jonathan. Elle aurait dû avoir des *enfants*. Je les vois d'ici – des gosses intelligents, en bonne santé, pleins de *sagesse*. Ça me crève le cœur, franchement. C'est quand même incroyable que les hommes ne sachent pas reconnaître une femme du tonnerre quand ils l'ont sous le nez ! »

Il se demanda si elle parlait pour elle-même. « Les gènes ne font pas tout. L'éducation est tout aussi importante. Le rôle de Miss Brett dans la vie a été de former les enfants des autres. C'est une sacrée mission. Un peu plus difficile qu'une copulation de trente secondes en état d'ébriété qui produit une sélection aléatoire de chromosomes douteux. De toute façon, acheva-t-il avec un sourire tout en bouclant sa ceinture de sécurité, qui vous dit qu'elle n'a pas eu d'enfant ?

– Si elle en avait eu un, elle n'aurait pas pu le garder... ni même en parler. Dans les années 1960, on n'aurait jamais confié la direction d'une école secondaire à une mère célibataire. » Elle mit le contact et boucla sa propre ceinture. « Quel monde de cinglés ! On aide les membres les moins compétents de la société à se reproduire et on en dissuade les femmes intelligentes qui exercent un emploi. »

C'était un point de vue étrangement réactionnaire pour une femme qui se prétendait libérale. « La situation s'est tout de même un peu améliorée, murmura-t-il. Aujourd'hui, au moins, les femmes qui ont un enfant sans être mariées ne sont plus montrées du doigt.

– Peut-être, dit-elle sèchement ; mais elles sont pénalisées financièrement. Essayez un peu de travailler à temps plein et de payer plus de quarante heures de garde d'enfant avec ce qui vous reste d'un salaire unique une fois les impôts déduits. Vous ne trouvez pas ça dissuasif ? Quel gâchis ! Quand on pense à tout ce patrimoine génétique précieux ! Si j'étais au gouvernement, je ferais passer une loi pour obliger tous les lieux de travail à avoir une crèche.

– Trop cher, et impossible à gérer, objecta Jonathan. Imaginez les frais pour une petite entreprise qui n'aurait, bon an mal an, qu'un bébé à la fois à faire garder.

– Elle n'aurait qu'à s'entendre avec d'autres entreprises du coin, dit George en démarrant. Vous voyez une autre solution ? D'après un rapport que j'ai lu récemment, plus de trente pour cent des femmes qui exercent une profession libérale décident de ne pas avoir d'enfants. C'est une *catastrophe*. Que se passera-t-il lorsque ce taux atteindra soixante pour cent ? Que se passera-t-il si nous nous retrouvons avec une société qui sera le produit exclusif de *ratés* ?

– C'est une vision bien pessimiste des choses.

– Je voudrais pouvoir vous croire, répondit-elle en s'éloignant du trottoir et en faisant demi-tour.

– Ce n'est pas plus facile pour les hommes, vous savez.

– Sauf que votre horloge biologique tourne moins vite, dit George avec un sourire, et que rien ne vous empêche d'engendrer un bébé par semaine si vous trouvez suffisamment de femmes complaisantes.

– Ce n'est pas si facile. »

Elle lui jeta un coup d'œil en s'arrêtant au croisement avec la route principale. « Vous devriez peut-être envisager de faire quelques compromis, lança-t-elle sans ménagement. Vous êtes un homme séduisant et plein de talent, Jonathan, et vous devriez avoir des enfants. »

Il s'étrangla tout bas. « Merci, George. Malheureusement, la réaction habituelle à mes tentatives maladroites est : "Je préférerais me pendre que d'avoir un enfant de toi, même si tu étais le dernier homme sur terre."

– Dans ce cas, faites quelque chose.

– Et quoi ?

– Des compromis, répéta-t-elle, en laissant passer une voiture.

– Vous en avez fait ?

– Non. J'étais toujours sûre que quelque chose de mieux m'attendait au coin de la rue... et le jour où j'ai compris que c'était une philosophie complètement foireuse, j'étais bonne à mettre au rebut. » Elle lui décocha un large sourire pour étouffer dans l'œuf toute manifestation de compassion. « Ne commettez pas cette erreur, Jon. Il n'y a rien de pire que de vivre avec des regrets. »

Dans un geste qui ne lui ressemblait guère, Jonathan posa sa main sur la sienne et la serra brièvement. « Si ça peut vous consoler, dit-il, vous vous retrouvez au rebut même si vous transmettez vos gènes. Une fois que votre enfant est né – abstraction faite des quelques années d'éducation qui lui permettront d'être indépendant –, vous ne pouvez plus rien ajouter. Que le résultat soit bon ou mauvais, à la troisième génération, vos gènes seront tellement dilués que votre arrière-petit-fils ne sera plus porteur que d'un infime pourcentage de vous. La valeur des êtres réside dans leurs réalisations, George, pas dans un patrimoine génétique en constante diminution. »

Elle faillit répondre que les réalisations n'ont pas de sens si l'on n'a personne avec qui les partager, mais elle préféra rire d'un air insouciant. « Dans ce cas, essayons de trouver un endroit où déjeuner pendant que nous chercherons à découvrir qui a vraiment tué Grace, dit-elle en prenant à gauche dans Bridport Road. Ça, ce serait une *sacrée* réalisation. »

Elle se dirigea vers l'auberge Smugglers à Osmington Mill, à l'est de Dorchester. C'était un ancien moulin du XIIIe siècle, construit à côté d'un cours d'eau, dans une faille entre deux pentes escarpées qui s'élevaient pour rejoindre les spectaculaires falaises jurassiques du littoral du Dorset. Le parking surplombait la mer – d'un gris agité en cette journée d'avril, fouetté par un vent d'est –, d'où l'on rejoignait le restaurant au toit de chaume par une rampe abrupte suivie d'une volée de marches. « C'est moi qui vous invite, dit George fermement en montrant le chemin. J'ai touché ma paye ce matin, et je suis en fonds. »

Jonathan protesta sans grande conviction. « Pourquoi ne pas partager ?

– Parce que vous êtes fauché et que je pourrais être votre mère, dit George en ouvrant toute grande la porte. En plus, je meurs de faim et je n'ai pas envie de me sentir gênée si je commande trois plats alors que vous vous contentez d'une minable petite entrée parce que c'est tout ce que vous pouvez vous payer. C'est une bonne raison, non ? »

Il la suivit à l'intérieur de l'auberge. « Je suppose qu'Andrew vous a raconté toutes sortes d'horreurs sur moi.

– Tout dépend de ce qu'on appelle des horreurs. L'essentiel de ce qu'il a dit était très élogieux. » Elle se tourna vers lui. « Qu'est-ce que vous en pensez ?

– Que je vous fais pitié.

– Du *restau*, Jonathan. Que pensez-vous du *restau* ?

– Ça devrait aller, dit-il en enregistrant l'impressionnant réseau de poutres de chêne sur le plafond bas, les âtres ouverts aux braises rougeoyantes et les ardoises annonçant du homard local et des vins prometteurs. C'est toujours mieux que La Couronne.

– Vous êtes vraiment difficile, soupira-t-elle. *N'importe quoi* serait mieux que La Couronne. J'espérais que vous apprécieriez l'atmosphère. »

Il rit et lui prit le coude pour la conduire vers le bar. « C'était une blague, George. Si vous voulez vous faire passer pour ma mère, il faudra vous y habituer. »

Ce repas partagé fut si différent du premier que Jonathan s'interrogea sur la justesse de la remarque de George selon laquelle un mauvais début était gage de mauvaise continuation. Le cas échéant, il en rejetait la responsabilité sur Roy Trent. Jonathan était en piteux état ce jour-là, sans doute, mais les réflexions du tenancier sur les « Noirs » et les « bougnoules » avaient achevé de le hérisser. « Il y a une question que je me pose, dit-il en profitant d'une pause naturelle dans la conversation. En février, lorsque nous avions rendez-vous pour déjeuner, aviez-vous appelé Roy pour le prévenir que vous seriez en retard ? »

La fourchette de George, chargée de tourte au bœuf haché et au rognon, s'arrêta à mi-chemin de sa bouche. « Bien sûr. Je lui ai dit qu'avec un peu de chance je serais là avant une heure moins le quart et je lui ai demandé de vous faire monter dans la salle. Pourquoi ?

– Je me demandais simplement pourquoi il a été tellement agressif. Il m'a laissé poireauter au bar pendant dix bonnes minutes avant de montrer le bout de son nez, et la première chose qu'il ait faite a été de me traiter de bougnoule. Il devait pourtant savoir qui j'étais ; il aurait pu s'en douter du moins. À part moi, les seuls clients étaient un couple d'âge moyen et Jim Longhurst. Les Jonathan Hughes potentiels ne se bousculaient pas au portillon. »

George eut l'air consterné. « Il vous a *vraiment* traité de bougnoule ? »

Jonathan acquiesça. « J'ai eu droit à tout... bougnoule... noir... bronzé – la seule chose qu'il ait évitée, c'est nègre. »

Des contorsions transformèrent le visage de George en gargouille. « *Bon sang !* Mais c'est *odieux* ! Je comprends que vous ayez été furax. »

Jonathan grimaça un sourire en découpant son filet de saumon. « Il devait essayer de se débarrasser de moi avant votre arrivée.

– Et il serait parvenu à ses fins si mon voisin n'était pas rentré à temps. Je pensais qu'il faudrait que ma batterie reste encore en charge une bonne demi-heure pour fournir une étincelle, mais Barry a apporté des câbles et il ne m'a fallu que quelques minutes pour démarrer. » Son front se plissa. « J'ai téléphoné juste après midi, et Roy m'a dit que vous étiez déjà là.

– Ça veut dire qu'il m'observait par un judas, remarqua Jonathan sèchement. Il ne s'est pas montré avant midi et quart. Sur le moment, je me suis dit que c'était une drôle de manière de gérer un pub.

– Il a un système de vidéosurveillance au-dessus du comptoir et deux écrans à la cuisine. » Elle mastiqua un morceau de tourte. « Je n'en reviens pas. Il a prétendu que tout ce qu'il vous avait dit qui aurait pu passer pour une réflexion tant soit peu raciste était qu'il s'attendait à voir débarquer un Blanc et que vous aviez pris la mouche immédiatement. Vous croyez toujours qu'il n'est pour rien dans cette histoire ? »

Jonathan secoua la tête. « À mon avis, il y a quatre-vingt-dix chances sur cent pour qu'il ait été un des violeurs, mais je ne vois pas le lien avec Grace, à moins que la police n'ait laissé passer un sacré paquet d'indices. En admettant même que Colley Hurst ait été l'assassin et qu'il ait effectivement pris un bain là-bas, rien ne permet de supposer que les deux autres garçons aient été présents. » Il haussa les épaules. « Il n'est pas exclu que Colley ait pu le leur avouer plus tard, mais ça n'explique pas que Roy cherche à le protéger maintenant.

– Il faudrait peut-être lui poser la question, dit George d'un ton dégagé.

– Il va nous rire au nez.

– Pas si nous le cuisinons à propos du viol. Nous savons que les flics l'ont interrogé à ce sujet et nous connaissons les noms de ses copains. Il pourrait être intéressant de voir comment il réagirait. » Elle repoussa son assiette d'un geste impatient et posa ses coudes sur la table. « Il est tellement fat, Jonathan. Au moins, ça lui rabattrait son caquet. »

L'idée était tentante. « À quoi est-ce que ça nous avancera si nous ne pouvons pas établir de lien entre Grace et lui ?

– Ça lui collera une frousse de tous les diables, dit-elle, surtout si nous lui demandons qui est Priscilla Fletcher et pour quelle raison elle vous a volé votre portefeuille. À sa connaissance, nous ne savons rien de son ex-femme. Mais franchement, j'ai peine à croire qu'il vous ait traité de bougnoule – c'est *tellement* grossier. »

Plus ils approchaient de Bournemouth, plus Jonathan regrettait d'avoir accepté de l'accompagner. Contrairement aux coups, les insultes ne tuaient pas. Sous une forme ou une autre, il avait vécu avec cela toute sa vie, au prix, sans doute, d'un profond refoulement. Mais la brutalité physique l'effrayait.

Tu es d'une telle lâcheté, Jon... c'est incroyable. Il faudrait quand même que tu apprennes à tenir tête aux autres.

« Je ne suis pas sûr d'y arriver », lâcha-t-il soudain.

George, qui avait parlé de tout et de rien pour combler ses silences de plus en plus prolongés, n'en fut pas surprise. Quelques verres de vin l'avaient désinhibé assez longtemps pour qu'il relève le défi, mais ce courage factice n'avait pas résisté aux cinquante-cinq minutes de trajet. « Il fera tout ce qu'il pourra pour éviter les affrontements, l'avait avertie Andrew. Ses compétences, comme il ne se lassera pas de vous le répéter, portent sur la recherche documentaire. Il exigera une masse de papiers comme vous n'en avez jamais vu avant de s'attaquer à Roy Trent. C'est un mécanisme de défense.

– Contre quoi ?

– Une situation qu'il ne contrôle pas... le risque de se trouver pris en défaut... la peur. J'ai eu un mal de chien à le convaincre d'aller vous voir à Bournemouth.

– Mais pourquoi ? »

Andrew avait haussé les épaules. « Il ne savait pas qui vous étiez, ni à quoi s'attendre. En présence d'étrangers, il est comme un poisson hors de l'eau.

– Il est timide à ce point ?

– Je ne dirais pas ça. Je crois plutôt qu'il s'est fait tellement persécuter à l'école que ça l'a rendu complètement parano – le rejet, voilà ce qu'il craint le plus.

– Comme Howard. »

Andrew avait hoché la tête. « Sauf que les cicatrices de Jon ne se voient pas ; je crois que ça lui rend les choses encore plus difficiles. Son sentiment d'exclusion n'a aucune justification évidente – à part sa couleur –, ce qui explique qu'il se pose en victime du racisme. C'est plus facile que d'admettre que ce qu'il redoute vraiment, c'est qu'on se moque de lui. »

George ne réagit pas à la remarque de Jonathan avant d'avoir pu quitter l'artère principale. Elle s'engagea dans la première rue latérale qu'elle put trouver et s'arrêta derrière une voiture en stationnement. « D'arriver à quoi ? demanda-t-elle en coupant le moteur.

– À parler à Roy, dit-il en se frottant énergiquement le visage de ses mains.

– Pourquoi ?

– Nous n'avons pas suffisamment d'informations. Que voulez-vous que nous lui disions ? »

Elle l'observa un moment, ne doutant pas de la réalité de son angoisse. « J'ai l'intention de lui décrire le viol collectif que Cill a subi, tel que William Burton me l'a raconté, dit-elle sans émotion, puis de lui faire clairement comprendre que je pense qu'il y a été mêlé, ainsi que Colley Hurst et Micky Hopkinson.

– Ça ne va pas lui plaire.

– Et alors ? demanda George avec un rire amusé.

– Il niera. Vous n'avez aucune preuve.

– Je n'ai pas l'intention de l'arrêter, Jonathan. Simplement de lui dire ce que je sais et de voir ce que ça donne. »

Il posa ses poings sur ses genoux, avant de les frapper l'un contre l'autre. « À quoi bon le mettre sur ses gardes prématurément ? Et s'il se fâche ?

– Et si c'est moi qui me fâche ? Voilà ce qui devrait vous préoccuper, observa-t-elle doucement. S'il y a une chose au monde qui me révolte, c'est le viol, et plus encore les viols collectifs commis sur des enfants. Si Cill avait été *ma* fille – et si j'avais été Jean Trevelyan, j'aurais campé devant la porte de Roy jusqu'à ce qu'il avoue, puis je lui aurais arraché la tête. Il devrait s'estimer heureux de ne pas avoir eu affaire à moi. »

Jonathan la regarda, les yeux écarquillés de désespoir. « Franchement, je ne peux pas... »

Elle posa la main sur son bras. « De quoi avez-vous peur ? Qu'il me frappe ? Je vais vous dire : ça ne me déplairait pas qu'il le fasse – comme ça, je pourrais porter plainte pour agression. Mais c'est bien pour ça qu'il s'en abstiendra. »

Jonathan secoua la tête. « Vous n'en savez rien.

– C'est vrai, admit George, mais ne croyez pas que ça va m'arrêter. Il m'en faudrait plus. De toute façon, j'ai un spray de gaz au poivre dans mon sac. C'est parfaitement illégal – je l'ai acheté en Amérique –, mais je préfère aller en prison pour m'être débarrassée d'un agresseur que morte parce qu'il avait un couteau sur lui. » Elle s'arrêta pour qu'il assimile l'information. « Je ne me laisse pas facilement intimider, Jonathan. Je ne suis peut-être pas d'une résistance à toute épreuve, mais mon père m'a appris à me défendre, et la leçon m'a servi. S'il le faut, j'irai voir Roy toute seule, mais ça ne vous avancera pas à grand-chose. »

Il esquissa un sourire sans joie. « Ça m'avancera toujours plus que de me faire fracasser la mâchoire.

– Ça vous est déjà arrivé ?

– Une fois, oui.

– Par des petites brutes de votre école ?

– Par *une* petite brute, rectifia-t-il, impassible.

– Vous l'avez dénoncée ?

– Non. J'ai raconté que j'étais tombé de vélo.

– Pourquoi ?

– Parce qu'il m'a dit qu'il recommencerait si je le disais. » Son sourire se déforma. « Je n'ai pas eu un père comme le vôtre, George. Avec le mien, on n'avait vraiment pas intérêt à se défendre... à moins d'avoir envie qu'il remette ça, bien sûr. »

À quoi bon lui dire que ce n'était qu'une variation sur un thème décliné dans toutes les études de cas de maltraitance physique que George avait lues ? Aux yeux de Jonathan, son histoire personnelle était unique, comme elle l'était pour tous les enfants maltraités. Une famille à revenus modestes, acharnée à s'en sortir. Le secret, associé à des menaces de représailles en cas de dénonciation. Un enfant qui se cachait dans les toilettes de l'école parce qu'il avait peur de rentrer chez lui. Un père exaspéré, dont les penchants violents étaient exacerbés par l'alcool. Une mère méprisée, qui préférait voir rosser son fils plutôt que de prendre des coups elle-même. Un couple qui battait de l'aile et dont les difficultés étaient encore aggravées par la présence d'un grand père âgé qui réclamait de l'attention, accroissant ainsi les tensions au sein de la famille. Un adolescent efflanqué, poussé en asperge, mal habillé, que des brutes prenaient pour cible parce que sa timidité était trop flagrante. Des origines inventées de toutes pièces parce que les mensonges étaient moins douloureux que la vérité. Des émotions refoulées, des compétences sociales limitées, l'incapacité à nouer des relations, la peur des critiques, la crainte de l'échec...

« Andrew m'a dit que vous aviez eu une petite amie officielle jusqu'à Noël, dit George. Qu'est-ce qu'elle est devenue ? »

Tu es d'une telle lâcheté, Jon... c'est incroyable.

Jonathan n'avait pas la moindre envie d'en parler, et il ne l'aurait jamais fait si George ne s'était retranchée dans un silence obstiné, de plus en plus embarrassant au fur et à mesure que les minutes s'écoulaient. Elle avait, il s'en rendait bien compte, un caractère plus trempé que le sien, et il commençait à se demander si Andrew et elle avaient imaginé ce stratagème pour l'obliger à parler d'Emma.

« Cette histoire d'aller discuter avec Roy, c'était du bidon ? » demanda-t-il d'un ton irrité, comme si George avait suivi le fil de ses réflexions.

Peut-être l'avait-elle fait, après tout, car elle aborda de front sa question tacite. « C'est vraiment si difficile de me parler d'elle ?

– Il n'y a rien à en dire, répondit-il sèchement. Ça n'a pas marché et nous avons rompu. Ce sont des choses qui arrivent tous les jours. »

Le silence retomba, taraudant comme un mal de dents. Un nombre interminable de voitures passa tandis que George restait calmement assise, disposée à attendre le temps qu'il faudrait. Il aurait voulu la mépriser pour son indiscrétion, mais il n'y parvenait pas. Une femme indiscrète l'aurait harcelé pour qu'il réponde. Il aurait dû être furieux de cette tentative de manipulation, il ne le pouvait pas car, quand il finit par tout lui dire, ce fut parce qu'il en avait envie.

15

Grand magasin Dingles, Bournemouth
Mercredi 23 avril 2003, 16 h 30

Billy Burton regarda encore sa montre, puis laissa tomber sa cigarette sur le trottoir et l'écrasa sous sa semelle. Il était arrivé de bonne heure et s'était posté juste à côté de l'entrée du magasin. Cela faisait trois quarts d'heure qu'il était là. Il avait vu défiler une foule de gens venus faire leurs courses, Louise n'était pas parmi eux. Il était déçu, mais pas surpris. Elle lui avait posé plusieurs lapins de ce genre avant que la famille ne perde définitivement sa trace, et les circonstances de ces faux bonds avaient été d'une similitude fastidieuse.

Encouragé par son père, Billy avait retrouvé la piste de sa sœur à chacun de ses déménagements – qui coïncidaient toujours avec un nouveau séjour en prison de son mari –, et ne lui avait fixé de rendez-vous que pour faire le pied de grue à un coin de rue en attendant qu'elle daigne se montrer. Il avait fini par perdre patience et avait conseillé à son père de la laisser mijoter quelque temps. Elle t'appellera quand elle en aura assez, avait-il affirmé, très sûr de lui. Il se trompait. Elle n'avait jamais cherché à les joindre, et cela faisait maintenant plus de vingt ans qu'ils étaient sans nouvelles d'elle.

Ses parents ne lui avaient fait aucun reproche. Il lui arrivait même de penser que, dans le fond, ils étaient soulagés d'être débarrassés d'elle. Son père disait que ça ne l'étonnait pas, sa mère que Billy avait fait tout ce qu'il pouvait et, comme un disque rayé – alors qu'un fleuve tout entier avait eu le temps de passer sous les ponts depuis la disparition de Lou –, ils recommençaient à se répandre en griefs contre Cill Trevelyan. Louise n'avait plus jamais été la même depuis que cette « petite pute » avait fugué. S'ils avaient pu se douter de la mauvaise influence que cette salope exerçait sur leur gentille petite Lou, ils auraient tué cette amitié dans l'œuf.

Pourtant, Billy s'était toujours senti coupable. De temps en temps – généralement encouragé par sa femme –, il se demandait pourquoi ses parents n'étaient jamais allés eux-mêmes frapper aux portes à la recherche de leur fille dévoyée, mais cette excuse ne le satisfaisait pas. Les Burton ne comprenaient pas que Louise ait sombré dans la prostitution et dans la drogue, si bien que, les rares fois où elle était venue rendre visite à ses parents ravis, la rencontre avait invariablement dégénéré en une engueulade carabinée. Billy – tout aussi perplexe devant la déchéance rapide de sa sœur – était resté le seul intermédiaire. Mais il y avait une chose qu'il n'avait jamais dite à ses parents : parmi les nombreux pseudonymes de Lou, figurait le prénom de Cill.

Leur mère était persuadée qu'elle était morte d'une overdose ou du sida en Australie, et la famille s'était interrogée plusieurs fois sur l'existence possible d'enfants. En avait-elle eu ? Où étaient-ils ? Qui s'en occupait ? George Gardener croyait qu'elle avait eu un enfant de Roy Trent quand elle était adolescente. Bill savait qu'il n'en était rien, mais il était moins sûr qu'elle ne l'ait jamais épousé. Il avait été aussi difficile de se tenir au courant de ses changements de nom que de ses changements d'adresse.

Il regarda une nouvelle fois sa montre, se demandant s'il n'allait pas retourner à Sandbanks. Lou n'avait pas protesté quand il avait laissé entendre qu'elle tapinait toujours, mais sa remarque sur le fait qu'elle se soit *encore* fait cogner suggérait qu'elle devait ce cocard à Fletcher. Dieu sait qu'elle en avait récolté un certain nombre au cours de sa carrière, de son mari ou de ses clients. Quel genre de maquereau fallait-il être pour vivre comme un nabab et envoyer sa femme faire le trottoir ?

Il alluma une nouvelle cigarette et se promit de partir quand elle serait terminée. La situation de Lou lui semblait aussi obscure que vingt ans auparavant, mais il était prêt à lui accorder cinq minutes supplémentaires...

« On a joué une sorte de reprise de *Devine qui vient dîner ce soir*, mais sans le *happy end*, dit Jonathan. Ça faisait un an que nous vivions ensemble quand Emma a enfin accepté de me présenter à ses parents – elle préférait attendre que nous soyons absolument sûrs de vouloir nous marier. » Il sourit douloureusement. « Nous les avons donc invités chez nous le soir de Noël pour leur annoncer la bonne nouvelle... les choses se sont passées encore plus mal que tout ce que j'avais pu imaginer. Elle m'avait prévenu que son père ne serait pas ravi, mais elle ne m'avait pas averti qu'il allait me traiter de "sale nègre" et se mettre à l'engueuler. Je suis sorti de la pièce quand il l'a giflée... elle a déménagé le jour de Noël. Elle ne m'a plus adressé la parole depuis.

– Où êtes-vous allé ?

– Je suis allé m'enfermer dans les toilettes.

– Comment Emma a-t-elle réagi ?

– Elle m'a traité de lâche, elle m'a reproché de l'avoir mise dans une situation intenable. Je ne l'avais pas volé. Elle cherchait un homme capable de tenir tête à son père, et je n'ai pas pu... alors, nous avons rompu.

– Elle s'est trouvé quelqu'un d'autre ?

– Je n'en sais rien.

– Vous l'avez appelée ?

– Non.

– Pourquoi ? »

Il ferma les yeux. « À votre avis ?

– Je ne sais pas, Jon, mais je peux essayer de *deviner.* Parce que souffrir en silence vous donnait une meilleure image de vous-même ? Parce que vous vous êtes fourré dans la tête qu'Emma préfère vivre avec un père brutal qui la frappe qu'avec un lâche qui s'enferme dans les toilettes ? » Le ton de George était corrosif. « Vous avez peut-être peur qu'il ne revienne vous tabasser et vous vous êtes dit qu'Emma ne valait pas ces trente secondes de souffrance ? Peut-être que vous êtes *d'accord* avec elle... vous *êtes* un lâche, un objet de honte, et elle s'en sortira mieux sans vous ? Ou bien vous êtes comme Howard... et vous espérez que si vous vous automutilez assez longtemps, quelqu'un comme moi finira par arriver et par tout faire pour vous remettre sur les rails. »

Il recommença à se frotter le visage. « Elle refusera de me parler, lança-t-il durement. *Voilà* pourquoi je ne l'ai pas appelée.

– Ah, je vois ! dit George en feignant l'étonnement. Vous avez peur d'un rejet. Bien, bien. Avec vous, c'est vraiment deux poids deux mesures, Jonathan. Peu vous importe que vous ayez heurté les sentiments de quelqu'un... pourvu que les vôtres ne souffrent pas. Voilà les règles que vous appliquez, c'est bien ça ?

– Vous n'en savez rien.

– En effet, j'en ai bien peur. Vous avez partagé votre lit avec cette fille, vous avez couché avec elle. Vous devriez *au moins* vous sentir obligé d'essayer de savoir comment elle va. » Elle lui adressa un sourire ironique. « Vous me trouvez complètement vieux jeu ? »

« Tu as une tête à faire peur, dit Billy en examinant les nouvelles contusions qui transparaissaient sous le maquillage de sa sœur. Ça va ?

– Ouais, dit-elle en dissimulant sa bouche sous son écharpe. Nick a un foutu caractère, mais il n'est pas méchant... enfin, pas vraiment. Il est terriblement jaloux, c'est tout. Je suppose que ça veut dire qu'il m'aime. »

Billy la prit par le bras et la dirigea vers un café, dans la ruelle située en face de Dingles. « Tu es vraiment godiche, Lou, dit-il, reprenant une expression qu'il utilisait souvent dans leur enfance. Quand apprendras-tu que les types qui aiment leurs femmes ne les tabassent pas ?

– Ne recommence pas, maugréa-t-elle. J'en ai plus que ma claque des leçons. J'ai bien failli ne pas venir, mais j'ai eu peur que tu reviennes frapper à ma porte. »

Il ouvrit la porte du café et lui désigna une table vide. « Qu'est-ce que tu prends ? Thé ? Café ? Tu veux manger quelque chose ?

– Un espresso, répondit-elle de mauvaise grâce, mais il faudra que tu me le payes. Il m'a pris tout mon fric. »

C'était toujours la même histoire, se dit Billy en s'approchant du comptoir. La seule différence entre sa situation actuelle et ce qu'il avait connu vingt ans plus tôt était qu'elle était mieux sapée et vivait dans une villa de luxe. Elle se faisait toujours cogner... elle n'avait toujours pas un sou sur elle... elle ne voulait toujours pas que son frère vienne frapper à sa porte. Il ne pouvait s'empêcher de trouver tout cela bizarre.

Il revint avec deux cafés et en posa un devant elle. « Alors, raconte-moi un peu qui est ce Nick Fletcher, demanda-t-il en s'asseyant. Qu'est-ce qu'il fait dans la vie ?

– Des affaires.

– Quel genre ?

– Il est book.

– Jamais entendu parler de lui.

– Ça ne m'étonne pas. » Elle changea de sujet brusquement. « Et toi, Billy, qu'est-ce que tu deviens ? Tu es marié ? Tu as des gosses ? »

Il acquiesça. « Tu te souviens de Rachel Jennings ? La sœur de Mark Jennings, qui était dans ta classe ? On a commencé à sortir ensemble en 1985 et on a eu des jumelles deux ans plus tard – Paula et Jules –, elles ont seize ans maintenant.

– Merde alors ! fit Louise. Ça veut dire que je suis tante ? »

Billy grimaça un sourire. « De deux rouquines. Et toi ? Tu as des enfants ? Je suis tonton ? »

Elle baissa les yeux vers sa tasse de café. « J'ai fait une fausse couche, et ça s'est arrêté là. C'est un peu con en fait. J'aurais bien aimé avoir des gosses. »

Il y avait trop de regret dans sa voix pour que ce ne soit pas vrai, et il se demanda qui avait bien pu raconter à George Gardener qu'elle avait eu un enfant. « Je suis désolé pour toi.

– Ouais. Et les parents, comment ils vont ? Toujours dans la vieille baraque ?

– Non. On leur a rachetée, Rachel et moi, pour qu'ils puissent aller s'installer en Cornouailles. » Il lui fit le résumé de l'histoire familiale depuis 1980. « Papa est théoriquement à la retraite, mais il fait des petits boulots de jardinier. Il deviendrait cinglé s'il restait bouclé à la maison toute la journée. Quant à maman, elle est devenue évangéliste il y a deux ans. Elle est visiteuse de paroisse, un truc comme ça : elle va voir des vieux qui ne peuvent pas bouger de chez eux... et elle passe tous ses dimanches à l'église. Papa ne comprend pas ce qui lui prend, il dit qu'elle doit avoir un sacré paquet de trucs à se reprocher. »

Ce fut en voyant le sourire de Louise s'effacer soudain de son visage qu'il réfléchit à ce qu'il venait de dire. Il avait entendu cette expression d'innombrables fois dans la bouche de Robert Burton, et il y avait toujours vu une plaisanterie inoffensive pour expliquer la dévotion soudaine d'Eileen. Billy savait que son père n'appréciait pas de voir son épouse si soumise se passionner pour quelque chose qui ne le concernait pas, mais il n'avait jamais pris cette taquinerie au sérieux.

Il vit le regard de sa sœur se fixer une fois de plus sur sa tasse de café. « Elle a *vraiment* des trucs à se reprocher ? demanda-t-il avec curiosité.

– Qu'est-ce que tu veux que j'en sache ? Ça fait des années que je ne l'ai pas vue.

– Alors, pourquoi est-ce que tu as l'air si morveuse ? »

Elle ne répondit pas.

Il remua le sucre au fond de sa tasse. « Tu veux savoir comment je t'ai retrouvée ?

– Pas particulièrement, mais je suppose que je ne vais pas y échapper. Ça te plaît, hein, de faire ton malin avec ça ! Qu'est-ce que tu as pu être chiant, Billy. Un claquement de doigts des vieux et hop ! tu te pointais pour me gâcher la vie, une fois de plus... tu ne t'es jamais demandé si j'avais envie qu'on me retrouve ?

– Le jour où je l'ai fait, on t'a complètement perdue de vue, répondit-il prosaïquement. C'est vraiment ce que tu voulais ? J'ai du mal à le croire. Chaque fois qu'on se voyait, tu te débrouillais pour me taper un max de blé. Enfin, le fric des parents. Tu as dû te faire plus de mille livres en quelques années... et tu crois que tu serais venue leur dire merci ? C'est tout ce qu'ils demandaient, que tu passes les voir une fois de temps en temps leur montrer que tu étais toujours en vie. » Il but une gorgée de café. « C'est toi qui faisais la maligne en m'obligeant à te courir après, ça te donnait l'impression d'être importante. C'est aussi pour ça que tu laisses les types te tabasser – tu veux qu'on s'occupe de toi, c'est tout.

– Arrête un peu tes conneries, tu veux, répliqua-t-elle avec une pointe d'amertume dans la voix. C'est pas le moment. J'étais camée jusqu'aux yeux, tu sais, un vrai zombie. Je n'ai décroché qu'il y a trois ans. » Elle releva les yeux. « Allez, vas-y, dis-moi comment tu m'as trouvée. Tu en meurs d'envie, je sais bien.

– Il y a une dizaine de jours, j'ai reçu la visite d'une femme. Une certaine George Gardener... »

Jonathan sortit un mouchoir de sa poche et se moucha. Il était encore atrocement maigre ; ses mains avaient l'air de pelles au bout de ses poignets trop grêles. George se demanda s'il avait jamais dépassé le stade de l'adolescent houspillé qui grandit trop vite pour ses vêtements. Se rappelant les commentaires narquois de Roy sur la « petite barbe minable » d'Howard Stamp et sur son « torse de moineau », elle se demanda si Roy avait, comme elle, relevé certaines similitudes entre Howard et Jonathan. Cela expliquerait peut-être qu'il ait cherché à se débarrasser de Jonathan. Howard n'avait certainement jamais pu mettre le nez dehors sans être la cible de taquineries malveillantes. On ne pouvait que se demander comment il avait eu le courage de sortir de chez lui.

« Que vouliez-vous que je lui dise ? demanda Jonathan. Que j'étais désolé ? Que cela ne se reproduirait pas ? Bien sûr que si, George. Son père aurait pu la gifler vingt fois, je me serais enfui de la même manière. Je suis comme ma mère. Je préfère que quelqu'un d'autre que moi se fasse casser la figure... *même* Emma. Elle a eu raison de me traiter de lâche... Je me conduis exactement comme ma mère. » Il prit une inspiration frémissante. « Et je *détestais* ma mère.

– Et par voie de conséquence, Emma vous déteste, observa George, impassible.

– Je ne le lui reproche pas.

– Le seul problème est que nous avons là un magnifique cas de transfert, Jon – une vision du monde qui ne tient pas la route et où les relations du passé empoisonnent celles du présent. » Elle émit un petit rire. « Présentons les choses autrement – puisque vous avez décidé de jouer le rôle de votre mère, quel emploi avez-vous attribué à Emma ? Comment la considériez-vous ?

– Comme mon amie... ma complice... ma maîtresse. Tout allait bien jusqu'à ce que son père arrive.

– Vous en êtes sûr ? »

Jonathan observait un homme âgé qui s'approchait sur le trottoir. Il tenait en laisse un minuscule yorkshire et chaque fois que le chien manifestait de l'intérêt pour un lampadaire, il le tirait brutalement vers lui, comme un yoyo velu. De toute évidence, la petite bête l'exaspérait, soit parce qu'elle appartenait à sa femme soit parce qu'il jugeait que le ruban rouge qui retenait sa frange était indigne de lui ; mais cette laisse qui se tendait brutalement était une cruauté gratuite.

... tu peux être tellement désagréable, Jon. Je ne suis pas responsable de toi... ni de tes problèmes...

Il reporta son attention sur George. « Je ne sais pas, reconnut-il franchement. Je n'avais jamais été aussi proche de personne. J'imagine qu'il a dû m'arriver d'être décevant, mais je ne le faisais pas exprès. Et je me faisais immédiatement rappeler à l'ordre. »

George eut l'air perplexe. « Alors comme ça, vous l'avez transformée en nounou ? Très intéressant. Ça ne m'étonne pas qu'elle ait fait ses valises. Les femmes d'aujourd'hui n'ont même pas envie de materner leurs enfants, alors leurs maris...

– Mais non ! fit Jonathan, agacé. Elle s'est peut-être comportée comme ça dans certains cas, mais je ne le lui ai jamais demandé. Ce que je voulais, moi, c'était une femme qui soit mon égale.

– Alors, vous envoyez des signaux qui ne sont pas clairs. On nous traite en fonction des réactions que nous suscitons, Jon. Je ne vous connais pas depuis longtemps, mais il me paraît évident que tout le monde a tendance à vous materner... Emma, Andrew, moi... et même Priscilla Fletcher pendant qu'elle vous volait votre portefeuille. Je suppose que vos secrétaires, à la fac, en font autant. » Elle leva un sourcil interrogateur. « C'est excellent pour votre ego – quand quelque chose se passe mal, c'est la faute de la nounou –, mais c'est tout à fait incompatible avec une relation mature entre êtres égaux. »

Il se détourna avec irritation pour observer le vieil homme. « Je ne vous ai pas demandé de faire ça, dit-il d'une voix tendue. Tout ce que j'ai fait, c'est vous dire que je n'ai pas envie de parler à Roy. Si vous aviez respecté mon désir, nous ne nous serions pas engagés dans cette conversation ridicule. » Il s'interrompit un instant, comme s'il se demandait s'il était raisonnable de poursuivre, mais la colère l'emporta : « Vous êtes exactement comme Emma... vous n'arrêtez pas de m'asticoter... pic, pic, pic... et pour quoi ? Pour que je tienne tête à un *connard* que je connais à peine, simplement parce que vous n'aimez pas la façon dont il *vous* traite.

– Sous une forme ou une autre, les réactions de transfert touchent tout le monde, vous savez, remarqua George d'une voix douce. Mon père m'a pourri la vie. »

Jonathan lui jeta un regard soupçonneux. « Ce n'est pas l'impression que vous donnez. Vous en parlez toujours avec beaucoup d'affection.

– Vous avez raison. Aucun homme ne lui arrivait à la cheville. À votre avis, pourquoi est-ce que je ne me suis jamais mariée ? »

Quand Billy eut terminé le récit de sa rencontre et de sa conversation téléphonique avec George Gardener, Louise avait l'air ébranlée. Ses mains tremblaient tellement qu'elle renversa du café en portant sa tasse à ses lèvres. « Si tu savais que c'était moi, pourquoi lui as-tu dit de prévenir les Trevelyan ? siffla-t-elle.

– Elle serait allée les voir de toute façon... peut-être pas tout de suite, mais elle aurait fini par le faire. » Il alluma une cigarette et la lui tendit. « J'ai trouvé ça plutôt malin de ma part, dit-il avec autant de talent qu'elle en mettait à mentir. Tu pourrais me dire merci. »

Des larmes brillèrent sur ses cils tandis qu'ell enfonçait la cigarette entre ses lèvres. « Tu peu me dire ce qu'il y a de malin, là-dedans ? Je vais m retrouver avec un connard de détective à ma port un de ces quatre.

– Et alors ? Tu peux prouver que tu n'es pas Ci' Trevelyan. Je suis sûr que les parents ont encor ton acte de naissance. » Il alluma une cigarette pour lui, et se pencha en avant. « Je vais te dire pourquoi c'est malin. Comme ça, j'ai persuadé cette Gardener que Priscilla Fletcher n'est pas Louise Burton. Ça ne veut pas dire qu'elle ne découvrira jamais la vérité, mais, au moins, ça te laisse le temps d'inventer une explication. »

Elle le dévisagea d'un air méfiant. « À quoi ?

– Pour commencer, à ce qui t'a poussée à te transformer en sosie de Cill. Je peux savoir pourquoi tu as fait ça, d'ailleurs ?

– Ça ne te regarde pas.
– Un sentiment de culpabilité ? Tu sais ce qu'il lui est arrivé ?
– Elle s'est fait violer.
– Et à part ça ? »
Elle détourna le regard. « Pourquoi est-ce que tu as mis si longtemps à venir me voir ? Tu viens de dire que tu as rencontré George il y a dix jours.
– J'ai été d'équipe de jour pendant un moment, et je n'ai pas eu le temps. En plus, tu es sur la liste rouge. J'ai dû persuader un copain que j'ai à la poste de me communiquer ton adresse. » La manière dont elle avait dit « George » ne lui avait pas échappé. « Tu connais cette femme, Lou ?
– Non.
– Alors tu en as entendu parler ? Elle a l'air de savoir pas mal de choses sur toi... ou plutôt sur Priscilla Fletcher. Elle m'a dit que tu habitais Sandbanks, que tu avais été mariée à Roy Trent et que tu avais eu un fils de lui quand tu avais une quinzaine d'années. » Billy sentit son cœur se serrer en voyant l'effroi élargir les pupilles de sa sœur. « Oh, bon sang, Lou ! murmura-t-il, baissant la voix. Dans quoi est-ce que tu t'es fourrée ? Elle avait raison à propos de Roy ? Tu as menti en disant que tu n'avais pas eu d'enfants ? »
Il lisait sur son visage aussi facilement que quand elle était petite, et il observa attentivement ses traits pendant qu'elle échafaudait différentes versions pour les rejeter l'une après l'autre. Aucune n'était suffisamment convaincante pour le persuader qu'elle n'avait pas d'ennuis. « Je n'ai pas menti, dit-elle enfin, c'est Roy qui avait un fils. Il est adulte maintenant et il vit à Londres – aux bons soins de la prison de Wandsworth. Mais il a habité

avec nous un moment, au début de notre mariage. Voilà d'où cette grosse vache a dû tirer son histoire de gosse, je suppose. J'aimerais quand même bien savoir qui lui en a parlé. Un gamin atroce... tout le temps à taper dans la caisse, tout le temps les flics sur le dos... c'est à cause de lui qu'on s'est séparés, Roy et moi.

– Qui était sa mère ?

– Une des putes de Roy. Je lui avais dit qu'il n'était pas forcé de se charger du gamin, mais il faisait une vraie fixation là-dessus à cause de son père qui l'avait abandonné. Rien à faire. Le gosse a fini en tôle... – sa bouche se tordit – tu parles d'une surprise. Il avait seize ans quand on l'a pris en charge, dix-neuf quand il s'est fait coffrer – et, en l'espace de trois ans, il est arrivé à démolir tout ce qu'on avait construit Roy et moi.

– C'était quand ? »

Elle essuya les bords du cendrier avec l'extrémité rougeoyante de sa cigarette, et aspira une dernière bouffée avant de l'écraser. « On s'est mariés en 1992, on s'est séparés au bout de neuf ans. Il n'arrêtait pas de me mettre sur le dos les problèmes de son salaud de fils. On a divorcé l'année dernière. Une vraie connerie, Billy. Roy et moi, on s'entendait bien – il m'a toujours dans la peau, tu sais –, c'est ce sale gamin qui a foutu la merde. »

Toutes ces informations se bousculaient dans la tête de Billy, peu habitué à séparer le bon grain de l'ivraie. Pourquoi Louise avait-elle épousé Roy ? Avait-elle été une de ses putes ? Pourquoi la rendait-il responsable des problèmes de son fils ? Que s'était-il passé après leur divorce ? Pourquoi avait-elle épousé Nick Fletcher ? Comment savait-elle que Roy était toujours amoureux d'elle ? Pourquoi cet œil au beurre noir et cette lèvre tuméfiée ?

Finalement, il posa la question qui l'intriguait le plus. « Est-ce qu'il t'est arrivé, un jour, d'entrer chez Grace Jefferies ? demanda-t-il, lui attrapant le poignet entre ses doigts robustes. Dis-moi la vérité, Lou. »

Le changement d'expression n'aurait pu être plus flagrant. C'était une explication qu'elle tenait toute prête. « Fais pas le con, dit-elle avec mépris en dégageant sa main. Tu sais très bien que non. J'avais à peine treize ans, et j'étais complètement à côté de mes pompes parce que ma meilleure amie avait disparu. Demande à maman si tu ne me crois pas. Elle montait la garde devant ma porte tellement elle avait la trouille que je fasse une connerie.

– J'ai dit *un jour*, Lou. Je n'ai pas dit : "Y étais-tu le jour où elle s'est fait assassiner ?" »

Lou sortit une nouvelle cigarette de son paquet et prit son briquet. Ses mains tremblaient de nouveau. « Je ne suis jamais entrée chez Mrs Jefferies. Ça te va ?

– Non. » Billy secoua la tête. « Ce que je crois, c'est que Cill et toi, vous vous planquiez chez elle quand vous séchiez les cours. Je me rappelle que tu m'as dit un jour qu'elle avait une plus grosse télé que nous. »

Ses lèvres se crispèrent de fureur et elle releva son écharpe pour les dissimuler. « Tu n'as pas beaucoup changé, hein, Billy ? » Des larmes perlaient à nouveau à ses paupières. « Toujours aussi chiant. »

16

25 Mullin Street, Highdown, Bournemouth
Mercredi 23 avril 2003, 17 heures

La maison de George faisait partie d'une rangée de maisons accolées des années 1930, aux murs recouverts de crépi blanc sur lequel contrastaient des ornements anachroniques en faux Tudor. Il y avait un motif de pétale en relief sous l'avant-toit, des vitraux aux fenêtres et deux étroites poutres placées à angle droit de manière à suggérer une structure de bois.

« Typique de son époque », commenta-t-elle ironiquement, devant le silence éloquent de Jonathan.

Il lui rendit son sourire. « Un peu comme Poundbury, alors – relativement neuf mais faisant de son mieux pour avoir l'air vieux.

– De la bonne vieille imitation d'avant-guerre, c'est tout, dit-elle en passant devant lui sur le petit chemin conduisant à la porte d'entrée, mais, au moins, c'est du solide. Je ne trouve pas l'extérieur particulièrement réussi, moi non plus, mais l'intérieur n'est pas mal, vous verrez. » Elle tourna la clef dans la serrure. « D'après la voisine qui a vu Howard arriver, c'est une réplique exacte de la maison de Grace. » Elle désigna de la tête un immeuble collectif, situé une cinquantaine de mètres plus bas dans la rue. « C'est là qu'elle se trouvait avant d'être démolie.

– Et les Burton, où habitaient-ils ? »

George poussa la porte et la maintint entrouverte avec son genou. « Au 18, dit-elle en montrant une rangée de maisons de brique en face de l'immeuble. Elles appartenaient à la municipalité, mais ont été vendues aux locataires dans les années 1980. »

Elle le conduisit dans le salon et laissa tomber son porte-documents sur une chaise. C'était une grande pièce ouverte avec une porte-fenêtre donnant sur le jardin et un passage voûté conduisant à la salle à manger et à la cuisine. George devait aimer le désordre, car la moindre surface disponible était jonchée de bibelots et de babioles. Un goût original en matière de couleurs, se dit Jonathan, en s'interrogeant sur l'association entre les murs jaune moutarde et la moquette chocolat. Un petit côté terre cuite par le soleil, pas très flatteur pour les toiles accrochées aux murs, mais l'impression générale reflétait bien la personnalité de George. Chaleureuse, bourrée d'idées, mais pas toujours facile à vivre.

« Le téléphone est à la cuisine. » Elle retira sa veste de tailleur d'un mouvement d'épaules et la plia sur son bras. « Je monte me changer, j'en ai pour une petite demi-heure. Le café est à côté de la bouilloire et il y a une bouteille de vin ouverte dans le frigo. Servez-vous, faites comme chez vous.

– Et si je ne l'appelle pas ? »

George haussa les épaules. « Vous ne saurez jamais à quoi aurait pu ressembler le chapitre suivant. » Elle grimaça. « Mais ne le faites pas pour me faire plaisir. Papa disait toujours que ma curiosité finirait par me jouer des tours. Faites-le parce que vous avez envie de le faire, Jon. »

Il attendit d'entendre ses pas dans l'escalier, puis traversa le passage voûté à la recherche du téléphone. Il était accroché au mur, à l'extrémité d'un plan de travail en L qui séparait le coin cuisine de la table de la salle à manger. Il posa sa serviette sur la table et retira sa veste, en sortant automatiquement son portefeuille pour le ranger dans son porte-documents. Tout en faisant ce geste, il se rappela avoir suivi la même routine à La Couronne. Il se souvenait même du frôlement de la doublure de la serviette contre le dos de ses doigts. Il leva les yeux pour contempler le jardin mal entretenu de George à travers les vitraux. Ce chapitre-là l'intéressait. Pourquoi Priscilla Fletcher lui avait-elle pris son portefeuille si elle ne tenait pas à attirer l'attention sur elle ?

Avec un soupir, il s'approcha du plan de travail et décrocha le combiné, sentant une crispation au creux de l'estomac. Il savait que cet appel se terminerait dans les larmes, mais il savait aussi que George avait raison. Il ne pouvait pas vivre éternellement dans un néant sentimental. Il finirait par devenir fou.

Louise repoussa brutalement la main de Billy en sortant en trombe du café. « Si tu ne me lâches pas, je crie, siffla-t-elle tout bas, et je dirai à tout le monde que c'est toi qui m'as fait tous ces bleus. » Ses yeux pâles, obstinés, le défiaient. « Tu sais que j'en suis capable ».

Il le savait. Elle avait toujours été prête à lui coller ses méfaits sur le dos si cela lui permettait de s'en tirer à bon compte – sauf en une occasion, celle du viol de Cill. « Vas-y, dit-il, avec dans le regard la même obstination que sa sœur. Tu peux gueuler aussi fort que tu voudras... quand les flics arriveront, je leur dirai que j'ai été témoin du viol de Cill Trevelyan et que je peux leur donner les noms des trois salauds qui ont fait le coup. Je leur dirai aussi qu'Howard Stamp n'était pas le seul rouquin à aller chez Grace Jefferies. »

Un petit rire lui répondit. « Tu ne feras pas ça, dit-elle. Tu ressembles trop à maman. Qu'est-ce que les voisins vont dire, et tout ça. Tu la boucleras, j'en suis sûre.

– Ne compte pas dessus, Lou. »

Il y eut un bref instant de silence avant que, dans un geste d'affection inattendu, elle pose la main sur la joue de Billy. « Allons, c'est de l'histoire ancienne, dit-elle. À quoi ça servirait de ressortir tout ça ? Pense un peu à ta femme et à tes gamines. Tu crois qu'elles seraient contentes que tu traînes leur nom dans la boue ? Ce ne sont jamais les coupables qui trinquent, Billy. »

Elle se détourna et, cette fois, Billy la laissa partir, la peur lui montant à la gorge comme une nausée. *Ta mère doit avoir un sacré paquet de trucs à se reprocher...*

Jonathan était au jardin quand George regagna le rez-de-chaussée. Il errait sans but dans l'herbe trop haute, la tête basse, chiffonnant un mouchoir entre ses doigts. Elle savait qu'il avait téléphoné parce qu'elle avait entendu sa voix à travers le plancher de sa chambre.

« Et *merde !* murmura-t-elle pour elle-même en sortant le vin du frigo. Merde ! Merde ! Merde ! » Elle remplit deux verres et les emporta dehors. « À votre santé ! dit-elle avec un enjouement forcé, en tendant un à Jonathan pour trinquer avec lui. Essayez de considérer ça comme un début... quand une porte se referme derrière vous, au moins, vous pouvez vous lancer dans autre chose. C'est très sain. C'est comme ça que ça doit se passer.

– Votre gazon aurait besoin d'une bonne tonte, dit-il en frôlant les tiges d'herbe du bout du pied. Vous avez une tondeuse ? Vous voulez que je vous le fasse ?

– Vous ne préférez pas rentrer chez vous ? Je peux vous reconduire à la gare. » Elle baissa son verre de vin. « Je finirai ça en rentrant. »

Jonathan posa un doigt effilé sous le pied du verre et le releva. « Buvez tranquillement. Andrew m'a prêté trente livres, je prendrai un taxi tout à l'heure. »

Elle attendit qu'il poursuive et, constatant qu'il se taisait, demanda : « Vous avez envie d'en parler ? Vous avez eu Emma ? Qu'est-ce qu'elle a dit ?

– Rien. Je ne lui ai pas parlé. » Son expression lui arracha un sourire ironique. « C'est son père qui a répondu. Il a dit qu'il "m'arracherait mes couilles noires" si je rappelais. Je suppose qu'elle est retournée chez eux, ou qu'il lui a confisqué son portable.

– Et *vous*, qu'est-ce que vous avez dit ? »

Il caressa l'herbe du bout du pied. « Que je viendrais demain matin lui arracher ses couilles blanches s'il ne me passait pas Emma immédiatement.

– Bravo ! s'écria George avec un rire surpris. Et puis ?

– Il ne m'en croit pas capable. Il a raccroché. »

Elle laissa passer un moment de silence en observant l'orteil de Jonathan. « Et vous en *êtes* capable ?

– Peut-être... il faudrait que je m'exerce avant.

– Sur qui ?

– Roy Trent, dit-il en souriant, parce que je suis d'assez mauvaise humeur pour *lui* arracher les couilles à la première remarque désobligeante. »

De : wandr.burton@compuline.com
Date : mer 23/04/03 17 : 31
A : robandeileen.burton@uknet.co.uk
Objet : Louise

Je sais que c'est rachel ou les jumelles qui le font d'habitude mais je ne peux pas appeler parce que je suis fâché et que je ne sais pas comment le dire sans qu'on se dispute encore à cause des grèves j'ai trouvé louise elle vit avec une nouvelle brute et il se passe d'autres trucs qui me prennent la tête lou ressemble à cill trevelyan et elle a été mariée pendant un temps avec un des types qui ont violé cill elle dit qu'il y a des trucs que maman n'a pas dits pour éviter des ennuis à la famille et je veux savoir ce que c'est

Il y a une conseillère municipale qui dit qu'Howard n'a pas tué grace jefferies et je me souviens que maman a menti quand les flics sont venus en leur disant qu'elle ne la connaissait pas j'ai toujours su qu'il s'était passé des trucs moches à cette époque parce que vous étiez fous d'inquiétude tous les deux cette femme dit que c'est quelqu'un de roux qui a tué grace, mais que ce n'était pas Howard je sais que vous savez tous les deux qu'il arrivait à lou d'aller chez grace quand elle séchait est-ce que c'est le seul truc que maman n'a pas dit pourquoi est-ce que tu dis que maman a des trucs à se reprocher

Il faut que tu me répondes papa autrement je crois que je vais aller trouver les flics

Billy

De : Rob Burton [robandeileen.burton@uknet.co.uk]
Date : Mer 23/04/03 18 : 40
A : wandr.burton@compuline.com
Objet : Louise

Cher fils,

J'ai eu le plus grand mal à comprendre de quoi tu voulais parler. Si seulement tu avais appris les règles de ponctuation quand tu étais petit ! Les vérificateurs d'orthographe n'ont qu'une efficacité limitée. Quant à nos disputes, tu connais le fond de ma pensée. Les grèves sont antipatriotiques, mon fils, et l'intimidation ne me fera jamais changer d'avis.

Pour ce qui est des histoires ridicules dont tu parles, je suppose que Louise t'a bourré le crâne et raconté des mensonges une fois de plus. Elle doit être tellement droguée qu'elle ne sait plus ce qu'elle dit, et je ne peux que penser que tu es encore plus idiot que je ne le croyais si tu prêtes la moindre attention à ses propos.

Je ne sais pas qui est la femme dont tu parles ni pourquoi tu dis que ta mère a menti en disant ne pas la connaître. Je ne comprends pas non plus ce que tu veux dire quand tu écris que « Lou ressemble à Cill Trevelyan ». Tout le monde sait qu'Howard Stamp a tué sa grand-mère, il a avoué immédiatement et a été condamné, et si nous étions « fous d'inquiétude » ta mère et moi à l'époque, c'est parce que David Trevelyan me rendait la vie impossible au boulot. Il a accusé notre famille de raconter des mensonges à propos de Cill et a prétendu que Louise avait imaginé de toutes pièces cette histoire de viol. Selon lui, si les deux filles étaient ensemble, elles auraient dû subir le même sort, et il était furieux que Louise laisse entendre que sa fille était « facile » et qu'elle l'avait « cherché » alors qu'il n'était rien arrivé à Louise. Malheureusement, il avait les idées confuses, c'est le moins qu'on puisse dire. Il prétendait aussi que si ce viol avait vraiment eu lieu, Louise nous en aurait certainement parlé, à ta mère et moi, puisqu'elle avait été si rapide à en informer la police. Autrement dit, nous ne lui avions pas transmis l'information et nous avions laissé Cill se faire punir à cause de cette fameuse bagarre avec Louise, alors que nous savions que Cill était particulièrement vulnérable. Avec une sorte de logique tordue, il nous rendait responsables de la fugue de cette pauvre gosse.

Je dois dire que nous n'avons jamais été convaincus de la réalité de ce viol. Je pense plutôt que Cill a effectivement eu des relations sexuelles avec des garçons en présence de Louise et que ta sœur a mal interprété ce qui se passait. De notre point de vue, à ta mère et à moi, cette fille a eu sur Louise une influence tout à fait pernicieuse et l'a initiée à des choses qu'elle n'aurait jamais dû connaître à treize ans. Je dois dire que nous nous sommes méfiés de David Trevelyan dès le début. Il était d'une brutalité inexcusable avec sa fille, surtout depuis sa puberté, et ça nous mettait franchement mal à l'aise. Si ta mère a quelque chose à se reprocher, c'est probablement ça. Elle a dit je ne sais combien de fois qu'elle aurait dû avoir le courage de parler et de l'accuser de maltraitance.

Je dois ajouter que nous nous sommes souvent demandé s'il ne s'en était pas aussi pris à Louise, ce qui pourrait expliquer ses problèmes. Elle était tout le temps fourrée chez eux, et nous avons bien remarqué qu'après la disparition de Cill David la terrifiait. Nous avons essayé de rester objectifs, mais je dois avouer que c'est devenu bien difficile quand David a commencé à me rendre la vie impossible au boulot et à essayer d'apitoyer les autres. La police ne le lâchait pas et, malgré son alibi, il aurait certainement été mis en examen si on avait pu retrouver le corps de Cill. Mais il a su détourner l'attention de nos collègues en accusant ta sœur de mensonge. En deux ou trois occasions, Jean et ta mère se sont crêpé le chignon en public. La situation commençait à devenir vraiment embarrassante et plutôt stressante, tu peux t'en douter. Elle n'a fait qu'aggraver les angoisses de Louise et nous a persuadés de déménager.

À propos des « reproches » que ta mère aurait à se faire : je n'ai évidemment pas la moindre idée des secrets qu'elle garde au fond de son cœur, mais je peux t'assurer qu'elle n'a jamais su que Louise allait chez Grace Jefferies quand elle « séchait » pour la bonne raison que ce n'est pas vrai.

Qu'est-ce qui a bien pu te mettre pareille idée en tête ? Quant au fait que Louise aurait épousé un des violeurs de Cill, c'est d'une absurdité sans nom qui dépasse tout. Louise ne connaissait pas le nom de ces garçons, et la police n'a jamais fait savoir qui elle avait interrogé. À mon avis, ils ont dû en embarquer un certain nombre parce que Cill n'était pas avare de ses « faveurs », mais rien n'a jamais permis de les rattacher au prétendu viol ni à la disparition de Cill. Si c'est de Louise que tu tiens tes informations, permets-moi de te rappeler qu'elle a le cerveau ravagé par la drogue. À dater du jour où elle a mis le doigt dans l'engrenage de la toxicomanie et de la prostitution, elle n'a plus été capable de tenir des propos sensés. Il n'y a aucune raison que cela ait changé si, comme tu le prétends, elle vit avec une autre « brute ». Quel gâchis ! Mais je n'arrive plus à avoir pitié d'elle. Nous avons fait tout ce que nous pouvions, ta mère et moi, pour la sortir de là, mais elle nous a clairement montré qu'elle préfère mener une vie sordide et vendre ses charmes pour quelques instants d'hébétude au lieu de se conduire en adulte raisonnable.

Tu peux parfaitement lui donner notre adresse et notre numéro de téléphone, mais ça m'étonnerait beaucoup qu'elle nous appelle. Je suppose que, comme d'habitude, elle t'a planté là en te menaçant de faire je ne sais quelle bêtise si tu te mêlais de ses affaires. Tout cela est tellement prévisible. Je t'avouerai que ça me dépasse. Maman est sortie pour le moment, mais elle devrait être de retour ce soir à sept heures. Si tu as envie de nous parler, appelle, mais je préférerais que nous évitions toute dispute. Louise en a tellement provoqué par le passé que je n'ai plus l'énergie d'y faire face. Ta mère va bien, j'espère que Rachel et les filles aussi.

Papa

De : wandr.burton@compuline.com
Date : mer 23/04/03 17 : 31
A : robandeileen.burton@uknet.co.uk
Objet : Louise

Cher papa lou n'est pas la seule à avoir assisté au viol moi aussi roy trent faisait partie de la bande c'est avec lui que lou s'est mariée ils étaient trois dans cette bande, et il y avait un rouquin il s'appelait colley hunt ou quelque chose comme ça roy était le pire et maintenant je découvre que lou l'a épousé et s'est transformée en une sorte de sosie de cill trevelyan elle lui ressemble vraiment en plus lou allait chez grace jefferies cill aussi je les ai vues sortir en douce par la porte de derrière une paire de fois demande à maman elle sait que c'est vrai grace est venue à la maison un jour se plaindre que lou et moi on taquinait Howard et elle a dit qu'elle avait essayé d'être sympa avec lou pour qu'elle arrête en la laissant venir regarder la télé chez elle il faut que maman et toi vous discutiez de tout ça et que vous voyez de quoi vous vous souvenez pour le moment je ne sais pas ce qu'il faut faire j'appellerai plus tard mais je ne veux pas que vous me disiez de la boucler je suis vraiment embêté de n'avoir rien dit avant en voyant la photo de cill l'autre jour j'ai compris qu'elle n'aurait jamais été capable de se débrouiller toute seule je pense que son père l'a tuée et s'en est tiré et je pense que lou sait qu'il l'a fait c'est pour ça qu'elle est devenue tellement bizarre en plus j'ai toujours trouvé curieux qu'Howard ait tué sa grand-mère parce qu'il avait toujours peur de tout et qu'il a pleuré un jour quand lou l'a traité de débile
Billy

Roy jeta un coup d'œil hostile à Louise. Celle-ci venait de se glisser dans sa cuisine pour lui raconter que George Gardener avait interrogé son frère à propos de la disparition de Cill Trevelyan. « Je t'avais bien dit qu'elle finirait par fourrer son nez là-dedans, mais tu ne m'as pas écoutée. »

Il était assis à table et dînait en regardant les écrans de vidéosurveillance. Il poursuivit son repas sans prendre la peine de lui répondre.

Une lueur de colère traversa les yeux de Louise. « Tu ne t'en sortiras pas comme ça, Roy. Tu te crois plus fort que tout le monde... mais tu te trompes. George connaît mon nom, elle sait qu'on a été mariés, toi et moi, et elle se balade partout en montrant ma photo et un portrait de Cill juste avant sa disparition. Billy lui a fait croire que j'étais Cill en lui donnant le numéro de la dernière agence de détectives qui est venue fureter, mais, dès que les Trevelyan verront ma photo, ils diront à George que Priscilla Fletcher et Louise Burton ne sont qu'une seule et même personne. Qu'est-ce qu'on fera alors ? »

Il repoussa son assiette et alluma une cigarette avant de reculer sa chaise et de poser les pieds sur la table. « Demande-toi plutôt ce que *tu* feras, mon chou. Ce n'est pas moi qui essaie de me faire passer pour quelqu'un d'autre. Je peux te laisser tomber quand je veux. C'est d'ailleurs ce que j'aurais dû faire le jour où je t'ai retrouvée au pieu avec mon fils. » Il envoya un rond de fumée en l'air et le regarda glisser et s'élargir en direction du plafond. « Et si je lâchais le morceau, hein ? »

Elle passa derrière lui pour poser sa joue contre les cheveux de Roy et nouer ses poignets sur sa poitrine. « Tu ne feras jamais ça. Nick te tuera avant. »

Il caressa le duvet soyeux de son avant-bras. « C'est lui qui t'a cognée ? demanda-t-il en levant les yeux vers sa bouche tuméfiée. Ou bien c'était une mise en scène pour Billy ? »

Elle sourit en déposant un baiser au sommet de son crâne. « Je fais ce que je veux de Billy quand il a pitié de moi. J'arrivais toujours à leur soutirer plus de fric s'il racontait à papa que je me faisais tabasser. »

Roy reposa les pieds par terre. « Qu'est-ce que tu mijotes ?

– Rien. »

Il la repoussa brutalement et se leva. « Je n'aurais jamais dû t'aider à décrocher de la blanche. Quand tu étais défoncée, c'était à peu près gérable, mais depuis que tu as commencé à réfléchir par toi-même, c'est franchement la merde. Ça serait moins grave si tu n'avais pas de la sciure dans le crâne. Tu agis avant de réfléchir, Cill, ça a toujours été ton problème. » Il s'éloigna pour mettre une certaine distance entre eux.

« Ne m'appelle pas comme ça, protesta-t-elle agacée. Tu sais que je déteste ça. »

Roy haussa les épaules. « C'est comme ça que tu t'es fait appeler pendant la plus grande partie de ta vie. » Il vit ses traits se durcir. « Tu trimbales trop de fantômes avec toi, mon chou. Ils viennent te hanter chaque fois que tu t'apitoies sur toi-même. Tu aurais dû garder tes fringues et laisser mon fils en paix, je n'aurais peut-être pas été aussi ravi de laisser la place à Nick. »

Elle releva son écharpe pour dissimuler sa bouche. C'était un geste automatique, fruit d'une longue habitude pour éviter les regards inquisiteurs, mais Roy la connaissait trop bien pour s'y laisser prendre. « Billy dit que maman s'est réfugiée dans la religion, lâcha-t-elle avec un petit rire, et quand il a demandé à papa pourquoi, il lui a répondu qu'elle avait des trucs à se reprocher. Plutôt marrant, non ? »

Roy la dévisagea pensivement : « Qu'est-ce qu'il raconte d'autre, Billy ?

– Que George est au courant pour le viol et qu'elle croit qu'on a eu un gosse, toi et moi, quand j'étais môme. » Elle lui jeta un regard rusé. « Elle s'emmêle les pédales parce qu'elle me prend pour Cill – le gamin serait la conséquence du viol et ce serait toi le père. »

La mâchoire de Roy se serra. « Et puis ?

– J'ai dit à Billy que tu l'avais eu avec une de tes putes et que je m'étais occupée de lui aussi bien que je le pouvais, vu les circonstances.

– C'est-à-dire ?

– Qu'il tenait de son père, fit-elle d'un ton dégagé. Obsédé sexuel, incontrôlable, toxico, incapable de se tenir tranquille, ce qui l'a conduit tout droit en tôle.

– *Putain !* lâcha-t-il avec mépris. Tu es vraiment une salope. »

Elle leva une épaule indifférente. « Pourquoi, c'est pas vrai ? »

Roy songea, dans un éclair de lucidité, qu'il n'avait jamais su à quoi s'en tenir avec elle – *même quand elle rampait à ses pieds, le suppliant de lui filer une dose* –, mais c'était une idée trop dérangeante pour qu'il s'y attarde. « Tu es une foutue salope, Lou. »

Elle ne releva pas. « Alors, qu'est-ce que je dis à Billy ? Il va revenir à la charge, je le connais. »

Roy écrasa l'extrémité incandescente de sa cigarette et la laissa tomber par terre. « Ce n'est pas mon problème, dit-il durement. Tu ne l'as pas volé. Tu n'avais qu'à me laisser faire avec George, comme je te l'avais dit. »

Louise entoura ses épaules de ses bras minces. « Peut-être que je n'en avais pas envie, murmura-t-elle d'une voix heurtée. Peut-être que j'espérais qu'elle allait trouver ce qui est arrivé à Cill... peut-être que j'ai plus de mal que toi à vivre avec des fantômes. »

Un rire hargneux lui répondit. « Te fatigue pas, lança-t-il, menaçant. Ça prend peut-être avec ton frère, mais ça n'a jamais pris avec moi. Voilà le téléphone. » Il désigna du menton un combiné posé sur un des plans de travail. « *Vas-y*. Appelle-la. Fais-lui ton numéro de petite fille ravagée par la vie. On va voir comment ça marche avec une bonne femme. Mieux encore, appelle les flics. Avec un peu de bol, ils ne te croiront pas... » Il s'interrompit en la voyant se pencher, les yeux fixés sur l'écran. « Qu'est-ce qu'il y a ?

– Tu as de la visite », dit-elle d'une voix remarquablement égale, toute feinte oubliée.

Suivant son regard, il vit George et Jonathan parler à la serveuse. « Putain de merde ! » grommela-t-il, lorsque la fille releva l'abattant du bar et fit un geste en direction de la cuisine. Brutalement, il poussa Louise vers la porte. « Monte et reste là-haut jusqu'à ce que je te le dise, ordonna-t-il, lui écrasant le bras d'une poigne de fer, je te préviens... si Hughes aperçoit un seul de tes cheveux, je te laisse tomber en moins de temps qu'il n'en faut pour dire ouf. »

Louise lui jeta un regard méprisant en posant le pied sur la première marche.

17

La Couronne, Friar Road, Highdown
Mercredi 23 avril 2003, 19 h 35

George s'était attendue à ce que Roy se montre aimable, dans un premier temps du moins. Aussi l'hostilité qu'il leur manifesta dès qu'ils entrèrent dans la cuisine la prit-elle de court. Elle faisait une bien mauvaise psychologue, se dit-elle en jetant un coup d'œil à l'écran de vidéosurveillance sur lequel on voyait tout ce qui se passait au bar. Un homme averti en vaut deux, et pour un type comme Roy, l'offensive serait toujours la meilleure défense. Le second écran était éteint, comme d'habitude, et elle se demanda encore une fois pourquoi il en avait deux. L'animosité de Roy provoqua une réaction immédiate chez Jonathan : sa mâchoire s'avança et ses poings se serrèrent sur ses cuisses, tandis qu'il se préparait instinctivement à l'attaque. La scène ressemblait assez à leur première rencontre, à cette différence près que, cette fois, Roy n'avait pas l'intention de lui présenter des excuses forcées pour mettre de l'huile dans les rouages.

L'homme se trouvait en face de la porte, les fesses posées sur la table, essuyant négligemment une chope de bière avec un torchon. Mais il la tenait par l'anse, comme si le but de l'opération n'était pas de la sécher. L'air parfaitement détendu, il empêchait par sa simple position George et Jonathan de franchir le seuil. Ils étaient trop près l'un de l'autre, ce qui les désavantageait, ne fût-ce que par l'aspect comique que cela leur prêtait.

Roy grimaça un sourire : « Eh bien, pour une surprise c'est une surprise... le couple de l'année. Que puis-je faire pour vous ?

– Nous aimerions discuter avec toi », dit George d'un ton dégagé.

Il la dévisagea un instant, avec une expression impénétrable. « Vous tombez mal. Reviens demain matin, je verrai ce que je peux faire pour toi. » Il reporta son attention sur Jonathan. « Quant à vous, mon pote, vous êtes interdit de séjour ici. » Ses yeux se plissèrent d'un air menaçant. « Je n'aime pas les gens qui me traitent de menteur, et ils n'ont pas intérêt à mettre les pieds dans mon pub.

– Jon n'a jamais... commença George.

– Il ne peut pas s'expliquer tout seul ? coupa Roy. Il a perdu sa langue, ou quoi ? Il crève de trouille, c'est ça ? »

Jonathan ne répondit rien.

« C'est bien ce que je pensais. T'es une vraie lopette. Je m'en suis douté la première fois que je t'ai vu. » Il se redressa d'une poussée et fit un pas en avant. « Fin de l'entretien. Maintenant, tu fous le camp ou j'appelle les flics et je te fais coffrer pour trouble à l'ordre public. »

George fut la première à battre en retraite. « Venez, dit-elle en tirant Jonathan par sa veste. Il est dans son droit, malheureusement. Un patron de bistrot peut refuser à qui il veut l'accès à son établissement sans avoir à se justifier. »

Mais, pour la première fois de sa vie, Jonathan se rebiffa. « Dans ce cas, c'est à moi de le faire changer d'avis. »

Roy laissa retomber sa main droite et fit un nouveau pas en avant, tenant la chope contre lui. « Et tu comptes faire comment ?

– Je n'ai pas l'intention de me battre, répondit Jonathan d'une voix douce en ouvrant ses poings serrés. Pour commencer, je ne suis pas armé, ensuite, ça vous donnerait un excellent prétexte pour me mettre à la porte. » Il fit un geste en direction de la cour. « Il y a une BMW noire garée dans la rue, elle est immatriculée R848 OXR. Elle était là le jour de mon rendez-vous avec George – je l'ai aperçue en partant – et je l'ai revue le soir où Andrew Spicer est venu récupérer mon portefeuille. Elle est à vous, Mr Trent ?

– Qu'est-ce que ça peut vous foutre ?

– Savez-vous quelle voiture il a, George ? »

Elle fronça les sourcils, se souvenant vaguement qu'il avait été question d'une BMW, mais incapable d'en préciser les circonstances. « À ma connaissance, il a une camionnette. Elle doit être dans le garage, à l'arrière.

– L'employé du guichet de la gare de Branksome a déclaré que la femme qui a fouillé dans mon porte-documents est repartie dans une BMW noire. Il doit donc s'agir de la voiture de votre ex-femme, Mr Trent. Elle savait qui j'étais parce qu'elle m'avait vu chez vous, c'est du moins ce qu'elle a dit, et elle était certainement là quand mon agent est venu chercher mon portefeuille. » Il jeta un coup d'œil en direction de l'escalier. « Elle est à l'étage ? Je serais très heureux de pouvoir lui parler. »

Roy leva la paume gauche, la posa sur la poitrine de Jonathan et le repoussa brutalement. « Dehors ! hurla-t-il. Allez ! Dégagez ! Foutez-le camp tous les deux ! »

Jonathan recula immédiatement. « Inutile de vous énerver comme ça, Mr Trent. » Il éleva la voix. « Dites simplement à Priscilla Fletcher que nous l'attendrons à côté de sa voiture. Nous aimerions lui poser quelques questions sur le viol collectif dont Cill Trevelyan a été victime et dont les auteurs sont Roy Trent, Colley Hurst et Micky Hopkinson.

– Pas si fort, gronda Roy rageur. Les clients pourraient vous entendre. »

Jonathan l'ignora. « Nous aimerions aussi l'interroger sur l'assassinat de Grace Jefferies, poursuivit-il d'une voix tonitruante. Nous savons que Roy Trent habitait la même rue qu'Howard Stamp et que Louise Burton vivait en face de chez Grace. Autant de corrélations qui nous intéressent et sur lesquelles Priscilla devrait pouvoir nous éclairer. Nous sommes prêts à attendre le temps qu'il faudra. Elle ne peut pas laisser sa voiture ici éternellement. »

Ce fut George qui para la tentative de Roy pour réduire Jonathan au silence. De son porte-documents, elle arrêta le mouvement ascendant de son bras. « Comment *oses*-tu ? glapit-elle. Ne crois pas que nous serons aussi faciles à intimider que ces pauvres gamines sans défense. Qu'est-il arrivé à Cill ? Qu'est-il arrivé à Louise ? Tu en as violé combien d'autres ? »

Roy aurait peut-être réagi si sa serveuse et un des habitués du bar n'étaient apparus dans le couloir, derrière Jonathan. Ils écoutaient George, bouche bée. « À la cuisine, lança-t-il laconiquement à George et Jonathan. Et *toi*... – il pointa le doigt vers la serveuse – retourne au bar. C'est une conversation privée... ça ne te regarde pas. »

Mais Tracey n'était pas du genre à se laisser intimider. « Ça n'avait pas l'air très privé, pourtant. Tout le monde en a profité. Il faut que j'appelle les flics ?

– Non. »

Tracey se tourna vers George, les yeux brillants de curiosité. Peut-être les remarques sur le « viol » lui inspiraient-elles un sentiment de solidarité féminine, ou bien elle n'éprouvait guère de sympathie pour son patron. « Et vous, ma belle ? Ça va ? Pas de problème ? »

George secoua la tête. « Tout va bien pour le moment, Tracey, mais si vous entendez crier, vous feriez bien de prévenir la police. Nous ne sommes pas venus ici pour nous battre, mais il arrive que les choses dérapent quand les gens s'énervent.

– C'est sûr », dit la fille d'un ton convaincu. Elle jeta un dernier regard à Roy, avec un petit air moqueur qui semblait indiquer que l'échange de propos qu'elle avait surpris avait fait mouche. « À plus tard. »

Roy acquiesça d'un brusque signe de tête et referma la porte derrière elle. Il lui fallut un moment pour reprendre contenance. Tête baissée, il avait les yeux fixés au sol. De toute évidence, il essayait de définir une stratégie. Jonathan, regonflé par son succès, aurait voulu profiter de son avantage, mais George posa un doigt sur ses lèvres pour lui intimer de se taire. Le plancher craquait de temps en temps au-dessus de leurs têtes, nul n'aurait pu dire si c'était sous l'effet de la dilatation du bois ou sous le poids de pas furtifs.

Quand Roy prit enfin la parole, ce fut sans passion. « Je devrais porter plainte contre vous, dit-il en levant les yeux. Vous m'avez calomnié en présence de mes clients et de mon personnel. C'est vrai qu'on m'a interrogé à propos du viol de Cill Trevelyan, avec Colley et Mick, mais nous avons toujours nié et rien n'a permis de nous coller cette affaire sur le dos. La fille qui a donné ces renseignements aux flics, Louise Burton, ne savait même pas le nom des garçons en question, et elle ne nous a pas identifiés... » Il haussa les épaules. « Les flics ont fini par se demander si ce viol avait vraiment eu lieu. »

Il s'éloigna de la porte et tendit la main vers son paquet de cigarettes posé sur la table. « Je ne dis pas qu'on n'a pas fait de conneries, c'est sûr. Personne ne savait plus quoi faire de nous, nous les premiers. On n'allait jamais en classe... on ne savait pas lire... on était tout le temps à monter des coups. » Il inclina la tête vers son briquet. « La seule chose qui rendait la vie à peu près supportable c'était l'alcool, et quand on n'arrivait pas en trouver, on cherchait à se bousiller autrement. On était un peu comme Howard, en fait. » Il reporta toute son attention sur Jonathan. « Vous disiez l'autre jour qu'il n'avait aucun endroit où aller, sauf à l'intérieur de lui. Eh bien, on était pareils. On faisait le même genre de trucs... pas tellement sur nous, encore que c'est arrivé... » Il fit jouer les articulations de ses phalanges. « Mick était le pire, tout le temps à se graver des spirales sur le dos des mains – mais, en général, on s'en prenait aux autres. » Sa bouche se tordit dans une grimace cynique. « Ce n'est pas très facile à raconter et vous n'avez sans doute pas envie d'entendre ça mais, en fait, on se sentait mieux quand quelqu'un d'autre en chiait. Au moins, on était sûrs de ne pas être les seuls à mener une vie de merde. »

Il se réfugia un instant dans le silence en tirant sur sa cigarette. « On était dégueulasses avec Howard, poursuivit-il soudainement. Ça a duré des années... ça a commencé quand on était tout mioches, il devait avoir un peu plus de dix ans. Il habitait la même rue que nous, un peu plus bas, et on était tout le temps à l'emmerder. Mick lui flanquait des petits coups de couteau dans le dos... ça a saigné une paire de fois avant qu'Howard s'achète une veste en cuir. C'était trop facile. C'était vraiment un minable, une lopette. » Il se tourna vers Jonathan. « On devait espérer qu'il réagirait – qu'il aurait un peu de cran – mais c'est jamais arrivé. Trop malin pour ça, peut-être. » Ses yeux se durcirent comme si ces paroles s'adressaient à Jonathan. « Comme George l'a dit tout à l'heure, les choses dérapent quand les gens s'énervent, et Howard pétait de trouille devant Mick et son couteau. »

Jonathan posa ses mains sur le dossier d'une chaise. « Vous étiez à trois contre un, dit-il d'un ton neutre. Comment aurait-il pu se défendre ?

– C'est sûr, reconnut Roy, c'est pour ça que c'était plutôt malin d'essayer de nous éviter et de ne pas réagir. Le problème, c'est que ça nous rendait encore plus mauvais. La plupart du temps, il se planquait – chez lui ou chez sa grand-mère – mais on était à l'affût, on ne le lâchait pas. Tous les deux, vous vous êtes fourré dans le crâne qu'il n'a pas tué sa grand-mère. Eh bien, si, il l'a fait. Et si je le sais, c'est parce qu'on y était un peu pour quelque chose. On l'a poussé à bout. Mick était tout le temps après lui, à se foutre de lui parce qu'il avait pas d'arme, et voilà qu'un beau jour Howard sort un putain de couteau à découper, un grand, et se met à taillader Colley. Ils ont dit au procès qu'il avait perdu la boule et massacré sa grand-mère... Eh bien, c'est exactement ce qu'il a commencé à faire avec Colley. Il était complètement azimuté... fou à lier. On n'arrivait même pas à s'approcher, Mick et moi. Il a entaillé Colley au bras une paire de fois avant qu'on arrive à se tirer et l'étape suivante, ça a été l'hosto. Si je me souviens bien, Colley s'est tapé vingt points de suture. Il avait encore les cicatrices cinq ans plus tard. »

Il se tourna vers George. « J'en suis pas fier, et c'est pour ça que je voulais pas vous le dire. On avait la trouille qu'Howard nous reproche de lui avoir fait perdre les pédales, mais les flics ne nous ont jamais rien demandé. Pourtant, tout le monde dans la rue savait qu'on n'arrêtait pas de l'emmerder. Le plus bizarre, c'est Wynne. Elle nous engueulait chaque fois qu'elle nous voyait, mais elle n'a rien dit, même au procès. » D'une pichenette, il fit tomber sa cendre par terre. « Je n'ai jamais compris pourquoi. S'il avait pu convaincre le jury qu'il n'était pas entièrement responsable de ses actes, ils l'auraient expédié à Broadmoor et il se serait fait soigner. Au lieu de quoi, ils l'ont enfermé à Dartmoor. Comment vouliez-vous qu'il s'en sorte ? »

George tira une chaise et s'assit, dégageant un peu de place sur la table pour poser sa serviette. « Il a plaidé non coupable, dit-elle en ouvrant les rabats. La défense ne pouvait pas tenir compte de ce que vous lui aviez fait subir. Tu le sais aussi bien que moi, Roy. Ce qui serait plus intéressant, ce serait de savoir pourquoi l'accusation n'a pas exploité l'épisode du couteau à découper. » Elle sortit son carnet. « Colley l'a-t-il signalé ? Quelle explication a-t-il donnée à l'hôpital ?

– Il a dit qu'il s'était battu, mais il n'a pas donné de noms.

– Pourquoi ? »

Roy haussa les épaules. « On passait notre temps à essayer d'éviter les flics. Pas la peine d'attirer leur attention pour rien.

– Ça s'est passé quand ?

– Un mois ou deux avant l'assassinat de Grace. Je ne sais plus exactement. »

Jonathan bougea. « Vous la connaissiez bien ? demanda-t-il.

– Non, pas du tout.

– Alors pourquoi l'appelez-vous Grace ? »

Roy hésita une fraction de seconde. « Tout le monde l'appelait comme ça. Même dans les journaux.

– Je croyais que vous ne saviez pas lire. »

Une lueur d'irritation brilla dans les iris sombres. « Et alors ? On ne parlait que de ça dans la boutique de mon père. Il lisait tous les journaux qui existaient... et ne demandait qu'à raconter les derniers rebondissements de l'affaire à tous ceux que ça pouvait intéresser. »

Jonathan se pencha pour feuilleter le carnet de George, revenant une page en arrière. « D'après vos propres informations, vous ne voyiez plus votre père. Vos parents se sont séparés et vous êtes venu habiter Colliton Way avec votre mère. Votre père s'est remarié et a complètement coupé les ponts avec vous. » Il leva les yeux. « Sans doute votre belle-mère avait-elle des enfants de son côté, et n'avait-elle pas envie qu'une petite frappe analphabète leur donne l'exemple ? »

Roy serra les mâchoires. « Je ne vois pas où vous voulez en venir. George aussi l'appelle toujours Grace et il me semble que vous en faites autant dans votre bouquin, docteur Hughes. » Il esquissa un sourire amer. « Ce n'est pas la peine de me tomber dessus comme ça. Je vais vous dire un truc : j'ai appris à lire dans un établissement pour jeunes délinquants quand j'avais seize ans. Je me suis pris douze mois pour un casse... et ça m'a appris deux, trois trucs – et surtout que la tôle, c'est un piège à cons. »

Jonathan se redressa et sortit ses propres cigarettes. « Le problème est que je ne vous crois pas, Mr Trent, dit-il en allumant son briquet. Howard pris d'un accès de folie et se mettant à jouer du couteau un mois avant l'assassinat de Grace ? C'est un peu trop commode, vous ne trouvez pas ? Je vous tire mon chapeau si vous venez d'imaginer ça, mais je pense plutôt que c'est une histoire que vous avez inventée à l'époque, vos amis et vous.

– Et pourquoi on aurait fait ça ?

– Pour avoir un truc à raconter à la police si elle vous avait interrogés. »

Roy secoua la tête dédaigneusement. « Il n'y avait aucune raison qu'elle le fasse. On n'a jamais été mouillés dans cette histoire. Vous pouvez me traiter de menteur autant que vous voudrez – ça me laisse parfaitement froid –, mais je peux vous dire que vous essayez de prouver quelque chose qui ne s'est pas passé. Notre territoire, c'était Colliton Way et les vieux bâtiments de la zone industrielle, derrière. On ne connaissait absolument pas Grace, on n'allait jamais près de chez elle, et on n'avait pas l'intention de le faire. C'est quand on sortait des limites de notre territoire qu'on avait des emmerdes... quand on restait près de chez nous, on nous foutait la paix. On préférait ça. »

Le regard de Jonathan lui fit baisser les yeux. « La seule raison pour laquelle vous n'avez pas été mouillés, comme vous dites, c'est qu'Howard a avoué. Autrement, vous auriez été en tête de la liste des suspects. La police vous avait interrogés tous les trois cinq jours plus tôt seulement à propos du viol d'une jeune fille qui avait disparu et qui vivait à deux rues de chez Grace. Vous correspondiez au signalement donné par la meilleure amie de cette fille, Louise Burton, qui habitait *en face* de chez Grace. Vous connaissiez bien Howard Stamp, vous saviez qu'il avait une grand-mère, vous saviez qu'il se réfugiait chez elle, vous saviez qu'il faisait des courses pour elle dans le magasin de votre père. Un membre de votre bande, Micky Hopkinson, avait tout le temps un couteau sur lui. Un autre, Colley Hurst, était roux, comme Louise Burton qui manquait l'école régulièrement et qui vous fréquentait certainement.

– Alors pourquoi est-ce qu'elle n'a pas pu nous identifier ? aboya Roy.

– Pas *voulu*, plus exactement, Mr Trent. Pourquoi n'a-t-elle pas *voulu* vous identifier ?

– Parce que c'était pas nous. »

George leva les yeux du carnet sur lequel elle prenait des notes. « C'est facile à prouver, Roy. Son frère, William, a assisté au viol, et si tu es d'accord, je lui montrerai une photographie de toi. On verra bien ce qu'il en dira. Tu aurais une photo de toi à cette époque ? Ou mieux un portrait de groupe avec Colley et Micky ? »

Cette fois, l'hésitation dura plus longtemps. « Non, répondit enfin Roy. C'est une période de ma vie que je préférerais oublier. » Il écrasa l'extrémité de sa cigarette dans le cendrier et se déplaça pour regarder l'écran. « Est-ce que vous êtes capables d'imaginer à quel point c'est dur de faire quelque chose de sa vie après une enfance pareille ? Ça vous oblige à rompre avec tous vos anciens copains, et à repartir de zéro. Je ne sais absolument pas où Colley et Mick peuvent bien être aujourd'hui... ni ce qu'ils sont devenus... s'ils sont encore en vie. » Il émit un grognement amusé. « Ça m'étonnerait qu'il y ait eu des photos – il aurait déjà fallu qu'on connaisse quelqu'un qui ait un appareil, ce qui n'était pas le cas. Ce genre de trucs, c'était bon pour les riches. »

L'excuse aurait pu convaincre Jonathan – les clichés de sa propre enfance n'étaient pas légion non plus –, mais George se contenta de rire. « Oh, je t'en prie ! Épargne-nous le mélo, tu veux ? J'ai acheté un petit Brownie en 1960 pour quelque chose comme trois livres et quatre pence... ce qui fait moins de vingt pence d'aujourd'hui. Ce n'était pas réservé aux riches. Il doit bien y avoir quelques photos de vous entre quinze et vingt-cinq ans, en gros. Vous n'aurez sans doute pas tellement changé. Et une photo de mariage ?

– Ma femme les a embarquées.

– Priscilla Fletcher ?

– Non. Ma première femme... la mère de mon gosse. »

George le dévisagea un instant. « Tu t'es marié combien de fois ?

– Deux, répondit-il sèchement. Mais ce n'est pas tes oignons.

– Comment s'appelait ta première femme ? »

Il ne répondit pas.

« Ce n'est pas mes oignons ? demanda-t-elle avec un sourire. Tu as sans doute raison. » Elle sortit un appareil photo numérique de son porte-documents, puis recula sa chaise pour se lever. « Si tu n'y vois pas d'objection, je vais prendre une photo de toi. J'ai un logiciel de traitement d'images avec une fonction qui permet d'estomper les marques de l'âge. Je devrais arriver à sortir quelque chose d'assez proche de ce que tu étais en 1970. »

Roy lui tourna le dos immédiatement. « Si j'étais toi, je m'abstiendrais, lança-t-il. En tout cas si tu tiens à ton appareil.

– C'est dans ton intérêt, fit-elle remarquer calmement. Si tu n'es pour rien dans ce viol, William Burton te disculpera. » Elle posa l'appareil sur la table devant elle et fourragea dans sa serviette. « Je vais te montrer une photo de Cill Trevelyan juste avant sa disparition... ça te rafraîchira peut-être la mémoire. Elle ressemble étrangement à ta seconde femme. » George fit glisser la reproduction à travers la table, en direction du dos rigide de l'homme, et attendit de voir s'il mordait à l'hameçon. « J'en ai aussi une de Priscilla, prise par Jim Longhurst à un barbecue, ici. » Elle posa la deuxième photo à côté de la première. « L'employé du guichet a confirmé que c'était bien la dame brune qui avait fouillé la serviette de Jonathan à la gare de Branksome. »

Roy alluma une nouvelle cigarette, mais refusa de regarder les photographies. « Qu'est-ce que tu cherches à prouver ? Que j'ai épousé Cill Trevelyan ?

– Pourquoi, c'est vrai ? »

La colère transparaissait dans son rire. « Putain, bien sûr que non. La gamine s'est volatilisée. Si les flics avaient fait leur boulot correctement, son père se serait retrouvé au banc des accusés.

– Il avait un alibi, observa Jonathan. Il a passé toute la nuit à son travail. »

Roy se retourna à moitié. « Il aurait très bien pu faire le coup avant de partir. Les flics n'avaient que la parole de sa femme. Et personne ne l'a crue, pas plus la police que les autres. Elle protégeait son mari. »

Jonathan observa George qui griffonnait des notes sur une page. « Pourquoi aurait-elle fait cela ? demanda-t-il.

– Parce qu'elle était tout aussi coupable que lui. Elle aurait mieux fait de s'occuper correctement de sa fille.

– Comment ça ?

– Éviter qu'il lui arrive des bricoles. C'est à ça que ça sert, une mère, non ? »

La remarque appelait un certain nombre d'interrogations, se dit Jonathan, songeant à sa propre situation. Une mère était-elle responsable des mauvais traitements infligés à son enfant lorsqu'elle n'en était pas elle-même l'auteur ? Et si elle était elle-même maltraitée ? Où s'arrêtait la responsabilité à l'égard d'autrui, où s'effaçait-elle devant l'instinct de conservation ? Un individu dont toutes les émotions étaient dominées par la terreur avait-il encore des devoirs dans la vie ? Roy projetait-il l'indifférence de sa propre mère à son égard sur Mrs Trevelyan ? Cherchait-il simplement à détourner l'attention de son propre rôle ?

« Que voulez-vous dire à propos de "bricoles" ? demanda Jonathan sans ménagement. Vous voulez parler du viol ?

– Non. Des coups de ceinturon que son père lui flanquait... c'est comme ça qu'il l'a tuée.

– C'est Cill qui vous en a parlé ? »

Roy lui jeta un regard méprisant. « Et comment elle l'aurait fait, vu que je ne l'ai jamais rencontrée ? C'était dans le journal, mon pote. Ça m'a été transmis de seconde main, comme tout le reste, jusqu'à ce qu'un maton plus sympa que les autres se mette en tête de me donner un peu d'instruction. »

George intervint. « Si David Trevelyan l'a tuée, quand et comment s'est-il débarrassé du corps ? demanda-t-elle d'un ton neutre. Selon Miss Brett, il a signalé la disparition de sa fille dès qu'il est arrivé chez lui, le samedi matin. Il aurait donc dû la tuer et l'enterrer entre le moment où elle a été renvoyée chez elle le vendredi après-midi et celui où il a pris son service de nuit. Pas évident. Il aurait fallu qu'il creuse drôlement profond – et assez loin de chez lui – pour éviter qu'on retrouve le corps... ou, le cas échéant, pour qu'on puisse raisonnablement penser qu'elle avait été enlevée puis tuée par un étranger. »

Les deux hommes ne firent aucun commentaire.

« Le seul membre de la famille Trevelyan à avoir disposé de toute la nuit était *Jean*, poursuivit George lentement, et il faudrait être une Myra Hindley pour se débarrasser du corps de sa fille et se conduire normalement ensuite.

– Ça arrive, dit Roy.

– Sauf que ça ne tient pas la route psychologiquement, objecta George. J'aurais dû y penser plus tôt. Regardez. » Elle tapota les coupures de presse du bout de son stylo. « D'abord, Mrs Trevelyan dit à la police que le climat est plutôt tendu chez eux et que son mari s'est disputé avec Cill, *ensuite* elle accorde une interview à la presse et fait part de ses remords et de ses inquiétudes à l'idée qu'ils aient été, tous les deux, trop sévères avec elle. » Elle tourna vers Jonathan un visage perplexe. « Elle aurait prétendu le contraire si elle avait su que la petite était morte. Elle aurait insisté sur les *bonnes* relations que son mari et elle entretenaient avec leur fille.

– Elle cherchait peut-être à jouer au plus fin.

– La gamine était tout le temps en bisbille avec son père. Tout le monde le savait, dit Roy. Si sa mère avait prétendu le contraire, les gens se seraient vraiment posé des questions.

– Il faudrait être psychopathe pour élaborer un truc pareil après avoir passé la nuit à creuser sans fermer l'œil, remarqua George, sarcastique. Et, en plus, elle aurait dû nettoyer la maison de fond en comble pour supprimer tous les indices.

– Tout ce que je sais, c'est ce qu'on a raconté à l'époque, répliqua Roy obstinément. *Il* a tué la gosse et *elle* l'a couvert. Et c'est pour ça qu'ils ont fini par se tirer. »

18

9 Galway Road, Boscombe, Bournemouth
Mercredi 23 avril 2003, 20 heures

Robert Burton décrocha à la première sonnerie. Billy l'imagina debout, dans le couloir exigu de son pavillon, attendant son appel, bondissant sur le téléphone avant qu'il ait dérangé sa femme. Malgré une certaine réserve, Billy avait toujours été en bons termes avec son père, mais les soupçons qui le rongeaient avaient eu raison de sa confiance et il ne s'embarrassa pas de civilités. « Je voudrais parler à maman, dit-il.

– Elle n'est pas là.

– Je croyais qu'elle rentrait à sept heures.

– Elle est partie faire une visite paroissiale. Elle a dû être retenue plus longtemps que prévu. » Sa main se posa sur le micro, interrompant la conversation pendant quelques secondes, mais Billy avait eu le temps d'identifier la voix de sa mère à l'arrière-plan. « Désolé, fiston, le chat jouait avec le fil du téléphone. Tu veux que je demande à maman de te rappeler tout à l'heure ?

– Non merci, répondit Billy d'un ton cassant, j'aimerais mieux que tu me la passes maintenant. Je sais qu'elle est là. Je l'ai entendue.

– Elle n'a pas envie de te parler.

– Alors, dis-lui que je ferai un saut à la maison demain. »

Une nouvelle pause. « Pourquoi est-ce que tu n'es pas au boulot ? demanda son père. Tu sais ce que je pense de ces grèves de vingt-quatre heures. Tu laisses tomber ton pays, tu obliges l'armée à te remplacer alors qu'elle est censée se battre en Irak. C'est antipatriotique, fiston. »

Agacé, Billy contempla le mur. C'était le genre de tactique de diversion que son père affectionnait. « Laisse tomber, papa, ce n'est pas le moment. Je suis entre deux périodes... Je repasse de jour vendredi. Maintenant, passe-moi maman s'il te plaît. Il faut absolument que je lui parle.

– Je vais essayer, mais je ne te promets rien. »

Le combiné fut posé à côté de l'appareil et Billy entendit son père se diriger vers le salon. Ses parents parlaient trop bas pour qu'il puisse comprendre ce qu'ils disaient, mais le pas plus léger de sa mère s'approcha. « Bonjour, mon chéri, dit-elle de sa voix atone. Il paraît que tu as retrouvé Louise. Comment va-t-elle ?

– Papa ne t'a pas dit ? Je lui ai envoyé un mail.

– Il m'a dit qu'elle en était toujours au même point. » Sa mère poussa un soupir de regret qui lui parut sincère. « Il n'y a rien à faire, Billy. Je prie tous les jours pour qu'elle nous revienne, mais Jésus ne peut accomplir de miracles que pour ceux qui ont la foi. »

Billy n'avait que faire des solutions métaphysiques. « Il y a quelqu'un qui s'intéresse à l'assassinat de Grace Jefferies, dit-il sèchement. Une femme. Elle prétend que ce n'est pas Howard Stamp qui a fait le coup, et si je me souviens bien, tu as menti à la police à propos de Mrs Jefferies.

Tu as dit à l'époque que tu ne la connaissais pas, que tu ne savais pas où elle habitait et que tu ne lui avais jamais parlé... Ce n'était pas vrai. Pourquoi est-ce que tu as raconté ça, maman ? »

Il s'attendait à ce qu'elle nie, ou prétende avoir tout oublié ; aussi sa franchise le surprit-il. « Parce que je me faisais du souci pour nous, répondit-elle. Nous avions déjà été mêlés à un scandale et je n'avais pas envie que ça recommence. Tu étais trop petit pour t'en souvenir. Ça a été épouvantable – tout le monde était terrorisé. Jusqu'à ce qu'ils arrêtent Howard Stamp, tout le quartier avait peur que ça recommence. »

Billy refusa de se laisser détourner de son sujet. Il tenait à savoir pourquoi sa mère avait menti. « Tu étais inquiète avant même que la police passe chez nous, dit-il. Je l'ai bien vu. Tu avais les mains qui tremblaient. »

Eileen hésita un instant, comme si elle pesait les avantages et les inconvénients de la vérité. « J'ai cru que ça avait quelque chose à voir avec l'histoire de Cill, reprit-elle enfin. J'ai eu peur qu'ils aient retrouvé son corps et que le cauchemar continue. » Elle émit un petit bruit qui ressemblait à un rire. « Je vais te dire une chose. Quand on a appris que Mrs Jefferies était morte, j'ai été vraiment soulagée. Je me suis dit, Dieu merci, cette fois, au moins, personne ne pourra nous reprocher quoi que ce soit. C'était un mensonge bénin, Billy. D'ailleurs, je n'étais pas la seule. Aucun des voisins n'a admis qu'il la connaissait. Toute cette affaire était tellement atroce... On n'avait pas du tout envie de subir un interrogatoire poussé. Tout ce qu'on voulait, c'est tourner la page. Heureusement les choses se sont calmées, dès que son ordure de petit-fils a avoué. »

Billy avait toujours les yeux fixés sur le mur. « Pourquoi pensais-tu qu'on avait pu retrouver le corps de Cill Mullin Street ? »

Une nouvelle hésitation. « Ce n'est pas exactement ce que je voulais dire. Ce que je craignais, c'est qu'ils aient retrouvé son corps... le problème n'était pas de savoir *où*. Ça faisait des jours que je n'arrivais pas à penser à autre chose... quand allaient-ils trouver le corps de cette pauvre gosse ? Et avec tous ces policiers dans le quartier... » Elle se réfugia dans le silence.

Billy ne demandait qu'à la croire. Il n'avait que dix ans, mais cela avait été sa première pensée à lui aussi – que la police interrogeait les habitants de Mullin Street à propos de Cill Trevelyan. « Cill et Lou regardaient la télé chez Mrs Jefferies. Je sais que tu étais au courant parce que j'ai entendu Mrs Jefferies te le dire. »

Eileen ne répondit pas.

« Tu n'as jamais pensé que Cill aurait pu aller chez elle quand elle a fugué ? Tu aurais dû en parler à la police, maman. Lou aussi. »

Une pointe de malveillance s'insinua dans la voix de sa mère. « Et comment crois-tu que les Trevelyan auraient réagi si j'avais suggéré que Cill avait pu être mêlée à un assassinat ? Avec Jean qui me cherchait des poux chaque fois qu'elle me croisait dans la rue ? » Elle prit une profonde inspiration. « C'est bien joli de critiquer, Billy, mais j'ai eu deux secondes pour prendre une décision, et je suis sûre, aujourd'hui encore, d'avoir fait ce qu'il fallait. »

Perplexe, Billy se frotta la tête. « Je ne dis pas qu'elle a été mêlée au meurtre, protesta-t-il. Tout ce que je dis, c'est qu'elle est peut-être allée là-bas quand elle a fugué.

– Eh bien, dans ce cas, nous n'y étions pour rien.

– Sauf que tout le monde essayait de la trouver. Pourquoi est-ce que tu n'as rien dit, et Lou non plus, quand les flics ont interrogé Lou à propos du viol ? »

Sa mère lui répondit d'une voix heurtée. « Personne ne lui a posé la question... à moi non plus... je ne comprends pas pourquoi tu t'en prends à moi comme ça... »

Son père s'empara du combiné. « Tu ennuies ta mère, fiston. Où est-ce que tu veux en venir, au juste ? Parce que si tu suggères qu'*elle* a été pour quelque chose dans la mort de cette foutue bonne femme, tu auras affaire à moi. C'est clair ? »

Billy songea aux longs cheveux roux de sa mère qu'il tressait maladroitement quand elle le laissait faire. Des instants d'intimité partagée qui avaient pris fin avec leur déménagement. Elle s'était alors teinte en auburn foncé et ne lui avait plus jamais accordé de telles privautés ; ces relations privilégiées avaient été réservées à Louise, qui s'était transformée en brune et se faisait appeler Daisy. Jusqu'à ce jour, il avait oublié la jalousie que cet ostracisme lui avait inspirée. « Pourquoi ? Elle y était vraiment pour quelque chose, papa ? demanda-t-il durement. Miss Gardener dit que l'assassin de Mrs Jefferies avait les cheveux roux... Maman était rousse avant que tu ne nous fasses quitter Mullin Street. Louise aussi. Tu les surnommais même les "jumelles terribles". Tu te souviens ? »

La communication fut immédiatement coupée.

La Couronne, Highdown, Bournemouth
Mercredi 23 avril 2003, 20 h 15

George était pour le moins sceptique. « Cela voudrait dire que trois personnes ont été soupçonnées de meurtre en même temps et au même endroit... » Elle les énuméra en comptant sur ses doigts : « Howard Stamp, David Trevelyan et Jean Trevelyan – et qu'il y a eu *deux* victimes différentes. Tu ne trouves pas ça un peu gros, Roy ? Tout de même, les assassinats ne sont pas si courants dans ce pays. Les homicides involontaires peut-être, mais pas les *assassinats*. Il n'y en a certainement pas eu plus de trois à quatre cents en 1970. Que deux crimes de ce genre soient commis à deux rues de distance et à quelques jours d'intervalle est une improbabilité statistique.

– À moins que les deux affaires ne soient liées, intervint Jonathan.

– Nous ne savons même pas si Cill est morte, remarqua George en posant l'extrémité de son stylo sur la photographie de Priscilla Fletcher. C'est peut-être *elle*. »

Jonathan vit le regard de Roy s'arrêter sur la photo. « C'est elle, Mr Trent ?

– Non.

– Pourriez-vous nous dire qui est cette femme ? »

L'autre haussa les épaules. Il avait l'air de retrouver peu à peu son aplomb, et Jonathan se demanda pourquoi. *Parce qu'ils avaient abandonné le sujet d'Howard Stamp ?* « Elle se faisait appeler Priscilla Curtis quand je l'ai rencontrée.

– Dans ce cas, comment pouvez-vous affirmer avec autant de certitude que ce n'est pas Cill Trevelyan ? Elle lui ressemble beaucoup. » Il attendit une réaction, mais Roy resta de marbre. « Il faut être cohérent, Mr Trent, poursuivit-il. Si vous n'avez jamais rencontré Cill, vous n'avez aucun moyen de savoir s'il s'agit ou non de la femme que vous avez épousée. »

Le regard de Roy se posa sur la main de George, qui écrivait fébrilement. « Vous êtes sur une fausse piste, mon vieux, dit-il en dissimulant mal son irritation. C'est vrai. J'ai fait partie d'une bande de voyous quand j'étais gamin, mais je n'ai jamais été mêlé à un meurtre et je n'ai pas la moindre idée de ce qui est arrivé à Cill Trevelyan... » Il planta un doigt sur le plateau de la table pour donner plus de poids à la phrase suivante. « Mon ex n'en sait rien *non plus*. Vous pouvez me croire sur parole ou aller voir les flics et leur débiter vos conneries. Moi, en tout cas, j'en ai ma claque. Je veux bien admettre que j'ai raconté à George quelques bobards sur la manière dont j'avais connu Howard – je n'étais pas particulièrement fier d'avoir brutalisé ce petit con –, mais tout le reste de ce que je lui ai dit est vrai. » Il se leva et se dirigea vers la porte, leur signifiant clairement leur congé. « C'est à prendre ou à laisser, en tout cas, cette petite conversation est terminée. »

Jonathan échangea un regard avec George. « Dans ce cas, tu seras sûrement d'accord pour que nous demandions à Priscilla de confirmer tes propos », dit-elle à Roy.

Il la dévisagea avec amusement. « Je t'en prie, mais il faudra d'abord que vous la retrouviez. » Il fit un geste de la tête en direction du moniteur. « Je l'ai vue filer il y a une dizaine de minutes. »

George fronça les sourcils. « Tu peux m'expliquer pourquoi ça a l'air de te faire tellement plaisir ? demanda-t-elle. Je serais folle de rage si la seule personne en mesure de prouver que je dis vrai me faisait faux bond.

– Elle confirmera ce que je vous ai dit quand vous la retrouverez.

– À condition que tu lui aies bien fait la leçon avant, fit George, sarcastique. » Elle secoua la tête. « Ça n'a pas très bien marché jusqu'à présent, Roy. J'ai la vague impression qu'elle te tire dans les pattes plus souvent qu'elle ne te prête main-forte. Ça m'étonnerait que ce soit toi qui aies eu l'idée de voler son portefeuille à Jonathan... c'était parfaitement inutile, tu l'avais déjà raccompagné à la sortie. Pourquoi est-ce qu'elle a fait ça ?

– Tu as vraiment le chic pour foutre la merde, dit-il avec dédain. Ce n'est quand même pas une affaire d'État. Ton ami a récupéré son précieux bien. »

George prit une décision soudaine. « Je pense que nous allons suivre ton second conseil et confier ce que nous savons à l'inspecteur Lovatt, dit-elle en rassemblant ses affaires et en les fourrant dans sa serviette. Je ne crois pas, et Jon non plus, que la disparition de Cill Trevelyan n'ait aucun lien avec l'assassinat de Grace Jefferies, et si l'inspecteur pense que Priscilla pourrait être Cill, il voudra certainement lui parler... à toi aussi, d'ailleurs. »

Roy ouvrit la porte de la cuisine et fit un pas en arrière. « Je t'en prie, mais vous allez vous ridiculiser. Vous n'aurez strictement rien en main si Priscilla peut prouver qu'elle n'est pas Cill – ce qu'elle n'aura aucun mal à faire – et les flics ne ressusciteront pas Howard simplement pour que vous puissiez vous faire du fric avec un bouquin. Ils ont eu de bonnes raisons de le coffrer à l'époque, et tout le monde le sait... – sa lèvre se retroussa –, sauf vous deux. »

Jonathan prit le porte-documents et fit signe à George de passer devant lui. « On a certainement dit la même chose à propos de James Watson et de Francis Crick, murmura-t-il, et on s'est bien trompé. La découverte de la double hélice a été un coup de génie, mais Watson et Crick ont été les seuls à y croire au début. »

La mâchoire de Roy s'avança agressivement. « Vous feriez mieux d'apprendre à causer anglais, mon pote. Je ne comprends pas un mot de ce que vous dites. »

Jonathan s'arrêta en face de lui. « Ça ne m'étonne pas, mais ce n'est pas mon problème – *mon pote* – c'est le vôtre. Vous n'êtes qu'un sociopathe ignare. »

Roy fit mine de l'attraper par le bras, mais Jonathan s'y attendait. D'un geste étonnamment doux, il entoura de sa main le poignet de Roy et l'écarta de lui. « Je parle de la structure tridimensionnelle de la molécule d'ADN, Mr Trent. Si la police n'a pas détruit toutes les pièces à conviction du meurtre de Grace, ce sera peut-être la découverte de Watson et Crick qui vous enverra derrière les barreaux. »

George fit une petite moue désapprobatrice tout en se glissant derrière le volant. « Vous avez eu de la chance de ne pas vous faire cogner. »

Jonathan grimaça. « Il a eu peur que vous ne lui arrachiez les yeux. »

Elle esquissa un petit sourire machinal, mais sa bonne humeur avait cédé au découragement.

« Bien, et qu'est-ce qu'on fait maintenant ? Il a raison pour la police, vous savez. Ce ne serait pas sympa de faire perdre son temps à Fred Lovatt. Nous n'avons rien de solide – que des hypothèses. Nous ne savons même pas qui est Priscilla Fletcher, et encore moins si elle habitait Highdown en 1970. Pour ce que nous en savons, elle pouvait aussi bien vivre à Sydney.

– Elle a l'accent du Dorset.

– Ça ne prouve rien. »

Jonathan était remonté à bloc, bourré d'adrénaline, et le pessimisme soudain de George le prit par surprise. « Que se passe-t-il ?

– On n'a pas avancé d'un pas depuis tout à l'heure.

– Ça vous étonne ?

– Oui, dit-elle avec lassitude, appuyant ses coudes sur son volant, paradoxalement épuisée par la tension nerveuse. Sinon, à quoi ça servait de faire ça ? »

À triompher de la phobie, se dit Jonathan, se demandant si ce n'était pas son motif le plus puissant. Cela faisait des mois qu'il ne s'était pas senti aussi en forme, et il ne comprenait pas l'accablement de George.

« Je ne vois pas par quel bout continuer, reprit-elle. Nous devrions arriver à coincer Priscilla Fletcher mais, même si elle accepte de nous parler, ça ne nous mènera à rien. Elle n'a qu'à nous dire qu'elle s'appelait Mary Smith, et nous serons bien en peine de prouver le contraire. Nous ne pouvons quand même pas lui réclamer un certificat de naissance.

– Et son mari ? Il doit en savoir aussi long que Roy sur son passé. »

George poussa un soupir d'impatience. « Comment faire pour lui parler ? Si nous allons frapper à leur porte, c'est certainement Priscilla qui nous ouvrira et elle nous la refermera au nez. Tout ce que je sais de lui, c'est que c'est une sorte de bookmaker. Je n'en suis même pas sûre à cent pour cent. » Elle fit un signe de tête en direction du pub. « C'est Tracey qui m'a dit ça, et elle le tenait de Jim Longhurst. Je ne connais même pas le prénom de ce type.

– Bon, pour ce soir en tout cas, nous ne pouvons rien faire de plus, dit Jonathan fermement en consultant sa montre. Nous y verrons plus clair demain. Il faut que je sois à la gare à neuf heures, autrement je ne serai pas rentré chez moi avant une heure et demie du matin. Si vous pouviez me déposer à Branksome, je prendrais un taxi pour rejoindre le centre.

– Il n'en est pas question, se récria George en démarrant et en s'éloignant du trottoir. Andrew serait furieux que vous dépensiez de l'argent en taxi. Je suis sûre qu'il préférerait que vous vous achetiez à manger.

– Probablement.

– Alors prenez un sandwich dans le train et essayez d'être un peu raisonnable. »

Il ne l'écoutait pas. « Et William Burton ? suggéra-t-il. Ça vaudrait sans doute la peine de faire un deuxième essai, surtout si nous arrivions à le convaincre de nous accompagner au commissariat et de donner les noms des auteurs de l'agression contre Cill. Lovatt ne peut pas ignorer un renseignement pareil, surtout si nous lui montrons vos deux photos. Dans ces conditions, il sera forcé d'interroger Priscilla Fletcher... Et Roy aussi, s'il fait partie des trois types que Burton accuse. »

George se dérida immédiatement. « Vous pensez qu'il acceptera ?

– Je n'en sais rien, mais ça vaut le coup d'essayer. » Il analysa les différentes possibilités. « Il faut aussi retrouver les Trevelyan. S'ils ne sont pour rien dans la disparition de Cill, ils feront des pieds et des mains pour faire avancer les choses. J'aimerais bien écouter la bande. J'ai l'impression que Roy nous en a dit plus long que vous ne le croyez – il faut simplement isoler ce qui est vraiment important.

– Vous avez réussi à tout enregistrer ?

– J'espère. » Il sortit un magnétophone de sa poche et appuya sur la touche « retour », la laissant défiler cinq minutes avant d'appuyer sur « marche ». La voix narquoise de Roy rompit le silence de l'habitacle. *... vous allez vous ridiculiser. Vous n'aurez strictement rien en main si Priscilla peut prouver qu'elle n'est pas Cill...* Jonathan coupa. « Voilà un premier élément sur lequel la nuit pourrait porter conseil, murmura-t-il.

– Vous croyez qu'il ment ?

– Non », reconnut Jonathan à regret.

Il n'en fallait pas plus pour démonter George. « C'est bien ce qu'il m'a semblé sur le moment.

– Et alors ?

– Ça ne sert à rien de rechercher les parents de Cill.

– Faux, répliqua Jonathan affectueusement. Ça n'en est que plus important. Quels sentiments éprouveriez-vous si quelqu'un essayait de ressembler à votre fille ? Vous voudriez savoir *pourquoi*, non ? »

George lui jeta un regard surpris. « C'est ce qu'elle fait ?

– C'est tout aussi plausible que ma théorie du transfert. Un phénomène est conscient, l'autre inconscient... Je pense que ça dépend de l'idée qu'on se fait d'elle : ou bien elle est complètement azimutée, ou bien elle est moins folle qu'il n'y paraît. »

George était dubitative. « Mais à quoi ça sert ?

– De se faire passer pour quelqu'un d'autre ? Je ne sais pas, elle nous refait peut-être le numéro d'Anna Anderson – réapparaissant sous les traits de la grande-duchesse Anastasia pour réclamer la fortune des Romanov. Cill était fille unique, ne l'oubliez pas, il y a peut-être de l'argent à gagner.

– Priscilla habite Sandbanks, protesta George. Son mari doit rouler sur l'or. »

Jonathan haussa les épaules. « Fletcher n'est pas forcément propriétaire de sa maison... il a aussi pu faire établir un contrat de mariage.

– Oui, mais enfin... c'est *absurde*, affirma-t-elle avec force. Même si les Trevelyan ont pu acheter une maison dans le Sud-Ouest, elle ne doit pas valoir une fortune. Ils habitaient un logement social dans Lacey Street. Tout ce qu'ils ont pu faire, c'est un échange avant de racheter la maison dans laquelle on les a relogés... et l'habitat social n'atteint jamais une cote terrible.

– Ça vaut tout de même quelque chose.

– Dans ce cas, pourquoi est-ce qu'elle ne se fait pas appeler Cill Trevelyan ? Pourquoi est-ce qu'elle n'est pas allée retrouver ses parents ? C'est la théorie la plus tirée par les cheveux que j'ai jamais entendue, conclut-elle indignée.

– Bien, bien, reconnut Jonathan avec un petit rire. Ce n'était qu'une idée. Tout ce que j'ai d'autre à vous proposer, c'est la théorie de la coïncidence – une femme qui s'appelle Priscilla ressemble à s'y méprendre à une autre Priscilla qui a été portée disparue et la première Priscilla a épousé par hasard le violeur de l'autre, Roy Trent – mais ça me paraît tout aussi abracadabrant. Et vous savez que je déteste les coïncidences. »

George se concentra sur la route pendant quelques instants. « Anna Anderson a mené une vie tout à fait confortable, dit-elle en rompant le silence. J'ai vu un documentaire sur elle il y a quelque temps. Un certain nombre de gens l'ont vraiment prise pour Anastasia. Elle a vécu de leurs dons pendant des années avant d'épouser un riche Américain qui la traitait comme une altesse.

– C'était de l'escroquerie pure et simple, observa Jonathan. Les analyses d'ADN ont prouvé que c'était une ouvrière polonaise.

– Ça ne lui aura fait ni chaud ni froid... une fois morte, quelle importance ? Ce qui compte, c'est de vivre comme une princesse quand on est vivant. » Son regard brilla. « On peut présenter les choses comme ça. Si elle était vraiment Anastasia, elle aura été dépouillée de son héritage, mais si c'était une ouvrière polonaise, elle aura tiré un immense profit de sa supercherie. Ça n'a pas été la *famille* Romanov qui l'a fait vivre comme un coq en pâte – ce sont les gens qu'elle a *arnaqués*... »

De : Jonathan Hughes [jon.hughes@london.ac.uk]
Date : Jeudi 01/05/03 11 : 16
A : geo.gar@mullinst.co.uk
Cc : Andrew Spicer
Objet : Roy Trent

Chère George,

Ci-joint quelques réflexions concernant la bande. Comme convenu, je me suis entretenu avec un collègue psychologue et nous avons classé les déclarations de Trent en quatre catégories.

Catégorie 1 (déclarations que nous sommes d'accord pour juger vraies)

1. La bande a persécuté Howard avec un couteau.
2. Par la suite, Howard s'est procuré un couteau et est devenu fou furieux.
3. La bande nourrissait le même genre d'idées suicidaires qu'Howard.
4. Leur territoire de prédilection était Colliton Way.
5. Il leur arrivait des ennuis quand ils en sortaient.
6. Trent a détesté la prison et n'avait pas la moindre envie d'y retourner.
7. Il regrette sa conduite.
8. Priscilla Fletcher n'est pas Cill Trevelyan.

Catégorie 2 (déclarations qui nous laissent sceptiques)

1. Trent et sa bande ne connaissaient pas Grace.
2. David Trevelyan a tué sa fille.
3. Jean Trevelyan a menti pour le protéger.

Catégorie 3 (déclarations qui ne sont peut-être pas exactes, mais que Trent croit vraies)

1. Howard a tué Grace Jefferies.
2. Ce crime a été une conséquence directe des brutalités que lui ont fait subir Trent, Hurst et Hopkinson.
3. Wynne Stamp aurait pu aider l'avocat de son fils en évoquant les agissements de leur bande.

Catégorie 4 (déclarations que nous sommes d'accord pour juger fausses)

1. Trent ne connaissait pas Cill Trevelyan – *si.*
2. Louise Burton ne connaissait pas le nom des violeurs – *si.*
3. Elle ne les a pas identifiés parce qu'ils n'y étaient pour rien – *si.*
4. Trent n'a pas revu Hurst ou Hopkinson depuis leur adolescence – *si.*
5. Son ex-femme ne sait rien de la disparition de Cill ni de l'assassinat de Grace – *si.*

Je tiens à souligner que *nos conclusions peuvent être erronées* – l'interprétation des termes employés et du ton d'une voix est loin d'être une science exacte (!). Il n'en reste pas moins que les réactions de Trent sont tout à fait intéressantes. Ce qu'il a dit sur lui-même, sur sa bande et sur Howard Stamp a fait bonne impression sur mon collègue, qui a été beaucoup moins convaincu par ses réponses à propos de Cill Trevelyan. Comme vous le constaterez à la lecture de la catégorie 4 ci-dessus, la plupart des « mensonges » sont relatifs à Cill et au viol.

Néanmoins, mon collègue a relevé que Trent s'attendait que nous l'interrogions sur Cill, *cf.* le calme de sa réaction quand nous l'avons accusé, vous et moi. « C'est vrai qu'on m'a interrogé à propos du viol de Cill Trevelyan... » etc. Manifestement, il savait que nous étions au courant de cela. Or il n'y avait que deux personnes qui pouvaient le savoir – William Burton et Miss Brett. Je vois mal Miss Brett rapporter ce fait à Roy Trent ou à une personne de sa connaissance, mais il n'est pas exclu que William Burton l'ait fait savoir à Trent directement, ou bien à Priscilla Fletcher.

Mon collègue pense que, si notre accusation l'avait surpris, Trent aurait pris la mouche et protesté avec plus d'énergie, le temps de rassembler ses idées. Au début, il a d'ailleurs employé des tactiques de diversion relativement agressives pour nous empêcher de l'interroger. Dans la mesure où il n'a pas fait de difficultés pour nous parler d'Howard, il faut en déduire que c'étaient les questions sur Cill Trevelyan et/ou Priscilla Fletcher qu'il souhaitait éviter.

Relevez qu'il se débrouille pour que l'affaire d'Howard revienne rapidement sur le tapis – c'est un sujet sur lequel il se sent en terrain sûr – et qu'il ne commence à parler un peu plus librement de Cill qu'au moment où il est certain que Priscilla Fletcher a quitté les lieux. À la lumière du contenu de la bande et des efforts de Trent pour vous empêcher d'aborder l'histoire de Cill Trevelyan, il ne paraît pas déraisonnable de faire les suppositions suivantes :

1. William Burton a répété certains éléments de votre conversation.
2. Priscilla Fletcher connaissait assez bien Cill Trevelyan pour imiter son apparence.
3. Trent ne veut pas que nous parlions à Priscilla.

Je reste convaincu que Trent n'a été mêlé ni de près ni de loin au meurtre de Grace – et qu'il croit sincèrement à la culpabilité d'Howard. Mais je suis tout aussi convaincu (a) qu'il a violé Cill ; et (b) qu'il sait ce qui lui est arrivé. Si ces conclusions sont exactes, Priscilla Fletcher a pris part au(x) crime(s), et l'hypothèse qui me paraît la plus probable pour le moment – quoi qu'en pense Miss Brett – est que Priscilla Fletcher et Louise Burton ne sont qu'une seule et même personne, que William Burton le sait et qu'il a certainement averti sa sœur que vous vous intéressiez à cette affaire.

Je ne sais pas ce qu'il faut en conclure à propos d'Howard. Je ne renoncerai pas facilement à l'hypothèse d'une « erreur judiciaire, » mais je dois dire que l'épisode du couteau que nous a décrit Trent me laisse perplexe. Quand j'ai écrit le chapitre sur Howard dans *Détraqués*, rien ne suggérait des antécédents de psychopathie agressive à l'égard d'autrui. Mais si cet incident a vraiment eu lieu – et nous en trouverons la preuve dans les archives de l'hôpital, par Hurst/Hopkinson et/ou leurs familles/voisins –, il faudra évidemment *reconsidérer* la situation. Cela voudrait dire qu'Howard pouvait perdre les pédales, qu'il était prêt à oublier sa peur et qu'il possédait un couteau. On ne peut pas lui en vouloir – il menait une existence atroce –, mais cela rend notre tâche plus difficile.

Pour le moment, je propose que nous commencions par débusquer William Burton et par joindre Priscilla Fletcher, par son intermédiaire. Je crains que nous ne découvrions que les deux affaires sont totalement indépendantes, comme la police l'a affirmé à l'époque, mais c'est un point à vérifier, pour notre propre satisfaction.

Cordialement, Jon

P-S : Je vous envoie une copie de la bande par la poste.

De : George Gardener [geo.gar@mullinst.co.uk]
Date : dim. 04/05/03 14 : 29
A : jon.hughes@london.ac.uk
Cc : Andrew Spicer
Objet : Conclusions

Oh ! mon Dieu ! Le courrier est arrivé et je ne peux qu'être d'accord avec vous. Quelle déception ! J'avais placé tant d'espoirs en Louise Burton ou Colley Hurst. C'est moche de devoir y renoncer. Vous vous rappellerez sûrement que j'étais un peu déprimée quand je vous ai raccompagné à la gare. C'est parce que, au moment où Roy parlait, j'ai eu l'impression que ce qu'il disait d'Howard et de sa bande sonnait juste. J'ai été particulièrement frappée par ce qu'il a dit de leurs « tendances suicidaires » et de leur « vie de merde ». Ce sont des éléments qui apparaissent fréquemment dans les ouvrages consacrés aux jeunes à la dérive.

Je vous enverrai des dates possibles par e-mail demain. Pour le moment, je me demande s'il est bien raisonnable de continuer à perdre du temps avec Cill ou Louise. J'ai bien peur que vous n'ayez eu raison de me mettre en garde dès le départ contre les pièges des coïncidences. Si la police n'a pas établi de lien entre ces deux affaires en 1970, c'est probablement qu'il n'y en avait pas.

Bien à vous, George

P-S : Comment les choses se sont-elles passées avec le père d'Emma ?

De : Andrew Spicer [Andrew@spicerandhardy.co.uk]
Date : Lun 05/05/03 10 : 46
A : jon.hughes@london.ac.uk ; geo.gar@mullinst.co.uk
Objet : Revenez à vos moutons

Chers tous,

Je suis en train de négocier un marché délicat – mais parfaitement sérieux – qui repose sur la présomption d'innocence d'Howard Stamp. J'ai entendu la copie de votre enregistrement et dois avouer avoir été assez peu diverti par vos échanges d'e-mails désespérés à propos de l'éventuelle véracité des propos de Roy Trent sur sa conduite franchement répugnante d'adolescent. Mais me permettrez-vous de vous rappeler que le but de l'exercice est de lui faire dire *tout* ce dont il se souvient à propos des Stamp ?

Personnellement, je n'en ai strictement rien à foutre des tendances suicidaires de ses quinze ans. Si ça peut vous intéresser, j'ai éprouvé des sentiments analogues quand j'avais quatorze ans, en songeant au destin qui m'attendait : être affligé d'un embonpoint épouvantable comme ma mère, être incapable de lever des filles canons comme mon père et prendre la succession de l'entreprise familiale pour me retrouver avec sur les bras des auteurs qui changent d'avis comme de chemise.

Malgré ces perspectives fort sombres, vous en conviendrez, je n'ai *pas* violé une fille de treize ans simplement parce que je prenais plaisir à voir les autres souffrir ; et je n'ai *pas* persécuté un pauvre gosse affligé d'un bec-de-lièvre et souffrant de difficultés d'apprentissage jusqu'à ce qu'il finisse par sortir un couteau parce qu'un de mes cinglés de copains lui tailladait le dos chaque fois que l'envie l'en prenait. Faut-il que je me fasse de la bile pour toi, Jon, parce que tu as tenu tête à Roy et que tu l'as traité de sociopathe ? Est-ce un épisode de « psychopathie » ? Et que dire du jour où tu as piqué ta « crise » à la gare de Bournemouth ? Cela veut-il dire qu'aucun de nous n'est plus en sécurité ?

Howard avait forcément un couteau puisqu'il se mutilait, et il n'avait aucune raison de ne pas s'en servir contre Trent et sa bande. Accordez au moins à ce pauvre gosse le crédit d'avoir enfin eu un peu de courage, au lieu de supposer qu'une tentative isolée pour retrouver un minimum d'estime de soi l'a forcément entraîné dans une spirale conduisant à l'homicide. Si j'étais vous, je chercherais à vérifier s'il a montré plus de confiance en lui à la suite de cet incident. Retrouvez Wynne. Discutez avec elle. Demandez-lui pourquoi Howard a accepté d'aller chercher du travail le lundi et le mardi précédant la découverte du corps de Grace. Qui a eu cette idée ? Elle ou lui ?

En attendant, reprenez le témoignage de la voisine de George qui affirme qu'Howard n'a pas pu commettre le crime le mercredi parce qu'il n'est arrivé chez Grace qu'à quatorze heures. Puis relisez, dans le chapitre que Jon a consacré à Howard, le passage où le médecin légiste déclare que le meurtre a eu lieu le lundi, au moment où il cherchait du boulot. Si l'épisode du couteau vous préoccupe vraiment, interrogez-vous sur ses *circonstances.* Comment et quand Howard aurait-il pu faire ça ?

Je n'aime pas jouer les rabat-joie, mais, bon sang, soyez un peu réalistes ! Je ne connais pas plus influençables que les anthropologues qui invitent des collègues prétentieux à venir écouter un enregistrement en buvant une tasse de thé et les conseillers municipaux aux tendances politiquement correctes. C'est à pleurer. Bien sûr que Roy Trent s'est montré convaincant. Ça fait des années qu'il s'exerce... il a même persuadé une de ses victimes de l'épouser, si Jon a raison de penser que P. Fletcher n'est autre que Louise Burton. *En plus,* il a réussi à mener George en bateau depuis qu'il la connaît, en lui permettant de tenir des « permanences » dans son pub pour faire la cour à ses électeurs.

La prochaine fois que vous le verrez, demandez-lui comment La Couronne arrive à survivre sans clients. À qui appartient l'établissement ? D'où vient l'argent ? Autant de questions tout à fait intéressantes. Si l'un de vous avait dirigé une entreprise, vous le sauriez. Vous avez été inspecteur des impôts, George. La situation financière de Trent aurait dû vous mettre la puce à l'oreille. Ce type est un escroc, il va de soi qu'il n'a pas envie de retourner en prison. Vous connaissez quelqu'un qui en a envie ?

Bien à vous,

Andrew Spicer

P-S : C'est vrai, mon vieux, dis-nous tout. *Comment* les choses se sont-elles passées avec le père d'Emma ?

De : Dr Jonathan Hughes [jon.hughes@london.ac.uk]
Date : Jeu 08/05/03 14 : 33
A : geo.gar@mullinst.co.uk ; Andrew@spicerandhardy.co.uk
Objet : père d'Emma

Ce salaud m'a traité de demandeur d'asile, il m'a flanqué un coup de poing dans le ventre et m'a fichu dehors *manu militari.* Et figure-toi, *mon vieux* – bien qu'il m'en coûte de l'admettre –, que tu as raison ! Une hirondelle ne fait pas le printemps, alors à moins qu'Howard ait eu plus de chance que moi la deuxième fois qu'il a essayé de tenir tête à quelqu'un, je pense qu'il a dû recommencer à se graver ses initiales sur le bras. *Néanmoins,* il y a de fortes probabilités pour que ce soit Grace qui ait fait l'objet de son « second essai ». Ce pauvre petit con aura perdu les pédales en voyant qu'elle ne partait pas en courant. Mon collègue prétentieux affirme qu'après le premier coup de couteau il est impossible de s'arrêter, à moins d'être suffisamment lucide pour avoir conscience de ce qu'on est en train de faire... ce qui est presque impossible quand on est aveuglé par la rage. 99% des assassinats sont commis sous l'emprise de la colère. Si ces affaires sont jugées comme des meurtres et non comme des homicides involontaires, c'est uniquement parce que les coupables essaient de dissimuler les traces après coup. Je t'aurai prévenu ! Si Jenny ou Greg te poussent à bout et que tu leur défonces le crâne avec une barre de fer, appelle la police tout de suite et plaide la provocation. Tu en prendras peut-être pour cinq ans si le juge reconnaît que tu t'es conduit comme un saint à l'égard d'un couple de salauds... en tout cas, tu peux être sûr d'échapper à la perpétuité.

Néanmoins, j'ai pris note de tes critiques de rabat-joie. Tu as toujours été un tyran, Andrew. Sans doute parce que tu es petit et gros... il est vrai que ta calvitie galopante ne doit pas arranger les choses. Ce que je me demande, c'est comment tu fais pour avoir une aussi haute opinion de toi-même. Si l'on songe à ton physique et au fait que toutes les jolies femmes t'ignorent, elle devrait être au plancher. J.

P-S : Pour éviter de nouveaux e-mails au sujet de ma vie sentimentale, Emma n'était pas là et je n'ai pas eu de ses nouvelles. Selon sa mère, qui m'a accompagné dehors, elle se marie le 9 août avec un Blanc, protestant, anglo-saxon pure souche, qui porte un nom à rallonge. Je lui ai envoyé un mot de félicitations.

19

9 Galway Road, Boscombe, Bournemouth
Samedi 10 mai 2003, 21 heures

Rachel Burton fit glisser la flèche sur « envoi » et laissa planer son doigt au-dessus de la souris. « Tu es bien sûr, chéri ? demanda-t-elle à son mari, en levant les yeux de l'ordinateur. Quand c'est fait, c'est fait. »

Billy posa la main sur son épaule et se pencha pour relire le message affiché à l'écran. « Je ne sais pas. À toi de voir. » Il poussa un soupir de découragement. « Si seulement cette idiote de Gardener s'était remuée un peu au lieu de nous laisser tout le sale boulot.

– Dans ce cas, on l'envoie. » Rachel cliqua sur la souris et regarda l'e-mail disparaître. « Je préfère avoir un mari qui a la conscience tranquille qu'un insomniaque chronique. Si tu changes d'avis, tu n'es pas obligé de leur donner son adresse. » Elle tendit le bras pour lui prendre la main. « Écoute, ce n'est peut-être pas si grave. Rien ne te dit que Louise n'est pas blanche comme neige... ni que ta mère n'a pas que de pieux mensonges à se reprocher. Tu n'as qu'à t'en prendre à tes parents s'ils refusent de te parler... tu n'as qu'à t'en prendre à nous, aux jumelles et moi, si on t'oblige à t'en mêler. »

Il déposa un baiser sur le sommet de son crâne. Il n'avait pas fallu le forcer beaucoup après qu'il eut avoué ce qui le tracassait. Rachel partageait son avis. George Gardener ne laisserait certainement pas tomber cette histoire de Priscilla Fletcher et, s'il y avait des squelettes dans le placard des Burton, il valait mieux qu'ils ouvrent les portes eux-mêmes au lieu d'attendre que quelqu'un d'autre s'en charge. De quoi auraient-ils l'air si la presse venait demander pour quelle raison Billy n'avait pas reconnu sa sœur ? avait argumenté Rachel. La meilleure solution était donc d'inciter Louise à parler.

« Et comment on va faire ? avait demandé Billy, morose. Elle n'a jamais rien avoué de sa vie.

– Il faut donner son adresse à l'agence de détectives, suggéra Rachel. Tu as leur carte. Persuade-les d'aller l'interroger. Ça évitera de faire intervenir la police... pour le moment en tout cas.

– Elle leur racontera ce qu'elle veut.

– Peut-être qu'ils arriveront au moins à comprendre pourquoi elle essaie de se faire passer pour Cill.

– Et en quoi est-ce que ça nous aidera, s'ils ne nous transmettent pas leurs infos ? demanda Billy. On ne sera pas plus avancés. »

Rachel avait un tempérament plus optimiste que son mari. « Il faut trouver le moyen de les obliger à le faire. » Elle lui caressa le visage. « Tu ne peux pas continuer comme ça, mon amour. Ce qui est bien est bien et ce qui est mal est mal, un point c'est tout. Si tu ne fais rien, tu vas finir par déprimer complètement. Tu avais dix ans. Tu n'es pour rien dans ce qui s'est passé.

– Peut-être que Louise non plus. Ça pourrait expliquer qu'elle soit devenue comme ça.

– Dans ce cas, la vérité ne lui fera pas de mal », rétorqua Rachel sans grande compassion. Elle avait brièvement connu Louise à l'école pour avoir été la cible de son attention malveillante. Potelée, couverte de taches de rousseur, les cheveux cuivre et affreusement timide, Rachel Jennings avait été harcelée sans merci par la brune Daisy Burton, plus âgée qu'elle, qui la poursuivait en la traitant de « sale débile, grosse rouquine ». Pendant des années, sa haine contre Daisy l'avait incitée à éviter Billy, et ce ne fut que lorsqu'il lui eut avoué que sa sœur s'appelait Louise, qu'elle était, elle aussi, rousse et, mieux encore, probablement morte d'une overdose, que Rachel avait découvert cette vérité éternelle : les frères et sœurs se ressemblent rarement.

Pourtant, elle n'avait pas été surprise quand Billy avait imputé sa préoccupation des dernières semaines à la réapparition de Louise. Rachel avait toujours redouté cette éventualité. Elle lui avait demandé pourquoi il ne lui avait pas dit qu'il avait reconnu la photographie que Miss Gardener lui avait montrée. « Parce que j'espérais me tromper, lui avait-il répondu. Louise ne m'a jamais rien apporté de bon. Je la supportais mieux depuis que je la croyais morte. Au moins, je pouvais avoir un peu de peine pour elle. »

De : wandr.burton@compuline.com
Date : sam 10/05/03 21 : 10
A : info@WCHinvestigations.com
Objet : Cill Trevelyan

Cher Monsieur,

Je suis le frère de Louise Burton. Un de vos détectives était à sa recherche il y a trois ans et m'avait donné votre carte. C'était en rapport avec l'enquête de Mr et Mrs Trevelyan au sujet de la disparition de leur fille, Cill. Je peux vous fournir le nom et l'adresse de Louise. Il se trouve que je ne l'ai retrouvée que récemment et que je me fais du souci pour elle. Je suis prêt à vous donner son adresse si vous voulez bien me rencontrer après l'avoir vue. J'ai beaucoup de mal à parler avec elle et espère que vous aurez plus de succès que moi, mais je voudrais des garanties avant de vous transmettre ses coordonnées. Peut-être serez-vous intéressé d'apprendre qu'elle se fait appeler Priscilla et fait tout son possible pour ressembler à Cill Trevelyan. J'ai cru comprendre que vous étiez tenu au secret professionnel.

Dans l'attente de vous lire.

Avec mes sentiments les meilleurs

William Burton

Peckham, Londres
Samedi 10 mai 2003, 21 h 30

Quand le timbre de la porte d'entrée retentit, Andrew leva les yeux du manuscrit qu'il lisait avec un froncement de sourcils irrité. À première vue, il ne voyait pas qui pouvait avoir la grossièreté de lui rendre visite sans crier gare un samedi soir à neuf heures et demie. Comme ses filles dormaient paisiblement à l'étage, il ne pensa pas immédiatement à la police et attendit de voir si l'importun insistait. Au deuxième coup de sonnette, il se leva à contrecœur.

L'un des inconvénients de son appartement exigu aménagé dans d'anciennes écuries et dont toutes les fenêtres donnaient sur l'avant était que, le soir, les lampes allumées projetaient son ombre contre les rideaux. La personne qui se trouvait sur son seuil savait forcément qu'il était chez lui et c'était un homme trop courtois pour prétendre le contraire. Ce qui ne l'empêchait pas d'être extrêmement contrarié. Il portait un pantalon de velours râpé et une vieille chemise en denim dont le plastron était maculé de taches de soupe. L'espace d'un instant, il eut la certitude angoissante qu'il allait découvrir Jenny et Greg en tenue de soirée, ravalant un sourire narquois devant son allure minable.

Il fit glisser le verrou Yale et ouvrit la porte. S'il n'avait pas immédiatement reconnu la femme qu'il avait aperçue à La Couronne, il l'aurait identifiée sans peine grâce à la photographie que lui avait montrée George. Priscilla Fletcher. Il avait l'esprit suffisamment vif pour comprendre qu'il avait le choix entre deux solutions – la reconnaître ou feindre l'ignorance – et il évalua rapidement leurs avantages respectifs tout en dissimulant son étonnement derrière un sourire poli. « Que puis-je pour vous ?

– Vous savez qui je suis ? » demanda-t-elle de but en blanc.

Andrew biaisa. « Il me semble. Vous êtes la mystérieuse dame de la gare. Je crois bien vous avoir aperçue en février au pub de Roy Trent. »

De près, elle n'avait absolument rien de commun avec le cliché noir et blanc de la petite Cill Trevelyan au visage lisse et joufflu. Elle avait la figure mince et les traits tirés, des pattes d'oie autour des yeux, et des cheveux si manifestement teints qu'Andrew en fut surpris. Elle lui rappelait davantage une Wallis Simpson anorexique jouant les reines auprès d'un Édouard VIII hésitant qu'une adolescente de treize ans pleine d'entrain.

« Vous savez comment je m'appelle ? »

Andrew décida de jouer cartes sur table. « Ça dépend, dit-il sèchement. Priscilla Fletcher... Cill Trent... peut-être Daisy Burton ou Louise Burton ? Quel nom préférez-vous ?

– Louise. Je ne me suis jamais vraiment habituée aux autres. » Elle fit un geste du menton en direction de la pièce, derrière lui. « Je peux entrer ? »

Il prit un moment pour l'observer attentivement, puis ouvrit toute grande la porte. « À condition que vous n'ayez pas l'intention de me piquer mon portefeuille. Ce ne serait pas une affaire ; je suis encore plus fauché que Jonathan.

– Je ne le lui ai pas volé, protesta-t-elle en passant derrière lui. Je le lui ai emprunté pendant une heure pour essayer d'en savoir un peu plus long sur lui. » Elle contempla d'un œil critique la petite pièce sans cloison, séparée en deux par un escalier. Une extrémité était occupée par la cuisine, l'autre, meublée de deux fauteuils et d'une table basse, servait de salon. « Ce n'est pas terrible chez vous. Ça n'a pas l'air de rapporter grand-chose, votre boulot. »

Andrew referma la porte. « Comment avez-vous eu mon adresse ? »

Elle sortit de sa poche plusieurs cartes de visite professionnelles et les lui tendit. « Elles étaient dans le portefeuille de votre ami. Votre adresse privée était notée au dos de la vôtre. »

Andrew feuilleta les bristols, dont la plupart portaient des codes postaux new-yorkais, jusqu'à ce qu'il trouve la sienne, écornée, parmi les dernières. Il se rappela l'accès de solitude qui l'avait incité, peu après son déménagement, à griffonner le numéro et la rue de Peckham au dos de la carte. Il l'avait donnée à Jonathan à une table de restaurant en l'invitant à passer le voir un soir, s'il n'avait rien de mieux à faire. Il n'était jamais venu. « Vous lui avez pris autre chose ?

– Non. En fait, c'était son adresse à lui que je cherchais, mais il n'y avait pas de carte à son nom. » Elle jeta un coup d'œil en direction de l'escalier, comme si elle se demandait s'il y avait quelqu'un d'autre dans la maison. « Il est complètement à la masse, non ? Vous auriez dû le voir rouler des yeux pendant que je lui parlais... Je l'ai pris pour un *junkie*.

– Il était malade. »

Le sujet ne l'intéressait pas vraiment et elle coupa court. « Je peux m'asseoir ?

– Je vous en prie. »

Elle retira sa veste et se laissa tomber dans un fauteuil. « Vous n'auriez pas quelque chose à boire ? »

Il ouvrit un placard de cuisine et en sortit des verres à vin. « Rouge ou blanc ? J'ai un margaux correct et un excellent pouilly-fumé.

– Vous n'avez pas de vodka ?

– Ma cave se limite au vin, je suis navré.

– Putain ! grommela-t-elle. C'est plutôt moche ! Moi qui pensais que les gens se faisaient un fric fou avec les bouquins. » Elle contempla les deux bouteilles qu'il lui présentait. « C'est bon, va pour le rouge. » Elle le regarda découper l'habillage d'étain autour du goulot et insérer délicatement le tire-bouchon. « Vous ne me demandez pas pourquoi je suis là ?

– Est-ce bien nécessaire ? murmura-t-il, en reniflant le bouchon pour vérifier que le vin n'était pas gâté. Vous allez me le dire de toute façon, non ? »

Elle se renfrogna devant cette manifestation de snobisme imbécile. « Pas si vous faites le malin. »

Il versa du vin dans un des verres et le huma avant de remplir les deux. « Ce n'est pas un margaux de très grand prix, dit-il doucement, mais il coûte quand même autour de vingt livres la bouteille. » Prenant les verres dans une main et la bouteille dans l'autre, il les posa sur la table basse. « Combien vaut la vodka en ce moment ?

– Douze... quinze livres, mais il faudrait être un vrai alcoolo pour en descendre une bouteille tous les soirs.

– Hmm. Je dois dire que le vin bouchonné est presque aussi infect que le lait tourné », dit

Andrew, lui tendant un verre et s'installant dans l'autre fauteuil. Il leva son verre. « À votre santé. »

Elle trempa ses lèvres dans le verre. « Ça devrait aller, dit-elle grossièrement. Mais j'aime quand même mieux la vodka citron. Je peux fumer ?

– J'ai le choix ? »

Elle laissa échapper un petit rire rauque. « Pas si vous voulez savoir ce que je suis venue vous dire. »

Andrew se releva et alla chercher un cendrier dans un placard. « Je vous en prie, dit-il en le lui tendant. Je vais faire un peu d'air. » Il repoussa les rideaux et détacha le loquet d'une des fenêtres, enchanté d'avoir un prétexte pour rendre cette entrevue un peu plus publique. Sans aller jusqu'à craindre de la voir brandir un couteau, il avait du mal à oublier ce qui était arrivé à Grace.

« Vous êtes un drôle de type, dit-elle en allumant son briquet. Il vous arrive de dire non ? »

Il se rassit. Personne ne lui avait jamais posé cette question, dont la finesse l'étonna. « Pas souvent, reconnut-il. Il m'arrive régulièrement de refuser des manuscrits, mais ce sont des décisions professionnelles.

– Il doit y avoir quelque chose qui cloche pour que vous soyez sympa comme ça... Vous vous sentez seul ? » Son regard parcourut la pièce une nouvelle fois et se posa sur les taches de soupe de sa chemise. « Vous n'êtes pas marié, c'est sûr. Vous êtes homo ? »

Andrew secoua la tête. « Hétérosexuel et divorcé. Mes deux filles sont au lit, à l'étage. »

Elle jeta un coup d'œil vers le plafond. « Elles ont quel âge ?

– Elles sont assez grandes pour appeler la police si j'élève la voix, dit-il d'un ton enjoué. Et assez jeunes pour ne pas se réveiller si cet entretien reste pacifique et dans les limites de la légalité. »

Elle émit un petit rire. « Vous me prenez pour qui ? »

Il inclina son verre vers la lumière et le fit tourner doucement, regardant le margaux dessiner des jambes sur la paroi incurvée. « Je ne sais pas, Louise. J'aimerais bien que vous me le disiez. Votre ancienne directrice d'école, Miss Brett, dit que vous êtes une menteuse... Jonathan Hughes dit que vous êtes une voleuse... et George Gardener et lui pensent que vous avez assisté à l'assassinat de Grace Jefferies. » Il l'observa un moment avant de déguster une gorgée de vin. « Personne n'a donc rien de gentil à dire sur vous ? »

Il pensait qu'elle allait se vexer mais il se trompait. « Ça m'étonnerait. J'ai passé le plus clair de ma vie à emmerder le monde. Et Billy, qu'est-ce qu'il a dit ? »

Billy. « C'est votre frère ? »

Louise acquiesça.

« Pas grand-chose, dit Andrew, se remémorant la transcription de George. Si je m'en souviens bien, il a dit que vous étiez mariée et que votre famille vous croyait en Australie. Mais il n'a pas reconnu votre photographie... c'est du moins ce qu'il a prétendu. »

Elle vida son verre d'un coup et le posa sur la table, se penchant pour regarder le plancher. « Il est sympa Billy, seulement, il ne voit que ce qu'il a envie de voir... il ne remarquerait même pas qu'il y a un éléphant dans son lit avant de se trouver aplati comme une crêpe. » Elle consacra toute son attention à sa cigarette.

Curieuse expression, songea Andrew en tendant le bras vers la bouteille et en la resservant. Elle n'eut pas l'air de le remarquer.

« Qu'est-ce que j'ai pu la détester, cette salope, dit-elle abruptement. Elle avait beau passer des savons à Cill, ça ne prenait pas – tout le monde savait que c'était sa chouchoute. Elle m'avait vraiment prise en grippe. On dit que les sanctions brutales sont une mauvaise chose, mais le goutte-à-goutte est bien pire. Elle racontait à Cill qu'elle était trop intelligente pour traîner avec des filles comme moi... puis elle me disait que j'étais conne comme la lune et que tout ce que je savais faire, c'était tirer les autres vers le bas. Ce n'était pas vrai. Cill était complètement cinglée – un jour elle m'a écrasé sa cigarette sur le bras parce que je lui avais dit d'aller se faire foutre. »

Andrew devina que la « salope » était Miss Brett. « Que vous a dit Miss Brett après la fameuse bagarre ?

– La même chose que d'habitude, répondit-elle cyniquement. "Vous êtes une méchante, Louise Burton, et ça finira par vous jouer des tours. Vous avez provoqué cette bagarre délibérément pour attirer des ennuis à Cill." Cette vieille vache ! Je suis sûre que c'était une gouine.

– Elle avait raison ? Vous l'aviez fait exprès ? »

Louise leva la tête, une lueur amusée dans le regard. « À votre avis ?

– Oui. »

Elle haussa les épaules, indifférente. « C'était bien fait pour Cill, de toute façon. Elle m'avait vraiment fait chier avec cette histoire de viol – pourquoi est-ce que je ne leur avais pas sauté dessus ?... pourquoi est-ce que je n'avais pas crié ?... pourquoi est-ce que Billy n'avait rien fait ?... pourquoi est-ce que je lui disais tout le temps d'essayer d'oublier ? » Ses petits yeux brillants soutinrent un instant le regard d'Andrew avant de se détourner. « Il ne faut pas exagérer non plus. Ça n'avait pas été si terrible..., trois petits branleurs de quatorze ans même pas capables de bander cinq secondes. D'accord, elle s'est pris quelques coups de pied, mais ça s'arrête là. » Louise écrasa sa cigarette dans le cendrier et en ralluma une immédiatement. « Elle était morte de trouille à l'idée d'être enceinte mais ça aussi, c'était du flan. Elle a eu ses règles dix jours plus tard et m'en a rebattu les oreilles parce qu'elle savait qu'elle ne risquait rien. » Elle retomba dans le silence, plongée dans ses souvenirs.

« Que lui est-il arrivé ? »

Il y eut à peine un instant de réflexion. « Son père lui a flanqué une rouste à cause de la bagarre, alors elle est allée se planquer chez Grace. » Elle sourit aigrement en voyant son expression. « C'est ce que vous vouliez entendre, non ? C'est là qu'on allait quand on n'avait rien de mieux à faire. On n'avait qu'à montrer nos bleus et Grace nous laissait regarder la télé toute la journée. »

Andrew attendit la suite. « Vous pouvez m'expliquer ça ? demanda-t-il après un nouveau silence. Je suis un peu perdu entre la télé et les bleus. Je ne vois pas bien le lien. »

Elle releva la manche de son chemisier. « Comme ça, dit-elle en exhibant un avant-bras nu dont la chair était marbrée de zébrures bleues. Quand on en avait marre, on pouvait flemmasser sur son canapé jusqu'à la saint-glinglin... si on en avait envie, bien sûr. » Elle se lécha le doigt et dessina une ligne blanche à travers les marbrures. « De l'ombre à paupière, expliqua-t-elle laconiquement. C'est ressemblant, non ? Je l'ai fait dans la voiture juste avant d'entrer. Grace tombait dans le panneau à tous les coups. »

Andrew avala lentement une nouvelle gorgée de margaux. « Pourquoi ?

– Elle était débile... exactement comme son petit-fils. Cill et moi, on les menait par le bout du nez tous les deux. » Elle s'arrêta, attendant sa réaction. « C'est Cill qui a commencé, poursuivit-elle enfin. Elle savait qu'Howard était tout le temps à traîner là-bas à rien foutre, alors un jour elle a sonné et elle a dit à Grace que son père l'avait cognée. Ça a marché comme sur des roulettes. » Elle leva une épaule dans un geste de mépris. « On ne comprenait pas un mot de ce qu'elle disait – c'était encore pire qu'Howard – mais elle nous laissait regarder la télé et elle nous donnait à manger.

– Mais pourquoi ? répéta Andrew, sceptique. Qu'est-ce qu'elle avait à y gagner ?

– Qu'est-ce que j'en sais, moi ? C'était comme ça, un point c'est tout.

– Foutaises, répliqua-t-il calmement. Grace avait peut-être des problèmes d'élocution, mais ça n'affectait certainement pas son QI. Vos parents habitaient de l'autre côté de la rue. Pourquoi se les mettre à dos en vous laissant venir chez elle quand vous séchiez les cours ?

– Elle laissait bien Howard.

– C'était son petit-fils. Elle avait pitié de lui.

– Peut-être qu'elle avait aussi pitié de nous. Le père de Cill l'avait vraiment cognée, la première fois. Elle avait des marques partout. C'est seulement après qu'on a utilisé de l'ombre à paupières. » Louise inhala une volute de fumée et lui jeta un regard hostile. « Vous croyez tout savoir, c'est ça ? Votre père vous tabassait ?

– Non, ça ne lui est jamais arrivé. »

Elle désigna le plafond du doigt. « Et elles, combien de fois est-ce que vous les avez cognées ?

– Jamais.

– Alors ne venez pas me dire ce que Grace aurait fait ou pas fait. Les vies foutues, elle en connaissait un rayon, elle. Selon vous, pourquoi est-ce qu'Howard était comme ça ?

– Il était handicapé. »

Louise secoua la tête. « Sa mère le tabassait à mort. C'était une vraie salope. Il avait tellement peur d'elle qu'il filait chez Grace chaque fois qu'il le pouvait. »

Andrew se rappela quelques lignes d'une lettre que Jonathan avait reçue. *Des fois, sa mère le traînait par l'oreille... elle n'était pas gentille... elle le frappait tout le temps.* « Vous connaissiez bien Howard ?

– Assez bien, lâcha-t-elle avec dédain. Il avait le béguin pour Cill.

– Il était chez Grace quand vous veniez ?

– Des fois. Cill le laissait tripoter ses nichons quand sa grand-mère était sortie. Ça l'excitait drôlement. »

Andrew tourna les yeux vers la fenêtre, réprimant un sursaut de dégoût. « Ça n'a rien d'exceptionnel. Ce genre d'exploration est fréquent chez les adolescents.

– Ouais, mais ce n'était plus un adolescent. Il avait vingt ans. » Les yeux pâles se posèrent à nouveau sur Andrew. « En fait, c'était assez marrant de le voir faire. Il bandait rien qu'à la regarder et, quand il la touchait, il se mettait à trembler comme s'il jouissait. » Un nouveau haussement d'épaules méprisant. « C'est sans doute ce qu'il faisait, d'ailleurs – c'était un sale petit branleur... le genre à lâcher la purée tout de suite, pour peu qu'une fille se laisse peloter. »

Ce n'était pas seulement ses propos mais la brutalité avec laquelle elle les tenait qui le faisait grincer des dents. Peut-être pensait-elle accroître sa crédibilité en le choquant. « Qui prenait l'initiative ? Cill ou Howard ?

– Cill, bien sûr. C'était une vraie garce.

– Et vous ? Howard s'intéressait-il à vous ?

– Vous rigolez, répondit Louise en reprenant son verre. Je tenais le chandelier pour tranquilliser la grand-mère. Il serait allé jusqu'au bout avec Cill s'il avait pu se débarrasser de Grace. Il disait tout le temps à la vieille vache d'aller faire ses courses, mais elle ne voulait pas parce qu'elle avait horreur de sortir de chez elle. »

Andrew la regarda vider son verre. Il ne voyait que trop bien où elle voulait en venir. « Alors c'est parce qu'il était sexuellement obsédé par Cill qu'il a tué sa grand-mère ?

– Faut croire, reconnut-elle. C'était un sale petit pervers.

– Comment ça, *il faut croire*, demanda-t-il. Vous n'en êtes pas sûre ?

– Bien sûr que si, reprit-elle avec assurance. Seulement, je ne peux pas le prouver. »

Andrew laissa le silence s'installer. « Pourquoi êtes-vous venue ? demanda-t-il enfin. Je suis peut-être prêt à avaler n'importe quoi en certaines circonstances, mais je ne suis pas complètement demeuré. Vous pensiez vraiment que j'allais gober des histoires pareilles ?

– Et pourquoi pas ?

– Je ne peux pas croire que Grace ait autorisé Cill à continuer à se cacher chez elle une fois la police prévenue. Un appel à témoins a été lancé dès le samedi matin. Grace ne l'aurait pas gardée dans des conditions pareilles. »

Louise haussa les épaules. « Peut-être qu'elle était déjà morte.

– Impossible, objecta-t-il. Il y a eu un débat sur l'heure du décès, mais l'écart entre les deux versions se situait entre vingt-quatre et quarante-huit heures. Si Cill a disparu le vendredi soir, il aurait fallu, pour que Grace ne sache pas que la police était sur l'affaire, qu'elle soit tuée le samedi... autrement dit, on aurait mis près d'une semaine à retrouver son cadavre. » Il secoua la tête. « C'est tout à fait impossible. La décomposition aurait été beaucoup plus avancée.

– Qu'est-ce que j'en sais, moi, fit-elle avec indifférence. Je vous dis ce qui s'est passé. À vous de voir comment ça colle.

– Dans ce cas, vous auriez mieux fait de vous débrouiller pour que votre histoire coïncide avec les faits, répliqua-t-il avec un petit rire. Commençons par Cill. Si vous saviez où elle était, pourquoi n'avez-vous pas prévenu la police ?

– Elle m'aurait massacrée. » Elle se pencha en avant pour écraser sa deuxième cigarette. « Je vous l'ai dit, elle était givrée. Si les flics l'avaient ramenée de force à son père pour qu'il lui fiche une nouvelle raclée, elle m'aurait coincée à la première occasion et m'aurait arraché les yeux.

– Alors pourquoi est-ce que vous leur avez parlé du viol ?

– Ils voulaient savoir pourquoi on s'était battues. Et puis, je me suis dit que si la police savait qu'elle s'était fait violer et mettait les services sociaux sur le coup, son père ne pourrait pas la tabasser à cause de ça. » Son expression se fit presque contrite. « J'essayais de l'aider. Vu ce qui s'est passé après, c'est difficile à croire, c'est sûr. Vous ne pouvez pas comprendre, aujourd'hui. Sur le moment, les choses se présentaient autrement. J'étais sûre que Cill rentrerait chez elle dès qu'elle en aurait marre et que ça s'arrêterait là. Je ne pouvais pas me douter qu'elle allait se volatiliser et que Grace allait se faire assassiner. Personne ne s'en doutait. »

Bien vu, se dit-il. « Comment avez-vous su qu'elle était chez Grace ?

– Je suis allée vérifier dès que sa mère a appelé pour demander si elle était chez nous. On passait toujours par la grille de derrière et par la porte de la cuisine. Je l'ai vue par la fenêtre en train de se bourrer de glace.

– Vous lui avez parlé ?

– Surtout pas. Elle me serait tombée dessus. C'était ma faute si cette vache de Brett l'avait foutue dehors.

– Et Grace ?

– Je ne l'ai pas vue.

– Howard ? »

Elle secoua la tête.

« Quelle heure était-il ? »

Louise haussa les épaules. « Dans les neuf heures, par là.

– Du matin ? Du soir ?

– Du matin. Deux heures plus tard, j'étais au poste, à me faire cuisiner par les flics. »

Elle était plutôt convaincante, mais Andrew n'était pas très bon juge en la matière. Les femmes l'avaient toujours mené par le bout du nez. Il n'oubliait pas qu'à l'époque dont Louise parlait elle n'avait que treize ans et que, à en croire son ancienne directrice d'école, elle n'était pas particulièrement futée. « Vous aviez déjà eu affaire à la police ? demanda-t-il. Je me vois mal dissimuler des informations à treize ans. »

Ses yeux brillèrent de mépris, mais il n'aurait su dire si celui-ci était dû au manque de courage d'Andrew, adolescent, ou à l'impatience que lui inspiraient ses questions. « C'est surtout ma mère qui a parlé. Elle était folle de rage à l'idée qu'on puisse penser que nous savions où était Cill et que nous refusions de le dire.

– Mais *vous* le saviez.

– Ouais. » Elle alluma une nouvelle cigarette. « C'est pour ça que j'ai parlé du viol. » Elle anticipa la question suivante. « Oh, ça va, relax ! Vous n'allez pas en faire tout un plat ! Je n'avais pas l'intention de balancer Cill, même si c'était une petite salope. Après tout, elle s'était simplement tirée pour la nuit... il y a des centaines de gosses qui font ça tous les jours. En tout cas, je ne voulais pas que les flics sachent qu'on se réfugiait là-bas quand on séchait les cours, parce que je ne savais pas ce qu'ils feraient à Grace. Ni à *moi*, d'ailleurs, ajouta-t-elle d'un ton pensif. J'avais l'intention d'aller y faire un tour dès que je serais rentrée à la maison et d'engueuler Cill, mais ma mère était remontée à bloc avec cette histoire de viol, et elle ne m'a plus lâchée d'une semelle. Et, après ça, les choses ont mal tourné.

– Comment ça ?

– À votre avis ? demanda-t-elle d'un ton morose. Quand je suis retournée là-bas, c'était un vrai champ de bataille. »

20

On aurait dit un jouet mécanique dont la pile était usée. Le vin et la fatigue avaient rapidement eu raison des motifs qui avaient poussé Louise à venir confier son histoire à Andrew. Elle appuya la tête contre le dossier de son fauteuil et regarda le plafond.

« Vous êtes entrée ?

– J'avais bien trop la trouille.

– Pourquoi ?

– Tout était par terre...

– Où ça ?

– Dans la cuisine... le salon...

– Qu'est-ce qui était par terre ?

– *Tout*. Des tiroirs, des bouteilles cassées, des plantes. On aurait dit qu'on avait balancé une bombe là-dedans. »

Andrew lui jeta un regard en coin. « Comment avez-vous pu voir à l'intérieur du salon ? Je croyais que les rideaux étaient tirés.

– Pas sur l'arrière. Il y avait des portes-fenêtres qui donnaient sur le jardin. J'ai regardé par là. » Elle fit tomber sa cendre sur le tapis avant de tirer sur sa cigarette. « Ça m'a tuée, ce truc. J'ai bien vu qu'il s'était passé quelque chose de grave. Il y avait du sang sur la vitre... juste sous mes yeux. J'ai pensé que c'était celui de Cill.

– Pourquoi ? »

Elle tourna la tête vers lui. « Parce que Grace était cinglée, dit-elle, impassible, et que j'avais toujours su qu'un jour ou l'autre elle péterait les plombs. Cill n'arrêtait pas de la mettre en boîte à cause de sa façon de parler. Je me suis dit qu'elle avait dû pousser le bouchon un peu loin et que Grace avait disjoncté.

– Qu'est-ce que vous avez fait ?

– Je suis rentrée chez moi et j'ai refusé de mettre le nez dehors pendant des semaines. » Son expression lui arracha un léger sourire. « Je m'imaginais que les flics allaient me tomber dessus parce que je ne leur avais pas dit où elle était planquée le samedi. J'aurais dû le faire... Et je l'*aurais* fait si ma conne de mère ne s'en était pas mêlée.

– C'était quel jour ? »

Elle réfléchit un instant. « Le mardi, sans doute. J'ai fait un saut là-bas en rentrant de classe parce que j'en avais ras le bol que tout le monde me cuisine à propos de Cill. Le mercredi, j'ai craqué et mes parents m'ont permis de rester à la maison jusqu'à ce qu'on déménage à Boscombe. »

Andrew classa l'information dans un coin de sa tête. « Pourquoi n'avez-vous pas dit à votre mère ce que vous aviez vu ? »

Louise ne répondit pas tout de suite. Elle recommença à fixer le plafond des yeux comme si elle cherchait la réponse dans le blanc mat de la peinture. « Qu'est-ce qui vous fait croire que je ne lui ai rien dit ? demanda-t-elle enfin.

– À ma connaissance, elle n'a pas prévenu la police.

– Ça ne veut pas dire que je ne lui ai pas parlé. » Elle se pencha brusquement pour éteindre sa cigarette. « Elle était furax. Mon père aussi. Quelle image est-ce que j'allais donner de la famille ? Qu'est-ce que les voisins allaient dire ? Je ne comprenais pas dans quelle situation je les mettais. D'abord un viol... puis le fait que je n'aie pas dit où se cachait Cill... et maintenant ces histoires de sang sur les vitres de Grace... » Un rire creux la secoua. « Ils ne m'ont jamais beaucoup aimée, et je suis sûre qu'ils étaient persuadés que j'y étais pour quelque chose. »

Andrew posa son verre par terre pour éviter de la regarder. « Et c'était vrai ?

– Bien sûr que non, dit-elle sans conviction. J'étais complètement larguée. Même l'arrestation d'Howard ne tenait pas debout. Je passais mon temps à demander à maman ce qui était arrivé à Cill, jusqu'au jour où elle m'a flanqué une gifle et m'a ordonné de ne plus jamais prononcer son nom. Ça a été une drôle de période, franchement... Je n'y comprenais rien du tout. Pour finir, j'ai pensé qu'Howard avait dû aussi tuer Cill, c'était la seule histoire qui tenait debout... mais il était trop tard pour que je dise quelque chose. Les flics auraient étranglé les parents parce qu'ils ne les avaient pas prévenus. »

C'était plausible, songea Andrew. Tout se tenait parfaitement. Mais il songea alors à des questions auxquelles elle n'avait pas donné de réponse. « Impossible, observa-t-il d'une voix égale. Howard n'avait pas de voiture et il n'y avait qu'un cadavre dans la maison. Comment se serait-il débarrassé du corps de Cill ?

– Qu'est-ce que vous voulez que j'en sache, moi ? demanda-t-elle d'un ton désinvolte. Il a pu lui proposer de la raccompagner chez elle ? L'emmener faire une promenade ? C'était un vrai pédophile... s'il ne s'était pas fait coincer pour l'assassinat de Grace, il aurait fini par ramasser des gamins dans la rue. Ça vous arrange de croire qu'il était innocent, mais ça ne veut pas dire qu'il l'était. J'étais là, *moi*, je le connaissais. » Elle lui jeta un nouveau regard de mépris. « C'était une ordure. »

Andrew appuya les coudes sur les bras de son fauteuil et posa le menton sur ses mains jointes. « Le problème est qu'on n'a relevé aucun indice de la présence d'une autre personne chez Grace, lui dit-il. Pourquoi est-ce qu'on n'a pas relevé d'empreintes de Cill un peu partout ? Pourquoi est-ce qu'il n'y avait pas *les vôtres* ? Même si la police n'avait pas pu les identifier, elle se serait posé des questions sur la présence de deux séries d'empreintes inconnues. On savait que Grace ne voyait personne. La première chose que tout le monde disait à son sujet, c'est qu'elle ne recevait jamais de visites.

– Ce n'est pas mon problème, répéta-t-elle. À vous de l'expliquer. Tout ce que je peux vous dire, c'est ce que je sais. Elle était tout le temps à nettoyer derrière nous. »

La tactique était astucieuse – elle le laissait libre de la croire ou non – et il se demanda un instant pourquoi sa directrice d'école l'avait jugée idiote. « Howard n'aurait pas pu tuer qui que ce soit le lundi ou le mardi, Louise. Il a pu justifier de tous ses mouvements pendant ces deux jours... c'est pour cela que le médecin légiste de l'accusation a fini par affirmer que l'assassinat avait eu lieu le mercredi. » Il leva un sourcil cynique. « Mais je suppose que ce n'est pas non plus votre problème, si ? »

Elle lui décocha un sourire malicieux. « Bien vu.
– Alors pourquoi est-ce que vous accusez Howard ? Rien de ce que vous avez dit jusqu'à présent ne permet de penser qu'il se trouvait sur les lieux.
– Qui voulez-vous que ce soit ? dit-elle en haussant les épaules. Personne ne venait chez Grace, sauf lui et nous.
– Et Roy Trent, Colley Hurst et Micky Hopkinson ? »
Elle s'y attendait, songea-t-il. Sa réponse fut trop rapide. « Vous rêvez ! dit-elle avec mépris. Ils ne sortaient jamais de Colliton Way. Qu'est-ce qu'ils seraient allés foutre chez Grace ?
– Chercher Cill, suggéra Andrew. Ils l'avaient déjà violée une fois, ils avaient peut-être envie de remettre ça. » Il la vit esquisser une moue. « Ou bien c'est après vous qu'ils en avaient.
– Pourquoi ça ?
– Ils voulaient peut-être vous donner une leçon parce que vous les aviez dénoncés à la police. » Pour la première fois, l'indécision dessina des rides autour de ses yeux. « Ils devaient être fous de rage de s'être fait balancer par une gamine comme vous.
– Je n'ai pas donné leurs noms.
– Ce n'était pas la peine. Je suis sûr qu'ils étaient tellement connus des services de police qu'il devait suffire de dire qu'ils étaient trois. » Il l'observa un instant. « Si vous ajoutiez le détail des cheveux roux de Colley Hurst, ça revenait à déballer leurs noms.
– Ce n'était pas eux, répliqua-t-elle avec arrogance. Je suis bien placée pour le savoir, je me suis mariée avec un de ces salauds. »
Andrew sourit. « Ce n'est pas à proprement parler une preuve d'innocence.

– Vous vous figurez que j'aurais épousé un assassin ?

– Pourquoi pas ? Ils n'ont pas un “A” tatoué sur le front. »

Elle réfléchit un instant. « Ce qui voudrait dire qu'il aurait pu le faire, mais que je n'en savais rien.

– C'est une interprétation.

– Et quelle est l'autre ?

– Que vous pouviez l'épouser en toute tranquillité parce que personne d'autre que vous ne savait que c'était un assassin. » Il vit une expression amusée plisser ses yeux. « Très bien, alors pourquoi est-ce que vous l'avez épousé ?

– Pourquoi est-ce qu'on se marie avec tel type plutôt qu'avec tel autre ? Ça s'est trouvé comme ça... il était là.

– Ce qui s'était passé avec Cill ne vous a pas inquiétée ?

– Pas particulièrement. Pour tout vous dire, Roy valait quand même mieux que le salaud avec qui j'étais avant. Au moins, il avait un appart et un minimum de rentrées. » Elle haussa les épaules. « Vous connaissez beaucoup de types qui n'ont pas fait au moins une expérience sexuelle un peu brutale à un moment ou à un autre de leur vie ? C'est normal, non ? Vous, les mecs, vous n'avez pas tellement évolué depuis la préhistoire. »

Un petit rire secoua Andrew. « Voilà où j'ai dû faire fausse route. Je n'ai jamais imaginé que la brutalité pouvait faire bon ménage avec le sexe. Je croyais que le but était de donner du plaisir aux femmes.

– Mais *comment donc*, murmura-t-elle, sarcastique. Et vous êtes capable de dire sans vous tromper à quel moment précis une femme a un orgasme, c'est ça ? »

Il avait toujours cru que oui, jusqu'à ce que Greg s'installe dans son lit. « Non, avoua-t-il. Autrement, ma femme ne m'aurait probablement pas quitté.

– Putain ! » Louise n'était pas habituée à une telle franchise chez un homme. « Vous ne devriez jamais admettre des trucs pareils.

– Je ne mens pas très bien. » Sa grimace le fit sourire. « Et je ne suis pas le genre de type dont la valeur se mesure à la longueur de son pénis. » Il se tapota le côté de la tête. « C'est plutôt ça qui m'intéresse. Ce qui fait fonctionner les gens. Pourquoi certains d'entre nous réussissent et d'autres pas. » Il laissa passer quelques secondes. « Comment Roy gagne-t-il de l'argent alors qu'il n'a pas de clients ? »

Louise tendit le bras pour attraper sa veste. « Ça ne me regarde pas. Les affaires ne marchaient pas si mal quand j'étais avec lui.

– Qui est le propriétaire ?

– Roy, peut-être. »

Andrew secoua la tête. « Ça m'étonnerait. Le quartier est en plein boom immobilier. Il aurait certainement reçu des masses de propositions... et, à l'heure qu'il est, quelqu'un serait bien arrivé à le convaincre de vendre. »

Elle enfila sa veste. « Comment est-ce que vous savez tout ça ? Je croyais que c'était votre pote qui écrivait le bouquin. »

Andrew eut l'air amusé. « On discute pas mal, tous les deux... avec George Gardener aussi. Ça vous ennuie ? C'est moi que vous êtes venue voir parce que vous pensiez que je n'en savais pas assez long pour vous poser des questions gênantes ?

– Je n'avais que votre adresse, à part celle de George, expliqua-t-elle prosaïquement, et je n'avais pas tellement envie d'aller lui parler. Elle aurait tout balancé à Roy et, franchement, je n'ai pas besoin de ça en ce moment.

– Pourquoi ? Je croyais qu'il n'avait rien à voir là-dedans.

– C'est autre chose, dit-elle sombrement. Rien à voir avec Cill ni Grace. » Elle s'avança dans son fauteuil. « Vous allez raconter à George et à votre ami tout ce que je vous ai dit ?

– C'est bien pour ça que vous êtes venue, non ? » Il considéra son silence comme une approbation. « Mais ils souhaiteront certainement vous parler personnellement. Si ce que vous m'avez dit est vrai, vous ne faites que supposer que la passion d'Howard pour Cill lui a fait perdre les pédales... mais vous savez ce que Roy et ses amis ont fait. Vous étiez *là*, insista-t-il, faisant délibérément écho à ses propos antérieurs, et un viol collectif constitue un indice plus probant de comportement déviant que quelques épisodes de pelotage sur un canapé.

– Ça faisait des semaines qu'elle les allumait, reprit-elle avec une nuance de malveillance dans la voix. Ils étaient soûls comme des barriques et elle les a excités pendant une bonne demi-heure à leur raconter des cochonneries. Je lui ai dit qu'elle cherchait les emmerdes, mais elle ne m'a pas écoutée. » Ses lèvres se pincèrent à cette évocation. « C'était une sale petite frimeuse. Elle croyait tout savoir. Des fois, ça me rendait dingue. »

Andrew vit ses lèvres pâlir de colère. « Dans ce cas, pourquoi est-ce que vous cherchez tellement à lui ressembler ? »

C'était, là encore, une question à laquelle elle s'était préparée. « Si elle était là, à côté de moi, vous ne verriez aucune ressemblance, à part les cheveux. Et, pour ça, prenez-vous-en à ma mère. C'est elle qui m'a obligée à me les teindre pour éviter des questions pénibles après notre déménagement. Ça fait si longtemps maintenant que je suis brune... – elle émit un petit rire – et je suis trop coquette pour accepter d'avoir des cheveux gris.

– Et vous vous êtes fait appeler Priscilla », lui rappela-t-il.

Elle se leva et boutonna sa veste. « Ouais. Ce n'était pas une très bonne idée, hein ? remarqua-t-elle d'un air ingénu. Si je m'en étais tenue à Daisy, George n'aurait pas continué à fouiner comme ça. » Elle fourra ses cigarettes dans sa poche. « J'ai décidé de me faire appeler Priscilla à l'époque où j'étais mariée avec mon premier paumé. »

Andrew tenta de s'extraire de son fauteuil. « Pour quelle raison ?

– Je trouvais ça chic, dit-elle avec une curieuse mélancolie. C'est un peu dingue quand on pense à ce qui est arrivé à Cill. » Elle se dirigea vers la porte. « Je suppose que Miss Brett avait raison. »

Il passa devant elle pour tourner le verrou. « Comment cela ?

– "Louise Burton a la fâcheuse habitude d'agir avant de réfléchir", dit-elle avec un sourire en coin. C'est un bon résumé de ma vie. » Elle lui tendit la main dans un geste d'une étonnante cordialité. « J'espère que vous êtes un chic type. Autrement, je vais regretter d'être venue. »

Il lui serra la main. « Vous êtes en état de conduire ?

– J'espère. »

Sans lui laisser le temps de réagir, elle se détourna et s'engouffra dans la ruelle. Arrivée au coin, elle se retourna vers lui, son visage pâle éclairé par un réverbère. À cette distance, son expression était indéchiffrable, mais le petit signe de main qu'elle lui adressa était bien visible. Il aurait été incapable de dire si ce qu'elle lui avait raconté était vrai, mais, agitant la main en retour, il constata avec étonnement qu'il avait très envie de la croire.

Il était onze heures et demie. Jonathan était au lit, en train de corriger des copies, quand le téléphone sonna. Dans un élan d'espoir, il se dit que c'était peut-être Emma mais, lorsqu'il décrocha, ce fut pour entendre Andrew bredouiller, très excité, qu'il s'était passé « quelque chose d'important ». Cette agitation lui ressemblait si peu qu'il supposa que son ami avait trop bu ; il lui demanda de rappeler le lendemain matin. Andrew insista pour lui relater l'essentiel de la conversation, tant qu'il en avait tous les détails présents à l'esprit. « Je t'assure qu'elle était drôlement convaincante.

– Qui ça ?

– Priscilla Fletcher. En chair et en os, chez moi, et se faisant appeler Louise Burton. » Il entendit Jonathan prendre une profonde inspiration. « Eh oui, mon vieux ! Alors prends ton stylo, espèce de flemmard, et écris.

– Tu ne peux pas le faire toi-même ?

– Tu oublies que je ne gagne que le dixième de ce que tu te ramasses et que j'en ai marre de faire tout le boulot.

– Tu n'as pas tellement l'air d'en avoir marre, dit Jonathan sèchement, en prenant un carnet. Qu'est-ce qu'elle t'a fait ?

– Du charme », dit Andrew laconiquement.

Jonathan se rappela son numéro de bonne Samaritaine à la gare de Branksome. « Et qu'est-ce qu'elle a emporté ?
– Ma conviction. »

« Si Cill se trouvait chez Grace, elle devient le suspect numéro un, remarqua Jonathan, songeur, en faisant glisser son stylo sur ses notes. Elle était costaud pour son âge, elle était sur place, c'était une adolescente à problèmes... violée récemment, peut-être avec des antécédents d'abus sexuels. Ajoute à ça un cocktail explosif d'hormones et Dieu sait ce qui a pu se passer. » Il tapota son stylo contre ses dents. « On peut imaginer que Grace lui ait demandé de partir parce qu'elle ne voulait pas que la police fourre son nez chez elle, que Cill ait perdu son sang-froid et l'ait agressée. L'emploi du temps collerait. Elle s'est cachée chez Grace pendant le week-end, l'a tuée le lundi et est repartie la nuit même. Cela expliquerait qu'elle ait complètement disparu de la circulation, les premiers jours... il est tout de même étrange qu'on ne l'ait pas repérée ensuite. »

Andrew bâilla à l'autre bout du fil. « Dans ce cas, qui a pris le bain et laissé des cheveux roux dans la baignoire ?

– Aucune idée.

– Et le béguin d'Howard pour Cill ? Ça m'a paru tout à fait plausible. C'était une jolie fille.

– Elle avait treize ans.

– Et alors ? Qu'est-ce que l'âge a à voir là-dedans ? Howard était retardé ; l'idée de faire face aux exigences d'une femme adulte le terrifiait certainement. C'est peut-être pour ça qu'il s'est foutu en pétard quand sa grand-mère lui a dit de se remuer un peu. S'il s'était entiché de Cill, personne d'autre ne devait l'intéresser. Surtout, ça expliquerait pourquoi il était tout le temps fourré chez Grace. Les hommes feraient n'importe quoi s'il y a la moitié d'une chance de baiser au bout.

– Parle pour toi, lança Jonathan aigrement.

– C'est ce que je fais, dit Andrew en riant. Je passe mon temps à m'aplatir devant de jolies femmes, et elles croient toutes que je joue la comédie. » Il s'interrompit apparemment pour avaler une gorgée. « Tu devrais refiler tout ça à ton copain psychologue. Mais je parierais que Louise est sincère quand elle décrit Howard comme un pervers. Je ne dis pas qu'il l'*était*, poursuivit-il, mais c'est comme ça qu'elle le voyait. Elle l'a traité d'"ordure", et le terme m'a paru un peu fort pour être une invention récente. À mon avis, c'est ce qu'elle pensait de lui à l'époque. »

Jonathan appuya la tête contre ses oreillers et frotta ses yeux piquants de sommeil. « Il faut que je dorme là-dessus, Andrew. Je ne comprends toujours pas pourquoi c'est toi qu'elle est venue voir, et pas George ou moi. »

Andrew parla de sa carte de visite et de l'adresse manuscrite. « Je ne crois pas que ce soit la vraie raison, en fait. Je pense plutôt qu'elle s'attendait que je gobe tout sans poser de questions... ou alors c'était un coup d'essai.

– Comment ça ? Maintenant, elle ne peut plus rien changer à sa version des faits sans que nous nous posions des questions. » Il baissa les yeux vers ses notes. « Et ça nous mène à quoi, au juste ? Qu'est-ce que tu étais censé gober ?

– Sans doute qu'Howard était coupable et que Roy et sa bande n'y étaient pour rien.

– Dans ce cas, c'est Roy qui l'a envoyée, dit Jonathan d'un ton neutre. Il nous avait bien dit qu'elle confirmerait ses propos.

– Alors c'est raté. Si Grace était déjà morte le mardi, ça disculpe Howard.

– Il a pu sortir le lundi soir. Il n'y a que le témoignage de Wynne qui affirme le contraire, lui rappela Jonathan. Ça n'a pas valeur de preuve. Elle n'a pas fait l'objet d'un contre-interrogatoire au tribunal parce que l'accusation a tranché en faveur du mercredi.

– Tu es dans quel camp ? demanda Andrew. Howard ne serait pas retourné chez Grace s'il savait qu'elle était morte... ou, alors, il n'aurait pas pris ses jambes à son cou et refusé de parler. C'est un cadeau qui vous tombe du ciel, merde ! Exactement la preuve que vous cherchiez, George et toi.

– C'est bien ce qui me rend méfiant, commenta Jonathan d'un ton lugubre. Pourquoi Roy aurait-il conseillé à Louise de dire qu'elle était passée le mardi ? S'il a lu *Détraqués*, ça n'a aucun sens. »

21

9 Galway Road, Boscombe, Bournemouth
Mardi 15 mai 2003, 11 h 30

La jeune femme à la poitrine généreuse envoyée par WCH Investigations ne correspondait pas du tout à l'idée que Rachel et Billy se faisaient d'un détective privé. Elle était jeune et assez nerveuse, et ils lui trouvèrent un petit air esquimau avec son teint jaunâtre, ses lourds cheveux noirs, ses pommettes saillantes et ses yeux étroits. Elle se présenta sous le nom de Sasha Spencer et leur expliqua que le contrat passé par sa société avec David et Jean Trevelyan était arrivé à expiration depuis longtemps, mais que l'e-mail de William l'avait suffisamment intéressée pour l'inciter à jeter un coup d'œil au dossier. C'était en effet la seconde fois en l'espace de quatre semaines que quelqu'un s'adressait à leur cabinet à propos de Cill Trevelyan.

« De qui émanait la première démarche ? demanda Rachel.

– Je ne suis pas habilitée à vous répondre, Mrs Burton. Le secret professionnel est une chose sérieuse.

– C'était forcément Georgina Gardener, intervint Billy. Elle est venue me parler de Louise, sans savoir que c'était elle... Elle a simplement relevé une ressemblance qui n'existe pas. Pourquoi n'avez-vous pas réagi à sa démarche ? Pourquoi avez-vous attendu la nôtre ? »

Sasha jeta un regard hésitant à ses notes, comme pour vérifier le nom. C'était une technique de psychologie inversée qui ne manquait généralement pas d'efficacité. Les signes d'indécision et de nervosité persuadaient ceux qu'elle interrogeait qu'ils étaient mieux informés qu'elle, et les incitaient à lui en dire plus long qu'ils ne l'avaient prévu. « Je n'ai pas parlé personnellement à ce solliciteur mais, si j'ai bien compris, cette personne souhaitait avoir l'adresse des Trevelyan. » Elle releva les yeux. « Ce n'est pas le genre d'informations que nous sommes en droit de révéler, de sorte que ces tractations ont pris fin rapidement.

– Vous voulez dire que vous ne lui avez rien appris ? »

La jeune femme hocha la tête. « Il nous était impossible d'aller plus loin. Nous ignorions tout des raisons pour lesquelles cette personne s'intéressait à Cill et à ses parents. Néanmoins, quand nous avons reçu votre e-mail, j'ai appelé Mr Trevelyan et lui ai fait savoir que nous avions reçu deux demandes de renseignements en l'espace d'un mois. Je lui ai demandé s'il souhaitait que nous reprenions l'affaire en main. Il m'a donné son accord. »

Rachel se pencha en avant, sourcils froncés. « Êtes-vous en train de nous dire que, parce que vous êtes liée aux Trevelyan par contrat, vous ne serez pas en mesure de nous tenir informés de la suite ?

– Pas forcément. J'ai bien expliqué à Mr Trevelyan que c'était donnant donnant – une de mes sources était prête à livrer un nom et une adresse, à condition d'obtenir quelques informations en échange. J'ai fait remarquer à Mr Trevelyan que c'était peut-être le seul moyen de faire progresser nos recherches, et il m'a donné instruction de procéder de la manière qui me paraîtrait la plus judicieuse. » Elle les dévisagea tour à tour. « Je pourrais évidemment m'adresser à l'autre personne – dont j'ai les coordonnées. Elle me donnerait peut-être le nom et l'adresse en question sans contrepartie, mais je ne pense pas qu'elle connaisse aussi bien que vous les antécédents de cette affaire.

– S'il s'agit bien de Georgina Gardener, vous avez raison, approuva Billy. J'ai l'impression que c'est par hasard qu'elle est tombée sur Cill, en enquêtant sur l'affaire d'Howard Stamp. »

Sasha Spencer le fixa du regard avant de sortir de son attaché-case un magnétophone miniature qu'elle posa sur la table basse, entre eux. « Voyez-vous un inconvénient à ce que j'enregistre notre conversation ? Je prendrai des notes en même temps, mais j'aime bien vérifier par la suite. »

Billy hésita. « À qui voulez-vous faire écouter ça ?

– À personne. Ce n'est qu'un aide-mémoire. »

Mais Rachel secoua la tête catégoriquement en tendant le bras vers l'appareil qu'elle fourra sous un coussin. « Désolée, dit-elle, mais Billy ne peut pas se permettre ça. Ses parents le tueraient s'ils apprenaient qu'il a laissé enregistrer leurs secrets de famille. De plus, rien ne prouve qu'il ait raison, et je n'ai pas envie qu'il passe des mois à se ronger les sangs à l'idée qu'il y a une cassette qui traîne quelque part. » Elle fit un signe de tête en direction du carnet. « Tenons-nous en aux bonnes vieilles méthodes.

– D'accord, dit Sasha d'une voix enjouée, tout en songeant que la femme était plus coriace et plus futée que le mari. J'arrive mieux à me concentrer sur ce que les gens me disent si je sais que tout est enregistré, mais ça n'a pas d'importance. » Elle adressa à Rachel un grand sourire qui lui plissa les yeux ; elle lui faisait délibérément du charme tout en essayant de trouver le moyen de lui faire quitter la pièce.

Fait par Billy dans l'ancien salon de Robert et Eileen, le récit de l'éducation de Louise donnait de sa sœur une image bien plus vivante que n'aurait pu le faire un interrogatoire mené dans l'ambiance officielle d'un bureau. Un album de photos d'enfance était posé sur un buffet, certains meubles venaient des parents Burton, il y avait même une poupée en porcelaine qui, à en croire Rachel, avait appartenu à la sœur de son mari.

Pourtant, le portrait que traçait Billy de la fillette avec qui il avait grandi contenait des trous béants. Il affirmait que sa mère avait beaucoup entouré Louise après la disparition de Cill, mais il ne savait pas pourquoi – « J'ai cru qu'elle avait peur qu'elle fugue, elle aussi, mais maintenant, je me demande... » Il déclarait que son père lui passait tout – « Il ne la grondait presque jamais » – mais là encore, il n'aurait pas su dire pourquoi – « Je supposais que, comme maman, il avait peur qu'elle parte... » Et il était incapable de donner une description cohérente du caractère de Louise ; il hésitait entre l'image d'une sale petite menteuse – « Elle racontait tout le temps des trucs sur les gens... » – et celle d'une gamine timorée, qui avait peur de son ombre – « Elle était pétrifiée dès qu'un mouchoir tombait par terre. » Quand il en vint à sa plongée dans la prostitution et dans la drogue, il ne cacha pas que, selon lui, c'était la faute de ses parents, qui avaient renoncé à lui imposer la moindre barrière morale après ses treize ans.

Sasha leva les yeux de ses notes. « Je ne comprends pas très bien, observa-t-elle prudemment. Voulez-vous dire qu'ils ont baissé les bras après la disparition de Cill parce qu'ils savaient que Louise y était mêlée, sous une forme ou une autre ? »

Billy échangea un regard avec sa femme.

« Ça paraît bizarre, c'est tout, intervint Rachel. Quand on voit ce qu'elle est devenue, on est bien obligé de se demander pourquoi. Les choses ont été tellement différentes avec Billy. Il s'en est très bien sorti, lui, mais il faut bien voir que ses parents ne lui ont jamais lâché la bride. » Elle passa son bras dans celui de Billy, le serrant contre elle dans un geste de réconfort. « Pourquoi est-ce qu'ils n'ont pas élevé Louise de la même manière au lieu de lui trouver tout le temps des excuses ?

– Ce n'est pas forcément aussi simple, objecta Sasha. Les caractères varient considérablement au sein d'une même fratrie en fonction de la dynamique intrafamiliale. » Elle s'interrompit pour rassembler ses idées. « C'est tout de même intéressant, d'autant plus que vous suggérez l'un comme l'autre que c'était Louise qui maîtrisait la situation. On ne peut exclure l'hypothèse d'un chantage sentimental – "Fichez-moi la paix ou je fugue" – ou alors votre intuition de l'époque était juste, dit-elle en se tournant vers Billy, ils craignaient qu'elle n'imite Cill. »

Il jeta un nouveau regard furtif à sa femme, comme pour lui demander l'autorisation d'aller plus loin dans la franchise. « Peut-être aussi qu'elle avait un moyen de pression *contre* eux, murmura-t-il, manifestement gêné.

– Comment cela ?

– Je ne sais pas. »

Sasha fronça les sourcils. « Vous devez bien avoir une idée. »

Billy la regarda d'un air presque désespéré, puis il se pencha en avant et se concentra sur le parquet. « Tout s'est passé au même moment... Le viol... La disparition de Cill... L'interrogatoire de Lou... L'assassinat de Grace... » Sa voix se perdit dans le silence.

« Ce n'est certainement pas une coïncidence, renchérit Rachel. Le truc, c'est que si Eileen a menti en racontant aux policiers que Lou n'avait jamais mis les pieds chez Grace, elle leur aura probablement menti sur d'autres points. » Elle posa la main sur le dos de son mari et le frotta doucement. « Voilà ce qui nous turlupine. Billy se demande s'il y a des trucs qu'on ne lui a jamais dits et ça le rend malade. Peut-être que vous pourriez nous aider à tirer ça au clair. »

Sasha les observa longuement à tour de rôle puis, avec un petit sourire ironique, dessina un T de ses deux mains. « Temps mort ? suggéra-t-elle. Je ne suis pas mauvaise dans mon boulot, mais je ne suis pas policier. Ma spécialité, c'est de retrouver des gens qui ont disparu – des enfants surtout – et, en général, j'y arrive. Un assassinat, c'est autre chose.

– Ça s'est passé il y a tellement longtemps, fit remarquer Billy.

– Et alors ? Si vous croyez avoir des informations à propos d'un meurtre, il faut que vous alliez voir la police. » Elle referma son carnet. « En plus, vous me placez dans une situation délicate. Dissimuler des informations est un délit, et je n'ai pas la moindre intention d'être mêlée à un truc pareil. »

Billy en serait resté là, mais Rachel éclata d'un rire méprisant. « Ça ne m'étonne pas que vous n'ayez jamais retrouvé Cill. Comment est-ce que vous pouvez rechercher une fille sans même savoir qu'un assassinat a été commis à deux pas de chez elle quelques jours plus tard ? D'accord, je ne sais pas quel âge vous avez, ni même si vous étiez née à l'époque, mais David Trevelyan aurait quand même dû vous en parler. Si Grace n'était pas morte, la police aurait probablement consacré plus de temps à la disparition de Cill. Il ne vous a pas dit ça ?

– Vous voulez dire que les deux événements étaient liés ? »

Rachel haussa les épaules. « Tout ce qu'on sait, c'est que Lou a été interrogée à propos de la disparition de Cill et qu'Eileen a menti en disant qu'elle ne connaissait pas Grace. » Elle continua à caresser tendrement le dos de Billy. « Et nous, on ne sait pas pourquoi : Lou et Cill passaient pas mal de temps chez Grace... et Eileen le savait parfaitement. »

Sasha réfléchit un instant avant de se pencher sur sa mallette. « Vous devriez peut-être lire les déclarations des Trevelyan. » Elle sortit un dossier dont elle retira quelques pages. « Voici des copies de leurs dépositions. » Elle leur tendit les feuillets. « Celle de Jean n'est qu'un compte rendu des faits : elle a envoyé Cill se coucher le vendredi soir et a trouvé son lit vide à son réveil le lendemain matin. Celle de David est plus intéressante, parce qu'il a dû répondre à un interrogatoire serré. »

Elle regarda Rachel partager les feuillets et en passer un à Billy. « Hier soir, j'ai écouté les enregistrements de mon prédécesseur. Les Trevelyan citent les noms de nombreux enfants et adultes que Cill connaissait bien – j'ai la liste ici... – elle tapota le dossier qui se trouvait sur ses genoux – mais il n'y a pas de Grace parmi eux et ils ne parlent pas de meurtre un seul instant. » Elle désigna les papiers d'un geste du menton. « À ma connaissance, ces dépositions contiennent tout ce qu'ils savaient, ni plus ni moins. »

PROCÈS-VERBAL

Date : 30.05.70

Heure : 09.30

Déposition prise par : Agent Lawrence Reed et Agent Paul Prentice

Objet : Disparition d'enfant - mère, Jean Trevelyan, interrogée à son domicile

Mrs Jean Trevelyan a signalé la disparition de sa fille à 9 h 17. Les agents Reed et Prentice ont immédiatement pris les dispositions nécessaires. Après avoir relevé et transmis le signalement de Priscilla (Cill) Trevelyan, les agents ont interrogé Jean Trevelyan (mère). Elle était terriblement bouleversée et assez incohérente. Elle a tout de même été en mesure de dicter la déposition suivante et a reconnu qu'il s'agissait d'un compte rendu exact et chronologique des faits :

Cill a été renvoyée du collège de Highdown hier après-midi (vendredi, 29.05.70) vers 14 heures. Elle m'a annoncé qu'elle était exclue pour une semaine parce qu'elle s'était battue avec une autre élève. Cette élève s'appelle Louise Burton et a été longtemps la meilleure amie de Cill. Elles se sont brouillées au début du mois. Elles ne se sont plus adressé la parole depuis. Nous n'en avons pas été mécontents, mon mari et moi, parce que Louise avait une mauvaise influence sur notre fille.

Cill a refusé de m'expliquer pourquoi elles s'étaient battues et je l'ai avertie que son père allait être furieux. Elle s'est fâchée et est allée s'enfermer dans sa chambre, en disant que ce n'était pas sa faute. D'après ce qu'elle m'a dit, Louise Burton n'avait pas fait l'objet de la même sanction qu'elle. J'ai trouvé cela injuste et j'ai téléphoné à Miss Brett, au collège de Highdown, pour lui demander des explications. Elle m'a dit que d'après Louise, elles s'étaient disputées parce que Cill avait voulu la convaincre de recommencer à manquer l'école. Cill n'avait pas nié les faits. Dans ces conditions, elle avait jugé de son devoir de sanctionner Cill.

Nous venons de passer trois mois très difficiles. Sans raison apparente, Cill a commencé à manquer les cours. Le collège nous a prévenus il y a quelques semaines que, si cet absentéisme se poursuivait, elle serait renvoyée. Ce comportement était encouragé par Louise Burton, une élève très médiocre. Mon mari et moi-même avons suggéré à Miss Brett de changer Cill de classe pour lui apporter un peu plus d'émulation. Nous avons aussi demandé à deux reprises à Mr et à Mrs Burton d'être un peu plus stricts avec leur fille. Aucune de ces deux démarches n'a abouti.

Mon mari, David, travaille de nuit chez Brackham & Wright, l'usine de machines-outils. Il dormait encore quand Cill est rentrée, alors j'ai préféré qu'elle reste dans sa chambre jusqu'à ce qu'il parte travailler, à 20 heures. Je savais qu'il serait furieux et je préférais lui apprendre qu'elle s'était fait renvoyer ce matin samedi . Mais Cill a fait tant de bruit qu'elle l'a réveillé. Quand il lui a demandé des explications, elle a rouspété et dit qu'elle n'avait pas à lui répondre si elle n'en avait pas envie.

Cill est fille unique et David se fait beaucoup de souci pour elle. Elle est très développée pour son âge et d'une intelligence supérieure à la moyenne, mais elle est très influençable. Nous n'avions jamais eu de problème avec elle avant qu'elle entre au collège de Highdown. Cill a souvent reproché à David d'être trop sévère, lui citant en exemple les parents d'autres enfants. Elle est mécontente de ne pas avoir le droit de sortir le soir ni de porter des vêtements à la mode, et cela a provoqué un certain nombre de disputes avec son père.

Quand elle a refusé de lui dire pourquoi elle s'était battue avec Louise, il lui a donné trois coups de ceinturon. David a toujours été d'avis qu'il faut approuver les sanctions prises par l'école et il a ordonné à Cill de rester dans sa chambre jusqu'à ce qu'elle soit disposée à s'expliquer et à s'excuser. Elle est montée immédiatement et a claqué la porte de sa chambre.

Peu de temps après le départ de David, je suis allée frapper à sa porte et je lui ai demandé si elle voulait manger quelque chose. Elle ne m'a pas répondu mais je l'ai entendue pleurer. Elle écoutait de la musique pop à la radio. J'ai préféré ne pas entrer mais je lui ai parlé un bon moment à travers la porte. Je ne me souviens plus exactement de ce que j'ai dit, parce que j'étais en colère, moi aussi, mais je lui ai conseillé de se montrer un peu plus raisonnable le lendemain matin et de présenter ses excuses à son père à la première occasion.

Quand je suis allée me coucher, à 22 h 30, je n'ai pas vu de lumière sous sa porte et la radio était éteinte. Elle n'a certainement pas quitté la maison tant que j'étais en bas, parce que je l'aurais vue. J'ai le sommeil léger et je me rappelle m'être réveillée pendant la nuit. Il devait être minuit et quart. Je suppose maintenant que j'ai été réveillée par le bruit de la porte d'entrée qui se fermait, mais je ne peux pas l'affirmer avec certitude.

Ce matin samedi, quand David est rentré du travail à 7 heures et demie, je me suis levée pour préparer le petit déjeuner. Nous avons parlé de Cill pendant près d'une heure à la cuisine avant qu'il me demande de la faire descendre. Nous avions décidé d'un commun accord que le mieux était de lui interdire de sortir et de lui imposer quelques corvées ménagères. Mais elle n'était pas dans sa chambre et son lit n'était pas défait. Il manque un petit sac à dos qui était rangé dans son placard, ainsi que sa chemise de nuit, deux jupes et quelques T-shirts.

J'ai immédiatement appelé les parents de Louise Burton et de trois autres de ses amies, Rosie Maine, Ginny Lawson, Katey Cropper, mais aucune ne sait où elle est. David a pris sa voiture pour essayer de la retrouver et j'ai décidé de prévenir la police. C'est la première fois qu'elle fugue et nous ne voyons pas du tout chez qui elle a bien pu aller à minuit et quart. Si elle s'était réfugiée chez une amie, les parents nous auraient prévenus. Nous sommes terriblement inquiets à l'idée qu'elle ait pu faire du stop et monter dans la voiture d'un inconnu.

Les agents Prentice et Reed m'ont bien expliqué que les fugues ne sont pas traitées comme des enlèvements. J'ai cru comprendre que, dans la plupart des cas, les enfants qui quittent le domicile familial après une dispute avec leurs parents reviennent dans un délai inférieur à vingt-quatre heures.

Jean Trevelyan

DÉPOSITION DE TÉMOIN

Date :	02.06.70
Heure :	11.30
Déposition prise par :	Inspecteur Williams et agent Prentice
Témoin :	David Trevelyan
Objet :	Disparition de Priscilla (Cill) Trevelyan le 30.05.70

Mr David Trevelyan a été convoqué pour interrogatoire au poste de police de Highdown. Il s'est présenté volontairement mais a réagi avec hostilité à un certain nombre des questions qui lui ont été posées. La déposition qui suit a été dictée et signée par Mr Trevelyan.

Je ne sais strictement rien au sujet de la disparition de ma fille. Vous pouvez dire que nous entretenons des rapports d'amour-haine si ça vous fait plaisir, mais ça ne correspondra pas à la réalité. Depuis qu'elle est née, il n'y a pas un instant où j'aie détesté Cill. Si j'avais pensé que ça pouvait lui être profitable, je l'aurais gâtée et lui aurais donné tout ce qu'elle voulait. Mais j'ai préféré l'obliger à travailler parce que je sais qu'elle est assez intelligente pour mieux réussir que ses parents. Nous n'avons pas eu beaucoup de problèmes avec elle jusqu'à l'adolescence. Mais elle a été pas mal perturbée depuis, ce qui crée des tensions au sein de la famille.

J'ai été très contrarié qu'elle échoue à l'examen d'entrée au lycée. Elle est intelligente, mais l'école primaire qu'elle fréquentait ne l'a pas préparée correctement. On raconte n'importe quoi sur l'examen d'entrée en sixième. On le présente comme un test de QI. Il n'empêche que, plus on s'exerce, plus on a de chances de réussir. N'importe qui peut obtenir dix points de plus à condition de savoir ce qu'on attend de lui. Cill s'est lancée là-dedans sans savoir ce qu'on allait lui demander et elle a échoué à un point près. Vous n'allez pas me dire que c'est juste. Je connais des gens au travail dont les fils ont réussi alors qu'ils ont eu de moins bonnes notes. Le système est faussé en faveur des classes moyennes.

Je suis sévère avec elle parce que je veux qu'elle s'en sorte. Le monde change et les femmes doivent être aussi instruites que les hommes. Je n'ai pas envie qu'elle soit emballeuse chez Brackham & Wright, ni qu'elle gâche sa vie à être coiffeuse. Je veux qu'elle se trouve un bon boulot à Londres, où elle rencontrera un chic type qui gagnera suffisamment pour avoir une maison à lui. Ma plus grande crainte a toujours été qu'un garçon abuse d'elle et qu'elle tombe enceinte avant d'avoir seize ans.

Cette inquiétude a été la source de bien des disputes. Ma fille est précoce et elle prétend être assez grande pour se débrouiller toute seule. Je lui ai dit je ne sais combien de fois qu'elle ne peut pas comprendre à quel point les jeunes filles comme elle sont vulnérables, et quand elle a commencé à manquer l'école au trimestre dernier, je n'ai pas trouvé d'autre solution que de lui serrer la vis. Nous avons tout essayé, ma femme et moi : la conduire et la chercher à l'école nous-mêmes, imposer un couvre-feu à partir de six heures du soir. Mais la seule méthode qui paraisse efficace, c'est une bonne raclée.

Je nie formellement en retirer le moindre plaisir. Mes relations avec ma fille ont toujours été d'ordre strictement paternel, et tous mes efforts n'ont visé qu'à assurer sa réussite future. J'admets que les ambitions que je nourris pour elle dépassent peut-être les siennes, mais j'ai toujours espéré lui éviter les frustrations que j'ai connues. Si cela m'a conduit à me montrer trop sévère avec une enfant que j'aime, je le regrette profondément, mais j'ai toujours agi dans de bonnes intentions.

J'ai été horrifié d'apprendre que Louise Burton a déclaré samedi que ma fille a été victime d'un viol collectif début mai, et qu'elle l'avait «bien cherché». Si j'ai bien compris, Louise prétend que Cill n'a pas eu le courage de nous en parler, à ma femme et moi, parce que je suis trop sévère avec elle. Cette affaire nous préoccupe d'autant plus que cela fait un moment que nous nous demandons si Louise dit toujours la vérité et nous avons bien du mal à comprendre pourquoi on ajoute foi à cette histoire de viol alors qu'elle est incapable de nommer les coupables et n'a pas été en mesure d'identifier les trois suspects interpellés et interrogés. Je ne comprends pas non plus pourquoi Louise n'a pas averti ses parents au moment des faits. Les Burton n'ont pas des principes d'éducation très stricts s'agissant du comportement de leur fille et je ne peux pas croire que, si ce viol avait vraiment eu lieu, ils n'en aient pas été informés. En résumé, aucun indice ne permet d'étayer les allégations de Louise et je suis extrêmement mécontent qu'on les ait prises pour argent comptant, alors qu'elles donnent une si mauvaise image de notre fille.

Quant à la dispute qui m'a opposé à Cill dans l'après-midi du vendredi 29 mai, elle était du même ordre que toutes les précédentes. Nous sommes un peu soupe au lait, elle et moi. Nous nous emportons facilement, et j'admets que nous avons beaucoup crié. Je me souviens qu'elle a été franchement grossière, qu'elle m'a traité de "tyran", d'"Hitler", de "Mathusalem" et m'a accusé de me prendre pour Dieu. Puis elle a insulté sa mère, l'accusant d'être une "sale rapporteuse", une "pleurnicheuse" et une "salope". Elle nous a reproché de vouloir lui imposer nos choix de vie et de nous inquiéter davantage de l'opinion des autres parents que d'elle.

J'ai exigé qu'elle s'explique à propos de la dispute qui l'avait opposée à Louise Burton. Devant son refus, je lui ai demandé si la version de Louise était exacte – à savoir qu'elle avait essayé de persuader Louise de recommencer à faire l'école buissonnière. Cill s'est mise à jeter des objets à travers la pièce. Je ne voyais pas ce que je pouvais faire d'autre que de lui flanquer trois bons coups de ceinture. Puis je l'ai envoyée dans sa chambre et ai demandé à sa mère de veiller à ce qu'elle y reste. Ça a été un moment extrêmement déplaisant pour nous tous, mais j'étais sûr que les choses se passeraient comme d'habitude : Cill viendrait s'excuser le lendemain matin et son comportement s'améliorerait pendant quelques jours. Il nous restait, comme toujours, à trouver comment gérer son attitude à long terme, et plus particulièrement son absentéisme scolaire.

À 8 heures vendredi soir , quand je suis parti travailler, Cill était dans sa chambre. Je suis contremaître au service de la construction mécanique chez Brackham & Wright, et je suis à la tête d'une équipe de nuit d'une cinquantaine d'hommes. Le père de Louise Burton, Robert, exerce des responsabilités similaires au service de l'emballage. Au moment où je suis arrivé, une de mes collègues, Deborah Handley, a remarqué que j'étais préoccupé et elle m'a demandé si j'avais des problèmes. Deborah a deux filles de dix-huit et vingt ans et il m'est souvent arrivé de lui demander conseil à propos de Cill. Au changement d'équipe, je lui ai raconté ce qui s'était passé et lui ai dit que nous ne savions plus quoi faire, Jean et moi. Elle m'a suggéré d'aller parler à Robert Burton et d'essayer de savoir pourquoi elles s'étaient battues. Si je m'en souviens bien, elle m'a dit : Si Cill était trop remontée pour inventer un prétexte, les choses sont peut-être plus graves qu'on ne peut le penser à première vue.

J'ai abordé Robert à la cantine vers une heure du matin. Il n'avait pas envie de me parler et a déclaré que la sanction prise par l'école montrait bien que c'était la faute de Cill et pas celle de Louise. Je lui ai fait remarquer que la version de Louise était bien commode. Elle savait parfaitement combien nous étions ennuyés, Miss Brett et nous, par l'absentéisme de Cill. Il m'a demandé si je voulais dire que sa fille était une menteuse et, quand j'ai répondu que ce n'était pas exclu, il est devenu grossier et nous en sommes venus aux mains. Je n'ai pas agi ainsi délibérément pour attirer l'attention et me donner un alibi, ni pour masquer d'éventuelles contusions dues à un échange de coups antérieur avec Cill. Simplement, les soucis que je me faisais pour ma fille et mon angoisse ont débordé quand Robert Burton l'a traitée de «sale petite pute qui n'a pas volé ce qui lui est arrivé».

Je ne sais pas à quoi il faisait allusion, à moins que Louise lui ait déjà parlé de cette prétendue affaire de viol. Le cas échéant, il était tenu de nous en informer, mon épouse et moi-même.

En conclusion, j'ai pu justifier tous mes déplacements au cours de la nuit du vendredi 29 et du samedi 20 mai. Ainsi que ma sortie en voiture de cinquante-cinq minutes le samedi matin 30 mai, quand je suis allé à la gare de Branksome et à Bournemouth Central dans l'espoir de retrouver ma fille. Je confirme que je ne sais rien de la disparition de Cill et que j'ignore où elle se trouve actuellement.

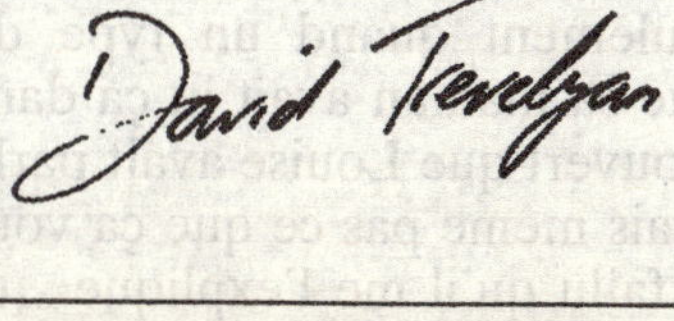

Quand Billy eut achevé sa lecture et reposé les pages sur la table basse, il avait les mains qui tremblaient. « Bon sang ! dit-il avec émotion. Vous croyez que Mr Trevelyan a raison ? Vous pensez que mes parents étaient au courant du viol ? »

Supposant que c'était à elle qu'il s'adressait, Sasha émit une réserve. « David n'a jamais vraiment cru à cette histoire de viol, remarqua-t-elle. Il est convaincu que votre sœur a menti pour détourner l'attention de son rôle dans la sanction infligée à Cill. En revanche, Jean y croit et elle s'en veut d'avoir été une mauvaise mère. C'est bien triste. À tort ou à raison – et pour des motifs différents –, ils culpabilisent tous les deux. »

Billy se prit la tête dans les mains. « Le viol a bien eu lieu, murmura-t-il. J'étais là, j'ai tout vu... Ils y sont passés à tour de rôle... ils n'arrêtaient pas de lui balancer des coups de pied... Elle avait du sang plein les jambes. Rien que d'y penser, ça me donne envie de vomir. »

Rachel vit une expression de dégoût sur le visage de Sasha. « Il avait dix ans, et ils l'avaient bourré à la vodka, dit-elle, volant à la défense de Billy, il n'a pas compris ce qui se passait. Il a cru qu'ils se bagarraient. Si la police l'avait interrogé, il aurait pu dire ce qu'il avait vu, mais personne ne savait qu'il était avec Cill et Louise ce jour-là.

– Cill avait peur de son père, elle a dit qu'elle nous tuerait si nous racontions ce qui s'était passé, poursuivit Billy à contrecœur, alors, je n'ai jamais rien dit. Et c'est seulement quand un type de l'école m'a affirmé que sa maman avait lu ça dans le journal que j'ai découvert que Louise avait parlé à la police... Je ne savais même pas ce que ça voulait dire, “viol” – il a fallu qu'il me l'explique... et ça s'est passé deux bons mois après la disparition de Cill. On n'en a jamais parlé chez nous. On n'a parlé de *rien.* » Il posa la main sur la déposition de David Trevelyan. « Je ne savais pas que Mr Trevelyan se faisait tant de souci pour sa gamine... Je ne savais pas qu'il s'était battu avec mon père... Et je vous jure que je ne savais pas que papa traitait Cill de pute *avant* que qui que ce soit sache qu'elle avait disparu. »

Il y eut un long silence.

Sasha rouvrit son carnet. « En quoi est-ce important ? demanda-t-elle.

– Il a dit que Cill n'avait "pas volé ce qui lui était arrivé". Je suppose que ça veut dire qu'il était au courant du viol. »

Sasha le regarda en fronçant les sourcils. « Je ne vois toujours pas quelle importance ça a. D'accord, ça ne donne pas une image très flatteuse de vos parents, mais ça ne veut pas dire qu'ils aient été mêlés en quoi que ce soit à la fugue de Cill. »

Billy prit une sortie imprimante de l'e-mail de son père dans sa poche de chemise. « Lisez ça, dit-il durement, et demandez-vous quels autres mensonges il a bien pu débiter. Vous ne dites pas à quelqu'un que sa gamine a bien mérité ce qui lui est arrivé si vous pensez qu'il abuse d'elle... et puis merde, vous allez trouver les flics si vous soupçonnez ce type de s'en être aussi pris à votre fille. »

22

25 Mullin Street, Highdown, Bournemouth
Jeudi 15 mai 2003, midi

Jonathan proposa qu'ils s'installent dehors pour pouvoir jeter un coup d'œil à l'arrière de la maison de George, mais elle lui expliqua qu'il n'y avait qu'une chaise et pas de table. Elle avait l'air déprimée et il regretta qu'elle n'ait personne avec qui profiter de son jardin. Il déclara qu'il faisait trop beau pour rester à l'intérieur et insista pour sortir des meubles de la cuisine. Des houppettes de nuages élevés flottaient dans le ciel turquoise et l'odeur de la glycine qui couvrait le mur du voisin embaumait. Il alla chercher un coussin au salon et le glissa derrière le dos de George, préoccupé par les signes de souffrance et d'épuisement qui se voyaient autour de ses yeux. « Ça ne va pas ?

– Si, dit-elle. J'ai un peu mal partout, c'est tout. »

Il prit une chaise et s'installa à côté d'elle. « Vous avez l'air crevée.

– C'est à cause du boulot. Je suis de nuit, en ce moment.

– J'espère que vous ne jouez pas les martyrs, avertit-il. J'investis beaucoup de temps et d'énergie dans ce bouquin. »

Elle lui adressa un sourire las. « Vous êtes un *vrai tyran.*

– J'ai pris des leçons auprès d'Andrew. Vous êtes allée voir le médecin ?

– J'ai rendez-vous demain. »

Préférant ne pas insister, il sortit une copie des différents points du récit d'Andrew qu'il avait adressés par e-mail à George au début de la semaine. Il commença par ce qu'il était possible de prouver. Si, comme l'avait affirmé à George son ancienne voisine, sa maison était l'exacte réplique de celle de Grace, Louise pouvait effectivement avoir aperçu l'intérieur du salon depuis les portes-fenêtres. Jonathan était plus sceptique au sujet de la grille de derrière, par laquelle les filles seraient passées quand elles faisaient l'école buissonnière. Il désigna la limite arrière du jardin de George. « Elles auraient dû traverser d'autres jardins, fit-il remarquer. Dans ce cas, comment se fait-il que les voisins de Grace ne les aient jamais vues ? »

Grace feuilleta rapidement un classeur qu'elle lui avait demandé d'aller chercher au salon. « Je crois que je sais. » Elle sortit une photocopie d'un plan et l'étala sur la table. « J'ai trouvé ça à la bibliothèque. Ça vient d'un vieux *A-Z* de Bournemouth, imprimé en 1969. » Elle prit un stylo dont elle posa la pointe sur Mullin Street. « Voilà l'endroit où les maisons ont été démolies pour construire l'immeuble d'appartements et, si je ne me trompe pas, la maison de Grace se trouvait *ici.* » Elle traça un petit cercle. « Je crois savoir qu'il y avait une impasse à l'arrière, à laquelle on accédait par Bladen Street. » Elle fit glisser son stylo sur une rue perpendiculaire. « La ruelle n'existe plus. Les deux maisons qui donnent sur

Bladen Street ont probablement agrandi leurs jardins, et les appartements ont des garages de ce côté-là... mais elle était là en 1970. »

Jonathan fit un signe d'approbation. « Bien joué. »

George esquissa une grimace. « Ça ne prouve rien. Et les empreintes ? La police aurait dû en relever si Cill avait passé un moment chez Grace. Les doigts d'enfants sont plus petits que ceux des adultes, et ça n'aurait pas pu échapper à la police. Surtout les empreintes de Louise. Miss Brett disait qu'elle était maigrichonne. Même si elle n'est pas entrée dans la maison, elle aura forcément touché les vitres pour mieux voir. C'est un geste naturel.

– Lovatt a un commentaire à faire à ce sujet ?

– Il dit que des empreintes d'enfants auraient attiré l'attention. Il pense aussi qu'il y aurait eu une comparaison portée au dossier, car la police avait relevé des empreintes de Cill dans sa chambre pour pouvoir procéder à des vérifications dans l'éventualité où on aurait retrouvé un corps.

– Autrement dit, Louise ment ?

– C'est ce qu'il pense. »

Jonathan joignit les mains et les étira vers le ciel, faisant craquer les jointures derrière sa tête. « Louise a dit à Andrew qu'il n'avait qu'à trouver l'explication lui-même, murmura-t-il, ce qui était très malin de sa part, parce que c'est un petit type qui en veut et qu'il adore gagner. »

George fit une moue réprobatrice. « Vous ne devriez pas attirer tout le temps l'attention sur sa taille comme ça. Vous allez lui donner des complexes.

– Vous rigolez !

– Il croit que c'est pour ça que sa femme l'a quitté. »

Jonathan se détendit, laissant tomber ses bras sur le plateau de la table et gratifiant George d'un large sourire. « J'ai fait ce que vous m'aviez dit de faire. Je suis allée la voir il y a quelques jours. Elle s'ennuie à périr avec son parasite de bellâtre, elle a du travail jusque par-dessus la tête et n'a pas arrêté de me demander si Andrew avait une petite amie.

– Qu'est-ce que vous lui avez répondu ?

– Qu'elle ne méritait pas une seconde chance et qu'elle était une salope d'avoir trompé Andrew.

– Vous n'avez pas fait ça !

– Bien sûr que si.

– Je ne vous crois pas. »

Il rit. « Bon, d'accord ! Je n'ai peut-être pas employé exactement ces termes, mais je lui ai dit qu'Andrew était la crème des hommes et que, si elle avait ne fût-ce que deux sous de jugeote, elle serait la première à le reconnaître. Je lui ai aussi dit qu'il n'avait jamais prononcé une parole désagréable à son sujet et qu'il se faisait un sang d'encre parce que les filles et elle étaient ce à quoi il tenait le plus dans la vie. »

Les yeux de George brillèrent de ravissement. « Et qu'est-ce qu'elle a répondu ?

– Que les deux filles lui avaient révélé qu'il avait reçu une femme chez lui samedi, et que ça puait la cigarette le dimanche matin. » Il sourit devant son expression accablée. « Et alors ? Ça veut dire qu'il est désirable.

– J'espère que vous lui avez expliqué qui c'était. »

Il secoua la tête. « Je lui ai dit qu'il y avait la queue devant chez lui, et qu'elle ferait bien de se dépêcher.

– Vous croyez que ça va marcher ? demanda-t-elle, tout son bon cœur transparaissant dans le plaisir qui lui illuminait le visage.

– Ça devrait, à condition qu'il n'ait pas craqué pour Louise.

– Ne soyez pas idiot ! »

Jonathan tapota son papier. « Il mourait d'envie de la croire. Sa théorie est que quelqu'un a fait le ménage chez Grace après le départ de Cill, ou après l'assassinat de Grace.

– Qui ça ?

– Difficile à dire. Si c'est après le départ de Cill, ça peut être Grace elle-même. Si c'est après la mort de Grace, son assassin a dû s'en charger. »

George réfléchit un moment. « Comment les empreintes d'Howard auraient-elles échappé au nettoyage ?

– Elles ont été effacées avec les autres, mais il en a remis suffisamment le mercredi pour contenter la police. L'acte d'accusation donne clairement à entendre qu'il aurait cherché à détourner les soupçons en effaçant ses empreintes partout où elles pouvaient le mettre en cause – sur les robinets de la baignoire par exemple –, mais qu'il était trop demeuré pour faire un travail correct. »

Elle prit l'air dubitatif. « Ce qui voudrait dire qu'il s'est servi des toilettes après avoir découvert le corps de Grace. Ça vous paraît vraisemblable ?

– Tout à fait, dit Jonathan flegmatique. Il a dû aller vomir.

– Et les empreintes de Grace ? »

Jonathan la dévisagea avec approbation. « Eh bien ?

– Si son assassin avait nettoyé après son passage, il n'y en aurait pas eu.

– Continuez.

– La police l'aurait bien remarqué, non ? demanda-t-elle en fronçant les sourcils. En admettant, comme elle l'a prétendu, qu'Howard n'ait pas été suffisamment consciencieux pour retirer toutes les siennes, on aurait dû relever les empreintes de Grace à droite et à gauche. Vous voyez où je veux en venir ? Il aurait été pour le moins curieux que les seules empreintes présentes dans la maison soient celles d'Howard. La défense s'en serait immédiatement emparée pour étayer sa version des faits. »

Jonathan sortit une lettre de son porte-documents. « C'est plus ou moins ce que je me suis dit, alors j'ai écrit à l'avocat d'Howard à la première heure, lundi matin. Voici ce qu'il m'a répondu. Je vous lis le passage intéressant... il est très court : “Si je m'en souviens bien, les principales séries d'empreintes relevées appartenaient à Grace Jefferies et à Howard. Par ailleurs, des policiers avaient touché des objets dans le couloir et dans la cuisine avant que la maison ne soit mise sous scellés. La présence de ces empreintes a été justifiée. On a relevé deux ou trois séries non identifiables sur quelques objets du salon, ce que l'on a trouvé étonnant (on en relève bien davantage dans la plupart des logements), avant d'apprendre que Grace ne voyait presque personne. Ces séries n'ont pas été jugées suspectes. Il y avait un certain nombre d'empreintes partielles dans toute la maison, qu'on a considérées comme celles de Grace mais elles étaient trop dégradées pour se prêter à une comparaison.” Il leva les yeux. Le reste est une diatribe contre moi. Il me reproche de suggérer que la défense ait pu se montrer négligente.

– Oh, mon Dieu ! »

Il consulta la lettre. « “Nous n’avons ménagé aucun effort pour prouver la véracité du récit de notre client, mais je suis intimement convaincu que le verdict a été correct.” » Il poussa la lettre de l’autre côté de la table. « Alors, à moins que leur négligence ait été pire encore que je ne l’aie imaginé, dit-il d’un ton dégagé, ce que mon ami, ici, contestera avec la dernière énergie, Louise ment et Cill ne s’est jamais réfugiée chez Grace, *ou* – et c’est la version que défend Andrew –, Grace elle-même a fait un grand ménage pour effacer toute trace de la présence de Cill.

– Pourquoi ?

– Parce que quelqu’un a dû lui dire qu’elle allait avoir de sérieux pépins si la police apprenait qu’elle avait hébergé une fugueuse.

– Qui aurait pu lui dire ça ? »

Jonathan haussa les épaules. « Je n’en sais rien, mais Andrew penche pour Mr ou Mrs Burton. »

Ce ne fut que lorsque Rachel demanda à Billy s’il voulait bien aller leur faire une tasse de thé que Sasha Spencer découvrit ce qu’il pensait vraiment et elle prit mentalement note de ne plus jamais tirer de conclusions hâtives sur les épouses protectrices. Rachel attendit que la porte se soit refermée, puis elle se pencha en avant et se mit à parler avec précipitation : « Il ne vous le dira pas, parce qu’il essaie de se convaincre que c’est le fruit de son imagination. Il a surfé sur le Net pour trouver des infos sur le syndrome de rappel d’expériences traumatisantes par psychothérapie. La moitié des sites prétendent que c’est un phénomène psychologique parfaitement connu, les autres que ces souvenirs sont inventés... et il ne sait pas quoi penser. Je lui ai dit je ne sais combien de fois que, quand on imagine des trucs, c'est parce que la thérapie est mal faite, mais il ne veut pas me croire. Il perd la boule à force de ne pas dormir, et il se demande s'il n'a pas échafaudé toute une histoire à propos de son père, parce que Robert n'arrête pas de lui faire la leçon à propos des grèves des pompiers... »

George ferma les yeux et tourna son visage vers le soleil pendant que Jonathan lui exposait la théorie d'Andrew. « Encore un point important, dit-il en sortant une nouvelle feuille. Cill s'est réfugiée chez Grace le vendredi soir... Louise l'y a aperçue le samedi matin... elle l'a dit à ses parents – probablement le samedi après-midi...

– Je croyais qu'elle leur en avait parlé le mercredi », intervint George.

Jonathan posa le doigt sur la ligne et leva les yeux. « Selon Andrew, elle n'a pas précisé le jour, elle a simplement laissé entendre qu'il s'agissait du mercredi. Il estime plus probable qu'elle ait tout avoué à ses parents après l'interrogatoire de la police. Elle devait être drôlement ennuyée que sa mère ait déclaré avec tellement d'insistance que les Burton ne savaient pas où était Cill.

– D'accord. Ensuite ? »

Il reporta ses yeux sur la page. « Un des parents Burton est allé chez Grace... a passé un savon à Cill et lui a dit de rentrer chez elle... et il a terrorisé Grace en lui disant ce que risquaient les gens qui hébergeaient des fugueurs... ils ont dû s'inquiéter en constatant que Cill restait introuvable... commencer à perdre la tête quand Louise a raconté dans quel état elle avait trouvé la maison de Grace le mardi ou le mercredi... ils l'auront perdue pour de bon quand on a découvert le cadavre de Grace. Résultat des courses : retrait de Louise de l'école pour éviter la moindre fuite sur cette affaire, silence total chez les Burton et effort démesuré pour couper tous les ponts avec Mullin Street et les Trevelyan.

– Et selon lui, qu'est-il arrivé à Cill ?

– Aucune idée.

– Qui a tué Grace ?

– Aucune idée. »

Grace abrita ses yeux du soleil et loucha vers Jonathan. « Ils ont forcément su que Cill n'était pas rentrée chez elle dès le lundi matin, fit-elle remarquer. Alors pourquoi n'ont-ils pas eu peur que Louise crache le morceau à l'école ce jour-là ?

– Ils lui avaient dit de se taire. »

Elle le regarda, amusée. « Parce que vous croyez qu'elle faisait toujours ce qu'on lui disait ? N'oubliez pas qu'ils n'arrivaient pas à l'empêcher de faire l'école buissonnière.

– Ils lui ont fait peur en lui parlant de la police. Billy dit que les flics la terrorisaient. »

George secoua la tête. « Je n'ai jamais entendu une théorie aussi tirée par les cheveux. Il n'y a qu'une explication au fait que ses parents ne l'aient pas empêchée de sortir avant le mercredi : elle ne leur a pas dit qu'elle avait vu Cill chez Grace avant de découvrir du sang sur les vitres. »

Jonathan se gratta la tête, pensif. « Peut-être.

– Vous voyez une autre explication ?

– Les Burton n'avaient pas envie qu'on leur pose des questions si Louise n'allait pas en classe le lundi... ils l'ont menacée d'une bonne raclée si elle ouvrait le bec... ils lui ont dit qu'elle était coupable de ne pas avoir dit à la police où se trouvait Cill... c'était une satanée menteuse, et elle avait l'habitude de garder des secrets. Ils étaient sûrs qu'elle ne dirait rien.

– Quel genre de secrets ? »

Jonathan haussa les épaules. « Le viol ? La raison de cette bagarre ?

– Dans ce cas, pourquoi est-ce qu'ils ne l'ont pas envoyée en classe le mercredi ? Les mêmes causes auraient dû entraîner les mêmes effets.

– Les circonstances avaient changé. Le sang sur les fenêtres était un secret de trop et elle a craqué.

– En admettant qu'elle dise vrai, rétorqua George cyniquement. Je suis plus difficile à séduire qu'Andrew.

– C'est une incroyable enjôleuse.

– Oh ! mon Dieu ! soupira George. Ne me dites pas qu'Andrew est tombé dans ses filets.

– Sans doute que si. C'est un chaud lapin – comme tous les nabots. À vrai dire, je pense plutôt que c'est avec des informations qu'elle l'a piégé. Elle a prétendu que le coupable était Howard mais, en réalité, elle l'a branché sur son père et sur Roy Trent. »

Rachel se tira nerveusement une mèche de cheveux. « Ce n'est pas facile, murmura-t-elle. Ça fait des siècles que je connais Robert, et je n'aurais jamais imaginé... maintenant, Billy ne veut même plus que les filles le voient. Il va jusqu'à se demander si son père n'a pas essayé quand elles étaient plus petites. Je n'arrête pas de lui dire que ce n'est pas possible : elles n'ont jamais passé la nuit chez ses parents et, dans la journée, sa mère ne les lâchait pas d'une semelle. C'est quand même drôle quand on y pense. C'est Billy qui insistait pour qu'elles rentrent dormir chez nous... ça ne m'avait jamais vraiment frappée jusqu'à aujourd'hui. Je lui ai demandé l'autre jour si c'était à cause de tout ça... – elle esquissa un geste vague en direction de l'e-mail de Robert – il dit que non, qu'il avait oublié. Il préférait simplement savoir ses filles en sécurité avec moi quand il travaillait de nuit. Il pensait que c'était parce qu'il craignait un incendie... mais, maintenant, il se demande si ce n'était pas ce souvenir refoulé qui lui inspirait une méfiance instinctive. C'est bizarre, non ? »

Elle n'attendait pas de réponse, elle ne regardait même pas Sasha. Elle enroulait une mèche de cheveux autour de ses doigts, les yeux fixés sur le tapis d'un air déterminé. « Le problème, c'est qu'il n'y a rien de précis. Billy n'a jamais rien *vu* – c'est juste des trucs qu'il a entendus, des machins que Louise disait... qu'elle détestait que sa mère parte faire des ménages parce que, du coup, c'était leur père qui les préparait pour aller à l'école. Eileen faisait des bureaux entre six et dix heures le matin, et elle laissait les enfants dormir jusqu'au retour de Robert vers sept heures. Il travaillait de nuit. Il ne réveillait Billy qu'à huit heures, mais Louise était toujours debout avant, et son père lui servait son petit déjeuner et rigolait avec elle. Il ne faisait jamais ça avec Billy... il lui filait à manger et lui disait de se grouiller un peu. » Elle s'interrompit. « Ça peut évidemment être un simple truc père-fille – l'attirance des contraires, tout ça – mais, plusieurs fois, Billy s'est réveillé de bonne heure et il a entendu son père parler à Louise dans sa chambre. Quand il était petit, ça le rendait jaloux, parce que Robert ne prenait jamais la peine de venir lui parler, à lui, mais maintenant... » Un silence troublé s'installa.

Sasha l'observa un moment. « Ça ne prouve pas qu'il ait abusé d'elle, Rachel. Le truc père-fille comme vous dites est tout aussi plausible. »

La jeune femme soupira. « Je sais, c'est bien là le problème. » Elle serra ses doigts entre ses genoux. « C'est pour ça que Billy continue à chercher sur le Net. Il y a d'autres machins qui sont tout aussi vagues – mais rien ne prouve qu'il y ait eu inceste. Ça a juste l'air bizarre quand on met tout ça bout à bout.

– Dites, pour voir. »

Billy revint avec un plateau chargé de tasses pendant que Rachel parlait ; il reprit sa place sans l'interrompre. Il avait l'air soulagé qu'elle ait pris l'initiative et, au bout d'un moment, il ajouta quelques détails qu'il avait gardés à l'esprit. Pour Sasha qui l'observait, il était évident que certains de ces souvenirs resurgissaient au moment même où il parlait. Étaient-ils véridiques pour autant ? Elle n'en avait pas la moindre idée, mais l'image qu'il traçait de son enfance était pour le moins dérangeante.

« Quand on est petit, on voudrait tout comprendre, dit-il à un moment. Moi, je m'étais mis en tête que papa n'aimait que les dames. Il appelait maman et Louise ses "jolies filles", mais il s'occupait toujours de Louise... jamais de maman. Elle me demandait de lui faire des nattes quand il était là, et elle me chassait dès qu'il quittait la pièce. » Il eut un sourire en coin. « Elle disait que si je continuais comme ça, j'allais devenir une vraie pédale. Je croyais qu'elle parlait de vélo. »

À un autre moment : « C'est Lou qui a commencé le truc de Cathy McGowan. Papa lui filait de l'argent et elle revenait en minijupe avec une tonne de maquillage. Elle se pavanait dans le salon devant lui. Ça rendait maman cinglée. Lou se mettait de l'eyeliner noir tout autour des yeux et du rouge à lèvres rose pâle. Maman la traitait de pute et commençait à lui taper dessus. Papa, ça le faisait rigoler...

« ... il donnait aussi de l'argent à Cill, pour qu'elle s'achète les mêmes trucs que Lou. Il les appelait ses princesses. C'est à cette époque que Lou a commencé à faire la bêcheuse, à dire qu'elle ne voulait plus être copine avec Cill. Elle était atrocement jalouse. Il faut dire qu'elle était maigre comme un clou. Il aurait fallu être aveugle pour ne pas voir que Cill était plus jolie qu'elle...

« ... Je ne sais pas si mon père s'en est pris à Cill. Ce n'est pas le genre de trucs auxquels on pense quand on est gamin. Ce que je sais, c'est qu'il l'aimait bien. Il la faisait asseoir sur ses genoux quand maman n'était pas là, et il lui tripotait les cheveux.

– Pourquoi est-ce que votre mère sortait, si l'attitude de votre père la préoccupait ? » demanda Sasha.

Billy se prit la tête dans les mains pour la centième fois depuis le début de la matinée. « Je ne sais pas si ça la préoccupait vraiment. Je ne suis même pas sûr que ce n'est pas moi qui imagine tout ça. »

Rachel lui pressa la main. « Eileen travaillait aussi le soir – de quatre à huit. Elle n'était à la maison que quand les petits étaient en classe et son mari au lit.

– Être mère, ça lui faisait horreur, expliqua Billy. C'est papa qui s'occupait de nous.

– Ils avaient peut-être besoin de l'argent qu'elle gagnait, dit Sasha.

– Elle aurait très bien pu bosser au supermarché. C'est ce que fait Rach.

– Elle n'avait peut-être pas trouvé d'autre emploi. Est-ce qu'il y avait d'autres amies de Louise qui venaient chez vous ?

– Quelques-unes.

– Elles s'asseyaient aussi sur les genoux de votre père ?

– Des fois, mais Cill était la seule à accepter qu'il joue avec ses cheveux. Je crois qu'elle cherchait à rendre Lou jalouse. » Il secoua la tête. « Il ne lui a certainement rien fait de grave, parce que je suis sûr qu'elle était vierge quand ces salauds l'ont violée. Il y avait trop de sang sur les jambes.

– Il se contentait peut-être de la peloter. C'est fréquent chez les pédophiles. »

Billy la regarda d'un air écœuré. « On ne parlait pas de ça à l'époque. Il y avait des gosses comme Cill qui se prenaient une raclée de leur père quand ils ne marchaient pas droit, mais des trucs pareils... » Il secoua la tête. « Il y a bien eu l'affaire de Ian Brady et Myra Hindley, mais c'étaient des psychopathes et ils s'en prenaient aux gamins des autres. À croire que les histoires d'inceste n'ont commencé que depuis quinze ans.

– Ça existe depuis des siècles, dit Sasha qui s'était penchée de près sur le sujet. C'est l'attitude de la société qui a changé. Nous savons aujourd'hui que, si on oblige un enfant à s'engager dans une relation où l'équilibre des forces est inégal, les dégâts seront irréparables. Il aura tendance à reproduire ce déséquilibre dans ses relations d'adulte. Apparemment, c'est exactement ce que Louise fait. »

Ce fut au tour de Jonathan de protéger ses yeux du soleil. « Louise a persuadé Andrew que ce que nous savons aujourd'hui a tendance à déformer notre vision des choses. Sur le moment, personne ne pouvait imaginer que Grace allait mourir. Le seul tort des Burton a été de ne pas vérifier que Cill était bien rentrée chez elle. Ils ont dû être aussi bouleversés que tous les habitants du quartier en constatant qu'elle était toujours portée disparue.

– Pourquoi est-ce qu'ils n'ont rien dit à ce moment-là ? »

Jonathan haussa les épaules. « Ils avaient peur de ce que les voisins pourraient penser. »

George fit une grimace de désapprobation. « J'ai peine à croire que des parents puissent être aussi irresponsables.

– Là encore, vous jugez les choses rétrospectivement. Pour eux, la situation était très simple. Cill était vivante, c'était une fille dégourdie, elle habitait à deux pas et avait promis de rentrer immédiatement chez elle. Ils ont dû penser qu'elle serait repérée avant même d'avoir atteint le bout de la rue.

– Et pourquoi ne l'a-t-elle pas été ?

– Aucune idée.

– Mon Dieu, mon Dieu, mon Dieu ! Vous prétendez me faire avaler plus de coïncidences que je n'ai jamais osé vous en imposer. C'est complètement absurde, Jon. Vous devez en convenir. »

Il leva les mains en l'air dans un geste de feinte reddition. « Je me fais seulement l'avocat du diable au nom de notre gros patron. J'ai promis de vous communiquer toutes ces informations et je l'ai fait.

– Mais vous y croyez ? »

Jonathan réfléchit un instant. « Andrew cherche un autre coupable qu'Howard... et il préfère Mr Burton ou Mr Trevelyan parce qu'il aime bien la symétrie des abus sexuels qui parcourent cette histoire. »

George fit la grimace. « Vous êtes censé examiner les témoignages avec un esprit critique. »

Il sourit. « Dans ce cas, je vais vous dire ce que je pense. En disant à Andrew qu'elle avait regardé par la fenêtre de Grace le mardi, Louise cherchait délibérément à mettre en cause Roy et ses amis. »

George loucha de nouveau dans sa direction. « Pourquoi ?

– Je n'en sais rien... à moins que ce ne soit vrai. »

« Elle se trouve toujours des types violents, expliqua Rachel. L'actuel lui a collé un œil au beurre noir il y a quelques semaines. C'est pour ça que Billy se fait du souci pour elle. On peut parler de malchance, mais, pendant un temps, elle a été mariée avec un des garçons qui ont violé Cill. Ça nous dépasse : elle devait bien savoir dans quel pétrin elle se fourrait. Elle vous dira qu'elle ne savait pas leurs noms et qu'elle n'a pas pu les identifier, mais ça, c'est du baratin.

– Ce n'est pas par hasard qu'on s'est tous retrouvés ensemble le jour du viol, reprit Billy. Cill et Lou savaient où les trouver. Il faut croire qu'elles avaient déjà passé un moment avec eux avant. Elle a forcément reconnu Roy quand elle l'a revu.

– Qui est Roy ?

– Roy Trent... il tient un pub à Huntington. C'est le type que Lou a épousé. » Billy secoua la tête. « Une vraie brute... il a violé Cill deux fois puis il lui a balancé des coups de pied. Quelle mouche a bien pu piquer Lou d'épouser un mec pareil ? Ça me dépasse. »

Sasha esquissa un petit sourire. « Mieux vaut un salaud qu'on connaît qu'un salaud qu'on ne connaît pas, suggéra-t-elle. Elle disposait d'un moyen de pression, ça lui donnait un certain pouvoir sur lui. Les secrets sont des armes puissantes. Vous l'avez souligné vous-même à propos de la manière dont vos parents la traitaient.

– Dans ce cas, pourquoi l'a-t-elle quitté pour un type qu'elle ne peut *pas* contrôler ? demanda Rachel. Ça n'a pas de sens.

– Uniquement parce que vous cherchez à donner à sa conduite une explication rationnelle qui n'existe peut-être pas. Si Roy était un piètre amant, elle aura préféré un type un peu plus à la hauteur.

– Elle ne peut pas continuer comme ça éternellement, fit Rachel avec une moue de désapprobation. Elle n'est plus toute jeune.

– Je ne pense pas que l'âge entre en jeu ici. En tout cas, vous disiez qu'elle cherchait à ressembler à Cill à treize ans. On peut imaginer qu'elle cherche aussi à se conduire comme si elle avait treize ans.

– Ça fait pitié.

– C'est vrai, approuva Sasha sobrement, mais si votre mari a raison à propos de son père, c'est une femme ravagée. Louise aura appris à dix ou onze ans que les relations humaines se limitent à des relations sexuelles... comment voulez-vous qu'elle imagine autre chose ? Ça expliquerait qu'elle ait rayé Billy de sa vie et ne s'intéresse ni à vous ni à vos filles. Elle est incapable de gérer un lien strictement affectif.

– Ça fait des années qu'elle n'a pas adressé la parole à papa, intervint Billy. Elle lui a pris son fric, et ça s'est arrêté là.

– Elle estime probablement avoir gagné cet argent. »

Il y eut un bref instant de silence, pendant que Billy et Rachel essayaient de se faire à cette idée.

« Et merde ! lança Rachel soudainement. J'espère vraiment qu'on se trompe. C'est une accusation atroce à porter contre un type de soixante-dix ans. »

Billy regarda Sasha. « Qu'est-ce que vous en pensez, *vous* ? »

Elle hésita, se demanda jusqu'où elle pouvait aller dans la franchise. « Je ne suis pas spécialiste, remarqua-t-elle, mais le milieu familial que vous décrivez est assez courant dans les cas d'abus sexuels. Une mère absente, un père peloteur, des cachotteries, des sujets tabous – il n'a certainement pas manqué d'occasions.

– Ça veut dire oui ?

– J'aimerais beaucoup lui parler de Cill. À ma connaissance, il n'a pas été interrogé au moment de sa disparition. » Elle vit l'angoisse déformer les traits de Billy. « C'est ce que vous soupçonnez, c'est ça ? Qu'il sache ce qui lui est arrivé ? Et votre mère aussi ? »

Il avait l'air anéanti. « Oui, reconnut-il à contrecœur. Et même Louise.

– On dirait effectivement qu'il se servait de votre sœur comme entremetteuse, mais je ne pense pas qu'elle ait compris le rôle qu'il lui faisait jouer jusqu'au jour où elle a amené Cill chez vous. Vous avez dit qu'elle s'est montrée bêcheuse et jalouse. Elle avait probablement compris que votre père commençait à se lasser d'elle. » Elle s'interrompit. « Et comment a-t-elle réagi en voyant que les garçons s'intéressaient plus à Cill qu'à elle le jour du viol ?

– Elle les a asticotés en les traitant de puceaux. C'est ça qui les a poussés à bout.

– Elle était donc pour quelque chose dans ce qui s'est passé ? »

Billy se cacha les yeux encore une fois. « Elle a appelé Cill au secours. C'est à ce moment-là qu'ils lui ont sauté dessus.

– Et qu'est-ce que Louise a fait ?

– Elle a fait le mort, elle a attendu que ça se passe, dit-il durement. Moi aussi, d'ailleurs. On n'a pas bougé le petit doigt, ni l'un ni l'autre... on les a laissés faire. »

Sasha échangea un regard avec Rachel. « Et après le départ des garçons, que s'est-il passé ? Comment est-ce que Cill s'est nettoyée ?

– Elle ne l'a pas fait, pas à ce moment-là. Lou a filé lui chercher des vêtements parce que les siens étaient tout déchirés, puis elles sont parties ensemble. » Il s'interrompit. « Je n'ai jamais eu aussi peur de ma vie. J'ai essayé de les suivre, mais Lou m'a dit qu'elle me dénoncerait si je ne les laissais pas tranquilles.

– Vous ont-elles dit où elles allaient ?

– Non.

– Quelle heure était-il ?

– L'après-midi... vers deux heures, par là.

– Qu'est-ce que vous avez fait ?

Il leva la tête. « Je me suis planqué dans le parc jusqu'à la fin de l'école, puis je suis rentré à la maison. Je me sentais mal à cause de la vodka, mais personne n'a rien remarqué. Papa était au jardin, alors j'ai filé dans ma chambre et j'y suis resté jusqu'au retour de Lou. Je tremblais comme une feuille... j'étais sûr que Cill était morte, ou un truc comme ça, et que les flics allaient venir me chercher. Et puis Lou est arrivée, les doigts dans le nez, comme s'il ne s'était rien passé – c'était vraiment bizarre.

– Vous lui avez demandé où elles étaient allées, Cill et elle ?

– Ce n'était pas la peine, répondit Billy catégoriquement. Je savais bien où elle avait cherché des habits propres. Elle ne pouvait aller ni chez Cill ni chez nous, c'était trop risqué. Grace Jefferies... Forcément. Elle est revenue avec un pantalon dix fois trop grand pour Cill. Elle a dû le retrousser à la taille pour qu'il ne tombe pas. »

Le soleil était tellement vif que George décréta qu'il leur fallait des chapeaux. Son visage avait viré au rouge tomate et elle revint du premier étage coiffée d'une sorte de pièce montée à la fraise. « Le mariage de la fille d'une amie, dit-elle laconiquement. De l'argent jeté par la fenêtre. Ils ont divorcé deux ans plus tard. Voilà pour vous ! » Elle lui posa brutalement une casquette sur la tête. « Elle vient de la tenue de facteur de mon père. Au moins, ça vous protégera le visage. »

Jonathan la retourna, visière sur la nuque : « La seule chose qui risque de cuire, c'est mon cerveau. Mon visage ne craint rien, il est prévu pour ce genre de temps. »

Elle gloussa en s'asseyant. « On dirait que vous avez une casserole sur la tête. »

Il la dévisagea avec amusement. « Quant à vous, vous êtes *superbe,* George. J'ai toujours pensé que le rose et le rouge allaient très bien ensemble. »

Elle gloussa encore. « Il est atroce, n'est-ce-pas ? Figurez-vous qu'une vendeuse à la noix m'a assuré qu'il m'allait à ravir, et le pire c'est que je l'ai *crue* ! » Elle tapota la table. « J'ai une question pour vous. Elle m'est venue quand j'étais là-haut. Pourquoi Grace laissait-elle les filles se réfugier chez elle quand elles séchaient ? Je ne crois pas un mot de ces inepties à propos de bleus dont Louise a parlé à Andrew. Grace était une femme raisonnable. Si elle s'était inquiétée pour les filles, elle aurait appelé l'aide à l'enfance ou l'assistante sociale, ou le collège, peut-être même la police... elle n'était même pas obligée de donner son nom. Alors pourquoi ne l'a-t-elle pas fait ?

– Pour la même raison que celle qui l'a empêchée de dénoncer Howard.

– C'est-à-dire ?

– Elle avait pitié de lui. »

George réfléchit un moment. « Toute grand-mère normalement constituée se serait donné un mal de chien pour l'aider à s'en sortir, surtout quand il était petit.

– C'était peut-être impossible. »

George l'ignora. « La seule personne qui ait fait quelque chose pour lui, c'est Wynne. Elle n'a peut-être pas été très efficace, mais au moins, elle a essayé. Elle le traînait à l'école par l'oreille, le rossait pour qu'il y reste, travaillait pour le faire vivre, a pris deux jours de congé maladie pour l'aider à trouver du travail et a essayé d'obtenir de l'aide de son médecin traitant. » Elle leva les sourcils. « C'est quand même incroyable qu'après avoir passé deux jours à chercher du boulot, il retourne immédiatement chez Grace. Vous ne trouvez pas ?

– Pas vraiment. Il y allait tout le temps. »

George agita l'index dans sa direction. « Exactement.

– Et alors ?

– Grace n'arrêtait pas de saboter les efforts de sa fille. Chaque fois que Wynne remettait les pendules à l'heure, Grace persuadait Howard de revenir buller chez elle.

– Elle n'avait pas à le persuader. Il aimait y aller.

– Dans ce cas, elle aurait dû lui rendre la vie détestable. Ça explique pourquoi Wynne n'allait jamais la voir. Elles devaient passer leur temps à se disputer, parce que Grace s'employait à détruire toutes les chances d'Howard. Je vous assure que si ma mère avait empêché mon fils d'aller à l'école, elle aurait eu affaire à moi. » Le scepticisme persistant de Jonathan lui arracha un sourire. « Allons ! Essayez au moins d'être objectif. Elle faisait pareil avec Louise et Cill... elle les encourageait à manquer l'école contre la volonté de leurs parents. Vous savez aussi bien que moi que personne ne fait jamais rien pour rien. Il faut qu'il y ait un avantage à la clé. Grace vivait confinée chez elle. Elle ne sortait pour ainsi dire jamais, elle ne travaillait pas, elle ne voyait pas sa fille bien souvent et ne fréquentait pas ses voisins à cause de son défaut d'élocution. À votre avis, ça veut dire quoi, tout ça ? »

Il haussa les épaules. « Elle était difficile à vivre ? Antipathique ? Coupée de la réalité ?

– Un peu de tout ça, sans doute... Mais pourquoi les enfants aimaient-ils aller chez elle ?

– Elle les laissait regarder la télé. »

L'index s'agita encore. « Bien. Et pourquoi faisait-elle ça ? »

Jonathan secoua la tête. « Aucune idée.

– Elle était *seule*, Jon. Je parierais que Lou aurait pu organiser une boum chez elle, et que Grace aurait préparé des gâteaux. »

Il contempla pensivement le jardin, réfléchissant à un de ses précédents arguments. « Howard était censé commencer à travailler à la laiterie locale le mercredi après-midi, murmura-t-il. Peut-être avait-il l'intention d'y aller avant de découvrir le corps de Grace.

– Pourquoi est-il passé chez elle ?

– Pour voir si Cill y était ? »

23

Péninsule de Sandbanks, Bournemouth
Jeudi 15 mai 2003, 14 h 45

Sasha se gara devant chez les Fletcher, juste sous l'objectif d'une caméra de vidéosurveillance accrochée à un réverbère, et se retourna pour attraper son porte-documents sur la banquette arrière. Que tous ses faits et gestes soient filmés ou non, elle ne voyait pas l'intérêt de se dissimuler. Elle sortit de voiture, lissa sa jupe et examina la façade en adobe avant de pousser la grille. Elle avait pris la peine de consulter une agence immobilière avant de se rendre dans la péninsule, ce qui lui avait permis d'apprendre que Palencia était une propriété louée et que le locataire actuel avait annoncé son intention de ne pas renouveler le bail. Miss Spencer était-elle intéressée ?

Il n'y avait pas de voiture dans l'allée, et personne ne répondit à son coup de sonnette insistant. À gauche de la maison, le garage était vide, lui aussi. Consultant ostensiblement sa montre, elle s'engagea sur un sentier qui partait vers la droite, regardant par les fenêtres en passant, avant de frapper énergiquement à la porte de la cuisine. Pas de réponse. La maison aurait semblé inhabitée s'il n'y avait eu une chaise longue sur la pelouse, avec une serviette de bain dessus.

Selon Billy Burton, Louise avait déclaré que son mari se trouvait dans son bureau le jour où il était passé, mais Sasha n'avait repéré qu'un salon et une petite salle à manger. Après un bref coup d'œil pour vérifier qu'il n'y avait pas de caméras, elle passa devant la cuisine et regarda par les carreaux suivants, s'abritant les yeux pour éviter le reflet du soleil. La pièce était vide, elle aussi, mais sur le bureau, elle aperçut le dos d'un ordinateur et un écran plat accroché au mur situé derrière lui. Des rais lumineux tremblotaient sur sa surface. Elle se demanda si l'écran était allumé avant de comprendre que c'était un reflet du moniteur de l'ordinateur. Elle plissa les yeux pour essayer de distinguer l'image, mais le reflet disparut soudain pendant qu'elle regardait.

Il lui fallut une seconde ou deux pour comprendre. Elle se redressa brusquement et recula d'un pas. L'écran s'était éteint automatiquement parce qu'on ne s'était pas servi de l'ordinateur depuis un nombre préétabli de minutes, quinze le plus souvent. Il y avait quelqu'un dans la maison, et un petit picotement entre les épaules confirma à Sasha qu'elle était observée. Avec une mimique de contrariété, elle consulta une nouvelle fois sa montre, puis rebroussa chemin jusqu'à la porte d'entrée. Elle sortit de sa poche une carte de visite, griffonna au dos « À l'attention de Louise Burton. Appelez-moi SVP. Voudrais vous parler de toute urgence. Concerne Cill Trevelyan » et la glissa à travers la fente de la porte. En partant, elle eut la sensation très nette que, malgré l'absence apparente de caméras, tous ses mouvements avaient été enregistrés.

25 Mullin Street, Highdown, Bournemouth
Jeudi 15 mai 2003, 15 h 30

George ouvrit la porte et jeta un regard interrogateur à la personne qui se tenait sur le seuil. « Que puis-je pour vous ? » demanda-t-elle, supposant que la jeune femme était une électrice.

Sasha enregistra sans ciller le couvre-chef excentrique et le visage rubicond. « Vous êtes bien Georgina Gardener, conseiller municipal ?

– En effet. »

Sasha lui tendit sa carte. « Sasha Spencer. Je travaille pour WCH Investigations. Vous vous êtes rendue à notre bureau il y a un mois environ. Vous cherchiez des informations sur Mr et Mrs Trevelyan. Mon collègue a pris vos coordonnées, mais il n'a pu vous donner satisfaction pour cause de secret professionnel. Je me demandais si vous auriez quelques instants à me consacrer. »

Pendant quelques secondes, George fut trop étonnée pour dire un mot. « Eh bien, eh bien, s'exclama-t-elle ensuite. Et Jonathan qui ne croit pas aux coïncidences ! » Elle s'étrangla devant l'expression de Sasha. « Entrez, entrez ! Nous sommes au jardin. »

Ayant suivi George au jardin où celle-ci lui présenta un certain Dr Hughes coiffé d'un couvre-chef encore plus saugrenu que le sien et lui offrit de s'asseoir sur une chaise de cuisine, Sasha se sentait très nettement en position d'infériorité. Elle ne savait absolument pas qui cet homme pouvait bien être, supporta assez mal son sourire amusé et n'eut pas la moindre chance de réciter le texte qu'elle avait soigneusement préparé avant que Miss Gardener ne l'ait abreuvée de ses commentaires personnels. La conseillère était mieux informée que ne le croyait Billy Burton et assez astucieuse pour comprendre que Sasha ne serait pas venue sans l'autorisation des Trevelyan. Elle demanda carrément à la jeune femme ce qui les avait décidés à accepter. « Cela ne peut pas être la démarche que j'ai faite auprès de votre collègue, car je ne lui ai pas exposé mes raisons. Et vous n'auriez pas fait toute cette route simplement pour me demander pourquoi je souhaitais avoir leur adresse.

– Je crains bien que le secret professionnel ne continue à s'appliquer, Miss Gardener. Je ne suis pas habilitée à répondre à cette question.

– Est-ce que quelqu'un d'autre vous a contactée ? » Elle décida de prendre le silence de la jeune femme pour un assentiment et se tourna vers Jonathan. « Ça ne peut être que William Burton. Intéressant, non ? Pourquoi a-t-il envie qu'on enquête sur sa sœur ? » Elle regarda Sasha. « Vous lui avez parlé ?

– À qui ?

– À Priscilla Fletcher. »

Le silence se prolongea et Jonathan finit par avoir pitié de Sasha. Curieusement, elle lui rappelait un peu George. Bien en chair, vêtue d'une tenue tout à fait inadaptée à la chaleur de cette journée de printemps à Bournemouth, elle n'avait rien d'une beauté. Sa bouche se plissait constamment en un sourire nerveux, comme si elle avait appris à désamorcer les situations périlleuses en donnant des gages de bonne volonté, mais l'effort était manifeste. Comme à l'accoutumée, il ne se rendit pas compte du malaise que pouvait susciter son regard appuyé et songea qu'elle devait être nouvelle dans le métier.

« Pourquoi ne pas laisser Miss Spencer nous expliquer les raisons de sa venue ? suggéra-t-il à George. Pour le moment, elle me paraît un peu abasourdie... exactement comme moi, lors de notre première entrevue. »

George grimaça d'un air contrit. « Pardon. Je suis désolée. J'avais pensé que ce serait plus simple si nous continuions... mais Jonathan a raison. Je vous en prie... – elle esquissa un geste d'invitation – allez-y. »

Sasha ne savait plus quoi dire. On lui avait appris à respecter quelques formalités, mais elle était plus habituée aux réactions nerveuses des Burton qu'à cette impatience amusée. Elle gagna du temps en ouvrant son porte-documents et en sortant son carnet. « Si vous me le permettez, je vais commencer par vous exposer la politique de ma société concernant vos droits et ceux de mes clients. Rien ne vous oblige à répondre à mes questions... » Elle s'interrompit pendant que Jonathan se raclait la gorge. « Mais qui êtes-*vous* ? demanda-t-elle à brûle-pourpoint. Pour quelle raison vous intéressez-vous tellement à Cill Trevelyan ? »

Jonathan fit un signe d'approbation. « Êtes-vous prête à partager certaines informations avec nous ? demanda-t-il. Nous connaissons relativement bien son histoire, mais il y a certaines lacunes que vous serez peut-être en mesure de combler.

– Je suis tenue au secret professionnel. »

Il échangea un regard avec George. « Dans ce cas, nous n'avons aucune raison de vous aider, reprit-il. Nous avons consacré beaucoup de temps et d'efforts à enquêter sur cette affaire, et si Miss

Gardener n'avait pas rendu visite à William Burton, vous ne sauriez toujours pas qu'il pourrait être utile de vous intéresser de plus près à Priscilla Fletcher. »

Sasha tenta un nouveau sourire. « Savez-vous où se trouve Cill Trevelyan ?

– Non.

– Savez-vous si elle est encore en vie ?

– Non plus.

– Alors que savez-vous qui puisse me convaincre d'enfreindre les règles de ma société ?

– Suffisamment de choses pour vous donner un coup de main, intervint George. Avez-vous parlé à Priscilla Fletcher ? »

Sasha secoua la tête. « J'arrive de chez elle. Je suis presque sûre qu'il y avait quelqu'un dans la maison mais on ne m'a pas ouvert. Je ne sais pas si c'était elle ou son mari. » Elle hésita. « Son frère m'a dit que vous aviez une photographie récente d'elle. Je peux la voir ?

– À condition que vous nous en montriez une de Cill enfant, dit George. Les Trevelyan vous en ont sûrement donné une. Tout ce que nous avons, c'est une coupure de presse en noir et blanc. Donnant donnant ! Un renseignement contre un autre. »

Sasha était moins naïve que Jonathan ne le pensait ; elle joua avec son stylo, faisant mine de peser le pour et le contre. Ils seraient plus disposés à lui livrer leurs informations s'ils pensaient qu'il fallait lui extorquer les siennes.

Comme pour lui donner raison, Jonathan se pencha en avant. « Il faut vivre dangereusement, l'encouragea-t-il, autrement, George va vous psychanalyser... et ça, je vous jure que c'est un cauchemar. »

Louise repéra la carte dès qu'elle franchit la porte d'entrée. Elle gisait sur la moquette à un mètre du paillasson, comme si un courant d'air l'avait fait glisser depuis la boîte à lettres. Elle la ramassa, la lut et la fourra hâtivement dans sa poche. Si elle s'inquiéta un instant en pensant aux caméras et aux bandes magnétiques qui fonctionnaient vingt-quatre heures sur vingt-quatre dans le bureau de Nick, c'était pour sa propre arrivée. Elle ressortit, son esprit passant déjà fébrilement en revue différents prétextes à sa volte-face, et repartit aussi silencieusement qu'elle était venue.

Jonathan tendit à George la déposition de David Trevelyan et se pencha sur celle de Jean. Le bruit d'une voiture leur parvenait de temps en temps depuis la rue, mais, pour le reste, on n'entendait que le ronronnement d'une tondeuse lointaine et la stridulation des grillons dans l'herbe. Sasha attendait patiemment, regrettant qu'il n'y ait pas de parasol. Sa peau rougissait au soleil et son dos était trempé de sueur.

« Pourquoi ne retirez-vous pas votre veste ? demanda soudain Jonathan. Vous devez cuire. »

Sasha lui adressa un sourire de commande. « Ça va très bien, merci.

– Prenez donc un chapeau, dit George en retirant précipitamment le chef-d'œuvre de paille rose et en le tendant par-dessus la table.

– Non, non, je vous assure... ça va... merci. »

Jonathan arriva au bas de la page et la reposa. « Très intéressant. » Il reporta son attention sur Sasha. « Vous les avez rencontrés ? Comment sont-ils ?

– Non, c'est mon prédécesseur qui les a interrogés. Il a noté ses impressions juste après les avoir vus. » Elle fouilla dans son porte-documents. « J'ai écouté les bandes et parlé à Mr Trevelyan au téléphone, c'est tout. Ah, voilà. » Elle lut : « "David Trevelyan : un type grand, imposant, d'abord facile. Il a parlé presque tout le temps. Se reproche manifestement ce qui s'est passé. Pas eu l'impression qu'il ait dissimulé quelque chose. Jean Trevelyan : mince, plutôt séduisante. Plus éteinte que son mari. En larmes pendant la plus grande partie de l'entretien. Se fait des reproches, elle aussi. Pas eu l'impression qu'elle ait dissimulé quoi que ce soit. Un certain désaccord à propos du viol. Jean pense qu'il a eu lieu. David ne voit qu'une chose : c'est qu'il a permis de faire passer Cill pour une traînée. Ça continue à le mettre en colère." » Elle leva les yeux. « Voilà.

– Est-ce qu'il parle de sa dispute avec Robert Burton sur les bandes ?

– Il ne fait que ça. Il est convaincu que les Burton ont délibérément cherché à salir la réputation de Cill.

– Pourquoi ?

– Il ne sait pas vraiment. Il parle tout le temps du résultat : la police a décrété que c'était une fille facile, qu'elle avait sans doute un petit ami dont elle n'avait jamais parlé à personne. Elle en a conclu que c'était une fugue et a tiré une croix sur cette affaire. » Elle s'interrompit pour rassembler ses idées. « Il accuse Louise d'avoir menti à propos de tout, viol compris. Il dit qu'elle essayait de détourner l'attention de quelque chose qu'elle avait fait et accuse les Burton de l'avoir soutenue pour éviter que la police ne s'intéresse de trop près à leur propre fille.

– Ça, c'est probablement vrai, fit George pensivement, réfléchissant à ce que Sasha venait de leur dire. Si William a raison à propos des abus sexuels commis par son père, ils ne voulaient certainement pas que *qui que ce soit* s'intéresse à Louise. » Elle joignit les mains sur la déposition de David Trevelyan. « Je me demande ce que la mère savait.

– En tout cas, elle n'est pas intervenue, dit Sasha.

– Hmm. » George fit la moue tout en réfléchissant. « Sauf qu'elle ne pouvait pas être au courant de la conduite douteuse de son mari *et* du viol. L'un ou l'autre, peut-être... mais pas les deux.

– Pourquoi ça ? demanda Jonathan.

– Elle aurait dit à Louise de la boucler au commissariat. Les flics n'étaient pas forcés d'accepter l'histoire de Louise sans broncher. Ils auraient très bien pu exiger un examen médical pour s'assurer qu'elle ne s'était pas fait violer elle aussi. Le cas échéant, ils risquaient de mettre le nez sur les abus du père. »

Il y eut un bref instant de silence.

« Alors, que s'est-il passé selon vous ? intervint Sasha.

– Dieu seul le sait, répondit George d'un ton découragé. C'est tellement compliqué... J'ai l'impression de me perdre dans les détails.

– Ce n'est pas si confus que ça, fit Jonathan d'un ton rassurant, attrapant une feuille vierge. Nous savons un certain nombre de choses. » Il prit des notes tout en parlant. « Le viol. Le nom des violeurs. Les liens de Cill et de Louise avec Grace. Que Mrs Burton était au courant. Qu'elle a menti à la police. » Son regard passa de l'une à l'autre. « Autre chose ?

– Les histoires d'abus sexuels.

– Nous y viendrons dans un instant. Pour le moment je cherche tous les éléments étayés par le témoignage d'une source indépendante.

– La bagarre des filles, ajouta George, et probablement aussi celle qui a opposé Robert Burton et David Trevelyan... et la remarque de Robert Burton disant que Cill ne l'avait pas volé. Le fait que Cill ait attendu que son père soit parti travailler pour disparaître. » Elle fit un geste en direction de Sasha. « La volonté acharnée et attestée des Trevelyan de tout faire pour retrouver leur fille. L'indifférence avec laquelle les Burton ont effacé la leur de leur vie. L'existence tumultueuse de Louise – un premier mariage avec un des violeurs – un *remariage* avec un type du même genre...

– Sommes-nous sûrs de ce dernier point ? objecta Jonathan.

– Elle avait un œil au beurre noir le jour où William l'a vue, fit remarquer Sasha.

– Nous ne savons pas si elle le devait à son mari... – il tapota les notes d'Andrew – en plus, c'était peut-être du flan. Elle est venue voir notre agent avec de faux hématomes.

– Que savez-vous de son mari ? demanda Sasha. D'après William, il s'appelle Nicholas Fletcher et serait bookmaker, c'est tout ce qu'il a trouvé. »

George haussa les épaules. « Nous n'avons pas fait beaucoup mieux. Il s'est battu avec Roy Trent un jour à cause de Priscilla... – elle fit une grimace ironique – si tant est qu'on puisse ajouter foi à un témoignage de seconde main qui ne me paraît pas très sérieux. La serveuse de La Couronne tient cette information d'un client, expliqua-t-elle. Elle m'a raconté ça l'autre jour, quand nous avons eu des démêlés avec Trent, Jonathan et moi. »

Sasha eut l'air intéressé. « Mr Trent l'a-t-il signalé à la police ? Le cas échéant, je devrais pouvoir mettre la main sur les coordonnées de Fletcher.

– Ça m'étonnerait beaucoup. En général, il évite d'avoir affaire aux flics.

– Ça s'est passé quand ?

– Il y a deux ans. Avant que Tracey commence à travailler au pub. C'est pour ça qu'elle ne le sait que par ouï-dire. »

Sasha consulta ses notes personnelles. « Vous avez bien dit que Priscilla se trouvait au pub en février, le jour où elle a volé le portefeuille du Dr Hughes ? »

George fit un signe d'approbation.

« Son mari sait-il qu'elle le voit encore ?

– Aucune idée... ça n'a d'ailleurs peut-être aucune importance, si elle se prostitue toujours et si son mari joue les macs. » Ses lèvres s'abaissèrent dans une moue réprobatrice. « Tout cela est bien trouble, de toute façon. Mon père se retournerait dans sa tombe s'il savait comment les gens vivent de nos jours. Quels micmacs ! Ils ne peuvent pas être fidèles, non ? Ça ne marchait pas si mal autrefois. »

Le regard de Sasha croisa celui de Jonathan et une lueur de complicité amusée passa de l'un à l'autre.

George fit celle qui n'avait rien vu. « Si elle n'est pas chez elle en ce moment, elle est peut-être à La Couronne. J'ai l'impression qu'elle tourne autour de Roy comme une mouche. Je n'avais encore jamais remarqué sa voiture, mais, ces derniers temps, je la vois garée dans la rue presque chaque fois que je passe devant le pub. Elle devrait quand même être plus discrète. Son mari pourrait la remarquer. Après tout, si je l'ai repérée, pourquoi pas lui ?

– Qu'est-ce que c'est comme voiture ?

– Une BMW noire, répondit Jonathan. Je peux même vous donner son numéro d'immatriculation. »

Sasha le dévisagea pensivement. « Et Nicholas Fletcher ? Qu'est-ce qu'il a comme voiture ?

– Aucune idée.

– La BMW est peut-être à son nom. Ça vaut la peine d'essayer. » Elle sortit son portable. « Il n'y avait pas de voiture chez eux quand j'y suis passée, expliqua-t-elle, mais je suis sûre qu'il y avait quelqu'un dans la maison. » Elle composa un numéro. « Pouvez-vous me noter le numéro ? demanda-t-elle à Jonathan. C'est une vérification que je peux faire très rapidement par le bureau.

Louise se glissa par la porte de la cuisine et observa Roy qui épluchait des pommes de terre sur une planche à découper, près du moniteur. Il lui tournait le dos. Incroyable ce qu'il pouvait lui rappeler son père ! La même stature, la même façon de parler. Pourtant, songea-t-elle, ce n'était aucun de ces détails qui avait fait resurgir à son esprit l'image de Robert. C'était plutôt le fait que Roy était tout le temps en train de faire la cuisine. « Je me demande pourquoi tu te donnes tant de mal, dit-elle, rompant le silence. Qui va manger tout ça ? »

Il savait qu'elle était là. Exactement comme son père. Il l'entendait toujours entrer. « La salle est réservée jusqu'à minuit, lui expliqua-t-il. Des joueurs de cartes. » Il s'essuya les mains à un torchon et se retourna. « Qu'est-ce que tu veux ? »

Elle fit le tour de la table pour lui donner la carte de Sasha Spencer. « Cette salope de George a dû prendre contact avec eux. Qu'est-ce que je dois faire ? »

Roy jeta un coup d'œil sur le mot griffonné au dos. « Comment tu l'as eue ?

– Quelqu'un l'a glissée dans la boîte aux lettres.

– Tu l'as dit à Nick ?

– Tu es malade ? »

Roy tourna la tête vers le moniteur. « Je l'ai surveillé. Il faisait le guet près de la boîte aux lettres quand cette nana l'a glissée dedans. » Il remit la carte dans la poche de Louise. « Tu ferais mieux de te demander comment tu vas lui expliquer qui est Louise Burton. Il va probablement te faire la peau... mais je n'en ai plus rien à cirer. »

Elle se hissa pour frôler sa bouche de ses lèvres et le taquina du bout de la langue. « Nick ne me fait pas peur. Mais cette Sasha Spencer, qu'est-ce que j'en fais ? »

Il la regarda droit dans les yeux avant de la serrer brutalement contre lui. « Ce que tu as toujours fait, dit-il avec un sourire sans joie. Dis-lui que c'était quelqu'un d'autre. Cette fois, Cill ne restera pas enterrée. Il y a trop de gens qui commencent à poser des questions. »

Quand George rentra dans la maison préparer du thé, Jonathan proposa de déplacer la table un peu plus bas dans le jardin, à un endroit où l'arbre d'un voisin faisait un peu d'ombre. Sasha accepta avec reconnaissance. Il cala soigneusement la chaise de la jeune femme sous l'arbre, puis alla chercher les deux autres, installant la sienne au soleil, parallèlement à la table, et étendant ses longues jambes devant lui. « Puis-je me permettre de vous poser une question personnelle ? »

Elle esquissa un léger sourire, attendant la question qu'on lui avait déjà posée tant de fois. « Un grand-père mongol, répondit-elle. Il est arrivé en Angleterre pour travailler dans un cirque comme cavalier et il a épousé ma grand-mère. Il m'a transmis un patrimoine génétique presque intact. À côté de moi, ma sœur a l'air d'une rose anglaise.

– C'est amusant, ces histoires de gènes, fit Jonathan d'un ton nonchalant. Figurez-vous que mon père était un balayeur jamaïcain et ma mère une femme de chambre chinoise. »

Sasha jeta un coup d'œil à sa carte. « Vous vous en êtes bien sorti, dit-elle. Ils doivent être fiers de vous. »

Peut-être l'étaient-ils, songea-t-il. « Et qu'est-ce qui vous a conduite à rechercher des enfants disparus ? demanda-t-il.

– Une petite annonce dans le journal, reconnut-elle franchement. Ça m'a paru plus intéressant que mon précédent boulot.

– Qui était ?

– Je travaillais dans un bureau.

– Quel genre de bureau ?

– Le fisc. » Son expression la fit rire. « Maintenant, vous savez pourquoi j'ai eu envie de changer.

– Ce n'est pas ça qui m'amuse. C'est qu'avant de venir s'installer ici, George était inspecteur des impôts à Londres. » Il rit, lui aussi. « Vous allez bientôt me dire que vous avez des diplômes en psychologie et en sciences du comportement.

– Si seulement ! Ils me seraient plus utiles dans ce boulot qu'une maîtrise d'histoire médiévale. » Elle s'interrompit. « C'est une femme intéressante. Vous la connaissez depuis longtemps ?

– Pas vraiment. » Il arrangea la casquette de facteur pour que la visière lui couvre mieux la nuque. « Mais j'ai l'impression de la connaître depuis des siècles. » La mimique de Sasha lui arracha un sourire. « C'est un compliment. Elle exerce un effet disproportionné sur les gens qu'elle rencontre... son influence sur eux est plus forte que l'inverse.

– Il y a des gens comme ça. Louise Burton, par exemple.

– Vous croyez ? demanda Jonathan. Elle me fait plutôt l'effet de mener sa barque sans compter sur personne. »

Sasha haussa les épaules. « Dans ce cas, pourquoi est-ce que tout le monde la protège ? Son frère... Roy Trent... peut-être même Nicholas Fletcher. Pourquoi votre agent littéraire la croit-il sur parole ? Elle doit avoir quelque chose qui attire les gens. Vous avez reconnu vous-même que vous l'aviez trouvée sympathique, avant de découvrir que votre portefeuille avait disparu.

– C'est un truc qui marche avec les hommes, répondit-il cyniquement. Miss Brett ne partagerait pas votre avis. Elle la détestait.

– Mais elle ne lui a pas infligé la même sanction qu'à Cill », remarqua Sasha.

Arrivant avec un plateau chargé de tasses et d'une théière, George surprit la fin de la conversation. « Cill est revenue prêter main-forte à Louise avant le viol, rappela-t-elle à Jonathan en reprenant son siège, ce qui laisse à penser qu'elle estimait Louise plus vulnérable qu'elle. La faiblesse peut être une force dans certains cas, surtout si on s'en sert pour manipuler autrui.

– Ça n'a pas marché comme ça pour Howard ni pour Grace, observa-t-il.

– Non, reconnut-elle, mais ce n'étaient pas des manipulateurs.

– Alors que Louise, si ?

– Elle a brillamment réussi à vous convaincre de la laisser fouiller dans votre serviette... et à apitoyer Andrew. » Elle tendit l'index vers lui. « Elle a eu un excellent professeur, Jon. Il n'y a pas plus manipulateur qu'un père pervers... et personne qui soit plus dénué de sens moral. C'est le pire modèle qu'on puisse imaginer pour un enfant impressionnable. Vous êtes bien placé pour le savoir.

– Vous prétendez que je suis manipulateur ? »

George s'étrangla de rire. « Voilà un sujet sur lequel on pourrait écrire tout un volume, mon cher. »

Louise alluma une cigarette. « Tu n'as pas à me dire ce que je dois faire, Roy. Merde à la fin, tu n'es pas mon tuteur, si ? Tu ne l'as jamais été. Tu t'imagines que tu me tiens à cause de ce qui s'est passé, mais tu te fourres le doigt dans l'œil... C'est *moi* qui te tiens ! » Elle s'écarta de lui. « Tu ressembles tellement à mon père, c'est incroyable. Je t'aime, je t'aime, je t'aime, ma chérie... et maintenant, donne-moi ce que je veux ou je te fous une trempe. » Ses yeux étincelèrent de mépris. « Je le prenais pour Dieu en personne jusqu'à ce qu'il commence à peloter Cill... C'est à ce moment-là que j'ai compris que c'était un vrai salopard... et que je me suis mise à le détester. Ça me plaisait bien qu'il me dise qu'il m'aimait plus que maman. Ça m'a moins plu quand il s'est mis à dire que Cill était sa préférée. »

Roy avait déjà entendu tout cela. Chaque fois qu'elle était ivre ou défoncée, elle ressortait ses secrets de famille minables qui la souillaient, qui le souillaient. Il lui arrivait de se demander s'il se serait laissé entraîner dans cette relation symbiotique, suicidaire, si elle lui avait dit la vérité à treize ans, mais il était assez honnête pour admettre que ça n'aurait probablement rien changé. La folie qui s'était emparée de toute leur bande en ce funeste mois de mai 1970 était le fruit de l'alcool et du dégoût de soi, et ils n'auraient pas écouté et encore moins compris les problèmes d'une petite maigrichonne sans attrait à leurs yeux.

Elle avait raison tout de même. Cela faisait plus de trente ans qu'elle tenait leur sort entre ses mains, et la seule chose qui l'avait maintenue en vie était l'héroïne. Titubant d'un fixe à l'autre, elle n'avait représenté de menace pour personne. Désintoxiquée, c'était une bombe ambulante. « Fais gaffe, Lou, avertit-il, je ne pourrai pas toujours te protéger. »

Elle souffla un nuage de fumée dans sa direction. « Quelle grande gueule ! lança-t-elle avec mépris. Tu ne t'es jamais dit que c'était peut-être moi qui te protégeais ? C'est toi qui inquiètes Nick, pas moi. Et tu sais comment il est – quand il a une idée en tête, il ne lâche plus prise. Ça fait des mois que je t'ai prévenu qu'il n'était pas très content que tu fasses copain-copain avec George, mais tu n'as pas voulu m'écouter.

– Foutaises. »

Elle haussa les épaules avec indifférence. « À ton avis, pourquoi est-ce qu'il me laisse venir ici ? Il ne te fait pas confiance... il ne ferait pas confiance à Micky non plus s'il était encore en vie. C'est lui qui m'a dit de fouiller la serviette du bougnoule. Il recommence à perdre la boule... il voit des goules et des croque-mitaines partout. »

Ce n'était pas entièrement faux. Les quelques fragments de mémoire de Nick demeurés intacts s'étaient fondus en une sorte de récit en boucle qui n'avait pas grand-chose à voir avec la réalité. Quelque part, dans les recoins de son esprit dément, il ne se souvenait que de la mort de Grace.

Sasha posa sa paume sur le micro de son portable. « La voiture est enregistrée au nom de Priscilla Fletcher Hurst. » Elle fronça les sourcils à l'intention de George. « D'où vient ce Hurst ? Vous ne m'aviez pas dit que son précédent mari s'appelait Roy Trent ?

– Colley Hurst, dit George lentement. Quelle idiote je fais. C'est un diminutif un peu démodé de Nicholas. » Elle chercha dans son classeur la transcription de ses entretiens avec Billy Burton. « Son frère m'a dit que son premier mari s'appelait Mike, dit-elle en regardant Jonathan. Vous pensez qu'il pourrait s'agir de Micky Hopkinson ?

– Billy l'aurait sûrement reconnu, non ?

– Il m'a dit qu'il était en prison et qu'il ne l'avait jamais vu. »

Jonathan se voûta sur sa chaise. « À quel type de banques de données avez-vous accès ? demanda-t-il à Sasha. Est-ce que ça vaut le coup de demander à votre collègue d'entrer les noms de Nicholas Hurst – et peut-être aussi de Michael Hopkinson – pour voir s'il trouve quelque chose ?

– On peut essayer, mais ça m'étonnerait un peu, à moins qu'ils n'aient été condamnés au cours des dix dernières années. » Elle prononça de nouveau quelques mots au téléphone, donna les deux noms et coupa. « Il rappelle dans quelques instants, que la réponse soit positive ou négative. » Elle réfléchit un instant. « Nous travaillons avec une boîte d'enquêtes qui peut trouver à peu près tout ce qu'on veut sur qui on veut – coordonnées bancaires, familiales, emploi, voitures précédentes, ils ont même accès aux dossiers médicaux et à ceux des services sociaux –, mais, dans la mesure où la plupart de ces informations sont confidentielles, les prix sont plus élevés, pour couvrir les risques de procédures judiciaires. Je sais que c'était trop cher pour Mr Trevelyan. Toutefois, si l'un de vous a les moyens, ça peut valoir la peine de tenter le coup.

– Combien ça coûte ? demanda George.

– Plus de cinq cents livres. »

George fit la grimace. « Et c'est éthiquement correct ? »

Jonathan échangea un nouveau sourire amusé avec Sasha. « Absolument pas, dit-il. À mon avis, ça doit enfreindre absolument toutes les lois sur le respect de la vie privée... mais c'est *bigrement* intéressant, George. Nous pourrions utiliser une partie de cette fameuse avance qu'Andrew continue à nous faire miroiter.

– Et vos dettes ? »

Il lui montra les dents. « Arrêtez de me rappeler des choses désagréables, vous voulez.

– Il faut bien que *quelqu'un* le fasse. Vous devriez m'en être reconnaissant... »

La sonnerie du portable l'interrompit. Sasha colla l'appareil contre son oreille. « Ouais, dit-elle. Vas-y. » Elle prit des notes en sténo sur son carnet. « C'est bon. Et Michael Hopkinson ? D'accord... merci. » Elle posa le téléphone sur la table. « Rien sur Hopkinson, mais, il y a trois ans, la Metropolitan Police a été obligée de verser à Nicholas Hurst deux cent mille livres d'indemnités pour lésions cérébrales, arrestation arbitraire, détention injustifiée et préjudice financier. Au moment où il a été blessé, il était gérant d'un bureau de paris dans East End. Il a passé trois ans à entrer et sortir de l'hôpital et, en 2001, quand il a touché son indemnité, il est revenu à Bournemouth. Dernière adresse connue... – elle releva la tête – La Couronne, Friar Road, Highdown.

– Bon sang ! s'exclama George. On nage dans l'inceste. Vous vous rendez compte que si ce Mike est bien Micky Hopkinson, elle a été mariée successivement à ces trois types ? Je ne comprends pas qu'ils ne se soient pas étripés de jalousie.

– Ils n'éprouvent sans doute pas plus de sentiments à l'égard de Louise qu'ils n'en ont les uns pour les autres, observa Jonathan.

– Il y a eu une loi, un moment, en vertu de laquelle une épouse ne pouvait pas témoigner contre son mari, intervint Sasha. Je ne sais plus quand elle a été abrogée, mais ils croient peut-être qu'elle est toujours en vigueur. »

Jonathan secoua la tête. « Ils forment une tribu. Le mariage n'est qu'un moyen de garder Louise au bercail. » Il s'interrompit. « Reste à savoir pourquoi elle marche dans la combine... à moins qu'elle n'ait plus à y gagner qu'eux.

– Et qu'est-ce qu'elle aurait à y gagner ?

– La sécurité ? C'est un instinct tribal essentiel. »

De : Sasha Spencer [S.Spencer@WCHinvestigations.com]
Date : Mer 21/05/03 10 : 02
A : jon.hughes@london.ac.uk
Objet : Rapport sur Roy Trent, La Couronne, Friar Road, Highdown

---

Chère George, cher Jonathan,

Objet : rapport de Bentham Enquiry Agents

L'agent de Bentham m'a fait un rapport oral de son enquête sur Roy Trent. Des exemplaires du rapport complet vous seront expédiés dès qu'ils seront prêts. En attendant, voici le résumé de ce qu'il a trouvé :

1. Roy Trent est propriétaire du pub jusqu'à sa mort. Sa première épouse, Robyn Hapgood, était la fille du précédent propriétaire. Elle est morte d'overdose en 1998, en laissant l'usufruit à Trent. À sa mort, le pub doit revenir à leur fils, Peter (douze ans au moment du décès de sa mère). La propriété est lourdement hypothéquée – peut-être pour payer les droits de succession à la mort du père de Robyn (1984) – mais Trent continue à rembourser régulièrement. La dette sera amortie en 2009.
2. Peter Hapgood, qui a maintenant vingt-huit ans, a un casier judiciaire et des antécédents de toxicomanie. Il a été condamné une première fois en 1994 et purge actuellement la deuxième année d'une peine de cinq ans pour cambriolage avec coups et blessures.
3. Trent a reçu de nombreuses offres d'achat du pub et les a toutes refusées. On a du mal à comprendre pourquoi, car il ne dispose pas des fonds nécessaires pour en assurer le

développement. Peut-être existe-t-il une clause testamentaire qui le lui interdit – c'est peu probable car ce genre de clause peut toujours être contesté. Bentham pense qu'il s'y accroche jusqu'à ce que l'hypothèque soit levée.

4. Il a épousé Louise Burton alias Daisy Burton alias Priscilla Hopkinson en 1992.
5. Michael Hopkinson est mort d'overdose en 1986 après plusieurs séjours en prison. Louise et lui se sont mariés en 1974 (elle avait dix-sept ans). Elle est devenue toxicomane (héroïne/crack) et a assuré l'approvisionnement de son mari et le sien grâce à la prostitution.
6. Après leur mariage, Trent a essayé à plusieurs reprises de la faire décrocher (il a, par ex., obtenu un placement dans un centre de désintoxication où elle est restée six semaines avant de rechuter). Une source, non confirmée, prétend qu'elle a eu une liaison avec Peter quand il vivait sous le même toit que son père. La même source suggère que c'est Louise qui a entraîné le garçon sur la voie (a) de la toxicomanie (b) de la délinquance pour qu'il leur fournisse de la drogue à tous les deux.
7. Trent a proposé à Nicholas « Colley » Fletcher Hurst de l'héberger gratuitement en 2000 et a engagé une procédure de divorce rapide, qui a abouti en juin 2001.
8. Louise a noué une liaison avec Nicholas à l'époque où il vivait à La Couronne, et ils ont loué une maison à Sandbanks en août 2001. Hurst a touché son indemnité en octobre 2001. Il a épousé Louise en novembre 2001. Elle n'a plus touché à la drogue depuis qu'elle est avec Hurst.
9. Louise continue à se rendre régulièrement au pub.

10. Trent est très estimé dans son quartier (*cf.* premières impressions de George). On s'accorde à penser qu'il n'a pas pris le « train du tourisme » en marche. Son établissement reste à la portée des habitants les plus modestes de Highdown qui ne peuvent pas suivre le rythme de l'inflation. Il a la réputation d'être antidrogue.
11. L'intégralité du dossier bancaire et hypothécaire de Trent figure dans le rapport complet. Les antécédents judiciaires de Peter Hapgood aussi. Trent lui-même a passé six mois dans un centre pour jeunes délinquants pour cinq affaires de vol.

L'agent de Bentham vous conseille d'étudier de très près les connexions avec les milieux de la drogue. Malgré les opinions que Trent affiche à ce sujet, la toxicomanie est une constante parmi les gens qu'il fréquente. La principale source d'informations de l'agent (une ancienne prostituée qui affirme que Trent a été son souteneur à la fin des années 1970) prétend lui avoir acheté des drogues dures jusqu'en 1985, date à laquelle elle a décroché. Rien n'indique qu'il ait continué à dealer, mais on ne peut que s'interroger sur la rentabilité du pub et sur la manière dont Trent arrive à rembourser ses emprunts.

Il y a un garage à l'arrière du pub. L'agent n'a pas pu l'inspecter sans compromettre sa couverture, mais il est équipé d'un système d'alarme performant, il est branché à un câble coaxial de vidéosurveillance et à un guichet qui donne sur une ruelle (il a pris depuis sa voiture quelques photos numériques qui figurent dans le rapport). Il serait possible d'organiser un guet depuis une des maisons voisines pour établir si ce local sert à un trafic quelconque, mais une telle opération serait extrêmement onéreuse en main-d'œuvre et en honoraires, sans garantie de résultat. La police serait certainement plus efficace dans ce genre de cas. Voici ce que m'a dit l'agent : « Il y a peut-être simplement une Ferrari là-dedans. »

Objet : Robert et Eileen Burton

Après avoir parlé des Burton à mon supérieur, j'ai décidé de les mettre en attente jusqu'à ce que j'aie/nous ayons eu la possibilité de parler à Louise. Il serait évidemment plus utile de les interroger en étant déjà bien informés, mais dans la mesure où l'e-mail de Robert Burton à son fils ainsi que la conversation que William a eue avec sa mère suggèrent qu'ils nieront en bloc, nous n'y gagnerions pas grand-chose. Une rencontre prématurée ne ferait que les alerter sur la possibilité d'une enquête policière, ce qui pourrait compromettre une coopération future, surtout de la part d'Eileen Burton.

Objet : Louise Burton/Priscilla Fletcher

Je peux confirmer qu'un premier contact, vendredi dernier 16 mai, a été suivi hier d'une proposition de rendez-vous chez elle, le lundi 26 mai à 11 heures. Pour cette fois, je préfère la rencontrer seule et la laisser fixer l'ordre du jour. Si vous êtes libres tous les deux, je passerai chez George vous faire mon rapport ensuite.
J'espère que tout cela vous donnera satisfaction.

Amitiés

Sasha Spencer

De : Dr Jonathan Hughes
[jon.hughes@london.ac.uk]
Date : Mer 21/05/03 17 : 06
A : S.Spencer@WCHInvestigations.com
Cc : geo.gar@mullinst.co.uk
Objet : sécurité

Chère Sasha,

Merci pour tout, mais permettez-moi de douter qu'il soit sage d'aller vous fourrer dans la gueule du loup. Je vous demande de bien vouloir reprendre contact avec Louise et de lui proposer de vous retrouver en terrain neutre. N.B. Colley Hurst est un violeur qui a subi des lésions cérébrales ; il est susceptible d'avoir participé à l'assassinat de Grace Jefferies.

Les gens que vous vous apprêtez à voir ne sont pas sains d'esprit, Sasha. Nous avons accepté, George et moi, de financer une enquête un peu douteuse sur Roy Trent. Nous n'avons pas accordé notre aval à des entretiens inconsidérés avec des assassins potentiels. Faites quelque chose, George, je vous en supplie ! C'est vous la psychologue. Trouvez-vous cela raisonnable ?

Bien à vous, Jon.

De : George Gardener [geo.gar@mullinst.co.uk]
Date : Jeu 22/05/03 08 : 41
A : S.Spencer@WCHinvestigations.com
Cc : jon.hughes@london.ac.uk
Objet : sécurité

Chère Sasha,

Deux mots en vitesse. Jonathan a raison. Demandez-vous au moins pourquoi Louise accepte de vous recevoir chez elle alors qu'elle a opposé un refus absolu à son frère – interdiction d'entrer en toute circonstance. Réfléchissez. Tout ce que nous savons de Colley Hurst donne à penser que c'est un homme violent.

Bien à vous, George

De : Sasha Spencer [S.Spencer@WCHinvestigations.com]
Date : Jeu 22/05/03 12 : 07
A : jon.hughes@london.ac.uk ; geo.gar@mullinst.co.uk
Objet : faites-moi confiance

Cher Jon, chère George,

Je suis majeure. Je n'ai pas besoin de nounous !

Sasha

24

Palencia, Frean Street, Sandbanks, Bournemouth Lundi 26 mai 2003, 11 heures

Comme l'avait déjà remarqué Andrew Spicer, de près, Louise ne ressemblait pas du tout à Cill Trevelyan. Elle avait une ossature plus délicate, des traits plus fins et la couleur des yeux n'était pas la bonne. Sasha la trouva aussi plus jolie et plus jeune qu'elle ne l'aurait pensé ; elle ne ressemblait guère à la fillette renfrognée et boudeuse de l'album de William Burton. Elle ouvrit la porte, vêtue d'une pimpante robe vert jade, dont la coupe ajustée soulignait la sveltesse de sa silhouette. Engoncée dans un tailleur brun trop étroit et le nez chaussé de vilaines lunettes, Sasha se sentait grosse et empotée, ce qu'elle accentua encore en tirant sur sa veste pour essayer de couvrir ses hanches. Avec un sourire amusé, Louise lui fit traverser le vestibule et l'invita à entrer au salon.

Sasha aurait su que c'était une maison de location, même si l'agent immobilier ne le lui avait pas dit. L'intérieur était uniformément peint d'une teinte crème standard, le mobilier était ordinaire, des reproductions encadrées de toiles impressionnistes et de scènes du Dorset ornaient les murs. L'ensemble donnait une impression plutôt impersonnelle. Le seul élément intéressant de la pièce était un grand écran de télévision identique à celui du bureau. On y voyait un cheval de course, mais le son était coupé. Louise suivit le regard de Sasha.

« Mon mari prend des paris sur Internet, dit-elle en lui désignant un fauteuil avant de se laisser tomber sur le canapé. Avec le câble, nous recevons les courses en non-stop. »

Sasha esquissa un de ses sourires de commande et s'assit. « Je ne savais pas qu'il y avait des courses le matin. »

Louise jeta un coup d'œil à l'écran. « Ça doit être un enregistrement. Il y a une liaison vidéo avec son bureau, ce qui m'oblige à regarder la même chose que lui. Ça vous ennuie ? Vous voulez que je coupe ? »

Sasha écouta le silence. « Non, ça n'a aucune importance. Je ne voudrais pas l'irriter.

– Il ne le saura que s'il vient nous rejoindre, dit Louise en attrapant la télécommande pour couper l'image. Quand on en éteint un, il ne se passe rien de l'autre côté. » Elle croisa de fort jolies jambes et jeta un regard encourageant à la jeune femme. « Que puis-je pour vous ? »

Sasha se lança nerveusement dans son préambule sur le secret professionnel, tout en se disant que, si Louise lui avait ouvert la porte douze jours plus tôt, elle aurait pu croire que le récit de William n'était que le fruit de son imagination. La femme était posée, charmante et élégante, et rien n'indiquait l'existence d'un mari violent ni d'antécédents de drogue et d'abus sexuels. Elle parlait avec un accent plus raffiné que le grasseyement typique du Dorset de son frère, mais Sasha se demanda si cette élocution était naturelle.

Louise laissa Sasha finir sa présentation sans l'interrompre. « Vous avez mentionné Cill Trevelyan sur votre carte, intervint-elle alors. Cela signifie-t-il que David et Jean sont vos clients ? »

Sasha acquiesça. « Vous vous souvenez d'eux, Mrs Fletcher ?

– Bien sûr, répondit-elle, très à l'aise. Cill était ma meilleure amie... vous le savez. Sinon vous n'auriez pas écrit "à l'attention de Louise Burton" sur votre carte. »

Sasha se passa la langue sur les lèvres. « C'est bien ce que j'ai écrit, en effet. »

Louise l'observait trop attentivement pour ne pas relever tous ces signes de nervosité. « Eh bien, que deviennent les Trevelyan ? Comment vont-ils ? demanda-t-elle. Je pense souvent à eux. Ça doit être terrible de perdre un enfant comme cela. »

C'était une entrée en matière bien différente de celle à laquelle Sasha s'était attendue – tout cela tenait plus de la conversation mondaine que de l'interrogatoire –, mais elle poursuivit sur ce mode, expliquant que Jean avait eu de petits ennuis de santé récemment. Louise évoqua quelques souvenirs amusants de ses visites chez les Trevelyan, à Highdown, puis parla du choc qu'elle avait éprouvé en apprenant la fugue de Cill. « Nous étions extrêmement proches », murmura-t-elle avant de se plonger dans un silence subit, laissant la parole à Sasha.

Un bruit leur parvint, issu des profondeurs de la maison, et cette fois, Sasha n'eut pas à feindre l'inquiétude. « Vous devez vous demander comment je vous ai retrouvée.

– Pas vraiment, dit Louise. Je ne me cache pas. Il serait difficile d'être plus exposé aux regards qu'à Sandbanks. »

Sasha afficha son sourire de commande. « En fait, c'est votre frère qui nous a communiqué vos coordonnées, Mrs Fletcher. Il savait que nous travaillions pour Mr et Mrs Trevelyan. Je suppose qu'il a dû reprendre contact avec vous il y a un mois environ ? » Elle observait, elle aussi, son interlocutrice avec attention et vit les yeux de Louise s'étrécir soudain. « Vous remarquerez que David et Jean n'ont jamais renoncé à retrouver Cill. Nous réactivons l'enquête régulièrement, chaque fois que nous disposons d'informations nouvelles. »

Elle sortit son dossier et son carnet de sa mallette et les posa sur ses genoux. « Vous ignorez peut-être que différentes agences ont vainement cherché à vous localiser depuis de nombreuses années, poursuivit-elle. Il faut dire que vos fréquents changements de nom ne leur ont pas facilité la tâche... » Elle pencha la tête sur ses notes, maintenant ses lunettes en place d'un doigt. « D'abord Louise Burton, puis Daisy Burton, Daisy Hopkinson, Cill Trent et maintenant Priscilla Fletcher Hurst. » Elle releva les yeux, attendant la réaction de Louise. « J'ai un peu de mal à comprendre pourquoi vous avez décidé de prendre le prénom de Cill et d'épouser les garçons qui l'avaient violée, Mrs Fletcher. »

Louise répondit avec un relatif empressement. « Cela ne vous regarde pas, vous en conviendrez, dit-elle doucement, mais il se trouve que je les connaissais tous les trois quand j'étais jeune. Je serais restée avec Michael s'il n'était pas mort... et avec Roy, si Colley n'était pas revenu. N'y voyez rien d'étrange. Les gens raisonnables épousent toujours leurs amis. Ça évite les surprises. »

Sasha soutint son regard un moment. « Si ce n'est qu'en l'occurrence, vous saviez que ces trois jeunes gens avaient violé votre meilleure amie. Votre frère en a été traumatisé – cette scène l'obsède encore trente ans après les faits. Ne vous a-t-elle pas bouleversée, vous aussi... d'autant plus que Cill s'est volatilisée trois semaines plus tard ?

– Billy réécrit l'histoire pour essayer de rendre sa vie un peu plus palpitante, lança Louise, dédaigneuse. Vous en feriez sans doute autant si vous aviez épousé la fille la plus assommante qui soit, toujours obéi à votre père au doigt et à l'œil, et vécu dans la même maison toute votre vie. Il avait dix ans et il avait trop bu. Comment voulez-vous que ses souvenirs ne soient pas déformés ? »

Sasha prit une note. « D'après ce que vous en dites, il ne devrait pas avoir suffisamment d'imagination pour réécrire l'histoire, releva-t-elle. En tout cas, il croit dur comme fer que les choses se sont passées comme il le dit. »

L'accent raffiné commençait à s'estomper. « Ce n'était pas vraiment un viol. Cill mourait d'envie de coucher avec Roy, elle avait le feu au cul. C'est seulement quand Micky et Colley s'y sont mis qu'elle a commencé à râler. Vous voyez ça d'ici. Des puceaux de quatorze ans, bourrés à la vodka. Ils sont au moins deux à avoir éjaculé avant d'avoir eu le temps de faire quoi que ce soit. » Elle haussa les épaules. « Je ne dis pas que c'est marrant d'avoir trois ados bourrés qui se branlent sur vous, mais Cill était aussi costaud qu'eux et elle leur a rendu coup pour coup. » Elle s'interrompit. « Ce n'est pas à cause de ça qu'elle a fugué, d'ailleurs. C'est parce que son père lui a foutu une trempe. Ça faisait des semaines qu'elle disait qu'elle se ferait la malle s'il remettait ça. »

Sasha refusa de dévier de son sujet. « Les souvenirs de votre frère sont quelque peu différents, Mrs Fletcher. Il évoque des brutalités inexcusables, quel que soit l'âge des participants.

– Croyez qui vous voudrez... mais je n'aime pas beaucoup que mon frère calomnie mes maris. Il ne leur a adressé la parole qu'une fois dans sa vie, ce jour-là, et il était tellement cuit qu'il arrivait à peine à aligner deux mots. »

Sasha chercha dans son attaché-case des copies des coupures de presse que George avait trouvées et sortit l'interview de Jean Trevelyan. « À l'époque, vous avez parlé à la police d'un viol collectif, dit-elle, lui tendant le feuillet. C'est en tout cas ce qu'affirme Jean Trevelyan dans cet article. »

Louise jeta un regard au titre, puis le reposa sur la table basse sans le lire. « Je n'aurais jamais pu dire ça, je ne savais même pas ce que c'était, objecta-t-elle. Ce que j'ai fait, c'est décrire ce qui s'était passé. C'est la police qui a parlé de viol collectif... et c'est sans doute pour ça que Billy brode aujourd'hui à partir des vagues souvenirs qu'il en a. » Elle prit une profonde inspiration avant de poursuivre sur un ton plus conciliant. « Écoutez, ça ne rime à rien, vous ne croyez pas ? En quoi est-ce que ça va aider les Trevelyan qu'on accepte la version de Billy ? Les garçons ont été interrogés à l'époque. S'ils n'ont pas été inculpés, c'est que la police a jugé que ce n'était pas si grave que ça.

– Il n'y a pas eu de mise en examen parce que Cill avait disparu et que vous avez refusé d'identifier les coupables.

– Je n'ai pas refusé. Je ne *pouvais* pas le faire... pas à ce moment-là. On n'est devenus copains que plus tard, quand Micky et moi avons commencé à sortir ensemble. C'est seulement en les voyant tous les trois réunis que je me suis souvenue qu'il était avec eux ce jour-là et que j'ai pigé qui ils étaient, mais Micky m'a persuadée qu'ils avaient arrêté leurs conneries. » Elle glissa une main sur le coton frais de sa robe pour la défroisser. « Peut-être devriez-vous poser la question à Nick ? suggéra-t-elle. Il vous dira que c'est vrai. » Elle inclina la tête de côté. « Voulez-vous que j'aille le chercher ? »

Sasha réprima un spasme de nervosité au creux de l'estomac. « Ce serait sans doute utile, dit-elle. Merci. »

Louise émit un petit rire brusque et tendit le bras pour attraper son paquet de cigarettes sur le manteau de la cheminée. « Je ne vous le conseille pas. Il a subi des lésions cérébrales il y a quelque temps et n'aime pas trop qu'on le cuisine sur le passé... ne serait-ce que parce qu'il ne se souvient de rien et qu'il déteste avoir l'air idiot. » Elle alluma une cigarette. « C'est marrant, la manière dont le cerveau fonctionne. Il a oublié des pans entiers de sa vie, mais il se rappelle tous les résultats de tiercés depuis 1980 et est encore capable de calculer les cotes en moins de temps qu'il n'en faut pour le dire. Dans ses bons jours, il arrive à se faire dix mille livres sans bouger de son ordinateur.

– Il se souvient du viol ?

– Je ne sais pas, répondit Louise, une lueur mauvaise dans le regard. Je n'ai jamais été assez bête pour lui poser la question. Mais je vous en prie. Son bureau est juste après la cuisine.

– Est-ce qu'il se souvient de vous ?

– Qu'est-ce que vous voulez dire ?

– Est-ce que vous faites partie des pans dont il se souvient ? »

Louise ne répondit pas immédiatement, comme si elle redoutait un piège. « Ça fait des années que je le connais, dit-elle. Il faudrait qu'il ait oublié toute sa putain de vie pour m'avoir complètement effacée du tableau.

– Intéressant, remarqua Sasha négligemment, tout en songeant que le langage et l'accent de Louise se dégradaient à grands pas. Alors comment vous appelle-t-il, Mrs Fletcher ? Louise ? Daisy ? Cill ? Priscilla ? Ce serait une bonne indication sur les... euh... les *pans*... dont il se souvient.

– Priscilla, dit-elle en observant la jeune femme à travers la fumée de sa cigarette. C'est le nom que je porte depuis vingt ans. » Elle esquissa un sourire cynique. « Et, pour éviter que vous me posiez la question, je vous dirai que j'étais défoncée quand je l'ai choisi ; l'image de Cill devait hanter mon subconscient. Je trouvais ça plus chic que Louise ou Daisy... Sans doute parce que les Trevelyan étaient de foutus snobs. »

Sasha laissa s'écouler un instant de silence. « Pourquoi n'avez-vous pas dit à la police que Billy avait assisté au viol ? Il connaissait le nom des garçons en question.

– Je voulais le protéger. Les parents ne savaient pas qu'il avait séché.

– Pourquoi l'école n'a-t-elle pas signalé son absence ?

– J'ai téléphoné en me faisant passer pour maman. J'ai dit qu'il était malade.

– Pourquoi ça ?

– Pour lui éviter des ennuis, qu'est-ce que vous croyez ? » Elle tira sur sa cigarette. « Ça a été sa première et dernière escapade... Il a eu tellement la trouille qu'il n'a plus jamais séché de sa vie. Il devrait me dire merci au lieu d'en faire tout un plat. »

Sasha sourit encore. « Je n'ai pas l'impression qu'il voie les choses comme vous, Mrs Fletcher. » Elle s'interrompit pour repousser ses lunettes sur son nez. « Dites-moi, pourquoi teniez-vous à ce qu'il vous accompagne ce jour-là ? Il m'a dit que vous aviez rendez-vous avec les trois garçons, que Cill et vous n'avez pas cessé de les exciter en tenant des propos scabreux. Je comprends mal que vous vous soyez embarrassées d'un gamin de dix ans dans de telles circonstances.

– N'importe quoi, répliqua Louise, agacée. On n'avait rien préparé du tout... comment voulez-vous ? On ne les avait jamais vus. On est allées à la galerie marchande et on est tombées sur eux par hasard. Cill a immédiatement craqué pour Roy. Si on est restées avec Billy, c'est qu'il ne pouvait pas retourner à l'école sans se faire prendre et qu'il ne pouvait pas non plus rentrer à la maison parce que les parents y étaient. »

Sasha feuilleta quelques pages de son carnet. « Si j'ai bien compris, c'est Cill qui l'a persuadé de vous accompagner. Il paraît que vous étiez furieuse. »

L'hésitation fut très nette. « Je ne m'en souviens pas, mais vous devez avoir raison, dit-elle. Cill essayait toujours de nous mettre dans le bain. Elle préférait qu'on soit plusieurs à sécher.

– Là encore, ce n'est pas ce que dit Billy. Il prétend que Cill tenait à ce qu'il vous accompagne parce qu'elle n'avait pas tellement envie d'aller retrouver ces garçons. Il affirme que, si elle s'est fait violer, vous y êtes pour quelque chose... et que vous avez peut-être même provoqué cette agression par jalousie. Vous ne supportiez pas que Cill ait plus de succès que vous auprès de Roy.

– Vous débloquez complètement, lança Louise avec mépris. Si j'avais tellement tenu à Roy, je serais encore sa femme. »

Sasha remit la main sur la page d'un entretien avec Billy qu'elle cherchait depuis un moment. « Votre frère ne croit pas un instant que vous cherchiez à le protéger, Mrs Fletcher, et il se demande bien pourquoi vous n'avez pas dit à la police qu'il était là. Il prétend que, quand vous étiez petits, vous étiez toujours prête à l'enfoncer pour vous tirer d'affaire. » Son doigt suivit les lignes du carnet. « Voici quelques-unes des explications qui lui sont venues à l'esprit. Les garçons étaient des amis à vous et comme vous ne vouliez pas qu'ils soient arrêtés, il ne fallait surtout pas que Bill ait l'occasion de donner leurs noms. » Elle leva brièvement les yeux. « Ce n'est pas ça ? Alors peut-être vouliez-vous calomnier Cill en toute liberté parce que vous saviez que votre père l'aimait beaucoup et que vous ne vouliez pas que Billy prenne sa défense ? »

Louise écrasa sa cigarette dans un cendrier. « Papa s'en foutait pas mal. C'est Mr Trevelyan qui s'est excité avec ça. Comment Louise Burton pouvait-elle *oser* suggérer que sa fille était une traînée ? C'était franchement marrant, vous savez. Tout le monde était au courant, sauf ses constipés de parents. »

Sasha ne releva pas. « Une autre suggestion : vous saviez où était Cill mais, comme vous ne vouliez pas qu'on vous pose de questions à ce sujet, vous avez détourné l'attention sur des faits qui s'étaient produits trois semaines plus tôt. Si on avait interrogé Billy, il risquait de parler de Grace Jefferies, ce que vous vouliez éviter à tout prix. » Elle fit délibérément écho à certains des propos que Louise avait tenus à Andrew Spicer. « Ça n'avait pas grande importance, après tout. Cill était en vie... Elle était en sécurité aussi longtemps qu'elle restait chez Grace... et vous étiez sûre qu'elle rentrerait chez elle dès qu'elle en aurait assez. » Elle releva les yeux et rencontra le regard pâle.

« Billy ne vous a jamais dit ça.

– Non, admit Sasha. Mais il n'est pas la seule personne à qui j'aie parlé, Mrs Fletcher. Revenons au viol un instant, voulez-vous ? Billy raconte que vous êtes allée chez Grace chercher des vêtements de rechange parce que ceux de Cill étaient déchirés et tachés de sang. Que s'est-il passé ensuite ? L'avez-vous accompagnée chez Grace pour qu'elle puisse prendre un bain et faire un minimum de toilette ? »

L'expression de Louise se durcit, mais elle ne répondit pas.

« Dois-je prendre ce silence pour une approbation ? » Elle attendit une réaction qui ne vint pas. « Évidemment, vous ne pouviez pas dire aux policiers que vous étiez allée chez Grace, poursuivit-elle d'une voix égale, ils auraient fait le lien et seraient immédiatement allés l'interroger sur la disparition de Cill. Et ça, vous ne le vouliez pas. Pourquoi ?

– Cill m'aurait tuée si je l'avais dénoncée. On s'était déjà battues une fois – je n'avais pas envie de remettre ça. » Les lèvres de Louise se tordirent dans un sourire amer. « Tout le monde la décrit comme une pauvre petite fille qui a fugué parce qu'elle était malheureuse, mais je vous jure qu'elle n'était pas comme ça... c'était une brute. On n'avait pas intérêt à la mettre en boule : elle vous aurait arraché la tête.

– Pourquoi vous étiez-vous battues ?

– Des histoires de nanas. Qui est la plus jolie, toi ou moi ? » Elle secoua la tête devant l'incompréhension manifeste de Sasha. « C'est pas vrai ! Atterris un peu, chérie ! Fais un régime... va chez le coiffeur... dis des cochonneries une fois de temps en temps. À moins que tu veuilles rester vieille fille toute ta vie. Le *sexe* – chérie – les *mecs* ! Elle n'arrêtait pas de dire qu'elle était plus bandante que moi, alors je lui ai dit que, si elle ne la bouclait pas, je parlerais du viol à ses parents. Elle commençait franchement à me taper sur le système. »

Sasha se concentra sur ses notes. « Vous saviez donc que c'était un viol.

– Façon de parler, fit Louise avec mépris. On s'en foutait pas mal de ce que c'était. Pour Cill, ça ne tirait pas à conséquence... ça prouvait simplement qu'elle était assez chouette pour être baisée. » Elle vit un air de dégoût assombrir le visage de Sasha. « Te tracasse pas. Ça ne t'arrivera jamais. T'es pas du genre à te faire sauter dessus. Il faut en montrer un peu plus que ça pour intéresser les mecs. »

Les doigts de Sasha s'envolèrent immédiatement vers ses lunettes, mais elle s'en tint vaillamment à son plan d'interview. « Si Billy avait été interrogé, il aurait parlé de Grace. Est-ce la raison qui vous a poussée à le tenir en dehors du coup ? »

Louise alluma une nouvelle cigarette, puis appuya sa tête contre le dossier du canapé et regarda le plafond. « Si c'est Andrew Spicer ou son auteur à la noix qui vous ont raconté ça, je ferais aussi bien d'économiser ma salive. Rien ne serait arrivé si cette conne était rentrée chez elle. Tout ce que je voulais, c'était lui rendre service – inciter les adultes à avoir pitié d'elle, à lui manifester un peu de compréhension. Et elle ne trouve rien de plus malin à faire que de me fourrer dedans en disparaissant. Elle aurait été folle de rage si j'avais laissé Billy donner le nom des garçons, parce qu'elle en pinçait encore pour Roy. Elle aurait fait un foin de tous les diables et brisé le cœur de sa mère si la police avait essayé d'aller plus loin. Elle était comme ça, vous savez.

– Vous aussi ? demanda Sasha avec curiosité. Votre mère s'est montrée extrêmement protectrice. »

Ses yeux étincelèrent de mépris. « C'est elle qu'elle protégeait, personne d'autre. Elle pissait dans sa culotte en pensant à ce que diraient les voisins s'ils savaient que j'avais vu Cill chez Grace le samedi. Plus personne ne nous aurait adressé la parole.

– Quand le lui avez-vous dit ?

– Que Cill était chez Grace ? » Elle leva une épaule indifférente. « Je ne sais plus.

– C'est important, Mrs Fletcher. »

Louise abaissa le regard. « Pourquoi ? Qu'est-ce que ça peut bien faire ? Maman vous dira que je mens... Elle est comme Billy – tout le temps à réécrire l'histoire.

– Vous le lui avez dit le samedi, c'est ça ? »

Un bref signe de tête.

« Avant ou après être allées au commissariat ?

– Avant. »

C'était une véritable extraction dentaire, songea Sasha tandis que le silence retombait. Elle se demanda s'il s'agissait d'une stratégie délibérée et qui l'avait mise au point. « Ça s'est passé comment, exactement ?

– C'était un samedi. Elle ne travaillait pas ce jour-là.

– Et puis ?

– Nous étions à la cuisine quand le téléphone a sonné. C'était Jean Trevelyan qui voulait savoir si Cill était chez nous. Maman a dit que non et elle a raccroché, et puis elle m'a cuisinée. Qu'est-ce que j'avais fait ? Pourquoi est-ce que Cill avait fugué ? Qu'est-ce que je savais au juste ? Alors je suis allée jeter un coup d'œil chez Grace. Quand je suis rentrée, papa était à la maison. Il était furax parce qu'il s'était colleté avec David Trevelyan au boulot. Maman a dit que ce serait bien fait pour eux si Cill avait fichu le camp pour de bon, alors je leur ai dit qu'elle s'était planquée chez Grace.

– Votre mère a déclaré à la police qu'elle n'avait aucune idée de l'endroit où pouvait être Cill.

– C'est parce que David Trevelyan avait fait chier papa. Il a dit que ça lui ferait du bien de se faire un peu de bile. Puis les flics se sont pointés pour me demander de les accompagner au poste parce que j'étais la meilleure amie de Cill. Ce coup-ci, papa s'est *vraiment* foutu en rogne. Il voulait qu'ils m'interrogent à la maison, mais ils ont cité des règles à propos des interrogatoires d'enfants et papa s'est mis en tête que David l'avait cafté aux flics à propos de leur bagarre. C'est lui qui voulait que je dise aux flics que Cill couchait à droite à gauche, pour que les Trevelyan sachent que leur fille était une traînée.

– Parce que vos parents étaient au courant de ça ? »

Une volute de fumée sortit de la bouche de Louise. « Papa oui, dit-elle d'un ton cassant. Quant à maman, je n'en sais rien.

– Qui l'avait dit à votre père ?

– À votre avis ?

– Vous ?

– Plutôt crever ! rétorqua-t-elle sèchement. Je n'avais rien à y gagner. Pourquoi lui donner une raison de se mettre en pétard à cause d'elle ? Je croyais que vous aviez compris qu'il avait un faible pour elle. » Elle jeta un regard cynique à son interlocutrice. « C'est Cill qui le lui a dit. Elle était comme ça. Elle adorait que les mecs se battent pour elle. Papa, ça le rendait dingue de penser qu'elle avait laissé Roy aller jusqu'au bout. Et ça rendait *David* dingue de savoir qu'elle était tout le temps fourrée chez nous. » Elle esquissa un sourire sans joie devant l'expression scandalisée de Sasha. « Allons, allons ! Vous n'êtes pas née de la dernière pluie. À votre avis, pourquoi est-ce que ce salaud passait son temps à la rosser ? Ce n'était pas parce qu'il avait besoin d'exercice. C'est parce que sa femme était frigide et que ça le faisait jouir de cogner sur le cul de Cill. »

Pour être brutale, la tactique n'en était pas moins efficace, songea Sasha en regardant la photocopie de l'interview de Jean Trevelyan posée sur la table – « L'inquiétude d'une mère » ; elle se rappelait la voix énergique de David sur les bandes magnétiques. « Mr et Mrs Trevelyan savaient-ils que vous alliez chez Grace quand vous séchiez les cours ? »

Louise secoua la tête. « Non. À moins que Cill ne le leur ait dit.

– Mais vos parents le savaient ?

– Ils ne l'ont appris que plus tard, quand on a arrêté de sécher. Howard passait son temps à me casser les pieds à propos de Cill, alors je lui ai dit d'aller se faire foutre et il est allé pleurnicher chez sa mémé. Et voilà que Grace se pointe chez nous pour demander ce qui se passait. Il n'a pas fallu un quart de seconde à maman pour tout comprendre. Elle a traité Grace de tous les noms, lui a dit qu'elle avait du bol qu'elle ne la dénonce pas ; elle l'a accusée d'avoir hébergé des élèves absentéistes simplement pour que son bon à rien de petit-fils puisse baver devant deux ados. »

C'était comme les pièces d'un puzzle qui s'assemblaient. Toutes les bribes d'informations que Sasha avait obtenues, directement ou indirectement, trouvaient place dans le tableau. Elle réfléchit un instant. « Que faisait votre père au moment où vous êtes allées au commissariat, votre mère et vous ? demanda-t-elle.

– Aucune idée. Je suppose qu'il dormait. Il avait bossé toute la nuit.

– Il était à la maison quand vous êtes rentrées ?

– J'imagine que oui. Le samedi matin, on devait ne pas parler trop fort et je ne me rappelle pas qu'il y ait eu d'autres consignes ce jour-là. » Elle s'interrompit. « En tout cas, il était là l'après-midi. Je me souviens que j'ai regardé *Grandstand* avec lui. Il n'arrêtait pas de parler et de me demander ce que les flics avaient dit.

– Où était votre mère ? »

Louise tira sur sa cigarette. « Je n'en sais rien, répondit-elle avec un sourire narquois. Sans doute chez Grace en train de lui passer un nouveau savon.

– Vous en êtes sûre ?

– Bien sûr que non ! dit-elle d'un ton méprisant. Tout ce que je sais, c'est que Cill y était le samedi matin et qu'elle n'y était plus quand la police a trouvé le corps de Grace.

– Et le mardi matin ?

– Je ne l'ai pas vue, ce qui ne veut pas dire qu'elle n'y était pas. » Un nouveau sourire ironique. « Elle était peut-être à l'étage, en train de taillader cette pauvre vieille Grace.

– C'est peu probable, dit Sasha. Elle n'a laissé aucune empreinte dans toute la maison.

– Mais c'est pas vrai ! s'exclama Louise avec une nouvelle bouffée de mépris. Je ne parlais pas sérieusement. Comment voulez-vous que je sache où elle était ? Je l'ai bouclée parce que les parents ont perdu les pédales en apprenant que cette conne n'était toujours pas rentrée le lundi. Peut-être que l'un d'eux a filé là-bas voir ce qui se passait, mais, s'ils l'ont fait, ils ne m'ont rien dit... et le vendredi, plus personne n'était prêt à avouer quoi que ce soit.

– Vous avez bien dû y penser, quand même. Qu'est-ce qui a bien pu se passer, selon vous ?

– Qu'est-ce que ça peut foutre, ce que je pense ? Ce que je *sais*, c'est que ça a été un vrai cauchemar.

– Ça m'intéresserait de le savoir. »

Louise jeta un coup d'œil vers la porte qui donnait sur l'entrée. « Très bien, dit-elle brusquement. Howard est passé chez Grace le samedi après-midi, il y a trouvé Cill, il a persuadé Grace qu'elle était folle de l'héberger et lui a dit qu'il allait la raccompagner chez elle. Ce qui s'est passé ensuite, j'aime mieux ne pas y penser. Rappelez-vous qu'Howard était un vrai pervers. J'imagine que Cill a dû le faire marcher en lui racontant qu'elle avait couché avec Roy, et il a sûrement voulu en faire autant. Ils ont dû se battre et ça aura mal tourné. »

Sasha sentit entre les omoplates le même picotement que la première fois qu'elle était venue mais elle se força à ne pas tourner les yeux vers la porte. « Comment se fait-il que personne ne les ait vus ?

– Il faisait nuit. S'ils étaient partis de jour, tout le monde aurait su que Grace était dans le coup.

– Où a-t-il mis le corps ?

– Qu'est-ce que j'en sais, moi ? Pas trop loin de là où il l'a tuée, probablement. Ça dépend de l'endroit où il l'a emmenée. Il habitait Colliton Way et il y avait pas mal de terrains vagues derrière les maisons.

– On l'aurait retrouvée. »

Louise haussa les épaules. « C'est une zone industrielle maintenant. Elle s'est peut-être retrouvée dans les fondations d'une boîte quelconque. À l'époque, la nouvelle usine de Brackham & Wright était en chantier. Howard en parlait tout le temps parce qu'ils installaient des systèmes d'automatisation dernier cri. Sa mère avait la trouille qu'il y ait des licenciements économiques. »

Astucieux. *Trop astucieux ?* « Et ensuite, que s'est-il passé ? »

Louise fronça les sourcils. « Il est rentré chez lui.

– Non, je veux dire, que s'est-il passé avec Grace ?

– Howard l'a agressée avec un couteau à découper. Forcément. Elle a dû le bassiner en lui demandant pourquoi Cill n'était pas rentrée chez elle. Elle était tout le temps sur son dos pour qu'il se trouve une copine, mais elle n'avait pas envie qu'il s'en prenne à une fille de treize ans. Elle avait épousé un type bien plus âgé qu'elle et c'est ce qu'elle voulait pour Howard... Quelqu'un de maternel, qui lui donne de l'assurance mais n'attende rien de sexuel de sa part. Mais *lui*, il n'était pas d'accord. Le sexe, il n'avait que ça en tête. » Elle sourit devant l'expression de Sasha. « Ce n'est pas parce que quelqu'un est handicapé qu'il est forcément sympa, vous savez. Ils étaient franchement bizarres tous les deux, ils ne voyaient presque personne et ils en voulaient au monde entier. Ils n'arrêtaient pas de râler à cause de ça. »

Sasha se replongea ostensiblement dans ses notes. « J'ai du mal à voir à quel moment il aurait pu commettre ce crime, Mrs Fletcher. Sa mère lui a donné un alibi pour le lundi et le mardi, mais vous dites avoir vu du sang sur la fenêtre de Grace le mardi après-midi. C'est donc forcément quelqu'un d'autre qui l'a tuée.

– Je ne vois pas pourquoi. Qu'est-ce qui pouvait empêcher Howard de l'assassiner le lundi soir ?

– Il avait un alibi. Sa mère a dit qu'elle n'avait pas fermé l'œil de la nuit parce qu'elle se faisait du souci pour lui ; elle avait peur qu'il ne trouve pas de travail.

– C'est de Wynne que vous parlez ?

– Oui.

– Elle mentait comme un arracheur de dents.

– L'accusation n'a pas été de cet avis. C'est pour cela qu'ils ont affirmé que Grace était morte le mercredi.

– Ce n'est pas mon problème, dit franchement Louise, tendant le bras pour éteindre sa cigarette. Vous m'avez demandé mon avis, et je vous l'ai donné. Wynne était une poivrote – elle se descendait sa demi-bouteille de gin dans la nuit parce qu'elle ne supportait pas Howard et qu'elle ne supportait pas son boulot –, et je n'ai jamais entendu parler d'une alcoolo chronique qui passerait la nuit à se ronger les sangs pour son fils. Tout le monde le savait chez Brackham & Wright. Elle était dans l'équipe qui succédait à celle de mon père ; il lui arrivait d'être tellement bourrée qu'elle s'effondrait sur son établi, la tête entre les mains. À votre avis, pourquoi est-ce qu'elle avait tellement la trouille de se faire virer ? » Ses yeux pâles s'éclairèrent d'une brève lueur d'humour. « Posez la question à David Trevelyan. Il vous dira que c'est vrai. Tout le monde sait que la condamnation d'Howard lui a profité. Elle a ramassé l'argent de la vente de la maison de Grace et a été débarrassée de son crétin de fils. »

Sasha appuya son stylo contre la branche de ses lunettes et baissa les yeux sur son carnet.

« C'est bon ? Vous avez fini ?

– Juste deux ou trois questions encore, Mrs Fletcher. Vous disiez que c'était Cill qui avait parlé du viol à votre père... pourtant, si j'en crois votre frère, vous étiez brouillées et elle ne venait plus chez vous. » Elle leva les yeux en souriant. « Comment aurait-elle pu lui parler ? »

Louise ne répondit pas tout de suite. « Elle a dû lui téléphoner pendant que maman était au boulot. C'est le genre de trucs qu'elle faisait.

– Pas commode si elle était en classe toute la journée. Il n'y avait pas de portables en 1970. » Pas de réponse. « Et si ce n'est pas Cill, il n'y a que deux autres personnes qui ont pu le prévenir : Grace et vous.

– Et Billy ?

– Il n'aurait jamais dit que Cill ne l'avait pas volé, Mrs Fletcher. Grace aurait pu tenir ce genre de propos si vous lui aviez donné votre propre version des faits en allant chercher des vêtements propres. » Elle s'interrompit devant l'incompréhension manifeste de Louise. « J'essaie de comprendre pourquoi votre père vous a incitée à parler du viol à la police le samedi matin, alors que David Trevelyan lui avait cassé la figure quelques heures plus tôt seulement parce qu'il avait traité Cill de sale petite traînée qui n'avait pas volé ce qui lui était arrivé. La plupart des hommes – surtout ceux qui nourrissent une passion malsaine pour les très jeunes filles – ne font pas ça. Ils essaient de détourner l'attention de la police autant qu'ils le peuvent. »

Louise sortit une nouvelle cigarette. « Il la traitait tout le temps de pute.

– Seulement après le viol. Avant, il voulait la prendre sur ses genoux. Vous deviez être folle de jalousie.

– Quelle idée !

– C'était un père incestueux, Mrs Fletcher, et vous étiez sa petite princesse. Sa déception a-t-elle été trop manifeste quand Cill a arrêté de venir chez vous ? Que lui avez-vous dit ? Qu'elle préférait des relations sexuelles musclées avec Roy Trent aux pelotages d'un vieux cochon ? »

Il fallut à Louise une ou deux secondes pour arriver à approcher la flamme de sa cigarette. « Et alors ? Ça change quoi ?

– Ça change tout, Mrs Fletcher. Ça veut dire que vous êtes une menteuse et que vous étiez jalouse de votre amie. Et ça ajoute foi à la version de votre frère. » Elle s'interrompit. « Vous deviez être furieuse que tout le monde – les hommes comme les femmes – vous préfère toujours Cill. »

25

Les yeux pâles exprimaient tant de haine que Sasha s'avança prudemment vers le bord de son fauteuil. En théorie, l'équilibre des forces penchait en sa faveur. Elle était plus grande, plus costaud et plus jeune, mais elle était incapable de mesurer le degré de démence de Louise et ne se donnait guère de chances si celle-ci utilisait le lourd cendrier de verre comme arme. « Je suis désolée d'avoir été blessante, murmura-t-elle en se baissant pour ranger son carnet dans son attaché-case. C'était une remarque en l'air et je vous prie de m'excuser. »

Louise lui jeta un regard soupçonneux. « Qu'est-ce que vous fabriquez ? demanda-t-elle.

– Je n'ai déjà que trop abusé de votre patience.

– Vous n'avez pas fini, aboya l'autre. Vous ne voulez pas savoir comment mon père a réagi quand il a su que j'avais dit à la police que Cill s'était fait violer ? »

Cette fois, ce ne fut pas par feinte nervosité que Sasha se passa la langue sur les lèvres. Il y avait trop d'électricité dans l'air et elle n'avait pas suffisamment d'expérience pour gérer une situation aussi tendue.

« Bien sûr que si, si vous souhaitez m'en parler.

– Il a réagi comme d'habitude. Il m'a dit qu'il me ferait mon affaire dès que maman serait sortie.

– Et puis ? »

La cigarette trembla violemment entre les doigts de Louise. « Il a envoyé maman et Billy faire des courses, et puis il m'a enculée à m'en faire crever devant *Grandstand*. Je me souviens même du programme – une course de chevaux. Je ne peux plus voir ces foutues bestioles, et il y en a sur tous les écrans de cette baraque. » Elle émit un rire dur. « Le viol de Cill, vous n'avez tous que ça à la bouche. Et le *mien* ?

Tire-toi, chuchota le patron de Sasha à son oreille. *Trevor l'observe... elle ne va pas tarder à péter les plombs.*

C'était vrai. La colère brûlait à nouveau dans les yeux de la femme comme un incendie de forêt attisé par le vent. « Vous ne dites plus rien ? Ça vous en bouche un coin, hein ? Vous imaginez un peu les dégâts qu'un adulte peut faire sur une gamine maigrichonne ? Selon vous, pourquoi est-ce que je n'ai jamais eu de bébé ? »

Sasha porta une main à sa bouche. « J'essaie de trouver des... des *mots*. Je ne suis pas qualifiée pour vous répondre, Mrs Fletcher. Vous devriez consulter un avocat ou un spécialiste des abus sexuels. »

La dérision de Louise fut écrasante. « Ça t'est déjà arrivé de te faire enculer, chérie ? Ça m'étonnerait même que tu aies déjà couché avec quelqu'un. Tu dois consulter un avocat chaque fois qu'un type te reluque, pour que ton précieux petit cul reste intact. *Cill* ne s'est jamais fait enculer, elle – tringler par un trio de bouffons, peut-être, mais jamais enculer. Dommage. Ça m'aurait permis de souffler un peu. »

Surtout, ne la contrarie pas...

« Je suis désolée, bredouilla Sasha. Avez-vous envisagé d'engager des poursuites contre votre père ? Il n'y a pas prescription pour ce genre de délits... Je suis sûre que votre frère vous soutiendrait. Il a été le premier à se poser la question sur d'éventuelles relations incestueuses entre votre père et vous. »

La femme la fixa du regard. « Papa nous a versé un bon paquet de fric à Micky et moi pour qu'on ferme notre gueule.

– À quel sujet ?

– Micky avait un couteau... il a dit à mon vieux qu'il lui couperait la bite s'il ne payait pas pour ce qu'il avait fait. » Elle s'enfonça dans le silence, parcourant en esprit un sombre couloir de temps qui n'en finissait pas. « Il était mort de trouille... il tremblait chaque fois qu'il posait les yeux sur moi. Je lui rappelais Cill. Une réaction pareille, franchement, il y a de quoi crever de rire. »

La voix de son patron grésilla dans ses lunettes équipées d'un récepteur miniature, l'exhortant à partir. Sasha l'ignora. « C'est lui qui tué Cill, Mrs Fletcher ? Votre frère prétend que vous savez ce qui lui est arrivé. »

La femme remua. « C'était Howard, dit-elle d'une voix mécanique.

– C'est Roy Trent qui vous a conseillé de dire ça ? »

La bouche de Louise se tordit dans un sourire cynique et pendant un moment elle donna l'impression d'être prête à acquiescer.

« Fais pas la conne, Lou, dit une voix d'homme sur le seuil de la pièce. Tout va bien. Ton orgueil en a pris un coup, c'est tout. T'énerve pas, tu veux ? »

Le cœur de Sasha fit un bond dans sa poitrine. *Colley Hurst ?* Elle jeta un regard oblique au nouveau venu. Il avait des cheveux foncés, qui commençaient à grisonner. *Tire-toi*, répéta la voix de son patron à son oreille. Elle tendit une nouvelle fois la main vers sa mallette.

La femme jeta un regard assassin à l'arrivant. « Je suis chez moi, Roy. Ici, c'est moi qui décide.

– Peut-être, mais tu es en train de te ridiculiser, lança-t-il d'un ton acerbe avant de se tourner vers Sasha. Prenez vos affaires mon petit, je vous raccompagne. »

Pendant une fraction de seconde, Louise sembla disposée à se plier à son autorité. Une expression de résignation se dessina sur son visage et elle se pencha pour abandonner sa cigarette dans le cendrier avant de se lever. Mais il se passa quelque chose. Peut-être Roy s'était-il montré trop insistant. Peut-être Sasha attira-t-elle l'attention en bougeant. Peut-être Louise entendit-elle la voix métallique qui bourdonnait dans la branche de ses lunettes. Toujours est-il que le déchaînement de fureur qui en résulta dépassa tout ce que Sasha avait jamais vu ou imaginé.

Tout se déroula si vite qu'elle ne put qu'assister, paralysée d'effroi, à l'explosion d'énergie de Louise qui se jeta sur Roy, lui frappant la tête et les yeux à l'aide du cendrier, le bourrant de coups de genou et de coups de pied, le faisant tomber par terre. « C'est toujours *toi* qui passes avant tout le monde... il faut *te* protéger... garder *tes* sales petits secrets. »

Tout au fond de l'esprit de Sasha demeurait l'espoir insensé d'assister à un spectacle mis en scène à son intention ; elle était encore en train de se redresser quand Louise abattit le lourd objet de verre sur la tempe de Roy. Elle se précipita en avant, paniquée, renversant la table basse. « Mrs Fletcher ! MRS FLETCHER ! Je vous en prie, ARRÊTEZ ! Vous allez le tuer. »

La femme ne l'entendit pas, ou bien Sasha était trop insignifiante pour qu'elle lui prête attention. Ce n'était plus le moment de débattre des mérites respectifs de telle ou telle méthode. La réaction instinctive de Sasha fut de mettre fin à cette lutte effroyable. Elle plongea en avant pour attraper Louise par les poignets. Lorsque celle-ci se retourna contre elle, elle eut l'impression d'être emportée par une tornade, un tourbillon frénétique. Sasha sentit son épaule dévier sur un pied de la table basse avant que le bord inférieur du plateau s'enfonce dans sa colonne vertébrale, lui coupant le souffle.

Si une réflexion tactique lui traversa l'esprit, elle n'en garda pas le souvenir. Elle serra les dents et s'agrippa de toutes ses forces aux mains de l'autre, déjouant toute tentative pour lui écraser le cendrier sur le visage. Allongée sur le dos, incapable de se relever parce qu'elle était coincée entre les pieds de la table, elle livra une lutte désespérée et moite pour maintenir son adversaire à distance.

Elle se rappela avoir pensé que son patron serait furieux à cause des lunettes, qui se trouvaient sous elle, en morceaux. Elle se rappela avoir pensé qu'il fallait qu'elle maigrisse en sentant le dos de sa veste se déchirer. Elle se rappela avoir pensé que sa mère lui avait appris que les filles comme il faut ne se battent pas comme des chiffonniers. Et, surtout, elle se rappela avoir pensé que si elle s'en sortait, elle donnerait sa démission sur-le-champ. La peur resserra son étreinte quand le genou de Louise s'enfonça dans son ventre, l'empêchant encore plus de respirer. Si seulement elle avait écouté George et Jonathan !

Au bout de combien de temps décida-t-elle d'essayer de parler à la femme, de lui dire n'importe quoi ? Des heures ? Des secondes ? Elle n'en savait rien.

« Ça ne sert à rien... de faire ça, grinça-t-elle, arrivant péniblement à extraire un souffle d'air de ses poumons. Nous *savons*... ce qui s'est passé. »

Louise lâcha le cendrier qu'elle tenait dans sa main gauche. « Personne n'en sait rien, sauf Roy et moi », gronda-t-elle, écartant les mains pour écraser les bras de Sasha contre les arêtes des pieds de la table de façon à l'obliger à relâcher son étreinte. « Micky est mort et Nick ne se souvient de rien.

– Alors, c'est à *vous*... de nous le dire », réussit à chuchoter Sasha.

Louise rapprocha à nouveau ses mains, se préparant à répéter le même geste. « Nick me tuera. »

Sasha banda toutes ses forces pour maintenir ses poignets l'un contre l'autre. « Pas si nous... pouvons le *prouver* », grommela-t-elle.

La pression se relâcha imperceptiblement et, cette fois, ce fut Sasha qui écarta brutalement les bras, suffoquant de douleur lorsque le bord acéré du bois entailla la chair de son bras au même endroit qu'auparavant. Mais la tactique fut d'une efficacité spectaculaire. Le choc de l'impact projeta le cendrier à l'autre bout de la pièce et, par chance plus que par calcul, déséquilibra la plus menue des deux femmes, faisant rouler Sasha dans une posture disgracieuse. Lorsque les pieds de la table cédèrent sous son poids, elle prit une profonde inspiration, et passa une jambe au-dessus de la femme qui se tortillait, la clouant au sol.

« ÇA SUFFIT ! hurla-t-elle. Je ne suis PAS Cill Trevelyan. »

COMMISSARIAT DE POOLE

CENTRE ADMINISTRATIF POOLE DORSET BH15 2SE

PROCÈS-VERBAL

Date :	lundi 26.05.03
Heure :	12 h 23
Procès-verbal établi par :	Agents Alan Clarke et Mary Chambers
Objet :	Troubles de l'ordre public à Palencia, Frean Street, Sandbanks

Des troubles ont été signalés à 12 h 23 par Duncan Bartholomew de WCH Investigations. Une ambulance a été appelée à la même heure. Les agents Clark et Chambers sont arrivés à Palencia en moins de dix minutes. Cinq personnes se trouvaient dans la maison : Mrs Priscilla Fletcher (locataire/occupante), Mr Roy Trent (visiteur), Mr Duncan Bartholomew (associé de WCH Investigations), Miss Sasha Spencer (employée de WCH Investigations), Mr Trevor Paul (employé de Bentham Enquiry Agents). Bartholomew, Spencer et Paul sont des enquêteurs accrédités.

Miss Spencer a fait état d'une bagarre entre Mr Trent et Mrs Fletcher, puis entre Mrs Fletcher et elle-même lorsqu'elle a cherché à intervenir. Mr Trent avait été frappé à plusieurs reprises à la tête à l'aide d'un gros cendrier, mais il s'était redressé et était assis au moment où les agents sont arrivés sur les lieux.

Les secours médicaux sont intervenus cinq minutes plus tard. Après avoir refusé toute assistance médicale, Mr Trent a accepté de monter dans l'ambulance pour aller se faire soigner au centre hospitalier de Poole. Il souffrait de troubles de l'accommodation et de l'équilibre. Les médecins ont diagnostiqué une grave commotion cérébrale. On lui a demandé de rester à l'hôpital jusqu'à ce que les agents Clarke et Chambers aient pu prendre sa déposition. Son adresse – La Couronne, Highdown – a été communiquée par Mrs Fletcher.

Mrs Fletcher a reconnu que Miss Spencer était venue chez elle à son invitation, et que Mrs Bartholomew et Mr Paul s'étaient portés au secours de Miss Spencer après avoir constaté que la situation avait dégénéré. Ils nient s'être introduits dans la maison par effraction. Mrs Fletcher a reconnu avoir laissé sa porte d'entrée ouverte au moment de l'arrivée de Miss Spencer, ce qui a permis à Mr Bartholomew et à Mr Paul de s'introduire sur place. Elle les a remerciés pour leur aide.

Mrs Fletcher a déclaré avoir conduit son mari Mr Nicholas Fletcher pour un contrôle au centre hospitalier de Poole le matin même. Elle est manifestement terrifiée à l'idée de devoir l'affronter, lui ou Mr Trent, et a refusé de rester chez elle, craignant leur retour. Elle a également refusé de déposer immédiatement et demandé à être conduite au commissariat pour y faire une déposition écrite.

Après avoir accompagné tout le monde à l'extérieur de la maison, les agents Clarke et Chambers ont fermé la porte à clé et ont conduit Mrs Fletcher au commissariat de Poole. Ils se sont ensuite rendus à l'hôpital pour prendre la déposition de Mr Trent. Sur son conseil, les agents Clarke et Chambers l'ont autorisé à informer Mr Fletcher de ce qui s'était passé. Mr Fletcher s'est mis colère, mais il a accepté de loger à La Couronne de Highdown comme le lui proposait Mr Trent en attendant que toute cette affaire soit éclaircie.

COMMISSARIAT DE POOLE

CENTRE ADMINISTRATIF POOLE DORSET BH15 2SE

DÉPOSITION DE TÉMOIN

Date :	26.05.03
Heure :	16 h 30
Témoin :	Priscilla Fletcher, alias Priscilla Fletcher Hurst, alias Louise Burton, alias Daisy Hopkinson, alias Cill Trent
Déposition prise par :	Inspecteur John Wyatt, inspecteur principal Peter Hughes
En présence de :	Miss Sasha Spencer (à la demande du témoin)
Objet :	Assassinat de Priscilla « Cill » Trevelyan dans la nuit du 30 au 31 mai 1970.

Cette déposition a été rédigée à partir de notes prises au cours d'un entretien avec Priscilla Fletcher. Elle reconnaît qu'il s'agit d'un compte rendu complet et fidèle de ses propos, et l'a signé.

Mon père a commencé à abuser de moi quand j'avais onze ans. Je pense que ma mère savait ce qui se passait, mais le sujet n'a jamais été évoqué entre nous. Quand Cill est devenue mon amie, j'ai cherché à la dissuader de venir chez nous parce que je savais qu'elle plaisait à mon père. Elle n'était pas heureuse chez elle et préférait aller chez les autres. Quand nous manquions l'école, nous allions généralement chez Grace Jefferies, où nous retrouvions souvent Howard.

J'ai commencé à être jalouse de Cill parce qu'elle était beaucoup plus populaire que moi. Je n'avais pas beaucoup d'amies à l'école. Il faut dire que les autres filles n'appréciaient pas l'attitude de mon père à leur égard. Howard ne m'aimait pas non plus, parce que je l'avais souvent taquiné par le passé. Nos professeurs me reprochaient d'avoir une mauvaise influence sur Cill et ses parents me rendaient responsable de tous ses problèmes. Ils en avaient parlé aux miens. C'est parce que j'étais jalouse que nous nous sommes battues à l'école le vendredi 29 mai.

Après le coup de fil de Mrs Trevelyan le samedi matin [30 mai] pour prévenir ma mère que Cill n'avait pas dormi dans son lit la nuit précédente, je suis allée faire un tour chez Grace Jefferies. Cill était à la cuisine en train de manger de la glace et ça m'a bien fait rire parce que ma mère m'avait dit que Jean Trevelyan était dans tous ses états. C'est ce qui m'a décidée à ne pas prévenir mes parents ni la police. J'ai été encore plus décidée à ne rien dire quand ma mère s'est fâchée parce que la police avait laissé entendre que nous savions où était Cill. Je ne pouvais pas la contredire sans me faire punir.

J'ai parlé du viol aux policiers pour que Cill ait encore plus de problèmes avec son père. Il disait toujours que, s'il apprenait qu'elle avait couché avec un garçon, il ne voudrait plus la voir de sa vie. J'étais encore fâchée à cause de notre dispute de la veille. Elle m'avait frappée et tiré les cheveux. Je voulais me venger en lui compliquant la vie.

Je n'avais pas dit à mon père que Cill s'était fait violer parce que je ne voulais pas qu'il ait pitié d'elle. J'ai préféré lui dire qu'elle avait accepté de coucher avec trois garçons. Ça l'a vexé et il s'est mis à la traiter de « pute ». Quand il a dit à Mr Trevelyan qu'elle « ne l'avait pas volé », il faisait allusion à une éventuelle grossesse, parce que je lui avais dit que Cill n'avait pas eu ses règles. Ce n'était pas vrai, mais mon père était plutôt content parce qu'il trouvait que les Trevelyan étaient des snobs. Après la disparition de Cill, il m'a dit de répéter ça à la police pour que David Trevelyan sache enfin ce que valait sa fille.

Peu après notre retour du commissariat, le samedi 30 mai, ma mère m'a demandé de monter dans ma chambre pour qu'elle puisse raconter à mon père ce que j'avais dit à la police. J'ai désobéi. Je suis allée à la cabine téléphonique de Bladen Street pour appeler Roy Trent. Je m'étais liée avec Roy Trent, Micky Hopkinson et Colley Hurst parce que Howard n'arrêtait pas de se plaindre d'eux à Cill et à Grace. Je savais déjà que j'avais plus de choses en commun avec des adolescents en rupture qu'avec des paumés comme Howard Stamp et Grace Jefferies. Je comprends maintenant que je cherchais des gens aussi malheureux que moi, et qui se sentent aussi minables.

Il est vrai que je suis allée demander à Trent, Hopkinson et Hurst de faire peur à Cill Trevelyan. C'est moi, aussi, qui ai organisé le rendez-vous avec eux et ça m'a agacée que Cill insiste pour que mon frère nous accompagne. Mais je n'ai jamais suggéré aux garçons de la violer. Je leur avais demandé de faire comme s'ils l'aimaient et de l'envoyer bouler ensuite. Mes sentiments à propos du viol étaient ambigus. J'étais contente que Cill se soit fait violer, mais je n'arrivais pas à m'enlever de la tête que Trent, Hopkinson et Hurst l'avaient fait parce qu'elle leur plaisait.

Ça m'a fâchée. Je n'ai pas donné leurs noms, mais je les ai décrits assez bien pour qu'on puisse les identifier. Ils étaient bien connus de la police pour absentéisme scolaire, vols à la tire et vandalisme, et il leur arrivait assez souvent de se faire reconduire chez eux pour ivresse sur la voie publique quand ils traînaient dans Colliton Park ou dans le terrain vague qui se trouvait derrière Colliton Way (là où se trouve aujourd'hui la zone industrielle de Colliton). J'espérais que Trent, Hopkinson et Hurst auraient la frousse et seraient embarrassés d'avoir été convoqués pour être interrogés. J'espérais bien qu'il arriverait la même chose à Cill dès qu'elle rentrerait chez elle.

J'ai téléphoné à Roy Trent chez sa mère le samedi 30 mai 1970 vers midi et demi. Je lui ai dit ce que j'avais raconté à la police. Je voulais qu'il sache que cette histoire de viol m'avait vraiment fâchée. Il m'a dit que j'étais folle d'avoir fait ça, que Micky Hopkinson avait un couteau et qu'il me le ferait payer à la première occasion. Je lui ai conseillé de tout nier. Je n'avais pas donné leurs noms et j'étais d'accord pour ne pas les identifier. Je n'avais pas non plus dit à la police que mon frère, William, avait assisté à la scène. Roy m'a répondu que c'était bien joli, que, de toute façon, Cill n'aurait pas de mal à les identifier.

Il m'a demandé où était Cill Trevelyan, et je lui ai dit qu'elle se cachait chez Grace Jefferies. Il m'a dit de retourner chez Grace et de convaincre Cill d'aller plutôt chez Howard Stamp, Colliton Way. Je lui ai dit qu'elle n'accepterait jamais, parce qu'elle savait parfaitement que Trent, Hurst et Hopkinson habitaient la même rue. Roy l'a admis. Il m'a demandé alors de la persuader de rentrer chez elle en sortant de la maison par-derrière, par la ruelle. Il m'a dit d'attendre qu'il fasse nuit, et d'y aller vers 20 h 30.

J'ai refusé. Je lui ai dit que je me fichais pas mal que Cill ne rentre jamais chez elle et que, de toute façon, j'étais bien contente que Mr et Mrs Trevelyan en bavent. La communication a été coupée avant la fin, parce que je n'avais plus d'argent. Je n'ai pas compris ce que Roy Trent avait l'intention de faire. Je pensais qu'il voulait menacer Cill pour l'obliger à se taire. Si aucune de nous ne dénonçait formellement Trent, Hurst et Hopkinson, la police laisserait tomber.

Sur le moment, je n'avais pas l'intention d'obéir à Roy Trent. Mais il se trouve que ma mère avait raconté à mon père ce que j'avais dit à la police, et que j'avais parlé de viol collectif. Il était furieux à cause de ce qu'il avait dit à David Trevelyan la nuit précédente. Pour me punir, il a envoyé ma mère et mon frère faire des courses et m'a sodomisée devant la télévision. Je n'avais qu'une pensée en tête : que c'était bien pis que ce que Cill avait subi. J'ai saigné pendant des jours et je ne pouvais en parler à personne. Le mercredi, j'ai commencé à avoir des évanouissements. Ma mère a demandé à mon père d'appeler le médecin et bien que je n'aie pas dit au docteur ce qui n'allait pas, mon père a eu peur.

À la suite de cet incident du samedi après-midi, j'ai été complètement déboussolée. Je comprends aujourd'hui que je ne savais plus où j'en étais et que j'étais terrorisée, mais j'étais sûre qu'on allait tout me mettre sur le dos : le viol, la bagarre, la fugue de Cill, le fait que je n'aie pas dit à la police que je l'avais vue chez Grace. Et puis j'avais peur que Trent, Hurst et Hopkinson ne s'en prennent à moi si Cill les identifiait. Je sais aujourd'hui que j'ai dirigé contre Cill toute la haine que j'aurais dû diriger contre mon père, mais j'étais trop perturbée pour m'en rendre compte sur le coup.

À 20 h 15, le samedi 30 mai, j'ai dit à mes parents que j'allais me coucher. Ils regardaient la télévision avec mon frère et n'ont pas fait attention à moi. J'ai fermé la porte du salon et j'ai filé dans la rue. J'ai dû être absente environ une demi-heure, mais je ne sais pas si l'un ou l'autre de mes parents l'a remarqué. Ils ne m'en ont jamais parlé.

J'ai traversé Mullin Street en courant jusqu'à Bladen Street et j'ai pris la ruelle qui passait derrière la maison de Grace. Trent, Hurst et Hopkinson m'y attendaient. Pourtant, j'avais prévenu Trent que je ne viendrais pas. Ils m'ont dit qu'ils voulaient faire peur à Cill pour qu'elle ne donne pas leurs noms à la police, et je les ai crus. Ils m'ont menacée aussi. J'ai promis de ne rien dire.

Je n'ai pas eu de mal à entrer chez Grace parce que la porte de la cuisine était ouverte. Elle était au salon avec Cill. Les rideaux étaient tirés, et elles regardaient la télé. Cill n'a pas été contente de me voir, mais Grace était drôlement soulagée. Elle se faisait du souci parce que les journaux avaient parlé de la disparition de Cill et elle lui avait déjà demandé de rentrer chez elle. J'ai dit à Grace que j'avais été interrogée dans la matinée et que la police avait déclaré que la personne qui hébergeait Cill aurait de graves ennuis. Grace a été tellement inquiète qu'elle s'est fâchée contre Cill et lui a ordonné de partir. Cill a fondu en larmes et a refusé, alors j'ai aidé Grace à la traîner à travers la cuisine jusqu'au jardin. Grace a refermé la porte à clé derrière nous.

Je savais que Cill allait m'arracher les yeux, j'ai donc couru jusqu'à la clôture. J'ai aperçu Trent, Hurst et Hopkinson derrière l'abri de jardin de Grace. Je ne leur ai pas parlé et je ne les ai pas entendus parler à Cill. Je suis sortie par la grille et j'ai couru jusque chez moi. J'étais sûre que le lendemain matin on me dirait que Cill était rentrée chez elle.

Je ne me rappelle pas grand-chose de ce qui s'est passé les jours suivants parce que j'étais terrifiée, à la fois par mes hémorragies anales et par le fait que Cill ne soit pas revenue. Je suis allée à l'école le lundi et le mardi, mais j'ai passé l'essentiel de mon temps à me cacher et à pleurer. Les professeurs et les élèves ne m'ont manifesté aucune sympathie ; ils estimaient que c'était ma faute si Cill s'était fait exclure. Le mardi après-midi, j'ai commencé à me demander si Cill n'était pas revenue chez Grace Jefferies, et je me suis introduite dans son jardin en rentrant du collège.

J'ai regardé à l'intérieur du salon par les portes-fenêtres. Il y avait du sang sur une des vitres et la pièce était sens dessus dessous. J'ai eu trop peur pour essayer d'entrer par la porte de la cuisine et je suis immédiatement rentrée chez moi. À partir de ce moment-là, mes évanouissements et mes crises de nerfs sont devenus si graves que mes parents ne m'ont plus envoyée en classe et que ma famille a finalement été relogée.

Je n'ai eu aucun contact avec Trent, Hurst et Hopkinson avant qu'Howard Stamp ne passe aux aveux pour le meurtre de Grace. Je savais qu'on les avait interrogés et relâchés à propos du viol de Cill. Mais je n'avais pas assez confiance en eux pour appeler Roy Trent sans être sûre que c'était Stamp qui avait tué sa grand-mère. Il m'a dit qu'ils avaient menacé Cill de lui casser la figure si elle donnait leurs noms, puis qu'ils lui avaient dit de rentrer chez elle. Ils n'avaient pas la moindre idée de ce qui avait pu se passer ensuite, mais ils pensaient qu'elle avait dû aller retrouver Howard Stamp et qu'il avait perdu les pédales avec elle comme il l'avait fait avec Grace. Il a dit qu'Howard s'était conduit comme un cinglé entre la disparition de Cill et sa propre arrestation. Mais aucun de nous n'a pu le signaler à la police à cause du rôle que nous avions joué dans cette affaire.

Voilà tout ce que je sais de première main et voilà à quoi s'est limitée ma participation au meurtre de Cill Trevelyan. Tout ce que je sais d'autre m'a été raconté bien des années plus tard par mon premier mari, Michael « Micky » Hopkinson.

Micky a toujours eu plus de remords que Roy Trent et Colley Hurst. C'est pour ça qu'il se droguait et qu'il buvait. À dix-sept ans, il était accro à l'héroïne et il l'est resté jusqu'à sa mort par overdose en 1986. Nous avons été mariés douze ans et il avait trente ans quand il est mort. Pendant toutes ces années, il m'a incitée à me droguer, m'a contrainte à la prostitution pour que nous puissions acheter de la drogue ; il a été condamné plusieurs fois à de la prison pour détention de stupéfiants et vol. Il a aussi fait chanter mon père pour que je ne dise rien à propos des abus qu'il m'avait fait subir.

Je comprends aujourd'hui que ce que Micky m'imposait n'était qu'une autre forme de maltraitance. C'est un modèle que j'ai reproduit par la suite dans mes relations conjugales avec Roy Trent et Nicholas « Colley » Fletcher Hurst. Nous étions liés par ce qui s'était passé le 30 mai 1970. Mais j'étais loin d'imaginer à quel point ce que je savais pouvait les mettre en danger, jusqu'à ce que, peu avant sa mort, Micky m'avoue l'assassinat de Cill.

Voici ce qu'il m'a raconté :

Trent, Hurst et Hopkinson ont coincé Cill au moment où elle sortait du jardin de Grace. Colley Hurst lui a mis la main sur la bouche pour l'empêcher de crier. Comme elle se débattait, Micky lui a montré son couteau et lui a dit qu'il s'en servirait si elle ne faisait pas ce qu'on lui disait. Elle a laissé Roy lui enfoncer un mouchoir dans la bouche et lui attacher les mains dans le dos. Ils l'ont conduite dans le terrain vague de Colliton Way. Roy et Colley avaient passé leurs bras autour de ses épaules, et Micky marchait derrière, enfonçant le couteau dans son dos. Il dit qu'elle a pleuré pendant tout le trajet, mais que personne n'a rien remarqué. Ils ont pourtant croisé quelques piétons et des voitures.

Ils n'avaient pas l'intention de la tuer, mais la situation a dérapé quand Roy et Colley ont décidé de la violer encore une fois. Les deux garçons avaient beaucoup bu depuis que j'avais appelé Roy, à midi, et Micky pense qu'elle est morte étouffée parce qu'ils n'ont pas retiré le bâillon de peur qu'elle ne recommence à crier. Il m'a dit que ça s'était passé comme lors du premier viol. Ils n'ont remarqué qu'elle était morte que parce qu'elle ne bougeait plus depuis plusieurs minutes. Il n'a jamais précisé s'il avait participé au viol, mais je pense que oui.

Il m'a dit qu'ils avaient dissimulé son corps dans un puits des forages de prospection creusés pour la construction de la nouvelle usine Brackham & Wright. Ils ont balancé des gravats par-dessus puis sont rentrés chez eux se changer. Roy avait suffisamment dessoûlé pour comprendre que, si la police les coinçait pour le premier viol, ils trouveraient du sang et des cheveux de

Cill sur les vêtements qu'ils portaient ce soir-là. Micky a dit qu'il les avait obligés à se changer puis à traverser toute la ville pour aller jeter leurs vêtements dans une poubelle.

Ils pensaient qu'ils ne s'en sortiraient pas, mais, quelques semaines plus tard, tous les puits ont été comblés sans avoir été inspectés. D'après Micky, le corps de Cill se trouve sous la pelouse où les ouvriers prennent leur déjeuner en été.

Je ne sais rien à propos du meurtre de Grace Jefferies. Micky ne m'en a jamais parlé, et Roy a toujours nié que sa bande y ait été mêlée. Je ne peux que supposer qu'Howard avait appris par Grace que Cill s'était cachée chez elle et qu'il s'est mis en colère parce qu'elle ne l'avait pas prévenu. Cill lui inspirait un intérêt pervers, ce qui pourrait expliquer qu'il n'en ait pas dit un mot à son procès.

Depuis le 30 mai 1970, ma vie a été dirigée et contrôlée par Roy Trent. Pendant de longues années, cette dépendance a été aggravée par ma toxicomanie. À l'époque de mon mariage avec Micky, il était notre principal fournisseur. À la mort de Micky en 1986, Roy a pris le relais ; il est devenu mon proxénète pour que je ne puisse pas lui échapper. Il dirigeait toute une équipe de prostituées, dont sa femme, Robyn Hapgood. Roy m'a épousée en 1992 à un moment où j'étais vraiment au fond du trou, à deux doigts du suicide. À l'époque, je lui en ai été reconnaissante.

Quand on a diagnostiqué chez Colley Hurst des lésions cérébrales dues aux coups que lui avaient portés des membres de la Metropolitan Police en 1998, Roy a compris qu'il toucherait d'importants dommages et intérêts. Il a invité Colley à loger chez nous à

La Couronne pour être sûr d'être là quand l'argent tomberait. L'espérance de vie de Colley n'était pas brillante, et il n'avait pas de famille. Ce que Roy voulait, c'était obtenir de Colley une procuration, et qu'il fasse de lui son légataire universel.

Cela faisait un certain temps que j'avais changé de prénom. J'ai choisi celui de Priscilla, mais Roy m'appelait toujours Cill. Ça l'amusait. Colley est un homme gravement malade, il souffre d'amnésie. Mais il n'a jamais oublié Cill Trevelyan. S'il ne se rappelle pas qu'ils l'ont tuée, il sait qu'elle a beaucoup compté pour lui. Il me prend pour Cill Trevelyan parce que Roy m'appelait Cill quand il est arrivé à La Couronne et qu'il est sûr de me connaître depuis longtemps.

Depuis qu'il s'est fait tabasser, Colley a peur des gens et cette terreur le rend violent. À l'époque où on l'hébergeait, Roy et lui se sont bagarrés plus d'une fois à cause de ça. De même qu'il se rappelle vaguement qu'il aimait Cill, il n'a pas oublié que Roy est quelqu'un qu'il faut craindre et dont il faut se méfier. Roy était le chef de leur bande, et je suis sûre qu'une partie du cerveau de Colley se rappelle qu'il leur a attiré des ennuis. Quand il piquait des crises, j'étais la seule à pouvoir le calmer, alors Roy s'est dit que ce serait une bonne idée que j'épouse Colley et que je m'installe avec lui dans une maison isolée, où il n'aurait pas besoin de voir du monde. Il a promis de veiller sur moi par l'intermédiaire de caméras reliées vingt-quatre heures sur vingt-quatre à un moniteur installé dans la cuisine de La Couronne.

L'idée m'a plu, je l'admets. Si j'épousais Colley, j'hériterais automatiquement de tout son argent. L'arrogance et le despotisme de Roy apparaissent dans sa certitude que je reviendrais vivre avec lui à la mort de Colley. Nous avons déménagé, Colley et moi, dans la villa Palencia de Sandbanks en août 2001 (le loyer a d'abord été payé par Roy). Nous nous sommes mariés en novembre 2001. Désormais, nous nous sommes appelés Mr et Mrs Nicholas Fletcher. C'était la première fois depuis trente ans que j'échappais à l'influence de Roy Trent et j'en ai profité pour me désintoxiquer en arrêtant brutalement. La paranoïa de Colley m'a facilité les choses, parce qu'elle m'obligeait à ne pas le lâcher d'une semelle. C'est peut-être un homme violent et dangereux, mais il a compris ce que je pouvais endurer et il m'a aidée comme personne ne l'a jamais fait.

Je reconnais également que cela fait deux ans que j'envisage de dénoncer Roy Trent, Colley Hurst et Micky Hopkinson pour le meurtre de Cill Trevelyan. Je reconnais aussi que cette démarche me permettrait de mettre la main sur l'argent de Nicholas « Colley » Fletcher Hurst. On m'a laissé entendre qu'il est bien commode qu'un des témoins du meurtre de Cill soit mort (Micky) et l'autre amnésique (Nick/Colley). Tout ce que je peux répondre, c'est que j'avais peur : en parlant plus tôt, j'aurais pu subir le même sort que Cill.

Je crois que Roy se méfie de moi depuis que j'ai décroché de l'héro. S'il a installé des caméras à Palencia, c'est aussi pour surveiller mes fréquentations. Il a su, par exemple, que mon frère était passé me voir avant que je le lui aie dit. Il savait aussi que Miss Sasha Spencer avait laissé sa carte. Je lui ai parlé de ces deux visites pour dissiper ses soupçons, mais je ne lui ai pas dit que j'avais accepté un entretien avec Miss Spencer.

J'espérais que, si j'éteignais l'ordinateur qui se trouve chez nous, il croirait à un pépin technique, mais ça n'a fait qu'éveiller sa méfiance. Il a les clefs de la maison depuis notre emménagement, en août 2001. Il est passé par-derrière parce qu'il avait repéré la camionnette de WCH Investigations dans la rue. Je l'ai entendu entrer. C'est pour ça que j'ai donné à Miss Spencer une version des faits qui tendait à incriminer Howard Stamp. C'est ce que Roy m'avait conseillé de dire quand Miss Gardener et le Dr Hughes ont commencé à s'intéresser à Cill. Mais quand il a fait mine de raccompagner Miss Spencer à la porte, j'ai compris que j'allais payer cher mon manquement aux règles.

Si j'avais su que les collègues de Miss Spencer suivaient notre conversation, j'aurais eu le courage de raconter ce qui s'était vraiment passé. Ils croyaient que mon mari était là et étaient prêts à intervenir parce qu'ils savaient que c'est un homme violent. J'ai parfaitement conscience des droits à la protection de la vie privée et à la sécurité de l'information que me donne la loi, mais je ne désire pas engager de poursuites du fait de l'intervention de Mr Duncan Bartholomew et de Mr Trevor Paul ce matin. Je les remercie de l'aide qu'ils m'ont apportée en appelant la police et une ambulance.

Je suis heureuse d'avoir enfin soulagé ma conscience. Je confirme que tout ce que j'ai dit dans cette déposition est exact.

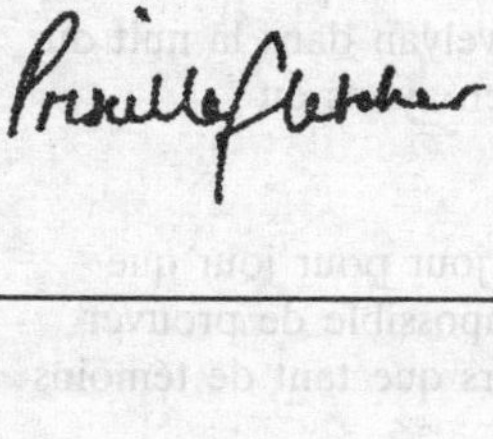

COMMISSARIAT DE POOLE

CENTRE ADMINISTRATIF POOLE DORSET BH15 2SE

DÉPOSITION DE TÉMOIN

Date :	27.05.03
Heure :	17.00
Témoin :	Roy Trent
Déposition prise par :	Inspecteur John Wyatt, inspecteur principal Peter Hughes
En présence de :	sans objet (le témoin a refusé la présence d'un avocat)
Objet :	Assassinat présumé de Priscilla « Cill » Trevelyan la nuit du 30 au 31 mai 1970

Mr Roy Trent s'est présenté de son plein gré au commissariat de Poole pour répondre aux accusations portées contre lui par Priscilla Fletcher le 26 mai 2003. Cette déposition a été rédigée par lui, et il reconnaît qu'il s'agit d'un compte rendu complet et fidèle de ses propos. En vertu de quoi, il a accepté de la signer.

Les allégations de Priscilla Fletcher sont un tissu de mensonges. Je nie formellement que Micky Hopkinson, Colley Hurst ou moi ayons été mêlés au prétendu assassinat de Priscilla « Cill » Trevelyan dans la nuit du 30 au 31 mai 1970, ou que nous en ayons eu connaissance.

Cela fait presque trente-trois ans jour pour jour que Cill Trevelyan a disparu. Il est impossible de prouver ou de réfuter ces accusations, alors que tant de témoins sont morts ou, comme dans le cas de Nicholas « Colley » Hurst, souffrent de graves lésions cérébrales.

Je ne nie pas que nous ayons violé Cill au début du mois de mai 1970, ni que nous ayons tellement persécuté Howard Stamp qu'il a fini par nous agresser avec un couteau. Je ne me souviens pas exactement de la date de cet incident, mais je le situe vers la fin mars ou le début avril 1970.

Priscilla Fletcher est une femme ravagée, qui a subi des violences sexuelles abominables de la part de son père quand elle était enfant. Elle s'est prostituée et a sombré dans la toxicomanie. Je nie formellement avoir été son proxénète ou lui avoir fourni des drogues dures.

Je suis connu à Highdown pour mes positions contre la drogue et pour les tentatives que j'ai faites, au début de notre mariage, pour faire suivre à Priscilla des cures de désintoxication. Je demanderai également qu'on veuille bien interroger mon fils Peter qui témoignera en ma faveur de l'influence pernicieuse de Priscilla. Quand il avait dix-sept ans, elle l'a attiré dans le piège de la drogue, avec les conséquences que l'on sait.

Notre bande était très liée à Louise Burton alias Priscilla Fletcher bien avant la disparition de Cill Trevelyan et l'assassinat de Grace Jefferies. Louise était malheureuse chez elle et savait que nous partagions son aversion pour Howard Stamp, ce qui l'a attirée vers nous. Son antipathie pour Howard était largement due à la jalousie que lui inspirait Cill.

À la suite des deux événements évoqués plus haut, son refus de donner nos noms à la police a fait d'elle notre alliée naturelle. Aucun des secrets que nous partagions alors n'était assez grave pour nous interdire de les révéler à l'époque, mais nous n'étions pas assez malins pour le comprendre.

Je ne comprends pas pourquoi elle nous accuse aujourd'hui d'avoir assassiné Cill dans la nuit du 30 au 31 mai 1970, à moins qu'elle ne cherche à échapper ainsi à ses responsabilités à l'égard de Nicholas « Colley » Fletcher Hurst. Elle aimait sincèrement Micky Hopkinson ; elle a été sa femme pendant douze ans. Je l'ai autorisée à s'installer chez moi après la mort de ma première épouse parce que je me sentais un peu responsable d'elle, puisqu'elle était la veuve de Micky. Je me suis pris d'affection pour elle et nous nous sommes mariés en 1992. Il était entendu entre nous qu'elle arrêterait de se droguer. Elle n'a pas respecté cet engagement.

Nous étions séparés depuis six mois quand j'ai accepté, en 2000, de m'occuper de Nicholas « Colley » Hurst. Louise a immédiatement compris qu'elle avait tout à gagner à l'épouser. Je ne m'y suis pas opposé car sa présence me posait des problèmes au pub. En échange d'un pourcentage de l'héritage, j'ai accepté de les surveiller par l'intermédiaire de caméras vidéo pour éviter tout risque de violence. Il a toujours sur lui un téléphone portable et je lui ai appris à répondre. Cela me permet de désamorcer les situations dangereuses avant qu'elles ne s'enveniment. Ses crises de violence sont rares.

Contrairement à ce que Louise vous a dit, Colley se montre tout à fait docile avec moi, mais il se met en colère quand elle perd patience. Je peux vous citer l'exemple de ce qui s'est passé à l'hôpital. Il a accepté de m'accompagner chez moi, comme peuvent en témoigner deux fonctionnaires de police.

Je me suis rendu hier à Palencia parce que la communication vidéo ne marchait plus et que je voulais en vérifier le fonctionnement. Je nie avoir prié Miss Sasha Spencer de quitter la maison pour empêcher Louise de lui parler. J'ai agi ainsi parce que je voyais bien que la remarque déplacée de Miss Spencer à propos de la popularité de Cill Trevelyan avait mis Louise hors d'elle. Cill Trevelyan l'obsède littéralement. C'est sans doute le résultat d'un sentiment de culpabilité. Il faut lui répéter constamment que ce n'est pas sa faute si Cill a disparu.

Il est exact que Nicholas « Colley » Hurst prend Louise pour Cill Trevelyan. Il est également exact que ni Louise ni moi n'avons cherché à le détromper. Je ne sais pas pourquoi il se souvient aussi bien de Cill. Peut-être éprouve-t-il encore des remords de l'avoir violée.

Je n'ai jamais levé la main sur Louise, bien qu'il m'arrive de la menacer de le faire quand elle s'en prend à moi, comme elle l'a fait hier. Elle a un caractère agressif et prend un malin plaisir à provoquer des bagarres. Je fais remarquer que j'aurais facilement pu me défendre mais que je ne l'ai pas fait, car je risquais de lui faire plus de mal qu'elle ne m'en a causé.

Je suis toujours convaincu qu'Howard Stamp était coupable de l'assassinat de Grace Jefferies et de l'assassinat probable de Cill Trevelyan. Je n'ai aucune information sur ces crimes, mais je me suis toujours demandé pourquoi Stamp n'avait jamais parlé à la police ni à son avocat des relations que Cill entretenait avec Grace. S'il avait été innocent du meurtre de

Grace, il aurait donné les noms de tous ceux qui l'avaient fréquentée de près ou de loin pour inciter la police à explorer d'autres pistes. Il n'aurait certainement pas hésité à nous dénoncer, Hurst, Hopkinson et moi, car il était forcément au courant du viol. Si Cill ne lui en a pas parlé elle-même parce qu'ils étaient amis, Grace l'aura sûrement fait après que Cill est venue se laver chez elle.

Je reconnais que nous avons toujours redouté de nous retrouver dans la situation d'aujourd'hui. Je reconnais aussi que nous avions juré de tout nier, pensant que c'était la meilleure solution. Au cours des trente-trois dernières années, j'ai eu plusieurs fois envie d'avouer ce qui s'était passé en mai 1970, mais je n'étais pas seul en cause. Quoi que Louise puisse affirmer aujourd'hui sur sa volonté de soulager sa conscience, elle a été la plus obstinée à refuser de dire la vérité.

En conclusion, je ne peux que répéter ce que j'ai dit plus haut. Si Howard Stamp avait été innocent de l'assassinat de Grace, il aurait tout raconté. S'il était coupable de deux crimes, il aurait choisi les éléments les plus favorables à sa défense.

Je confirme que tout ce que j'ai dit dans cette déposition est exact.

Roy Trent

26

25 Mullin Street, Highdown, Bournemouth
Vendredi 30 mai 2003, 14 h 30

Duncan Bartholomew, un homme svelte d'une cinquantaine d'années à la chevelure grisonnante, tendit le bras pour éteindre le magnétophone au moment où la voix de Sasha cria : *Mrs Fletcher ! Je vous en prie, arrêtez ! Vous allez le tuer.* « Le son a été coupé quelques secondes plus tard, mais cela vous donne une idée de l'état dans lequel se trouvait Louise juste avant l'agression. Pas grand-chose à voir avec la femme posée dont elle a donné l'image au commissariat de Poole lors de sa déposition.

– Franchement, je trouve ça bizarre, remarqua George. Pourquoi tenait-elle à ce que Sasha soit présente ?

– Pour que nous sachions de quoi elle accuse Trent, dit Bartholomew. À mon avis, nous avons réagi exactement comme elle le souhaitait en communiquant ces allégations à Mr et Mrs Trevelyan et, avec leur autorisation, en vous les répétant, à vous et à William Burton. Il faudra que la police soit soumise à de sacrées pressions pour accepter d'engager une enquête. Pour le moment, c'est simplement la parole de Louise contre celle de Trent.

– La police a entendu cette bande ? » demanda Jonathan.

Sasha, assise sur le canapé à côté de son patron, secoua la tête. « Ils craignent que cela ne rende difficile d'engager des poursuites judiciaires – collecte illégale d'informations, expliqua-t-elle. Mais j'ai bien indiqué dans ma déposition que j'ai eu l'impression que Louise cherchait à gagner du temps en attendant l'arrivée de Roy. Je suis sûre qu'elle m'aurait raconté vingt anecdotes sur ses visites chez les Trevelyan si elle n'avait pas entendu la porte de derrière s'ouvrir. En tout cas, moi, je l'ai entendue.

– Mais pourquoi tout ce cinéma ? demanda George. Pourquoi ne vous a-t-elle pas dit immédiatement ce qu'elle a raconté à la police ? »

Ce fut Duncan Bartholomew qui répondit. « D'après Mrs Fletcher, c'est parce que Roy Trent écoutait et qu'elle avait trop peur pour s'écarter de la version qu'il lui avait serinée. Si vous êtes d'accord avec Sasha pour estimer qu'elle jouait la comédie, on peut penser qu'elle cherchait à susciter un affrontement qui provoquerait l'intervention de la police. Elle a reconnu plus tard qu'elle s'attendait que Sasha compose immédiatement le 999 au lieu de se lancer dans la mêlée. » Il joignit ses mains sur ses genoux. « Sa déposition est *très* convaincante.

– Je sais bien, soupira George, et on comprend qu'elle ait hésité à la faire sans être sûre et certaine qu'on la prendrait au sérieux. Se confier à un détective privé ou à deux amateurs comme Jon et moi ne l'aurait pas menée bien loin. Il aurait même été risqué de s'adresser à la police sans le soutien de gens comme vous. »

Bartholomew acquiesça. « Trent nie, évidemment.

– Il a envoyé à George une copie de sa déposition, intervint Jonathan. En avez-vous reçu une, vous aussi ?

– Oui.

– C'est une guerre de communication. Chacun essaye de tirer son épingle du jeu. Roy a tout de même marqué un point à la fin, quand il demande pourquoi Howard n'a jamais mentionné Cill dans sa défense. J'ai vérifié avec l'avocat d'Howard. Il a été surpris d'apprendre que deux écolières absentéistes se réfugiaient régulièrement chez Grace. Il dit que, s'il avait su qu'il y avait une adolescente perturbée dans la maison le samedi, ils auraient mis le paquet là-dessus. Il pense que la présence de Cill sur les lieux aurait pu être l'élément de doute susceptible de faire basculer le jury en faveur d'Howard.

– En admettant qu'il ne l'ait pas tuée, dit Bartholomew sèchement.

– Oh ! mon Dieu ! s'écria George. C'est *vraiment* déprimant. Fred Lovatt dit qu'on est dans l'impasse. Il fait remarquer que les témoignages verbaux invoqués par Louise émanent d'un toxicomane décédé doté d'antécédents criminels, qui a certainement fantasmé sur sa vie pour se rendre plus intéressant. Il prétend que le ministère public va classer le dossier faute de preuves et qu'Howard entrera dans les annales du crime comme tueur en série. » Elle fit une grimace comique. « Ce qui est exactement le contraire de ce que nous voulions obtenir, Jon et moi, quand nous nous sommes engagés dans cette aventure à la gomme. »

Jonathan se leva et se dirigea vers le coin cuisine pour brancher la bouilloire. « Y a-t-il le moindre élément en faveur d'Howard ? » demanda-t-il.

Sasha sortit son carnet. « J'ai relevé une petite contradiction, fit-elle remarquer. Louise a autorisé le médecin traitant de Nicholas Hurst à me transmettre toutes les informations que je pourrais être amenée à lui demander. Il a confirmé que son patient souffrait de graves lésions cérébrales, d'une amnésie massive et de tendances agressives imprévisibles. Il a également rendu hommage à Mrs Fletcher pour les soins qu'elle prodigue à un homme gravement handicapé. » Elle leva les yeux. « C'est pour ça qu'elle voulait que je lui parle. Il n'a pas tari d'éloges sur elle... selon lui, si elle n'avait pas été là, Nicholas serait mort il y a un an. De son point de vue, elle mérite largement l'héritage qu'elle touchera. »

Le visage ascétique de Bartholomew esquissa un sourire. « Il a beaucoup insisté, apparemment... il prétend avoir connu des grizzlys plus sympathiques. Il n'a jamais compris comment Louise supportait une vie pareille.

– Elle ne passait pas tout son temps avec lui, fit observer George cyniquement, posant son menton sur ses mains croisées. Elle le surveillait depuis le moniteur de La Couronne. »

Sasha passa au point suivant. « Le médecin a également confirmé la présence sur le bras droit de Hurst d'anciennes cicatrices de blessures au couteau. Les cicatrices sont tout à fait propres, ce qui donne à penser qu'il s'est fait soigner. Cela correspond à ce que Roy Trent vous a dit, n'est-ce pas ? »

George hocha la tête. « Il nous a raconté qu'ils l'avaient conduit à l'hôpital.

– J'ai aussi demandé à David Trevelyan s'il était vrai que Wynne Stamp était alcoolique. Il me l'a confirmé – apparemment, elle était connue pour ça –, si bien que l'alibi qu'elle a donné à Howard pour le lundi soir n'est pas à toute épreuve.

– Sait-il ce qu'elle est devenue ? demanda Jonathan, retirant à la cuiller des feuilles de thé tombées dans la théière.

– Il dit que son éthylisme a dépassé les bornes pendant la période qui a précédé le procès d'Howard, si bien que Brackham & Wright l'ont licenciée. Elle a été relogée quelque part sur la côte sud – à Weymouth peut-être. Nous avons fait des recherches sur place, mais nous n'avons pas plus trouvé de Wynne Stamp que de Wynne Jefferies.

– Le problème, c'est le nom, intervint Bartholomew. Si elle en a changé, nous n'avons presque aucune chance de mettre la main sur elle. Nous avons fait une démarche auprès du bureau d'état civil de Kew pour essayer de savoir si elle en avait fait enregistrer un autre, mais ils n'ont aucun Stamp qui ait changé de nom entre 1963 et 1983. Ce qui ne veut rien dire – on peut changer de nom sans faire enregistrer le nouveau. Elle a très bien pu se contenter d'adopter un nouveau nom d'usage... ce qui nous empêche de retrouver sa trace.

– C'est légal ?

– Oui, parfaitement. Vous ne pouvez pas modifier votre acte de naissance, mais vous avez le droit de vous faire appeler comme vous le voulez. Vous pouvez changer de nom tous les deux jours si ça vous chante. C'est ce qu'a fait Louise Burton pendant des années. C'est pour ça qu'elle est restée introuvable aussi longtemps. »

Sasha reposa son carnet. « J'ai écrit à tous les centres d'incinération du Dorset – Wynne aurait pu être morte, dit-elle, mais j'ai fait chou blanc. Au cours du laps de temps qui nous intéresse, aucune Wynne Stamps ou Jefferies ne s'est fait incinérer. Je me demandais si les services du logement auraient pu conserver ses coordonnées. »

George secoua la tête. « Je me suis adressée à eux quand ma voisine m'a raconté l'histoire de Grace. Ça a été ma première démarche. Mais les archives des années 1970 sont détruites depuis belle lurette.

– Si vous tenez vraiment à la retrouver, le mieux serait sans doute de passer une annonce dans la presse locale, remarqua Bartholomew, mais ça m'étonnerait qu'elle se manifeste spontanément. »

Jonathan acquiesça. « Et Robert Burton ? demanda-t-il. A-t-il accepté de vous recevoir ? »

L'homme hocha la tête. « Oui... chaperonné par sa femme. De drôles de personnages tous les deux. Nous n'avons pas de bande parce qu'ils ont refusé de se laisser enregistrer, mais, pendant une demi-heure, ils se sont réfugiés dans une attitude de déni brutal. » Il émit un petit rire. « Comment osions-nous croire un mot de ce que leur droguée de fille pouvait dire au sujet d'un homme aussi sain et aussi probe que son père ? Comment osions-nous suggérer qu'une aussi bonne chrétienne qu'Eileen ait pu mentir à la police ? » Il fit un signe de tête en direction du magnétophone. « Quand nous en avons eu assez, nous leur avons fait écouter cet entretien avec Louise.

– Et alors ?

– Robert s'est effondré, poursuivit Sasha, mais Eileen a continué à tout nier. Incroyable. Elle est sacrément coriace – elle n'a pas l'intention d'assumer la moindre responsabilité concernant les agissements de son mari. Elle a décrit Louise comme une menteuse invétérée et a été absolument formelle : ils n'ont jamais su que Cill s'était cachée chez Grace. » Elle se tourna vers George. « Elle s'est immédiatement cramponnée à votre argument : pourquoi auraient-ils envoyé Louise à l'école le lundi s'ils avaient su où était Cill ? Elle prétend que Louise n'aurait jamais pu garder le secret – tous les élèves la harcelaient à propos de leur bagarre du vendredi.

– Alors pourquoi l'ont-ils sortie de classe le mercredi ? demanda Jonathan.

– Pour les raisons qu'ont indiquées Louise et William. Les fameuses crises de nerfs. Son père a fait venir le médecin qui a diagnostiqué un choc à retardement et lui a prescrit des calmants. Ils avaient l'intention de la convaincre en douceur de retourner à l'école mais, avec l'assassinat de Grace et la disparition prolongée de Cill, le médecin leur a conseillé de la changer de milieu. Il les a même aidés en leur donnant une recommandation pour les services du logement. » Sasha haussa les épaules. « J'ai demandé à Mrs Burton pourquoi Louise s'était fait teindre les cheveux et avait changé de prénom. Elle prétend qu'ils ont fait ça pour lui rendre confiance en elle. Elle s'est fait teindre elle aussi pour mettre la petite plus à l'aise. Quant aux abus sexuels, elle n'en démord pas. Pour elle, c'est de l'affabulation pure et simple... Louise a inventé ça pour justifier sa prostitution et sa toxicomanie.

– Et Mr Burton, il en dit quoi ?

– Pas grand-chose, répondit Bartholomew. Je ne sais pas s'il a compris que sa femme le lâcherait si

Louise se décide à l'accuser publiquement... en tout cas, il est arrivé à se ressaisir suffisamment pour frimer un peu. Mais il est devenu blanc comme un linge quand Sasha lui a répété ce que William a raconté à propos de ses petites visites dans la chambre de Louise. Il devait croire que son fils ne s'était rendu compte de rien.

– Le problème, c'est qu'un innocent réagirait sans doute exactement de la même manière, observa George dans un souci d'impartialité. C'est une accusation terrible... et il y a de quoi être retourné si vos deux enfants se liguent contre vous.

– L'inceste et la pédophilie ne font pas de doute, remarqua Bartholomew. Il n'a pas su quoi dire... il a été incapable d'expliquer pourquoi il se rendait dans la chambre de la petite et pas dans celle de Billy... pourquoi il voulait qu'elle porte des tenues provocantes et qu'elle se maquille... pourquoi il l'encourageait à amener des amies à la maison et pourquoi il leur demandait de s'asseoir sur ses genoux. S'il avait été seul, il aurait tout avoué, mais Sasha a raison : en présence de sa femme, c'était une autre paire de manches.

– Vous pensez qu'Eileen a dit la vérité ? demanda George.

– À quel sujet ?

– Tout.

– À mon avis, elle a dit vrai à propos de ce qu'elle savait à l'époque, répondit Duncan. Quant à savoir si elle a compris depuis qu'il se tramait de drôles de choses dans son dos – et si elle a préféré refouler tout ça – je serais bien incapable de l'affirmer.

– Alors Louise aurait menti en prétendant lui avoir dit que Cill s'était réfugiée chez Grace ?

– C'est ce que nous pensons.
– Et Robert ?
– Il a nié énergiquement. C'est d'ailleurs le seul moment où nous l'avons cru.
– Nous n'avons donc que la parole de Louise pour étayer cette thèse ?
– J'en ai peur.
– Ça ne suffit pas pour faire condamner Roy Trent ?
– Non. Il peut faire valoir que les seules empreintes digitales relevées à l'époque étaient celles de Grace Jefferies et d'Howard Stamp. »
Il y eut un bref instant de silence.
« Et la petite contradiction que vous avez mentionnée tout à l'heure ? C'était quoi ? intervint Jonathan.
– Les cicatrices sur le bras de Nicholas Hurst, répondit Sasha. Il est droitier, et elles se trouvent sur son bras droit – sur la face interne –, il y a une petite atrophie musculaire et une perte de mobilité de la main. Il n'arrive pas à toucher son petit doigt avec son pouce. C'est une séquelle caractéristique d'une lésion du nerf médian, et c'est très long à guérir, semble-t-il. Parfois, comme dans le cas de Hurst, de petits troubles fonctionnels peuvent devenir définitifs. »
Jonathan prit les devants. « Et on ne peut pas les attribuer à ses lésions cérébrales ?
– Difficilement. Le bras n'est pas du tout paralysé. Seule la main est affectée. Mais il y a un point sur lequel le médecin traitant a été très clair : une personne présentant ce type de cicatrices a dû beaucoup souffrir pendant les premières semaines, et a été gravement – et *visiblement* – handicapée pendant des mois. » Elle sourit. « William Burton

n'a rien remarqué de tel le jour du viol, il raconte même que Hurst était chargé de faire passer la bouteille de vodka. Or, d'après ce que Roy Trent vous a dit de la rixe avec Howard, il n'aurait pas dû pouvoir se servir de sa main. »

Jonathan émit un léger sifflement. « Ça m'étonne que Roy ait oublié ça.

– En quoi cela nous aide-t-il ? demanda George. Il prétendra s'être trompé dans les dates, c'est tout.

– Le problème étant que tous les détails figurent dans le dossier médical de Hurst, commenta Sacha avec un sourire, et quand j'ai demandé au médecin de quand dataient ces blessures, il m'a dit que le traitement remontait à 1972 – c'est-à-dire un an après la condamnation d'Howard. »

Extraits d'un rapport établi par Sasha Spencer sur instructions de Mr et Mrs Trevelyan, demandant la requalification en homicide de la disparition de Priscilla Trevelyan le samedi 30 mai 1970 et la réouverture de l'enquête

WCH INVESTIGATIONS

RAPPORT

Objet
Priscilla « Cill » Trevelyan, treize ans

Faits
A disparu du domicile de ses parents situé Lacey Street, Highdown, Bournemouth dans la nuit du 29 au 30 mai 1970.

Localisation actuelle
Probablement enterrée sous la zone industrielle de Colliton Way

Circonstances
Assassinée par Roy Trent, Nicholas Hurst et Michael Hopkinson (décédé) dans la nuit du samedi 30 au dimanche 31 mai 1970

Les détails complets de l'enquête menée par WCH Investigations sur la disparition de Cill Trevelyan sont disponibles sur simple demande. Il s'agit essentiellement de présomptions. Néanmoins, WCH Investigations est certain que, si le dossier pouvait être rouvert et donner lieu à une enquête pour homicide, d'autres preuves seraient trouvées. Il n'entre pas dans les attributions de WCH Investigations de mener des recherches, de retrouver des témoins qui ont quitté la région, de fournir des preuves médicales ni de localiser des dossiers de police datant de 1970. WCH Investigations possède néanmoins des éléments convaincants en faveur de l'hypothèse de l'homicide.

(Les pièces jointes comprennent les transcriptions d'entretiens et de dépositions de Louise Burton, William Burton, Robert Burton, Eileen Burton et Roy Trent, ainsi que des documents annexes fournis par George Gardener, conseiller municipal, et par le Dr Jonathan Hughes.)

EN CONCLUSION

Il est indéniable que Roy Trent et Louise Burton se sont entendus pendant de longues années :

1. pour dissimuler tout lien entre la disparition de Cill Trevelyan et l'assassinat de Grace Jefferies
2. pour éviter que Trent, Hurst et Hopkinson ne soient accusés de viol
3. pour entretenir le mythe de la fugue et de la disparition de Cill Trevelyan
4. pour en rejeter la responsabilité sur David et Jean Trevelyan
5. *devant l'échec de cette stratégie*, pour mettre en cause Howard Stamp en le présentant comme un « pervers ».

L'objet de la présente enquête était d'« établir où se trouve actuellement Priscilla “Cill” Trevelyan ». Les recherches effectuées nous permettent de penser que son corps est enterré dans la zone industrielle de Colliton Way ou aux alentours. Néanmoins, au cours de cette enquête, nous avons été conduits à nous poser des questions à propos de l'assassinat de Grace Jefferies et de la condamnation de son petit-fils, Howard Stamp. Bien que nous ne disposions pas de preuves nous permettant de contester la décision du jury, nous estimons cependant qu'il conviendrait d'examiner les faits suivants :

1. Au procès de Stamp, l'accusation a convaincu le tribunal que le meurtre de Grace Jefferies avait eu lieu le mercredi 3 juin. La date de sa mort a été contestée par la défense.
2. Louise Burton prétend s'être rendue chez Grace le mardi 2 juin 1970 et avoir vu du sang sur ses fenêtres.
3. Robert Burton, Eileen Burton, William Burton et Louise elle-même s'accordent à dire qu'elle a eu une violente crise de nerfs le mercredi 3 juin au matin et a refusé d'aller au collège. Le témoignage de William Burton indique que sa sœur souffrait de crises de nerfs, se roulait en posture fœtale ou était prise de catatonie chaque fois qu'elle avait peur. Ses parents ont fait venir le généraliste, qui lui a prescrit des calmants. Il n'est pas impossible que ce dossier médical puisse être retrouvé.
4. Grace Jefferies aimait beaucoup Cill Trevelyan et l'hébergeait régulièrement, avec Louise Burton. Si l'une ou l'autre des jeunes filles s'était présentée à sa porte tard dans la soirée, elle lui aurait ouvert. Roy Trent, Nicholas Hurst et Michael Hopkinson le savaient et auraient pu s'introduire chez Grace en se servant d'une des filles.

5. Miss George Gardener est détentrice d'une déposition signée et authentifiée par une voisine (aujourd'hui décédée) de Grace Jefferies affirmant qu'Howard Stamp n'est pas arrivé chez Grace avant 14 heures le mercredi 3 juin 1970 – ce qui ne lui aurait laissé qu'une demi-heure pour commettre un meurtre d'une terrible brutalité *et* prendre le bain qui l'a fait condamner.

WCH Investigations soutient que la condamnation de Stamp laisse place au doute et mériterait d'être réexaminée.

À son procès, Stamp a été dans l'incapacité d'expliquer de manière convaincante ce qui l'a poussé à rendre visite à sa grand-mère le mercredi 3 juin 1970 au lieu de donner suite à une offre d'emploi à la laiterie locale (Jannerway & Co). On a suggéré qu'elle l'aurait réprimandé pour sa paresse, ce qui l'aurait rendu fou furieux. Selon nous, il est plus probable qu'il ait fait un saut chez Grace Jefferies en se rendant chez Jannerway pour lui demander si elle savait où était Cill Trevelyan. *Cela suggérerait qu'il ignorait tout de son sort.* Découvrant que Grace était morte, il avait été tellement bouleversé qu'il avait couru se réfugier chez lui.

Au cours d'un entretien, Roy Trent a fait valoir avec insistance que Stamp n'a pas jugé bon d'évoquer son amitié pour Cill Trevelyan dans sa défense. Or, bien qu'ils aient été interrogés par la police, Trent, Hurst, Hopkinson et Burton n'en ont pas parlé non plus. L'excuse de Stamp est qu'on ne lui a jamais posé de question sur la jeune disparue.
Cette excuse n'est pas valable pour Trent, Hurst, Hopkinson et Burton, dont l'interrogatoire portait *uniquement* sur Cill Trevelyan.

Bournemouth Evening News – *Vendredi 27 juin 2003*

ÉTONNANTS REBONDISSEMENTS DANS DE MYSTÉRIEUSES AFFAIRES SURVENUES IL Y A 33 ANS

La police a annoncé aujourd'hui la réouverture de l'enquête sur la disparition de Priscilla Trevelyan, qui avait quitté le domicile de ses parents à Highdown en 1970. « De nouveaux éléments nous ont été communiqués, a déclaré l'inspecteur Wyatt chargé de l'affaire, et l'hypothèse la plus probable à l'heure actuelle est celle d'un assassinat. »

La police n'a procédé à aucune arrestation, mais il semblerait que trois habitants de Bournemouth, qui étaient adolescents en 1970, puissent être impliqués dans cette affaire. « On nous a indiqué un lieu où le corps de Priscilla aurait pu être enterré, a ajouté l'inspecteur Wyatt, et nous avons l'intention d'entreprendre des fouilles au cours des prochaines semaines. » Il a refusé de préciser où se trouvait ce lieu, mais a admis qu'il se trouvait dans les environs de Highdown.

Mr David Trevelyan, père de la disparue, a déclaré : « Cela fait plus de trente ans que nous vivons avec cette tragédie, ma femme et moi. Nous serons soulagés de pouvoir tourner enfin la page. » Il a remercié George Gardener, conseiller municipal de Highdown, qui n'a pas ménagé sa peine pour attirer l'attention sur cette affaire. « Sans son obstination, Priscilla serait restée une donnée statistique. »

Cette affaire a intrigué le conseiller Gardener alors qu'elle se livrait à des recherches destinées à un ouvrage sur Howard Stamp. Stamp a été accusé du meurtre de sa grand-mère neuf jours après la disparition de Priscilla Trevelyan ; la police n'exclut plus l'hypothèse d'un lien entre ces deux drames.

Selon le conseiller Gardener, la condamnation de Stamp a été une terrible erreur judiciaire qui ne pourrait plus se produire de nos jours grâce aux analyses d'ADN. « J'ai bon espoir de blanchir son nom, a-t-elle déclaré, bien qu'il ne soit plus là pour s'en féliciter. » En effet, Howard Stamp s'est suicidé en prison en 1973. Une tragédie de plus.

La police demande à d'éventuels témoins de l'époque de bien vouloir se faire connaître. « Nous souhaitons parler à tous ceux qui habitaient Colliton Way dans la première moitié des années 1970, a dit l'inspecteur Wyatt. Ils pourraient posséder des informations qui nous permettraient de procéder à une arrestation. »

De : Dr Jonathan Hughes [jon.hughes@london.ac.uk]
Date : Mar 15/07/03 19 : 23
A : Andrew@spicerandhardy.co.uk
Objet : George

Cher A, Ce message est un P-S à mon précédent e-mail dont je n'envoie pas de copie à George. La mauvaise nouvelle est qu'on lui a trouvé des métastases osseuses au niveau des côtes. La bonne nouvelle est qu'apparemment elles ne se sont pas étendues ailleurs. Elle suit une hormonothérapie de cheval et commence une série de rayons la semaine prochaine. Cela devrait atténuer la douleur. Je me suis invité chez elle pendant les vacances d'été pour lui servir de chauffeur et écrire le bouquin. Ça a l'air de lui faire plaisir. Le rendez-vous de la semaine prochaine ne devrait pas poser de problème car ses séances de radiothérapie ont lieu le matin. Bien sûr, elle sera certainement fatiguée. C'est une femme remarquable. Elle refuse de baisser les bras ; je suis tout de même arrivé à la convaincre de se faire mettre en congé maladie. Je lui dirai que je t'ai prévenu mais ne lui témoigne pas trop de compassion. Elle veut bien qu'on en parle, mais ne supporte pas la pitié !

Bien à toi, Jon

27

Bureaux de Spicer & Hardy, West London
Mercredi 23 juillet 2003, 14 h 30

Jonathan attendit que George ait choisi un siège pour se laisser tomber dans le second fauteuil. Il observa son ami avec amusement. « On dirait un chat devant un bol de lait, dit-il. Laisse-moi deviner. Tu as décidé de doubler notre avance ?

– Va te faire foutre, répondit Andrew.

– Ne le taquine pas comme ça », murmura George en s'installant confortablement.

Une lueur malicieuse brilla dans les yeux de Jonathan. « Alors, c'est sans doute la lutte des Titans. Le grand et séduisant acteur à la toison luxuriante vaincu par le petit type gros et chauve affublé d'une famille insupportable. »

George brandit un index vengeur dans sa direction. « D'*amis* insupportables, plutôt. Je n'ai pas le souvenir que tu te sois précipité pour nous parler de ta vie amoureuse.

– Elle est inexistante.

– Ce n'est pas ce que j'ai entendu dire, intervint Andrew. Qui est ce cavalier mongol dont George me rebat les oreilles ?

– Arrêtez donc ! s'écria George, agacée. On dirait deux gosses. »

Andrew lui fit un clin d'œil. « Comment marche la radiothérapie ?

– Très bien. Je n'en dirais pas autant des talents de chauffeur de Jon. Je ne suis pas du tout convaincue de l'authenticité de son permis. Nous passons le plus clair de notre temps en marche arrière.

– C'est pire que d'être le chauffeur de Miss Daisy, grommela Jonathan. Et ça jacasse et ça jacasse sur la banquette arrière – et moi, je suis censé faire des courbettes pour que les infirmières la traitent comme une altesse. Je ne demanderais pas mieux si, en plus, je n'étais pas obligé de conduire sa poubelle. » Il pointa l'index vers Andrew. « Je ne suis pas seulement le chauffeur de madame, tu sais. Je suis aussi son gigolo attitré. Les voisins s'en donnent à cœur joie. »

Les yeux de George étincelèrent. « Quel menteur ! Il raconte à tout le monde qu'il est mon fils.

– Le problème, c'est que personne ne me croit. Ils préfèrent penser que leur vertueuse conseillère a installé un gigolo noir dans son pavillon de style Tudor. » Il fit la grimace, comme si les tics de George avaient déteint sur lui depuis qu'il logeait chez elle. « J'ai l'impression de vivre avec un haricot sauteur. Le matin, elle se fait bombarder de rayons et, l'après-midi, elle court dans tous les sens. Quand elle n'est pas au téléphone à essayer de dénicher des témoins, elle me traîne dans les rues pour se faire une idée des lieux. Elle m'use. »

Andrew vit les joues de George s'empourprer de plaisir. « Je te laisse faire tout le boulot, protesta-t-elle. Il faut quand même que je gagne mes cinquante pour cent.

– Moins les dix pour cent d'Andrew, lui rappela Jonathan, qu'il pense apparemment avoir gagnés en écoutant une cinglée délirer pendant une demi-heure..., en gobant tout ce qu'elle lui disait, hameçon, ligne et plomb compris, et en se laissant séduire comme un collégien. »

Andrew grimaça un sourire. « Il y avait des trucs vrais dans ce qu'elle m'a dit.

– Par exemple ?

– Le sang sur les vitres de Grace, le mardi soir.

– Tu n'as que sa parole. Roy Trent nie farouchement.

– La police la croit. Autrement, il n'aurait pas été mis en examen. »

Jonathan montra les dents. « J'aurais plutôt tendance à croire Roy. Pour le moment, l'impression que me donne Louise, c'est qu'elle essaie de se laver les mains des deux assassinats. »

Andrew jeta un regard interrogateur à George.

« Elle est blanche comme neige, admit-elle avec un soupir. La seule chose qu'elle ait admise, c'est d'avoir persuadé Grace de déverrouiller sa porte le lundi. Une fois les garçons sur place, elle aurait pris la poudre d'escampette. Roy est en mauvaise posture depuis qu'ils ont retrouvé le squelette de cette pauvre Cill. Elle avait encore les restes du bâillon dans la bouche. Ils ne pensent pas arriver à retrouver des traces d'ADN dessus – il a dû disparaître –, mais ça confirme la version de Louise.

– Dans ce cas, elle est peut-être innocente, dit Andrew. Ça se tient. Elle a pu repasser chez Grace le mardi pour vérifier que tout allait bien... et n'a commencé à avoir des crises de nerfs qu'en constatant que ce n'était pas tout à fait le cas.

– Ça ne tient pas debout, protesta Jonathan, irrité. Pourquoi Roy et ses amis auraient-ils tué Grace ? Louise elle-même raconte qu'ils s'étaient cachés derrière l'abri de jardin. Grace ne les avait probablement jamais vus. C'est *Louise* qui était en difficulté : c'est elle qui avait fait sortir Cill de la maison.

– Je me fais l'avocat du diable, reprit Andrew doucement. Malgré toute l'aversion que t'inspire Louise, essaie d'être honnête et accepte au moins d'envisager qu'elle puisse être innocente. Tu n'arrêtes pas de râler quand Jeremy Crossley t'accuse de manquer d'objectivité dans tes analyses, alors fais un effort. » Il tapota ses index l'un contre l'autre. « Comment Louise explique-t-elle cela ?

– Elle joue la carte de l'enfant maltraitée. Une pauvre gamine de treize ans perturbée et souffrant d'hémorragies rectales... Elle ne comprenait pas pourquoi Cill n'était pas rentrée chez elle... elle s'est tournée vers ses seuls amis, les garçons, qui lui ont dit que la police allait recommencer à les cuisiner s'ils ne persuadaient pas Grace de la boucler, elle aussi. Bien *sûr,* elle a eu peur qu'ils l'aient tuée quand elle avait vu du sang sur les vitres... mais, ensuite, la police a arrêté Howard et elle a compris qu'ils ne *pouvaient* pas être en cause. » Il leva un sourcil sardonique. « L'inspecteur de permanence la trouve très convaincante.

– Qu'en pense Fred Lovatt ? demanda Andrew à George.

– Il est sceptique – mais il faut dire qu'il a des préjugés en notre faveur. La police de Poole fait cracher à Louise tout ce qu'elle peut, parce que c'est son témoignage qui permettra de faire condamner Roy. Elle est très futée, conclut George avec une admiration réticente. À chaque nouvelle déposition, elle en donne un peu plus à la police, alors que les explications de Roy contiennent des trous tellement énormes qu'on y ferait passer une diligence avec les chevaux.

– Hmm. » Andrew les regarda à tour de rôle. « Eh bien, où est le problème. Pourquoi êtes-vous ici ?

– Nous avons l'intention de la présenter dans notre bouquin comme la principale instigatrice du meurtre de Cill Trevelyan et l'unique meurtrière de Grace Jefferies, annonça Jonathan.

– Pouvez-vous prouver qu'elle a assassiné Grace ?

– Non. La police a perdu ou détruit les pièces à conviction recueillies chez Grace.

– Dans ce cas, elle vous attaquera en justice.

– C'est le but de l'opération, murmura George. En l'état actuel des choses, elle va toucher l'indemnité de Colley Hurst, une indemnité de l'État pour les maltraitances dont elle a été victime dans son enfance et une petite fortune des journaux à qui elle vendra son histoire. C'est franchement écœurant. »

Andrew secoua la tête. « Et une autre petite fortune de votre éditeur quand elle aura gagné son procès. Il ne marchera jamais.

– Alors trouvez-nous-en un autre, insista George. Elle aurait aussi bien pu persuader Roy d'assassiner Howard pour faire bonne mesure. Le résultat aurait été le même. » Elle se pencha en avant. « Savez-vous ce qui me dégoûte le plus ? La manière dont elle se retranche derrière les abus sexuels de son père pour justifier toutes ses actions. C'est un type *répugnant*, nous sommes bien d'accord – et je n'admettrai *jamais* ce qu'il lui a fait subir –, j'éprouve même de la compassion pour elle quand je considère les choses objectivement... – elle soupira –, mais plusieurs centaines d'enfants sont victimes de sévices de la part de leurs parents chaque année, et ils ne se mettent pas à assassiner les gens. Prenez Roy, par exemple. Il n'a pas été tellement mieux loti qu'elle, mais il ne rejette pas sur son père la responsabilité de ce qu'il a fait à Cill.

– Vous avez pitié de lui, George ? »

Elle fit une nouvelle grimace de gargouille. « Oui, admit-elle. Quoi qu'en dise Louise, je ne crois pas que Roy et ses copains aient assassiné Grace. *Une* seule personne a pris un bain dans la baignoire de Grace ce jour-là et on n'a retrouvé qu'*une* paire de gants. S'il est condamné, on commettra une erreur judiciaire aussi grossière qu'avec Howard. Au moins, Roy a cherché à tirer la leçon de ses erreurs. Il n'a pas abandonné son fils. Il a respecté le vœu de Robyn en conservant le pub pour le transmettre au garçon. Toutes les affaires de Peter sont entreposées dans son garage. Il a donné un toit à Louise... à Colley aussi. Il a veillé sur tout le monde d'une manière ou d'une autre. Même sur moi, quand j'ai eu mon premier cancer. En tout cas, il n'a pas continué à *détruire* les gens.

– Contrairement à Louise, c'est ça ?

– Exactement. »

Andrew échangea un regard avec Jonathan. Ils savaient l'un comme l'autre qu'aucun éditeur n'accepterait de publier un livre avec un procès en diffamation à la clé. « Qu'en penses-tu ? demanda-t-il à son ami.

– Elle est coupable jusqu'à l'os. Elle est fondamentalement, pathologiquement jalouse et déloyale. Elle perd son sang-froid pour un oui ou pour un non et provoque des bagarres quand ça lui chante. Elle était la seule à prendre un risque si Grace parlait à la police de la disparition persistante de Cill. Elle a manié le couteau elle-même et s'est délectée de l'agonie de Grace. Puis elle a pris un bain, et ça l'a excitée parce que, la dernière fois qu'elle s'était trouvée dans cette pièce, c'était pour voir Cill effacer le sang de sa défloration sur ses jambes. » Il haussa les épaules. « La seule preuve que nous ayons est négative : si son unique rôle dans cette affaire a été de faire ouvrir la porte à Roy et à ses amis, pourquoi la police n'a-t-elle relevé aucune trace des trois garçons ?

– Et qu'attends-tu ?

– Un conseil, dit Jonathan. Nous n'avons pas encore trouvé le moyen de transformer une absence d'indices en preuve. »

28

Prison de Winchester
Mardi 29 juillet 2003, 15 heures

Pendant qu'on allait chercher Roy dans le quartier de détention provisoire, George attendit en compagnie de l'inspecteur Wyatt dans une petite salle donnant sur le couloir d'entrée de la prison de Winchester. L'inspecteur s'était montré plus réceptif à cette démarche que George ne l'aurait cru ; elle se demanda si Fred Lovatt lui en avait touché deux mots. Ou peut-être le charme de Louise commençait-il à s'émousser. Incapable de réfréner sa curiosité plus longtemps, elle lui posa la question : pourquoi avait-il accepté de l'accompagner ? Il reconnut qu'il commençait à trouver ses arguments et ceux du Dr Hughes convaincants. En même temps, lui fit-il remarquer, il devenait encore plus difficile de défendre la cause d'Howard.

« Vous ne persuaderez jamais un jury qu'une gamine de treize ans grosse comme un moineau a eu la force de tuer une adulte seule et à coups de couteau, dit-il.

– Elle n'a eu aucun mal à clouer Roy et Sasha au sol », lui rappela George, et elle n'est pas beaucoup plus épaisse aujourd'hui.

Dès son arrivée, Roy regarda George avec hostilité. « Qu'est-ce qu'elle fout là, celle-là ? demanda-t-il, prenant un siège de l'autre côté de la table et s'adressant à Wyatt. On m'a dit que la police voulait m'interroger. »

L'inspecteur lui offrit une cigarette. « J'ai accepté de laisser Miss Gardener poser les questions.

– Et si je refuse d'y répondre ?

– Je les poserai à sa place. Ça prendra nettement plus de temps, Roy, mais, de toute façon, vous n'y échapperez pas. »

À contrecœur, il accepta du feu. « Et le bougnoule ? demanda-t-il avec un sourire ironique à l'adresse de George. Il n'assiste pas à cette charmante petite réunion ?

– Le Dr Hughes m'attend dehors », lui dit-elle. La colère de Roy ne l'étonnait pas, mais elle se demanda si la sympathie qu'il lui inspirait était réciproque. Leur amitié avait connu des moments plus plaisants, et le regard de l'homme en contenait comme un écho, l'ombre d'un souvenir. Il n'est pas d'homme si mauvais qu'il ne possède des qualités qui rachètent ses défauts, songea-t-elle, et Roy s'était montré bon envers elle. « Il s'est dit que tu ne voudrais sûrement pas parler en sa présence. »

Roy l'observa un moment. « Bien vu, dit-il sans ménagement, mais ça vaut pour toi aussi, ma fille. Tu perds ton temps. J'aurais dû te foutre à la porte la première fois que tu t'es pointée chez moi.

– Et pourquoi ne l'as-tu pas fait ?

– Parce que ce vieil imbécile de Jim Longhurst t'a dit que je connaissais Howard et j'ai eu peur que tu n'aies des soupçons si je me désintéressais ostensiblement de cette affaire. » Il posa ses coudes sur la table et les regarda tour à tour d'un air belliqueux.

« Miss Gardener est dans votre camp, Roy, dit doucement l'inspecteur Wyatt. Elle ne peut pas croire que vous ayez tué Grace.

– Alors elle est encore plus bête que je ne croyais. Si on n'y est pour rien, Colley et moi, c'est forcément Howard qui a fait le coup, et ça fait des années qu'elle s'échine à prouver l'innocence de ce petit branleur. »

Wyatt lui adressa un pâle sourire. « C'est ce que je lui ai expliqué, mais je serais tout de même curieux de savoir ce que vous avez à lui répondre. Il ne s'agit pas d'un interrogatoire officiel, et vous n'êtes pas obligé de lui parler... pourtant, si j'étais vous, je le ferais. Vous n'avez rien à perdre.

– J'ai tout à perdre au contraire, si elle déforme mes propos pour que son écrivain de service et elle puissent clamer l'innocence d'Howard.

– D'où l'intérêt de ma présence. Je veillerai à ce que Miss Gardener joue franc jeu. » L'inspecteur tapota la table de son index. « Si vous êtes en détention préventive, c'est parce que le juge d'instruction a admis que vous représentiez une menace pour un témoin – Mrs Fletcher. Or cette menace ne concerne que l'assassinat de Grace Jefferies.

– Elle ment comme elle respire, grommela Roy furieux. Nous n'avons plus mis les pieds chez Grace après le samedi soir.

– À vous de nous en convaincre. Si vous y parvenez, la demande de mise en détention préventive pourrait être annulée. Nous ne nous serions pas opposés à une mise en liberté sous caution dans l'affaire de Cill Trevelyan. Vous avez déjà déclaré que vous ne contesteriez pas les faits. Votre casier judiciaire est vierge depuis 1974 et vous n'étiez pas majeur au moment des faits. Autant d'éléments qui plaident en votre faveur. » Il s'interrompit pour souligner ses propos. « Mais si vous voulez être innocenté du meurtre de Mrs Jefferies, il me faut des arguments plus convaincants que des dénégations et des "elle ment comme elle respire". »

Roy soutint son regard. « Vous ne croyez pas que je vous les aurais déjà déballés si j'en avais ? Comment voulez-vous que je prouve que cette salope vous mène en bateau alors que Micky est mort et que Colley a la mémoire comme une passoire ? Elle peut dire tout ce qu'elle veut... vous la croirez. »

George se pencha en avant. « L'absence d'indices peut difficilement avoir valeur de preuve, Roy. Tout de même, le fait que la police n'ait relevé aucune trace de la présence de plusieurs personnes chez Grace au moment de sa mort vous est favorable. En revanche, le témoignage de Louise tend à vous accabler : elle prétend vous avoir introduits dans la maison de Grace... vous aviez un mobile... et vous aviez déjà commis un meurtre. »

Il refusa de la regarder, non par colère ou par ressentiment, songea-t-elle, mais parce qu'il avait honte. « C'était un accident, murmura-t-il. Mr Wyatt a admis que nous n'avions pas l'intention de la tuer.

– Le résultat a été le même, remarqua George.

– Je ne le nie pas, dit-il d'un ton cassant, c'est bien pour ça que je me reconnais coupable d'homicide involontaire.

– Tu regrettes ? » demanda-t-elle.

La colère embrasa à nouveau son visage. « Évidemment, gronda-t-il. La pauvre gosse ne serait pas morte si elle avait écouté son père et évité des mecs comme nous.

– Ça ne t'a pas empêché de calomnier David Trevelyan quand nous avons discuté avec toi, Jonathan et moi, lui rappela-t-elle. Qu'est-ce qui nous dit que tu n'en fais pas autant avec Louise ? Son histoire tient la route. Pas la tienne. » Elle vit ses doigts se crisper involontairement sur sa cigarette. « Peut-être que celui qui a tué Grace n'avait pas non plus l'intention d'aller jusqu'au bout. En tout cas, elle était morte au moment où son assassin a quitté les lieux... et, pour le moment, tes copains et toi êtes les seuls, avec Louise et Howard, à avoir entretenu d'étroites relations avec elle. »

Il prit une profonde inspiration. « Nous – n'avons – jamais – eu – la – moindre – relation – avec – Grace, dit-il en scandant laborieusement ses propos. On connaissait son nom par Howard, on savait où elle habitait, mais on n'a mis les pieds dans son coin *qu'une* fois : le samedi soir où elle a jeté Cill dehors.

– Dans ce cas, aide-moi à le prouver, dit-elle d'un ton pressant. Si ce n'est pas toi qui l'as tuée, qui est-ce ?

– Howard, répondit-il.

– Et Colley Hurst ou Micky Hopkinson ? »

Roy secoua la tête. « On était tout le temps ensemble. Aucun de nous n'aurait pu faire le coup sans que les autres le sachent.

– Alors pourquoi Louise vous accuse-t-elle ? »

Il leva vers elle des yeux impatients. « Pour me faire boucler ici et faire enfermer Colley dans un asile de cinglés. Mr Wyatt a raison : si on pouvait, on lui arracherait la tête. Elle n'a commencé à raconter ses conneries que lorsqu'il a été question que je sois libéré sous caution pour l'affaire de Cill. »

George prit un air narquois. « Ce que tu regrettes en fait, c'est de t'être fait prendre, c'est ça ? Tant que personne ne savait ce qui était arrivé à Cill, tu pouvais te persuader que sa mort n'était qu'un malheureux accident. »

Il appuya son pouce et son index sur le coin interne de ses yeux. « Ne me fais pas la leçon, lança-t-il d'un ton menaçant. Tu n'as pas vécu ce que j'ai vécu. Tu ne peux pas savoir ce que je regrette ou non.

– La mort de Grace a-t-elle été un autre malheureux accident ? Les choses ont-elles commencé comme une simple plaisanterie et fini en bain de sang parce que Micky l'a piquée avec son couteau et qu'elle s'est mise à couiner comme Howard ? » Elle s'humecta la bouche devant la colère non dissimulée de son interlocuteur. « C'est toi qui l'as dit, poursuivit-elle. Si Howard n'est pas coupable, c'est forcément vous trois. Vous étiez les seuls à avoir un mobile. »

Roy se tourna vers Wyatt. « Je vous l'avais bien dit. C'est un coup monté.

– Le raisonnement n'est pas absurde, fit observer l'inspecteur. Si Grace a appris que vous vous trouviez dans son jardin au moment où Cill est partie, vous aviez un mobile, c'est un fait. »

Roy s'inclina en avant, pointant sa cigarette en direction du policier. « Je vous l'ai dit mille fois, elle n'a pas pu nous voir. Impossible. Lou elle-même admet qu'on était planqués derrière la cabane de jardin.

– Louise aurait pu lui dire que vous étiez là, dit George.

– C'est ça ! lança-t-il d'un ton cinglant. Parce que tu t'imagines que Cill serait sortie si elle avait su que les types qui l'avaient violée n'attendaient que ça pour lui sauter dessus ? » Il tira pensivement sur sa cigarette. « Il aurait fallu être cinglés pour retourner chez Grace après s'être fait cuisiner comme on l'a été le lundi matin. Tout ce qu'on voulait, c'était mettre le maximum de distance entre nous et tous ceux qui avaient connu Cill. Si on avait aperçu Howard au coin de la rue, on aurait foutu le camp en courant de peur qu'il ne devine ce qui s'était passé. » Il s'interrompit, s'abîmant dans ses souvenirs. « On était morts de trouille à l'idée que les flics ne nous aient relâchés que pour nous filer le train et remonter jusqu'au corps. On a été à côté de nos pompes pendant des mois... on faisait dans nos frocs chaque fois qu'on voyait des bulldozers sur le terrain vague.

– Alors pourquoi avoir raconté qu'Howard avait agressé Colley avec un couteau ? demanda-t-elle d'un ton posé. Il n'était pas difficile de prouver que ce n'était pas vrai et ça rend suspect tout ce que tu peux raconter d'autre.

– Parce que j'en avais marre, archimarre de vous entendre, toi et ce foutu écrivain, débloquer à propos de l'innocence d'Howard. Je savais qu'il était coupable... *tout le monde* le savait. Lou a dit beaucoup de conneries, mais il y a une chose de vraie : c'était un pervers. Il passait son temps à rôder autour des gamins dans Colliton Way.

– Ce qui reviendrait à dire que tous les pervers sont des assassins, Roy. Dans ce cas, le père de Louise aurait très bien pu tuer Grace. »

Il haussa les épaules. « Elle n'hésiterait pas à l'accuser s'il y avait le moindre indice en ce sens. Il n'a pas eu de scrupules à la détruire. Elle le déteste. »

George hocha la tête. « En tout cas, c'est ce qu'elle a laissé entendre à Andrew Spicer. »

Roy manifesta un intérêt réticent. « Elle lui a parlé ? Quand ça ?

– Il y a près de trois mois. »

Il prit l'air étonné. « Elle ne me l'a pas dit.

– C'était d'ailleurs la première fois qu'elle a prétendu avoir vu du sang sur la fenêtre de Grace le mardi, précisa George. Nous, ça nous convenait, évidemment, parce que ça tendait à innocenter Howard. Il est sûr que c'était moins sympa pour tes copains et toi. D'après Jonathan, elle a commencé à essayer de vous mouiller dès l'instant où il est entré en scène. »

Roy fronça les sourcils. « Elle a dit à Sasha Spencer que c'était Howard. Je l'ai entendue. Elle s'est même répandue en détails sur la manière dont il avait procédé... en sortant de chez lui en douce pendant que sa mère était ivre. *Ça,* c'est la vérité. Là où elle ment, c'est quand elle dit qu'elle nous a fait entrer chez Grace.

– Elle n'a incriminé Howard que pour donner l'impression que tu la terrorisais. » George vit une ride se creuser sur son front, rapprochant ses sourcils broussailleux. « Elle voulait que la police intervienne. C'est sans doute pour ça qu'elle a volé le portefeuille et le passeport de Jonathan. C'est une femme séduisante et elle n'en peut plus de jouer les infirmières au chevet d'un handicapé mental. » Elle fit la grimace. « Pour être franche, je crois qu'elle se fiche pas mal de savoir qui se fera coller cette affaire sur le dos. Tout ce qu'elle veut, c'est pouvoir se tirer et repartir de zéro. Elle n'a pas ta loyauté... ni ta conscience.

– Qu'est-ce que ça veut dire ?

– C'est tout de même elle qui vous a livré Cill. Tu l'as déjà entendue exprimer des remords à ce sujet ? »

Il écrasa l'extrémité incandescente de sa cigarette et la laissa tomber dans le cendrier. « On ne parle pas de ce genre de trucs.

– Et à l'époque, qu'est-ce que vous lui avez dit ? Comment avez-vous expliqué qu'elle ne soit pas rentrée chez elle ? »

Il réfléchit, essayant de se remémorer les faits. « Je lui ai dit que Cill nous avait échappé quand nous étions sortis de la ruelle.

– Et elle t'a cru ?

– Je n'en sais rien. Je ne le lui ai pas demandé. »

L'inspecteur Wyatt se pencha en avant. « Quand lui avez-vous parlé ?

– Le lundi après-midi. Elle m'a appelé d'une cabine en rentrant de l'école. Elle voulait savoir si la police nous avait interrogés à propos du viol. Je lui ai dit que oui et qu'on nous avait relâchés.

– Quoi d'autre ?

– Je lui ai dit de la boucler à propos du samedi soir, parce que, autrement, la police saurait qu'on avait menti à propos du viol.

– Tu l'as menacée ? »

Roy acquiesça.

« De quoi ?

– Je lui ai dit qu'on raconterait aux flics que c'était son idée.

– Quoi donc ? Le viol ou l'enlèvement de Cill ?

– Les deux. Après tout, chaque fois, c'est Lou qui a fait tomber cette pauvre gosse entre nos pattes. » Il regarda sombrement le mur derrière la tête de Wyatt. « Je me demande pourquoi on a fait ça. Tout ce qu'on savait, c'est qu'Howard en pinçait pour elle. En fait, c'est lui qu'on voulait faire chier. » Il s'ébroua soudain comme pour chasser des fantômes. « Le problème, c'était cette grande gueule de Lou. Je lui ai dit qu'elle aurait affaire à nous si on avait des ennuis à cause d'elle.

– Vous voulez parler de votre conversation du samedi midi ou du lundi après-midi ?

– Du samedi. Elle nous avait déjà mis dans le bain en donnant notre signalement.

– C'est à ce moment-là qu'elle vous a dit que Cill était chez Grace ? »

Il hocha la tête en signe d'approbation.

« Et alors ? demanda Wyatt.

– Elle a proposé qu'on foute la trouille à Cill. Si elle ne donnait pas nos noms, on ne risquait rien.

– Et Grace ? intervint George. Elle devait être au courant du viol, et elle savait certainement que c'était vous. Elle devait s'en douter en tout cas. Vous auriez pu vouloir lui faire peur, à elle aussi, non ? »

Roy plissa les yeux d'un air soupçonneux. « On n'était pas cons à ce point. Si Cill ne nous dénonçait pas, Grace pouvait dire ce qu'elle voulait, ça n'avait aucune importance.

– Est-ce que vous avez tout de même envisagé cette éventualité ? » demanda doucement Wyatt.

Roy hésita. « Je ne répondrai pas, dit-il enfin, pointant le menton en direction de George. Sinon, elle va déformer mes propos, c'est sûr.

– Bon. Présentons les choses autrement. Louise a-t-elle suggéré que vous fassiez le samedi soir ce qui a eu lieu, d'après ce qu'elle nous dit aujourd'hui, le lundi : vous faire entrer chez Grace, Micky, Colley et vous, pour l'effrayer et vous assurer de son silence ? »

Un tic commença à agiter violemment un côté de la bouche de Roy. « Je ne répondrai pas non plus.

– Grace n'a pas pu être tuée le samedi, lui expliqua George, autrement, on aurait retrouvé les empreintes de Cill. » Elle croisa un regard plein d'incompréhension. « Personne ne prétend que vous avez tué Grace le samedi, poursuivit-elle. Tout ce qu'on te demande, c'est si Louise vous a suggéré d'entrer dans la maison avec elle. »

Il ne répondit pas.

« Faut-il prendre ce silence pour un acquiescement ? demanda Wyatt. Je suppose que, dans le cas contraire, vous nieriez ? »

Roy fit un petit signe de tête. « Mais on n'est pas entrés.

– Parce que vous ne vouliez pas que Grace vous voie ? »

Nouveau signe de tête.

« Mais ça vous était égal qu'elle voie Louise ? »

Il haussa les épaules. « C'était son idée. Elle pouvait toujours la baratiner. On n'a pas eu tellement voix au chapitre, d'ailleurs. Tout ce qu'on devait faire, c'était attendre dans la ruelle du fond à huit heures et demie.

– Tout ça, c'était avant la mort de Cill, fit remarquer Wyatt. Comment Louise a-t-elle réagi le lundi quand vous lui avez dit que vous la mouilleriez jusqu'au cou si elle disait un seul mot de ce qui s'était passé le samedi soir ?

– Elle a pris la mouche et on s'est engueulés. Je lui ai dit de ne pas me rappeler. J'avais une peur bleue que la police ne découvre que nous nous connaissions.

– Quelles étaient vos relations, à tous les deux ? demanda George. Elle était amoureuse de toi ?

– Faut croire, dit-il. Elle était tout le temps pendue au téléphone à vouloir me parler. Je n'éprouvais pas la même chose pour elle – pas encore. Il faut dire qu'elle n'était pas terrible à l'époque. Elle faisait plutôt pitié.

– Autrement dit, vous l'avez larguée ? » demanda Wyatt.

Roy haussa les épaules. « C'était dans l'intérêt de tout le monde. Elle débloquait pas mal depuis le viol – elle n'arrêtait pas de nous accuser d'avoir le béguin pour Cill. Ça rendait Micky cinglé, et il n'avait jamais été très équilibré. » Il s'interrompit. « En fait, je ne dis pas que c'est juste, mais on lui reprochait ce qui s'était passé. Si elle ne nous avait pas dit où était Cill, ça ne serait jamais arrivé.

– Vous n'aviez pas peur qu'elle se venge ? demanda Wyatt. Elle était quand même très perturbée. »

Roy secoua la tête. « Elle ne pouvait pas – ou alors elle se serait fourrée dans le pétrin, elle aussi.

– Jusqu'à l'assassinat de Grace, observa George. Elle était la seule avec vous à savoir que Louise avait joué un rôle dans cette affaire. »

Il y eut un bref instant de silence.

« L'assassin de Mrs Jefferies était roux, reprit l'inspecteur Wyatt. C'était quelqu'un dont elle ne se méfiait pas et à qui elle était prête à ouvrir sa porte... quelqu'un aussi de profondément perturbé. »

Roy les dévisagea tour à tour d'un regard prudent.

« À la fin de ce week-end, Louise était dans un état d'instabilité dangereuse, remarqua George. Bien plus qu'Howard, par exemple, qui cherchait du travail et venait d'obtenir une place à la laiterie Jannerway. À l'école, on lui reprochait la bagarre qui avait entraîné indirectement la fugue de Cill... les Trevelyan l'accusaient de mentir. Elle détestait son père à cause de ce qu'il lui faisait subir, elle vous détestait parce que vous la laissiez en plan, et, très certainement, elle détestait Cill. Le mercredi, un médecin lui a prescrit des tranquillisants pour essayer de calmer ses crises d'angoisse.

– Elle n'aurait jamais pu faire ça. C'était une petite gamine, maigre comme un clou.

– Qui brandissait un couteau à découper contre une femme qui essayait de s'enfuir à l'étage. Elle lui lacérait les jambes tout en la poursuivant. »

Roy s'enfonça les poings dans les orbites. « Mais pourquoi ? Lou ne savait pas que Cill était morte. La petite aurait très bien pu revenir le lendemain et on n'en aurait plus parlé. »

George secoua la tête. « Elle était incapable de toute réflexion rationnelle. D'ailleurs, es-tu certain qu'elle ne savait pas que Cill était morte... ou qu'elle ne l'avait pas deviné ? Si elle vous a vus remonter Bladen Street, elle a su que Cill ne s'était pas échappée quand vous étiez sortis de la ruelle. Tu lui as peut-être dit quelque chose le lundi qui lui a fait comprendre ce qui s'était passé. »

Il la fixa du regard. « Tu veux dire qu'elle aurait fait ça après m'avoir parlé ?

– Nous pensons plutôt que ça s'est passé le mardi. Si ses camarades de classe l'ont mise en quarantaine encore une fois – ce qui a été le cas –, sa rancœur a pu déborder dans la soirée. Tout le monde s'en prenait à elle. Sa mère lui en voulait parce que Jean Trevelyan l'avait insultée dans la rue, son père était furieux parce que David Trevelyan lui empoisonnait la vie à l'usine. Il n'est pas impossible qu'elle soit allée chez Grace dans l'espoir d'y trouver un peu de réconfort et qu'elle ait perdu les pédales quand Grace l'a envoyée paître. »

Wyatt lui offrit une nouvelle cigarette. « Vous disiez qu'elle avait pris la mouche, souffla-t-il. Que vous a-t-elle dit ? »

Roy fouilla dans sa mémoire. « Je me souviens qu'elle n'arrêtait pas de m'accuser d'avoir le béguin pour Cill. C'est ça qui m'a fichu en boule, dit-il. Elle était déjà morte, vous comprenez, et Lou ne me lâchait pas. Ça l'obsédait. Est-ce que je trouvais Cill plus jolie qu'elle ? Plus sexy ? Je lui ai dit que j'allais la tuer si elle ne la bouclait pas. » Il sombra dans un silence morose, songeur.

« Sa déposition contient énormément de détails, affirma Wyatt. Elle prétend que c'est Micky Hopkinson qui les lui a confiés peu avant sa mort, mais tout cela me paraît trop précis pour lui avoir été raconté quinze ans après les faits. Elle savait que vous lui aviez enfoncé un mouchoir dans la bouche... que Cill avait les mains liées... que Micky lui enfonçait un couteau dans le dos... qu'elle avait pleuré jusqu'au terrain vague... que vous l'avez enterrée dans un des puits de forage... que vous vous êtes débarrassés de vos vêtements dans une poubelle à l'autre bout de la ville. »

Roy se prit la tête dans les mains. « Il faudrait qu'elle nous ait suivis pour savoir tout ça... et elle ne l'a pas fait. Je ne suis pas *complètement* crétin, Mr Wyatt. Vous croyez que je ne l'aurais pas coincée depuis tout ce temps ? Vous croyez que je lui aurais laissé la bride sur le cou pendant toutes ces années, s'il y avait la moindre possibilité qu'elle ait assassiné Grace ?

– Est-ce qu'elle avait le numéro de Micky ou de Colley ? »

Il hésita. « Celui de Colley, peut-être. La famille de Micky n'avait pas le téléphone.

– Vous pensez qu'elle aurait pu appeler Colley ?

– Ce n'est pas impossible... mais vous ne pourrez pas le prouver. Il ne se souvient plus de rien.

– Quand est-ce que tu l'as revue ? demanda George.

– Quand Micky a commencé à sortir avec elle. Je l'ai reconnue tout de suite. Elle avait beaucoup changé, mais ses yeux étaient toujours les mêmes.

– Elle se faisait déjà appeler Priscilla ?

– Non. Elle s'appelait Daisy. Elle a dû changer pour Priscilla à peu près trois ans après avoir épousé Micky.

– Elle t'a expliqué pourquoi ? »

Il remua les cendres accumulées au fond du cendrier avec l'extrémité de sa cigarette. « Elle trouvait ça plus joli que Daisy ou Louise. » Il réfléchit un moment. « En fait, je crois qu'elle a dit que *Micky* trouvait ça plus joli. Elle devait en être convaincue. Elle n'a jamais cru qu'on pouvait l'aimer pour elle-même... et, en un sens, Colley lui a donné raison en effaçant complètement Louise de sa mémoire.

– Lui est-il arrivé d'évoquer l'assassinat de Grace ou la condamnation d'Howard ?

– Seulement depuis que George s'est pointée et a commencé à poser des questions.

– Qu'a-t-elle dit ?

– Que si George furetait trop, elle finirait par découvrir ce qui était arrivé à Cill.

– Autre chose ?

– Les histoires d'ADN l'inquiétaient.

– Dans quel contexte ? demanda George. L'assassinat de Cill ou celui de Grace ? »

Roy la dévisagea un instant. « Celui de Grace, répondit-il lentement. Elle a lu dans le bouquin du Dr Hughes que, si certains indices matériels avaient été conservés, ils disculperaient Howard. Elle avait peur que, dans ce cas, la police ne rouvre l'affaire et que la disparition de Cill ne revienne sur le tapis... – il s'interrompit – ... ce qui nous aurait remis en première ligne, Colley, elle et moi, puisque nous avions tous été interrogés à l'époque.

– Qu'est-ce que tu lui as répondu ? »

Il resta silencieux un moment. George avait l'impression d'entendre son cerveau travailler. « Que tu m'avais dit que tous les indices matériels avaient été détruits, et qu'il y avait bien peu de chances que quelqu'un d'autre soit mis en cause. »

George le regarda en fronçant les sourcils. « Je ne t'ai jamais dit ça, Roy. La police elle-même ne sait pas si les pièces à conviction ont été conservées ou non. Fred Lovatt a cherché dans les archives et n'a rien trouvé... mais je n'ai pas abandonné tout espoir. Le Black Museum de Londres possède encore des éléments de pièces à conviction qui remontent aux crimes de Jack l'Éventreur. »

La bouche de Roy se tordit dans un sourire cynique. « Elle était complètement parano. Je voulais qu'elle fiche le camp du pub avant d'attirer l'attention. C'est malin, hein ? Je n'en serais pas là si j'avais eu l'intelligence de la boucler. »

Wyatt lança à George un regard interrogateur.

« Deux heures plus tard, elle volait le portefeuille et le passeport de Jonathan, expliqua George. C'est ce qui nous a mis sur la piste de Cill Trevelyan. » Elle fit une grimace narquoise devant l'expression désenchantée qui se peignit sur le visage de Roy. « Je t'avais bien dit qu'elle n'était pas aussi loyale que toi, Roy ; après tout, peut-être faut-il le reprocher à son père. S'il n'en avait pas fait l'exutoire de toutes ses frustrations et ne l'avait pas obligée à mentir sans arrêt, elle n'aurait pas appris combien il est facile – ou *agréable* – de faire porter le chapeau à quelqu'un d'autre. »

De : wandr.burton@compuline.com
Date : Mar 29/07/03 15 : 23
A : robandeileen.burton@uknet.co.uk
Objet : Louise

Chers Robert et Eileen,

Je vous écris à l'insu de Billy parce qu'il nous a interdit, aux filles et à moi, de vous parler, mais il faut bien que quelqu'un intervienne avant que la situation empire. Vous ne pouvez pas être idiots au point de continuer à mentir pour aider Louise, alors qu'elle a bien l'intention de mettre le meurtre de Grace sur le dos d'Eileen si Roy Trent arrive à se dépêtrer de cette affaire. Vous estimez peut-être lui devoir quelque chose à cause de ce que Robert lui a fait. Vous croyez peut-être l'aider en lui donnant un alibi. Vous vous trompez. Vous ne réussissez qu'à détourner les soupçons sur VOUS. J'imagine que vous vous cramponnez à une histoire que vous avez mise au point il y a des années, mais vous ne faites que vous enfoncer davantage parce que vous ne savez pas ce que Louise a raconté à la police.

Billy SAIT qu'Eileen est allée travailler le lundi et le mardi après-midi comme d'habitude, ce qui veut dire qu'elle ne POUVAIT pas être rentrée avant que Robert ait pris son travail chez Brakham &

Wright's. Elle n'a arrêté de travailler que le mercredi, quand Louise a commencé à tomber dans les pommes. Robert, vous le savez parfaitement vous aussi, alors pourquoi ces mensonges ? La police n'arrête pas de poser à Billy les mêmes questions, encore et encore. À quelle heure sa mère est-elle rentrée le mardi ? Louise était-elle à la maison ? Sa mère est-elle ressortie plus tard ?

Eileen est déjà suspecte parce qu'elle a prétendu être allée chercher Louise à l'école le lundi après-midi et l'avoir gardée à la maison pendant le reste de la journée. Cela contredit la PROPRE version de Louise qui prétend avoir téléphoné à Trent depuis une cabine après être sortie de classe, et l'avoir aidé, lui et ses amis, à s'introduire chez Grace dans la soirée. La police se demande donc si Eileen est allée chercher Louise à l'école le mardi. Si vous avez menti pour protéger la famille, vous êtes CINGLÉS. À l'heure qu'il est, Eileen figure en bonne place sur la liste des suspects. Eileen, si c'est vous qui avez assassiné Grace, je n'ai aucune compassion pour vous, mais si vous ne l'avez PAS fait, vous devez dire la vérité.

Le pire que vous ayez pu faire, selon moi, a été de couvrir Louise. Si une de mes filles avait fait quelque chose de mal, je le saurais. Je parie qu'elle est arrivée à la maison dans tous ses états le mardi, alors que vous étiez rentrée du travail depuis un bon moment. Elle avait sûrement enfilé des vêtements de Grace et laissé les siens par terre, à la salle de bains. Je suppose qu'elle vous a menti et a prétendu que Grace était déjà morte quand elle est arrivée. Qu'avez-vous fait ensuite ? Vous êtes retournée chercher ses vêtements ? C'est vous qui avez essuyé les robinets ? C'est le genre de choses auxquelles vous aurez certainement pensé. Je me demande pourquoi vous n'avez pas nettoyé la baignoire aussi, mais peut-être que le sang et les cheveux ne se voyaient pas quand elle était mouillée. Vous avez dû avoir drôlement peur, bien sûr, et vous vous sentiez peut-être trop mal pour faire le travail proprement. Est-ce vous qui avez mis la maison à sac pour faire croire à un cambriolage ?

Ça ne m'étonne pas que vous ayez été dans vos petits souliers quand la police est passée dans toutes les maisons. Vous avez dû être drôlement soulagée en apprenant qu'elle n'avait pas trouvé d'empreintes. Je me demande si c'est vous qui avez ramassé les gants tachés de sang et les avez jetés dans une poubelle. Vous vous êtes sûrement dit que Louise n'avait pas été assez maligne pour les porter, et vous les avez laissés à un endroit où vous étiez sûre qu'on les trouverait. Vous espériez sans doute qu'ils prouveraient que quelqu'un d'autre avait fait le coup.

Je ne sais pas ce que j'aurais fait à votre place, Eileen, mais j'espère que j'aurais eu le courage – et le bon sens – d'agir correctement. En refoulant cette culpabilité, vous n'avez strictement rien réglé ni pour elle ni pour vous. Je comprends bien que toute cette affaire a dû être absolument atroce, d'autant plus que vous SAVIEZ qu'il fallait être complètement détraqué pour assassiner Grace de cette manière-là. Peut-être avez-vous même compris – ou deviné – pourquoi Louise était détraquée. Vous partagez donc une partie de sa culpabilité. Mais le principal coupable, c'est Robert, parce qu'il l'a traitée comme un jouet qu'il pouvait jeter quand il avait fini de l'amuser.

Ensuite, Howard a avoué et vous avez pu vous convaincre que Louise avait dit vrai. Pauvre petit mec. Il n'avait pas la chance d'avoir une mère disposée à le couvrir et à mentir pour lui. Wynne n'a fait qu'aggraver les choses en disant qu'il se lacérait parce qu'il se trouvait moche. Billy a rêvé de Cill. Eh bien moi, j'ai rêvé d'Howard Stamp. Je n'arrive pas à me sortir de la tête que personne n'a jamais été gentil avec lui, à part sa grand-mère et Cill. Mais le jour où il a eu besoin d'elles – quand il s'est trouvé au fond du trou –, elles n'étaient plus là.

Louise n'a aucun sens moral, Eileen, parce que vous lui avez appris, Robert et vous, qu'il était légitime de mentir. Je ne suis pas loin de penser que la justice naturelle voudrait que, cette fois, vous assumiez cette responsabilité à sa place – vous auriez DÛ parler en 1970 –, mais, en même temps, c'est une idée qui me révolte. Elle a déjà envoyé un innocent en prison. Ne comprenez-vous pas à quel point il serait DÉSASTREUX de la laisser recommencer ? Louise n'est pas votre seul enfant. Vous êtes aussi la mère de BILLY.

Rachel

29

Parking de la prison de Winchester
Mardi 29 juillet 2003, 16 heures

Debout à côté de la voiture, Jonathan écoutait la radio par la vitre ouverte quand George et l'inspecteur Wyatt apparurent dans l'encadrement de la petite porte métallique qui s'ouvrait dans l'énorme portail de bois de la prison de Winchester. Il les regarda franchir les deux cents mètres qui les séparaient du parking pendant qu'un commentateur annonçait l'ouverture prochaine d'une enquête sur les circonstances de la mort mystérieuse de l'expert en armements irakiens, David Kelly.

« Campbell et Blair appelés à témoigner devant la commission Hutton... Le gouvernement sur la sellette... »

Pour Jonathan, qui n'avait rien perdu de son scepticisme depuis le mois de février, l'idée qu'une enquête puisse faire la lumière sur une affaire dont l'acteur principal était mort était tout bonnement ridicule. Il n'y avait pas de vérité absolue. Il n'existait que des demi-vérités et des interprétations, qui ne demandaient qu'à être déformées par quelqu'un d'assez fort – ou d'assez *déterminé* – pour imposer ses opinions à autrui. Le monde était gouverné par des fanatiques opiniâtres – hommes politiques, dignitaires religieux, grands manitous des médias et de l'économie –, et la plupart étaient trop arrogants ou trop stupides pour prendre conscience des failles de leurs belles théories.

Il leva un sourcil à l'approche de George et de l'inspecteur Wyatt. « Alors ? Il y a du nouveau ?

– Rien d'utilisable pour le moment, répondit George, mais au moins, il commence à réfléchir. » Elle laissa échapper un petit gloussement. « Je ne devrais pas rire – surtout après ce qu'il a fait à cette pauvre Cill –, mais je peux te dire qu'à la fin il râlait drôlement. Il n'arrive pas à croire qu'il ait pu se faire avoir comme ça... il a gobé tout ce que Louise lui a raconté et n'a jamais imaginé *une minute* qu'elle puisse avoir quelque chose à cacher. »

Jonathan tendit le bras à l'intérieur de la voiture et éteignit la radio. « Ses souvenirs ne nous serviront à rien, remarqua-t-il. Il va nous en sortir en veux-tu en voilà, si ça peut le disculper. Il va nous falloir des preuves un peu plus tangibles que ça pour obtenir la mise en examen de Louise.

– Oh, ne fais pas cette tête, dit-elle gaiement en lui tapotant le poignet. Mr Wyatt est très optimiste. Il paraît que l'obstination paye toujours. S'il continue à lui poser des questions, Louise va finir par mettre les pieds dans le plat. Elle n'est pas assez futée pour s'en sortir – *personne* ne l'est. » Ses yeux pleins de sagesse lui sourirent. « Elle nous a déjà livré un bon paquet de munitions avec toutes ses versions différentes. C'est le syndrome de l'embrouillamini, Jon. Roy est tombé dans le panneau dès qu'il a essayé de broder sur la culpabilité d'Howard. Les mensonges finissent toujours par s'effondrer quand on creuse un peu. Tu es bien placé pour le savoir. »

Il lui sourit avec tendresse. « Il faut dire que j'avais moi-même du mal à me laisser convaincre par les miens, George. »

Elle gloussa comme une mère poule. « Évidemment. Tu es un trop chic type... et Emma ne valait pas ce cœur brisé. Sasha est un bien meilleur choix, crois-moi. Avec elle, pas de face cachée... il est vrai que ses origines mongoles sautent tellement aux yeux qu'elle aurait du mal à les dissimuler, tu ne crois pas ? »

Jonathan ouvrit la bouche pour préserver le peu de mystère qui lui restait, mais Wyatt le devança en lui adressant un clin d'œil appuyé. « Il ne faut jamais discuter avec une dame, docteur Hughes... surtout quand elle a raison. Miss Spencer est une charmante jeune femme et je *suis* optimiste. Mrs Fletcher n'a jamais été interrogée à propos du meurtre de Grace et elle a déjà contredit sa déposition originale, dans laquelle elle protestait de son ignorance. Elle finira par s'enferrer, croyez-moi, ce n'est qu'une question de temps. »

Jonathan regarda George droit dans les yeux. « Tu ferais bien de ne pas commencer à t'apitoyer sur elle.

– Elle n'avait que treize ans, Jon. »

Il leva un doigt. « Je suis un homme, George, et j'ai eu plus que ma dose d'émotions.

– Mais... »

Il l'attira dans ses bras avec un sourire affectueux. « C'est ma mère, dit-il à Wyatt par-dessus la tête de George. Elle a eu une liaison sans lendemain avec un balayeur jamaïcain il y a trente-cinq ans de cela, et il n'y a pas eu un jour de sa vie où elle ne l'ait regrettée. Ça me serait plus ou moins égal si elle n'insistait pas pour me faire passer pour son gigolo. »

Le policier sourit d'un air sceptique.

Achevé d'imprimer sur les presses de

BUSSIÈRE

GROUPE CPI

à Saint-Amand-Montrond (Cher)
en février 2006

POCKET - 12, avenue d'Italie - 75627 Paris Cedex 13
Tél. : 01-44-16-05-00

— N° d'imp. : 60336. —
Dépôt légal : mars 2006.

Imprimé en France